btb
Aus Freude am Lesen

btb

Buch

Der reichste Mann Göteborgs, Richard von Knecht, stürzt an einem regnerischen Novembertag von seinem Balkon in den Tod, fast direkt vor die Füße seines Sohnes Henrik von Knecht und seiner Frau Sylvia. Das Team unter Kommissar Andersson soll den Fall klären, der sich umso mysteriöser gestaltet, als drei Tage später das Haus in die Luft fliegt, in dem von Knecht sein Büro hatte.
Andersson verteilt die Aufgaben unter seinen Mitarbeitern nach deren Fähigkeiten, so darf Irene Huss, Inspektorin in den Vierzigern, Trägerin des schwarzen Jiu-Jitsu-Gürtels und erfahrene Polizistin, sich Zugang zu der snobistischen Familie verschaffen und versuchen, von der Witwe Informationen zu bekommen. Die Nachforschungen werden von der Familie nicht gerade unterstützt, man verbittet sich die Neugier der Polizei, und auch Richards Freunde gehören nur zu den besten Kreisen. Lange Zeit tappen die Polizisten im Dunkeln, bis ein zweiter Mord passiert und die Ermittlungen in Schwung kommen …

Autorin

Helene Tursten wurde 1954 in Göteborg geboren und war lange Jahre als Ärztin tätig, bevor sie sich ganz auf das Schreiben konzentrierte. Mit ihren Kriminalromanen um Inspektorin Irene Huss begeisterte sie Schwedens Kritiker und Publikum auf Anhieb und schrieb sich auch in Deutschland in die Herzen der Krimileser und -leserinnen.

Helene Tursten bei btb

Der zweite Mord. Roman (72624)
Die Tätowierung. Roman (73147)
Tod im Pfarrhaus. Roman (73233)

Helene Tursten

Der November-mörder

Roman

Aus dem Schwedischen
von Christel Hildebrandt

btb

Die Originalausgabe erschien 1998 unter dem Titel
»Den krossade Tanghästen« bei Anamma Böker, Göteborg

Umwelthinweis:
Alle bedruckten Materialien dieses Taschenbuches
sind chlorfrei und umweltschonend.

Der btb-Verlag ist ein Unternehmen
der Verlagsgruppe Random House.

Einmalige Sonderausgabe Oktober 2004

Umschlaggestaltung: Design Team München
Umschlagfoto: Wolf Huber
Satz: Uhl + Massopust, Aalen
KR · Herstellung: Augustin Wiesbeck
Made in Germany
ISBN 3-442-73292-1
www.btb-verlag.de

FÜR HILMER UND CECILIA

PROLOG

Niemand sah, wie er durch die kompakte Novemberdunkelheit fiel. Mit einem schweren, dumpfen Ton schlug er auf den regennassen Pflastersteinen auf. Obwohl eigentlich noch Feierabendverkehr herrschte, befanden sich außergewöhnlich wenige Menschen auf dem Bürgersteig. Die Fußgänger stemmten sich gegen den Wind, während ihre Regenschirme sich umstülpten, und schoben ihr Kinn tief in hochgeschlagene Kragen, um ein wenig Schutz vor dem eisigen Regen zu finden. Jeder, der konnte, fuhr lieber mit dem Auto oder drängte sich in die feucht dampfende Wärme eines Busses oder einer Straßenbahn.

Eine ältere Frau, die einen widerspenstigen durchnässten Dackel an der Leine hinter sich her zog, war am nähesten dran. Das Aufjaulen des Hundes und seiner Herrin verkündete den Menschen in der Nähe, dass etwas Ernstes passiert war. Die vorbeieilenden Fußgänger verlangsamten ihre Schritte. Die Neugier siegte und zog sie zu dem Unglücksort.

Ein weißer Mercedes stand nachlässig am Kantstein geparkt. Ein Mann in einem hellen Ulster war gerade um den Wagen herumgelaufen und hatte die Tür auf der Beifahrerseite geöffnet, als die Dame mit dem Dackel anfing zu schreien. Der Mann drehte sich schnell um, spähte durch den Regen und entdeckte das Bündel, nur dreißig Meter von ihm entfernt. Seine Hand umklammerte weiter den Griff der offenen Wagentür, während er langsam den Kopf nach hinten beugte und zur obersten Wohnung des stattlichen Hauses hinaufsah. Ein leiser Jammerton entfuhr seiner Kehle, aber er blieb weiterhin wie gelähmt stehen. Die Frau auf dem Beifahrersitz sprang behände aus dem Wagen, ohne sich einen Mantel überzuziehen, und lief auf die unbewegliche Gestalt auf dem Boden zu. Die Frau war klein und dünn, was durch das elegante Chanelkostüm noch betont wurde. Die Kunst, auf hohen Hacken zu laufen, beherrschte sie formvollendet. Hektisch bahnte sie sich mit ihren Ellbogen einen Weg durch das Menschengedränge und gelangte so ins Zentrum des Geschehens.

KAPITEL 1

Der Streifenwagen war als Erster zur Stelle. Der Unfallwagen kam nur fünf Minuten später. Die Sanitäter konnten nur noch feststellen, dass nicht mehr viel zu tun war. Die beiden Polizisten versuchten die sensationslüsternen Zuschauer zurückzudrängen, die plötzlich klaglos Wind und Regen trotzten. Einer der Polizisten setzte sich in den Wagen und forderte Verstärkung an. »Schickt das Einsatzkommando zur Ecke Aschebergsgatan-Molinsgatan. Ein Mann ist aus dem fünften Stock gesprungen. Scheint dieser berühmte Typ zu sein. Knäck- irgendwas. Seine Frau und sein Sohn befinden sich hier, sie stehen unter Schock. Wir brauchen für beide einen Krankenwagen. Ja, genau… von Knecht.«

Kriminalkommissar Sven Andersson war auf dem Weg zu seinem alten Volvo 240 und wollte gerade den Schlüssel ins Schloss stecken, als er eine nur allzu vertraute Frauenstimme rufen hörte:

»Sven warte! Es gibt Arbeit!«

Verärgert drehte er sich um und seufzte:

»Was ist denn nun wieder los?«

Die Stimme der Inspektorin klang ein wenig sensationsheischend, als sie sagte:

»Richard von Knecht ist vom Balkon gesprungen!«

»Richard von Knecht! Der Richard von Knecht…?«

»Ja. Klingt unglaublich, nicht? Vielleicht gab's ja gerade irgendwo einen Börsencrash?«

»Steig ein. Hast du die Adresse?«

Es goss in Strömen, und der Kommissar musste die Scheibenwischer auf Höchstgeschwindigkeit stellen, um überhaupt etwas erkennen zu können. Göteborg machte seinem Spitznamen »Blöteborg« = Nassburg alle Ehre. Erst eine Woche zuvor hatte hier das nackte Chaos geherrscht, nachdem ein halber Meter Schnee gefallen war, was die ganze Stadt für mehrere Tage lahm gelegt hatte. Die Folgen davon würden sich sicher Anfang August des nächsten Jahres in hohen Geburtenraten zeigen. Jetzt herrschten erneut einige Plusgrade, und es war keine einzige Schneeflocke weit und breit mehr zu finden.

Inspektorin Irene Huss rief zu Hause bei ihren Teenagertöchtern an und teilte ihnen mit, dass es später werden würde. Das waren sie gewohnt, da ihre Mutter seit vielen Jahren bei der Kriminalpolizei arbeitete. Sie versprachen, mit dem Hund rauszugehen, ihm zu fressen zu geben und es Krister zu sagen. Er war es natürlich auch gewohnt. Wie üblich würde er seinen Töchtern etwas Leckeres kochen. Alles funktionierte reibungslos, auch ohne ihr Dazutun.

Sie musste laut geseufzt haben, denn Kommissar Sven Andersson warf ihr einen schnellen Blick zu und fragte:

»Hast du Sorgen?«

»Nein, nichts. Es ist nur dieses trübe Wetter. Und dann noch ein Selbstmord. Alles ist so grau. Grau, grau, grau!«

Der Kommissar nickte zustimmend und starrte mit finsterer Miene in den schwarzen Regen hinaus, der von den Sturmböen gegen die Windschutzscheibe geworfen wurde. Schließlich fragte er:

»Woher weiß die Einsatzzentrale, dass es wirklich Richard von Knecht ist, der da gesprungen ist?«

»Dem Wachhabenden zufolge befanden sich seine Frau und sein Sohn unten auf der Straße. Offenbar hat der Sohn die Polizei gerufen.«

»Weißt du, aus welchem Stockwerk er gefallen ist?«

»Nein, aber anscheinend war es ziemlich hoch.«

Ein paar Minuten herrschte Schweigen. Dann räusperte sich der Kommissar und fragte:

»Weißt du was über diesen Richard von Knecht?«

»Das, was die meisten wissen. Stammt aus adligem Haus und ist reich. Ein Geschäftsmann, wie er im Buche steht, mit allen Wassern gewaschen, Mitglied von Göteborgs High Society. Glaubt man dem Wirtschaftsmagazin, dann ist er ein Geschäftsgenie, aber laut meinem Mann hat er nur unglaubliches Schwein gehabt.«

»Ist Krister jetzt auch noch unter die Wirtschafts- und Aktienexperten gegangen?«

»Nein, nein. Aber er hat vor ein paar Jahren durch die Umstrukturierung zwanzig Trygg-Hansa-Aktien bekommen. Trotzdem ist er immer noch bloß Küchenchef im Glady's Corner.«

»Aber das ist doch ein guter Job, oder? Die Adresse soll im Augenblick richtig in sein, wie ich gehört habe.«

»O ja.«

Durch die hektisch arbeitenden Scheibenwischer konnten sie jetzt das pulsierende Blaulicht der Einsatzfahrzeuge sehen. Das Einsatzkommando war da und die Besatzung hatte einen größeren Bereich abgesperrt. Der Platz, wo der Körper aufgeschlagen war, wurde von einem weichen Lichtschein erleuchtet, der durch die Scheiben in der Eingangstür eines exklusiven Herrenausstatters fiel. Die Tür war in die Ecke des Granitsockels des Hauses eingelassen worden. Kommissar Sven Andersson konnte sich schwach daran erinnern, dass sich in seiner Kindheit eine Apotheke hier befunden hatte. Aber ganz sicher war er sich nicht, da er in Masthugget aufgewachsen war.

Über der Tür befand sich ein Erker. Jedes Stockwerk hatte einen derartigen Eckerker mit Fenstern, die in drei Richtungen gingen. Außer dem obersten, das dafür mit einem Balkon protzte, der mit einem turmförmigen Dach versehen war. Von dort war Richard von Knecht auf die Straße hinuntergestürzt. Kommissar Andersson ließ seinen Blick über das huschen, was von ihm übrig geblieben war, schaute aber schnell wieder weg. Auch Inspektorin Huss erschauerte. Keine schöne Art zu sterben, dachte sie. Einer von der Spurensicherung gesellte sich zu ihnen.

»Der Gerichtsmediziner kommt gleich.«

»Weißt du, wer Dienst hat?«, fragte der Kommissar.

Ein Achselzucken war die Antwort. Mit Irene Huss im Kielwasser ging Kommissar Andersson zu dem parkenden Streifenwagen. Er beugte sich zu dem Polizisten hinunter, der auf dem Fahrersitz saß.

»Hallo, Kommissar Sven Andersson von der Kripo.«

»Hallo, Hans Stefansson von PO1. Haben sie euch schon hergerufen?«

»Ja, das ging erstaunlich schnell. Wir wurden angeblich schon eine Viertelstunde, nachdem es passiert ist, gerufen, was wohl bedeuten würde, dass er um siebzehn Uhr fünfundvierzig gestürzt ist. Stimmt das?«

»Nicht ganz. Wir waren als Erste hier, und ich war Punkt siebzehn Uhr fünfunddreißig vor Ort. Er kann höchstens fünf Minuten früher runtergesegelt sein. Mein Kollege und ich befanden uns auf dem Korsvägen, als der Einsatz kam. Ich nehme an, die genaue Zeit des Sturzes war siebzehn Uhr dreißig.«

Ihr Gespräch wurde unterbrochen durch die Ankunft der Gerichtsmedizinerin Yvonne Stridner. Sie war Professorin für Rechtsmedizin und unbestritten eine der besten Pathologen des Landes. Aber Kommissar Andersson hatte so seine Probleme mit ihr. Professor Stridner war nämlich eine Frau, die wusste, was sie konnte, und keinen Grund sah, damit in irgendeiner Form hinter dem Berg zu halten. Irene Huss war schon bei mehreren Fällen dabei gewesen, bei denen die Hypothesen der Polizei durch die sorgfältigen gerichtsmedizinischen Gutachten von Yvonne Stridner ad absurdum geführt worden waren. Und bis jetzt hatte sie jedes Mal Recht behalten. Aber nicht das machte es Kommissar Andersson so schwierig, mit ihr auszukommen, sondern ihre autoritäre und akademische Art. Irene Huss hatte den starken Verdacht, dass der Kommissar insgeheim der Meinung war, dass die Gerichtsmedizin kein passendes Berufsfeld für eine Frau war.

Der weiße Ford Escort mit der Aufschrift »Arzt« auf beiden Vordertüren war am Rand des abgesperrten Gebiets abgestellt. Heraus segelte die Professorin der Gerichtsmedizin. Auch die, die keine Ahnung von ihrem Beruf hatten, wichen ihrer selbstverständlichen Autorität. Ihr flammend rotes Haar harmonierte ausgezeichnet mit dem weichen, senffarbenen Wollcape. Sie ging zu der Leiche, nahm das Cape ab und bat einen Polizisten, es zu halten. Ein schneeweißer Arztkittel kam zum Vorschein. Sie öffnete die kleine Tasche, die sie bei sich trug, zog ein Paar Gummihandschuhe über und hockte sich neben von Knechts Überreste. Die Kriminaltechniker hatten gerade einen Scheinwerfer installiert, sodass sie besser sehen konnte. Nicht einen Blick hatte sie in die Runde geworfen. Professor Stridner hatte über ihre exklusiven Lederschuhe ein Paar Plastikhüllen gezogen. Um die Leiche herum gab es viel Blut, vermischt mit anderen Dingen und verdünnt durch das Regenwasser. Ziemlich matschig die ganze Angelegenheit.

Um das Gefühl zu haben, etwas Nützliches zu tun, beschloss Irene Huss, erst einmal die anwesenden Polizisten zu befragen. Den Leiter der Bereitschaftspolizei, Håkan Lund, kannte sie gut. Vor fünfzehn Jahren hatten sie gleichzeitig in dem damaligen dritten Distrikt, dem jetzigen PO1, angefangen. Lund war nicht viel größer als sie, höchstens einsachtzig. Aber seine Taillenweite würde bald die gleichen Ausmaße annehmen, wenn er nicht aufpasste.

Die Leute von Einsatzkommando hatten ihre Instruktionen bekommen. Håkan Lund wandte sich Irene Huss zu und begrüßte sie freundlich: »Hallo, Huss! Ist die Kripo auch schon da?«

»Grüß dich. Ja, diesmal sind wir rechtzeitig gerufen worden. Wann seid ihr da gewesen?«

»Wir haben den Alarm kurz nach halb sechs von der Einsatzzentrale gekriegt. Wir sind direkt hergefahren. ›Höchste Priorität! Richard von Knecht liegt tot Ecke Molinsgatan-Aschebergsgatan!‹«

»Wie sah es aus hier?«

»Das reinste Chaos! Die Geier hatten sich schon versammelt. Wir wären fast nicht durch die Gaffer gekommen. Aber wir haben geschoben und ein paar Drohungen ausgestoßen und dann die Sperren aufgestellt. Und zwar ziemlich großzügig, wie du siehst. Der eine oder andere hat trotzdem noch versucht, unter den Plastikstreifen hindurch zu schlüpfen, aber denen habe ich den Marsch geblasen. Und nicht zu leise!«

Irene Huss konnte sich die Szene lebhaft vorstellen. Sie fragte schnell weiter. »Wer hat Richard von Knecht identifiziert?«

»Seine Frau und sein Sohn. Als wir durch die Menschenmenge kamen, stand da eine total durchnässte Frau und weinte. Ein junger Mann versuchte sie zu stützen. Das waren Frau von Knecht und ihr Sohn. So weit ich verstanden habe, befanden sie sich gerade auf der Straße, als er fiel«, sagte Håkan Lund voller Mitgefühl.

»Und wo sind sie jetzt?«

»Der Krankenwagen hat sie zum Sahlgrenska gefahren. Mit ihr kannst du bestimmt ein paar Tage lang nicht reden, und der Junge war kreidebleich. Der hat sich schon übergeben, als sie noch gar nicht richtig im Krankenwagen saßen.«

Håkan Lund wirkte nachdenklich, aber dann hellte sich sein Gesicht auf und er meinte:

»Du, ich habe da eine interessante Person aufgetan, die musst du unbedingt sprechen. Komm!«

Irene Huss folgte ihm zum Einsatzwagen. Mit einer theatralischen Geste öffnete er die Seitentür und sagte:

»Das hier ist Frau Karlsson. Frau Karlsson, das ist Inspektorin Irene Huss.«

Er wandte sich der kleinen Frau in hellgrauem Trenchcoat zu, die nur stumm zur Begrüßung nickte. Auf ihrem Schoß saß ein brauner Dackel, der offensichtlich nicht an Stummheit litt. Durch das wütende Gebell des Hundes hörte Irene Huss Håkan Lund sagen:

»Das ist die Zeugin, die am nächsten dran war. Sie befand sich ungefähr sieben Meter vom Aufprallpunkt entfernt.«

Irene wandte sich der Frau zu. Eine dünne weiße Hand streckte sich ihr zitternd entgegen. Sie umfasste vorsichtig die gebrechliche, kalte Hand. Mit therapeutischem Tonfall begann sie: »Frau Karlsson, ich würde gern mit Ihnen über das tragische Geschehen sprechen, das sie heute Abend haben mit ansehen mussten...«

»Es war schrecklich! Ich bin jetzt bald siebenundsiebzig Jahre, und das hier ist das Fürchterlichste, was mir in meinem ganzen Leben passiert ist! Mit ansehen zu müssen, wie ein Mann vor den eigenen Füßen zerschmettert wird! Er ist ja fast auf Snobben gefallen!«

Ein dünner weißer Finger zeigte anklagend auf die Reste von Richard von Knecht. Irene trat sofort den Rückzug an. Es war das Beste, die alte Dame nach Hause zu bringen und erst später zu versuchen, sie zu vernehmen.

Hinten bei der Leiche war Yvonne Stridner dabei, ihre Sachen einzupacken. Mit geübten Bewegungen riss die Professorin sich die Gummihandschuhe ab, zog ihren Kittel aus und stopfte alles in eine Tasche. Die Plastiküberzüge hatte sie bereits von den Füßen gezogen. Ohne auch nur einen Blick auf ihn zu werfen, machte die Stridner eine majestätische Geste in Richtung des jungen Polizeiassistenten, der geduldig mehr als eine Viertelstunde lang ihren Mantel gehalten hatte. Erst jetzt schien sie zu bemerken, dass Leute um sie herumstanden. Laut sagte sie:

»Gibt's hier jemanden von der Kripo?«

Kommissar Andersson sank in sich zusammen, seufzte und trottete zu ihr hinüber.

»Ach ja, der Andersson. Kommen Sie näher. Aber treten Sie nicht ins Blut«, sagte die Pathologin.

Irene Huss schlich hinter dem Kommissar her. Stridner hatte aus dem Seitenfach ihrer Tasche einen Stab gezogen. Sie zupfte kurz an dem einen Ende und zog einen ein Meter langen Zeigestock hervor. Das passte perfekt zu Yvonne Stridner, mit einem Zeigestock in der Tasche herumzulaufen. Auffordernd sagte sie:

»Sehen sie mal auf die Oberseite seiner rechten Hand. Ich habe die Hand umgedreht, damit das Licht drauf fällt. Schauen Sie!«

Sie zeigte mit ihrem dünnen Stock. Die beiden Kriminalbeamten sahen es. Quer über den ganzen Handrücken lief eine scharfe Furche. Nicht so schmal wie nach einem Messerschnitt, aber eindeutig durch etwas Scharfes verursacht.

Andersson traute sich zu fragen:

»Kann er sich das nicht beim Fallen zugezogen haben?«

»Nein. Zu gerade. Die Wunde muss ihm mit einem Instrument oder einer Waffe beigefügt worden sein. Da ich von Knecht kenne… oder kannte, berührt mich der Todesfall auch persönlich. Eigentlich habe ich morgen den ganzen Vormittag Unterricht, aber ich werde zusehen, dass ich die Obduktion selbst machen kann. Ich werde spätestens um acht anfangen und so nach elf Uhr von mir hören lassen.«

»Wäre es nicht möglich, ihn schon heute Abend kurz anzusehen?«

Der Kommissar sah sie ohne große Hoffnung an. Sie schob ihre rote Haarpracht kurz mit den Fingerspitzen nach oben. Ihre Frisur hatte mittlerweile erheblich gelitten.

»Nicht nötig, Andersson. Wir haben es hier mit größter Wahrscheinlichkeit mit Mord zu tun«, entgegnete sie nur kurz.

Irene Huss ertappte sich, wie sie die Pathologin ungläubig anstarrte. Wut stieg in ihr auf; wie bei den meisten Menschen stimulierte ein herablassender Tonfall ihren Adrenalinspiegel. Mit scharfer Stimme mischte sie sich ein.

»Einen Augenblick! Womit begründen Sie das? Und woher kennen Sie von Knecht?«

Stridner sah sie überrascht an, als würde sie erst jetzt bemerken, dass noch eine Person anwesend war. Sven Andersson murmelte erklärend Namen und Titel von Inspektorin Irene Huss. Bevor Stridner antworten konnte, kamen Sanitäter und fragten, ob sie die Leiche in die Pathologie bringen könnten. Die Gerichtsmedizinerin nickte. Sie zeigte zum Hauseingang.

»Stellen wir uns dort unter, dann stehen wir nicht im Weg. Und nicht im Regen.«

Der ganze Trupp ging zum Eingang, einer soliden Tür mit schön geschliffenem Fensterglas in der oberen Hälfte. Es gab keine Namensschilder der Hausbewohner, nur ein Codeschloss mit Gegensprechanlage. Man musste den Code wissen, um überhaupt Kontakt mit den Hausbewohnern aufnehmen zu können.

Yvonne Stridner kam sofort zur Sache:

»Wir waren keine engen Freunde, von Knecht und ich. Er ist manchmal mit meinem Mann segeln gewesen. Oder besser gesagt, mit meinem Exmann. Mein jetziger Mann kennt die Familie von Knecht gar nicht.«

Die Stridner war also verheiratet, und das auch noch mindestens zweimal. Irene Huss' Wut wich der Überraschung. Die Verwirrung der Inspektorin gar nicht bemerkend, fuhr die Professorin fort:

»Es ist genau fünfzehn Jahre her, seit ich ihn das letzte Mal gesehen habe. Aber ich bin überzeugt davon, dass Richard nie, niemals von einem Balkon aus fünfundzwanzig Metern Höhe springen würde! Auch wenn er Selbstmord machen wollte. Er hatte nämlich Höhenangst. Wenn ein Schot oder eine Wante sich am Mast verhakte, versuchte er es möglichst zu umgehen hinaufzuklettern.«

»Woher kannte Ihr Exmann Richard von Knecht?«

Wieder war es Irene Huss, die fragte. Yvonne Stridner warf ihr einen schnellen Blick zu, nickte dann aber, als verstünde sie, warum diese Frage gestellt werden musste.

»Sie gehörten während der Gymnasiumszeit zur gleichen Clique. Damals gingen sie füreinander durch dick und dünn. Mit der Zeit kamen dann diverse Freundinnen und Ehefrauen dazu. Wir durften jedes Jahr beim Frühlingsball und zu Silvester dabei sein. Ansonsten standen die Frauen ziemlich außen vor. Das war fast wie ein Herrenclub, eine Art Orden.«

»Wie viele Jahre lang hatten Sie Kontakt mit den von Knechts?«

»Tore und ich waren knapp vier Jahre verheiratet. In der Zeit habe ich sie vielleicht zehnmal getroffen. Und das ist, wie gesagt fünfzehn Jahre her. Mit der Scheidung brach jeder Kontakt mit den von Knechts ab.«

Irene Huss bemerkte, wie die Professorin auf ihre elegante Armbanduhr schaute, und wusste, dass sie sich mit ihrer letzten, wichtigen Frage beeilen musste. Schnell fragte sie:

»Wer war alles Mitglied in diesem Herrenclub?«

Jetzt sah Yvonne Stridner wütend aus. Vielleicht hatte sie das Gefühl, zu mitteilsam gewesen zu sein.

»Einige heute ziemlich bekannte Männer«, sagte sie schroff. Nach einer Weile fuhr sie freundlicher fort.

»Lassen Sie es uns so machen. Ich fertige euch eine Liste von denen an, die zur Gruppe gehörten. Die kriegt ihr morgen mit dem vorläufigen Obduktionsbericht.«

Mit schnellen Schritten ging sie zu ihrem weißen Ford Escort. Irene Huss schaute ihr nach und sagte:

»Sie ist doch ganz menschlich.«

Sven Andersson schnaubte:

»Die und menschlich! Sie hat so viele Gefühle wie ein Bagger!«

Inspektor Huss musste kichern und stellte mal wieder fest, dass der Kommissar reichlich nachtragend war. Dann drehte sie sich zur Haustür und schaute sie nachdenklich an.

»Und wie kommen wir jetzt hier rein? Das ist das reinste Fort Knox, wenn man weder Code noch Schlüssel hat«, stellte sie fest.

Kommissar Andersson schien gar nicht zuzuhören, er war offensichtlich in Gedanken versunken. Schließlich holte er tief Luft und sagte:

»Es wird eine Weile dauern, bis sie in der Zentrale den Staatsanwalt erreicht haben und die Erlaubnis für eine Hausdurchsuchung haben. In der Zeit werde ich wohl hier stehen müssen und auf die Erlaubnis und einen Schlüsseldienst warten. Könntest du zum Sahlgrenska-Krankenhaus fahren und nachfragen, wie es der Ehefrau und dem Sohn geht? Wäre doch schön, von denen die Schlüssel zu bekommen. Auf diese Weise müssen wir diese wundervolle Haustür hier nicht beschädigen.«

Ein müder und bitterer Unterton verriet, dass Sven Andersson wohl stärker von dem Fall betroffen war, als er zugeben wollte.

Wie üblich war es hoffnungslos, einen Parkplatz finden zu wollen, obwohl die Abendbesuchszeit fast vorbei war. Irene zeigte dem Wächter ihren Dienstausweis und bekam die Erlaubnis, hineinzufahren. Das klappte nicht immer, wenn man in Zivil kam und niemanden im Auto hatte, der versorgt werden musste.

Da es ein normaler Dienstagabend war und immer noch ziemlich früh, war es in der großen Notaufnahme ruhig. Irene ging zum Schwesternbüro und sah dort einen blonden Krankenpfleger sitzen und telefonieren. Sie hatten sich aus dienstlichen Gründen schon häufiger gesehen. Er winkte ihr freundlich zu und machte Zeichen, dass er das Gespräch gleich beenden würde.

Irene Huss schaute sich um. Direkt vor dem Büro lag ein älterer Mann auf einer Trage. Seine Gesichtsfarbe war bleich und von hässlichem Grau, die Lippen waren in dem blassen Gesicht kaum zu sehen. Er lag mit geschlossenen Augen da und schien von seiner Umgebung nichts wahrzunehmen. Neben ihm auf einem Stuhl saß eine kleine, pummelige Frau und strich ihm unaufhörlich über den Arm. Sie schluchzte lautlos, sprach aber nicht mit ihm. Weiter hinten im Warteraum saß ein Jüngling, eine Menge blutiges Haushaltspapier um die Hand gewickelt. Ein älterer Gentleman, den Huss von der Säuferbank im Brunnspark kannte, lag laut schnarchend auf einer Trage. Er war sicher in keiner akuten Gefahr, denn das Blut um die Wunde auf seiner Stirn war schon geronnen. Eine junge Frau saß kerzengerade auf ihrem Stuhl und starrte vor sich hin. Abgesehen von dem Schnarchen war es fast friedlich in der Aufnahme.

Pfleger Roland hatte sein Gespräch beendet und winkte Huss vom Flur zu sich herein mit einem fröhlichen:

»Hallo, Irene! Lange nicht gesehen! Ich glaube, ich weiß, warum du hier bist!«

»Hallo! Hast du Frau von Knecht und ihren Sohn gesehen?«

»O ja, die Sanitäter haben mich zum Krankenwagen gerufen. Sie waren der Meinung, dass es wohl besser wäre, sie gleich zur Psychiatrie zu bringen. Und bei dem Zustand, in dem sie sich befand, konnte ich dem nur zustimmen.«

»Und wie erschien der Sohn?«

»Er hat nur vor sich hin gestarrt. Er stand natürlich auch unter einem ziemlichen Schock. Willst du einen Kaffee, bevor du gehst? So auf die Schnelle?«

Roland winkte einladend zum Personalzimmer. Irene Huss spürte einen unwiderstehlichen Sog im Magen, lehnte aber dankend ab. Die Zeit lief zu schnell davon. Sie ging gerade zum Ausgang, als eine sonderbare Gestalt durch die Türen hereinkam. Er war lang und unglaublich mager. Das rattenfarbene Haar war dünn und hing fettig auf den Rücken der Lederjacke hinunter. An den Füßen trug er ein Paar unglaublich schmutzige, ausgetretene Joggingschuhe, die mit seinen Jeans in puncto Dreck in Konkurrenz treten konnten. Die wadenlange Lederjacke hatte einen Schnitt wie aus den Sechzigern und war wahrscheinlich bei Myrorna gekauft oder aus einem Container nach einer Wohnungsräumung gezogen worden. Aber es war nicht seine dreckige, altmodische Kleidung, die Irene Huss zusammenzucken ließ.

Sein Kopf war so gelb, dass er schon ins Grüne schillerte. Der Kerl hatte eine Gelbsucht von fulminantem Kaliber. Wortlos öffnete der Gelbhäutige seine Jacke. Die Vorderseite seines T-Shirts war blutdurchtränkt. Die reglosen Pupillen, umgeben von schwefelgelbem Weiß, sahen die Inspektorin starr an. Er packte den unteren Rand seines T-Shirts und zog es hoch.

Da schrie Irene Huss auf:

»Roland! Schnell! Roland!«

Pfleger Roland steckte seinen Kopf aus der Bürotür. Nach mehr als zehn Jahren Arbeit in der Aufnahme hatte er kein Problem, die Situation sofort zu erfassen.

»Verdammt, das ist eine Darmschlinge, die da aus dem Bauch hängt!«

Er sprang zurück ins Büro. Sie hörte ihn aufgeregt in die Gegensprechanlage rufen.

»...Messerstich im Bauch. Das ist die reine Hepatitis und HIV auf zwei Beinen.«

Wie der Blitz kam er aus der Tür geschossen. Im Laufen zog er sich einen gelben Schutzkittel, Plastikhandschuhe und eine Schutzbrille über. Genau in dem Moment, als er zu dem Mann mit dem Messerstich kam, verdrehte dieser die Augen nach oben, ließ sie ein paar Mal kreisen und sank zu Boden.

Vom Flur hörte man schnelle Schritte näher kommen. Die Leute aus der Notaufnahme kamen hastig angelaufen, wobei sie gleichzeitig ihre Schutzbekleidung überzogen.

Die Inspektorin drückte sich vorsichtig seitwärts an der Gestalt vorbei, hinaus in die schwarze Novemberfeuchtigkeit. Es war richtig schön, in die Kälte zu kommen. Der Wind hatte abgeflaut, und der Regen hing nur noch wie ein Eisnebel in der Luft.

Die Psychiatrienotaufnahme war natürlich verschlossen. Irene Huss musste an der Tür klingeln. Ein langer, muskulöser Pfleger in weißer Arbeitskleidung kam und öffnete. Er baute sich in der Türöffnung auf, und seine Schultern füllten diese fast aus. Seine Gesichtszüge waren offen und kraftvoll, und er hatte eine ziemlich dunkle Haut. Vielleicht ein Inder? Mindestens zehn Jahre jünger als sie, aber er war einer der schönsten Männer, die sie je gesehen hatte.

»Hallo, worum geht es?«

Er hatte eine tiefe, angenehme Stimme ohne Akzent.

»Hallo, ich bin Inspektorin Irene Huss von der Kripo. Ich würde gern mit dem Sohn von Richard von Knecht sprechen.

Nein, keine Vernehmung. Ich weiß, dass er vor einer Weile mit seiner Mutter hierher gebracht wurde. Wir brauchen nur seine Hilfe. Der Krankenwagen war schon abgefahren, als wir am Unglücksort eintrafen.«

Irene Huss zeigte ihren Polizeiausweis. Der Pfleger, der laut Namensschild Thomas hieß, nickte lächelnd. Er führte sie hinein in den kleinen, engen Warteraum. Dort wandte er sich wieder zu ihr und sagte mit leiser Stimme:

»Wir haben beide erst einmal in einem Behandlungszimmer untergebracht. Setzen Sie sich, dann gehe ich und sage Henrik von Knecht Bescheid, dass Sie mit ihm sprechen wollen.«

Wieder schenkte er ihr ein wunderbares Lächeln, bevor er ging. Irene sah seinen breiten Rücken den Flur hinunter verschwinden. Er klopfte an eine verschlossene Tür und öffnete sie dann. Aus dem Zimmer waren jammernde Schluchzer zu hören. Der Pfleger brauchte nicht länger als eine Minute. Als er zurückkam, hatte er einen blassen Mann in den Dreißigern bei sich. Auf dem hellbeigen Ulster des Mannes waren Blutflecken zu sehen, vor allem auf den Ärmeln und auf der Brust.

Aus dem Behandlungsraum war jetzt lautes Schluchzen zu hören.

»Geh nicht, Henrik. Lass mich nicht allein hier!«

Henrik von Knecht schloss die Tür und lehnte für einen Moment seine Stirn dagegen. Dann richtete er sich auf, holte tief Luft und folgte dem Pfleger. Die beiden waren fast gleich groß. Aber alles, was bei dem dunklen Pfleger Stärke und Wärme ausstrahlte, schien bei Henrik von Knecht genau das Gegenteil auszudrücken. Sicher, er war groß, ging aber gebeugt. Der teure Ulster hing ihm lose um den Leib. Sein blondes Haar war am Scheitel bereits schütter. Um das zu verbergen, hatte er seinen langen Pony nach hinten gekämmt. Sein Gesicht war scharf geschnitten. Es war eigentlich ein hübsches Gesicht, aber die Blässe und der helle Ulster verliehen ihm ein sonderbar ausgewaschenes Aussehen.

Er ging auf Irene zu. Seine Stimme klang schroff und rau, als er zögernd sagte:

»Ja bitte, Sie wünschen?«

»Ich bin Inspektorin Irene Huss. Wir wären Ihnen äußerst dankbar, wenn Sie uns bei einer Sache behilflich sein könnten.«

»Und die wäre?«

»Wir bräuchten den Schlüssel zur Wohnung Ihrer Eltern.«

»Den Schlüssel? Wozu denn?«

»Damit wir die Tür nicht aufbrechen müssen, um die Wohnung zu durchsuchen. Das ist in so einem Fall immer notwendig. Und es ist doch nur gut, wenn man das Schloss nicht kaputtmachen muss. Oder die Tür.«

Es schien, als wolle er protestieren, aber stattdessen schluckte er und drehte sich auf den Hacken um. Über die Schulter sagte er:

»Mama hat den Hausschlüssel in ihrer Handtasche.«

Er verschwand im Behandlungszimmer. Irene konnte von dort ein aufgeregtes Gemurmel von Stimmen und lautes Schluchzen vernehmen. Henrik von Knecht kam nach ungefähr fünf Minuten zurück. Sein Gesicht hätte zu einer verwitterten Marmorstatue gehören können. Aus dem Zimmer war eine angespannte, dünne Frauenstimme zu hören:

»...die Schlüssel zurück. Auch wenn sie...«

Der Wortschwall wurde abgeschnitten, als Henrik von Knecht fest und entschlossen die Tür schloss.

KAPITEL 2

Henrik von Knecht sprach während der fünfminütigen Autofahrt kein einziges Wort. Er saß da, den Kopf vornübergebeugt, die Stirn in die Hände und die Ellbogen auf die Knie gestützt.

Inspektorin Huss forderte ihn nicht auf, sich anzuschnallen, sie ließ ihn versunken in seine Trauer und sein Schweigen sitzen. Als sie in die Molinsgatan einbogen, sah Irene Huss, dass nicht nur Kommissar Andersson und die Leute von der Spurensicherung vor von Knechts Haus warteten. Zwei Personen, die sie nur zu gut kannte, drückten sich vor der Eingangstür des Herrenausstatters herum. Sie fuhr an ihnen vorbei und bog nach links in die Engelbrektsgatan ein. Irene Huss berührte vorsichtig Henrik von Knechts Arm, worauf er zusammenzuckte, als hätte sie ihn geweckt.

»Was ist los?«, fragte er verwirrt.

»Ich will einen Bogen machen und in der Aschebergsgatan parken. In der Ecke vorm Herrenmodengeschäft stehen zwei Typen von der Zeitung. Können wir über den Hinterhof ins Haus kommen und von dort aus den anderen die Tür öffnen? Dann entkommen Sie den Hyänen«, erklärte Irene Huss.

Ein angespannter Zug fuhr über sein Gesicht, und plötzlich schien er hellwach zu sein.

»Parken Sie rechts bei den Erik-Dahlbergs-Treppen. Stellen Sie sich auf einen der beiden äußersten Plätze«, dirigierte er.

Sie hatten Glück, einer der Plätze war frei. Irene Huss sah den blutbefleckten Ulster an. Sie bat Henrik von Knecht, noch sitzen zu bleiben, während sie zum Kofferraum ging. Dort fand sie einen alten, öligen, blauen Helly-Hansen-Pullover und die schwarze Kappe ihrer Tochter, mit »N.Y.« bestickt. Sie gab ihm die Sachen und sagte:

»Ziehen Sie den Mantel aus und das hier an.«

Ohne eine Miene zu verziehen, zog er sich schnell im Auto um.

Sie gingen mit raschen Schritten über den Zebrastreifen. Das war der kritische Moment. Sie musste sich zwingen, nicht zur Ecke fünfzig Meter weit entfernt zu gucken. Mit erzwungener Ruhe gingen sie noch ungefähr zehn Meter weiter. Henrik von Knecht hielt vor einer massiven Holztür an, zog einen Schlüsselbund aus der Tasche seiner maßgeschneiderten Hose und schloss die Tür auf. Einer der Fotografen steckte seinen Kopf um die Ecke, schien aber nicht auf die Kontraste von Henrik von Knechts Kleidung zu reagieren.

Sie schlüpften durch die Tür und gelangten in einen Fahrradraum. Es war ein kombinierter Fahrrad- und Müllraum, eigentlich ein etwa zwanzig Meter langer Durchgang, der an beiden Enden von abgeschlossenen Türen begrenzt wurde. Neben der Tür zur Straße standen fünf grüne Mülltonnen.

Schnell durchquerten sie den Raum, öffneten die hintere Tür und traten auf einen kleinen, quadratischen Hinterhof. Er wurde von einem großen Baum mitten auf dem Hof beherrscht, beleuchtet von einer altmodischen Straßenlaterne. Die Wände entlang liefen Blumenrabatte. In jeder Hauswand befand sich eine kleine Tür mit Fenster und jede Tür war mit einer soliden Lampe beleuchtet. Henrik von Knecht steuerte ohne zu zögern die linke Tür an, schloss sie auf und hielt sie für Irene Huss auf. Er streckte seine Hand zu dem selbst leuchtenden Knopf, um die Treppenbeleuchtung einzuschalten.

»Kein Licht! Sonst sehen die Zeitungsfritzen, dass was im Gange ist«, zischte Irene Huss.

Sie holte ihre kleine, lichtstarke Taschenlampe aus der Tasche ihrer Popelinejacke. Dem nach unten gerichteten Lichtstrahl folgend gingen sie fünf schmale Treppenstufen hinauf. Durch die schmale Türöffnung traten sie in ein großes

Treppenhaus. Im Lichtkegel glänzte der bunte Marmor des Bodens. Rechts von sich sahen sie das Licht eines Fahrstuhlfensters. Irene Huss löschte die Taschenlampe und ging zur Eingangstreppe, die zur Haustür hinunterführte. Als sie auf der Höhe der Fahrstuhltür stand, konnte sie den oberen Teil der schön geschliffenen Glasscheiben der Haustür sehen. Sie trat noch ein paar Schritte vor und konnte die Köpfe des Kommissars und der Techniker erkennen. Vorsichtig schlich sie an eine Seite der breiten Treppe, hielt sich an dem geschnitzten Treppengeländer fest und glitt lautlos die zehn Treppenstufen zur Tür hinunter. Sie tappte über die weiche Fußmatte, riss die Tür hinter ihren Kollegen auf und zischte laut:

»Schnell! Beeilt euch, ehe die Zeitungsfritzen kommen!«

»Uns beeilen! Wie soll man das denn anstellen, wenn man sich vor Schreck in die Hose geschissen hat!«, wollte Svante Malm von der Spurensicherung wissen.

Kommissar Andersson behauptete später, er wäre nie in seinem Leben einem Herzinfarkt näher gewesen.

Sie schlüpften durch die Tür hinein, bevor die Zeitungsheinis an der Ecke überhaupt begriffen hatten, was da vor sich ging. Irene Huss drückte auf den Knopf für die Flurbeleuchtung. Der Kommissar zwinkerte wütend mit den Augen und fragte schroff:

»Was zum Teufel machst du denn jetzt schon wieder?«

Aber Irene Huss antwortete ihm nicht, sie betrachtete voller Bewunderung die Wände des Treppenaufgangs. Die Wandgemälde waren wunderschön, spielende Kinder zwischen Buschwindröschen und der Frühling, der in einem Wagen angeflogen kam, welcher von großen exotischen Schmetterlingen gezogen wurde. Alles in frühlingshaften hellen Pastelltönen gehalten. Auf der gegenüberliegenden Wand gab es ein Mittsommernachtsfest in deutlich kräftigeren, bunteren Farben zu sehen. Erwachsene und Kinder tanzten in der Sommerdämmerung, und der Spielmann strich auf seiner Geige, was das Instrument nur hergab. Sein Gesicht war schweißnass, und die Augen funkelten vor Spielfreude.

»Das Gemälde hat Carl Larsson gemalt, Anfang der Neunzigerjahre im letzten Jahrhundert.«

Alle Polizisten wandten ihr Gesicht zum Treppenabsatz, von wo die trockene Stimme kam. Henrik von Knecht sah in seiner Verkleidung zweifellos sonderbar aus. Er schaute auf die vier Polizisten herunter und nickte Irene zu, als er weitersprach:

»Die Inspektorin Huss war so freundlich und hat mich an den Presseleuten vorbeigelotst. Wollen wir jetzt nach oben?«

Er zeigte mit einer Hand zur Fahrstuhltür. Die Polizisten trotteten die Stufen hoch und drängten sich in den kleinen Aufzug. »Max. 5 Personen«, informierte ein Messingschild. Irene hoffte heimlich, dass es sich dabei um ausgewachsene Personen handeln durfte. Sie nutzte die Gelegenheit, Henrik von Knecht den anderen drei vorzustellen: Kommissar Andersson und den Leuten von der Spurensicherung, Svante Malm und Per Svensson. Letzterer trug die schwere Beleuchtungsausrüstung und diverse Kameras.

Ohne Zwischenstopp fuhr der Fahrstuhl in den vierten Stock. Sie stiegen aus und gingen zu der großen, geschnitzten Doppeltür. Ein zierliches schmiedeeisernes Gitter in Form ineinander verschlungener französischer Lilien bedeckte das in die Tür eingelassene Fenster. Die Schnitzereien auf der unteren Türhälfte stellten springende und spielende Hirsche dar. Svante Malm spitzte die Lippen zu einem lautlosen Pfiff beim Anblick der imposanten Tür.

Irene Huss schien es, als hätte Henrik von Knecht sich während ihres Versteckspiels mit der Presse ein wenig erholt. Aber als er nun aus dem Aufzug stieg, erstarrte sein Gesichtsausdruck von neuem. Auch Kommissar Andersson bemerkte das.

»Sie müssen nicht mit in die Wohnung kommen«, sagte er freundlich.

»Doch, das will ich aber!«

Die Antwort kam wie ein Peitschenknall. Der Kommissar war überrascht davon und murmelte:

»Ja, ja, können Sie ja. Aber Sie müssen sich dann dicht hinter uns halten. Sie dürfen nichts anfassen, sich auf keinen Stuhl setzen und kein Licht anmachen. Wir sind natürlich dankbar, wenn Sie uns durch die Wohnung führen würden. Wie groß ist sie eigentlich?«

»Dreihundertfünfzig Quadratmeter. Es ist eine Maisonettewohnung. Die anderen drei Wohnungen im Haus sind immer nur auf einem Stockwerk. Papa hat das Haus hier Ende der Siebziger gekauft und es sehr sorgfältig renovieren lassen. Es steht natürlich unter Denkmalschutz«, berichtete er.

»Es gibt also nur drei andere Wohnungen im ganzen Haus?«

»Ja.«

Während sie miteinander sprachen, hatte der Kommissar sich ein Paar dünne Gummihandschuhe übergezogen. Mit einer Geste bat er Henrik von Knecht um den Türschlüssel. Er bekam ihn und schloss auf.

Mit einem leichten Druck auf das äußerste Ende der Türklinke drückte er diese nach unten und öffnete die Wohnungstür.

»Fasst keinen Lichschalter hier im Flur an. Benutzt lieber eure Taschenlampen«, ermahnte Svante Malm sie.

Leicht seufzend fuhr er fort:

»Der Laser ist kaputt, deshalb muss ich die gute alte Pulvermethode benutzen.«

Währenddessen suchte er mit dem Lichtkegel seiner Taschenlampe nach dem Lichtschalter. Als er ihn direkt neben der Tür gefunden hatte, bat er Irene Huss, die Taschenlampe direkt auf den Schalter zu richten. Er blies über die ganze Plastikscheibe um den Knopf herum Metallpulver. Vorsichtig pinselte er das überflüssige Pulver weg, drückte eine dünne Plastikfolie auf die Fläche und zog diese dann wieder ab. Ein Ausdruck der Überraschung zeichnete sich auf seinem länglichen Gesicht ab.

»Total blank. Kein Krümelchen zu sehen. Jemand muss den Schalter abgewischt haben«, sagte er erstaunt.

»Deshalb riecht es hier wohl auch nach Ajax«, sagte Irene Huss.

Sie schnüffelten alle. Es gab noch mehr zu riechen. Zigarre. Das erklärte auch, warum sie ein Gefühl von Weihnachtsstimmung empfunden hatte, als sie in den Flur getreten war. Eine Erinnerung an die Weihnachtsfeiern ihrer Kindheit. Mutters Ajax und Vaters Weihnachtszigarre. Sie wandte sich an Henrik von Knecht.

»Rauchte Ihr Vater Zigarren?«

»Ja, ab und zu. Bei festlichen Gelegenheiten...«

Seine Stimme erstarb zu einem Flüstern. Er schluckte schwer, denn auch er hatte den Zigarrenduft wahrgenommen. Mit verkniffenen Lippen fragte er Irene flüsternd:

»Warum nehmen Sie Fingerabdrücke?«

Irene dachte daran, was die Gerichtsmedizinerin gesagt hatte, beschloss jedoch, nur einen Teil der Wahrheit zu sagen.

»Reine Routine. Das machen wir immer so, wenn wir bei einem überraschenden Todesfall an den Unglücksort gerufen werden«, erklärte sie.

Er kommentierte ihre Aussage nicht weiter, sondern biss so fest die Zähne aufeinander, dass die Kiefermuskeln wie steinharte Polster am Ende der Kieferlinie hervortraten.

Svante Malm knipste die Lampe im Flur an. Die Wände ragten sicher vier Meter in die Höhe. Die Eingangshalle war beeindruckend groß und geräumig. Der Boden war aus hellgrauem Marmor. Rechts von der Tür reihten sich fünf Garderobenfächer mit geschnitzten Türen aus dunklem Holz aneinander. Die mittlere war mit einem ovalen Spiegel versehen, der fast die ganze Tür bedeckte. Zusätzlich thronte einer der größten und am reichsten verzierten Spiegel, die Irene Huss je gesehen hatte, an der gegenüberliegenden Wand. Unter ihm stand eine ebenso kunstvoll geschnitzte und vergoldete Konsole.

Kommisar Andersson wandte sich Henrik von Knecht zu.

»Können Sie uns kurz einen Überblick über die Wohnung geben?«

»Ja, natürlich. Die Tür neben dem Spiegel führt zu einer Toilette. Die nächste Tür geht zur Küche.«

»Und die Tür gegenüber der Küche, neben den Garderoben?«

»Die führt in die Gästesuite hier unten. Dort drinnen gibt es ein separates Badezimmer mit WC. Geradeaus haben wir die Tür zu dem großen Wohnzimmer. Ganz dahinten, linker Hand, ist die Treppe zum oberen Stockwerk. Dort oben liegen die Bibliothek, ein kleineres Arbeitszimmer, die Sauna, das Schlafzimmer, das Fernsehzimmer und der Billardraum. Und ein Bad mit WC und Jacuzzi.«

Svante Malm war vor einer glänzend polierten Kommode mit vergoldeten Beschlägen, runden Formen und einem Furnier aus hellen und dunklen Hölzern stehen geblieben. Mit Ehrfurcht in der Stimme fragte er:

»Darf ich fragen: Ist das eine Haupt-Kommode?«

Henrik von Knecht schnaubte unbewusst.

»Nein, die steht in der Bibliothek. Diese hier hat mein Vater in London gekauft. Der Versicherungswert beträgt fünfhundertfünfzigtausend. Auch ein hübsches Stück«, erklärte er.

Keinem der Polizisten fiel dazu eine Bemerkung ein. Der Kommissar wandte sich Irene zu.

»Am besten bleibst du mit Herrn von Knecht hier, während wir uns umsehen«, sagte er.

»Ich komme gern mit. Es ist ja möglich, dass etwas nicht so aussieht, wie es normalerweise aussieht«, widersprach Henrik von Knecht schnell.

Er schob sein Kinn vor und bekam einen eigensinnigen Zug um den Mund. Andersson sah ihn nachdenklich an und nickte dann zustimmend. Er wandte sich den Leuten von der Spurensicherung zu.

»Als Erstes überprüfen wir den Balkon«, bestimmte er.

Alle gemeinsam marschierten sie zu der breiten Türöffnung zum Wohnzimmer. Vorsichtig traten sie auf den weichen Teppich in der Mitte der Eingangshalle. Irene musste stehen bleiben, um das golden schimmernde Muster zu bewundern, das einen schönen Baum mit Vögeln und stilisierten Tieren darstellte, umgeben von einem weinrankenähnlichen Gewächs auf dunkelblauem Grund. Sie merkte, wie Henrik von Knecht sie ansah.

»Das ist ein semiantiker Motashemi-Keshan«, erklärte er sachkundig.

Vor ihren Augen erschien kurz die Vision ihrer letzten Investition an der Teppichfront, ein rostroter Teppich mit kleinen, naiv gezeichneten Strichmännchen in den Ecken. Der Verkäufer bei IKEA hatte ihr versichert, dass das ein echter, handgeknüpfter Gabbeh war, zu dem günstigen Preis von zweitausend Kronen. Sie liebte diesen Teppich und war der Meinung, er würde ihr ganzes Wohnzimmer erhellen, wie er dort unter dem Couchtisch lag. Plötzlich überfiel sie wütend das Gefühl, ihren Teppich verteidigen zu müssen. Sie fauchte schärfer, als sie geplant hatte.

»Sind Sie so ein Museumsheini, oder was?«

»Nein, ich handle mit Antiquitäten«, antwortete er nur kurz.

Sie standen in der Türöffnung zu dem Wohnzimmer, wie Henrik es genannt hatte. Im Schein der Taschenlampe vollführte Svante Malm wieder die Fingerabdrucksprozedur an dem großen Kontaktschalter, und wieder mit dem gleichen negativen Resultat. Irene Huss konnte erkennen, dass sie sich in einem sehr großen Saal befanden. Das Straßenlicht sickerte durch die dünnen vorgezogenen Gardinen. An der gesamten äußeren Wand schienen Fenster vom Boden bis zur Decke zu verlaufen. Wieso hatte sie das Gefühl, sich in einer Kirche zu befinden? Nachdem keine Fingerabdrücke zu finden waren, drückte Svante Malm auf den Lichtschalter. Glänzende, schwere Messingkronleuchter erhellten einen großen Saal. Alle waren überrascht und beeindruckt, der Kommissar sammelte sich als Erster und sagte:

»Auf geht's. Haben alle Plastikschutz über den Schuhen?«

Die Treppe begann direkt beim Lichtschalter und führte an der Wand, an der sie standen, nach oben. Mit Andersson an der Spitze stiegen die Techniker schnell die breiten Marmorstufen hinauf.

Henrik drückte auf den äußersten Knopf auf der Schalterleiste, und mit einem leisen Surren schob sich die dünne, champagnerfarbene Seidengardine zur Seite.

Sie merkte, dass sie sich geirrt hatte. Die hohen Fenster waren keine Fenster, es waren gläserne Balkontüren. Und sie reichten nicht vom Boden bis zur Decke. Denn die Deckenhöhe der Außenwand betrug sicher acht Meter. Über ihren Köpfen gab es die Decke von vier Metern Höhe, doch die hörte abrupt ein paar Meter weiter auf. Irene trat weiter vor und schaute sich um. Das, was hier die Decke bildete, war natürlich im nächsten Stock der Boden. Und wo der Boden des oberen Stockwerks aufhörte, lief ein schönes Schmiedeeisengeländer entlang. Das erstreckte sich über zwei Seiten des Saals. Hoch über ihrem Kopf wölbte sich die stuckverzierte Decke. Kein Wunder, dass sie das Gefühl bekommen hatte, sich in einer Kirche zu befinden! Vom Dach hingen drei riesige Kronleucher. Der ganze Raum war länglich, sah aber auf Grund der Marmorsäulen, die in einer Reihe standen und den Boden des oberen Stockwerks abstützten, schmaler aus, als er in Wirklichkeit war. Die Kollegen traten gemessenen Schrittes ans Geländer und gingen dann zur Balkonecke in der großen offenen Bibliothek. Irene Huss kehrte wieder zu Henrik zurück, und gemeinsam gingen die beiden schweigend die Treppe hinauf. Im oberen Stockwerk war der Zigarrenduft sehr viel deutlicher zu riechen. Sie gingen am Geländer entlang, in die geräumige Bibliothek. Links von sich sah Irene eine Halle und einen Flur mit mehreren Türen. Sie begriff, dass hier die übrigen Zimmer und die Sauna liegen mussten. Die Sauna… Sie verlangsamte ihren Schritt und blieb stehen. Jetzt konnte sie identifzieren, welcher Geruch vom Zigarrenduft überdeckt wurde.

Sie holte tief Luft und drehte sich Henrik zu.

»Wissen Sie, wonach es riecht?«

Er schnupperte kurz und nickte.

»Nach Eukalyptus. Mein Vater war in der Sauna. Das erklärt auch, warum er den Bademantel anhatte«, antwortete er mit einem leichten Zittern in der Stimme.

Schnell zogen die Bilder vor ihrem inneren Auge vorbei, der zerschmetterte Richard von Knecht, bekleidet mit einem dicken Bademantel aus weinrotem Samtfrottee, seine nackten Beine in verdrehter Position, weiß in der Scheinwerferbeleuchtung der Spurensicherung, und die braunen Lederpantoffeln, ein paar Meter von der Leiche entfernt. Sie erschauerte und konzentrierte sich auf ihre Kollegen an der Balkontür. Die drei Männer standen wortlos vor der verschlossenen Tür. Langsam drehte sich Kommissar Andersson um und schaute Henrik von Knecht ernst an:

»Leider muss ich Ihnen mitteilen, dass es einige Anzeichen dafür gibt, dass Ihr Vater getötet wurde. Die Balkontür ist von innen verschlossen, der Schlüssel steckt und der Türgriff ist heruntergedreht. Und auf der Außenseite gibt es keinen Griff.«

Das war zu viel für Henrik von Knecht. Er sank direkt vor der Balkontür auf die Knie, die Hände vors Gesicht geschlagen, und begann zu weinen, leise und trocken. Irene rief einen Streifenwagen, der ihn und seinen weißen Mercedes nach Hause bringen sollte.

Während sie auf die Ankunft des Streifenwagens warteten, fragte Irene Huss, ob er versuchen wollte, ihr einige Fragen zu beantworten. Er nickte bejahend. Sie begann ganz neutral:

»Wo wohnen Sie?«

»Örgryte. Långåsliden.«

»Ist jemand bei Ihnen, oder sollen wir jemanden benachrichtigen?«

»Meine Frau ist zu Hause.«

»Ach so.«

Irene hörte selbst, wie dumm das klang, aber sie war einfach überrascht davon, dass Henrik von Knecht eine Frau hatte. Schnell versuchte sie ihre Verblüffung zu überspielen:

»Weiß Ihre Frau, was heute Abend passiert ist?«

Er schüttelte den Kopf, ohne die Hände vom Gesicht zu nehmen.

»Wenn ich es recht verstanden habe, dann befanden Ihre Mutter und Sie sich auf der Straße, als Ihr Vater hinunterfiel. Sie stiegen gerade aus dem Auto, stimmt das?«, fuhr sie fort.

Er blieb eine ganze Weile unbeweglich sitzen. Irene überlegte, ob er die Frage überhaupt verstanden hatte. Sie wollte sie bereits neu formulieren, als er seine Hände herunternahm und sie direkt ansah. Wieder begegnete ihr diese steife Maske. Auch wenn seine Augen glänzten, es lag eine Eiskruste unter den Tränen. Er strich sich mit einer müden Geste über das Gesicht.

»Entschuldigung… Was haben Sie gefragt?«

Irene stellte ihre Frage noch einmal. Er holte tief Luft, bevor er antwortete:

»Wir haben auf der anderen Seite geparkt, an der Ecke der Aschebergsgatan. Ich habe gar nicht gesehen, dass was passiert ist, bin nur ums Auto gegangen, um meiner Mutter zu öffnen. Da hörte ich einen Schrei. Ich sah, dass… dass da etwas auf dem Boden lag und dass Menschen dorthin rannten. Meine Mutter lief auch hin. Sie fing an zu schreien. Ich rief von meinem Handy aus die Polizei an. Ja, den Rest kennen Sie ja.«

»Wo waren Sie und Ihre Mutter gewesen?«

»Wir hatten abgemacht, uns in Landsvetter zu treffen. Sie kam mit einem Flugzeug aus Stockholm, das eine Viertelstunde nach meinem landete. Aus London. Es war reiner Zufall, dass unsere Flüge so zusammenfielen. Das haben wir Samstag bemerkt, auf dem Fest. Mama und Papa feierten ihren dreißigjährigen Hochzeitstag…«

Er schluckte und verstummte. Irene Huss sah ein, dass er an seinen Grenzen angelangt war.

»Wir werden morgen sicher noch ausführlicher miteinander reden müssen. Möchten Sie, dass wir zu Ihnen kommen, oder wollen Sie im Präsidium vorbeischauen?«

»Ich komme ins Präsidium.«

»Geht es um elf? Und bringen Sie bitte Ihre Frau mit.«

»Wir werden versuchen, um elf zu kommen.«

»Es ist jetzt sicher an der Zeit runterzugehen. Wie Sie wissen, können die Streifenpolizisten ja nicht ins Haus«, sagte sie freundlich.

Sie brachte ihn mit dem Fahrstuhl hinunter. Er murmelte ein Dankeschön und verschwand zwischen den beiden Polizisten draußen im Dunkel.

Irene Huss musste einfach stehen bleiben und den so sorgfältig verlegten Marmorboden bewundern. Das Motiv stellte einen schwarzen Schwan dar, der von weißen und rosa Lilien umgeben wurde. Das war der schönste Boden, den sie je gesehen hatte. Carl Larsson an den Wänden des Treppenhauses, als zusätzlicher Bonus, verschlechterte den Eindruck auch nicht gerade.

Während ihrer vielen Jahre bei der Polizei war sie bereits in hunderten von Hauseingängen gewesen. Die meisten waren heruntergekommen, der Gestank nach Pisse und billigem Essen schlug den Besuchern wie das selbst produzierte Tränengas des Vororts entgegen. Die Wände waren abgeblättert, und Gekritzel auf ihnen kündete vollmundig von »Schwanz«, »Ausländer raus«, »Kilroy was here« und anderen aufmunternden Parolen. Schmutzige Treppen und eingetretene Wohnungstüren gehörten zum normalen Bild. Die Polizei hat selten etwas in Hauseingängen mit Marmorbelag auf dem Boden und Carl-Larsson-Malereien an den Wänden zu suchen.

Die Balkontür stand offen, und die Beamten waren damit beschäftigt, Spuren zu sichern. Eine sehr konkrete war ein Fleischerbeil. Nicht in der Größe eines Schlachtwerkzeugs, sondern eher eine kleinere Küchenvariante.

»Das lag auf dem Balkonboden, ganz an der Wand. Es hat unter dem Dach gelegen, da werden wir bestimmt einiges Interessantes dran finden«, sagte Andersson.

Der Kommissar war aufgewühlter, als er zugeben wollte. Seine Wangen zeigten eine intensive Röte. Leise fragte Irene:

»Bist du in Ordnung? Ich meine… was den Blutdruck betrifft?«

»Was kümmert dich das?«

Der Kommissar schaute wütend auf. Keiner wird gern an seine beginnenden Alterszipperlein erinnert. Und hoher Blutdruck war eins der seinen. Die Beamten schauten verwundert von ihrer Arbeit auf. Mit aller Kraftanstrengung beherrschte Andersson sich und zwang seine Stimme in leisere Regionen.

»Die Sauna war an. Mir ist ziemlich heiß geworden, als ich reingeguckt habe«, erklärte er, konnte aber nicht einmal sich selbst damit überzeugen.

Irene beschloss, die peinliche Frage nach dem Blutdruck des Chefs auf sich beruhen zu lassen.

»War der Ofen noch an?«, wunderte sie sich.

»Nein, der war ausgestellt. Und hier hast du die Erklärung für den Zigarrengeruch.«

Andersson deutete auf eine Zigarre, die in einem blauen Kristallaschenbecher lag, platziert auf einem Rauchtisch mit runder Kupferscheibe. Neben dem Aschenbecher stand ein breites Whiskyglas mit einem kleinen bernsteinfarbenen Rest auf dem Grund. Der Rauchtisch diente als Sideboard zwischen den beiden über Eck stehenden Sofas. Diese sahen einladend und bequem aus in ihrem weinroten, weichen Leder. Das Sofa, das dem Balkon am nächsten stand, zeigte mit dem Rücken zum Schmiedeeisengeländer und mit der kurzen Seite zur Balkontür. Vor dem großen Sprossenfenster thronte ein Ohrensessel im gleichfarbenen Leder wie die Sofas. Eine Halogenleselampe daneben sah fast aus wie eine Fleisch fressende Pflanze aus Messing. Das andere Sofa war zur Balkontür hin ausgerichtet, mit dem Rücken zur Treppe und zum Schlafzimmerflur. Die Platzierung des Aschenbechers und des Whiskyglases deutete darauf hin, dass Richard von Knecht auf letztgenanntem Sofa gesessen hatte. Der Kommissar betrachtete nachdenklich das Arrangement.

»Warum saß er auf dem Sofa und nicht auf dem Sessel?«, überlegte er.

»Sieh doch mal die Lautsprecher. Der eine steht in der Ecke und der andere auf der anderen Seite der Balkontür. Wahrscheinlich ist der Klang am besten, wenn man auf dem Sofa sitzt«, erwiderte Irene Huss.

Sie ging zum CD-Spieler, der hinter einer rauchfarbenen Glastür in einem der Bücherregale versteckt war. Mit einem Stift drückte sie vorsichtig auf einen Knopf, und die Scheibe glitt heraus. Ohne sie anzufassen, las sie laut den Titel:

»›The Best of Glenn Miller‹. Richard von Knecht sitzt hier also frisch aus der Sauna kommend, raucht eine gute Zigarre, trinkt einen Schluck und hört Glenn Miller. Und dann soll er also plötzlich aufspringen, sich mit dem Fleischerbeil in die Hand hauen und vom Balkon springen! Das klingt nicht besonders glaubwürdig. Die Stridner hat Recht, das war kein Selbstmord.«

»Und vergiss nicht, dass die Balkontür von innen verschlossen war und der Schlüssel steckte.«

»Ich möchte nur wissen, was eigentlich passiert ist.«

»Das herauszufinden, werden wir bezahlt«, erklärte der Kommissar trocken.

Er wandte sich wieder zur Balkontür und fragte mit lauter Stimme:

»Svante, ist eigentlich viel Blut auf dem Balkon?«

Svante Malm steckte sein sommersprossiges Pferdegesicht durch die Tür.

»Nein, bis jetzt haben wir noch gar keins entdeckt. Jedenfalls keins, das sichtbar wäre.«

»Offenbar ist er also nicht mit der Axt auf dem Balkon umgebracht, sondern wirklich übers Geländer geschubst worden. Nur sonderbar, dass er nicht geschrien hat, nicht wahr? Hat jemand der Zeugen gehört, dass er geschrien hat, als er zu Boden stürzte?«, fragte Andersson.

Irene dachte an die kleine Dame mit dem Hund.

»Scheint nicht so. Ich habe mit der Zeugin gesprochen, die

am nächsten dran war. Sie war sehr aufgebracht, weil von Knecht fast auf ihrem Hund gelandet ist. Aber sie hat nichts von einem Schrei erwähnt. Aber sie stand natürlich unter Schock. Ich werde sie morgen vernehmen.«

»Okay. Dann sehen wir uns hier mal weiter um.«

Die Bibliothek wurde von den hohen, an der Wand befestigten Bücherregalen dominiert. Sie erstreckten sich vom Boden bis zum Dach und waren mit Glastüren versehen. Die Sitzgruppe stand mitten in dem großen Raum. Eine kleinere Lesegruppe in einer Ecke bestand aus einem Glastisch und zwei Ohrensesseln, im gleichen Design und Lederbezug wie die Sitzgruppe. Um das große Fenster herum bis zur Balkontür gab es keine Bücherregale. An den Wänden hing stattdessen moderne Kunst. Unter einem bunten Ölgemälde, das einen grünen Monsterkopf mit gelben Augen darstellte, stand die so genannte Haupt-Kommode. Man konnte sie kaum als Kommode bezeichnen, eher als einen Sekretär auf hohen, verschnörkelten Beinen. Unter der Klappe saßen drei Schubladen nebeneinander, und darüber wölbte sich ein raffinierter Rollladen. Die Haupt-Kommode war eine Enttäuschung. Die Kommode in der Eingangshalle war viel imposanter. Aber das war es wohl nicht, was ihren Wert ausmachte, wie Irene aus Svante Malms Reaktion zu erkennen meinte. Auf der anderen Seite des Fensters hingen zwei Bilder, die sogar von den ungeübten Augen des Kommissars als Werke von Picasso identifiziert werden konnten. Es waren nämlich deutlich die Signaturen zu erkennen.

»Kubistischer Stil. Das erkenne ich nach dem Steckbrief für die Bilder, die aus dem Moderna museet gestohlen wurden. Nichts sitzt dort, wo es sein sollte. Wie sollte man zwei Augen sehen können, wenn die Nase im Profil gezeichnet ist?« fragte Andersson.

Er beäugte die beiden Bilder kritisch. Sie waren deutlich kleiner als das Monsterbild, aber sicher beträchtlich teurer.

»Wir drehen mal eine Runde. Und wir versprechen, nichts anzufassen und nur die Taschenlampen zu benutzen.«

Letzteres sagte er zu Svante, dessen Kopf wieder in der Balkonöffnung erschienen war.

Sie begaben sich in den Flur des Obergeschosses, von dem die übrigen Zimmer abgingen. Das erste Zimmer erwies sich als Arbeitszimmer, nur wenig kleiner als das kleinere Wohnzimmer. Im Lichtkegel waren Bücherregale mit Büchern und Ordnern zu erkennen, eine kleine Sitzgruppe, ein großer Schreibtisch und ein separater Computertisch.

Alles sah sehr sauber und ordentlich aus. Anderssons Taschenlampe blieb auf einem eingerahmten Plakat über dem Schreibtisch hängen. Es stellte eine Balletttänzerin in wadenlangem Tüllrock dar. Sie hatte eine Pose eingenommen, in der ein Bein schräg nach vorn gestreckt war und Arme und der Oberkörper sich über das Bein streckten. Große Buchstaben erklärten: »Der Nussknacker. Musik von Tschaikowsky mit einer Originalchoreografie von L. Ivanov«. Verwundert fragte Andersson:

»Mochte von Knecht Ballett?«

Neugierig trat Irene neben ihn und las im Licht der Lampen:

»›Nehmen Sie teil an der 75-Jahres-Feier des Nussknackers, 1892–1967 im Stora teatern in Göteborg.‹ Ja ha, ganz offensichtlich ballettinteressiert«, stellte sie fest.

»Wir verschaffen uns heute Abend nur einen ersten Überblick. Die Jungs haben dann die ganze Nacht Zeit, Spuren zu sichern. Sollten sie etwas Wertvolles finden, werde ich es morgen früh von ihnen erfahren… hm, das ist eigentlich ein ganz blöder Ausdruck in diesen Kreisen hier!«

Er schnaubte leise und Irene wurde es ganz warm ums Herz. Auch er war also von den Dingen um ihn herum beeindruckt. Sie verließen das Arbeitszimmer und betraten den nächsten Raum. Der erwies sich als die schon viel besprochene Sauna, gekachelt vom Boden bis zur Decke. Am hinteren Ende des Raumes befand sich eine ganze Plexiglaswand mit einer Tür, auch diese aus Plexiglas. Dahinter waren Bänke in verschiedener Höhe und ein großes Saunaaggregat an der einen kurzen Wand zu erkennen. Außerdem gab es noch eine Dusche mit Wänden und einer Schiebetür aus Glas. Zwei Deckstühle aus Teakholz mit dicken Kissen und ein kleiner Tisch machten das Inventar aus. Es roch intensiv nach Eukalyptus. Irene leuchete in die Dusche und konnte sehen, dass Wände und Boden noch feucht waren.

»Nichts weiter von Interesse. Weiter«, sagte Andersson.

Hinter der nächsten Tür befand sich eine separate Toilette mit einem großen Marmorwaschbecken. Die letzte Tür auf der rechten Seite des Flurs führte zu einem Billardzimmer. Ein großer Billardtisch dominierte den Raum.

Sie überquerten den Flur und kamen in das größte Schlafzimmer, das beide je betreten hatten. Ein extrabreites Doppelbett mit einer gelben Seidentagesdecke und vielen Kissen beherrschten das Zimmer. Es war umgeben von polierten Holzschränken und Kommoden, und an den Wänden hingen die Bilder dicht an dicht. Hier konnte man übrigens genau sehen, was die Kunst darstellte. Nackte Körper, die meisten davon weiblich. Es gab auch den einen oder anderen posierenden Mann. Einige der Bilder nahe beim Bett waren direkt pornografisch, vielleicht auch erotisch, da die kopulierenden Paare zum Teil bekleidet waren.

Die Kleidungsstücke, die sie noch trugen, waren altmodisch, wie Schnürleiber, Krinolinen und Schuten. Interessiert betrachtete Irene Huss außergewöhnliche Beischlafstellungen auf einer ganzen Anzahl kleiner japanischer Drucke. Eine Tür in der Wand gegenüber den Kleiderschränken verbarg ein großes Badezimmer mit Toilette. Die Badewanne war ein Eckmodell, offensichtlich das erwähnte Jacuzzi.

Der Kommissar versuchte ein Gähnen zu unterdrücken und sagte: »Es ist jetzt halb elf. Das reicht nur noch für einen kurzen Schnelldurchlauf. Übrigens, ist dir was aufgefallen? Wo sind eigentlich all die neugierigen Nachbarn, die sonst immer angerannt kommen und fragen, was denn passiert ist? Es gibt noch drei Wohnungen in diesem Haus.«

»Ich werde schnell mal die Operation Anklopfen durchführen.«

Irene verließ das von Knecht'sche Schlafgemach und brachte ihre Aufgabe schneller hinter sich, als sie dachte. Auch Sven Andersson war überrascht, als er im unteren Flur schon wieder auf sie stieß.

»Keiner der Nachbarn ist zu Hause. In allen drei Wohnungen ist es still und dunkel. Und ich habe geklingelt und geklopft«, versicherte sie.

Andersson sah nachdenklich aus.

»Das erklärt das Fehlen neugieriger Nachbarn. Und es hat dem Mörder die Sache leichter gemacht. Die Zentrale hat per Telefon ebenfalls keinen der Nachbarn erwischen können. Übrigens habe ich mir noch das letzte Zimmer oben angesehen. Ein Fernsehzimmer. Nichts von Interesse. Nur eine Menge Bilder und ein riesiger Fernseher.«

Er nickte zur Küchentür hin.

»Lass uns in die Küche gehen«, sagte er.

Die Küche erwies sich als ultramodern, schätzungsweise um die fünfzig Quadratmeter groß. In der Mitte erhob sich eine große Kücheninsel mit einer gewaltigen kupfernen Abzugshaube darüber. Die Hänge- und Unterbauschränke hatten geschnitzte Fronttüren aus rot getöntem Kirschbaumholz. Auf dem Boden glänzte ein seidenmattes, dunkelrot lasiertes Parkett. Vor dem Herd und um die Kücheninsel herum lagen rotbraune Ziegelklinker. Die Wände waren hell, fast weiß. Unter der Decke liefen Balken entlang, in der gleichen Farbe wie der Boden lasiert. Alles war sauber und ordentlich. Die Klappe der Geschirrspülmaschine stand einen Spalt offen. Vorsichtig schob der Kommissar sie mit dem Ende seiner Taschenlampe auf und leuchtete hinein.

»Gewaschen. Und kein schmutziges Geschirr auf der Spüle«, stellte er fest.

»Sven, guck mal über der Arbeitsplatte«, sagte Irene. »Unter der Abzugshaube hängen Küchengeräte.«

Fünf Zentimeter unter der Unterkante verlief eine festgelötete Stange. Sie war mit kleinen Haken versehen, und an denen hingen diverse Küchengeräte. Ein Fleischerbeil konnten sie nicht entdecken. Andersson sah nachdenklich aus, als er fragte:

»Wozu benutzt man eigentlich ein Fleischerbeil?«

Irene wunderte sich, dass er das nicht wusste, ließ sich aber nichts anmerken.

»Es hat eine scharfe Schneide, mit der man Sehnen und Knorpel abhackt. Mit der breiten, platten Breitseite schlägt man aufs Fleisch, damit es dünner und mürber wird. Ich glaube, heute wird es nicht mehr so viel benutzt wie früher. Heute ist das Fleisch ja schon geschnitten und geklopft, wenn man es kauft.«

»Wir müssen den Griff des Fleischerbeils mit den Griffen der Geräte vergleichen, die hier hängen. Es scheint alles die gleiche Serie zu sein. Und hier ist ein leerer Haken«, sagte der Kommissar.

»Ich habe das Gefühl, das sind nur Dekorationsstücke. Die Geräte scheinen mir nie benutzt worden zu sein. Ich habe noch nie einen so jungfräulichen Schneebesen gesehen! Und guck mal, die Griffe sind Ton in Ton mit den Fronttüren«, schnaubte Irene.

Sie zeigte auf eine Tür an der hinteren Wand.

»Ich möchte wissen, wohin die wohl führt?«

»Sieht aus wie eine ganz gewöhnliche Tür zur Hintertreppe. Die Jungs sollen das morgen überprüfen«, beschloss Andersson. Er unterdrückte ein erneutes Gähnen, bevor er weitersprach: »Ich glaube, wir waren ziemlich gründlich für einen ersten Durchgang durch die Wohnung. Oder haben wir etwas vergessen?«

Irene war klar, dass die Frage des Kommissars rhetorisch gemeint war, aber diese Tür hier störte sie. Eine Erinnerung tickte herausfordernd in ihrem Hinterkopf, und jetzt platzte sie auf und wurde zum Bild. Sie erinnerte sich an die vier Türen unten auf dem quadratischen kleinen Hinterhof. Wenn sie es richtig verstanden hatte, mündeten die fünf Treppenstufen der jeweiligen Haupteingänge dort. Etwas, das wie eine Hintertreppe aussah, hatte sie nicht gesehen. Es gab allen Grund, hinter die Tür zu schauen, bevor sie gingen.

Andersson seufzte, tappte ihr aber nach zu der Tür. Mit einem vorsichtigen Schubs bekam sie die Tür auf. Dahinter befand sich keine Hintertreppe, sondern ein großer Wirtschaftsraum. Die Lichtkegel der Taschenlampen huschten über Putzschrank, Trockner, Trockenschrank und Waschmaschine. An Letzterer blinkte eine rote Lampe und zeigte, dass die Wäsche fertig war. Wieder benutzte Irene ihren Stift, um keine Fingerabdrücke zu hinterlassen oder bereits vorhandene auszuwischen, als sie die Klappe der Waschmaschine öffnete.

»Bettzeug. Er hat Bettzeug und Handtücher in die Waschmaschine gesteckt, bevor er seinen Mörder traf«, erklärte sie voller Dramatik dem Kommissar.

Sie gingen wieder durch die Küche hinaus, quer über den Teppich in der Eingangshalle und inspizierten noch die Gästesuite. Hinter der Tür befand sich ein großzügiges Schlafzimmer mit einem breiten Doppelbett. Aber auch als sie einen hastigen Blick ins Gästebadezimmer warfen, gelang es ihnen nicht, etwas von Interesse zu entdecken.

KAPITEL 3

Irene Huss fuhr durch das mitternachtsstille Göteborg heim. Hier und dort zeigte sich schon der erste Weihnachtsleuchter in den Fenstern, obwohl es doch noch mehr als eineinhalb Wochen bis zum ersten Advent waren. Lag das an den immer früheren Weihnachtsauslagen in den Schaufenstern, oder war es nur ein Zeichen der Sehnsucht nach Licht in der undurchdringlichen Winterdunkelheit? Apropos Licht: Jenny brauchte einen neuen Kerzenhalter für ihr Fenster. Der alte hatte letztes Jahr einen Kurzschluss gehabt. War sie es gewesen oder Katarina, die erklärt hatte, sie wollte lieber einen Stern haben? Manchmal war es schon schwierig, sich daran zu erinnern, welche von beiden was gesagt hatte. Aber auch wenn sie Zwillinge waren, waren die Mädchen in jeder Beziehung so unterschiedlich, dass Leute oft nicht einmal glaubten, dass sie Schwestern waren. Jenny war Krister ähnlich, ein wenig schweigsam und genauso blond wie er. Aber sie hatte nicht das Interesse ihres Vaters an der Kochkunst geerbt, sie war in erster Linie von Musik besessen. Katarina war dunkel wie Irene, nach außen gewandt und sportlich. Schon mit zehn Jahren war sie mit Irene zum dojon gegangen. Nun war sie dreizehn und war dabei, sich auf den grünen Gürtel vorzubereiten, den ukemi-waza.

Irene selbst war siebzehn gewesen, als sie ihn gemacht hatte. Mit neunzehn wurde sie nordische Meisterin in Jiu-Jitsu, zwei Jahre später Europameisterin. Vor siebzehn Jahren hatte es zwar noch keine große Konkurrenz in Europa auf der Damenseite gegeben, aber es hatte ihr trotzdem einen hohen Status in der Polizeischule eingebracht.

Ihre Kurskameraden sprachen heute noch von der Episode, als ein Lehrbeauftragter an die Schule kam, um ihnen einen Vortrag zu halten über »die Nützlichkeit für Polizisten, gewisse Grundlagen in der Selbstverteidigung zu haben«. Es war ein überheblicher Stockholmer gewesen, der den kleinen Hosenscheißern zeigen wollte, wie sich so ein richtiger Ninjaheld verteidigte! Er rief den schmächtigsten Jungen des Jahrgangs zu sich, einen sehnigen Burschen aus Småland, der noch nie in seinem Leben irgendwelchen Kampfsport trainiert hatte. Dafür gehörte er der schwedischen Nationalmannschaft für Tischtennis an. Ihm wurde gesagt, er sollte den Lehrbeauftragten von hinten mit einem Würgegriff angreifen, was er auch gehorsam tat. Sofort packte der Herr aus Stockholm die linke Hand des Tischtennisspielers, drehte sie um neunzig Grad, drückte sie ihm fest gegen die Schulter und warf ihn mit einem O-soto-otoshi auf die Matte. Doch dabei machte er einen Fehler: Sehnige Burschen aus Småland drückt man nicht einfach so zu Boden. Und schon gar nicht, wenn sie zur Nationalmannschaft im Tischtennis gehören. Der Junge wurde wütend und wehrte sich, woraufhin sein Schultergelenk aus der Kapsel sprang. Das tat verdammt weh, und der Arme krümmte sich auf der Matte. Die Vorführung musste unterbrochen und der Polizeischüler ins Krankenhaus gebracht werden, um das Schultergelenk wieder einzurenken.

Irene war stinkwütend gewesen. Während der Mittagspause hatte sie einen Beschluss gefasst. Es war gegen die Grundregeln ihres Sports, aber dieser Ausbilder musste in seine Schranken verwiesen weden. Er hatte einen Griff angewandt, der zum blauen Gürtel gehörte, ein viel zu hoher Schwierigkeitsgrad für einen Anfänger.

Nach der Mittagspause kam der Ausbilder wieder in den Gymnastikraum. Mit einem schiefen Lächeln hoffte er, dass »der kleine Unfall sie nicht von weiteren Übungen abgeschreckt habe«. Niemand antwortete, die Stimmung war gedrückt. Schnell wandte der Ausbilder sich direkt an die

Schüler und fragte: »Jemand, der den Griff verstanden hat und ihn ausprobieren will?«

Ha, direkt in die Falle getappt! Irene stand auf, bevor ihr jemand zuvorkommen konnte. Mit gespielter Scheu schlug sie ihre Augen nieder und sagte in ihrem breitesten Göteburger Akzent: »Ich kann es ja mal versuchen.«

Die Spannung unter ihren Mitschülern wuchs, aber der Ausbilder merkte nichts davon. Er war nur deutlich verunsichert, als er sah, dass sie fast zehn Zentimeter größer war als er. Mit verkniffener Miene hob er die Arme hoch, um bei ihr den Würgegriff von hinten ansetzen zu können. Nur im Bruchteil einer Sekunde hatte sie ihre Halsmuskeln angespannt, mit dem linken Bein einen Schritt hinter ihn gemacht und sein Bein gepackt. Das zog sie dann mit einem schnellen Griff vor, ließ ihn fallen und ging selbst auf Distanz.

Der Jubel und das Klatschen wollten gar kein Ende nehmen.

Der ausgezählte Ausbilder versuchte die Initiative wieder an sich zu reißen, noch während er auf dem Rücken auf der Matte lag:

»Gut, sehr gut! Noch jemand, der es versuchen will?«

Die Buhrufe nach diesem Kommentar waren nicht mehr zu überhören. Er schlich durch die Tür hinaus. Das war das erste und letzte Mal, dass er sie mit seiner Anwesenheit beehrte.

Irene musste bei der Erinnerung schmunzeln. Fast hätte sie darüber vergessen, beim Jörnbrottsmotet auf die Västerleden abzubiegen und wäre weiter Richtung Särö gefahren. Ihre Augenlider waren schwer und sie sehnte sich nach ihrem Bett.

Hinter der Tür saß Sammie und wedelte fröhlich mit dem Schwanz. Er sprang hoch, hüpfte und zeigte mit seinem ganzen Körper, wie sehr er sich freute, dass sie gekommen war. Plötzlich hielt er inne und drückte seine Nase fest gegen die Tür. Er warf ihr einen auffordernden Blick zu: »Raus. Muss Pipi machen. Dringend!«

Mit einem Seufzer band sie ihm das Halsband um und ging hinaus in die Nacht. Nach ein paar Minuten fiel ihr ein, dass sie keine Plastiktüten mehr in der Tasche hatte. Wenn jetzt was passierte, mussten sie wohl auf die Dunkelheit und die späte Stunde bauen und schnell den Tatort verlassen.

»War das der Grund, dass es gestern so spät geworden ist?« Krister hielt die Göteborg-Posten direkt unter Irenes verschwommenen Blick. Sie saß am Frühstückstisch und versuchte wach zu werden. Es war fast sieben. Die Töchter plumpsten an den Tisch. Der morgendliche Duschfight war folgendermaßen ausgefallen: Katarina Erste, Krister Zweiter, Jenny Dritte und sie selbst Letzte. Krister musste zusehen, dass er einen neuen Thermostaten für die Dusche im Keller fand. Aber ihr Mann hatte anscheinend eine Frage gestellt? Sie sah die schwarzen Lettern, die über die halbe Titelseite liefen: »Richard von Knecht tot nach Fall vom Balkon!« Weiter unten auf der Seite stand in kleineren Lettern: »Polizei schweigt. Unfall oder Selbstmord?«

Sie konnte zur Antwort nur nicken. Als sie aus der Küche ging, bemerkte sie über die Schulter:

»Ich geh jetzt duschen. Liebling, sieh zu, dass der Kaffee stark genug wird!«

Genussvoll blieb sie eine ganze Weile unter der Dusche stehen. Deutlich wacher ging sie danach ins Schlafzimmer und zog sich an: schwarze Levi's-Jeans, ein schwarzes Polohemd und einen knallroten Pringle-Pullover mit V-Ausschnitt. Nun ja, eigentlich eine Raubkopie von Pringle, aber immerhin. Dünnen blauen Eyeliner, Ton in Ton mit den Augen, ein wenig schwarze Mascara und einen Spritzer Red Door. Jetzt war sie bereit, Berge zu versetzen!

Die Mädchen hatten schon ihr Frühstück beendet, als sie hinunterkam. In einer Viertelstunde würde ihr Bus fahren. Katarina wirbelte herum, um ihre Schultasche zu suchen, während Jenny noch am Tisch saß. Sie wusste nicht so recht, wie sie am geschicktesten ihren Wunsch äußern sollte:

»Also, kriege ich das Geld für eine elektrische Gitarre? Oder kriege ich eine zu Weihnachten?«

»Eine elektrische Gitarre?«, wiederholten ihre Eltern gleichzeitig.

»Ja. Eine Band in der Schule braucht jemanden, der Gitarre spielen und singen kann... und da haben sie mich gefragt. Einer der Typen lernt Gitarre spielen beim gleichen Lehrer wie ich.«

»Sind das Jungs aus deiner Klasse in dieser Band?«, fragte Krister.

»Nein, drei Jungs und ein Mädchen aus der Neunten.«

»Aus der Neunten! Aber du gehst doch erst in die Siebte, mein Schätzchen!«

»Ich bin kein Schätzchen!«

Sie fuhr mit tränenfeuchten Augen vom Stuhl auf und sauste aus der Küche. Katarina steckte ihren Kopf durch die Küchentür und fragte verwundert:

»Was ist denn jetzt schon wieder?«

»Sie will eine elektrische Gitarre haben und in einer Band in der Schule spielen«, seufzte Krister.

»Ach so, deswegen. Das sind die White Killers. Starke Sache. Spielen manchmal auch in Freizeitheimen«, erklärte Katarina.

»White Killers? Was ist denn das für ein Name für eine Band? Sind das Satanisten oder so was?«

Krister hatte für gewöhnlich eine ziemlich lange Leitung, aber jetzt hatte er Lunte gerochen.

»Na ja.... eher so eine Art Punk-Rock, irgendwie... glaube ich. Punx not dead, Väterchen!«

Mit einem lauten Lachen sprang Katarina in den Eingangsflur, und die Mädchen liefen zur Bushaltestelle.

Irene spürte selbst die Müdigkeit in ihrer Stimme, als sie stöhnte: »Herr, gib mir Kraft und Stärke! White Killers! Bist du heute Abend zu Hause? Ich weiß nicht, wann ich komme. Das mit dem von Knecht ist ein heißes Eisen. Vieles deutet darauf hin, dass er ermordet wurde, aber bis wir den Bericht von der Obduktion haben, halten wir uns noch zurück. Es scheint ja nichts zur Presse durchgesickert zu sein. Sobald die Lunte riechen, werden sie bestimmt das Präsidium stürmen!«

»Wann ich zu Hause bin? Nicht vor sechs. Aber das passt ganz gut, denn Katarina hat doch heute Abend Ju-Ju-Training. Dann kann ich versuchen, mal mit Jenny zu reden. Nun sieh aber zu, dass wir loskommen.«

Sammie durfte noch eine Runde pinkeln gehen, bevor er bei einer Tagesmutter abgeliefert wurde, einer pensionierten Witwe. Ihre Pension verlängerte sie, indem sie sich gegen Schwarzgeld um vier Hunde kümmerte. Jenny und Katarina holten Sammie ab, wenn sie von der Schule nach Hause kamen.

In den Räumen der Kriminalpolizei herrschte schon reger Betrieb, als Irene Huss kurz vor acht dort eintraf. Die jährliche Grippewelle war im Anmarsch, aber bis jetzt grassierten erst die ganz normalen Herbsterkältungen. Der Mordkommission fehlten drei Inspektoren, die krankgemeldet waren. Das war nicht einfach, aber Kommissar Andersson versuchte, Beamte aus anderen Abteilungen loszueisen.

Sven Andersson sprach mit dem Kommissar für Allgemeine Fahndung, Birger Nilsson, der widerspenstig einen Inspektor zur Verfügung stellte, als er begriff, dass der Tod von Knechts bald alle Titelseiten füllen würde. Unfall oder Selbstmord ist so eine Sache, aber Mord ist etwas ganz anderes. Birger Nilsson begann daraufhin interessiert nach Details zu fragen, aber Andersson war im Stress und gab sich wenig auskunftsbereit. Er wusste, dass sich seine neue Ermittlungsgruppe bereits versammelt hatte und auf ihn wartete.

»Wir, die wir hier im Raum versammelt sind, werden uns ausschließlich mit dem Fall von Knecht befassen. Andere Fälle müssen zur Seite gelegt oder anderen Ermittlern übergeben werden. Haben alle die Schlagzeilen der Morgenzeitungen und die Artikel über von Knechts ›Unfall‹ gelesen?«

Die sieben um den Tisch nickten. Sven Andersson ließ die Luft in seine Lunge einströmen und stellte sich, ohne es selbst zu bemerken, leicht auf die Zehenspitzen, als er fortfuhr:

»Das Ganze war weder ein Unfall noch ein Selbstmord, sondern ein Mord!«

Erregtes Gemurmel war die Folge. Der Kommissar bat um Ruhe und begann zu berichten, was er und Irene am vergangenen Abend gesehen hatten. Während seiner Ausführungen war es mucksmäuschenstill. Er schloss seinen Bericht, indem er bekannt gab, was die Jungs von der Spurensicherung ihm vor ein paar Stunden mitgeteilt hatten, und das war auch für Irene neu. Er fragte:

»Den Kriminaltechniker Svante Malm kennt ihr wohl alle. Du auch, Hannu?«

Letzteres war an Hannu Rauhala gerichtet, den geliehenen Inspektor aus der anderen Abteilung. Keiner von der Mordkommisssion kannte ihn. Hannu Rauhala nickte.

»Er hat mir mitgeteilt, dass auf der flachen Breitseite der Fleischaxt Blut und Haare gefunden wurden, wahrscheinlich von von Knecht. Auf der scharfen Schneide gibt es ebenfalls Blut und Hautfragmente, auch diese höchstwahrscheinlich vom Opfer. Die Länge des Schnitts auf dem Handrücken des Opfers stimmt mit der Länge der Axtscheide überein. Die Vergleichstests werden morgen gegen sieben Uhr fertig sein. Svante und Per haben die ganze Nacht unter Hochdruck gearbeitet. Auf dem Schaft befindet sich kein einziger Abdruck. Er ist sorgfältig abgewischt worden, und dem Geruch nach zu urteilen, können wir bereits jetzt behaupten, dass er mit einem gehörigen Spritzer Ajax gereinigt wurde!«

Er verstummte und schaute sich am Tisch um. Rechts neben ihm saß Irene Huss, die bei den letzten Informationen nur leicht die Augenbrauen hob. Neben ihr saß Tommy Persson, den sie schon seit Ausbildungstagen kannte und der einer ihrer besten Freunde war. Dann folgte Hans Borg, der nach dem fünfzigsten Geburtstag seiner Frau vom letzten Wochenende noch immer müde und mitgenommen aussah. Von Birgitta Moberg neben ihm konnte hingegen kaum behauptet werden, dass sie müde aussah. Ihre braunen Eichhörnchenaugen waren fasziniert auf den Kommissar gerichtet. Sie war hübsch, blond und niedlich. Viele junge Männer in der Abteilung hatten schon versucht, sich an die kleine Person heranzumachen, die aussah, als hätte sie gerade erst die Polizeischule abgeschlossen. Aber sie war bereits dreißig Jahre alt und hatte einen klugen Kopf und scharfe Klauen. Die meisten versuchten es nur ein einziges Mal. Unter denen, die es versucht hatten, befand sich auch Jonny Blom, der Mann neben ihr. Während der unvergesslichen Weihnachtsfeier im letzten Jahr hatte ihm Birgitta im wahrsten Sinne des Wortes mit seiner Frau und seinen vier Kindern den Hals gestopft. Der neueste Inspektor in der Abteilung war Fredrik Stridh. Er arbeitete jetzt ein Jahr bei ihnen und hatte einen guten Eindruck gemacht. Als Letzter in der Runde und dem Kommissar zur Linken saß Hannu Rauhala. Er sah unergründlich und etwas exotisch aus mit seinen schrägen eisblauen Augen, dem weißblonden Haar und den markanten Wangenknochen. Sein Alter war nur schwer zu bestimmen, wahrscheinlich lag es irgendwo so um die dreißig. Andersson schlug die Hände zusammen und sagte energisch:

»Wir müssen schnell machen, solange die Medien noch nicht wissen, dass es sich um einen Mord handelt. Die Pressekonferenz ist auf dreizehn Uhr angesetzt. Das vorläufige Obduktionsergebnis ist uns für elf versprochen worden.«

Der Kommisar schwieg und betrachtete nachdenklich seine Inspektoren.

»Dieser von Knecht war ja eine richtige Größe in ganz Schweden. Das Einzige, an das ich mich spontan erinnere, ist sein Fest zu seinem sechzigsten Geburtstag vor ein paar Monaten«, sagte er dann zögernd.

Alle am Tisch nickten. Das war ein Fest gewesen, von dem alle bis hin zur Boulevardpresse in Stockholm berichtet hatten. Jeder in der Finanz- und Jetsetwelt, der etwas auf sich hielt, war auf von Knechts schickem Landsitz versammelt gewesen. Andersson fuhr fort:

»Irene und ich waren schwer beeindruckt von der Wohnung, aber der Schuppen draußen bei Marstrand ist noch mindestens dreimal so groß. Er liegt auf einer Halbinsel, und von Knecht gehört die ganze Halbinsel. Er hat auch einen Privathafen. Das Gelände muss mehrere Hektar groß sein. Meine Schwester hat ein Ferienhaus in Åstol. Ich habe vom Wasser aus das Haus mal gesehen, als mein Schwager und ich zum Angeln draußen waren. Noch mehr, was wir wissen? Irene?«

»Seine Frau heißt Sylvia. Der Sohn heißt Henrik und ist verheiratet. Ich weiß bis jetzt nur die Namen, keine persönlichen Daten. Ach ja, Henrik sagte, dass seine Eltern letzten Samstag ihren dreißigsten Hochzeitstag gefeiert haben. Und es wissen ja alle, dass es sich bei den von Knechts um eine von Schwedens reichsten Familien handelt. Richard von Knecht hatte während der fröhlichen Achtziger einen ungemeinen Aufschwung an der Börse. Viel mehr weiß ich nicht. Vielleicht sollten wir eine meiner alten Freundinnen um Hilfe bitten? Sie ist Journalistin bei Svensk Damtidning. Sie kann uns bestimmt helfen und mit altem Klatsch versorgen.«

Andersson schien von dieser Idee nicht besonders begeistert zu sein, zuckte aber schließlich mit den Schultern und sagte:

»Warum nicht. Vielleicht bringt das was. Ansonsten kümmerst du dich um die Vernehmung von Henrik von Knecht und seiner Frau heute Vormittag und versuchst, diese Frau mit dem Hund zu fassen zu kriegen. Wer kann, soll sich zehn Minuten vor der Pressekonferenz hier einfinden. Tommy, Hans und Fredrik befragen die anderen Bewohner in dem Viertel, ob sie was gesehen oder gehört haben. Birgitta, du bleibst am besten noch eine Weile hier, sodass du und Irene mehr über die anderen Mieter im von Knecht'schen Haus erfahren. Es ist anzunehmen, dass Henrik von Knecht weiß, um wen es sich da handelt. Und dann fahr hin und versuche sie zu fassen zu kriegen. Bei ihrer Arbeit oder womit diese Menschen sonst ihre Tage so verbringen. Irgendwo müssen sie doch zu finden sein!«

Er holte tief Luft und versuchte herauszufinden, wer noch keine Arbeit zugeteilt bekommen hatte. Dann sagte er:

»Hannu, du sammelst alle statistischen Daten, die es so gibt, das könnt ihr von der Allgemeinen doch so gut. Ausführliche Personeninformationen über alle Familienmitglieder. Wenn wir die Namen der übrigen Mieter kennen, will ich auch über sie Informationen haben. Jonny, nimm Kontakt mit der Abteilung für Wirtschaftsverbrechen auf und informier dich, was die über von Knecht wissen. Apropos Zeitungen – vielleicht sollten wir mal Kontakt zur Göteborgs-Posten aufnehmen. Die müssten doch einiges Material haben. Hat jemand Kontakt zur GP? Aha, Hannu. Okay, dann übernimmst du das auch noch. Habe ich was vergesssen?«

»Was machst du selbst?«

Natürlich war es Jonny, der in seiner trockenen Art die Frage stellte. Der Kommissar sank ein wenig in sich zusammen und seufzte, wahrscheinlich ohne es selbst zu merken.

»Ich muss zum Polizeipräsidenten. Er will Informationen haben. Und dann fahre ich zur Pathologie, um die Professorenfrau zu treffen.«

Irene konnte nicht anders, sie ärgerte sich an Yvonne Stridners Stelle.

»Sie hat sich den Professorentitel selbst erarbeitet und keinen Professor geheiratet«, warf sie spitz ein.

Falls Andersson sie gehört hatte, ließ er es sich nicht anmerken. Demonstrativ schaute er auf die Uhr über der Tür. Alle konnten sehen, dass sie auf zehn zuging, also war es höchste Zeit, an die Arbeit zu gehen.

Irene Huss begann damit, dass sie in Stockholm die Svensk Damtidning anrief. Nach einer Weile hörte sie Sofies vom Rauchen heisere Stimme.

»Ja, hier ist Sofie Ahl.«

Sie freute sich, war aber gleichzeitig überrascht, Irene

selbst am Telefon zu haben. Nach dem üblichen Geplänkel und den Fragen nach dem Wohlergehen äußerte Irene ihre Bitte nach alten Artikeln über die Familie von Knecht. Die Neuigkeiten über den sensationellen Todesfall war auch für die Stockholmer Boulevard-Zeitungen die Hauptschlagzeile gewesen. Sofie wurde neugierig, aber Irene blieb bei ungenauen Floskeln wie »... die Obduktion ist noch nicht abgeschlossen, aber wir versuchen, uns ein Bild von dem Hintergrund des Todesfalls zu machen ... suchen nach möglichen Erklärungen für einen Selbstmord ... Geh so weit zurück, wie du kannst. Aber ich denke, es wird reichen, so ab Mitte der Fünfziger zu gucken. Kann ich dich heute Nachmittag wieder anrufen und nach dem Ergebnis fragen?«, wollte Irene wissen.

»Nein, das geht nicht. Ich muss für einen Artikel außer Haus. Aber pass auf, wie wir es machen: Du gibst mir deine Faxnummer und ich setze eine unserer Praktikantinnen dran. Sie kann dir dann durchfaxen, was sie für dich gefunden hat, und dann kannst du es selbst durchsehen. Es ist wahrscheinlich nicht nötig, alles zu schicken, aber das, was von Interesse sein kann, wird sie wohl finden.«

»Du bist ein Schatz, Sofie.«

Der nächste Name auf der Liste war der Dackel, Frau Eva Karlsson in der Kapellgatan 3. Irene holte tief Luft, bevor sie die Nummer tippte. Zehn Freizeichen waren zu hören, bevor der Hörer abgenommen wurde. Dann erklang ein breiiges Gemurmel, aber Irene ging davon aus, dass sie die richtige Person erwischt hatte.

»Spreche ich mit Frau Eva Karlsson?«

»Ja, wer ist da?«

»Inspektorin Irene Huss. Wir haben gestern kurz miteinander gesprochen, nach dem schrecklichen ... Unfall.«

»O bitte, kein Wort davon. Ich habe noch geschlafen, als Sie angerufen haben. Ich musste heute Nacht eine Schlaftablette nehmen, um überhaupt schlafen zu können.«

Danach folgte eine längere Ausführung über Frau Karlssons langjährige Schlafstörungen und all die verschiedenen

Tabletten, die sie im Laufe der Jahre bereits ausprobiert hatte. Irene hatte das Gefühl, dass es wohl das Beste wäre, einfach zuzuhören. Und sei es nur, damit die Dame richtig wach wurde. Schließlich warf sie ein:

»Und wie geht es dem Hund?«

»O ja, danke, Snobben liegt hier, ihm geht es gottlob gut.«

Entschlossen stellte Irene ihre nächste Frage, bevor Frau Karlsson sich in der Hundewelt verlieren konnte.

»Sie sind die Zeugin, die am dichtesten am Geschehen war. Sind Sie sich immer noch sicher, dass Sie keinen Schrei gehört haben, bevor – oder während – er fiel?«

Es blieb eine ganze Weile still.

»Nein, ich bin mir sicher, dass ich keinen Schrei gehört habe. Er ist einfach heruntergebraust. Oje, jetzt sehe ich wieder alles ganz deutlich vor mir!«

»Frau Karlsson, könnte ich heute Nachmittag einmal zu Ihnen kommen, um mich mit Ihnen zu unterhalten?«

»Aber meine Liebe, das geht ganz bestimmt. Aber rufen Sie bitte vorher an.«

»Das verspreche ich. Vielen Dank erst einmal.«

Eine schnelle Tasse Kaffee müsste sie vor elf Uhr noch schaffen. Sie hatte den höchsten Gang eingelegt, als sie um die Ecke des Flurs brauste. Der Zusammenstoß zwischen dem Kommissar und ihr war deutlich spürbar, brachte aber hoffentlich keine blauen Flecken mit sich. Und seine knallrote Gesichtstönung würde sich sicher auch mit der Zeit wieder geben. Wütend zischte er:

»Pass doch auf! Ach, du bist das! Gut! Jetzt wollen wir der Sache mal auf den Grund gehen!«

Schon oft hatte sie ihn wütend erlebt, aber selten so sehr wie jetzt. Mit allen äußeren Zeichen einer bevorstehenden Hirnblutung polterte er los:

»Eben klingelte bei mir das Telefon. Als ich es abnehme, ist ein Reporter von GT dran, dieser Kurt Höök. Und weißt du, was dieser Kerl mich gefragt hat? ›Aus welchen Gründen sind

Sie so sicher, dass von Knecht ermordet wurde?‹ Zuerst war ich wie versteinert, aber dann habe ich nachgefragt: ›Wer behauptet denn, dass er ermordet wurde?‹ Und weißt du, was er daraufhin geantwortet hat? ›Eine sichere Quelle.‹ Was sagst du dazu? Ich werde jedenfalls zusehen, dass diese Quelle versiegt, und zwar ein für alle Mal!«

»Weißt du, wo das Leck sitzt?«

»Ich habe da so eine Ahnung! Wer hat denn Bekannte bei der GP? Und wenn man Bekannte bei einer Zeitung hat, dann kann man ja auch welche bei der anderen haben«, zischte Andersson.

»Sven, komm mit auf eine Tasse Kaffee. Und wenn es nun nicht Hannu ist? Nur weil er einen Journalisten bei GP kennt, muss er ja nicht auch jemanden bei GT kennen.«

Der Kommissar protestierte heftig, musste aber schließlich einsehen, dass Irene Recht haben konnte.

Murmelnd und leise vor sich hin fluchend folgte er Irene widerstrebend in die Kantine. Dort stießen sie auf zwei andere Inspektoren, die nichts mit dem von-Knecht-Fall zu tun hatten. Ansonsten war es leer im Raum. Sie ließen sich an einem Tisch ein Stück entfernt von den beiden Kollegen nieder. Irene hatte gerade in ihren Zwieback gebissen, als der Chef der Allgemeinen Fahndung, Kommissar Birger Nilsson, den Raum betrat. Er entdeckte Irene Huss und Sven Andersson, zeigte daraufhin ein strahlendes Lächeln und steuerte sofort ihren Fenstertisch an. Fröhlich sagte er:

»Hallo, hier sitzt ihr also und trinkt Kaffee. Das ist euch wirklich zu gönnen. Ich kann mir vorstellen, dass die von-Knecht-Ermittlung ziemlich anstrengend ist. Ihr könnt Rauhala behalten, so lange ihr ihn braucht. Übrigens, eins hast du mir nie gesagt, Sven… Aus welchen Gründen seid ihr so sicher, dass von Knecht ermordet wurde?«

Wortwörtlich die steife Formulierung, die Kurt Höök von GT benutzt hatte. Kommissar Nilsson beugte sich nonchalant über den Tisch, eine Hand in der Hosentasche, und strahlte ganz und gar freundliches Interesse aus. Irene traute sich nicht, den Kopf zu drehen und Andersson anzusehen, aber sie ahnte die pochenden Vibrationen zurückgehaltener Wut, die von ihm ausgingen. Deshalb war der neutrale Ton am Anfang seiner Antwort eine Überraschung, aber kaum das, was dann folgte.

»Ja, weißt du, lieber Kollege. Ich habe ihm eine Informationsquelle in den Arsch gesteckt. Und beide sind zusammen verblutet. Damit ist die Quelle also jetzt versiegt!«

Das war ein gewagter Schuss ins Blaue, abgefeuert aus reiner Intuition, aber er traf ins Schwarze. Nilssons Gesicht wurde ganz bleich, die Verlegenheit des Schuldigen war deutlich zu sehen, und seine gesamte weltmännische Sicherheit verschwand. Ohne ein Wort lief er aus dem Raum.

Die beiden Inspektoren am anderen Tisch sahen aus, als wäre der Blitz in ihre Kaffeebecher eingeschlagen. Andersson winkte ihnen abwehrend zu und versuchte sein Auftreten zu erklären:

»Okay, so läuft es nun einmal. Schnelle Tipps sind Gold wert für die Presse. Sie bezahlt reichlich dafür, als Erste etwas Neues zu erfahren. Ihr wisst genauso gut wie ich, dass gewisse Kollegen sich gern ein Extraeinkommen verschaffen, indem sie der Presse Tipps geben. Die Pressekonferenz über den von-Knecht-Fall ist auf dreizehn Uhr angesetzt, also etwas zu spät für die Abendzeitungen. Heute Morgen war ich bei der Allgemeinen Fahndung und habe mir einen Mann ausgeliehen. Da fiel Birger Nilsson nicht mal mein Name ein.«

Es wäre gelogen zu behaupten, die beiden Inspektoren hätten nach dieser Erklärung klüger ausgesehen, aber sie taten zumindest ihr Bestes. Anderssons Gesichtsfarbe wurde langsam wieder normal. Er reckte sich.

»Nachdem ihr beide gehört habt, wie Nilssons Frage lautete, hoffe ich doch, dass ihr die nächsten zwei Stunden absolut dichthaltet«, sagte er scharf.

Sie murmelten »selbstverständlich«, »natürlich«, »auf jeden Fall«, sahen aber immer noch im höchsten Grad verwirrt aus. Irene Huss war sich nicht sicher, ob sie überhaupt wussten, worüber sie dichthalten sollten.

Schnell schüttete sie den Kaffee in sich hinein und eilte zurück in ihr Zimmer.

Henrik von Knecht und seine Frau warteten bereits auf sie. Henrik sah schrecklich aus, ganz hohläugig. Er hatte jetzt eine schwarze Hose und einen dunkelblauen Cardigan-Pullover an. Auch wenn sein Hemd weiß und sauber war, hatte er etwas von einem wieder auferstandenen Vampir an sich. Die Frau auf dem Stuhl neben ihm war ansprechend schön. Irene meinte sie zu kennen, konnte sich aber nicht erinnern, woher. Auch sie war dunkelblau gekleidet. In ihrem Fall handelte es sich um ein Kostüm aus weichem Nappaleder, mit geradem kurzem Rock und großen Goldknöpfen. Allein die schwarzen Boots mit Stilettabsätzen würden eine Polizeiassistentin einen ganzen Monatslohn kosten. Ihr Haar war schulterlang, intensiv mahagoni gefärbt, die Augen schimmerten in einer unglaublichen türkisblauen Tönung wie das Meer. Sie glänzten von Tränen, aber es waren auch nur diese Tränen, die entlarvten, dass nicht alles so war, wie es sein sollte. Ansonsten war sie gefasst und saß mit ruhig auf dem Schoß liegenden Händen da. Ihre diskret aufgetragene Schminke unterstrich ihre Schönheit. Möglicherweise war es eine sorgfältig aufgetragene Make-up-Creme, die ihrer Haut einen seidenmatten Glanz verlieh. Ein Hauch Rouge verstärkte noch den Glanz auf den Wangenknochen, die wie gemeißelt erschienen.

Plötzlich überfiel Irene die Vierzigjahreskrise mit voller Wucht. Was sie auch unternehmen würde, niemals konnte sie nach einer durchwachten Nacht so betörend aussehen. Wobei es keine Rolle spielte, ob es sich um eine leidenschaftliche Liebesnacht handelte, die sie wach gehalten hatte, sie würde jedes Mal wie ein Wrack aussehen. Wie Sofie Ahl einmal gesagt hatte: »Wenn du auf Reisen gehst, merkst du, dass du bald vierzig wirst. Mit zwanzig hat man nur ein kleines Necessaire in die Außentasche des Rucksacks gestopft. Mit vierzig ist der ganze Rucksack ein Necessaire.«

Henrik sah, wie die Inspektorin seine Frau anstarrte, und mit einem Seufzer sagte er:

»Guten Morgen, Frau Inspektorin. Ja. Sie haben sie schon mal gesehen. Sie ist das ›Sun Shampoo Girl‹. Wenn das jetzt auch schon ein paar Jahre her ist.«

»Guten Morgen und hallo. Entschuldigen Sie, dass ich Sie so angestarrt habe, aber der Grund war wirklich, dass ich meinte, Sie von irgendwoher zu kennen. Aber ich konnte nicht darauf kommen, woher«, bestätigte Irene Huss kurz.

Dankbar griff sie nach dem Strohhalm, den Henrik ihr ohne es zu wissen gegeben hatte. Sie ging zu der jungen Frau und nahm deren Hand. Sie fühlte sich schlaff und feucht an.

»Inspektorin Irene Huss.«

»Charlotte von Knecht.«

Die Stimme war tief und sinnlich und passte nicht zu dem Handgriff.

»Das hier ist keine richtige Vernehmung. Ich brauche einfach Hilfe hinsichtlich einiger Daten und will versuchen, den Handlungsablauf um den tragischen Todesfall herum zu skizzieren«, begann Irene.

Die türkisfarbenen Augen schauten sie ununterbrochen an. Henriks Augen waren wie zwei eingetrocknete Tonkugeln, in die Erde gedrückt. Aber beide nickten. Irene fragte ganz spontan:

»Wie alt sind Sie?«

Henrik antwortete zögernd:

»Ich bin neunundzwanzig und Charlotte ist fünfundzwanzig. Aber was hat das mit Papas Tod zu tun?«

»Hintergrunddaten. Wann werden Sie dreißig?«

»Am fünfzehnten April«, antwortete er kurz.

Was bedeutete, dass Sylvia von Knecht bei der Hochzeit vor dreißig Jahren schwanger gewesen war.

Es waren nur vier Jahre Altersunterschied zwischen Henrik und Charlotte, aber wenn man hätte raten sollen, hätten die meisten sicher auf zehn Jahre getippt. Charlotte ein wenig jünger und Henrik bedeutend älter geschätzt, eher an die fünfunddreißig. Irene wandte sich Henrik zu und fuhr fort:

»Wann haben Sie Ihren Vater zum letzten Mal gesehen?«

»Auf dem Fest am Samstag.«

»War das das letzte Mal, dass Sie mit ihm gesprochen haben?«

»Nein. Er hat mich am Sonntagnachmittag angerufen. Ich hatte ein paar Kataloge der Auktionen mitgebracht, die ich jetzt zum Monatswechsel besuchen werde. In Stockholm. Vom siebenundzwanzigsten November bis zum dritten Dezember ist jeden Tag eine Auktion, aber in verschiedenen Auktionshäusern. Aus irgendeinem Grund hatte ich den Katalog von Nordéns nicht dabei. Deren internationale Auktion findet am dreißigsten November statt. Papa wollte den Katalog gern sehen. Es gab da eine kleine flämische Barockkommode, die ihn interessierte. Auf der Auktion biete ich übrigens selbst für ein Tang-Pferd.«

Noch weitere Kommoden waren wohl das Letzte, was Richard von Knecht unbedingt gebraucht hatte, aber sie musste einsehen, dass es sich hier nicht um den praktischen Nutzen handelte. Und was zum Teufel war ein Tang-Pferd? Aber es widerstrebte ihr, das eigene Unwissen kundzutun. Darum fragte sie lieber schnell:

»Und Sie, Charlotte, wann sahen Sie Ihren Schwiegervater das letzte Mal?«

Charlotte holte durch bebende Nasenflügel tief Luft, fixierte Irene weiterhin in Türkis und antwortete mit einem leichten Zittern in der Stimme:

»Am Montagnachmittag. Zur Lunchzeit. Ich habe Richard den Katalog gebracht, von dem Henrik gerade erzählt hat.«

»Und blieben Sie lange dort?«

»Nein, ich bin nicht einmal reingegangen! Zum einen war er erkältet, und außerdem war die Putzfrau da, um aufzuräumen. Ich habe nur gesagt, wie schön ich das Fest fand, und ›Gute Besserung‹ oder so.«

»Wie wirkte er? Stimmungsmäßig und im Verhalten, meine ich.«

Eine Mahagonilocke rutschte zwischen den Fingern vor und zurück, während sie nachdachte. Die Schreibtischlampe spiegelte sich in dem dunkelblauen Perlmuttlack der unglaublich langen und sorgfältig gefeilten Fingernägel. Sie zuckte leicht mit den Schultern und sagte:

»Wie immer. Ein bisschen müde nach dem Fest und vielleicht auch wegen der Erkältung.«

»Er wirkte nicht nervös?«

»Nein, nicht so weit ich es bemerken konnte.«

»Wie spät war es genau, als Sie in der Molinsgatan eintrafen?«

»Ungefähr halb eins, vielleicht eine Viertelstunde früher oder später.«

»Sind Sie reingekommen? Kennen Sie den Code?«

Charlotte hörte abrupt auf, die Haarlocke zu drehen.

»Ja, natürlich kennen wir die Codenummer. Wie sollten wir sonst reinkommen?«

»Keiner von Ihnen hat einen Schlüssel?«

Henrik räusperte sich und antwortete:

»Nein. Meine Eltern haben nur einen Extraschlüssel. Den nehmen wir, wenn sie für längere Zeit wegfahren. Sonst nicht.«

Irene wandte sich wieder Charlotte zu.

»Wo arbeiten Sie? Falls wir mit Ihnen tagsüber in Kontakt treten müssen.«

»Ich bin meistens zu Hause. Ich bin Fotomodell.«

Von Henrik war ein leises Schnauben zu hören. Sie tat so, als hörte sie es gar nicht, sondern fuhr einfach fort:

»Die Modellbranche ist hart. Als ich Henrik kennen lernte, ging ich auf eine Schauspielschule.«

»Haben Sie Kinder?«

Charlotte holte tief Luft.

»Ich habe Freitag erfahren, dass ich schwanger bin«, sagte sie nach einem gewissen Zögern.

»Oh, herzlichen Glückwunsch!«

Irene schaute lächelnd von Charlotte zu Henrik, musste

aber feststellen, dass sie sich ihre Glückwünsche hätte sparen können. Beide saßen kerzengerade und steif da, keiner sah den anderen an. Vielleicht waren es einfach zwei zu starke Gefühlseindrücke zu dicht aufeinander? Zuerst der Bescheid über die Schwangerschaft und dann nur ein paar Tage später der Mord. Als könnte sie Gedanken lesen, sprang Charlotte von ihrem Stuhl auf und fragte mit gedrückter Stimme:

»Entschuldigung, wo ist das WC? Mir geht es nicht so gut!«

Nachdem sie Charlotte schnell zur nächstgelegenen Toilette gebracht hatte, kehrte Irene nachdenklich in ihr Zimmer zurück. Da war etwas in der gespannten Atmosphäre zwischen den beiden Eheleuten, das nicht stimmte. Deshalb war sie nicht sehr verwundert, als sie Henrik tief in sich zusammengesunken auf dem Stuhl vorfand, die Hände vor das Gesicht geschlagen. Ohne ein Wort setzte sie sich auf ihren Platz und wartete ab. Nach einigen Minuten nahm er die Hände herunter und richtete seine Lehmaugen auf sie. Sie waren vollkommen trocken und tot, ohne das geringste Anzeichen von Feuchtigkeit. Tonlos sagte er:

»Wahrscheinlich führen wir uns ziemlich merkwürdig auf, aber wir stehen unter einem unglaublichen Druck. Die letzten Tage waren die Hölle!«

Er holte tief Atem und fuhr fort:

»Charlotte und ich haben einige Probleme gehabt. Sie fühlte sich ziemlich einsam, weil ich viel gereist bin. Das war ein anstrengender Herbst mit vielen Diskussionen und Streit. Am Donnerstag haben wir beschlossen, uns für eine Weile zu trennen, aber wir wollten auf dem Fest meiner Eltern am Samstag noch den Schein wahren. Und am Freitagabend, als ich nach Hause kam, hat Charlotte mir mitgeteilt, dass sie bei ihrem Gynäkologen war und dass sie in der zwölften Woche schwanger ist! Wir haben das ganze Wochende hin und her diskutiert. Am Samstagabend haben wir den dreißigsten Hochzeitstag meiner Eltern gefeiert, und am Sonntag ging mein Flugzeug nach London, um fünfzehn Uhr. Und als ich am Dienstagabend zurückgekommen bin, da ist das mit Papa passiert! Ich bin vollkommen erledigt!«

Irene empfand Mitleid mit der schmächtigen Person auf der anderen Seite ihres Schreibtischs. Aber gleichzeitig war es wichtig, so viele Informationen wie möglich zu bekommen. Henrik schien das Bedürfnis zu haben zu reden, und offensichtlich vertraute er ihr. Jeder tüchtige Vernehmungsführer nutzt so etwas aus. Vorsichtig fragte sie leise:

»Sind Sie und Charlotte zu einem Beschluss gekommen?«

Er nickte.

»Ja, wir werden versuchen weiterzukämpfen. Dem Kind und der Familie zuliebe. Und Charlotte wird mit einem Kind ausgefüllt sein und muss sich dann nicht mehr so überflüssig zu Hause fühlen.«

Irene konnte sich noch gut daran erinnern, dass sie fast auf den Knien gelegen und den Boden im Umkleideraum geküsst hatte, als sie wieder anfangen konnte zu arbeiten, nachdem sie neun Monate mit den Zwillingen zu Hause gewesen war. Krister war die folgenden vier Monate daheim geblieben, und anschließend besuchten die Mädchen eine Krippe.

Aus dem Augenwinkel konnte sie sehen, dass Charlotte wieder hereinkam, und beschloss deshalb, das Thema zu wechseln.

»Wer wohnt außer Ihren Eltern in dem Haus in der Molinsgatan?«, fragte sie.

»Im Erdgeschoss wohnt der Börsenmakler Valle Reuter. Er heißt Waldemar, wird Valle genannt. Im ersten Stock wohnen Papas alter Klassenkamerad Peder Wahl und seine Frau Ulla. Sie haben ein Haus in der Provence, da halten sie sich die meiste Zeit auf und genießen ihr Pensionistendasein.«

»Aber er kann doch nicht älter als sechzig sein, wenn er mit Ihrem Vater in eine Klasse gegangen ist?«

Zum ersten Mal während des gesamten Gesprächs umspielte so etwas wie ein Lächeln Henriks Mund.

»Peder und Papa haben eins der größten Immobilienimperien Schwedens verkauft, als es auf dem Markt am turbulentesten zuging. Mit mehr als einhundert Millionen auf der Hand beschloss er, dass es an der Zeit war, es etwas ruhiger im Leben angehen zu lassen. Er hat drei Töchter, und keine von ihnen hat auch nur das geringste Interesse, in die Immobilienbranche einzusteigen.«

»So wenig wie du.«

Charlotte mischte sich in das Gespräch ein. Henrik presste die Lippen aufeinander, fuhr dann aber fort, als hätte er den Einwurf seiner Frau gar nicht gehört:

»Die Wohnung unter der meiner Eltern steht leer. Da hat der Rechtsanwalt Tore Eiderstam gewohnt.«

»Tore... Tore, Rechtsanwalt...« Irene erinnerte sich an Yvonne Stridners Exehemann. Bewusst gleichgültig fragte sie:

»War der nicht mit der Pathologieprofessorin Yvonne Stridner verheiratet?«

»Ha, Tore war viermal verheiratet! Aber wenn Sie es sagen, dann stimmt das wohl. Ich erinnere mich noch an ein Gespräch zwischen meinen Eltern. Mama sagte irgendwas in der Richtung, wie eklig es doch sei, dass es jemanden in ihrem Freundeskreis gab, der den ganzen Tag in Leichen herumwühlte. Das war das erste Mal, dass ich das Wort ›nekrophil‹ gehört habe.«

Irene begriff mit einem kurzen Gefühl der Sympathie für Yvonne Stridner, dass diese es nicht leicht in diesen Kreisen gehabt hatte. Erst jetzt wurde ihr bewusst, dass Birgitta Moberg hereingeschlüpft war. Irene wandte sich ihr zu und stellte sie Charlotte und Henrik von Knecht vor.

Kurz berichtete sie Birgitta, was Henrik über die Mieter des Erdgeschosses und ersten Stocks des Hauses berichtet hatte.

»Und jetzt sind wir gerade zum zweiten Stock gekommen. Dort wohnte der Rechtsanwalt Tore Eiderstam, der auch ein alter Freund von Richard von Knecht ist. Sie sagten, er wohnte dort, wohin ist er denn gezogen?«

»Zum Östra-Friedhof, dem Eiderstamschen Familiengrab.«

Weder Irene noch Brigitta wussten darauf etwas zu sagen. Henrik fuhr nach kurzem Schweigen fort:

»Er ist im September Knall auf Fall an einem Herzinfarkt gestorben. Die Scheidung von seiner letzten Frau war gerade unter Dach und Fach. Er hat zwei Kinder aus früheren Ehen, und die haben ihn anscheinend beerbt. Es hat sich ziemlich hingezogen, aber jetzt ist die Wohnung geräumt. Zum ersten Dezember zieht ein neuer Mieter ein.«

»Wissen Sie, wer?«

»Ja, natürlich, Ivan Viktors, der Opernsänger. Er ist auch ein alter Freund meiner Eltern.«

»Haben Sie gehört, wie es Ihrer Mutter geht?«

»Mir ist gesagt worden, dass sie sich erholt hat. Ich habe versprochen, sie heute Nachmittag abzuholen.«

Irene nickte und dachte nach. Heute Nachmittag würden die Jungs von der Spurensicherung so ziemlich mit der Wohnung durch sein. Was sie bisher von Sylvia von Knecht gehört hatte, ließ sie den Schluss ziehen, dass die Dame sicherlich über das »Eindringen« der Polizei empört sein würde. Nicht die richtige Atmosphäre, um Informationen zu erfragen. Um die Lage zu sondieren, sagte sie:

»Wann wollen Sie sie abholen und in welcher Abteilung befindet sie sich jetzt?«

»Auf Abteilung fünf. Sie möchte um halb vier abgeholt werden, damit sie noch den Nachmittagskaffee mitbekommt.«

»Was meinen Sie, ob es möglich ist, dass ich gegen drei Uhr mit ihr spreche?«

Henrik zuckte nur mit den Achseln. Eine kleine Gedächtnisstütze auf Irenes Block: »PS, Abt. 5 anrufen. Sylvia v. K. 15 Uhr?« Dann würde sie es vielleicht schaffen, bei dem Dackelfrauchen Eva Karlsson vorher vorbeizuschauen. Das lag sowieso auf dem Weg zum Sahlgrenska. Weitere Notiz: »Eva K. um 14 Uhr anrufen.«

Sie schaute von ihrem Block auf und wandte sich an Charlotte.

»Haben Sie von Ihrem Schwiegervater an dem Montag noch mal gehört?«

»Nein.«

»Haben Sie ihn am Dienstag getroffen oder mit ihm gesprochen?«

»Nein.«

»Wissen Sie, wie die Putzfrau heißt? Sie war doch in der Wohnung und hat sauber gemacht, als Sie kamen, Charlotte?«

Beide schüttelten den Kopf. Endlich mal eine Sache, in der sie sich einig waren.

»Danke, dass Sie so nett waren und hergekommen sind. Wir werden uns sicher im Laufe der Ermittlungen noch häufiger sehen. Wenn Ihnen irgendetwas einfällt, dann rufen Sie bitte mich oder einen der anderen Inspektoren an. Oder natürlich auch Kommissar Andersson. Wir sind acht Leute, die an diesem Fall arbeiten. Es wird immer jemand zu erreichen sein«, erklärte Irene abschließend in einem freundlichen Tonfall.

Sie stand auf und reichte Henrik die Hand. Seine Hand war eiskalt. Er umfasste Irenes Finger nur mit einem leichten Druck, ließ gleich wieder los. Charlotte streckte ausdrucksvoll ihre frisch manikürte Hand vor, aber ihr Handschlag war wie ein feuchter Wischlappen.

Als Irene wieder allein in ihrem Zimmer war, rief sie in der Psychiatrie an und bekam die Erlaubnis, Sylvia von Knecht auf ihrem Patiententelefon anzurufen. Ihre Stimme klang verschliffen und matt, als sie antwortete. Man konnte ein leichtes, kaum wahrnehmbares Finnlandschwedisch erahnen.

»Ja, es ist wohl am besten, es möglichst bald hinter sich zu bringen. Aber wenn Sie mich fragen, warum er gesprungen ist – ich weiß es nicht. Er war genauso wie immer in der letzten Zeit. Und er war so aufgedreht auf dem Fest am Samstag… ach!«, brach sie mit einem Schluchzer ab.

Das Telefon war nicht gerade das geeignete Medium, um Sylvia von Knecht mitzuteilen, dass die Polizei einen Mord vermutete. Aber die Pressekonferenz, in der das bekannt gegeben werden sollte, fand in einer Stunde statt. Die Journalisten würden sie überfallen, sobald sich die Tür der Psychiatrie hinter ihr schloss. Ein Mord in diesen Kreisen hatte einen hundertfach größeren Sensationswert als ein einfacher Selbstmord. Irene räusperte sich verhalten und sagte:

»Frau von Knecht. Was ich Ihnen jetzt mitteile, wird sicher wie ein weiterer Schock für Sie sein. Wir haben gewisse Spuren, die darauf hindeuten, dass Ihr Gatte getötet wurde.«

Es war ganz still in der Leitung. Schließlich ertönte es ungewöhnlich schroff:

»Meinen Sie, ermordet? Ist er ermordet worden?«

»Ja, vieles deutet darauf hin…«

»O Gott sei gepriesen! Was für eine Erleichterung!«

Was Irene auch erwartet hatte, ganz gewiss nicht diesen Kommentar. Sie versuchte dennoch ihre Verblüffung nicht zu zeigen, sondern fuhr möglichst neutral fort:

»Um ein Uhr ist eine Pressekonferenz im Polizeipräsidium angesetzt. Kommissar Sven Andersson wird dann gezwungen sein, die Presse darüber zu informieren, dass wir an einem Mord und nicht an einem Selbstmord arbeiten. Sie müssen sich darauf einstellen, dass die Journalisten Sie ziemlich bedrängen werden.«

»Das tun sie doch immer. Überlegen Sie doch nur, was für ein Geschmiere sie verfasst hätten, wenn Richard Selbstmord begangen hätte. Und seine Versicherung… na, das ist dann ja kein Problem mehr. Ein Mord ist natürlich schrecklich, aber nichts, was der Familie angelastet werden kann. Gegen Wahnsinnige kann sich niemand schützen. Wann wollten Sie kommen, um drei Uhr?«

Ganz benommen bestätigte Irene die Uhrzeit. Erst als sie den Hörer aufgelegt hatte, fiel ihr ein, dass Sylvia von Knecht nicht einmal gefragt hatte, wieso die Polizei denn so sicher war, dass es sich um Mord handelte. Ein Teil ihres sonderbaren Verhaltens war sicher auf diverse Medikamente zurückzuführen, die sie in der Psychatrie bekommen hatte. Aber ihre Reaktion war dennoch äußerst bemerkenswert.

Das Dackelfrauchen Eva Karlsson klang deutlich aufgekratzter als beim ersten Telefongespräch am Morgen.

»Ja, natürlich, es passt mir ausgezeichnet. Zwei Uhr ist in Ordnung, dann können wir zusammen Kaffee trinken«, zwitscherte sie fröhlich.

Irenes Protest wurde freundlich, aber entschieden abgeschmettert. Mit einem Seufzer legte sie den Hörer auf. Es konnte etwas eng werden, wenn sie um drei Uhr im Sahlgrenska sein wollte, aber sie musste eben unerbittlich sein. Ältere einsame Damen haben die unglückselige Tendenz, in Polizisten ihre besten Freunde zu sehen.

Leider sind es auch oft ihre einzigen.

KAPITEL 4

Kommissar Sven Andersson war mit sich selbst zufrieden, weil er es dem wichtigtuerischen Kollegen von der Allgemeinen Fahndung gegeben hatte. Es würde mit Sicherheit eine ganze Weile dauern, bis es wieder »aus wohl unterrichteten Polizeikreisen« leckte! Aber Kommissar Birger Nilsson war wahrscheinlich nicht der Einzige mit einem derartigen kleinen Nebenjob. Es gab mehrere Kollegen, die sich auf diese Art bereicherten, trotzdem war es ein gutes Gefühl, zumindest einen von ihnen zurechtgewiesen zu haben. Sollte er es anzeigen? Richtige Beweise hatte er allerdings nicht. Die interne Untersuchungskommission der Polizei brauchte mehr als nur Indizien oder bloße Schuldvermutungen.

Er pfiff »Lilli Marlen« fröhlich und falsch vor sich hin, während er rückwärts vom Parkplatz des Präsidiums fuhr. Es war immer noch alles Grau in Grau, aber zumindest regnete es nicht mehr. Die Temperaturen lagen knapp über Null, zum Abend hin war wohl mit Glatteis zu rechnen. Die Verkehrspolizei würde alle Hände voll zu tun bekommen. »Winterreifen? Aber lieber Herr Wachtmeister, ich fahre das ganze Jahr über mit Sommerreifen. Das ging bisher immer gut!«

Die Lichterketten über den Fußgängerstraßen waren bereits angebracht, und in den meisten Schaufenstern war schon die Weihnachtsdekoration zu sehen. Weihnachten, ach ja. Dieses Jahr freute er sich darauf. Sein Schwager und seine Schwester hatten ihn über die Feiertage zu sich nach Åstol eingeladen. Seine Nichte und deren zwei kleine Knirpse wollten auch kommen. Hoffentlich zog sich dieser Fall nur nicht so lange hin. Andersson hörte auf zu pfeifen und seufzte stattdessen hörbar. Irene hatte etwas von einem »Kulturzusammenstoß« gesagt, und er musste zugeben, dass es reichlich Möglichkeiten für weitere gab.

Die Milieus, in denen sie normalerweise ermittelten, hatten keinerlei Ähnlichkeit mit der exklusiven Wohnung, die er am vorherigen Abend aufgesucht hatte. Häufig waren die Mordtatorte verschissene, stinkende Fixerbuden. Das Opfer meistens nach einer internen Drogenauseinandersetzung mit dem Messer erstochen worden. Auch nicht selten war das Bild eines nach Alkohol stinkenden Mannes am Tatort, der reuevoll herumbrüllte, weil er »aus Versehen« seine Frau totgeschlagen hatte. Prunkvolle Fernsehmorde wie der von-Knecht-Mord finden so gut wie nie statt. Aber wenn sie es doch tun, scheint die Polizei vollkommen ratlos zu sein. Plötzlich gibt es eine ganze Menge empfindliche Zehen, auf die man nicht trampeln darf. Man kann nicht in üblicher Weise die Ermittlungen führen. Das hatte der Polizeipräsident Bengt Bergström bei »dem kleinen Informationstreffen« sehr deutlich unterstrichen, das stattgefunden hatte, kurz bevor Sven Andersson zur Pathologie losfahren musste. Bergström hatte mit ruhiger, vertraulicher Stimme verkündet: »Schließlich handelt es sich hier um eine alte, prominente Göteborger Familie. Da müssen wir äußerst vorsichtig sein mit dem, was eventuell im Laufe der Ermittlungen herauskommt. Du bist ein alter Fuchs und bekannt dafür, dass du auf deine Art arbeitest … sehr erfolgreich, das will ich gern hinzufügen … aber ich möchte unbedingt fortlaufend von dir über den Stand der Ermittlungen unterrichtet werden bla … bla … bla …«

Mit wachsender Unlust begriff Andersson, dass Bergström sehr wohl wusste, dass ein derartiges Vorgehen eigentlich gegen die Regeln verstieß, dies aber hinter Schmeicheleien und einem kameradschaftlichen Ton zu verbergen suchte. Den Polizeipräsidenten unter der Hand über eine noch laufende Ermittlung zu informieren, war nicht gerade die übliche Vorgehensweise.

Andersson schlug mit der flachen Hand auf das Lenkrad und fauchte wütend:

»Ein Mord ist ein Mord, und ein Mörder ist ein Mörder! Auch wenn er in einen goldenen Pott gepinkelt hat!«

Die Dame am Zebrastreifen, vor dem Andersson bei rotem Licht hatte halten müssen, sah ihn verwundert an. Beschämt wurde ihm klar, dass er laut geredet hatte, aber zum Glück war das Fenster hochgekurbelt.

Warum regte er sich eigentlich so auf? Aus Angst, es könnte ihm nicht gelingen, diesen Fall zu lösen? Schon möglich, aber er musste zugeben, dass ihn auch das bevorstehende Treffen mit der Professorin Stridner etwas unsicher machte. Sie war hübsch und tüchtig. Aber sie sah ihn nie an. Um bei der Wahrheit zu bleiben: Sie sah auch sonst keine andere Person an.

Wahrscheinlich musste man erst als – wenn schon nicht hübsche, dann zumindest interessante – Leiche auf ihrem rostfreien Obduktionstisch liegen, dachte er, um ihr Interesse zu wecken.

Der Obduktionsassistent war ein Bodybuilder, der schon seit vielen Jahren in der Pathologie arbeitete. Er nickte Sven Andersson zu und deutete auf eine Treppe, als der Kommissar nach Yvonne Stridner fragte.

Sie saß in ihrem Arbeitszimmer und diktierte in ein kleines Tonbandgerät von der Größe einer Zigarettenpackung.

»... die Leber ist leicht hypotroph, aber ohne deutliche Zeichen von Steatosis. Unter Berücksichtigung der Lebergröße kann man hier von einem Anfangsstadium sprechen. PAD anordnen.«

Dann warf sie Sven Andersson einen kritischen Blick zu und stellte das Diktiergerät aus. Aber im nächsten Moment erkannte sie ihn wieder.

»Sie sind also persönlich gekommen? Die Obduktion ist gerade beendet. Ich hätte Sie sonst angerufen. Aber das brauche ich jetzt ja nicht mehr«, sagte sie zufrieden.

Der Kommissar begrüßte sie und stellte sofort seine wichtigste Frage:

»Steht die Todesursache schon fest?«

»Ja, ganz ohne jeden Zweifel. Er starb an dem Aufprall auf die Straße.«

»Soll das etwa heißen, dass es sich ebenso gut um einen Selbstmord handeln kann?«

»Keineswegs. Am Hinterkopf befindet sich eine kräftige Quetschung. Am os occipitale ist ein leichter Riss, von einem kräftigen Schlag herrührend, zu erkennen, ausreichend, um ihn bewusstlos zu machen, aber nicht tödlich. Das Interessante ist die Lokalisation des Schlags. Direkt oberhalb der Nackengrube, an der Hinterwand und dem Boden der Hirnschale. Er ist etwas schräg nach links ausgerichtet. Das lässt zwei Möglichkeiten zu. Erstens: von Knecht hat vor seinem Henker mit gebeugtem Kopf gekniet. Der Mörder ließ sich aber nicht erweichen, sondern hat das Beil in einem weiten Bogen aufwärts geschwungen, sodass der Schlag etwas von unten auf die Schädelbasis auftraf. Aber dann muss Richard von Knecht sich sehr tief gebückt haben. Kaum denkbar. Möglichkeit Nummer zwei: Der Mörder hat eine trainierte Rückhand und er ist Rechtshänder.

»Rückhand?«

»Einen Tennisschlag meine ich. Die Kraft für den Schlag wurde von unten geholt, schräg vor dem Körper des Mörders, und dann nach oben gerichtet. Es ist schwierig, genügend Kraft in einen derartigen Schlag zu legen, aber ein tüchtiger Tennisspieler müsste es hinkriegen, damit eine Person zu betäuben.«

»So weit ich Svante Malm verstanden habe, stimmt die Wunde auf dem Handrücken des Opfers mit der Schneide des Fleischbeils überein, das auf dem Balkon gefunden wurde. Und wie ist es mit der Wunde am Hinterkopf?«

»Passt genau zu der Klopfseite des Beils. Ich habe es selbst überprüft.«

»Aber die Jungs von der Spurensicherung waren doch

schon um sieben hier? Und die haben doch das Beil wieder mit ins Labor genommen!«

Sie warf ihm einen vernichtenden Blick zu. Kurz bemerkte sie: »Wer nicht alles schon hier war um sieben Uhr!«

Sie holte tief Luft und ließ ihren Blick über das schmutzige Fenster gleiten.

»Für mich ist das eine Wissenschaft. Ich muss die Todesursache herausbekommen. Was kann der tote Körper über die lebendige Person berichten? Kann er mir etwas über den Mörder sagen? Warum und wer ihn ermordet hat, das herauszufinden, ist dann Ihr Job.«

Der Kommissar beschloss, Stridners Gesprächsbereitschaft noch ein wenig zu schüren. Ein Obduktionsprotokoll war erst in ein paar Tagen zu erwarten. Ohne zu zeigen, welche Selbstüberwindung ihn das kostete, sagte er in neutralem Ton:

»Ich bin Ihnen wirklich dankbar, dass Sie sich die Leiche so schnell angesehen haben. Ich werde mein Bestes tun, um Antworten auf das Warum und Wer zu finden, aber ohne Ihre Hilfe wird das kaum möglich sein.«

Die Professorin schürzte die Lippen, aber sie löste ihren Blick von dem dreckigen Fenster und sah erneut Andersson gnädig an. Zufrieden sagte sie:

»Nun ja, so ist es tatsächlich. Übrigens, ist Ihnen nie der Gedanke gekommen, dass es gar nicht von Knecht war, der da auf den Gehweg gefallen ist?«

Anderssson saß stumm da, mit einem leicht schafsähnlichen Gesichtsausdruck. Herausfordernd fragte Yvonne Stridner:

»Haben Sie sich die Leiche gestern gut angesehen?«

»Er lag auf dem Bauch. Und es war dunkel«, antwortete Andersson zögernd.

»Ganz genau. Er landete mit einem Bauchklatscher. Die vorderen Schädelknochen sind gebrochen und reichlich vermischt. Ich habe den Unterkiefer und Teile des Oberkiefers wieder zusammenpuzzeln können. Der Gerichtsodontologe wird nach der Mittagspause kommen. Und hier… voilà! Meine kleine Überraschung für Sie!«

Sie streckte sich über den Schreibtisch und zog einen braunen Umschlag hervor, den sie triumphierend in die Luft hielt. Der Kommissar konnte nur schwer verbergen, dass er nunmehr fest davon überzeugt war, dass sie total übergeschnappt war. Er hatte schon immer Probleme gehabt, eine Ebene mit diesem Frauenzimmer zu finden, aber das kam ja nur daher, weil er es schon immer intuitiv gespürt hatte: Sie war total verrückt.

Stridner sah, was er dachte, öffnete lachend das Kuvert und zog ein grünes Stück Pappe heraus. Es war in drei Teile gefaltet, und jeder Teil hatte kleine, längliche Fenster, gefüllt mit dunkelglänzendem Zelluloid. Es waren Röntgenbilder eines Zahnarztes. Am Rand gab es einen schmalen weißen Papierstreifen mit dem Text: »Richard von Knecht, 350803«.

Andersson wurde verlegen und murmelte vor sich hin.

Yvonne Stridner runzelte die Augenbrauen und drohte ihm scherzhaft mit den Röntgenbildern.

»Ich höre kein ›phantastische Arbeit, Yvonne!‹ und kein ›Aber wie um alles in der Welt sind Sie denn so schnell an seine Röntgenbilder gekommen?‹ oder das nahe liegendste ›Woher wussten Sie, welchen Zahnarzt Sie fragen mussten?‹«

Das war ein Punkt für sie und sie lutschte voller Lust an ihrem süßen Karamell. Andersson seufzte leise und hob beide Handflächen in einer ergebenden Geste in die Luft.

»Okay, okay. Phantastische Arbeit... Yvonne, und all das andere Zeug. Ich verneige mich. Aber ich wäre dankbar für Antworten auf die Fragen plus Fakten über von Knechts Allgemeinzustand.«

»Aha, ein wirklich fordernder Mann.«

Kokett warf sie ihm einen weiteren zwinkernden Blick zu. Sie hatte ihre kleine Überraschung wirklich genossen. Ein Blick auf die Papiere auf dem Schreibtisch, und sie wurde wieder zu der effektiven Pathologin. Andersson dachte, dass er diese neue Yvonne Stridner auf jeden Fall vorzog.

»Ich habe Ihnen eine Liste des Freundeskreises um von

Kecht versprochen. Ich habe es noch nicht geschafft, aber ich kann Ihnen die Namen auch mündlich geben. Sven Tosse gehört beispielsweise dazu. Er ist einer von Göteborgs besten Zahnärzten. Ich wie auch die Familie von Knecht sind Patienten von ihm. Das ist wohl der einzige gemeinsame Berührungspunkt, den wir noch haben, nach meiner Scheidung von Tore. Tosses Praxis liegt nur einen Steinwurf von hier, auf der anderen Straßenseite. Am Kapellplats.«

Andersson hatte einen zerknitterten Block aus der Tasche gezogen und notierte sich mit einem kurzen Bleistiftstummel Name und Adresse des Zahnarztes.

»Ich habe Sven heute Morgen angerufen. Er hatte natürlich von der Sache in der Zeitung gelesen und war sehr betroffen. Er hat seine Gehilfin mit Richards Röntgenbildern hergeschickt, und jetzt muss der Gerichtsodontologe den Rest erledigen.«

»Haben Sie Zweifel daran, dass es von Knecht war?«

»Nein, aber es ist doch wichtig, sich abzusichern, wo sein Gesicht so zerschmettert ist. Wollen Sie ihn sehen?«

Andersson schüttelte schnell den Kopf. Obduktionssäle waren unerträglich. Ganz zu schweigen von dem, was dort auf den Tischen zu liegen pflegte. Nein, wenn er es vermeiden konnte, betrat er lieber gar keinen Obduktionssaal. Ihm genügten die Leichen, die er sich täglich ansehen musste. Die Stridner konnte die ihren für sich behalten. Obwohl ihre Interessen natürlich oft zusammenfielen. Yvonne Stridner stellte nüchtern fest:

»Es bringt wahrscheinlich auch nicht viel, wenn Sie sich die Leiche anschauen. Das war ein tiefer Fall, mindestens über zwanzig Meter. Na gut, also einige Daten über ihn.«

Sie setzte sich eine Lesebrille auf, räusperte sich unbewusst, schaute auf ihren Papierstapel und las:

»Länge: einhundertdreiundachtzig Zentimeter. Gewicht: zweiundachtzig Kilo. Das Alter kennen wir und das stimmt mit dem Körper überein. Er war für sein Alter gut trainiert, hatte eine ausgeprägte Muskulatur.«

Sie warf Andersson einen bedeutungsvollen Blick über den Rand ihrer Brille zu, bevor sie wieder in ihre Papiere guckte.

»Ich will nicht auf all die multiplen Frakturen eingehen. Kurz gesagt ist so gut wie jeder Knochen im Körper gebrochen. Was seinen übrigen Zustand betrifft, so habe ich einige kleine Verkalkungen in den Herzkranzgefäßen gefunden, was sicher das Risiko für einen zukünftigen Infarkt erhöhte. Eine leichte Fraktur der rechten Tibia, also des einen Unterschenkels. Der Schaden scheint alt zu sein. Die Leber ist ein wenig vergrößert, beginnende Fettleber, aber noch nicht dramatisch. Lässt auf einen gewissen Alkoholkonsum schließen.«

»War er Alkoholiker?«

»Das keinesfall. Deren Lebern sind mit deutlich sichtbaren Fettnekrosen durchsetzt. Auch wenn Richard wohl in letzter Zeit angefangen hat, ein wenig mehr zu trinken, so hatte seine Leber immer noch diverse Jahre gut. Wahrscheinlich wäre er an etwas anderem gestorben als an einem Leberproblem. Was er ja nun auch tat. Und man kann eine Fettleber viele Jahre lang haben, ohne dass sie einem größere Beschwerden bereitet. Erst wenn sie sich in eine Schrumpfleber verwandelt, wird es zum Problem. Zu einem richtigen Problem! Aber davon war Richard noch weit entfernt. Ich bin kein Experte für Alkoholschäden, aber so viel wage ich doch zu behaupten. Und dann habe ich Blutproben eingeschickt, um den Alkoholpegel zu überprüfen und eine Untersuchung des Mageninhalts veranlasst. Er hat eine üppige Mahlzeit eingenommen, wahrscheinlich ein spätes Mittagessen. Die Zeit, wann der Tod eintrat, kennen wir ja.«

Andersson drehte sich der Magen um, als er daran dachte, dass von Knechts sicher üppiges Mahl jetzt in einem Glasbehälter im Labor lag und wie ein unappetitlicher Matsch herumschwappte. Stridner schob ihre Papiere zusammen und nahm die Brille ab.

»So weit bin ich also gekommen«, sagte sie.

»Und wie war das mit dem Hieb auf den Handrücken? War der kräftig?«

»Ja, aber nicht sonderlich tief. Hat aber trotzdem bestimmt ziemlich wehgetan. Das ist übrigens merkwürdig, es gibt keine Spuren an den Unterarmen, dass er sich gewehrt hat. Die hätte ich finden müssen, wenn dem Fall ein Streit vorangegangen wäre. Aber dem scheint nicht so gewesen zu sein.«

Beide blieben eine Weile stumm sitzen und dachten über dieses Mysterium nach. Schließlich sagte Andersson:

»Das muss bedeuten, dass von hinten auf ihn eingeschlagen wurde, als er über das Geländer gebeugt stand. Er hat sich gar nicht gegen seinen Mörder wehren können.«

Stridner nickte und zeigte einen harten Zug um den Mund:

»So wird es gewesen sein. Ein feiger Mörder. Aber das sind sie ja eigentlich immer, die Mörder. Feige.«

Sie funkelte Andersson dunkel an, als wäre er persönlich für die Existenz von Mördern verantwortlich. Etwas nachdenklicher fuhr sie dann fort:

»Oder verzweifelt. Angst kann Menschen zum Mord treiben. Aber normalerweise ist es eher Rache, Eifersucht oder auch Gier. Ich möchte nur wissen, was Richard von Knechts Mörder antrieb.«

Wieder schwieg sie. Mit einem tiefen Seufzer lehnte sie sich auf ihrem Stuhl zurück und warf Andersson einen kurzen Blick zu.

»Die Liste. Sie wollten eine Liste von Namen haben. Schreiben Sie auf?«, fragte sie in einem Ton, der klarmachte, dass sie nicht daran dachte, es selbst zu tun.

Der Kommissar nickte und hielt sich mit seinem Bleistiftstummel bereit.

»Meinen Exmann Tore Eiderstam können Sie streichen, er ist im September gestorben. Ebenso Per Nord, der ist vor fünf Jahren an Leukämie gestorben. Und jetzt Richard…«

Sie schwieg eine Weile, holte dann wieder tief Luft und fuhr fort:

»Sven Tosse, mein Zahnarzt, wie auch der von Familie von Knecht. Er und Sylvia von Knecht waren übrigens verlobt, bevor sie Richard kennen lernte.«

Andersson schrieb, was der Stift hergab. Stridner verstummte taktvoll und wartete, bis er einen Punkt setzte.

»Und dann haben wir Valle Reuter. Einer unserer größten Börsenmakler, in doppelter Hinsicht. Er ist natürlich der Makler der ganzen Bande, so wie Sven ihr Zahnarzt ist. Sein Börsenmaklerbüro heißt Reuter & Lech, so weit ich mich erinnere.«

Wieder musste sie warten, bis Andersson mit seinen Notizen fertig war. Mit einem Fluch zerbrach er die Spitze seines Stifts. Wortlos reichte Stridner ihm einen weißen Bleistift mit dem Aufdruck »Göteborg Krankenhausverwaltung«.

»Nur auf den Radiergummi drücken, dann kommt die Mine heraus. Wo war ich? Ach ja, Valle. Er wohnt im Erdgeschoss in von Knechts Haus. Er ist verheiratet mit Leila. Die beiden haben einen Sohn, der Arzt ist. Er hat vor ein paar Jahren ein Praktikum bei mir gemacht.«

Es schien, als überlegte sie, ob sie noch mehr über Valle Reuter wusste, ihr aber nichts mehr einfiel.

»Der Nächste ist Peder Wahl. Er ist verheiratet mit Ulla, der Schwester von Sven Tosse. Die beiden wohnen im ersten Stock, haben aber ein Weingut in Frankreich, wo sie sich die meiste Zeit über aufhalten.«

»Was arbeitet er?«

Als Antwort zog Stridner nur ironisch eine Augenbraue hoch.

Andersson bekam das Gefühl, die dümmste Frage des Tages gestellt zu haben. Am besten machte er einfach weiter. Er schaute auf seinen Block und sagte:

»Ich habe jetzt drei Namen. Sven Tosse, Valle Reuter und Peder Wahl. Sind das alle?«

»Ivan Viktors, der Opernsänger.«

Andersson hielt inne. Es kommt nicht so oft vor, dass man während einer Mordermittlung auf seine Idole stößt.

»Er hat sich von den Opernbühnen der Welt zurückgezogen. Und zwar nachdem seine Frau vor einem oder zwei Jahren an Krebs gestorben ist. Und dann gibt es noch jemanden.

Gustav Ceder. Er ist Bankier und wohnt in London. Ihn habe ich nur ein einziges Mal getroffen.«

Stridner spielte mit einer dunkelroten Haarlocke, während sie geistesabwesend aus dem Fenster sah. Es war wohl kaum der Anblick des Vasa-Krankenhauses, der sie in diesen träumerischen Zustand versetzte. Eher die Erinnerung. Ihre Erinnerungen waren ihm eine unglaubliche Hilfe gewesen. Das musste er ihr lassen. Sein Blick fiel auf die Uhr. Laut rief er aus:

»Um eins ist die Pressekonferenz!«

Er sprang von seinem Stuhl auf, als stände dieser plötzlich unter Strom.

Stridner zuckte zusammen, brutal aus ihrer Rückschau gerissen. Bedächtig sagte sie:

»Kann nicht so tragisch sein. Es ist doch erst Viertel vor.«

»Aber ich soll sie leiten! Ich rufe heute Nachmittag an.«

»Es ist sicher besser, wenn ich anrufe, wenn die Ergebnisse vorliegen.«

Aber sie sprach mit einer leeren Türöffnung. Sie konnte hören, wie Andersson die Treppen hinunterrannte. Im Verhältnis zu seinem Körperumfang hatte er reichlich Fahrt drauf. Sie schüttelte den Kopf und sagte zu sich selbst:

»Wenn du so weitermachst, sehen wir uns schneller wieder, als du denkst.«

KAPITEL 5

Die Pressekonferenz geriet zu einer tumultartigen Veranstaltung. Die Journalisten schrien alle gleichzeitig. Kommissar Andersson hatte schon viel mitgemacht, doch so etwas hatte er noch nie erlebt. Aber irgendwie brachte er das Ganze hinter sich, antwortete so gut er konnte und ließ gewisse Informationen aus »ermittlungstechnischen Gründen« aus. Ein kurzhaariger Bursche von der Lokalredaktion von TV4 wollte wissen, wie es dem Mörder gelingen konnte, unbemerkt das Haus zu verlassen und nicht entdeckt zu werden, obwohl die Polizei so schnell am Tatort war. Andersson schaute nachdenklich drein und murmelte nur kurz:

»Die Untersuchung des Tatortes ist noch nicht abgeschlossen.«

Aber es war wirklich höchste Zeit, eine Antwort auf die Frage des Reporters zu finden. Deshalb stellte er mit großer Befriedigung fest, dass Svante Malm am Konferenztisch des Zimmers saß, das als Ermittlungszentrale diente. Malm hatte Fotos von von Knechts zerschmettertem Körper an die Pinwand gehängt. Unter anderem ein paar Vergrößerungen der Wunde am Hinterkopf. Es gab auch Fotos von dem Fleischerbeil.

»Hallo Malm!«

Andersson versuchte einen lockeren Ton anzuschlagen, aber als er Malms bleiche Grimasse sah, die ein Lächeln vorstellen sollte, bereute er es. Stattdessen sagte er nur:

»Du und Per, ihr habt wirklich gute Arbeit geleistet.«

Svante Malm sah aus, als könnte er jeden Moment einschlafen. Er rieb sich die Augen und erklärte:

»Ich will nur berichten, was wir bis jetzt gefunden haben. Jemand von euch sollte mitschreiben.«

Andersson gab Irene Huss ein entsprechendes Zeichen.

»Auf dem Balkon haben wir das Fleischerbeil gefunden. Die scharfe Schneide stimmt mit dem Hieb auf der Hand überein und die Klopffläche mit dem Schlag auf den Nacken. Frau Professor Stridner hat uns geholfen, das heute Morgen zu überprüfen. Es handelt sich um ein Fleischerbeil für eine Privatküche, es stammt aus den Küchengeräten in von Knechts Küche. Die Werkzeuge hängen unter der Abzugshaube des Herds. Der Beilschaft ist mit einem in Ajaxlösung getauchtes Tuch abgewischt worden. Nicht die Arbeitsteile, nur der Schaft. Das Beil lag dicht an der Wand, deshalb war es vor dem Regen geschützt. Wir haben Blut und Haare an ihm gefunden, wahrscheinlich von von Knecht stammend. Die Analyse liegt noch nicht vor«, leierte Malm herunter.

Er machte eine kurze Pause und gähnte herzhaft. Andersson nutzte die Gelegenheit, um zu fragen:

»Ist der Balkon der Tatort des Mordes?«

»Ja. Es gibt keinerlei Anzeichen dafür, dass der Körper auf den Balkon hinausgeschleppt und dann über das Geländer gehoben wurde. Man muss dabei bedenken, dass von Knecht nicht gerade klein war. Es ist schwer, einen bewusstlosen Körper zu tragen. Wir haben da eine Theorie, wie das Ganze abgelaufen ist. Der Balkon hat ja die Form eines kleinen Turms, bei dem vier Säulen das kleine Dach tragen. An einer der Säulen haben wir einen frischen Abdruck von von Knechts Handfläche gefunden. Von der rechten Hand. Der Hieb ging in die rechte Hand. Wir nehmen an, dass von Knecht auf dem Balkon stand, mit dem Rücken zur Balkontür. Vielleicht hielt er sich an der Säule fest. Der Mörder schlägt ihn von hinten in den Nacken, aber er wird nicht ganz bewusstlos, sondern umklammert immer noch die Säule. Da pflanzt der Mörder die scharfe Klinge in von Knechts Handrücken und dieser lässt reflexmäßig los. Ein kräftiger Stoß in den Rücken und Richard von Knecht macht seine letzte Flugreise.«

Es war vollkommen still im Konferenzraum, während Malm die letzten Minuten in von Knechts Leben skizzierte. Irene hatte das Gefühl, als würde ihr ein kalter Atem über den Nacken huschen. Plötzlich war der Mörder äußerst greifbar. Vorher war er zwischen all den Antiquitäten und den schrillen Zeitungsschlagzeilen fast verschwunden.

Im Raum befand sich neben Sven Andersson, Svante Malm und Irene Huss nur noch Jonny Blom. Die anderen waren noch nicht wieder zurück. Andersson beschloss, das als gutes Zeichen zu werten. Man sammelte Informationen und kam mit den Ermittlungen voran. Hoffentlich. Laut sagte er:

»Das klingt überzeugend. Und Stridner hat betont, dass es keine Hinweise darauf gibt, dass er sich gewehrt hat.«

Irene schaute von ihrem Block auf.

»Er hat den Mörder gekannt. Hat ihm vertraut. Ließ zu, dass er hinter ihm stand, als er auf den Balkon ging und sich über das Geländer beugte. Denkt daran, dass er unter Höhenangst litt.«

Malm fuhr fort:

»Ansonsten ist noch bemerkenswert, dass alle Lichtschalter und Türgriffe mit einem Tuch und Ajax abgewischt wurden. Das gesamte obere Stockwerk ist äußerst aufgeräumt und sauber. Wir werden mit dem unteren Stockwerk erst heute spätabends fertig werden. Åhlén und Ljundgren haben die Sache übernommen. Sie werden auch den Fahrstuhl und die Treppen überprüfen. Auch wenn es gestern Abend und fast die ganze Nacht über in Strömen gegossen hat, wäre es vielleicht ganz sinnvoll, sich auch den Hof und die Müllräume anzusehen.«

»Das werde ich mit den beiden besprechen. Fahr du jetzt nach Hause und leg dich schlafen, Svante«, sagte der Kommissar.

Nachdem Malm verschwunden war, blieb Andersson eine Weile stumm sitzen, ganz in Gedanken vertieft. Ein leises Klopfen an der Tür ließ ihn zusammenzucken. Eine Sekretärin brachte ihm ein Papier. Er überflog es schnell. Aus den gerunzelten Augenbrauen schloss Irene, dass er mit dem Inhalt des Papiers nicht ganz zufrieden war.

»Muss jetzt noch so eine Tussi hier hereintrampeln? Ich meine nicht dich, Irene, sondern die zuständige Staatsanwältin. Es wird Inez Collin sein. Nicht dass es mit der Stridner reichen würde, jetzt auch noch die Collin«, sagte er schwer atmend.

Irene sah, wie er mit Jonny einen verständnisvollen Blick wechselte, was sie wütend machte, denn Inez Collin war als eine äußerst tüchtige und urteilsfähige Staatsanwältin bekannt. Hart, aber geradeheraus. Wieder diese Spitzen gegen kompetente Frauen mittleren Alters – warum waren sie so bedrohlich für ihn? Andersson schien sich von ihr nie bedroht zu fühlen, obwohl sie bekanntermaßen eine tüchtige Kriminalbeamtin war. Offensichtlich weil er sie kannte und schätzte. In seinen Augen alterte sie nicht. Das war ein tröstlicher Gedanke. Andersson sagte:

»Ich werde dafür sorgen, dass sich alle aus unserer Gruppe um siebzehn Uhr wieder hier versammeln. Was machst du heute Nachmittag, Irene?«

»Ich werde mit Frau Karlsson reden, dem Dackelfrauchen. Dann fahre ich zum Sahlgrenska und treffe mich um drei Uhr mit Sylvia von Knecht.«

»Okay. Jonny?«

»Wühle weiter in den Wirtschaftssachen. Richard von Knecht hat offensichtlich in einigen zweifelhaften Geldaktionen seine Finger drin gehabt. Er hat im letzten Jahr ein Einkommen von neunhundertachtzigtausend Kronen angegeben.«

Fast eine Million. Andersson und Irene waren beeindruckt, aber eigentlich nicht besonders überrascht.

Triumphierend fuhr Jonny fort:

»Aber kennt ihr auch sein deklariertes Vermögen? Haltet euch fest: einhundertdreiundsechzig Millionen! Danach wird er eingestuft, aber das Finanzamt glaubt, dass es im Ausland noch so einiges gibt, wofür er nie eine Öre in Schweden zahlt. Wer kann so viel gebrauchen?«

Unglaublich viel Geld. Man war ein Glückspilz, wenn man eine Million gewann, reich, wenn man zwei Millionen besaß und ein Krösus, wenn man zehn hatte. Aber einhundertdreiundsechzig! Ein Mensch mit so viel Geld – und offensichtlich noch mehr – wonach konnte der noch streben? Welches Lebensziel gab es für ihn? Was gab ihm Spannung und einen Sinn im Leben? Was hatte von Knechts Leben die besondere Prise gegeben? Die Antiquitäten?

Irene wurde von Jonnys Stimme aus ihren Überlegungen gerissen.

»... hat viele Jahre lang versucht. Aber das ist nicht einfach, weil er sich schon früh auf den Märkten in Südostasien getummelt hat. Das Vermögen ist sicher verankert in Firmen wie Toshiba und Hyundai. Das Finanzamt wird versuchen, so viel wie möglich herauszufinden.«

»Du kannst dich ja auch noch um die Einkünfte und Vermögen der anderen Familienmitglieder kümmern. Ich habe hier übrigens eine Liste von Stridner gekriegt mit den Namen der alten Freunde von von Knecht«, sagte Andersson.

Er zog seinen zerknitterten Block aus der Hosentasche, fing an darin zu blättern und las laut vor:

»Sven Tosse, Zahnarzt. Er hat seine Praxis am Kapellplats.«

»Dann kann ich mit ihm sprechen, wenn ich vom Sahlgrenska zurückkomme. Und von Frau Karlsson ist es auch nicht so weit bis zur Praxis«, überlegte Irene.

Sie beschloss zu versuchen, den Zahnarzt Tosse noch vor ihrem Besuch im Sahlgrenska zu sprechen.

»Die nächsten Namen sind Waldemar und Leila Reuter. Auf die wird Birgitta Moberg sowieso stoßen, denn die wohnen im Erdgeschoss in von Knechts Haus. Der hat wirklich seine alten Kumpel um sich versammelt, denn im ersten Stock wohnt das Paar Peder und Ulla Wahl. Aber die leben die meiste Zeit in Frankreich.«

Der Kommissar machte eine Pause und blätterte weiter in seinem Block.

»Gustav Ceder heißt einer, der anscheinend fast ganz aus

dem Männerkreis verschwunden ist. Er wohnt schon seit vielen Jahren in England. Jonny, kannst du dich trotzdem mal über ihn erkundigen, damit uns nichts durch die Lappen geht. Als Letzten haben wir dann noch Ivan Viktors. Den übernehme ich selbst.«

Irene warf ein:

»Weißt du, dass Viktors in die leere Wohnung unter von Knechts ziehen soll? Und dass Waldemar Reuter im Erdgeschoss allein wohnt?«

»Wer sagt das?«

»Henrik von Knecht. Außerdem ist Henriks Frau Charlotte schwanger.«

»Aha. Das müssen wir uns heute Nachmittag alles noch einmal genauer anschauen.«

Andersson erhob sich als Zeichen, dass das Treffen hiermit beendet war. Irene warf einen Blick auf die Uhr und musste feststellen, dass keine Zeit mehr fürs Mittagessen blieb, wenn sie ihre Verabredung mit Eva Karlsson um zwei Uhr einhalten wollte.

Sie fand einen freien Parkplatz direkt vor Frau Karlssons Haustür. Nur wenige Minuten zu spät drückte sie den Klingelknopf neben dem Namensschild »N. Karlsson«. Da es der einzige Karlsson war, den es hier gab, ließ sie es darauf ankommen. Und als sie eine zittrige Altfrauenstimme in der Gegensprechanlage hörte, wusste sie, dass sie hier richtig war. Das Türschloss summte. Sie schob die schwere alte Eichentür auf. Der Eingang war so dunkel, dass sie die Treppenbeleuchtung einschaltete. Fußboden und Treppe waren aus Stein, aber ohne Marmorschwäne. Das Treppenhaus schien neu renoviert zu sein, mit sanft gelben Wänden und einem grünen, schablonengemalten Rand auf halber Höhe. Einen kleinen Aufzug gab es auch. Der summte leise zum zweiten Stock hinauf.

Eva Karlsson hatte ihre Tür einen Spalt weit geöffnet, riss sie aber ganz auf, als Irene aus dem Fahrstuhl trat, und rief freudig:

»Willkommen, meine Liebe!«

Irene hatte das diffuse Gefühl, zu einem Kaffeekränzchen eingeladen worden zu sein. Und dem war auch so. Zwar hatte sie gesehen, dass gleich neben der Haustür eine Konditorei war, aber in ihrer wildesten Phantasie hatte sie nicht erwartet, dass Eva Karlsson dort gleich das ganze Sortiment gekauft hätte. So schien es zumindest. Die Kuchenstücke lagen auf dünnen Tortenpapieren, diese wiederum auf einer Tortenplatte aus Kristall. Die goldumrandeten Kaffeetassen sahen zerbrechlich aus, sorgfältig gefaltete Servietten waren unter die Teller geschoben. An einem Ende des Säulentischs in der guten Stube stand sogar eine Garnitur in Silber, mit Zuckerschale und Sahnekännchen. Ein Sofa und zwei Sessel mit gelbem Seidenbezug, die schrecklich unbequem aussahen, waren um den Tisch gruppiert.

Snobben lag auf einem der Sessel, und seinem Blick nach zu schließen dachte er gar nicht daran, ihn herzugeben.

Mit einer zitternden Hand machte Eva Karlsson eine ausholende Geste ins Zimmer und sagte:

»Wir sind vor neun Jahren hierher gezogen. Ich glaube, der Umzug hat meinem Mann die letzten Kräfte geraubt, denn fünf Monate später ist er gestorben. Neun Jahre... wie die Zeit doch vergeht!«

Irene nahm ihre Chance wahr. Notlügen verursachten ihr nur selten ein schlechtes Gewissen.

»Apropos Zeit, ich kann leider nur eine halbe Stunde bleiben. Ich habe um halb drei einen anderen Termin. Aber ganz hier in der Nähe.«

Den letzten Satz hatte sie schnell hinzugefügt, als sie einen Zug der Enttäuschung über Eva Karlssons Gesicht huschen sah. Ohne dies ganz verbergen zu können, sagte die kleine dünne weißhaarige Dame:

»Ja, aber dann setzen Sie sich doch und verschwenden keine kostbare Zeit! Der Kaffee ist schon fertig.«

Sie verschwand in dem dunklen Flur, und Irene konnte ein leises Klappern aus der Küche hören. Anscheinend lag diese zum Hinterhof hin. Eva Karlsson kam mit dem Kaffee herein und drängte Irene, sich doch vom Kuchen zu nehmen. Diese schätzte sich glücklich, dass sie es nicht geschafft hatte, zu Mittag zu essen. Einschließlich Rosinenwecken und Napfkuchen gab es zwölf Sorten.

Das ältliche Dackelfrauchen plauderte gern über alles Mögliche, ausgenommen die Geschehnisse vom gestrigen Abend. Irene erfuhr von ihrer kinderlosen, aber glücklichen Ehe, ihrer Zeit als Bibliothekarin in der Stadtbibliothek und der unerschöpflichen Quelle der Freude, die Snobben in den letzten acht Jahren für sie war. Mit leichter Verzweiflung lehnte Irene artig den zehnten Kuchen ab – Mürbeteig mit Himbeerkonfitüre – und beschloss, zur Sache zu kommen. Sie schob die Kaffeetasse von sich und wurde ganz Polizeibeamtin. In offiziellem Ton sagte sie:

»Frau Karlsson. Ich muss in wenigen Minuten gehen. Es gibt nichts Neues, an das Sie sich erinnern, jetzt, nachdem der erste Schock sich gelegt hat? Sie sind sich immer noch sicher, dass Sie keinen Schrei gehört haben?«

Eva Karlsson sank in sich zusammen, musste aber einsehen, dass das Fest vorbei war.

Irene sah, wie schwer es Eva Karlsson fiel, sich an das zu erinnern, was am Abend zuvor geschehen war. Sie schaute nachdenklich zum Fenster. Nicht, um festzustellen, dass es dringend geputzt werden musste, sondern in einem ernsthaften Versuch, sich zu konzentrieren und nachzudenken. Jetzt konnte sie es nicht länger aufschieben. Der weiße Kopf nickte langsam, als sie sagte:

»Er hat nicht geschrien. Ich bin mir absolut sicher.«

Was also bedeutete, dass Richard von Knecht ohnmächtig gewesen war, als er hinunterstürzte und auf die Pflastersteine fiel. Die Kuchen machten bei dem Gedanken in Irenes Magen einen kollektiven Purzelbaum.

Snobben schnarchte laut auf seinem Sessel und sah nicht einmal auf, als Irene aufstand und sich für Kaffee und Kuchen bedankte.

Sie ließ den Wagen stehen. Einen nähergelegenen Parkplatz würde sie kaum finden. Die auf dem Markt waren immer von Kunden der Bank, des Supermarkts oder der kleinen Läden belegt. Sie ging in einen Blumenladen und fragte nach, wo Zahnarzt Tosse seine Praxis hatte. Die freundliche Dame mittleren Alters deutete mit einem erdigen Daumen zur Rolltreppe. Sie war gerade dabei, Hyazinthen in einen großen Korb zu pflanzen. Zum ersten Mal in diesem Jahr hatte Irene das Gefühl, dass Weihnachten sich näherte. Das lag sicher am Hyazinthenduft, denn draußen herrschte eiskaltes, nebliges Regenwetter.

Sie fuhr mit der Rolltreppe eine Etage nach oben und gelangte direkt vor die Tür von Sven Tosses Praxis. Ein glänzendes Messingschild sagte ihr, dass sie richtig war. Jemand hatte sein Bestes getan, um diese Information unkenntlich zu machen, indem er schwarze Farbe übers Schild gesprüht hatte. Sie klingelte, und nach einem kurzen Moment kam eine junge Praxishelferin in einem zartrosa Anzug und öffnete ihr. Ihr Lächeln war gleichzeitig warm und professionell, als sie fragte:

»Guten Tag, womit kann ich helfen?«

»Inspektorin Irene Huss. Ich möchte zu Herrn Doktor Sven Tosse, es geht um den Mord an Richard von Knecht.«

Die veilchenblauen Augen der Schwester wurden kugelrund, genau wie ihr Mund. Schnell trat sie zur Seite und machte eine einladende Geste zum Wartezimmer hin. Eilig verschwand sie daraufhin den Flur entlang auf eine offene Tür zu, aus der das schneidende Geräusch eines Zahnartzbohrers zu hören war. Irene erschauerte unfreiwillig. Das lag an dem Geräusch und dem Geruch. Die waren in allen Zahnarztpraxen gleich. Aber damit hatte die Ähnlichkeit mit den Praxen, die sie früher gesehen hatte, auch schon ein Ende.

Das Wartezimmer war leer. Ein großer handgeknüpfter Wollteppich in gedämpften Herbsttönen lag auf dem Boden. An den Wänden hingen große Grafiken. Ein ausladendes braunes Ledersofa und vier dazu passende Sessel, zwei Glastischchen und ein hohes Zeitschriftenregal verliehen dem Zimmer eine exklusive Atmosphäre. Gleichzeitig war es gemütlich. Das Wartezimmer war von der Anmeldung durch eine Glaswand getrennt, in der sich ein phantastisches Salzwasseraquarium befand. Und über alles legte sich ein angenehmer Geräuschfilter aus leiser klassischer Musik.

Das Bohrergeräusch war nicht mehr zu hören. Durch die Tür kamen die Praxishelferin und ein dünner, sehniger Mann mit stahlgrauem Haar. Er sah mindestens zehn Jahre jünger aus als sechzig. Der Blick, den er Irene zuwarf, war scharf und intensivblau. Er passte zu seiner hellblauen Praxiskleidung. In den Augen war eine deutliche Beunruhigung zu lesen. Er streckte die Hand vor, gab ihr einen schmerzhaften festen Handdruck und stellte sich vor. Mit einem Nicken bat er sie, ihm in sein Zimmer zu folgen. Deutlich bewegt sagte er:

»Wenn Sie entschuldigen: Ich habe einen Patienten auf dem Stuhl. Deshalb darf das nicht zu lange dauern. Was haben Sie Mia gesagt: Richard ist ermordet worden? Das ist doch unmöglich! Obwohl ein Selbstmord eigentlich genauso unmöglich ist. Wissen Sie genau, dass er ermordet wurde?«

»Ja, ganz sicher. Er wurde bewusstlos geschlagen und über den Balkon geworfen«, antwortete Irene.

Schweigen. Tosse schloss nur die Augen und nickte.

»So weit wir erfahren haben, waren Richard von Knecht und Sie gute Freunde«, fuhr Irene fort.

»Wer hat das gesagt?«

»Die Gerichtsmedizinerin Yvonne Stridner.«

»Ach so, Yvonne. Dann hat sie sicher auch erzählt, dass Sylvia und ich verlobt waren, bevor sie Richard kennen lernte. Das war hart damals, aber er war nun mal eine bessere Partie als ich. Aber ich habe Inga, meine erste Frau, nur wenige Monate später kennen gelernt, und da haben wir Frieden geschlossen. Wir waren auf ihrer Hochzeit und sie waren auf unserer.«

Irene kam ein Gedanke.

»Waren Sie auch auf dem Fest am Samstag?«, fragte sie.

»Ja, natürlich. Aber Inga war natürlich nicht dabei, wir haben uns vor mehr als zwanzig Jahren scheiden lassen. Ann-Marie, meine jetzige Frau, war mit.«

»Waren alle aus der alten Gruppe auf dem Fest?«

»Ja. Aber nicht alle, die bei der Hochzeit dabei waren. Bei der Hochzeit waren wir mehr als hundert Gäste. Am Samstag waren wir vielleicht so um die zwanzig.«

»Waren die, die in Frankreich leben, auch da?«

»Ja. Peder und Ulla Wahl. Ulla ist meine Schwester. Sie haben es damit verbunden, ihr neues Enkelkind zu sehen. Aber am Montag sind sie schon wieder zurück in die Provence gefahren.«

»Hatten Sie den Eindruck, dass Richard von Knecht wie immer war?«

Tosse dachte lange nach, bevor er antwortete:

»Ja, er war ganz genau wie immer. Fröhlich und aufgekratzt. Er liebte Feste. Das war ein tolles Fest. Die Einzigen, die bedrückt wirkten, das waren Henrik und seine Frau. Vielleicht fühlten sie sich nicht wohl unter den ganzen Alten.«

»Und Sylvia von Knecht?«

»Genau wie immer. Aber sie ist nun mal ein wenig… eigen.«

Er verstummte. Bevor Irene eine weitere Frage stellen konnte, streckte er ihr wieder die Hand entgegen und schüttelte diese in einem weiteren Schraubzwingengriff.

»Nun muss ich aber zurück zu meinem Patienten. Fassen Sie den Mörder. Denn niemandem ist zu gönnen, Opfer eines Mörders zu werden. Nicht einmal Richard«, sagte er schnell.

Irene kam nicht mehr dazu, ihn um eine Erklärung zu bitten, wie er den letzten Satz denn gemeint hatte, da war er bereits durch die Tür verschwunden. Irene massierte ihre rechte Hand. Zahnärzte haben starke Handmuskeln.

Die schöne Mia lotste sie zum Ausgang. Vom anderen Ende des Flurs hörte sie wieder das Aufjaulen des Bohrers.

Draußen war der Nieselregen in eine kühle Brise mit vereinzelten Schneeflocken übergegangen.

Null Grad in einem windigen, kalten Göteborg fühlen sich an wie minus zwanzig Grad in Kiruna. Wenn nicht noch kälter. Irene schob ihr Kinn in den Jackenausschnitt.

Sie würde etwas zu spät zu ihrer Verabredung mit Sylvia von Knecht kommen, aber insgesamt war sie mit ihrem Geschick, ihren Zeitplan einzuhalten, ganz zufrieden.

Die Uhr zeigte Viertel nach drei, als sie durch die Glastür zur Abteilung 4 der Psychiatrie ging. Der Flur war vollkommen leer. Die Wände waren mit einer schmutzig gelben Farbe bemalt, und der Boden mit grauem Linoleum belegt. Ein Schild mit der Aufschrift »Schwesternbüro« war weiter hinten zu sehen. Dort fand sie eine weiß gekleidete Schwester um die fünfzig hinter einem Schreibtisch. Mit verträumtem Blick starrte sie auf einen Computerbildschirm. Irene räusperte sich leise.

»Entschuldigung. Wo finde ich Sylvia von Knecht? Ich bin Inspektorin Irene Huss.«

Die Schwester zuckte zusammen, wandte sich Irene zu und warf ihr einen irritierten Blick zu. Spitz sagte sie:

»Ja, das möchte ich auch gern wissen. Wo ist Sylvia von Knecht? Und wo sind all die anderen Patienten?«

Hatte es eine Massenflucht aus der Psychiatrie gegeben? Oder war das hier eine der Patientinnen, die sich einen weißen Kittel besorgt hatte und nun vor dem Computer saß? Die Computerfrau wandte sich wieder dem Bildschirm zu.

»Es ist doch zum Haareraufen! Mir ist der Kaffeebecher auf die Tastatur gefallen. Zum Glück war kein Kaffee mehr drin, aber die gesamte aktuelle Einweisungsliste ist verschwunden. Ich kriege nur noch die vom April dreiundneunzig auf den Schirm! Mag der Teufel wissen, auf welche Taste ich gekommen bin. Vielleicht ja auch auf mehrere gleichzeitig. Verdammter Mist! Die Gräfin liegt auf zwei eins«, sagte sie im gleichen Atemzug.

Es dauerte einen Augenblick, bevor die verwirrte Irene begriff, dass sie eine Antwort auf ihre Frage bekommen hatte. »Die Gräfin«, das musste wohl Sylvia von Knecht sein. Und »zwei eins«, das war sicher im zweiten Zimmer, erstes Bett.

Sie klopfte leise an die Tür, die mit einer verblichenen, kaum noch erkennbaren Zwei markiert war, bevor sie eintrat. In dem Bett direkt an der Tür lag eine alte, ausgemergelte Frau und starrte mit leerem Blick an die Decke. Ihre gelbe Haut schien fest über den Schädel gespannt zu sein, ohne irgendwelche Muskulatur dazwischen. Ihr fehlten die Zähne, die Lippen waren eingefallen und ließen den Mund wie einen kleinen Strich erscheinen. Ohne ein einziges Mal zu blinzeln lag sie regungslos da und starrte ins absolute Nichts. Durch ein Nasenloch war eine Sonde eingeführt. Sie war an der Wange mit Pflaster festgeklebt, damit sie nicht herausrutschte.

In der hinteren Ecke am Fenster saß Sylvia von Knecht. Es war kein Licht eingeschaltet im Zimmer. Eine graue Nachmittagsdämmerung war bereits ins Zimmer gekrochen und verbreitete ein unwirkliches Dunkel. Das Einzige, was im Zimmer leuchtete, waren Sylvias Haare, die dick, schulterlang und platinblond waren. Sie sah aus wie eine ätherische Elfe auf ihrem Stuhl, in einem dunklen Kostüm mit weißer Seidenbluse. Ihre Hände hatte sie auf dem Schoß gefaltet. Die kleine zerbrechliche Frau saß vollkommen still und sah Irene an.

»Sind Sie die von der Polizei?«

Ihre Stimme klang angenehm mit einem kaum hörbaren finnlandschwedischen Akzent, aber der Tonfall war schneidend. Irene fühlte sich wie ein Schulmädchen, das eine Entschuldigung wegen Zuspätkommens von zu Hause vorzeigen musste. Sie nickte und wollte sich gerade vorstellen, als Sylvia weitersprach:

»Huss war das, nicht wahr? Warum kommen Sie zu spät?«

»Inspektorin Irene Huss. Ich habe den ganzen Vormittag einige Zeugen vernommen, um Fakten und Informationen zu sammeln. Das hat sich hingezogen.«

Sie dachte gar nicht daran, sich zu entschuldigen! Sylvia von Knecht sagte tonlos:

»Henrik holt mich in einer halben Stunde ab. Hier bleibe ich keine Nacht länger. Zuerst wollten sie mich in ein Zimmer mit vier Betten legen. Nie im Leben, habe ich gesagt. Und dann haben sie mich hier reingelegt, zu diesem Zombie da.«

Mit einer gezierten Geste zeigte sie auf die Frau im Nachbarbett.

»Nun ja, die ist nicht besonders gefährlich. Sie hat sich seit mehreren Jahren nicht mehr bewegt und nichts gesagt, hat das Personal mir versichert. Sie soll zurück in ein Pflegeheim, sobald da wieder Platz ist. Sie wird mit dem Schlauch durch die Nase zwangsernährt. Der geht wohl direkt in den Magen. Das ist wirklich eklig, aber es ist auch nicht so schlimm, denn ich habe sowieso keinen Appetit. Aber den Nachmittagskaffee will ich noch abwarten«, sagte sie.

Irene nahm Anlauf, um die Vernehmung von Sylvia von Knecht einzuleiten. Schnell begann sie:

»Wir versuchen ein Motiv zu finden, das hinter dem Mord an Ihrem Ehemann liegen kann, und...«

Sylvia von Knecht unterbrach sie:

»Woher wissen Sie, dass es ein Mord war?«

Sie hatte offensichtlich nach dem Telefongespräch am Vormittag darüber nachgedacht. Irene nahm sich die Zeit, die Fakten zu berichten, die bis jetzt zusammengetragen worden waren. Während des ganzen Berichts saß Sylvia von Knecht stumm da, die Hände auf dem Schoß gefaltet und den Kopf leicht gesenkt. Das Haar fiel wie ein Vorhang vor ihr Gesicht. Irene konnte ihren Gesichtsausdruck nicht erkennen. Als sie fertig war, hob Sylvia ihren Kopf. Tränen standen ihr in den Augen und ihre Stimme zitterte vor Erregung, als sie sagte:

»Dass so etwas unsere Familie treffen kann. Das ist widerwärtig! Ich weigere mich, es zu glauben. Wer sollte Richard ermordet haben? Warum?«

»Das sind genau die Fragen, auf die wir eine Antwort suchen. Frau von Knecht...«

»Sagen Sie Sylvia, so uralt bin ich ja nun noch nicht.«

Uralt war sicher das Letzte, was einem bei ihrem Anblick

einfallen würde. Laut den Dokumenten sollte diese Frau einige Jahre über fünfzig sein, aber sie sah keinen Tag älter als vierzig aus. Zumindest nicht in dem Halbdunkel dieses Zimmers. Bevor sich Irene so weit gefasst hatte, um ihre Fragen zu wiederholen, beantwortete Sylvia sie selbst:

»Nein, ich habe nicht die geringste Ahnung. Richard ist nie bedroht worden. Obwohl, es ist natürlich klar, dass große Geschäftsmänner sich immer irgendwelche Feinde machen.«

»Hätte er Ihnen etwas gesagt, wenn er von jemandem bedroht worden wäre?«

»Ja, das hätte er auf jeden Fall gemacht.«

Warum log sie? Irene bemerkte den heftigen Ruck im Nacken, der viel zu trotzig war, um zu überzeugen. Sie beschloss, das Thema lieber ein andermal wieder aufzugreifen. Stattdessen fragte sie:

»Wann sind Sie nach Stockholm geflogen?«

»Am Sonntag, so gegen zwei Uhr.«

»Wo haben Sie in Stockholm gewohnt?«

»Im Hotel Plaza. Meine Mutter und Arja sind mit mir geflogen. Arja ist meine Schwester. Wir hatten Karten für die Vorstellung vom ›Cyrano‹ im Oscars für den Abend bestellt. Am nächsten Morgen haben meine Mutter und Arja dann die Fähre nach Helsinki genommen. Und ich bin ins Haus des Tanzes gegangen.«

»Das Haus des Tanzes, was ist das?«

»Kennen Sie das nicht? Das ist die Bühne in Stockholm, auf der alle Arten von Tanz aufgeführt werden. Sozusagen die Hochburg des Tanzes im Norden, so könnte man es bezeichnen. Sie wissen wohl, dass ich Choreografin bin. Das Haus des Tanzes hat nächstes Jahr fünfjähriges Jubiläum, und dann soll eines meiner Balletts aufgeführt werden. Das bedeutet natürlich Unmengen an Arbeit, aber es macht auch ungemein Spaß. Ich war im Herbst schon zweimal dort, um zu besprechen, wie ich mir das Ganze vorstelle. Und jetzt sind wir so weit, dass die Rollen besetzt werden können.«

Irene bemerkte, wie sich Sylvias Stimme veränderte, als sie

vom Tanzen sprach. Das war eine echte Leidenschaft, das konnte man hören. Dass Sylvia Choreografin war, war Irene neu, aber es war wohl am klügsten, es nicht zu zeigen. Und von dem Haus des Tanzes hatte sie noch nie etwas gehört. Um das Thema zu wechseln, fragte sie:

»Haben Sie mit Ihrem Mann am Montag oder Dienstag gesprochen?«

»Am Dienstag, gegen zwölf Uhr. Er war ja am Sonntag schon kurz davor, eine Erkältung zu kriegen, das wusste ich, aber richtig schlimm wurde es erst am Montag. Das hat er jedenfalls gesagt. Aber offenbar war es doch nur ein normaler Virus, denn am Dienstag fühlte er sich wieder gut. Er wollte mit Valle zu ihrem gemeinsamen Dienstagsessen gehen.«

»Valle? Meinen Sie damit Waldemar Reuter?«

»Ja, das habe ich doch gesagt! Die beiden essen seit über zwanzig Jahren jeden Dienstag zusammen zu Mittag.«

»Immer im gleichen Restaurant?«

»Nein, das wechselt immer mal. Das weiß ich nicht so genau.«

»Wie klang seine Stimme, als Sie miteinander sprachen?«

»Ganz genau wie immer. Nur ein bisschen müde und mit verstopfter Nase.«

»Was hat er gesagt? Können Sie sich daran erinnern?«

Sylvia schien eine Weile nachzudenken. Schließlich zuckte sie mit den Achseln und meinte uninteressiert:

»Er hat mir von seiner Erkältung erzählt und dass er den ganzen Montag im Haus geblieben ist. Die Putzfrau war da gewesen und hatte nach dem Fest sauber gemacht. Sie hat wohl ihre Tochter dabeigehabt.«

»Wie heißt die Putzfrau?«

»Was hat denn das mit der ganzen Sache zu tun?«

»Sie kann etwas Wichtiges gesehen oder gehört haben. Alle, die in den letzten Tagen mit Ihrem Ehemann Kontakt gehabt hatten, müssen befragt werden.«

Sylvia kniff die Lippen zusammen, ließ sich aber schließlich doch herab und antwortete.

»Sie heißt Pirjo Larsson. Sie ist Finnin, verheiratet mit einem Schweden, redet aber ganz schlecht Schwedisch. Sie ist durch Empfehlung einer Freundin vor zwei Jahren zu mir gekommen. Nur die Finninnen können richtig sauber machen. Die Schwedinnen sind zu schlampig, und Chileninnen oder so haben zu wenig Ahnung«, stellte sie fest.

»Wie oft macht sie bei Ihnen sauber?«

»Dreimal in der Woche. Montags, mittwochs und freitags.«

»Wo wohnt sie?«

»Das weiß ich nicht. Ich glaube, in Angered. Ich habe ihre Telefonnummer zu Hause.«

»Sagte Ihr Mann noch was?«

»Ja ha, er wollte zwei Sandwichs kaufen, die wir abends essen wollten, wenn ich… wenn ich zurück wäre.«

Wieder senkte sie ihren Kopf. Die Achseln zitterten leicht, und für einen kurzen Moment hatte Irene fast das Gefühl, sie versuchte einen Lachanfall zu unterdrücken. Aber ihre trockenen, heiseren Schluchzer bezeugten das Gegenteil. Irene beschloss, dass es für diesmal genug war.

Sie machte einen Schritt auf Sylvia zu, spürte aber instinktiv, dass sie sie nicht anfassen durfte.

»Vielen Dank, dass Sie meine Fragen beantwortet haben. Ich werde morgen wieder zu Ihnen kommen. Aber ich rufe vorher an. Wenn Sie mit jemandem sprechen möchten, der an den Ermittlungen beteiligt ist, dann rufen Sie einfach diese Nummer hier an«, sagte Irene.

Sie streckte Sylvia eine Karte mit ihrer Durchwahlnummer hin. Als diese keine Notiz davon zu nehmen schien, schob sie sie vorsichtig zwischen ihre gefalteten Hände, die immer noch im Schoß lagen.

Als Irene sich umdrehte, um das Zimmer zu verlassen, hatte sie das Gefühl, als würden die Augen der alten, mumienähnlichen Frau aufglühen. Vor funkelndem Hass. Aber das konnte auch nur die Reflexion der Flurbeleuchtung sein, da die Tür gerade geöffnet wurde und eine Schwester mit dem Kaffee hereinkam.

Die Zeit bis zu ihrem Termin um fünf nutzte sie, um die Ergebnisse ihrer Gespräche von diesem Tag zu protokollieren. Von regelrechten Vernehmungen konnte noch keine Rede sein. Trotzdem war sie zufrieden mit dem Ergebnis. Sie hatten bereits eine ganze Menge Informationen, obwohl sie doch erst seit einem Tag dran waren. Das war der Vorteil, wenn man die Ermittlungen so schnell aufnehmen konnte. Verbargen sich der Mörder und das Motiv bereits in dem Material, das ihnen vorlag, und sahen sie es nur nicht? Oder waren sie noch Lichtjahre von der Wahrheit entfernt? Solange noch keine konkrete Spur zu sehen war, der sie hätte folgen können, war es das Beste, weiterhin hier und da zu bohren und zu graben. Dabei kam eigentlich immer irgendetwas Nützliches heraus.

Sie rief zu Hause an. Krister war am Apparat. Er war gerade erst hereingekommen, erzählte aber, dass Katarina schon zu ihrem Ju-Ju-Training los war und Jenny mit Sammie draußen herumlief.

»Ich werde mit Jenny heute Abend reden und versuchen, etwas über diese ›White Killers‹ rauszukriegen. Im Augenblick lese ich über deine Arbeit in den Abendzeitungen. ›Von Knecht ERMORDET!‹ schreien alle Schlagzeilen. Anscheinend haben sie im ganzen Land die Druckpressen angehalten und die ersten Seiten, die heute Morgen schon gedruckt waren, ausgetauscht«, erzählte er.

Irene seufzte. Immer dieses schlechte Gewissen, weil sie das Gefühl hatte, Krister organisiere das meiste daheim. Aber gleichzeitig war sie auch sehr dankbar, dass er die Sache mit Jenny übernahm. Müde sagte sie:

»Wir haben um fünf Uhr eine gemeinsame Besprechung. Das heißt – jetzt. Ich muss mich beeilen. Ich bin bestimmt nicht vor neun zu Hause. Küsschen, Küsschen!«

Letzteres hatte sie aus einer Fernsehserie geklaut. Wie süß. Bevor sie sich zum Konferenzraum aufmachte, zog sie einen jungfräulichen Collegeblock aus der Schreibtischschublade. Auf das Deckblatt schrieb sie mit schwarzem Edding »von

Knecht«. Sie schlug auf die erste Seite um und schrieb sauber auf die erste Zeile »Pizza«.

Sie kam als Letzte, aber die anderen hatten noch nicht angefangen. Sie ließ die Pizzaliste herumgehen, und alle, die wollten, schrieben ihren Namen und den der gewünschten Pizza auf. Leichtbier und Salat inklusive. Die Liste wurde einer Sekretärin übergeben, die das Gewünschte bestellen sollte, sodass es um sechs Uhr bei der Zentralwache abgeliefert wurde.

Andersson ging durch, was die Pathologin und die Jungs von der Spurensicherung an diesem Tag herausgefunden hatten. Das einzig Neue für Irene war, dass Ivan Viktors nicht erreicht worden war. Andersson hatte eine Nachricht in seinem Briefkasten und eine Mitteilung auf dem Anrufbeantworter hinterlassen.

Tommy Perssons, Hans Borgs und Fredrik Stridhs Befragungen in den Straßen um den Tatort herum waren im Großen und Ganzen negativ ausgefallen. Das einzig Positive, wenn auch deutlich infrage zu Stellende, war die Aussage einer pensionierten Lehrerin. Sie war einundachtzig Jahre alt und fast blind. »Und deshalb ist mein Gehör auf meine alten Tage umso besser«, hatte sie behauptet. Fredrik Stridh war davon nicht überzeugt, erzählte aber, was sie ihm gesagt hatte:

»Sie behauptet, gehört zu haben, dass die Tür zu dem äußeren Müllraum zufiel, nachdem die letzten Polizeisirenen verklungen waren. Das würde also bedeuten fünfzehn Minuten vor sechs, denn zu dem Zeitpunkt ist der letzte Krankenwagen eingetroffen.«

Der Kommissar warf eine Frage ein:

»Woher weiß sie, dass es die Tür zum äußeren Müllraum war?«

»Ihre Wohnung liegt direkt daneben. Sie wohnt also schräg über den Hof, von von Knechts Aufgang aus gesehen. Aber es erscheint natürlich zweifelhaft, ob es wirklich stimmt, was sie sagt, denn sie behauptet, die Tür hätte sich gleich wieder geöffnet, und sie hätte schnelle Schritte zur Hoftür gehört, die zu ihrem Treppenhaus führt. Sie nahm an, dass die Person schnell dem Regen entkommen wollte. Nicht sehr verwunderlich, denn es hat ja geschüttet. Aber dann behauptet die Alte auch noch, sie würde ihre Nachbarn an den Schritten erkennen. Ihre Wohnung liegt im Erdgeschoss, also hat sie bestimmt den Überblick. Und diese Schritte kannte sie nicht! Es war also keiner aus dem Haus.«

Jonny Blom schnaufte und verdrehte die Augen. Fredrik kümmerte sich nicht um ihn, sondern schaute auf seinen Block, während er fortfuhr:

»Sie hat gehört, wie die Hoftür geöffnet wurde und dass jemand ins Treppenhaus ging, aber dann gingen die Schritte nicht weiter die Treppe hinauf, sondern quer durch den Eingang und wieder durch die Haustür hinaus auf die Straße. Die Haustür ist schwer und fällt mit einem Knall ins Schloss, wie sie sagt.«

Andersson unterbrach ihn erneut mit einer Frage:

»Wirkte sie verwirrt oder senil?«

»Nun ja, sie ist natürlich reichlich alt und so. Und ich kann nicht sagen, ob sie wirklich so gut hört, wie sie sagt. Aber direkt tüttelig ist sie nicht.«

In Stridhs Augen waren alle über fünfzig Fossilien. Andersson seufzte leise, bevor er seine nächste Frage stellte:

»Habt ihr überprüft, ob jemand aus dem Haus zu der Zeit draußen war und diese Wege gegangen ist, die die Dame beschreibt?«

Weder Stridh, noch Borg oder Persson hatten jemanden gefunden, der erklärt hätte, zum besagten Zeitpunkt dort unterwegs gewesen zu sein und das Knallen der Türen und die Schritte auf dem Hof verursacht zu haben. Andersson sagte:

»Wenn das unser Mörder war, dann lässt das auf eine verdammte Kaltblütigkeit schließen. Noch eine Viertelstunde nach dem Mord in der Wohnung zu bleiben! Andererseits glaubten ja anfangs alle, dass es sich um Selbstmord handelt. Keiner hat nach einem Mörder gesucht. Und wenn es stimmt, dass er über den Hof gegangen ist, so kam er auf der Kapellgatan raus. Einen ganzen Häuserblock vom Tatort entfernt!«

Es war Andersson anzusehen, dass er das äußerst interessant fand. Er teilte Fredrik Stridhs Zweifel nicht. Die Erfahrung hatte ihn gelehrt, dass sich langweilende alte Leute, die ihre nächste Umgebung im Blick hatten, unschätzbare Zeugen waren. Eifrig sagte er:

»Angenommen, das ist unser Mörder. Im Schutz von Regen und Dunkelheit schleicht er sich auf den Hof. Aus irgendeinem Grund schlüpft er schnell in den Müllraum und wirft etwas weg. Was? Mir kommt da so ein Gedanke. Vorschläge?«

Andersson schaute sich im Raum um, aber niemand sonst äußerte irgendwelche Vermutungen. Triumphierend rief er aus:

»Das Tuch! Das Wischtuch mit der Ajaxlösung! Das ist nämlich nicht in der Wohnung gefunden worden. Die einzigen Putztücher, die wir gefunden haben, lagen in einer noch nicht angebrochenen Verpackung im Putzschrank. Leider waren wir heute Morgen nicht schnell genug. Die Müllabfuhr hat die Mülltonnen geleert, bevor wir sie untersuchen konnten. Und an der Tür zum Hof waren nur die Fingerabdrücke von Irene und von Henrik von Knecht zu finden. Jemand hat die Klinke abgewischt, bevor Irene und der junge von Knecht sie anfassten.«

Die anderen sahen Irene verwundert an, aber weder sie noch der Kommissar machten sich die Mühe, von ihrem Versteckspiel mit der Presse am Abend zuvor zu erzählen. Stattdessen sagte Irene:

»Laut Sylvia von Knecht ist die Putzfrau Finnin, sie heißt Pirjo Larsson und spricht nur gebrochen Schwedisch. Wir bekommen von ihr die Telefonnummer, und dann können wir die Adresse rauskriegen. Sie wohnt irgendwo Richtung Angered. Hannu, darf ich dich fragen, ob du Finnisch sprechen kannst?«

Hannu Rauhala nickte.

»Könntest du dich um die Vernehmung von Pirjo Larsson kümmern?«

Wieder ein Nicken von Hannu.

Irene berichtete von ihren Gesprächen an diesem Tag. Alle waren ihrer Meinung, dass einige interessante Informationen dabei herausgekommen waren, wenn auch kein Motiv oder ein denkbarer Mörder.

Birgitta Moberg war es gelungen, das Ehepaar Wahl per Telefon in der Provence zu erwischen. Die jüngste Tochter, die unverheiratet und deshalb problemlos im Telefonbuch zu finden war, hatte Birgitta die Nummer gegeben. Sie rief die Wahls an, die bereits wussten, dass Richard von Knecht ermordet worden war, da eine ihrer Töchter es ihnen am Telefon erzählt hatte. Sie erklärten, dass sie am Sonntagabend mit der Fähre nach Kiel gefahren waren. Im Laufe des folgenden Tages waren sie auf ihrem Hof, einige hundert Kilometer außerhalb von Aix-en-Provence angekommen. Sie konnten nur das bestätigen, was die anderen Personen, die auf dem Fest dabei gewesen waren, schon erklärt hatten: dass von Knecht fröhlich und lebhaft wie immer gewesen war und dass sie nicht die geringste Ahnung hinsichtlich eines Motivs oder eines Mörders hatten. Unfassbar, das war ihr Kommentar. Birgitta ging weiter in ihren Notizen.

»Waldemar Reuter war in seiner Börsenmaklerfirma, oder wie sich so ein Büro nennt. Er hatte keine Zeit, heute mit mir zu sprechen, hat aber versprochen, morgen früh um acht Uhr hierher zu kommen. Er hat aber schon gesagt, dass er schockiert ist und sich nicht vorstellen kann, wie jemand auf die Idee kommt, von Knecht zu ermorden. Er scheint ja ein richtiger Prachtkumpel gewesen zu sein, dieser Richard von Knecht«, sagte sie erschöpft.

Es klopfte vorsichtig an der Tür, und die Sekretärin kam mit einem dicken Packen Faxpapieren unter dem Arm herein. Trocken sagte sie:

»Grüße vom Wachdienst an Inspektorin Huss, das Faxgerät ist zusammengeschmort! Und warum wohl?«

Womit sie den Packen vor Irene auf den Tisch legte. Aber die Zeitschriftenartikel bei der Svensk Damtidning waren ein wahrer Fund. Das konnte Irene schon beim ersten Durchblättern feststellen. Das Ganze war ordentlich in chronologischer Reihenfolge verschickt worden, jedes Mal mit einem Datum versehen.

Jonny berichtete von den Unterlagen, die er von den beiden Kollegen bei der Wirtschaftskripo bekommen hatte. Den Namen von Knecht fand er dort im Zusammenhang mit dem Verdacht auf Steuerhinterziehung, wobei es um Geld aus Aktiengeschäften im Ausland gehen sollte. Das Material wurde bereits seit zwei Jahren zusammengestellt, war dann aber liegen geblieben. Jonny erklärte:

»Diese Kripobeamten sind ja ausgebildet, um Wirtschaftsverbrechen aufzuspüren, und sie sind hier im Polizeipräsidium, obwohl sie eigentlich dem Wirtschaftsressort unterstellt sind. Also, das ist eine ganz offizielle Sache. Aber weil ihre Arbeit dort oft von der Staatsanwaltschaft gebremst wird, wühlen sie hier bei der Kripo ein bisschen auf anderen Wegen weiter. Es gab offenbar den Verdacht auf Insidergeschäfte bei dem Verkauf einer Arzneimittelfirma vor ein paar Jahren. Doch das war nicht zu beweisen. Von Knecht machte damals einen hübschen kleinen Reibach von elf Millionen. Laut den Wirtschaftsleuten ist davon auszugehen, dass er im Ausland größere Ressourcen hat als hier in Schweden. Aber da es ausländische Makler sind, die diese Geschäfte abwickeln, ist das nur schwer zu kontrollieren. Und in Schweden ist sein Privatvermögen auf einhundertdreiundsechzig Millionen taxiert worden!«

Die Pfiffe und Rufe des Erstaunens wurden von einem wütenden Signal im Haustelefon unterbrochen.

»Hallo! Hier ist die Zentrale! Seid doch so nett und holt eure Pizzas ab! Hier stinkt es wie in einer Pizzeria!«

Fredrik Stridh und Birgitta Moberg meldeten sich freiwillig. Als sie durch die Tür hinausgingen, fiel Irene auf, dass die beiden eigentlich ziemlich oft zusammen zu sehen waren.

Einer, der offenbar den gleichen Gedanken gehabt hatte wie sie, war Jonny Blom. Unbewusst presste er seine Lippen zusammen, während er die beiden mit einem finsteren Blick verfolgte. Die anderen nutzten die Gelegenheit, aufzustehen und die Beine auszustrecken.

Die Pizzen waren schnell aufgegessen, direkt aus dem Karton, mit dem beigefügten Plastikbesteck. Der Pizzabäcker wusste, was von ihm erwartet wurde, wenn er eine Bestellung aus dem Polizeipräsidium bekam.

Die Kaffeemaschine wurde angestellt. Andersson lehnte sich satt und aufgebläht im Stuhl zurück.

Genau in dem Moment war eine kräftige, dumpfe Explosion zu hören. Die Druckwelle ließ die Fensterscheiben sich leicht nach innen wölben und unheildrohend klirren.

»Verdammt, eine der Raffinerien auf Hising-Island ist in die Luft geflogen!«

Das war von Jonny als Joke gemeint, aber niemand lachte. Das war ein unangenehm lauter Knall gewesen, auch wenn es nicht Shells Ölzisterne gewesen sein sollte, die da explodiert war.

Andersson zuckte mit den Schultern und versuchte die Außenwelt zu ignorieren.

»Über den Knall sollen sich andere den Kopf zerbrechen. Dann haben wir jetzt von allen gehört, woran sie heute gearbeitet haben. Außer von dir, Hannu.«

Hannu Rauhala sah den Kommissar direkt an, als er das Wort ergriff. Seine Stimme klang ungewöhnlich tief, und sein singendes Finnlandschwedisch war angenehm weich:

»Ich war beim Finanzamt…«

Jonny zuckte auf seinem Stuhl zusammen und unterbrach ihn aufgebracht:

»Doppelte Arbeit bringt ja wohl nichts! Ich habe doch bei der Wirtschaftskripo schon alles rausgeholt, was interessant ist!« Hannu bewegte keinen Muskel im Gesicht, veränderte seine Stimme um keine Nuance, aber seine Augen wechselten in ein kälteres Eisblau.

»Richard von Knecht hat noch einen Sohn.«

In dem kompakten Schweigen, das auf diesen Satz folgte, erschien es allen, als würden die Sirenen sämtlicher Streifenwagen und Feuerwehrwagen Göteborgs gleichzeitig einsetzen.

KAPITEL 6

Was sagst du da? Und was für ein Scheiß ist denn da draußen los?«

Anderssons Gesichtsfarbe wurde deutlich dunkler. Er hatte gedacht, sie hätten die Sache ganz gut im Griff. Und plötzlich brach die Hölle los, sowohl hier drinnen wie auch draußen.

Hannu Rauhala schaute immer noch ungerührt den Kommissar an und sprach einfach weiter:

»Das Finanzamt hat Kopien der Personalakten. Richard von Knecht hat die Vaterschaft anerkannt. Bo Jonas, geboren 23. 07. 65 in der Gemeinde Katarina in Stockholm. Die Mutter heißt Mona Söder, 02. 11. 41. Das steht auf von Knechts Totenschein.«

»Wie hast du denn dazu Zugang ge… Ach, scheiß drauf.«

Ein Blick in die eisblauen Augen und Andersson beschloss, die Frage zu verschieben. Stattdessen sagte er:

»Das ist ja interessant! Möchte nur wissen, ob seine Frau und sein Sohn Henrik von Jonas' Existenz wissen? Irene, du hast doch Kontakt zu den beiden, frag mal nach. Hannu, du kümmerst dich um Pirjo Larsson. Wir müssen wissen, ob sie einen Schlüssel zu von Knechts Wohnung hat. Frag sie auch nach eventuellen Besuchern, während sie dort war, oder ob sie irgendwas anderes Merkwürdiges gesehen hat. Und den Lappen! Vergiss nicht, sie nach dem Putzlappen zu fragen. Und forsche weiter nach Jonas und seiner Mutter. Dazu brauchen wir wohl die Hilfe der Kollegen in Stockholm… Meine Güte, was ist denn das für ein Sirenengeheul da draußen! Ist halb Göteborg in die Luft geflogen?«

Wütend drückte er die Nummer der Zentrale. Zunächst beantwortete niemand seinen Ruf. Er musste es ein zweites Mal versuchen.

»Ja ha, Zentrale«, antwortete eine ruhige Männerstimme.

»Was ist denn da draußen los?«

»Da ist ein Haus in der Berzeliigatan, das brennt. Sieht nach einer Bombe aus. Habt ihr nicht den Knall gehört? Es ist nicht mal einen Kilometer von hier.«

»Sieht so aus, als ob die Jungs von der PO1 heiße Ohren kriegen!«

»Genau. Also, tschüss.«

Der Kommissar sah verdutzt aus, als das Klicken verkündete, dass die Verbindung unterbrochen war. Um seine Verlegenheit zu überspielen, fuhr er schnell fort:

»Dann wissen wir das also auch, aber darüber sollen sich andere den Kopf zerbrechen. Wir haben uns um die Familie von Knecht zu kümmern. Hannu, hast du noch mehr Informationen über diesen zweiten Sohn?«

Hannu schüttelte den Kopf.

»Na gut, dann verfolgst du diese Spur also weiter. Ja, Jonny?«

»Die Vermögen der anderen Familienmitglieder laut ihrer Steuererklärung. Sylvia von Knecht hat einhundertfünfzigtausend verdient, Privatvermögen siebenhundertachtundsechzigtausend Kronen. Henrik von Knecht hat fünfhunderttausend verdient, Vermögen vierhundertdreiundfünfzigtausend. Charlotte von Knecht hat zweiundsiebzigtausend verdient und null Vermögen.«

»Arme Schlucker, im Vergleich zu Papa von Knecht. Aber wer ist das nicht im Vergleich zu ihm!«

Fröhlich stellte Fredrik fest:

»Um ehrlich zu sein, dann haben wohl nur Charlotte und ich die gleiche Art an Vermögen.«

Die anderen lachten zustimmend und erhoben sich, um sich Kaffee zu holen.

Die Besprechung dauerte noch weitere zwei Stunden. Man

drehte und wendete die verschiedenen Vermutungen und Hypothesen, wusste aber nicht, ob man damit der Wahrheit sehr viel näher kam. Oder ob sie bereits auf dem Tisch lag, aber niemand sie sah.

Andersson unterdrückte ein Gähnen und beschloss die Besprechung mit ein paar abschließenden Worten zu beenden:

»Okay, wir sehen uns dann morgen früh um halb acht.«

Die Versammelten packten Notizblock, Stifte, Kaffeebecher und andere für die Ermittlung notwendigen Utensilien ein, als es an der Tür klopfte. Gleich darauf wurde die Tür geöffnet und der Leiter des Einsatzkommandos Håkan Lund füllte die Türöffnung aus. Er begann mit einem Gruß:

»Tag, alle zusammen. Ich glaube, ich habe was Interessantes für euch.«

Überrascht sah die Gruppe zu, wie er zur Schmalseite des Konferenztisches ging. Dort angekommen, begann er zu erzählen:

»Ich komme direkt vom Brand in der Berzeliigatan. Ein Zeuge hat eine kräftige Explosion gehört und danach fing es an zu brennen. Die Fenster aller Nachbarhäuser sind eingedrückt worden. Laut Aussage des gleichen Zeugen hat es im zweiten Stock geknallt. Und dort…«

Er verstummte und schaute melodramatisch seine Zuhörer an, bevor er weitersprach:

»…dort hat… oder besser gesagt hatte… Richard von Knecht sein Büro!«

Es war mucksmäuschenstill, niemand wusste, was er sagen sollte. Håkan Lund war offensichtlich zufrieden mit dem Effekt seiner Neuigkeit und fuhr fort:

»Meine Schicht war eigentlich um vier zu Ende, aber wir wurden von einer Massenkarambolage am Tingstadstunnel aufgehalten. Eisregen, Glatteis. Fünf Autos aufeinander gefahren. Kein nennenswerter Personenschaden, aber es war trotzdem reichlich zu tun. Gerade als wir dort fertig waren, kam der Alarm wegen der Bombenexplosion in der Berzeliigatan, Ecke Sten Sturegatan. Als wir dort ankamen, brannte es nicht schlecht. Drei Löschfahrzeuge und einige Streifenwagen waren da.«

»Ist das ganze Haus zerstört?«

Lund sah Andersson, der die Frage gestellt hatte, nachdenklich an, dann antwortete er:

»Lass es mich so ausdrücken: Auf einer Brandskala von eins bis zehn, bei der eins eine Streichholzschachtel ist und zehn eine Supernova, da ist das hier eine neun. Ein Inferno. Antwort: Ja, das gesamte Haus ist ausgebrannt!«

»Verdammter Mist!«

Das war kein besonders intelligenter Kommentar aus dem Mund des Kommissars, aber er drückte wahrscheinlich genau das aus, was alle im Zimmer fühlten. Lund fuhr in seinem Bericht über den Ablauf des Geschehens fort.

»Im Erdgeschoss befindet sich ein Friseursalon. Die betreffende Haarkünstlerin konnte sich auf die Straße retten. Sie war gerade dabei, sauber zu machen. Zum Glück hat sie nur leichte Verletzungen am Kopf und am Rücken abgekriegt. Im ersten Stock gibt es zwei Wohnungen. Den Wohnungsinhabern der großen Wohnung, einem Rentnerehepaar, gelang es, allein ins Freie zu kommen. Sie haben einen Schock abgekriegt. Hörschäden und diverse hässliche Schnittwunden. Der Besitzer der Zweizimmerwohnung arbeitet als Portier im Sheraton und war nicht zu Hause, als es knallte. Er kam gerade, als ich weg wollte. Offenbar hatte er die Sonderberichte über den Brand gehört. Im zweiten Stock liegt – oder besser gesagt lag – von Knechts Büro. Offenbar eine größere Wohnung, über die er da verfügt, so wie die darunter. Übrigens gehört von Knecht das ganze Haus. Die Nachbarwohnung steht im Augenblick leer. Das ist eine kleine Zweizimmerwohnung, die er zeitweise an Firmen vermietet, die für kürzere Zeit eine Wohnung brauchen.«

Hier unterbrach Lund sich. Mit hastigen Bewegungen ging er zur Kaffeemaschine und goss den kalten Rest in der Kanne in eine Plastiktasse. Er ließ den Kaffee im Mund kreisen, bevor er ihn hinunterschluckte, schnalzte zufrieden mit der Zunge und sagte dann:

»Man wird so verdammt trocken im Mund von Bränden. Und vom Reden.«

Da niemand etwas sagte, ging Lund wieder zurück an seinen Platz und fuhr fort mit seinem Bericht:

»Die dritte Etage gehört einem Fotografen. Er wohnt in der Zweizimmerwohnung und hat sein Atelier in der großen Wohnung über von Knechts Büro. Die Zeugen aus dem ersten Stock, das Pensionärsehepaar, meinten, er sei nicht da gewesen. Sie haben ihn schon seit einigen Tagen nicht gesehen. Wahrscheinlich macht er irgendwo im Ausland Modereportagen. Wollen wir ihm zuliebe hoffen, dass dem so ist und er hübsche Frauen unter Palmen ablichtet. Wenn nicht, ist er nämlich tot. Gegrillt. Es wird noch mehrere Stunden dauern, bis die Feuerwehrleute ins Haus rein können.«

Lund hielt inne und sah sehr grimmig und ernst aus, als er fortfuhr:

»Aus dem vierten Stock konnte eine junge Frau über die Leiter gerettet werden. Natürlich stand sie unter Schock und wollte deshalb nicht mit dem Feuerwehrmann runterklettern. Aber er bekam sie zu fassen und hat sie mehr oder weniger runtergetragen. Als sie glücklich auf dem Boden war, fiel ihr plötzlich ein, dass ihr Freund noch irgendwo in der Wohnung lag und schlief. Aber es war zu spät. Es gab keine Chance mehr, in die Wohnung zu kommen. Sie stand total in Flammen, und das Risiko, dass der Boden einbrechen würde, war zu groß. Die Dame in der Nachbarwohnung hatte mehr Glück. Sie kam von der Arbeit, als die Löscharbeiten in vollem Gange waren. Offenbar hatte sie noch nichts von dem Feuer gehört, weshalb sie einen Schock erlitt. Sie brach auf der Straße zusammen, und der Krankenwagen musste sie ins Krankenhaus bringen. Der fünfte Stock war unbewohnt. Sie hatten wohl gerade angefangen, ihn zu einer Art Maisonettewohnung auszubauen.«

»Diese Art Wohnungen waren wohl sein Hobby. Aber woher wusstest du, dass wir noch hier sind?«

Birgitta Moberg hatte sich so weit gefasst, dass sie einen Kommentar und eine Frage anbringen konnte.

»Ich habe es einfach drauf ankommen lassen. Irene und ich haben uns gestern nach von Knechts kleiner Trapeznummer getroffen. In den Zeitungen steht, dass er dabei Hilfe gehabt hat. Interessant. Nun ja, und als wir von der Abendschicht abgelöst wurden, habe ich in der Zentrale angerufen und gefragt, ob noch jemand von euch im Haus war. Die Zentrale sagte mir, dass ihr hier 'ne Pizzaorgie veranstaltet. Da habe ich mir gedacht, schau ich mal rein und schüre das Feuer unter eurem Hintern mit ein paar noch rauchenden Informationen«, schloss Håkan Lund mit einem verlegenen Lächeln.

»Ich glaube, wir sind alle der Meinung, dass dir das ausgezeichnet gelungen ist«, sagte Andersson matt.

Er versuchte sich zusammenzureißen und ein paar intelligente Fragen zu stellen. Das war nicht so einfach.

»Woher weißt du das alles, das über von Knechts Büro, dass ihm das Haus gehört, wer in den Wohnungen wohnt und so weiter?«, wollte er wissen.

»Habe ich das nicht gesagt? Das pensionierte Paar im ersten Stock. Das war äußerst gut informiert, die reinste Goldgrube für Informationen. Wartet mal...«

Lund suchte in den Taschen seiner neuen Uniformjacke aus weichem, aber kräftigem Leder herum.

»Hier habe ich den Zettel mit ihren Namen und der Adresse. Zunächst einmal wohnen sie bei ihrer Tochter in Mölndal. Aber auf jeden Fall müssen sie wohl erst einmal ein paar Tage im Mölndal-Krankenhaus bleiben.«

»Danke, Håkan. Du bist selbst eine Goldgrube, oder... nun ja, du weißt schon, was ich meine.«

Das war sicher kein besonders glücklicher Ausdruck, aber Lund schien die darin enthaltene Wertschätzung zu verstehen, er deutete eine Verneigung an und sagte:

»Vielen Dank. Aber jetzt darf ich mich wohl empfehlen. Ich überlasse euch euren Hypothesen. Guten Abend!«

Mit diesen Worten segelte er durch die Tür hinaus. Wenn man bei einem Mann von einem Doppelzentner von segeln sprechen kann.

Anschließend herrschte eine Weile Schweigen, bis Andersson es brach. Seine Gesichtsfarbe begann wieder dunkler zu werden, während er energisch in die Hände klatschte und rief:

»Also, jetzt müssen wir uns erst einmal um dieses Feuer kümmern! Fredrik und Tommy, ihr fahrt dorthin. Versucht mal die Lage zu sondieren. Und berichtet uns darüber morgen früh um halb acht. Ihr könnt gleich losgehen. Hier ist der Zettel mit Namen und Adresse der Tochter dieses Rentnerpaares.«

Die übrigen sechs blieben noch ungefähr eine Stunde zusammensitzen, kamen aber nicht weiter. Schließlich sagte Andersson:

»Nein, jetzt ist Schluss für heute Abend. Wir sehen uns morgen früh Punkt halb acht.«

Krister war noch auf, als Irene heimkam. Es war fast elf. Sammie schnüffelte herum und zeigte deutlich, dass sich den ganzen Tag lang niemand um ihn gekümmert hatte. Aber sein helles, weizenfarbenes Fell glänzte frisch gebürstet, und sein Fressnapf stand abgewaschen neben der Spüle. Er hatte keine Not zu leiden. Als sie vor dem Fernseher auf den Sessel sank, tat er, als wäre er ein Schoßhündchen. Achtzehn Kilo Irish Terrier sind zu viel auf dem Schoß, wenn man sich entspannen möchte, deshalb musste er beleidigt wieder auf den Boden zurückkehren und sich mit etwas Kraulen hinter dem Ohr zufrieden geben.

Krister erzählte von seinem Gespräch mit Jenny. Offenbar war es ihr großer Traum, in einer richtigen Band zu spielen. Und wenn auch nur mit einer gebrauchten elektrischen Gitarre. Der Bandleader konnte eine vernünftige für tausend Kronen besorgen. Sie beschlossen, noch mal darüber nachzudenken. Vielleicht war das ja ein gutes Weihnachtsgeschenk?

»Aber zu teuer! Es wäre was anderes, wenn es uns wie von Knecht ginge, mit mehr als hundertsechzig Millionen Vermögen. Und zusätzlich hat er bestimmt noch Massen an Rentenfonds und Absicherungen hier und da«, sagte Irene sauer.

»Aber überlege mal, mein Schatz. Was haben ihm gestern all seine Millionen genützt, als er ohne Absicherungen gefallen ist?«

Manchmal tat Kristers värmländische Erdverbundenheit doch sehr wohl. Wie auch sein Beruf, der ins Spiel kam, als er fragte:

»Möchtest du etwas zu essen?«

»Nein danke. Die Pizza liegt mir wie ein Stein im Magen.«

»Und was wünschen Gnädigste stattdessen?«

»Einen Whisky. Einen großen.«

»Aber gewiss, meine Liebe. Chivas Regal, Jack Daniels oder Famous Grouse?«

»Chivas.«

Lachend erhob Krister sich und ging in die Küche. Er kam mit zwei Gläsern und einer Dose Pripps Special Klasse II zurück. Irene sah ihm enttäuscht entgegen.

»Also, heute Abend könnte ich wirklich einen richtigen Drink vertragen, um mich zu entspannen. Es muss auch gar nicht viel sein. So ein ordentlicher Becher voll, das würde schon genügen«, klagte sie.

»Wir können einen Cocktail aus der Dose hier machen, mit fünf Zentiliter Schnaps und zehn Zentiliter Amontillado. Das ist alles, was wir im Haus haben. Ich gehe morgen los und kaufe ein paar Flaschen Wein fürs Wochenende. Freitag arbeite ich lange, aber Samstag nicht. Hey, warte mal, mir fällt noch was anderes ein, was dich entspannen könnte. Komm mal mit dem lieben Onkel, dann kriegst du auch ein Bonbon…«

Sammie verstand genau, was da vor sich ging, er ließ den Schwanz sinken und schlich sich die Treppe hoch in Jennys Zimmer. Ihm war klar, dass es mit dem Kraulen hinterm Ohr für heute – zumindest was ihn betraf – Schluss war.

Alle waren um halb acht zur Stelle. Tommy Persson saß gähnend da, während Fredrik aussah, als hätte er acht Stunden und nicht nur vier geschlafen. Er war es, der über den Brand berichtete.

»Tommy und ich waren um halb zehn da. Wir sind herumgelaufen und haben mit den Leuten aus dem Haus gegenüber gesprochen. Sie haben bestätigt, was Håkan uns sagte. Es knallte so ziemlich genau um achtzehn Uhr zwanzig. Das Feuer flammte sofort auf und es schien, als hätte es sich explosionsartig ausgebreitet. Vielleicht Benzin?«

»Aber dann hätten die Nachbarn es doch riechen müssen«, wandte Jonny ein.

»Ja, stimmt. Aber die Feuerwehrleute vermuten so etwas in der Richtung. Heute Morgen wollen sie jedenfalls reingehen, denn der Typ, der im vierten Stock in der Wohnung schlief, wird immer noch vermisst. Die beiden waren erst letzte Woche zusammengezogen. Das hatte sie noch nicht drauf. Und deshalb ist es ihr wohl erst zu spät eingefallen. Er heißt Mattias Larsson, zweiundzwanzig Jahre alt. Studiert an der Pädagogischen Hochschule.«

Fredrik sah betreten drein und blätterte in seinen Papieren, bevor er fortfuhr:

»Hier, da habe ich's! Der Fotograf im Stockwerk über von Knecht hat in der Zentrale angerufen, und die haben uns informiert. Er hat das Feuer in den Spätnachrichten gesehen. Das war natürlich ein Schock! Wenn man sich vorstellt, da sitzt er gemütlich mit einem Bierchen im Sessel, macht den Hotelfernseher an und darf mit ansehen, wie seine Wohnung und sein Atelier ausbrennen! Er arbeitet im Augenblick in Stockholm, wie er sagt. Aber er wird heute zurückkommen und dann Kontakt mit uns aufnehmen. Er heißt Bobo Torsson. Wir versuchen herauszufinden, ob diese Brandsache etwas mit dem Mord zu tun hat.«

Der Kommissar nickte.

»Okay. Dann setzt euch mit dem Pensionärsehepaar in Verbindung, sobald sie aus dem Krankenhaus entlassen werden. Es müsste ja mit dem Teufel zugehen, wenn es keinen Zusammenhang zwischen dem Mord an von Knecht und dem Bombenanschlag auf sein Büro gibt. Die Frage ist nur: Warum wurde auch noch sein Büro in die Luft gesprengt?

Hatte er irgendwelche Leute angestellt, vielleicht eine Sekretärin?«

»Ich werde mit Sylvia von Knecht noch heute Vormittag sprechen. Sie müsste das ja wohl wissen«, sagte Irene.

»Dann übernimm doch auch gleich Henrik von Knecht. Tommy und Fredrik bleiben weiter an der Brandsache dran. Birgitta hat heute einen Termin mit diesem Börsenmakler, Waldemar Reuter.«

»Ja, gleich heute Morgen«, bestätigte Birgitta.

»Ich möchte bei der Vernehmung gern dabei sein. Er muss einer der Letzten gewesen sein, die von Knecht lebend gesehen haben. Jonny, kannst du versuchen, ob du den Opernsänger erwischst, Ivan Viktors? Er hat nichts von sich hören lassen, trotz Zetteln im Briefkasten und Nachricht auf dem Anrufbeantworter. Warte, ich habe seine Nummer hier irgendwo…«

Der Kommissar suchte zwischen seinen Papieren auf dem Tisch. Nach viel Gewühl rief er laut:

»Hier! Bitte schön. Und Hannu, du suchst weiter nach dem unehelichen Sohn in Stockholm. Aber noch wichtiger ist es, erst mal Pirjo Larsson zu erwischen.«

Hannu nickte, und zur Verwunderung aller begann er zu sprechen:

»Sie steht nicht im Telefonbuch.«

»Aha, nun – ja… na, das wirst du schon schaffen, irgendwie.«

Andersson war sich immer noch nicht sicher, ob er alle Wege kannte, auf denen Hannu sich seine Informationen verschaffte. Aber effektiv waren sie auf jeden Fall.

Irene wandte sich an Hannu und sagte:

»Sylvia von Knecht hat mir gesagt, sie habe die Telefonnummer von Pirjo Larsson. Ich werde sie gleich nach der Besprechung anrufen und mit ihr ausmachen, wann wir uns treffen. Dann kann ich sie gleich um Pirjos Nummer bitten.«

Hannu nickte noch einmal. Andersson wandte sich nun Hans Borg zu, der wie üblich vor sich hindösend auf seinem

Stuhl hing. Um ihn aufzuwecken, hob Andersson seine Stimme und sprach seinen ältesten Inspektor direkt an:

»Hans, du fährst noch mal zum Tatort. Also zu dem, der nicht abgebrannt ist. Hör dich um, ob jemand was auf der Kapellgatan gesehen hat, so gegen zwanzig vor sechs am Mordabend. Auf der anderen Straßenseite liegt ein Parkhaus. Auch wenn es dunkel war und ein Sauwetter, kann trotzdem jemand den Mörder gesehen haben. Falls er es war, der durch die Haustür dort gegangen ist.«

Andersson machte eine Pause und hob dann die Sitzung auf. »Wir treffen uns dann hier so gegen fünf Uhr wieder.«

Ein Klopfen an der Tür unterbrach ihn. Die Sekretärin kam mit einem Fax in der Hand herein.

»Guten Mogen, alle zusammen! Ein Fax aus der Pathologie, noch ganz frisch«, erklärte sie schnell.

Andersson nahm es entgegen. Die anderen konnten sehen, wie seine buschigen Augenbrauen zu dem nicht existenten Haaransatz hochfuhren, als er ausrief:

»Von Knecht hatte 1,1 Promille im Blut! Er war nicht sturzbesoffen, aber schon reichlich angeheitert. Das hat dem Mörder die Sache bestimmt erleichtert.«

Wieder in ihrem Büro rief Irene Sylvia von Knecht an. Hannu war hinter ihr hergetrottet und hatte sich auf einen Stuhl neben der Tür niedergelassen.

Sylvia hob gleich ab. Als Irene ihren Namen nannte, wurde sie sofort wütend und beschimpfte die gesamte Göteborger Polizei, weil sie ihre Wohnung durcheinander gebracht hätten. Sie regte sich reichlich auf. Selbst Hannu in seiner Ecke konnte hören, wie sie keifte.

»Und Pirjo erreiche ich auch nicht! Ich versuche seit sieben Uhr, sie anzurufen. Sie muss doch herkommen und mir beim Saubermachen helfen!«

Irene hielt den Hörer etwas vom Ohr ab und warf Hannu einen viel sagenden Blick zu, bevor sie den Hörer wieder in Position brachte und in freundlichem Ton sagte:

»Gut, dass Sie Pirjo zur Sprache bringen. Wir würden gern mit ihr reden. Kann ich ihre Telefonnummer bekommen. Oder die Nummer der Reinigungsfirma, ihres Arbeitgebers?«

Es blieb still am anderen Ende der Leitung. Schließlich fauchte Sylvia von Knecht:

»Es ist kein Verbrechen, seine Putzfrau schwarz zu bezahlen!«

»O doch, das ist es«, hätte Irene am liebsten geantwortet, aber ihr war klar, dass das äußerst ungeschickt gewesen wäre. Ruhig sagte sie stattdessen:

»Nein, nein, Frau von… Sylvia, ich wäre nur dankbar, wenn ich ihre Nummer kriegen könnte.«

Widerstrebend gab Sylvia ihr die Nummer. Irene schrieb sie auf einen Zettel und reichte ihn Hannu. Mit einem Kopfnicken verschwand er auf den Flur.

Erst jetzt erwähnte Sylvia den nächtlichen Brand.

»Ist es nicht merkwürdig, dass das Haus in der Berzeliigatan am Tag nach Richards Tod in Feuer geraten ist? Aber es war natürlich alt. Sicher war es irgendein Kurzschluss in einer elektrischen Leitung. Sie hatten gerade angefangen, die oberste Wohnung zu renovieren. Es sollte eine Atelierwohnung werden. Ich hoffe nur, er hatte seine Computer richtig versichert. Das Haus war versichert, das weiß ich.«

Die Morgenzeitungen hatten nur von einem »explosionsartigen Feuer« gesprochen, nirgends hatte etwas von dem Verdacht der Brandstiftung gestanden. Irene fragte schnell dazwischen:

»Hatte er Angestellte in seinem Büro?«

Kurz angebunden antwortete Sylvia:

»Nein. Er verfolgte alle Börsen der Welt auf seinen Computerbildschirmen. Dafür brauchte er keine Sekretärin. Seine Makler kümmerten sich um alles Praktische, was mit den Aktiengesellschaften zu tun hatte. Richard wollte das Ganze möglichst überschaubar halten. Er war immer nur ein paar Tage in der Woche dort.«

Sylvia beschloss, dass sie sich um zehn Uhr treffen sollten.

Mit einem Seufzer schaute Irene auf den Stapel mit den Faxseiten aus der Klatschpresse. Um diese Arbeit noch etwas hinauszuzögern, rief sie Henrik von Knecht an und machte mit ihm einen Termin aus. Er wollte gegen ein Uhr zu ihr ins Präsidium kommen.

Andersson ging mit Birgitta Moberg in ihr Arbeitszimmer. Waldemar Reuter war noch nicht aufgetaucht, aber es war auch erst fünf nach acht. Andersson arbeitete gern mit Birgitta zusammen. Sie war pfiffig, aufgeweckt, jung und hübsch. Sie hatte nur einen Fehler. Sie vermittelte dem Kommissar das Gefühl, alt zu sein. Er fühlte sich in Birgittas Gesellschaft immer etwas unbeholfen. Sie ging tanzen, reiste ins Ausland und lief im Winter Ski. Außerdem hatte sie eine Taucherlizenz und war oft am Roten Meer oder am Mittelmeer. Man muss sich für seine Leute interessieren, hatten sie beim letzten Kurs für Führungskräfte gesagt, weshalb Andersson Birgitta fragte:

»Und – was machst du im Frühling? Tauchen im Roten Meer oder Ski laufen in den Alpen?«

»Beides nicht. Ich bin am Sparen. Kein Urlaub vor nächstem Herbst. Dann will ich für mindestens zwei Monate nach Australien. Packe alles in den Rucksack und los geht's.«

»Ganz allein?«

Er merkte selbst, wie naiv seine Frage klang, aber sie war ihm spontan herausgerutscht. Sie lachte fröhlich auf.

»Natürlich. Männer sind doch nur hinderlich. Wenn man einen Kerl mitnimmt, muss man die ganze Zeit Rücksicht auf seine Wünsche nehmen. Nein, ich will Sachen erleben und für alles offen sein.«

»Ist das denn nicht gefährlich für eine Frau, so ganz allein?«

Birgitta lachte wieder.

»Wie du weißt, kann es schon gefährlich sein, auf den Balkon zu gehen!«

Würde er sich in Australiens Natur wagen? Nie im Leben! Unter freiem Himmel schlafen, wo alle nächtlichen Raubtiere herumstreifen konnten. Schlangen und Spinnen. Er erschauerte. Und fühlte sich alt wie Methusalem.

»So eine Reise kostet bestimmt eine ganze Stange Geld. Wie schaffst du es, dafür zu sparen?«

»Ich wohne günstig in einer kleinen Einzimmerwohnung in Högsbo. Mein Auto ist zwölf Jahre alt und ich repariere alles selbst dran. Aber die Grundlage ist eigentlich ein kleines Erbe von meiner Großmutter.«

Ein leises Pochen an der Tür war zu hören und Waldemar Reuter trat ein. Er winkte noch jemandem auf dem Flur zu. Beide Polizeibeamten bemerkten, dass er leicht lallte, als er sagte:

»Vielen, vielen Dank, schönes Fräulein. Es war nett, dass Sie mich durch das Labyrinth geführt haben, das sich Göteborgs Polizeipräsidium nennt.«

Mit einem leichten Schlingern drehte er sich um und bohrte seine geröteten Augen in Birgitta:

»Oh, guten Morgen! Das Haus ist ja voll mit Schönheiten!«

Er machte eine tiefe Verbeugung, wobei er deutlich hörbar rülpste. Die Atemluft, die er im Zimmer verbreitete, hätte man gut und gern in Scheiben schneiden und als lange abgelagerten Käse verkaufen können. Reuter hatte keinen Kater. Aber den würde er sicher kriegen, in einigen Stunden. Sein runder Kopf sah aus, als würde er direkt auf dem klotzförmigen Rumpf kleben, ohne einen irgendwie sichtbaren Hals dazwischen. Er schien so breit wie hoch zu sein. Seine Arme standen direkt vom Körper ab. Aber vielleicht verstärkte sein Versuch, das Gleichgewicht mit Hilfe der Arme als Stabilisator zu halten, ja auch diesen Eindruck. Die Beine waren kurz. Die Füße in den exklusiven Schuhen waren überraschend klein. Er trug einen Burberry-Mantel über dem Arm, sodass dieser in der Luft herumflatterte, wenn er mit den Armen wedelte. Sein Anzug war dunkelblau und aus weichem Stoff, mit einem diskreten glänzenden Saum. Seine Krawatte hing aus irgendeinem Grund um das Jackettrevers und nicht um den Hemdkragen. Aber er hatte sie jedenfalls immer noch um den Hals.

Birgitta machte über Reuters geneigten Rücken eine Miene des Abscheus, aber als er sich wieder erhoben hatte, schenkte sie ihm ein strahlendes Lächeln und bat ihn, doch auf dem Besucherstuhl Platz zu nehmen. Sie stellte sich vor und auch den Kommissar in der Ecke. Waldemar Reuter rief aus:

»Ach, verdammt, noch ein Mann im Zimmer! Den habe ich ja gar nicht gesehen!«

Er gab Andersson einen feuchten Handschlag und zwinkerte Birgitta schelmisch mit einem viel sagenden Blick zu.

War es ein Vorteil, dass er betrunken war? Es war das Beste, Birgitta die Vernehmung zu überlassen. Er sah sie nicht als Polizeibeamtin. Andersson versuchte, sich in seiner Ecke so unsichtbar zu machen wie möglich, was aber vollkommen unnötig war. Reuter hatte schon vergessen, dass er überhaupt existierte. Birgitta sagte freundlich:

»Möchten Sie eine Tasse Kaffee, Herr Reuter?«

»Valle, meine Gute! Alle sagen Valle zu mir!«

»Kaffee?«

»Ja, gern.«

Andersson war verblüfft, als Birgitta ihm ein Zeichen gab, dass er doch Kaffee holen möge. Aber das war sicher genau richtig. Sie war es, die die Vernehmung leitete. Dennoch fühlte er sich ziemlich dumm, als er zum Kaffeeautomaten ging. Er holte drei Becher, was er auf dem Rückweg schwer bereute. Es war nicht leicht, drei Becher auf einmal zu tragen.

Reuter saß schnaufend da und beachtete Andersson gar nicht, als dieser zwei der Becher auf den Schreibtisch stellte.

»... mein ältester Freund. Wir kannten uns seit fünfundvierzig Jahren!«

Valle Reuter wischte sich die Nase im karierten Futter der Jacke ab. Mit einer gespielt Anteil nehmenden Miene reichte Birgitta ihm ein Papiertaschentuch.

»So weit wir wissen, waren Sie ... Valle, auch auf dem Fest am Samstag. Zum dreißigsten Hochzeitstag.«

»Ja, aber natürlich! Leila und ich waren doch Trauzeugen bei ihrer Hochzeit.«

»Leila?«

»Meine frühere Frau. Wir haben uns vor fünf Jahren scheiden lassen. Nicht ein Öre hat sie gekriegt!«

Reuters Stimme war plötzlich aggressiv und hasserfüllt geworden.

»War es ein schönes Fest?«

»Fest? Welches Fest?«

»Das am Samstag bei von Knechts.«

»Ach so, das Fest. Ja, phantastisch! Herrliches Essen und wunderbare Weine. Zur Vorspeise wurde ein interessanter Weißwein serviert, und zwar aus Südafrika! Neil Ellis. Sauvignon Blanc. Trocken und pfeffrig, frisch und rund. Intensiver Geschmack. Leichter Duft nach Ameisensäure und Kräuterboden. Ausgezeichnet zum Lachstatar!«

In den Ohren des Kommissars klang das wie Besoffenengelaber, aber da Birgitta sich anscheinend etwas notierte, mischte er sich nicht ein. Reuter wanderte weiter in seinen Träumen und setzte seine Schwärmereien fort:

»Zum Hauptgericht wurde ein phantastischer französischer Wein gereicht. Zum Glück unterstützt Richard nicht diese idiotischen Ideen, die Franzosen zu boykottieren. Rot. Bandol Cuvée Special 92. Satter Duft, konzentriert, reicher und fruchtiger Geschmack mit einem Hauch von Lakritze. Der Rehrücken war wirklich in guter Gesellschaft, das muss ich schon sagen.«

Andersson fand eher, das klang widerlich. Lakritzgeschmack im Rotwein! Andererseits mochte er sowieso keinen Rotwein. Höchstens weißen, zu Krabben! Er bevorzugte ein Bier mit einem Schnaps. Birgitta fragte:

»Was meinen Sie, hat Richard sich wie immer verhalten?«

»Absolut! Fröhlich und offen, wie immer. Wir mögen Feiern gern, Richard und ich. Aber jetzt kann er ja auf kein Fest mehr gehen. Richard ...«

Wieder musste Birgitta mit einem Taschentuch aushelfen. Reuter putzte sich lautstark die Nase und starrte sie mit roten Augen an. Er holte tief Luft, bevor er fortfuhr:

»Meine Güte, ich muss um Entschuldigung bitten. Ich habe die ganze Nacht getrunken. In Erinnerung an Richard. An meine Freundschaft zu Richard. Er ist mein bester Freund.«

»Trotzdem haben Sie daran gedacht hierher zu kommen?«

»Mein Stellvertreter hat mich abgeholt. Ich hatte ihn gestern darum gebeten. Nachdem Sie, wie war das noch... ja, nachdem Sie angerufen hatten. Das ist ein prima Junge, Mats Tengman. Ich habe ihn mir ausgesucht. Als meinen Nachfolger. Mein Sohn ist Arzt. Er will Anästhesist werden, denn er will nicht mit Geld, sondern mit Menschen arbeiten, wie er sagt. Alle meine Leute sind in Ordnung. Wenn Sie wüssten, was ich für tolle Mitarbeiter habe.«

Ein weiteres lautes Schnauben unterstrich seine Behauptung.

»Als er mich hier abgeliefert hat, da hat er ja gesehen, wie... wie mitgenommen ich bin, nach allem, was passiert ist... mit Richard. Und da hat er gesagt: ›Valle, ich kümmere mich schon um den Laden. Ruhe du dich heute lieber aus.‹ Das hat Mats zu mir gesagt.«

Andersson sah, dass Birgitta diskret etwas auf ihrem Block notierte. Vorsichtig setzte sie die Vernehmung fort.

»Erzählen Sie mir von den Dienstagen, Valle.«

»Wovon?«

»Von den Mittagessen am Dienstag.«

»Das machen wir jetzt seit mehr als zwanzig Jahren so. Jeden Dienstag haben wir zusammen Mittag gegessen. Das fing an, als Richard seine Reederei verkauft hat. Er hatte einen... einen siebten Sinn, was die Entwicklung der Wirtschaft anging. Wenn ich mich getraut hätte, ihm zu glauben... dann wäre ich jetzt ziemlich reich. Aber ich bin ja auch so zurechtgekommen.«

Er schwieg und starrte blicklos vor sich hin. Birgitta schubste ihn mit einer neuen Frage an:

»Welche Reederei hat er verkauft?«

»Na, natürlich sein Erbe! Die Familienreederei! Er hat ein gutes Geschäft damit gemacht. Er hat ins Immobiliengeschäft investiert, zusammen mit Peder Wahl. Kennen Sie Peder?«

»Ich habe mit ihm telefoniert.«

»Das ist ein prima Kumpel. Schade, dass die beiden die meiste Zeit unten in der Provence leben. Ich vermisse Peder. Sagen Sie ihm das das nächste Mal, wenn Sie mit ihm sprechen.«

Birgitta verdrehte die Augen und sah Andersson an. Er machte eine beruhigende Handbewegung. Wahrheitsserum ist immer gut. Birgitta fuhr tapfer fort:

»Wo haben Sie am Dienstag gegessen?«

»Wir sind mit dem Taxi ins Johanneshus gefahren. Ein wirklich gutes Restaurant draußen in Billdal. Wir wollten das noch genießen, bevor diese Weihnachtsfeierhysterie einsetzt. Dann sind einfach zu viele Menschen dort.«

»Wann waren Sie dort?«

»Wo?«

»Na, im Johanneshus in Billdal. Zum Essen mit Richard.«

»Ach so, ja, natürlich. Das meinen Sie.«

Valle Reuter versuchte wirklich nachzudenken. Er hatte nicht wenig Ähnlichkeit mit einem traurigen Seehund, als seine Stirn sich nachdenklich in Falten legte.

»Ich denke, das Taxi war wohl so gegen eins oder halb zwei dort. Irgendwann so um den Dreh. Fragen Sie doch Peter, den Wirt.« Birgitta machte sich erneut Notizen. Das würde sie machen.

»Und was haben Sie gegessen?«

»Oh, Meeresfrüchte! Als Vorspeise eiskalte Austern mit Lime. Dazu einen nicht ganz geglückten Wein, was war das noch… aus den USA. Golden Hind. Sauvignon Blanc. Passt nicht zu Austern. Eine Enttäuschung. Aber er passt gut zu…«

»Das Hauptgericht, Valle. Was war das Hauptgericht?«

»Pochierter Heilbutt mit geriebenem Meerrettich und zerlassener Butter. Die Kartoffeln waren nicht püriert, sondern… wie heißt das noch? …gequetscht, ja. Gequetschte Kartoffeln. Dazu haben wir Südafrika eine Chance gegeben.

Habe ich erzählt, welchen Wein wir am Samstag getrunken haben? Den weißen zur Vorspeise… ach so, ja, genau… der stammte nämlich auch von dort. Ein ausgezeichneter Wein! Bouchard Finlayson. Chardonnay. Der war einfach phantastisch. Wir haben zwei Flaschen bestellt. Zum Dessert, einem Eismousse mit Brombeeren, haben wir dann die süßen Weine aus der Alten Welt herausgefordert! Wir bestellten eine Flasche Mike Mossion Liqueur Muscat. Einen Australier. Sehr gelungen. Sehr gut.«

Andersson war die vielen sonderbaren Weine und wunderbaren Gerichte mittlerweile herzlich leid. Trotzdem gab er Birgitta ein Zeichen weiterzumachen, als sie Hilfe suchend seinen Blick suchte. Ein kaum hörbarer Seufzer entfuhr ihr, als sie weiterfragte:

»Und wann haben Sie die Mahlzeit beendet?«

»Wir mussten uns ein wenig beeilen. Wir sind um halb vier weggefahren. Mit dem Taxi natürlich. Sylvia sollte an dem Abend zurückkommen, Richard wollte dann zu Hause sein und die Lage peilen. Außerdem war er etwas erkältet. Er wollte sich einen Whisky gönnen und in die Sauna gehen. Das mache ich auch immer, wenn ich erkältet bin. Aber nur den ersten Teil, auf die Sauna kann ich verzichten!«

Das fand Valle Reuter außerordentlich witzig und begann daraufhin vor Lachen zu keckern und zu pfeifen. Weder Andersson noch Birgitta Moberg brachten es über sich mitzulachen. Der kleine runde Mann hatte etwas Trauriges, Bedrückendes an sich. Birgitta beugte sich über den Schreibtisch und rief:

»Valle. Hallo! Valle!«

Reuter wischte sich die Augen mit dem feuchten Papiertaschentuch ab. Ein wenig beruhigte er sich.

»Sie wissen, dass Richard ermordet worden ist. Was meinen Sie, wer könnte es getan haben? Und warum?«

Reuter wurde ganz steif und warf Birgitta einen scharfen Blick zu, die für einen Moment überlegte, ob Valle nicht doch nüchterner war, als es den Anschein hatte. Scharf sagte er:

»Sylvia! Es muss Sylvia gewesen sein. Sie erbt das Geld. Und sie ist gierig auf Geld! Geizig. Und eklig. Wenn Sie wüssten, was sie zu mir gesagt hat!«

Er zeigte nun eine äußerst verletzte Miene.

»Laut mehreren Augenzeugen befand sie sich gerade in dem Moment auf der Straße, als Richard von Knecht aufs Pflaster aufschlug«, stellte Birgitta trocken fest.

Diese Feststellung ließ auf Reuters Stirn wieder die Sorgenfalten entstehen. Aber er sagte nichts, sondern murmelte nur etwas Unverständliches.

»Sie glauben also, das Erbe, das viele Geld, ist das Motiv?«

»Sylvia. Das Geld.«

Er nickte vor sich hin und schien äußerst zufrieden mit den eigenen scharfsinnigen Schlussfolgerungen zu sein.

»Valle, was haben Sie und Richard gemacht, nachdem Sie beide aus dem Taxi gestiegen sind?«

»Wir sind im Fahrstuhl hochgefahren. Ich bin im ersten Stock ausgestiegen und Richard ist zu sich hochgefahren.«

»Haben Sie ihn danach noch einmal gesehen oder mit ihm gesprochen?«

»Nein. Da habe ich Richard zum letzten Mal gesehen.«

Andersson fürchtete, Valle könnte wieder anfangen zu weinen. Aber das tat er nicht. Er hing auf seinem Stuhl wie ein Ball, dem die Luft ausgegangen war. Er gähnte und blinzelte mit den roten Augen. Andersson war klar, dass sie sich mit ihren Fragen beeilen mussten. Er stand auf und trat langsam an Valle heran, der zusammenzuckte, aufwachte und verwundert fragte:

»Sind Sie immer noch da? Wie war noch der Name?«

»Sven Andersson. Noch eine letzte Frage, dann rufen wir Ihnen ein Taxi. Wo waren Sie Dienstagabend und nachts? Wir haben bei Ihnen geklingelt, aber Sie waren nicht zu Hause.«

Valle kniff den Mund zu einem schmalen Strich zusammen. Es war offensichtlich, dass er gar nicht daran dachte zu antworten.

Geduldig fuhr der Kommissar fort:

»Es wäre gut, wenn Sie mir jetzt antworten würden. Das würde uns viel Arbeit ersparen. Sie waren der Letzte, der Richard von Knecht lebend gesehen hat. Außer dem Mörder.«

Letzteres sagte er mit Betonung. Valle bemerkte das, beugte sich vor und flüsterte konspirativ:

»Die Mörderin! Sylvia.«

»Begreifen Sie denn nicht, dass Sie in höchstem Maße verdächtig sind?«, platzte Andersson der Kragen.

Valle schaute äußerst verletzt drein.

»Ich? Meinen besten Freund töten?! Niemals!«

»Wo waren Sie also?«

Plötzlich kam Birgitta eine Idee. Sie knüpfte wieder an der konspirativen Stimmung an, die vorher geherrscht hatte, beugte sich über den Schreibtisch vor und fragte mit schelmischem Unterton:

»Nun gestehen Sie's doch, Valle, es geht um eine Dame, nicht wahr?«

Der ganze kleine Mann erstrahlte in einem jovialen Licht.

»Aber natürlich, meine Schöne! Um die Ehre einer Dame.«

»Die Sie schon lange kennen, stimmt's?«

»Ja, genau, drei Jahre schon... Aber wenn Sie sie kennen, warum fragen Sie dann?«

»Ich kenne ihren Namen nicht.«

Wieder sah Valle unzufrieden aus. Er starrte Birgitta finster an. Herausfordernd sagte sie:

»Valle, Sie brauchen ein Alibi!«

»Aber sie will das nicht! Sie wird böse auf mich werden!«

»Sie wird sicher verstehen, dass Sie ein Alibi brauchen, wenn Sie ohne eigenes Verschulden in eine Mordermittlung verwickelt werden. Und nur sie kann es Ihnen verschaffen.«

Valle sank noch weiter in sich zusammen. Nach langem Schweigen murmelte er:

»Gunnel... Gunnel Forsell.«

»Wo wohnt sie?«

»Nun hören Sie aber, meine Kleine. Sie will auf keinen Fall, dass bei ihr die Polizei ein- oder ausgeht. Und verraten Sie ihr bloß nicht, dass ich etwas gesagt habe. Dann darf ich nicht wieder zu ihr kommen.«

Der Tonfall, verbunden mit der Unruhe in seinen nunmehr aufgerissenen Augen, verriet alles. Sein Trost in seiner Einsamkeit war eine Prostituierte. In neutralem Ton fragte Birgitta:

»Wann sind Sie zu ihr gefahren?«

»Zur üblichen Zeit.«

Er bremste sich selbst und sah Birgitta entschuldigend an. »Ich besuche sie immer dienstags. Um halb sechs. Aber ich war etwas zu früh dort… sie hatte noch Besuch… doch der ging nach einer Weile, und dann durfte ich rein.«

»Halb sechs also?«

»Etwas früher glaube ich.«

»Wie sind Sie hingekommen?«

»Mit dem Taxi.«

»Wann sind Sie zurückgekommen?«

Wieder zögerte er mit der Antwort.

»Ich bleibe immer die ganze Nacht dort.«

Er sah Birgitta trotzig an.

»Wo wohnt sie?«

»Stampgatan.«

»Wann waren Sie wieder daheim?«

»Gegen zehn. Am nächsten Vormittag. Und dann bin ich ins Büro gegangen.«

Eine Nutte, die Frühstück servierte. Davon hatten beide Polizeibeamten noch nie etwas gehört. Das musste ein sehr außergewöhnliches Arrangement sein. Etwas sagte Andersson, dass Reuter teuer dafür bezahlen musste. Mit viel Mühe versuchte der Börsenmakler aufzustehen. Endlich stand er leicht schwankend auf den Beinen. Er gähnte ungehemmt und sagte: »Nein, jetzt muss ich aber nach Hause. Vielen Dank für Ihre reizende Gesellschaft, meine Schöne. Und vergessen Sie nicht, bei Gelegenheit einmal den Neil Ellis zu probieren. Vielleicht könnten wir ja einmal…?«

Birgitta lächelte freundlich und nahm den Hörer ab, um ein Taxi zu rufen.

»Birgitta, kannst du die Angaben vom Johanneshus überprüfen? Und natürlich unser Hühnchen in der Stampgatan. Guck nach, ob sie registriert ist«, sagte Andersson.

»Wohl kaum. Das stinkt meilenweit gegen den Wind nach Edelpuff. Frühstück servieren nach einer ganzen Nacht! Mit kleinem und vermögendem Stammkundenkreis. Die muss sich nicht die Beine auf der Straße in den Bauch stehen. Ich werde versuchen, sie noch am Vormittag zu erwischen, da ist die Chance am größten, dass sie noch nicht bei der Arbeit ist«, erklärte Birgitta.

»Es wäre interessant, ob sie Richard von Knecht kannte. Wer weiß? Vielleicht waren sie ja beide Kunden bei ihr.«

Mit schweren Schritten trat er auf den Flur. Er hatte zwei Termine zu erledigen. Der erste beim Polizeipräsidenten Bengt Bergström. Der zweite bei einigen Leuten, die die Aufgabe hatten, die neuen Polizeiuniformen anzupassen. Alle im Haus waren schon dort gewesen. Außer Birgitta. Hätte Reuter genauso offenherzig geplappert, wenn Birgitta und er in Uniform vor ihm gesessen hätten? Wohl kaum. Nachdem er dreißig Jahre ohne Uniform gearbeitet hatte, sollte er nun gezwungen werden, sich für die letzten Dienstjahre noch eine anpassen zu lassen. Obwohl er nicht im Traum daran dachte, sie jemals anzuziehen. Aber alle seine Einwände prallten einfach ab. Befehl von höchster Stelle. »Die Allgemeinheit soll wissen, dass sie mit einem Polizisten spricht«, lautete das Argument. Seine einzige Möglichkeit, dagegen zu protestieren, war bisher gewesen, den Anproben fernzubleiben. Aber jetzt gab es kein Pardon mehr. Ausnahmen wurden nicht zugelassen.

KAPITEL 7

Irene Huss schaffte es gerade noch, einmal die Faxe von der Svensk Damtidning durchzusehen. Sie notierte sich einige wichtige Jahreszahlen und Ereignisse auf ihrem Block. Der Rest der Ermittlungsgruppe sollte um fünf einen Bericht über die Vergangenheit der von-Knecht-Familie bekommen.

Es war interessant, alten Klatsch zu lesen, besonders nachdem sie die betreffenden Personen getroffen hatte. Die Ausschnitte und das, was sie selbst im Laufe der Ermittlungen gehört und gesehen hatte, gaben ihr die Möglichkeit, sich ein Bild von Richard von Knecht zu machen.

Nach seiner Militärzeit wurde der junge Richard anscheinend für zwei Jahre nach England geschickt. Bei einer Reportage über ein Studentenfest, auf dem auch die schwedische Prinzessin Birgitta teilgenommen hatte, gab es ein Bild, auf dem Richard und sie im Tanz herumwirbelten. Die Unterschrift lautete. »Prinzessin Birgitta amüsierte sich hervorragend in Gesellschaft des eleganten Richard von Knecht.« In dem kurzen Artikel war zu lesen: »… tanzte mehrere Tänze mit dem jungen Richard von Knecht. Er ist erst kürzlich von seinen ökonomischen Studien in Oxford heimgekehrt. Sein Vater Otto von Knecht, Göteborgs Reedereikönig, freut sich sicher darüber, dass sein Sohn jetzt eine Ausbildung zum Betriebswirt an der Wirtschaftshochschule in Stockholm beginnen will.«

Das Foto bestätigte die Worte. Richard war ungemein elegant. Groß und schlank. Das dunkelblonde Haar war für die damalige Mode wahrscheinlich zu lang. Er trug einen Seitenscheitel, der Pony war in einer dicken Welle leicht über das linke Auge gerutscht. Aber das Schönste an ihm war sein Lächeln. Ein Lächeln, das in den Augen funkelte und seine perfekten Zähne zeigte. Ein schöner Mund. Ein sexy Gesicht, ohne Zweifel. Nicht schmierig, sondern hübsch. Männlich. Wie um alles in der Welt konnte dieser Mann Henriks Vater sein? Alles was auf einem fast vierzig Jahre alten Bild an Richard lebte und pulsierte, war bei seinem Sohn nur als schwacher Abglanz wiederzufinden. Henrik besaß nichts von der Lebensfreude, die man bei Richard feststellen konnte. Hatte er sie jemals besessen?

Fast widerwillig wurde Irene neugierig und blätterte weiter in den Faxpapieren. Es gab mehrere Bilder von Festen und Premieren, bei denen man Richard in der Menge sah. Immer mit einer jungen Dame am Arm. Selten zweimal nacheinander die Gleiche. 1962 war Richard bei einer großen Pfingsthochzeit und wurde mit einem hübschen Mädchen an seiner Seite fotografiert. Irene kannte sie nicht. Darunter stand: »... einer der jungen Männer aus dem Kreis um die Prinzessinnen, Richard von Knecht, unterhält sich mit einer jungen, bezaubernden Dame. Vielleicht erzählt er ihr ja, dass er gerade sein Betriebswirtschaftsdiplom gemacht hat und nach dem Sommer bei Öbergs Börsenmaklerfirma anfangen will? Als unser Reporter ihn fragte, warum er nicht direkt in der Familienreederei in Göteborg anfangen will, antwortete Richard von Knecht: ›Es ist immer nützlich, Erfahrungen in anderen Branchen zu sammeln, bevor man sich in einer einrichtet.‹«

Die folgenden zweieinhalb Jahre war er in erster Linie auf den verschiedensten Festivitäten zu sehen. Aber im Januar 1965 hatte die Zeitschrift einen größeren Artikel mit tiefschwarzer Überschrift: »Otto von Knecht überraschend gestorben!« Aus dem Artikel ging hervor, dass Richards Vater an Silvester eine Hirnblutung erlitten hatte und eine Woche später gestorben war, neunundsechzig Jahre alt. Richard wurde nach Hause beordert, um das Steuer der Knecht-Reederei zu übernehmen. Seine Mutter war auf einigen Bildern zu sehen, eine schlanke, ernste Frau. Aus den Texten konnte man herauslesen, dass sie die Reedereigeschäfte führte. Richard musste dann sehr schnell Sylvia getroffen haben. Auf einem Foto von dem jährlichen Valborgsmesseball war Richard zu sehen, mit einer kleinen, zierlichen blonden Frau tanzend. »Unser neuer Reedereikönig Richard von Knecht tanzte den ganzen Abend mit dem neuen Star des Stora teatern, der Ballerina Sylvia Montgomery, 22 Jahre alt.«

Der hoch gewachsene Richard und die elfenhafte Sylvia waren ein äußerst hübsches Paar. Sie waren ein Traumpaar auf der großartigen Hochzeit, die Waldemar Reuter und seine Leila am Pfingstmontag feierten, einen Monat später. Richard passte der Frack wie angegossen, und Sylvia sah unschuldig sexy aus in einem trägerfreien rosa Seidenkleid. Die Hochzeit fand in Örgrytes alter Kirche statt. Das Brautpaar selbst sah aus, als passte es gar nicht zusammen. Er war einen halben Kopf kleiner als die Braut, kurz und rund. Laut Artikel arbeitete er in der Börsenmaklerfirma der Familie. Sie war dunkel, bemerkenswert hübsch und sah aus, als wäre sie höchstens zwanzig Jahre alt. Auch wenn sie auf dem Foto auf der Kirchentreppe das Blumenbukett vor den Bauch hielt, konnte man sehen, dass sie schwanger war.

Ende August verlobten sie sich. Richards Mutter sagte, sie wäre »überglücklich«. Die Hochzeit sollte am achtzehnten November stattfinden. Hoppla! Das ging aber schnell. Der Grund war natürlich Henrik. Die Fotos von der Hochzeit waren bezaubernd. Sylvia in einem Traum aus heller schwerer Seide. Nichts deutete darauf hin, dass sie schwanger war. Richard war eleganter denn je, und laut Fotounterschriften »hatte er nur Augen für seine schöne Braut«. Es gab drei Fotos, auf denen Richard mit drei verschiedenen Damen tanzte. Und da war etwas, das einem ein komisches Gefühl gab, wenn man die Fotos näher ansah.

Besonders eines, auf dem er eng mit einer flachbauchigen Frau namens Leila Reuter tanzte. Richard hatte das Gesicht dem Fotografen zugewandt. Die Augen geschlossen und den Mund halb geöffnet. Seinen Unterleib presste er fest gegen den seiner Partnerin. Ganz und gar nicht hatte er »nur Augen für seine schöne Braut«! Es war ganz offensichtlich, dass er nicht nur Augenkontakt suchte. Irene lehnte sich auf ihrem Stuhl zurück und lockerte die verkrampften Schultern. Als die Hochzeit stattfand, war Richards unehelicher Sohn in Stockholm fast vier Monate alt. Wusste Sylvia von seiner Existenz? Das war eine wichtige Frage, die sie bei dem bevorstehenden Treffen stellen wollte.

Die Zeitungsausschnitte berichteten vom Elternglück, als Henrik 1966 geboren wurde. Er war ein sehr süßes Baby, wie Babys nun einmal sind. Richard schaute direkt in die Kamera, breit lachend, Sylvia schaute auf das Kind.

Dann wurde es in der Klatschpresse eine Weile still um die von Knechts. Irene nahm zwei Ausschnitte über irgendwelche größeren Feste in die Hand. Richard wurde beide Male mit der gleichen Frau gesehen, und das war nicht Sylvia. Ihr Name wurde nicht genannt. Die Ausschnitte waren von September und Oktober 1967.

Sechs Jahre später, im Juli 1973, starb Richards Mutter Elisabeth von Knecht, im Alter von fünfundsechzig Jahren. »Sie verlor ihren tapferen Kampf gegen den Krebs«, informierte die Zeitschrift. Nur ein Jahr später war der Verkauf der Familienreederei beschlossene Sache. Der Preis blieb geheim, aber dass es sich hierbei um eine ansehnliche Summe handelte, war aus dem Unterton des Artikels zu ersehen. Danach konnte man Richards Karriere zu einem der größten und erfolgreichsten Börsenhändler verfolgen.

Sylvia tauchte nur hier und da in offiziellen Zusammenhängen auf, bei einem königlichen Essen hier und einem Nobelfest dort. Richard war oft auf Bildern von Premieren und bei großen Segelwettkämpfen zu sehen. Immer gab es Frauen um ihn herum. Aber Sylvia war nur selten dabei. Richard hatte eine deutliche Schwäche – eine Schwäche für junge, schöne Frauen. Und er gab sich keine Mühe, das zu verbergen. Es würde nicht einfach sein, im Gespräch mit Sylvia darauf zu kommen. Aber es war wichtig. Vielleicht ein Motiv?

Jetzt gab es schon zwei für Sylvia: Geld und Untreue. Das Problem war nur, dass sie ihn unmöglich ermordet haben konnte. Man kann nicht unten auf der Straße stehen und gleichzeitig eine Person vom Balkon im fünften Stock schubsen. Aus dem gleichen Grund musste Henrik gestrichen werden. Aber hatte er überhaupt ein Motiv? Ja, Geld. Viel Geld.

Sie beeilte sich beim weiteren Durchblättern. So langsam wurde die Zeit knapp. Plötzlich wurde ihre Aufmerksamkeit von einer Überschrift gepackt: »Wird Henrik es schaffen? Die Eltern wachen pausenlos an seiner Seite.« Zu ihrer eigenen Überraschung konnte Irene sich jetzt sogar erinnern. Das war neun Jahre her. Damals war sie Beamtin mit voller Stelle und zwei vierjährigen Kindern gewesen. Es war in die Müllecke der Erinnerungen gestopft worden, wie so vieles andere. Sie breitete die Faxseite auf ihrem Schreibtisch aus und las schnell, dass Henrik und ein Militärkumpel vom Küstenjägerverband eine banale Kinderkrankheit bekommen hatten, die sie in ihrer Kindheit nicht durchgemacht hatten. Jetzt war der Krankheitsverlauf ernst, vor allem bei Henrik. Als Folgekrankheit wurde er von einer Hirnhautentzündung befallen. Als der Artikel geschrieben wurde, lag er bereits zwei Wochen im Koma.

Plötzlich fiel Irene auf, dass etwas nicht stimmte. Im Text stand »die Eltern wachten«, aber auf dem Foto war nur Sylvia zu sehen, die durch die Krankenhaustür ging. Vielleicht wechselten sie sich ja bei der Krankenwache ab? Wenn sich die Gelegenheit bot, wollte sie Sylvia fragen, wie es sich verhalten hatte.

In der folgenden Woche teilte die Zeitschrift mit, dass Henrik aufgewacht war. Ärzte und Eltern schwiegen zu Fragen über seinen Zustand. Richard hatte einem Reporter nur gesagt, dass »Henrik wieder ganz der Alte werden wird!« Danach blieb es still um Henrik in der Presse. Sein Vater wurde wie früher bei den verschiedensten Festen gesehen. Aber auch Sylvia sah man jetzt häufiger. Doch nicht zusammen mit ihrem Mann, sondern in ihrer Eigenschaft als hervorragende

Choreografin. Sie inszenierte einige Balletts im Stora teatern, sie erarbeitete zusammen mit dem Cullbergballett ein Stück, und sie hatte im Frühling 1991 ein Gastspiel als Ballettchefin in Helsinki. Im gleichen Sommer zog sie wieder zurück nach Göteborg. Als Grund gab sie selbst »Heimweh« an, aber zwischen den Zeilen waren »Kommunikationsprobleme« im beruflichen Bereich zu erahnen.

Über Henriks und Charlottes Hochzeit gab es nur eine kleine Notiz ohne Foto. Irene hätte sie fast übersehen, da sie unter der Rubrik: »Leute unserer Stadt« stand. In der Mitte dieser Kolumne stand: »Richard und Sylvia von Knechts einziger Sohn Henrik hat sich mit Charlotte, geb. Croona verheiratet. Am zehnten September fand die einfache Zeremonie im Kopenhagener Rathaus statt. Anwesend waren die Eltern des Brautpaars und die Schwester der Braut.« Irene schaute nach der Jahreszahl oben in der Ecke. Es war etwas mehr als drei Jahre her. Sie blätterte, fand aber nichts mehr über Henrik und Charlotte.

Als Letztes warf sie noch einen schnellen Blick auf den Artikel über Richards Fest zu seinem sechzigsten Geburtstag draußen auf der privaten Halbinsel in Bohuslän. Insgesamt dreihundert Gäste waren dort gewesen, der eine oder andere aus dem königlichen Haus, verschiedene bekannte Leute, der Adel der Finanzwelt und der konventionelle Adel waren auch vertreten gewesen. Irene schaute sich nur schnell die Fotos an, den Text würde sie erst später lesen können. Er sah immer noch gut aus. Das Haar grau meliert, voll und mit dem feschen Seitenpony. Er hatte seit den Hochzeitsfotos ein paar Kilos zugenommen, aber es gab kein Zeichen für Verfettung. Seine Haut erschien braun gebrannt gegen den weißen Smoking. Mit erhobenem Champagnerglas lachte er sein entwaffnendes Lachen direkt in die Kamera. Immer noch war das gleiche Funkeln in seinen Augen. Vitalität, Lebensfreude, Sinnlichkeit, das waren die Worte, die Irene durch den Kopf gingen. Nicht die nahe liegenden: Geld, Macht, Einfluss. Merkwürdig eigentlich. Ein hastiger Blick auf die Uhr sagte ihr, dass ihr nur noch eine Viertelstunde bis zu ihrer Verabredung mit Sylvia blieb. Am besten versuchte sie einigermaßen pünktlich zu sein. Sie schob den Faxstapel in die unterste Schreibtischschublade und stopfte sich einen Notizblock in die Jackentasche.

Sylvia war immer noch über die Unordnung in der Wohnung empört. Sie beschwerte sich bei Irene als Repräsentantin der Polizei im Allgemeinen und offenbar der Techniker im Besonderen. Irene ließ sie schimpfen und folgte ihr stumm in den wunderschönen Saal. Die Gardinen waren auch heute aufgezogen und ließen das graue Tageslicht herein. Irene trat zu einer der hohen Glastüren und schaute hinaus. Um den ganzen Wohnraum herum lief ein schmaler Balkon, höchstens zwei Meter breit. Die Balustrade bestand aus rosafarbenen, vasenförmigen Marmorsäulen mit einem Handlauf aus schwarzem Marmor. Das Geländer sah nicht besonders stabil aus. Und den Glastüren fehlten von außen Türgriffe. Damit konnte Irene ihre Idee von einem an der Fassade entlangkletternden Mörder abschreiben. Es war unmöglich, von draußen durch die Balkontüren hereinzukommen. Und man hätte ihn gesehen, es war ja erst kurz nach fünf gewesen. Nein, das war keine gute Theorie. Ihre Gedanken wurden von Sylvias klagender Stimme unterbrochen.

»Pirjo antwortet auch nicht, nur eines ihrer geistesschwachen Kinder. Ich habe sogar Finnisch mit ihm geredet, aber trotzdem konnte er mir nicht sagen, wo Pirjo ist! Er behauptet, er hätte die Grippe, und ein finnischer Polizist würde heute Nachmittag kommen, um mit ihnen zu reden.«

»Das stimmt. Einer unserer Inspektoren kann Finnisch sprechen. Er soll Kontakt zu Pirjo aufnehmen«, sagte Irene.

»Wozu soll das denn gut sein?«

»Sie und ihre Tochter können am Montag etwas gesehen oder gehört haben, als sie hier sauber gemacht haben. Bringt sie immer ihre Tochter mit?«

»Nein, nur wenn wir ein größeres Fest hatten. Und wenn das Mädchen Zeit hat«, antwortete Sylvia kurz.

Irene schaute sich in dem riesigen Saal um. Jetzt erkannte sie, dass die Pfeiler, die den Boden des oberen Stockwerks trugen, gar nicht aus massivem Marmor waren, wie sie zwei Abende vorher geglaubt hatte. Es waren außerordentlich geschickt marmorierte Holzpfeiler. Sicher wäre echter Marmor zu schwer gewesen. An den Wänden entlang standen antike Sitzgruppen und schöne Schränke. Und was für Bilder! Irene fühlte sich wie bei einer Privatführung in einem Kunstmuseum. An der Wand mit den Balkontüren glänzte ein dunkler Esstisch aus Mahagoni, der längste, den sie je gesehen hatte. Durch ihn bekam sie eine Idee, wie sie das Gespräch mit Sylvia einleiten konnte.

»So ein schöner Tisch. Und so lang! Haben Sie Samstagabend dort gegessen?«

»Ja, natürlich«, erwiderte Sylvia gemessen.

»Wie viele waren Sie?«

»Zwanzig Leute. Wir wollten es nicht zu groß werden lassen, nur die engsten Freunde. Alle waren bei der Hochzeit dabei gewesen. Außer Henrik und Charlotte natürlich.«

Das könnte man auch anders sehen, was Henrik betraf, dachte Irene. Sylvia fuhr fort:

»Richards Schwester und ihr Mann konnten nicht kommen. Sie leben in Florida. Er muss an der Prostata operiert werden oder so. Er ist fünfundsiebzig.«

»Und wie alt ist sie?«

»Siebenundsechzig.«

»Könnten Sie so freundlich sein und mir sagen, wer alles auf dem Fest war?«

»Natürlich. Außer Richard und mir waren da noch Henrik und Charlotte, Sven und Ann-Marie Tosse, Peder und Ulla Wahl. Ja, die wollten sowieso nach Schweden kommen, um ihr Enkelkind Nummer vier zu sehen. Sie waren schon die ganze Woche vor dem Fest hier. Ihre älteste Tochter Ingrid und deren Mann waren auch da. Ingrid war nämlich Blumenmädchen bei unserer Hochzeit. Damals war sie fünf Jahre alt und einfach zu reizend. Aber nicht sie hat jetzt das Kind gekriegt, sondern die mittlere Tochter Kerstin. Sie war erst zwei, als wir heirateten, deshalb war sie nicht bei der Hochzeit dabei. Darum habe ich sie nicht eingeladen. Und die jüngste Tochter auch nicht. Sie ist genauso alt wie Henrik.«

Sie brach ab und schaute sich verwirrt um. Irene war klar, dass sie den Faden verloren hatte und nicht mehr wusste, wen sie schon genannt hatte. Irene selbst hatte die Namen notieren können. Es ist gar nicht schlecht, wenn die Befragten abschweifen, dann kann man in Ruhe seine Notizen machen. Irene erbarmte sich und las ab:

»Sie haben mir gesagt, dass Ihre Familie dabei war, die Tosses und die Familie Wahl. Wie heißt Ingrid mit Nachnamen?«

»Von Hjortz.«

»Danke. Ich werde Sie noch um die Telefonnummern bitten, bevor ich gehe.«

Sylvia nickte und holte tief Luft, bevor sie weiter ihren Rapport ablieferte:

»Meine Mutter, Ritva Montgomery. Sie ist achtundsiebzig Jahre alt. Meine Schwester Arja ist mit ihr zusammen aus Helsinki gekommen. Dann war da Valle Reuter...«

Sie hielt inne. Über ihr Gesicht zog eine Welle unverhohlener Verachtung. Schnell fuhr sie fort:

»Das Schönste war, dass Gustav Ceder und seine Frau, Lady Louise, kommen konnten. Ihr Vater ist fast hundert Jahre alt und liegt im Sterben. Sie sind am Freitag gekommen und am Sonntag gegen Mittag wieder zurück nach London geflogen. Wir haben uns seit ihrer Silberhochzeit vor vier Jahren nicht mehr gesehen. Sie konnten nicht zu Richards sechzigstem Geburtstag kommen, weil es ihrem Vater da plötzlich richtig schlecht ging, aber dann hat er sich wieder erholt...«

Plötzlich schwieg sie wieder verwirrt. Verärgert rief sie dann:

»Meine Güte, was ich herumplappere! Jetzt habe ich schon wieder den Faden verloren!«

Sie schaute Irene herausfordernd an, die ihr den Gefallen tat und sagte:

»Valle Reuter und dann Gustav Ceder mit seiner adligen Frau Louise.«

»Danke. Unser guter Freund Ivan Viktors, der Opernsänger, wissen Sie, war auch da.«

Irene hatte seinen Namen schon einmal gehört, war sich aber nicht sicher, wer er eigentlich war. Offenbar musste man ihn kennen, da doch der Kommissar so begeistert war, als er seinen Namen gehört hatte. Aber der war ja auch ein Opernfan, und das war Irene nicht. Beatles, Rod Stewart und Tina Turner waren eher nach ihrem Geschmack.

»Dann fehlen nur noch Richards beide Cousinen und ihre Männer. Das sind die Töchter von Richards Tante. Sie sind in unserem Alter und waren, wie gesagt, auch auf unserer Hochzeit. Sehr nette Leute, aber wir treffen sie nicht sehr oft. Sie leben beide in Stockholm. Meine Schwiegermutter stammte aus Stockholm. Sie können Namen und Adressen kriegen, wenn Sie wollen«, sagte Sylvia.

Sie drehte sich um und schritt graziös die Stufen zum oberen Stockwerk hinauf. Da sie nichts gesagt hatte, beschloss Irene, ihr zu folgen. Der dicke Teppich dämpfte ihre eiligen Schritte die Treppe hinauf. Oben auf dem Treppenabsatz konnte sie gerade noch sehen, wie Sylvia durch die Tür verschwand, die zu dem Arbeitszimmer führte. Schreibtisch und Computer hatten sie und den Kommissar den falschen Schluss ziehen lassen, dass es Richards Zimmer war. Aber das Ballettplakat bewies eher, dass es Sylvias sein musste. Richard hatte schließlich eine ganze Wohnung als Büro gehabt.

Irene huschte schnell über die weichen Teppiche des Flurs und der Bibliothek. Sylvia hörte sie nicht, sondern sie zuckte zusammen und sprang sogar kurz in die Luft, als sie bemerkte, dass sie nicht allein im Arbeitszimmer war. Irene wunderte sich über diese heftige Reaktion, aber noch mehr über Sylvias Gesichtsausdruck. Sie sah aus, als wäre sie erwischt worden.

Erst im Nachhinein konnte Irene das Bild rekonstruieren, das sich ihr für Sekunden bot: Sylvia, ihre Stirn gegen den Rahmen eines Fotos gelehnt, das neben dem Computer an der

Wand hing. Irene ging zögernd weiter ins Zimmer hinein und betrachtete das Bild. Das Foto war in A4-Format, umrahmt von einem breiten Passepartout mit einem schmalen Silberrahmen.

Das Lachen war das Gleiche. Das Funkeln in den Augen, der Ausdruck von Lebensfreude im ganzen Gesicht. Eine fast greifbare, pulsierende Nähe und Sinnlichkeit. Aber es war nicht Richard, sondern Henrik. Das kurz geschnittene Haar und das Käppi, das nonchalant – aber sicher vorschriftswidrig – schräg auf dem Kopf saß, ließ darauf schließen, dass das Foto gemacht worden war, als er seinen Militärdienst absolvierte. Bei der Küstenwache, wie der Zeitungsartikel berichtet hatte.

Sylvia sah Irene mit einem Blick voller Wut und Hass an. Plötzlich begann sie zu weinen. Mit offenen Augen, ohne zu blinzeln. Sie stand einfach da, die Hände hingen hilflos an den Seiten herab. Nicht ein Ton entschlüpfte ihr, aber die Tränen liefen ihr die Wangen hinunter. Irene befiel das unangenehme Gefühl, etwas äußerst Persönliches mit anzusehen. Diese unangenehme Szene, die sie selbst unbeabsichtigt heraufbeschworen hatte, musste beendet werden. Voller Schuldgefühl sagte sie:

»Entschuldigen Sie bitte, ich habe Sie wahrscheinlich falsch verstanden, aber ich dachte, ich sollte mit heraufkommen und mir die Adressen aufschreiben.«

Sylvia gab keine Antwort, aber ihre glühende Wut verzog sich. Stattdessen begann sie heftig zu zittern. Impulsiv trat Irene zu ihr, legte ihr einen Arm um die Schulter und führte sie zum Schreibtischstuhl. Sylvia von Knecht sank darauf nieder. Immer noch starrte sie vor sich hin. Kaum hörbar flüsterte Sylvia:

»Ich bespreche mich immer mit ihm.«

»Mit Henrik?«

Sylvia nickte. Irene spürte eine leichte Verunsicherung. Natürlich besprachen sie sich. Zum einen wohnten sie nur wenige Kilometer voneinander entfernt, und zum anderen gab es ja wohl genügend Telefone in der Wohnung. Aber sie bekam das diffuse, merkwürdige Gefühl, dass sie in die falsche Richtung dachte. So hatte Sylvia das nicht gemeint. Das hatte etwas mit der kurzen Szene von vorhin zu tun. Anbetung? Zögernd fragte Irene:

»Sie meinen, Sie reden mit Henriks Foto?«

Sylvia blickte immer noch starr vor sich hin, als sie nickte. Die Tränen rannen weiter, aber nicht mehr ganz so heftig. War Sylvia wieder kurz vorm Zusammenbruch? Vielleicht war es doch noch zu früh gewesen, sie aus der Psychiatrie zu entlassen. Lieber ging sie es etwas vorsichtiger an. Ruhig fragte Irene:

»Antwortet er Ihnen?«

Sylvia richtete sich auf und sagte entschieden:

»Dieser Henrik antwortet mir!«

Was meinte sie damit? Irene hatte das Gefühl, sich auf dünnem Eis zu bewegen, das bei jedem Schritt unter ihren Füßen knackte. Schließlich war das die Witwe eines Mordopfers, gerade erst nach einem psychischen Zusammenbruch aus dem Krankenhaus entlassen. Es war wichtig, vorsichtig vorzugehen, da sie immer noch äußerst labil wirkte. Lief Sylvia Gefahr, in eine Psychose zu rutschen? Aber gleichzeitig war es wichtig herauszubekommen, was sie eigentlich mit ihren Worten meinte. Zögernd fragte Irene:

»›Dieser Henrik‹ haben Sie gesagt. Ist das ein anderer als Ihr Sohn Henrik?«

Die Frage war falsch gestellt. Sylvia zuckte verärgert mit den Schultern und fauchte:

»Natürlich ist das Henrik. Aber so, wie er einmal war!«

Da fiel bei Irene endlich der Groschen.

»Sie meinen, bevor er krank wurde? Vor der Hirnhautentzündung?«

Sylvia gab ihr ein stummes, langsames Nicken als Antwort.

»Hat er sich nach der schweren Krankheit sehr verändert?«, fuhr Irene fort.

»Ja. Er war achtzehn Tage lang bewusstlos. Als er wieder

aufwachte, war er vollkommen verändert. Er hatte Schwierigkeiten zu lesen, zu laufen und bekam schnell Kopfschmerzen, sobald es zu laut wurde. Er zog sich von seinen Freunden zurück. War der Meinung, er könne sowieso nicht mit ihnen mithalten. Schließlich ließen sie auch nichts mehr von sich hören. Genau wie Emelie.«

Sylvia verstummte, und ein schmerzlicher Zug lag um ihren Mund. Leise fragte Irene:

»Wer war Emelie?«

»Seine Freundin. Sie hatten sich schon eine Wohnung besorgt und wollten zusammenziehen, wenn er den Militärdienst hinter sich hatte. Viel zu früh meiner Meinung nach. Doch er liebte sie. Aber sie liebte ihn nicht. Das wurde schon in der Zeit deutlich, als Henrik im Krankenhaus lag. Sie verschaffte sich einen neuen Freund, einen alten Kindheitsfreund von beiden. Doppelt betrogen. Ich glaube, das hat ihn letztendlich gebrochen.«

Wieder Hass im Blick. Aber sie redete, und das war die Hauptsache für Irene. Ihr fiel das Foto aus den Zeitschriften ein, die einsame Sylvia, die ins Krankenhaus geht.

»Wie hat Ihr Mann das getragen? Mit Henriks Krankheit?«, fragte sie vorsichtig.

Hass flammte wieder in Sylvias Blick auf. Er war physisch zu spüren, wie ein Schlag ins Gesicht, aber Irene begriff, dass er nicht gegen sie gerichtet war. Sondern gegen Richard. Halb von Tränen ertränkt sagte Sylvia:

»Er weigerte sich, den Tatsachen ins Auge zu sehen! Henrik war nicht krank! Er würde sich schnell von seinen leichten Krämpfen erholen und dann wie früher werden!«

»Aber das wurde er nicht.«

»Nein.«

»Und was geschah dann?«

Sylvias Stimme klang unglaublich müde. Es schien sie alle Kraft der Welt zu kosten, auf diese Frage zu antworten.

»Henrik trainierte und wurde körperlich wieder fit. Aber er war so verändert. Das war nicht mehr unser Henrik. Die Ärzte sagten, er hätte Schäden direkt am Gehirn davongetragen. Es dauerte fast drei Jahre, bis Schwindel und Kopfschmerzen verschwanden. Und während dieser Zeit entfernten Richard und Henrik sich immer weiter voneinander. Früher hatten sie so viel zusammen gemacht. Vor allem war Richard sauer, weil Henrik plötzlich keinerlei Interesse mehr an Aktien und Geschäften hatte. Er wurde rasend, als er hörte, dass Henrik sich an der Universität für Kunstwissenschaft eingeschrieben hatte, mit Schwerpunkt Kunst- und Stilgeschichte. Aber nach einer Weile änderte er seine Meinung. Er war es dann, der Henrik vorschlug, für Privatkunden Antiquitäten einzukaufen. Und Richard wurde mit der Zeit einer seiner besten Kunden. Das brachte sie wieder etwas näher zusammen.«

»Aber es wurde nie wieder wie vor der Hirnhautentzündung?«

»Nein.«

Wieder hatte Sylvia ihren platinblonden Vorhang vors Gesicht fallen lassen, indem sie den Kopf vorbeugte. Irene wusste nicht so recht, was sie machen sollte. Wie konnte sie weiterkommen? Sylvia konnte nach außen hin willensstark und egoistisch wirken, doch intuitiv spürte Irene ihre psychische Anfälligkeit. Die Fragen, die sie stellen wollte, waren unerhört persönlich und intim. Aber sie mussten gestellt werden. Am besten jetzt. Doch dabei war ein vorsichtiger Einstieg sicher nicht schlecht, deshalb begann sie:

»Aber als Henrik vor drei Jahren Charlotte heiratete, da ging es ihm wohl ziemlich gut?«

Nicht einmal ein Zittern in dem gebleichten Vorhang. Überhaupt keine Reaktion. Und die schlimmsten Fragen waren noch gar nicht gestellt worden. Am besten, sich ganz neutral geben. Oder sollte sie es mit etwas Positivem einleiten?

»Ihm scheint es doch jetzt gut zu gehen. Mit ihr. Und in Ihrer großen Trauer haben Sie jedenfalls das Glück, Großmutter zu werden…«

Sylvia sprang sie wie eine Wildkatze an. Biss, trat und kratzte mit aller Kraft. Die ganze Zeit schrie sie:

»Das stimmt nicht! Alles gelogen! Nur gelogen!«

Zuerst war Irene so überrascht, dass sie sich gar nicht wehrte und eine tiefe Kratzwunde am Hals abbekam. Aber dann lief alles instinktiv ab. Sanft wehrte sie Sylvias rudernde Arme von innen nach außen ab. Gedan-uchi-uke sitzt einer alten Europameisterin im Blut. Sie packte das schmale Handgelenk und zog Sylvia leicht aus dem Gleichgewicht, drehte ihr den rechten Arm auf den Rücken und drückte ihn leicht, umfasste mit der rechten Hand Sylvias linken Oberarm und drückte dann ihren linken Arm unter Sylvias Kinn. Effektiv ruhig gestellt. Irene presste sie an sich. Ob es nun der Körperkontakt war oder die Umklammerung, das wusste sie nicht, jedenfalls ging Sylvia die Luft aus. Sie fiel in Ohnmacht.

Irene beruhigte sich selbst, indem sie laut sprach:

»Das ist doch nicht möglich! Ich möchte nur wissen, was wohl passiert wäre, wenn ich eine meiner wirklich persönlichen Fragen gestellt hätte?«

Sie hob Sylvias leichten Körper hoch und trug sie ins Schlafzimmer. Die kleine, dünne Gestalt schien fast in den Daunendecken des breiten Doppelbetts zu verschwinden. Natürlich hatte Sylvia nicht die Betten gemacht. Das hätte sicher Pirjo machen sollen, wenn sie gekommen wäre.

Irene hob Sylvias Beine senkrecht hoch und massierte die Waden. Nach ein paar Minuten kam Sylvia wieder zu sich. Sie murmelte etwas Unverständliches und versuchte sich aufzusetzen. Irene drückte sie wieder zurück und sprach beruhigend wie zu einem Kind mit ihr. Sylvia jammerte leise. »Henrik, Henrik soll kommen.«

Vielleicht war das gar keine so schlechte Idee? Wenn Henrik kam, würde Sylvia ruhiger werden. Irene und er konnten ebenso gut ihr verabredetes Gespräch hier im Haus führen.

»Ich werde Henrik anrufen. Wo ist seine Nummer?«

»Drücken Sie auf die Zwei und das Viereck.«

Kurzwahlziffern sind doch praktisch. Irene ging zu dem Tastentelefon, das auf einer kleinen geschwungenen Kommode neben dem Bett stand.

Henrik antwortete nach dem zweiten Klingeln. Irene nannte ihren Namen und wusste dann nicht so recht, wie sie es sagen sollte. Bewusst ungenau erklärte sie ihm:

»Ich bin hier bei Ihrer Mutter. Sie… ist zusammengebrochen. Sie möchte gern, dass Sie herkommen.«

»Ja, natürlich komme ich. Meine Mutter ist momentan sehr labil. Wieso ist sie zusammengebrochen?«

Genau diese Frage hätte Irene gern vermieden.

»Ich habe versucht, sie mit etwas Positivem aufzumuntern. Ich habe ihr gratuliert, weil sie doch Großmutter wird… ich dachte, sie wüsste das.«

Eine ganze Weile war es still. Irene überlegte schon, ob Henrik auch umgefallen war. Aber dann fauchte er nur:

»Verdammt!«

Klick! Der Hörer wurde aufgeschmissen. Irene war irritiert. Als ob sie etwas Schlechtes getan hätte! Oder hatte sie das? Mit leicht schlechtem Gewissen dachte sie daran, wie sie die hysterische Sylvia festgehalten hatte. Hätte sie es auf eine andere Art machen können? Wohl kaum.

Als sie sich wieder dem Bett zuwandte, sah sie, dass Sylvia in der linken Hand eine Tablettenhülse hatte und dabei war, die gekrümmte rechte Hand zum Mund zu führen. Die oberste Schublade des Nachtschranks war herausgezogen. Reflexartig beugte Irene sich vor und packte die rechte Hand. Drei kleine weiße Tabletten mit einem Strich in der Mitte lagen auf der hohlen Handfläche. Das war wohl kaum genug für einen Selbstmordversuch. Um Sylvias Vertrauen wiederzugewinnen, fragte sie allzu hilfsbereit:

»Brauchen Sie Wasser, um die Tabletten runterzuschlucken?«

Sylvia nickte, ohne sie anzusehen. Irene löste Sylvias Griff um die Tablettenhülse. Schnell las sie das Etikett: »Tabletten, Stesolid, 5 mg«. Als sie das Röhrchen zurück in die Schublade legen wollte, sah sie, das dort noch mehr davon lagen. Die Jungs von der Spurensicherung hatten das sicher notiert, also beschloss sie, keine weiteren Fragen zu stellen und sich die anderen Tabletten nicht näher anzusehen. Resolut schob sie die Schublade zu.

Sie ging hinaus in das luxuriöse Bad und ließ Wasser in ein Zahnputzglas laufen, das in einem vergoldeten Ring an der Wand hing. Das Glas selbst war aus geschliffenem Kristall und die Wasserhähne vergoldet. Auf dem Boden lag ein benutztes Frotteebadelaken. Gedankenlos hängte Irene es über das warme Trockenstativ an der Wand. Pirjo würde einiges zu tun haben, wenn sie kam.

Sylvia lag da und starrte an die Decke, als Irene mit dem Wasserglas ans Bett trat. Sie zog sich auf einen Ellbogen hoch, um das Wasser und die Tabletten schlucken zu können. Danach sank sie wieder erschöpft auf die Kissen zurück. Mit geschlossenen Augen flüsterte sie kaum hörbar:

»Ich wollte Sie nicht schlagen. Ich war einfach nur nicht darauf gefasst. Das ist alles zu viel für mich.«

Irene wollte Sylvia nicht so davonkommen lassen. Man konnte schnell Mitleid mit dem kleinen, zerbrechlichen Menschen bekommen, aber Irene hatte das Gefühl, als würde sich noch eine ganze Menge unter dieser Hülle verbergen, das ausgegraben werden musste. Und warum dann nicht die Wahrheit? Sie beschloss, auf diesen unbekannten Gewässern vorsichtiger zu navigieren. Mit einer vor Mitgefühl überschwappenden Stimme sagte sie:

»Sie müssen mir verzeihen. Ich dachte, Sie wüssten, dass Charlotte schwanger ist. Das haben die beiden mir gestern im Präsidium gesagt. Wahrscheinlich haben Sie es Ihnen noch nicht erzählt, weil sie wissen, dass Sie im Augenblick keine größeren Gefühlseindrücke ertragen können.«

Sylvia murmelte zustimmend. Sie hatte immer noch die Augen geschlossen. Das war eine effektive Methode, Irene und ihre unangenehmen Fragen auszuschließen. Irene war verunsichert – wie sollte sie weiterkommen? Aber plötzlich fiel ihr etwas ein.

»Die Telefonliste. Sie haben doch die Adressen und Telefonnummern Ihrer Gäste vom Samstag. Könnte ich die haben?«

Widerstrebend öffnete Sylvia ihre Augenlider. Der Blick war wütend und kalt. Und ebenso feindselig der Ton:

»Ich kann jetzt nicht. Schließlich haben Sie mich dazu gebracht, in Ohnmacht zu fallen. Mir dreht sich alles im Kopf, und mir ist, als hätte ich Watte in den Ohren. O mein Gott, ist mir übel!«

Demonstrativ legte sie ihre dünnen Finger auf die Schläfen und begann zu massieren.

Zu ihrer eigenen Verwunderung spürte Irene eine kräftige Wutwelle aus dem Zwerchfell aufsteigen, den Hals hinauf, um dann im Kopf zu explodieren. Sie versuchte sich selbst zurückzuhalten, aber vergebens. Kalt und neutral sagte sie:

»Jetzt, wo Sie sowieso schon liegen, kann ich eigentlich gleich meine nächste Frage stellen. Ich habe einige alte Zeitungsartikel durchgesehen. Und auf den Fotos ist Richard auffallend oft mit jungen, hübschen Frauen zu sehen. Was haben Sie dazu gesagt?«

Sylvia massierte ihre Schläfen nicht mehr. Ihre Augen loderten vor Wut, aber ihre Stimme verriet nichts, als sie antwortete:

»Diese dummen Gänse waren sein Zeitvertreib. Er hatte starke... Triebe. Aber ich war immer seine Hauptfrau. Er kam immer zu mir zurück, wenn er das Interesse an seiner jüngsten Eroberung verlor. Das dauerte nie lange. Wenn sie ihn unter Druck gesetzt haben und Ansprüche stellen wollten, suchte er wieder Schutz bei mir. Es hätte gar keinen Sinn, das zu leugnen, denn er hat sich nie die Mühe gemacht, es zu verbergen. Ich musste halt damit leben!«

Schließlich kam also, was kommen musste: Verbitterung. Irene fragte versöhnlich:

»Und Sie selbst? Ich habe keine entsprechenden Fotos von Ihnen gesehen.«

Sylvia lachte schrill und höhnisch, bevor sie antwortete:

»Wir gaben uns gegenseitig große Freiheiten. Seine Freiheit, heißt das.«

Demonstrativ schloss sie wieder die Augen und presste die Lippen fest aufeinander. Mit einem Seufzer musste Irene einsehen, dass es an der Zeit war, Thema und Taktik zu ändern. Sie setzte sich auf die Bettkante. Zögernd sagte sie:

»Sylvia, ich versuche den Mord an Ihrem Mann aufzuklären. Wir haben keine Ahnung, was das Motiv und den Mörder betrifft. Sie müssen uns helfen. Wir müssen diese unangenehmen Fragen stellen, weil wir versuchen, die Wahrheit herauszufinden.«

Die blau schimmernden Augenlider zuckten. Aber als Sylvia die Augen aufschlug, waren diese vollkommen ausdruckslos. Sie sah Irene mit leerem Blick an.

»Wem ist denn mit der Wahrheit gedient?«

Irene blieb ihr die Antwort schuldig. Das war, freundlich ausgedrückt, ein äußerst sonderbares Gespräch. Aber sie hatte noch eine Frage, die sie unbedingt stellen musste. Sie holte tief Luft, auf alles gefasst.

»Wir haben Richards persönliche Daten bekommen, das heißt die amtlichen. Früher haben sich die Kirchenämter darum gekümmert. Aber jetzt haben die Finanzämter diese Informationen, und deshalb sind es öffentliche Daten.«

Irene hielt inne, weil sie sich nicht ganz sicher war, ob es auch wirklich stimmte. Aber Sylvia verzog keine Miene. Damit Sylvia gar nicht erst anfing nachzuhaken, sprach Irene schnell weiter:

»Wussten Sie, dass Richard die Vaterschaft für einen Sohn anerkannt hat, bevor Sie heirateten?«

Schnell schlug Sylvia die Augen auf. Ihre Nasenflügel weiteten sich, und sie atmete hörbar aus, als sie tonlos antwortete:

»Diese Nachricht trifft mich nicht völlig unvorbereitet. Denn zu Anfang unserer Ehe gab es einige sonderbare Telefonate. Eine Frau rief an und stritt sich mit Richard. Ich konnte einiges mithören. Ich konnte erkennen, dass es sich um… um ein Kind handelte.«

Es lag die Trauer von Jahrzehnten in dem letzten Satz. Irene spürte einen Stich von Mitleid, aber sie beschloss, noch etwas weiter zu bohren.

»Aber Ihnen hat er nie etwas von dem Kind gesagt?«

»Nein.«

»Weiß Henrik davon?«

»Kein Wort zu Henrik!«

»Er wird es leider so oder so erfahren. Spätestens dann, wenn das Testament eröffnet wird.«

Dann ging alles blitzschnell. Plötzlich hatte Sylvia ihre schlanken Beine über die Bettkante geworfen. Rote Flecken der Wut brannten auf ihren Wangen, ihre Augen funkelten vor Empörung, und der Schleier der Elfe war durch den der Megäre ersetzt worden.

»Was, soll dieser widerliche Bastard auch noch was erben! Niemals! Nur über meine Leiche! Das lasse ich nicht zu! Ich werde sofort Tore anrufen… o ja.«

Sie verstummte. Irene wusste, dass sie Tore Eiderstam meinte. Und wenn man nicht gerade ein Spiritist war, war es unmöglich, mit dem Rechtsanwalt Kontakt aufzunehmen. Aber jemand musste schließlich seine Firma übernommen haben, davon konnte man wohl ausgehen. Das sagte sie Sylvia, die ganz verwirrt aussah.

»Es sind mehrere Anwälte in Tores Kanzlei. Ob ich dort anrufen kann? Oh, verdammt! Richard hat sich immer um alles Finanzielle und Juristische gekümmert«, sagte sie resigniert.

Sie wurde von einem Klingeln an der Tür unterbrochen. Irene ging hinunter und öffnete die Wohnungstür. Henrik sah erschöpft und verkniffen aus. Er nickte ihr kurz zu und lief die Treppe zum oberen Stock hinauf. Irene folgte ihm nachdenklich. Sylvias Reaktionen waren schon sonderbar. Was eigentlich eitel Freude und frohe Worte über das kommende Großmutterglück hervorrufen sollte, verursachte bei ihr die reinste Explosion. Das peinliche Thema der anderen Frauen ihres Mannes hatte sie bereitwillig abgehandelt, wenn auch mit bitteren Worten. Der andere Sohn war ihr nicht vollkommen unbekannt, aber er löste erst eine Reaktion aus, als ihr klar wurde, dass er erbberechtigt war. Vielleicht war es gar keine schlechte Idee, von Knechts Juristen aufzusuchen? Obwohl die sicher nichts sagen würden, bevor nicht das Testament der Familie eröffnet war.

Im Schlafzimmer saßen Mutter und Sohn nebeneinander auf der Bettkante. Sylvia warf ihre blonden Haare mit einem trotzigen Ruck nach hinten und meinte:

»Henrik hat gerade genau das Gleiche wie Sie gesagt. Dass ich mich schonen soll und im Augenblick keine zu heftigen Gemütserregungen ertrage. Ich laufe wohl ziemlich aus dem Ruder, wenn ich so reagiere wie eben.«

Es dauerte eine Weile, bis Irene verstand, dass das nicht nur eine Erklärung, sondern gleichzeitig auch eine Entschuldigung war. Sie nickte und lächelte aufmunternd, bekam aber keine Antwort, weder von Mutter noch von Sohn. Henrik sah aus, als hätte er mehrere Nächte lang nicht geschlafen. Irene war dieses ganze sonderbare Verhalten in dieser Familie so langsam leid. Immer sollte sie nur auf Zehenspitzen herumtrippeln und Rücksicht nehmen – schließlich ging es um einen Mord und ein tödliches Bombenattentat, das hier aufgeklärt werden sollte! Sie beschloss, bei Henrik direkt zur Sache zu kommen. Sachlich sagte sie:

»Henrik, ich habe gerade Ihrer Mutter erzählt… Sylvia, dass wir Informationen darüber haben, dass Ihr Vater einen Sohn aus einer früheren Beziehung hatte.«

Henriks Gesicht blieb weiterhin ausdruckslos. Er zwinkerte ein paar Mal, sagte aber nichts.

»Wussten Sie von der Existenz Ihres Halbbruders?«

Er schüttelte langsam den Kopf, immer noch ohne ein Wort zu sagen. Sylvia sagte gehässig:

»Es sieht so aus, als sollte er etwas von dem Erbe abkriegen! Niemals, habe ich gesagt! Niemals!«

Henrik sah sie müde an:

»Mama, es gibt Gesetze für so etwas. Überlasse das lieber Papas Juristen.«

Es wurde ganz still. Weder Sylvia noch Henrik hatten

irgendwelche Fragen hinsichtlich des neu entdeckten Halbbruders. Wäre es nicht natürlich gewesen zu fragen, wo er wohnte, wie alt er war? Aber vielleicht fragte man so etwas auch nicht in einer solchen Situation? Der Schock war möglicherweise zu groß. Das Schweigen wurde langsam peinlich. Irene räusperte sich und sagte:

»Henrik, was halten Sie von dem Feuer gestern Abend?«

»Das muss nichts mit Papas Tod zu tun haben.«

Es war seiner Stimme anzuhören, dass er das selbst nicht glaubte. Irene stellte weiter ihre Fragen.

»Von Ihnen hat keiner je das Gefühl gehabt, Richard könnte bedroht werden?«

Die beiden sahen einander an, dann schauten sie wieder zu Irene und schüttelten gleichzeitig den Kopf. Irene fragte unbeirrt weiter:

»Er hat nie davon gesprochen, dass jemand ihn hasste oder Rachegefühle gegen ihn hegte? Vielleicht hinsichtlich irgendwelcher Geschäfte?«

Sylvia schaute uninteressiert zur Seite und schien einen chinesischen Druck über dem Bettpfosten zu betrachten. Auch Irene war die schlüpfrige Seidenmalerei schon aufgefallen. Sie hatte gedacht, dass es sich eigentlich um Sex mit einer Dame ohne Unterleib handeln musste, wenn jemand seinen Unterkörper so verdrehen konnte, wie die Dame auf dem Bild. Spontan zeigte sie auf das Werk und fragte laut:

»Warum hat er Sexbilder gesammelt?«

Henrik sah sie kühl an und antwortete herablassend:

»Sexbilder? Das ist Schwedens beste Sammlung von Erotica.«

Sylvia sprang vom Bett auf. Sie wedelte mit einem dünnen kleinen Finger vor Henriks Gesicht herum und schrie:

»O nein! Sie hat vollkommen Recht! Sexbilder, genau das sind sie. Und die sollen weg! Weg! Ich bin sie so verdammt leid!«

Sie hielt inne und schaute sich im Zimmer um, sah sich all die Bilder nackter oder kopulierender Menschen an. Und wieder liefen ihr still die Tränen über die Wangen. Leise schluchzte sie:

»Er war so stolz auf seine Sammlung. Ich hasse sie! Hasse sie!«

Henrik stand auch auf und fasste seine Mutter bei den Schultern.

»Mama, ich werde den Verkauf regeln. Es gibt einen großen Markt in Europa dafür. Vor allem in England. Ich kann mir denken, dass Christies sehr interessiert sein könnte. Diese Sammlung ist mehrere Millionen wert und das weißt du.«

Sie nickte und schluchzte noch einmal laut auf.

»Ich weiß. Aber ich will sie nicht mehr sehen!«

»Ich werde dir helfen, sie abzuhängen. Wir können sie in mein altes Zimmer stellen. Willst du den Zorn auch nicht mehr haben?«

»Alles soll weg.«

Irene fühlte sich etwas hilflos. Es war nicht einfach, alles in den Griff zu bekommen, was da unter der Oberfläche brodelte. Dass es große Spannungen innerhalb der Familie von Knecht gab, daran konnte kein Zweifel sein. Aber war das der Grund für den Mord an Richard? Für die Bombe in seinem Büro? Da die Zwiste schon alt und vertraut zu sein schienen, konnten sie eigentlich kaum etwas mit den Geschehnissen der letzten Tage zu tun haben. Aber es war sicherlich nützlich, sich alles, was heute hier bei Sylvia gesagt und gemacht worden war, einzuprägen. Wenn man erst einmal anfing, in den alten Sachen zu rühren, kam eine ziemliche Wolke an Sumpfgas hervor. Erst mal war es nur gut, einfach weiterzumachen. Irgendwann würde bestimmt etwas Nützliches dabei herauskommen. Sie ging zu ihrer nächsten Frage über:

»Ich habe nur noch ein paar Kleinigkeiten zu klären, bevor ich gehe. Da wäre einmal die Frage, ob Pirjo einen Schlüssel zur Wohnung hat.«

Sylvia schüttelte den Kopf und antwortete:

»Nein. Ich oder Richard haben sie reingelassen.«

»Wie viele Schlüssel gibt es?«

»Drei Sätze.«

»Also drei Schlüsselbunde?«

»Ja. Neben den Türschlüsseln gibt es noch die Schlüssel zu dem Schließbalken. Die Versicherung besteht darauf. Die haben auch gesagt, dass keine Griffe an den Außenseiten der Balkontüren sein dürfen.«

»Wissen Sie, wo die drei Schlüsselbunde jetzt sind?«

»Ja, natürlich. Meinen Schlüsselbund habe ich selbst in der Handtasche. Die Ersatzschlüssel liegen in meiner Schreibtischschublade. Ich habe sie heute Morgen noch gesehen. Richards Schlüssel liegen sicher noch dort, wo ich sie gestern gesehen habe, auf seinem Nachttisch.«

Sie zeigte auf die andere Seite des Betts. Dort lag ein kleinerer Schlüsselbund, offenbar Auto- und Garagenschlüssel. Daneben lag ein schwarzes Lederetui. Irene knöpfte es auf und zählte sechs Schlüssel. Kurz hatte sie das Bild von sechs glänzenden Lachsen in einer Lachskiste vor sich.

»Wie viele von diesen Schlüsseln gehören zu der Wohnung?«, fragte Irene.

»Zwei. Einer fürs ASSA-Schloss und einer für den Balken.«

»Wofür sind die anderen Schlüssel?«

»Zwei sind fürs Haus auf Kärringnäset, unser Haus in Marstrand. Die anderen beiden müssen für Richards Büro sein.«

»Gibt es noch Ersatzschlüssel fürs Büro?«

»Ja. Die sind an dem Extraschlüsselbund, der in meiner Schreibtischschublade liegt.«

»Und es gibt keine anderen Schlüsselbunde?«

Sylvia schüttelte den Kopf.

»Nein. Aber wo wir gerade von Schlüsseln reden, ich erinnere mich, dass Richard nach seinen Reserveschlüsseln für den Wagen und die Garage gesucht hat. Solche wie die, die da auf seinem Nachtschrank liegen«, sagte sie.

»Wann war das?«

»Das muss mindestens eine Woche her sein.«

»Hat er sie gefunden?«

»Nicht dass ich wüsste.«

Irene machte sich Notizen. Um sicherzugehen, fragte sie noch einmal nach:

»Der Schlüsselbund mit den Wagenschlüsseln hier auf dem Tisch ist also sein Bund? Und nicht der mit den Reserveschlüsseln?«

»Genau.«

Irene schrieb noch mehr auf den Block. Offenbar fehlten die Reserveschlüssel fürs Auto und die Garage immer noch. Sie stellte schnell die nächste Frage:

»Wer hat Richards Büro sauber gemacht?«

»Das hat Pirjo ab und zu getan. Sie hat mit Richard eine Zeit verabredet, und dann hat er ihr dort aufgeschlossen. Meistens dienstags und donnerstags. Dann kommt sie nicht hierher zum Saubermachen. Sie hat ein paar sporadische Putzjobs, soweit ich weiß.«

Ein Gedanke kam Irene. Vielleicht weit hergeholt, aber man durfte keine Möglichkeit außer Acht lassen.

»Wie sieht Pirjo aus?«

»Ziemlich dick, klein. Sie ist nicht viel älter als dreißig, sieht aber aus, als wäre sie über vierzig. Dünne, blonde Haare, meistens in einem Pferdeschwanz zusammengebunden. Sie sieht zwar schlampig aus, ist aber die beste Putzfrau, die ich je gehabt habe. Das sagt Alice, meine Freundin, die sie mir empfohlen hat, auch. Aber sie raucht. Wenn sie damit aufhören würde, hätte sie auch mehr Geld. Denn es ist nicht so, dass ich ihr zu wenig bezahle – sie raucht das alles auf!«

Irene hatte den Verdacht, dass erst vor kurzer Zeit Lohnverhandlungen zwischen Sylvia und Pirjo stattgefunden hatten. Eine schwarz angestellte Putzfrau konnte nicht viel Druck machen, noch dazu, wenn sie wie in diesem Fall ihre Forderungen nur auf Finnisch vertreten konnte. Mit einem Seufzer musste Irene ihren Blitzeinfall wieder fallen lassen. Es spielte sich wohl kaum etwas zwischen Richard und Pirjo ab. So viel wusste sie immerhin über seine Vorlieben, dass eine heruntergekommene, verfettete Putzfrau kaum ein Sexobjekt für ihn darstellte. Vielleicht sah er sie tatsächlich nur als Arbeitskraft?

»Meine nächste Frage geht an Sie, Henrik. Wo kann ich Charlotte heute erreichen?«

»Zu Hause. Warum?«

»Ich muss sie fragen, wo sie am Dienstagabend war, besonders zwischen siebzehn und achtzehn Uhr.«

Henrik nickte und lachte kurz und bitter auf, als er sagte:

»Wenn es jemanden gibt, der ein Alibi hat, dann sie.«

»Und Sie beide hier.«

»Und wir beide. Sie hat ihren neuen Wagen abgeholt. Beim Volkswagen Center am Mölndalsvägen.«

Sylvia zuckte zusammen.

»Wie bitte? Hat sie sich schon wieder ein neues Auto gekauft?«

»Nun beruhige dich, Mama. Ihr alter Golf stand die meiste Zeit in der Werkstatt. Der hatte regelmäßig einen Kurzschluss im Stromkreis.«

»Aber der war doch noch nicht mal zwei Jahre alt!«

»Wir haben ihn in Zahlung gegeben und einen guten Preis bekommen. Jetzt hat sie einen funkelnagelneuen Golf. Sie verkaufen das Jahresmodell jetzt mit fünf Prozent Rabatt.«

Sylvia sah eingeschnappt aus.

»Sie hätte meinen BMW kaufen können. Mir reicht Richards Porsche«, sagte sie.

»Dein BMW ist erst drei Jahre alt und ist dreißigtausend Kilometer gefahren. Für den kriegst du einen guten Preis, wenn du ihn verkaufst.«

»Aber das ist so anstrengend. Man muss eine Anzeige aufgeben. Die Leute kommen und wollen ihn ansehen. Es ist alles so mühsam, wenn man allein ist.«

Henrik seufzte.

»Übergib ihn einem Autohändler«, sagte er geduldig.

»Nein, die bezahlen so schlecht, wenn man kein neues Auto kaufen will. Übrigens, vielleicht sollte ich lieber den Porsche verkaufen und den BMW behalten. Für einen neuen Porsche kriegt man mehr.«

Sylvia hatte sich anscheinend in ihrer Rolle als Alleinstehende schnell eingelebt. Die Probleme, die sie dabei hatte, waren offenbar eher finanzieller oder praktischer Natur. Irene räusperte sich leicht, um daran zu erinnern, dass sie auch noch da war.

»Ich lasse von mir hören, wenn wir mehr Informationen über den Brand in der Berzeliigatan haben. Aber ich kann Ihnen schon jetzt mitteilen, dass es den starken Verdacht gibt, dass das Feuer von einer Bombe ausgelöst wurde. Da die Zeitungen das heute Nachmittag sowieso berichten werden, wollte ich Ihnen das schon mal vorab sagen.«

Sylvia sah zunächst wie versteinert aus. Aber Irene war diesmal auf die folgende Reaktion bereits vorbereitet.

»Eine Bombe! Und das sagen Sie erst jetzt! Da muss ja ein vollkommen verrückter Mörder sein Unwesen treiben. Vielleicht ist er ja hinter uns allen her!«

Henrik wurde so blass, dass seine Gesichtsfarbe ins Wachsgelbe überging. Er sah aus, als würde er im nächsten Moment umfallen. Vielleicht war er ja krank, ganz abgesehen von den Folgen seiner alten Hirnhautentzündung?

»Wir brauchen Polizeischutz! Das fordern wir!«

Sylvia hastete unruhig und ziellos im Raum herum. Irene versuchte so Vertrauen erweckend zu klingen wie nur möglich.

»Natürlich werden wir untersuchen, ob es irgendwelche Drohungen gibt. Aber nichts, was wir bisher erfahren haben, deutet darauf hin, dass Ihr Ehemann von jemandem bedroht wurde. Gibt es sonst jemanden in der Familie, der sich bedroht fühlt?«

Henrik schüttelte leicht den Kopf, während Sylvia heftig gestikulierte.

»Nein! Niemanden! Aber kriegen wir deshalb keinen Polizeischutz, bis unsere ganze Familie ermordet und in die Luft gesprengt wurde?«

Das nennt man Tautologie, erinnerte Irene sich von den Philosophiestunden am Gymnasium. War das die Nähe zum Hvitfeldtschen Gymnasium, die derartige Erinnerungen aus dem Staub des Gedächtnisses hervorsteigen ließ? Offenbar hatte Sylvia ihre Klagen über die Plumpheit und Aufdringlichkeit der Polizei vollkommen vergessen. Jetzt wollte sie unbedingt deren Schutz. Irene fühlte, dass es an der Zeit war, das Gespräch zu beenden, und sagte in freundlichem Ton:

»Wir bleiben in Kontakt. Rufen Sie mich an, sobald etwas ist.«

Irene gab ihnen noch einmal ihre Nummer mit der Durchwahl. Aus Erfahrung wusste sie, dass die Leute derartige Karten immer verloren. Sie brauchte nur sich selbst anzusehen.

Henrik brachte sie unter beiderseitigem Schweigen die Treppe hinunter. Erst als sie an der Wohnungstür standen, fragte Henrik:

»Ist es in Ordnung, wenn wir das Wochenende über nach Marstrand fahren?«

Irene wurde von dieser Frage überrumpelt. Sie versuchte nachzudenken, während sie antwortete:

»So weit wir wissen, gibt es keine Drohungen Ihrer Familie gegenüber. Es war Ihr Vater, der ermordet wurde, und die Bombe befand sich in seinem Büro. Besuchte ihn sonst jemand aus der Familie normalerweise in seinem Büro?«

Henrik zuckte zusammen, verstand dann aber, was Irene mit ihrer Frage meinte.

»Sie meinen, ob die Bombe für jemand anderen als meinen Vater bestimmt sein könnte? Nein, die war auf jeden Fall für ihn gedacht. Das ist… war die absolute Ausnahme, dass eins der anderen Familienmitglieder sein Büro aufsuchte.«

»Brauchte er eigentlich ein Büro? Soweit ich verstanden habe, hatte er doch eine Maklerfirma, die sich um seine Geschäfte kümmerte«, nutzte Irene die Gelegenheit.

Henrik senkte den Kopf und schien vollkommen in das verzwickte Muster des weichen Teppichs vertieft zu sein. Sie dachte schon, er wollte gar nicht antworten, als er doch murmelte:

»Er brauchte einen Platz, um seine Ruhe zu haben. Das war Mamas und Papas alte Wohnung. Dort hatten sie gewohnt, als sie frisch verheiratet waren. Ich war ungefähr zwei Jahre alt, als sie hierher gezogen sind. Die Wohnung haben sie behalten, weil Papa damals ein Büro brauchte. Später hat er dann das Haus hier und das in der Berzeliigatan gekauft. Und noch eine Menge anderer Häuser zusammen mit Peder Wahl. Aber der Immobilienbestand ist inzwischen veräußert.«

»Wie groß war diese Bürowohnung?«

»Vier Zimmer und Küche, Bad und Toilette. Ungefähr einhundertdreißig Quadratmeter.«

»Um auf das mit Marstrand zurückzukommen. Werden Charlotte und Sylvia mit Ihnen dorthin fahren?«

»Charlotte fährt zu ihrer Schwester in Kungsbacka. Aber Mama muss nach ihren Pferden sehen. Sie hat einen Stall dort draußen. Und ich muss mal rauskommen. Am Montagmorgen ganz früh, so gegen vier, werde ich nach Stockholm fahren. Dort beginnt am Vormittag die Novemberauktion von Lilla Bukowski. Ich habe da einige Aufträge zu erledigen.«

»Darf ich fragen, wie das eigentlich vor sich geht? Kaufen Sie bestimmte Dinge und verkaufen sie dann danach an interessierte Käufer?«

»Nein, ich arbeite sozusagen als Agent. Die Interessenten sehen sich den Auktionskatalog an und anschließend nehmen sie Kontakt zu mir auf. Sie sagen mir, an welchem Objekt sie Interesse haben und was es maximal kosten darf. Ich bekomme einen Stundenlohn, und der Kunde bezahlt die Reise und die Unkosten. Oft sind es mehrere, die sich meine Arbeit teilen. Das gilt besonders für Auslandsaufträge. Die Kosten für die Reise und die Unkosten bleiben ja gleich, werden dann aber auf mehrere verteilt.«

»Das klingt nach einer teuren Art, Antiquitäten zu sammeln«, bemerkte Irene.

Henrik zuckte mit den Schultern.

»Meine Kunden haben viel Geld, aber wenig Zeit. Und sie wissen, was sie wollen und was es kosten darf.«

»Dann steigern Sie also nie für eigenes Geld?«

»Nein, nicht, wenn ich im Auftrag meiner Kunden arbeite.

Aber manchmal kaufe ich natürlich auch etwas für mich selbst. Wie das Tang-Pferd.«

Während sie über seinen außergewöhnlichen Beruf sprachen, hatte er fast die normale Gesichtsfarbe wiederbekommen. Irene war klar, dass er es fast nicht als Arbeit ansah. Sein Blick wurde lebhaft, und eine leichte Röte zeigte sich auf seinen Wangen. Ihr fiel seine verzückte Beschreibung der Haupt-Möbel und der Teppiche und was es da noch so gab, ein. Das war wirklich eine Frage der Leidenschaft und Passion. Sicher keine leichte Konkurrenz für die schöne Charlotte. Ihr Wert lag im Jetzt. In fünfzig Jahren würde ihr Sammlerwert bei Null liegen. Der ideale Ehemann hätte ein Archäologe sein sollen. In seinen Augen wurde die Frau immer interessanter, je älter sie wurde. Aber ein Antiquitätensammler, der nur die polierte Oberfläche und den Investitionswert der Zukunft sieht? Dankbar gingen Irenes Gedanken zu Krister über und daran, dass sie beide die meisten ihrer Einrichtungsgegenstände beim lokalen Möbelhändler kauften. Das heißt bei IKEA in Kållered. Aber ehrliche Neugier ließ sie die Frage stellen, die sie schon eine Weile beschäftigte:

»Was um alles in der Welt ist eigentlich ein Tang-Pferd?«

Überraschung zeigte sich auf seinem Gesicht, und sie begriff, dass so etwas doch jeder einigermaßen gebildete Mensch wissen musste.

»Na, das ist ein Keramikpferd aus der Tang-Zeit! Das war eine chinesische Dynastie von Anfang der 600er-Jahre nach Christus bis in die 900er hinein. Das Pferd folgte seinem Besitzer in den Tod. Es handelt sich also um Grabbeigaben. Bei der Beerdigung wurde der Tote mit allem versorgt, was er für seine Existenz auf der anderen Seite brauchte. Man hat Hausgerätschaften gefunden, Schmuck, eine ganze Dienerschar und Kriegsheere. Während der Tang-Periode wurde alles aus Keramik gefertigt, aber früher gab es auch Menschenopfer. Da gibt es deutliche Parallelen zu…«

»Hallo! Warten Sie!«

Irene und Henrik zuckten bei dem unerwarteten Ruf zusammen. Sylvia kam die Treppe aus dem oberen Stockwerk heruntergelaufen. Etwas außer Atem sagte sie:

»Hier sind die Adressen und Telefonnummern der Gäste vom Samstag. Ich habe mein Telefonbuch im Computer eingegeben. Dann muss man alles nur ausdrucken, was man haben will. Äußerst praktisch.«

Auf ihrem Rückweg machte Irene einen Umweg durch die Berzeliigatan. Es war höchste Zeit für die Mittagspause. Der Würstchenstand auf Heden lockte mit dem besten Kartoffelbrei der Stadt. Aber erst wollte sie sich die Reste des abgebrannten Hauses ansehen. Sie entdeckte Tommy Persson, der mit einem der Brandtechniker sprach. Direkt vor der Absperrung gab es einen Parkplatz, auf dem stellte sie ihren Wagen ab. Zwar handelte es sich um einen Behindertenparkplatz, aber es würde eine ganze Weile dauern, bis jemand, der in dem Haus gewohnt hatte, ihn wieder benutzen konnte.

Über dem schwarzen, vom Feuer gezeichneten Hausskelett, aus dem noch beißender Rauchgeruch heraustrat, lag ein Gefühl der Unwirklichkeit. Es passte nicht in die begüterten Innenstadtviertel von Göteborg. Eher nach Tschetschenien oder Sarajewo. Irene ging zu Tommy. Er begrüßte sie und stellte den Brandtechniker als Pelle vor. Dieser nickte und hob die Hand in dem dicken Handschuh zum Gruß. Dann entschuldigte er sich und stiefelte in seiner schweren Schutzausrüstung davon. Tommy sagte mit ernster Miene:

»Sie haben da drinnen einen verkohlten Körper gefunden. Hinter der Eingangstür zu von Knechts Büro. Wahrscheinlich war die Innenseite der Tür aus Stahl, und der hat verhindert, dass der Körper vollkommen zu Asche verbrannt ist. Die Tür ist mit einem Schlag aufgesprengt worden, und der arme Kerl ist wohl hinter die Tür gekrochen, weil er nicht weiter die Treppen hinunterkam. Die Hitze muss schrecklich gewesen sein.«

Beide erschauerten und das lag nicht nur an der Kälte. Eine bleiche Sonne versuchte sich durch die grauen Wolken durchzudrängen. Es würde ihr wohl gelingen, denn es wurde bereits klarer und kälter. Wahrscheinlich würde das Thermometer nachts unter Null fallen. Dann würde das Wasser in dem verwüsteten Haus frieren und einen Eispanzer bilden. Etwas Traurigeres und Bedrückenderes gibt es wohl kaum, als ein so verwüstetes, eingesargtes Haus zu sehen, zerstört vom Feuer und Wasser. Und wenn man weiß, dass ein Mensch dabei umgekommen ist, wird der Anblick umso grauenvoller. Irene spürte eine leichte Übelkeit aufsteigen, schrieb sie jedoch dem Hunger und dem beißenden Rauchgeruch zu.

Tommy drehte sich um, nickte zur Ecke des Backsteinhauses auf der anderen Seite der Straße und fragte:

»Siehst du den Zigarettenladen auf der anderen Seite?«

Irene sah den kleinen Laden mit einem verwitterten Schild, das direkt an der Ecke des Hauses in die Luft ragte. Sie nickte und murmelte zustimmend.

»Rate mal, wen Fredrik und ich da drinnen angetroffen haben, als wir überall in der Gegend unsere Runde gedreht haben?«

»Keine Ahnung.«

»Lillis Johannesson! Und ihm gehört das Geschäft!«

»Du machst wohl Witze! Ich dachte, der sitzt für alle Zeiten hinter Schloss und Riegel. Und dazu hätten sie auch noch den Schlüssel weggeworfen.«

»Ach, das wäre doch zu schön, um wahr zu sein. Wir haben es überprüft. Er wurde im Sommer freigelassen. Da hatte er sechs von seinen neun Jahren abgesessen.«

Wenn man in Göteborg wohnt, weiß man, dass alle mit dem Spitznamen Lillis oder Lillen mindestens die Körpergröße eines Spitzenspielers beim Basketball haben. Und wenn man in Göteborg wohnt, weiß man auch, wer Lasse »Lillis« Johannesson ist. Auf der Liste der zehn gefährlichsten Verbrecher Schwedens stand er vor einigen Jahren zwischen Lars-Inge Svartenbrandt und Clark Olofsson.

KAPITEL 8

Die Zeit wurde knapp, aber Irene konnte zumindest die wichtigsten Punkte ihres Gesprächs mit Mutter und Sohn von Knecht aufschreiben. Sie versuchte auch noch Charlotte von Knecht anzurufen, erreichte aber niemanden. Das Volkswagen-Center am Mölndalsvägen stand als Nächstes auf ihrer Telefonliste. Nach einigem Suchen und Wühlen fand die Dame in der Rezeption die richtigen Papiere. Ja, es stimmte, Charlotte von Knecht hatte am Dienstag ihren neuen Golf abgeholt, aber um welche Uhrzeit, das wusste sie nicht. Der betreffende Verkäufer hatte donnerstags frei und war erst wieder am Freitagvormittag um zehn Uhr zu erreichen. Erst als Irene etwas von »verantwortlich für die Polizeiermittlungen eines Gewaltverbrechens« murmelte, wurde die Dame etwas zugänglicher. Unter viel Murren gab sie die Privatnummer des Verkäufers preis. Unter dieser Nummer durfte Irene mit einem schnoddrigen Anrufbeantworter kommunizieren, der tönte: »Guten Tag! Du hast die Nummer von Robban gewählt! Aber ich bin gerade nicht da oder mit etwas anderem beschäftigt, sodass ich nicht antworten kann. Hinterlasse doch deinen Namen und deine Nummer nach dem Piepsen, dann werde ich später zurückbimmeln.« Irene hinterließ kurz ihren Namen und die Durchwahlnummer der Abteilung. Sehr deutlich betonte sie ihren Titel.

Die Prozedur mit der Pizzaliste lief automatisch ab und dann konnte die Besprechung anfangen. Der Kommissar ergriff das Wort:

»Das war ein hektischer Tag. Auf der heutigen Pressekonferenz habe ich bekannt gegeben, dass es sich beim Brand in der Berzeliigatan um ein Bombenattentat gehandelt hat. Die Brandtechniker haben die Reste einer Bombe in von Knechts Büro gefunden. Die Mitteilung hatte den gleichen Effekt, als hätte ich selbst eine unter die Journalisten geworfen. Sie haben sich wie die Verrückten verhalten. Natürlich ziehen sie die Verbindungslinien zwischen dem Mord an von Knecht und der Explosion gestern Abend. Alle sind mir seitdem auf den Fersen. Die Zeitungen, der Rundfunk und sämtliche Fernsehsender, die es nur gibt! Die Jungs von der Spurensicherung kommen auch gleich und werden berichten, was sie herausgefunden haben. Svante Malm und der neue Junge, Ljundgren, haben versprochen aufzutauchen.«

Er schaute sich unter seinen sieben Inspektoren um und räusperte sich leise.

»Wir gehen der Reihe nach vor, so wie wir sitzen.«

Er schaute Irene, die rechts von ihm saß, herausfordernd an. Der Bericht über ihre Durchsicht der Artikel aus der Svensk Damtidning dauerte seine Zeit, war aber notwendig. Er gab ein Bild von Richard von Knechts öffentlichem Leben. Zusammen mit dem Referat über ihr Gespräch mit Sylvia und Henrik waren die meisten der Meinung, sich danach ein besseres Bild von den Familienmitgliedern machen zu können. Irene fasste abschließend ihre eigenen Gedanken und Schlussfolgerungen zusammen.

»Es könnte ein Familiendrama sein. Sylvias und Henriks Gefühle Richard gegenüber wirken reichlich unterkühlt. Ganz zu schweigen von den seinen ihnen gegenüber. Das war keine glückliche Familie. Und das Motiv ist klassisch: Geld, Untreue. Was gegen die Theorie eines Mordes innerhalb der Familie spricht, ist natürlich die Bombe. Es besteht die Möglichkeit, dass der Mord und die Bombe nichts miteinander zu tun haben. Aber ich glaube eigentlich, diese Möglichkeit ist reichlich unwahrscheinlich«, sagte sie.

Die anderen nickten zustimmend. Irene schloss mit der Information über Charlottes bis jetzt noch unbestätigtes Autokaufalibi und die Gästeliste vom samstäglichen Fest, die Sylvia ihr gegeben hatte.

Andersson sah zufrieden aus.

»Ich selbst hatte das große Vergnügen, Birgittas Befragung von Waldemar alias Valle Reuter beizuwohnen. Erzähl mal, Birgitta!«

Breit lachend erteilte er ihr das Wort, doch sein Lachen fand ein jähes Ende, als Birgitta mit den Worten begann:

»Valle Reuter ist ein äußerst bedauernswerter Mann. Er ist seit vielen Jahren schwer alkoholkrank. Ich habe mit dem geschäftsführenden Direktor seiner Börsenmaklerfirma, Mats Tengman, gesprochen. Als er verstand, worum es ging, war er sehr offen und aufrichtig. Valle gehört nur noch dem Namen nach zur Firma. Er besitzt sie, hat aber keinen Einfluss mehr auf die Geschäfte. Und das ist niemandem stärker bewusst als Valle selbst, sagt Tengman. Er hat noch ein Zimmer dort. Da taucht er manchmal auf, schließt sich ein und lässt mitteilen, dass er schwer beschäftigt sei. Was meistens bedeutet, dass er seinen Rausch ausschläft. Aber er darf bleiben. ›Sozialtherapie‹ nennt der Direktor es. Valle hat sonst nichts zu tun. Außer am Dienstag. Da isst er nach altem Brauch zusammen mit Richard von Knecht zu Mittag. Das ist laut Mats Tengman für Valle der Höhepunkt der Woche. Und inzwischen wissen wir ja, dass es an diesem Wochentag noch andere Höhepunkte für ihn gibt… Valle war ziemlich angetrunken, als er herkam, und hat uns einiges erzählt. Ich habe im Johanneshus angerufen, wo von Knecht und Reuter am Dienstag speisten. Der Wirt bestätigt die Zeitangaben. Ankunft zwischen eins und halb zwei, Abfahrt gegen halb vier. Der Grund, warum Valle Reuter am Mordabend und in der Mordnacht nicht zu Hause war: Er hat die Nacht mit seiner so genannten Freundin, Gunnel Forsell verbracht, wie schon seit drei Jahren. Er hat die Adresse schließlich herausgerückt und ich habe heute Vormittag mit ihr gesprochen. Sie war nicht besonders erfreut über die Aufmerksamkeit, die ihr zuteil wurde, um es mal vorsichtig auszudrücken. Zuerst weigerte sie sich, mich zu sehen. Aber ich habe damit gedroht, sie mit dem Peterwagen abholen zu lassen, wenn sie nicht einwilligt. Da wurde sie friedlicher, denn die Nachbarn in dem feinen Mietshaus in der Stampgatan haben wohl kaum eine Ahnung, welcher Nebentätigkeit die kleine Frau Forsell nachgeht. Eine Nebentätigkeit, die ihr doppelt so viel einbringt wie ihr sonstiger Job. Ratet mal, als was sie normalerweise arbeitet?«

Birgitta sah sich unter den Kollegen um, die interessiert ihren Ausführungen gefolgt waren. »Stripperin«, »Kindergärtnerin«, »Krankenschwester« lauteten einige Vorschläge. Birgitta schüttelte lächelnd den Kopf.

»Alles falsch! Sie ist Bibliothekarin!«

Alle um den Tisch sahen verblüfft drein. Etwas so Langweiliges hatte sich keiner vorgestellt. Jonny Blom flüsterte Fredrik Stridh zu: »Ha, stille Wasser, die sind tief!«

Birgitta kümmerte sich nicht um die beiden, sondern fuhr fort:

»Ich bin gegen elf zu ihr gefahren. Es stellte sich heraus, dass sie fünfunddreißig Jahre alt ist und gut aussieht, wenn auch nicht wie ein Fotomodell, wenn ihr versteht.«

Jonny unterbrach sie wieder:

»Nein, ich verstehe nicht. Am besten fahre ich mal hin und überprüfe das!«

Er tat so, als wollte er aufstehen, und grinste Birgitta breit an. Aber diese sah ihn nur kalt an und sagte mit neutraler Stimme:

»Dass du nichts verstehst, ist ja nichts Neues. Aber wir anderen, Normalbegabten, wir machen weiter. Wie gesagt: Gunnel war nicht begeistert, dass ich sie aufsuchte. Doch nach einer Weile kam sie dann doch ins Plaudern. Sie ist seit fünf Jahren geschieden, keine Kinder. Seit zehn Jahren hat sie eine Halbtagsstelle in der Stadtbibliothek. Bei ihrer Scheidung dachte sie nicht, dass es so schwer sein würde, eine volle Stelle zu bekommen. Aber in diesen Zeiten des Sparens kürzen alle Kommunen die Gelder für die Bibliotheken. Und das

Gehalt für die halbe Stelle reichte nicht aus, also bestand die Lösung für sie in vier Herren. Sie sind alle ältere Gentlemen. Valle ist der Einzige, der nicht verheiratet ist, die anderen drei sind es. Sie hat dienstags, donnerstags und an den Wochenenden keinen Dienst in der Bibliothek und dann widmet sie sich den Herren. Sie wollte sich nicht näher über das Arrangement auslassen, aber offenbar haben sie feste Tage und Zeiten. Am Dienstag hat sie zwei Besucher. Herr Nummer eins pflegt gegen zwölf zu erscheinen und geht wieder um zwei. ›Verlängerte Mittagspause‹, wie er es nennt. Valle ist Herr Nummer zwei, er hat eine Sondervereinbarung. Er kommt um halb sechs, sie essen zusammen etwas, unterhalten sich und gucken Fernsehen. Er ist immer ziemlich angeheitert, wenn er kommt, da er ja vorher mit von Knecht gegessen hat. Gegen elf Uhr gehen die beiden dann ins Bett. Meistens schläft er sofort ein, manchmal möchte er aber auch eine ›kleine Massage‹ haben, wie sie sich ausdrückte. Dann schlafen die beiden in ihrem großen Doppelbett. Am nächsten Morgen frühstücken sie zusammen und dann geht sie zur Arbeit und er trottet nach Hause.«

Andersson konnte nicht anders, er musste eine Frage einwerfen:

»Und wie viel bezahlt er dafür?«

Birgitta sah ihn mit ihren klaren braunen Augen an, bis er rot wurde.

»Damit wollte sie nicht rausrücken. Aber man kann es so sagen: Sie wohnt in einer hübschen Dreizimmerwohnung in der Stampgatan. Kunst und Möbel nur vom Feinsten. Sie trug Schmuck, der gut und gerne meine Australienreise finanzieren könnte, und sie war sehr elegant und teuer gekleidet. Als ich gehen wollte, sah ich einen Autoschlüssel auf der Flurgarderobe liegen. Er gehörte zu einem Saab 900, das Modell des letzten Jahres.«

Ein nachdenkliches Schweigen erfüllte das Zimmer. Das war nicht die übliche Sorte von Hure, die sich für ein paar Hunderter auf dem Rücksitz eines Autos verkaufte und das

Geld gleich in Schnaps oder Drogen umsetzte. Alle hatten schon von Callgirls und Edelnutten gehört, aber noch keiner war wirklich schon einmal auf eine gestoßen. Bis jetzt.

Andersson wollte weiterkommen und unterbrach die Stille.

»Und was hat sie über Valles Besuch am Dienstag gesagt?«

Birgitta verzog leicht den Mund, bevor sie antwortete:

»Na, da ist es hoch hergegangen! Deshalb wusste Gunnel auch noch genau über die Zeiten Bescheid. Der dienstägliche Herr Nummer eins tauchte nämlich nicht um zwölf auf wie sonst immer. Sie nahm an, dass er krank oder verhindert war. Aber um halb fünf klingelte er an der Tür und forderte seine Wochenration. Und das bedeutet für Gunnel ja auch einiges Geld. Sie sagte, dass es in Ordnung wäre, wenn er sich beeilt. Und es hätte wohl auch geklappt, wenn nicht Valle ausgerechnet an diesem Dienstag schon kurz vor fünf aufgetaucht wäre. Sie konnte ihn ja nicht grölend im Treppenhaus stehen lassen, also bat sie ihn in ihr Wohnzimmer, stattete ihn mit einem gehörigen Drink aus, während sie Herrn Nummer eins abfertigte. Dann musste sie diesen so hinauslotsen, dass die Herren sich nicht zu Gesicht bekamen. Denn laut Gunnel glauben alle vier, dass sie jeweils ›the one and only‹ für sie seien.«

»Kann Valle Reuter sie bezahlt haben, um ein Alibi zu kriegen?«, überlegte Irene.

»Nein, das glaube ich nicht. Ihre Geschichten passen zusammen. Keiner von beiden hat sie bereitwillig preisgegeben. Nein, das klingt nicht konstruiert. Aber…«

Birgitta verstummte und lächelte geheimnisvoll, bevor sie fortfuhr:

»… gegen das Versprechen, dass wir sie mit ihren ›Herren‹ in Ruhe lassen, hat sie mir den Namen des Dienstagsherren Nummer eins gegeben!«

»Sag bloß!«, rief Andersson beeindruckt aus.

»Ich rief in seinem Büro an und erklärte ihm, worum es ging. Er war zunächst nicht gerade auskunftsfreudig, aber als ich ihm mit einer formalen Vorladung gedroht habe, damit er hier im Haus seine Aussage macht, gab er doch klein bei. Er bestätigte Gunnel Forsells und Valles Geschichte.«

Sie schaute von ihren Notizen auf und streckte den Rücken:

»Wenn ich eine Zusammenfassung geben soll, dann läuft sie darauf hinaus, dass Valle Reuter kein Mörder ist. Was ich auch keine Sekunde geglaubt habe.«

Sie warf Andersson einen auffordernden Blick zu und er beeilte sich, ihre Meinung zu bestätigen:

»Nein. Man ermordet nicht seinen besten und einzigen Freund. Er hat kein Motiv und ist kein Mördertyp. Ich habe, wie schon gesagt, Birgittas und Valles Gespräch mit angehört. Apropos Gespräch, dieser Fotograf Bobo Torsson hat mich angerufen. Er wird diese Nacht noch in Stockholm bleiben, nimmt dann morgen den Zug und wird gegen Mittag hier sein. Einer von euch muss mit ihm reden. Ich muss diese bescheuerte Uniform anprobieren.«

Jonny schaute verwirrt drein:

»Aber hast du das nicht heute schon gemacht?«

»Doch, ja, aber es gab nur Hosen in Kindergröße. Übrigens, hast du Ivan Viktors erreicht?«

»Ja, per Telefon. Er hat gegen drei Uhr angerufen und gesagt, er wäre gerade aus Kopenhagen zurückgekommen. Offensichtlich hat er aus den dänischen Fernsehnachrichten erfahren, was hier passiert ist. Man muss sich dieser Tage offensichtlich ständig die Haare waschen und ein neues Hemd anziehen, damit man auch gut auf dem Bildschirm aussieht.«

Er tat so, als spucke er in die Handflächen, und fuhr mit ihnen über das Haar. Birgitta schnaubte hörbar, doch bevor sie einen vernichtenden Kommentar von sich geben konnte, kam ihr Chef ihr zuvor:

»Alle Kontakte mit den Massenmedien übernehme ich. Verweist sie auf mich. Das ist am einfachsten so. Ich habe am wenigsten Haar, das gewaschen werden muss.«

Der Kommissar imitierte Jonnys Geste über seiner eigenen Glatze. Irene musste unwillkürlich kichern.

Jonny schürzte die Lippen und schlug einen sachlichen Ton an:

»Ivan Viktors kommt morgen um zehn hierher.«

»Dann redest du mit ihm. Noch was?«

»Ja, ich habe mir das Haus in Marstrand angeguckt. Ich meine, auf der Karte. Es liegt eigentlich auf einer Halbinsel nördlich von Marstrand, die Kärringnäset heißt. Zum einen umschließt der Besitz die ganze Halbinsel und ragt außerdem noch ein Stück ins Land hinein. Insgesamt handelt es sich um fünfzehn Hektar. Auf der Karte sieht man einen großen Stall und Weiden. Und zum See hin liegen zwei Häuser, jedes ungefähr hundert Quadratmeter groß. Ich konnte sehen, dass die Grundstücksgrenze mit einem kräftigen Zaun oder vielleicht auch einer Mauer markiert ist. Neben dem Stall, direkt an dem Weg zu von Knechts Palast, liegt ein Gebäude, genannt ›das Verwalterhaus‹. Und dann habe ich mir die Telefonnummer der Sommerresidenz herausgesucht und wurde mit dem Verwalter Lennart Svensson verbunden. Er und seine Frau kümmern sich um die Pferde und Häuser. Die Frau macht sicher das große Haus sauber. Er ist siebenundfünfzig und arbeitet seit fünfzehn Jahren für die von Knechts. Vorher war er beim Militär. Er hat erzählt, dass schon von Knechts Eltern das Land besaßen. Nachdem beide gestorben waren, hat Richard von Knecht das alte Haus abgerissen und einen Riesenschuppen gebaut.«

Irene hob die Hand.

»Ach, gut, Jonny, dass du von Marstrand sprichst. Henrik hat mich gefragt, ob es in Ordnung ist, wenn er und Sylvia übers Wochenende dorthin fahren. Ich habe gesagt, dass wohl nichts dagegen spricht.«

Jonny beugte sich über den Tisch vor und fragte verwundert:

»Sylvia? Meinst du nicht Charlotte?«

»Nein, Charlotte will zu ihrer Schwester nach Kungsbacka fahren.«

»Ha! Ihr werdet sehen, Henrik und Sylvia haben ein inzestuöses Verhältnis! Sie haben Richard um die Ecke gebracht, und als Nächstes ist die schöne Charlotte dran. Sie braucht eine Leibwache! Ich stelle mich zur Verfügung!«

»Nur schade, dass die beiden sich fünf Stockwerke tiefer befanden, als er runtergeschubst wurde.«

Birgitta nutzte die Gelegenheit, Jonny eine Spitze zu verpassen.

Genau im richtigen Augenblick meldete sich das Haustelefon, und es wurde mitgeteilt, dass die Pizzas zur Abholung in der Zentrale bereitlagen.

»Es wird langsam etwas langweilig mit dieser Pizzadiät. Ich werde mich radikal verändern. Nächstes Mal nehme ich Kebab.«

Tommy Persson keuchte und öffnete seinen obersten Jeansknopf. Er lehnte sich auf seinem Stuhl zurück und trank sein Leichtbier in großen Schlucken. Er war an der Reihe, über die Arbeit des Tages zu berichten. Verstohlen gähnend begann er:

»Von der Nacht in der Berzeliigatan hat Fredrik ja schon berichtet. Die Schäden an den Nachbarhäusern sind beträchtlich. Sämtliche Fenster in den umliegenden Gebäuden wurden eingedrückt. Das Einzige, was heil blieb, ist sonderbarerweise das Schaufenster des Zigarettenladens an der Ecke. Irene weiß schon, wer der Besitzer ist, die anderen noch nicht. Ratet mal!«

Jonny knurrte:

»Das ist ja das reinste Rätselraten heute!«

Tommy kümmerte sich gar nicht um ihn.

»Unser allseits geliebter Lasse ›Lillis‹ Johannesson!«

Darauf wusste selbst Jonny nichts zu sagen.

Die Wangen des Kommissars färbten sich und seine Augen bekamen einen erregten Glanz.

»Der schlimmste Radaumacher gleich um die Ecke! Und das buchstäblich. Da könnte was dran sein. Verflucht noch mal, da muss was dran sein!«

Unbewusst rieb er sich die Hände. Ungeduldig gab er Tommy ein Zeichen weiterzumachen.

»Die Brandtechniker kamen bislang nur bis zum zweiten Stock. Weiter rauf ist zu riskant. Glücklicherweise – nun ja, wie man es nimmt – wurde die Leiche des Burschen hinter der Tür zu von Knechts Büro gefunden. Es ist anzunehmen, dass er hinter die Tür gekrochen ist, um Schutz zu suchen. Er war total verbrannt. Die Pathologen sehen ihn sich an. Armer Teufel«, bemerkte Tommy finster.

Er machte eine kurze Pause. Dann fuhr er fort mit dem Bericht des Klinkenputzens im Nachbarhaus. Niemand hatte etwas Verdächtiges gesehen. Alle hatten den lauten Knall gehört und die Druckwelle gespürt. Die Techniker hatten im Flur zu von Knechts Büro Teile einer hausgemachten Bombe gefunden. Pelle, der Brandtechniker, hatte einige Plastikklumpen am Tatort gefunden. Er meinte, das könnten Reste von Benzinkanistern sein. Derjenige, der die Bombe dort installiert hatte, wollte sichergehen, dass auch wirklich alles verbrennen würde. Morgen würde man mehr wissen.

Andersson war immer noch reichlich rot, als er sagte:

»Tommy, du und Fredrik, ihr kümmert euch weiter um Lasse ›Lillis‹. Fragt mal nach, wann er rausgekommen ist. Hat er nicht in Kumla gebrummt? Und zwar diverse Jahre?«

Keiner konnte sich genau erinnern. Andersson fuhr fort:

»Das kann eine Spur sein. Okay, Hans, hast du jemanden erwischt, der am Dienstagabend etwas im Parkhaus gesehen hat?«

Hans Borg schüttelte den Kopf.

»Ich bin noch mal im Haus rumgegangen. Habe mich auf die Wohnungen zur Kapellgatan konzentriert, aber es hat nichts gebracht. Drei Stunden lang, von zwei bis um fünf, habe ich mit Leuten gesprochen, die ihren Wagen im Parkhaus abholten. Keiner hat etwas gesehen. Ein Lehrer aus dem Ascheberggymnasium hat mir Papier und Stift geliehen. Jetzt hängt ein Zettel am Eingang zur Garage, dass alle, die am Mordabend etwas Auffälliges gesehen haben, Verbindung mit uns aufnehmen sollen.«

»Viel mehr können wir wohl nicht tun. Vielleicht sollten wir dort noch mal um halb sechs Uhr abends unsere Runde drehen. Vielleicht kommt einer, der etwas gesehen hat, immer genau um diese Uhrzeit. Nein, jetzt weiß ich, wie wir es machen. Morgen nehmen wir uns das Parkhaus noch einmal intensiv vor. Wir fangen um sechs Uhr morgens an und bleiben bis sieben Uhr abends. Alle, die im Parkhaus ihren Wagen abstellen, werden befragt. Wenn das nichts bringt, müssen wir diese Spur als erledigt ansehen. Aber dass unser Mörder in dem Sturzregen zu Fuß abgehauen ist, das erscheint mir unwahrscheinlich. Ich glaube immer noch, dass er ein Auto genommen hat. Jonny und Hans, ihr übernehmt das«, sagte Andersson entschlossen.

Keiner der beiden sah besonders begeistert aus, aber sie mussten zugeben, dass in den Überlegungen des Kommissars eine gewisse Logik steckte.

»Ja, dann fehlt nur noch Hannu. Hast du Pirjo aufgespürt?«

»Nein, nur die Kinder. Ich bin heute Nachmittag hingefahren. Sie wohnen am Angeredstorg. Zwei Zimmer und Küche.«

»Nicht besonders groß für fünf Personen.«

»Vier. Göte Larsson ist abgehauen. Die Kinder haben ihn seit zwei Jahren nicht mehr gesehen. Vielleicht fährt er zur See. Er ist Seemann.«

»Aber Pirjo und er sind immer noch verheiratet?«

»Ja. Die kleinen Jungen Juha und Timo sind zu Hause. Sie haben die Grippe. Pirjo hat seit Mittwochnachmittag nichts von sich hören lassen.«

»Aber wer kümmert sich jetzt um die Jungs?«

»Marjatta. Sie ist dreizehn und gewohnt, ihre Brüder zu versorgen.«

»Verschwindet Pirjo denn häufiger?«

»Nein, das ist noch nie vorgekommen. Marjatta sagt, dass es keinen anderen Mann gibt. Ich habe die örtliche Polizeiwache angerufen und alle Unfallstationen. Nichts. Wir müssen nach ihr suchen lassen.«

»Ja, wir müssen eine Fahndung ausschreiben. Bleib dran,

Hannu. Das klingt zweifellos merkwürdig. Warum sollte von Knechts Putzfrau im Zusammenhang mit seinem Mord und der Sprengung seines Büros verschwinden? Sie muss am Montag, als sie dort sauber gemacht hat, etwas gesehen haben. Übrigens, war die Tochter nicht mit?«

»Doch.«

»Dreizehn Jahre, sagtest du?«

»Ja.«

Andersson überlegte. Dann wandte er sich wieder Hannu zu:

»Hat sie am Montag etwas Besonderes gesehen oder gehört?«

»Nein. Aber ihr Finnisch ist schwer zu verstehen.«

»Gibt es denn unterschiedliches Finnisch?«

»O ja, Pirjo und die Kinder kommen aus Nordkarelien. Aus Joensuu. Ich bin von Övertorneå. Verschiedene Dialekte, fast verschiedene Sprachen.«

Er wurde von einem Klopfen an der Tür unterbrochen. Die Brandtechniker trafen ein, und es entstand eine kurze Pause, in der sich alle begrüßten und Stühle herangeholt wurden. Sie hatten bereits gegessen und lehnten dankend die angebotenen Reste von Irenes und Birgittas Pizza ab. Aber Kaffee wollten sie gerne. Als es im Zimmer wieder ruhiger wurde, fuhr Hannu unbeeindruckt fort:

»Pirjo hat keine Zeitung und sie hört keine schwedischen Nachrichten. Sie wusste nicht, dass von Knecht tot war. Sie ist, wie jeden Mittwoch, zu den von Knechts gefahren. Dort hat sie die Leute von der Spurensicherung getroffen, erfuhr vom Mord und ist wieder nach Hause gefahren. Den Jungen zufolge war sie um halb zwölf wieder da. Sie hat kein Auto, sondern fährt immer Bus oder Straßenbahn. Marjatta kam um halb vier aus der Schule. Pirjo hat Mittagessen gekocht. Kurz nach fünf sagte sie, sie müsste noch mal los und außer Plan sauber machen, aber sie hat nicht gesagt, wo. Danach hat niemand mehr etwas von ihr gehört oder gesehen.«

Es war eine Weile still im Zimmer. Es schien, als müssten

sich alle nach dem ungewöhnlich langen Bericht von Hannu erst einmal sammeln. Andersson nahm als Erster den Faden wieder auf. Er fragte:

»Weißt du, wie lange Pirjo und die Kinder schon in Schweden leben?«

»Seit drei Jahren.«

»Und Pirjo ist noch nie vorher verschwunden?«

»Nein.«

Andersson sah aufrichtig besorgt aus. Was bedeutete Pirjos Verschwinden? War es ein Zufall? War sie freiwillig untergetaucht? Wurde sie bedroht? Hier stimmte etwas nicht. Das spürte der Kommissar ganz instinktiv. Resolut schlug er mit der flachen Hand auf den Tisch.

»Hannu, du musst alles mobilisieren. Wir müssen Pirjo finden. Sie kann doch verdammt noch mal nicht so einfach vom Erdboden verschwunden sein, mit drei Kindern, um die sie sich kümmern muss! Sie muss am Montag etwas gesehen haben. Quetsch ihre Tochter noch mal aus.«

Er überlegte eine Weile, gab dann aber auf.

»Jetzt haben wir also einen Mord, ein Bombenattentat und einen Vermisstenfall zu bearbeiten. Und wir wissen nicht einmal, ob es da eine Verbindung gibt oder ob es sich einfach nur um einen Zufall handelt. Aber ich habe so ein Gefühl, dass mehr dahinter steckt«, sagte er mit finsterer Miene.

Er holte tief Luft, stand auf und lief an der Stirnseite des Tischs hin und her. Körperliche Bewegung klärt die Gedanken. Und im Augenblick fühlte sich sein Kopf wie ein einziges Wirrwarr an.

»Um auf den Mord an von Knecht zurückzukommen. Hannu, hast du den unehelichen Sohn und seine Mutter erwischt?«

»Da ich in Angered war, habe ich einen Kurskameraden um Hilfe gebeten. Einen von der Kripo in Stockholm. Er ruft mich morgen zurück.«

»Kann er dich nicht heute Abend zu Hause anrufen?«

»Nein. Ich habe noch kein Telefon.«

»Dann bist du also neu in der Stadt, und nicht nur neu in der Abteilung für allgemeine Fahndung?«

»Ja, stimmt.«

Alle warteten auf weitere erklärende Worte, aber es kam nichts. Andersson fuhr fort:

»Irene, dann redest du also morgen mit diesem Autohändler. Und du kannst sicher das Gespräch aus Stockholm auch noch übernehmen. Dann kann Hannu sich voll und ganz der Suche nach Pirjo widmen.«

Irene warf Hannu einen fragenden Blick zu. Dieser nickte, und der Schatten eines Lächelns huschte über sein Gesicht. Eigentlich sah er ganz gut aus. Und kein Ehering. Aber mitteilsam wie eine Sphinx. Sie warf schnell eine Frage an ihn ein.

»Wie heißt dein Kumpel in Stockholm?«

»Veiko Fors. Kriminalinspektor.«

Andersson hätte fast gefragt, ob es sich da um ein internes finnisches Informationsnetz in der Polizei handelte, aber seine Vernunft siegte. Es ist nicht immer gut, alles zu wissen. Stattdessen wandte er sich an Birgitta.

»Birgitta, du kannst Hannu bei der Suche nach Pirjo helfen. Das Ganze hat oberste Priorität. Haben wir eine genaue Personenbeschreibung?«

Hannu nickte.

»Zirka einhundertfünfundfünfzig Zentimeter groß. Die Tochter weiß nicht, wie viel sie wiegt, sagt aber, dass sie dick ist. Blondes, schulterlanges Haar. Zweiunddreißig Jahre alt. Sie macht halbtags in einem Zeitungsladen sauber. Sie bekommt Sozialhilfe. Ich habe mit dem Sozialamt gesprochen und sie informiert, dass Pirjo verschwunden ist. Die haben zugesichert, ein Auge auf die Kinder zu haben.«

Fredrik hob ordentlich die Hand, weil er gern eine Frage stellen wollte.

»Dann hat sie wohl genug Geld, was? Ich meine, Sozialhilfe und weißer und schwarzer Lohn und das alles?«

Hannu blätterte in seinem Block, fand, was er suchte und las ab:

»Halbtagslohn als Putzfrau: viertausenddreihundert, plus Sozialhilfe und Wohn- und Kindergeld. Bleiben nach Abzug der Steuern viertausendeinhundertzehn Kronen, die für die restliche Miete, Essen und Kleidung für vier Personen reichen soll. Das Sozialamt hat alle Zahlen. Sie brauchte die Schwarzarbeit.«

Irene sah nachdenklich aus, sie bat ums Wort.

»Ich möchte wissen, wie viele Stunden in der Woche sie für die von Knechts eigentlich gearbeitet hat? Auch wenn es an drei Tagen war, so hat es sich jedes Mal nur um ein paar Stunden gehandelt. Soll ich mal nachfragen?«

»Ja, ruf deine liebe Freundin Sylvia an und frag mal danach.«

Andersson schmunzelte zufrieden über seinen Scherz. Irene bekam ein schlechtes Gewissen. War so deutlich zu erkennen, welche Probleme sie mit Sylvia hatte? Gleichzeitig verspürte sie aber auch ein gewisses Verständnis und vielleicht sogar so etwas wie Sympathie für sie. Es war bestimmt nicht immer spaßig gewesen, Richard von Knechts Frau zu sein.

Andersson schlug sich mit der flachen Hand aufs Knie.

»Nein, jetzt brauche ich eine Kaffeepause, bevor Malm und Ljundgren uns die noch heißen neuesten technischen Spuren verraten.«

Er stand auf und ging zur Kaffeemaschine. Die dritte Runde Kaffee war gerade fertig. Und der Abend war noch jung.

Svante Malm begann seinen Bericht, sobald er den letzten Schluck Kaffee getrunken und sich ein Stück Kautabak unter die Oberlippe geschoben hatte.

»Heute haben wir angefangen, alle Fingerabdrücke zu sortieren. Insgesamt gab es zweiundzwanzig verschiedene. Dreizehn davon sind identifiziert. Die Kollegen vor Ort helfen uns, die Fingerabdrücke zu nehmen, dann brauchen nicht alle hier nach Göteborg zu kommen. Hannu hat mir die Abdrücke von

Pirjos Tochter besorgt, und er hat sogar Pirjos Abdruck vom Wecker an ihrem Bett abgenommen. In von Knechts Wohnung gibt es keinerlei Abdrücke auf den Lichtschaltern im Flur, in der Küche und Waschküche, im oberen Schlafzimmer, im Bad oder auf der Schalterkonsole unten an der Treppe zur oberen Etage. Die sind alle sorgfältig geputzt worden. Wie auch die Türgriffe der Balkontüren, der Wohnungstür und der Stiel des Fleischerbeils. Auf den anderen Lichtschaltern sind Unmengen von Abdrücken, vor allem von Richard und Sylvia von Knecht. Sowie diverse von Pirjo und ihrer Tochter. Die waren ja am Montag zum Saubermachen da. Sogar die Knöpfe der Waschmaschine waren abgewischt.«

»Merkwürdig. Warum hat er sie abgewischt?«

Andersson, der diese Frage stellte, machte ein verwundertes Gesicht. Irene antwortete kurz:

»Vielleicht gibt es dafür eine ganz einfache Erklärung. Es war nicht von Knecht, der die Wäsche in die Maschine gestopft hat, sondern unser Mörder. Darf ich mal kurz abschweifen und fragen, was für Medikamentenröhrchen Sylvia von Knecht in ihrer Nachttischschublade hat?«

Malm blätterte in seinen Unterlagen.

»Hier. Vier Schachteln Stesolid, fünf Milligramm. Die eine war fast leer, die anderen noch nicht geöffnet. Zwei Schachteln Sobril, fünfzehn Milligramm. Die eine gerade angefangen, die andere ungeöffnet. Ein Glas Rohypnol, ein Milligramm, das fast leer war«, berichtete er.

Fredrik fragte verständnislos:

»Was sind das für Medikamente?«

»Stesolid und Sobril sind Beruhigungsmittel. Rohypnol ist ein Schlafmittel. Die Medikamente waren von drei verschiedenen Ärzten verschrieben worden. Ich bin kein Arzt oder Experte, aber soweit ich es beurteilen kann, haben wir es hier mit einem klassischen Fall von Medikamentenmissbrauch zu tun«, erklärte Svante Malm.

Die weiteren Berichte liefen darauf hinaus, dass man nichts direkt Bemerkenswertes gefunden hatte. Haare und Stoffreste waren katalogisiert worden, aber da die Wohnung äußerst gut geputzt war, hatte man keine größeren Mengen gefunden. Bestimmte Haare konnten bereits als den Samstagsgästen zugehörig identifiziert werden. Malm bat Hannu, ein paar Haare aus Pirjos Haarbürste zu zupfen und Marjatta um ein paar von sich zu bitten. Es war wohl anzunehmen, dass die Haare, die in der Waschküche vor dem Putzschrank gefunden worden waren, Mutter und Tochter Larsson gehörten. Mit den Samstagsgästen aus Stockholm und Helsinki sollte Verbindung aufgenommen werden. Er beschloss seinen Bericht:

»Das Doppelbett im oberen Stock war gemacht. Saubere Handtücher im Bad, nur nicht in der Sauna. Dort haben wir das Handtuch gefunden, das von Knecht benutzt hat.«

Irene überlegte. Schließlich sagte sie laut:

»Ich weiß ja nicht, wie ihr euch verhaltet, wenn ihr wegen einer Erkältung im Haus bleibt. Aber ich weiß, wie mein Mann sich verhält. Er ist fast nie richtig krank, aber wenn er auch nur die kleinste Erkältung hat, dann meint er zu sterben. Taschentücher auf dem Nachttisch. Wasserglas, eine Tasse mit Brühe und Süßigkeiten. Das Papier von Halstabletten, Zeitungen und anderer Lesestoff auf dem Boden. Am schlimmsten ist es, wenn es ihm besser geht. Aber wir haben bei Richard von Knecht nicht die geringste Andeutung von Unordnung gefunden. Klinisch rein. Ich meine, er war bereits vierundzwanzig Stunden, nachdem Pirjo und ihre Tochter sauber gemacht hatten, allein zu Hause und erkältet. Erst dienstags gegen ein Uhr hat er die Wohnung verlassen und ist mit Valle Reuter zum Johanneshus gefahren.«

Eine nachdenkliche Stille legte sich über die Versammlung. Schließlich nickten die meisten zustimmend. Nur Jonny schnaubte.

»So sieht es bei mir nicht aus. Meine Frau passt da schon auf.«

»Ja, genau das. Sie macht deinen Dreck weg. Das ist es ja, was meiner Meinung nach auch bei Richard passiert ist! Er ist nach seinem Essen mit Valle in eine auf Hochglanz polierte

Wohnung zurückgekommen. Bestimmt ist in dem Zimmer, in dem er sich vorher aufgehalten hat, auch Staub gesaugt worden. Die Staubsaugertüte! Svante, hast du was in ihr gefunden?«

»Nein. Frisch gewechselt. Vollkommen leer.«

»Dann kann sie zusammen mit dem Lappen in den Müll unten geworfen worden sein. Falls der Mörder dorthin gegangen ist. Aber bis jetzt hat keiner der anderen Mieter gesagt, er hätte zu diesem Zeitpunkt seinen Müll weggebracht.«

Andersson war gezwungen, sie zu unterbrechen:

»Aber von Knecht muss doch gemerkt haben, dass sauber gemacht worden ist! Es stank ja noch nach Ajax, als wir Stunden später reinkamen!«

»Ja, er muss das gewusst haben. Es vielleicht sogar erwartet haben.«

»Du meinst, der Mörder hat vor dem Mord den Tatort sauber gemacht?«

Andersson schaute skeptisch in die Runde. Irene zuckte leicht mit den Achseln.

»Nicht unbedingt der Mörder. Aber es ist anzunehmen. Jedenfalls wollte jemand alle Spuren von sich in der Wohnung auslöschen. Dieser sorgfältige Hausputz kann unmöglich nach einem Mord stattgefunden haben. Der hat bestimmt ein paar Stunden in Anspruch genommen«, antwortete sie.

Andersson war so aufgebracht, dass seine Ohren glühten. Er explodierte:

»Das kann nicht stimmen! Niemand lässt jemanden in seine Wohnung, damit er alle Beweise vernichtet, dass diese Person in der Wohnung gewesen ist! Und geht dann aus, um ein Riesenmenü zu speisen! Kommt danach wieder zurück zu seiner gemütlichen Sauna und seinem Whisky, um sich in aller Ruhe über den Kopf streicheln zu lassen. Übrigens deutet nichts darauf hin, dass zwei Personen in der Sauna waren und es sich anschließend gemütlich gemacht haben.«

Er verstummte und holte tief Luft. Tommy Persson nutzte die Gelegenheit, einen Einwand loszuwerden:

»Warte mal. Es kann auch so gewesen sein: von Knecht hat Pirjo reingelassen, damit sie die Spuren beseitigt. Aber wovon?«

Jonny strahlte auf:

»Von einer Orgie! Natürlich. Seine Frau war schließlich verreist.«

Birgitta ließ die Gelegenheit nicht ungenutzt:

»Schließ nicht immer gleich von dir auf andere!«

Anderssons Ohren wurden etwas blasser, als er von Tommy zu Irene sah.

»Pirjo? Ja, warum eigentlich nicht? Das eine ist nicht verrückter als das andere. Aber irgendwas stimmt da nicht. Warum sollte sie am Tag nach ihrem Großreinemachen noch einmal kommen? Andererseits würde das erklären, warum von Knecht allein war, als er zurückkam. Sie war bereits gegangen. Hannu und Birgitta, ihr müsst unbedingt Pirjo zu fassen kriegen!«

Hannu machte eine beruhigende Handbewegung. Irene fiel etwas ein, was sie noch fragen wollte.

»Svante, lagen irgendwelche Butterbrote im Kühlschrank? Sylvia sagte, Richard wollte zwei belegte Brote fürs Abendbrot kaufen.«

»Nein, der war fast leer. Ein bisschen Käse und Eier. Etwas Bier und Heringsdosen. Keine frischen Sachen.«

»Aha. Als er am Dienstag mit Sylvia telefonierte, hat er ihr gesagt, er würde Brot kaufen gehen, aber das hat er offenbar vergessen. Die sind sicher im Schnaps- und Eukalyptusnebel verschwunden«, fügte sie noch trocken hinzu.

Malm nickte und fuhr fort:

»Wenn wir jetzt zum Feuer in der Berzeliigatan übergehen können – da steht inzwischen zweifelsfrei fest, dass es sich um eine Brandbombe gehandelt hat. Ich habe mit Pelle Svensson gesprochen, und er sagt, dass es sich um eine große Bombe gehandelt haben muss. Nach allem zu schließen, was er bisher gefunden hat, muss es sich um eine Höllenmaschine handeln, ein kräftiges Metallrohr mit Plastiksprengstoff. Wahrscheinlich waren die Bombe und die Benzinkanister mit einer Pentyllunte verbunden.«

»Wie wurde die Bombe ausgelöst?«

»Pelle hat versprochen, morgen im Laufe des Tages diesbezüglich von sich hören zu lassen. Die Spuren waren noch nicht eindeutig, aber er hat da eine Theorie. Aber mehr will er noch nicht sagen.«

»Und die Leiche, die gefunden wurde?«

»Über die wissen wir auch noch nicht viel. Die Stridner hat versprochen, sie als Erstes morgen früh anzusehen. Sie ist mit einem wissenschaftlichen Symposium der Rechtsmedizin beschäftigt, haben sie uns in der Pathologie gesagt. Und die anderen Pathologen sind auch dort.«

Jetzt war Birgitta an der Reihe mit einer Frage.

»Was ist eine Pentyllunte?«

»Das wissen die meisten, die beim Militär waren. Lass es mich so sagen: Wenn man eine Zündschnur um einen ganz normalen Baumstamm wickelt und die Zündkapsel auslöst, dann explodiert die Zündschnur und der Stamm fällt um. Eine explosive Zündschnur, so kann man es wohl bezeichnen.«

Er setzte sich. Ein allgemeiner Schlagabtausch von Vermutungen und Fragen setzte ein, ohne dass sie das Gefühl hatten, wirklich weiterzukommen. Um neun Uhr blies der Kommissar zum Aufbruch.

»Okay. Wir machen hier Schluss und gehen nach Hause. Morgen ist auch noch ein Tag. Alle wissen, was sie zu tun haben?«

Murmelnd nickten seine Leute.

»Ich bin den ganzen Tag hier im Haus, von sieben bis… so lange es abends notwendig ist. Sobald ihr irgendwas herausfindet, nehmt ihr mit mir Kontakt auf. Wir treffen uns alle wieder um acht Uhr am Montagmorgen. Den Bereitschaftsdienst am Samstag übernimmt Tommy, das Back-up macht… Irene. Sonntagsdienst hat Hans. Back-up macht… mache ich selbst.«

Irene musste zugeben, dass ihr das ganz gelegen kam. Dann hätte sie am Sonntag frei. Und am Samstagabend würden Krister und sie sich einen richtig gemütlichen Abend machen. Herrlich. Plötzlich fühlte sie, wie müde sie war.

Abgesehen von Sammies Freudensprüngen und Jubelgebell war es vollkommen still im Haus, obwohl es erst kurz nach zehn Uhr war. Sein Fell wurde schon wieder ziemlich lang, es war Zeit, es schneiden zu lassen. Aber das musste warten, bis die Ermittlungen beendet waren. Oder zumindest bis sich die Lage etwas beruhigt hatte. Sie fühlte einen Stich schlechten Gewissens. Sammie war ein lebhafter Hund, aber keiner hatte mehr richtig Zeit für ihn. Alle schoben zu viel Arbeit, Schule und Freizeitaktivitäten vor. Sicher, er hatte seine Hundefreunde bei der Tagesmutter. Um ihr schlechtes Gewissen zu beruhigen und ihm etwas Gutes zu tun, drehte sie mit ihm noch eine Abendrunde.

Von außen sah sie, dass in Katarinas Zimmer Licht brannte. Wahrscheinlich las sie noch oder sie war mit eingeschalteter Lampe eingeschlafen. Irene würde sie ausschalten, bevor sie selbst schlafen ging.

Eigentlich war Kristers Arbeitsrhythmus nicht schlecht. Er arbeitete donnerstags immer spät, bis Mitternacht. Und dann am Freitag oder Samstag auch. Jedes dritte Wochenende hatte er ganz frei. Als die Zwillinge noch kleiner waren, hatte Irenes Mutter sich zur Verfügung gestellt, wenn sich ihre Dienstpläne und Überstunden überschnitten hatten. Aber jetzt waren die Mädchen groß, und die Oma hatte in den letzten drei Jahren nicht mehr oft kommen müssen. Die Zeit arbeitet für alle Kleinkindeltern.

Sie schmunzelte vor sich hin, in Gedanken und Erinnerungen versunken. Deshalb war sie vollkommen unvorbereitet, als Sammie plötzlich losbellte und einer Gestalt entgegensprang, die sich in den tiefen Schatten der Garagenwand drückte.

KAPITEL 9

Guten Morgen meine Liebe. Du siehst aus, als habe dich gerade ein Zehntonner überfahren.«

»Danke, mein Schatz. Genau solche Kommentare bringen gute Laune für den ganzen Tag!«

Wütend riss Irene ihm das Duschhandtuch aus der Hand, mit dem er sich gerade abtrocknen wollte. Mit einem schnellen Wurf schmiss sie das Handtuch unter die noch laufende Dusche. Auch eine kleine Rache ist eine Rache. Auch wenn es vollkommen kindisch war. Krister lachte verärgert auf.

»Aha. So ein Morgen ist das also. Kriegst du deine Tage?«

Da platzte sie.

»Nein, aber ich habe in den letzten Tagen über fünfzig Stunden gearbeitet! Und Jenny hat mir gestern noch den Rest gegeben!«

»Ach, was?!«

»Ach, geh doch dahin, wo der Pfeffer wächst!«

Wütend lief Irene in die Dusche. Als sie sich umdrehte, sah sie noch, wie Krister ihr Handtuch nahm und pfeifend das Bad verließ. Jetzt hatte sie gar kein Handtuch. Es gab einfach keine Gerechtigkeit auf dieser Welt. »Just one of those days«. Hatte nicht Frank Sinatra das gesungen? Ach, es war ja auch scheißegal, welcher blöde Typ das gewesen war. Das war ein verdorbener Tag, noch bevor er überhaupt angefangen hatte. Nach dem Duschen fühlte sie sich etwas besser, war aber immer noch ausgesprochen streitlustig. Nicht Krister war ihr Hauptgegner, aber er würde sein Fett auch noch abkriegen. Zuerst einmal wollte sie sich Jenny vornehmen.

Die Tochter saß nicht beim Frühstück.

»Wo ist Jenny?«, fragte sie.

»Sie sagt, sie ist krank«, erklärte Katarina. Sie saß versunken in die Titelseite der Morgenzeitung. Die Schlagzeile vor der Nase fragte sie:

»Mama, warst du dabei, als sie den verbrannten Typen gefunden haben?«

Krister hatte seinen Rechthaberischen.

»Wenn er verbrannt war, konnten sie ihn ja wohl schlecht finden.«

»Haha. Wie witzig. Korinthenkacker«, lautete der Kommentar der Tochter.

Irene wandte sich Katarina zu.

»Nein, den Mann, der im Feuer umgekommen ist, habe ich nicht gesehen. Zum Glück! Aber was meinst du damit, dass Jenny krank ist?«

»Das musst du sie wohl selbst fragen. Nicht mich. Ich bin nicht krank!«

Katarina guckte sie wütend an. »Just one of those…« Irene seufzte. Und beschloss, ihre Taktik zu ändern. Man kann sich nicht mit der ganzen Welt anlegen. Mit einem müden Seufzer erzählte sie also:

»Das liegt sicher an gestern Abend. Ich bin kurz nach zehn noch einmal mit Sammie rausgegangen. Wir waren wohl so eine halbe Stunde draußen. Als ich um die Garage gebogen bin, sprang Sammie jemanden an, der sich hinter der Ecke versteckt hatte. Ich habe fast einen Herzschlag gekriegt, solche Angst hatte ich! Aber es war Jenny. Hätte ich den Hund nicht dabei gehabt, hätte ich sie gar nicht entdeckt. Aber er hat sie natürlich schon von weitem gewittert.«

Krister wandte sich sofort Katarina zu.

»Was macht sie an einem Wochentag um halb elf da draußen? Katarina!«

Diese starrte unverwandt auf ihre Zeitung und tat so, als hörte sie nichts. Aber zwei Paar bohrende Elternaugen sind nur schwer zu ignorieren. Schließlich musste sie doch antworten.

»Sie war weg. Um zu spielen. Mit der Band.«, erklärte sie schmollend.

Irene seufzte:

»Ja, das hat sie mir auch gesagt. Aber sie hatte einen großen Knutschfleck am Hals. Und sie wollte mir nicht verraten, von wem der stammte.«

Katarina fuhr hoch und warf die Zeitung hin.

»Verdammt noch mal, das ist doch wohl ihre Sache!«

Wütend lief sie aus der Küche.

Kristers gespielter Ärger war wie weggeblasen. Er sah Irene ernst an.

»Entschuldige, aber ich wusste nichts davon. Ihr habt alle geschlafen, als ich gegen Mitternacht nach Hause gekommen bin.«

»Aus Erschöpfung. Schlicht und einfach die pure Erschöpfung.«

»Ich gehe hoch und rede mit Jenny. Iss du in aller Ruhe dein Frühstück.«

Mit einem Kloß im Hals umarmte sie ihn. Sie spürte eine große Dankbarkeit ihrem Schicksal gegenüber oder was das immer auch war, das ihr einen so wunderbaren Mann geschenkt hatte. Sie selbst war doch nur eine mürrische Hausfrau und eine schlechte Mutter, die es nicht schaffte, Job, Mann, Haus und Kinder unter einen Hut zu bringen. Und Hund, wurde sie erinnert, als Sammies zottiger Bart in der Türöffnung auftauchte.

»Hallo! Weiß hier jemand, wo Hannu Rauhala zu finden ist? Hier ist ein Gespräch aus Stockholm für ihn.«

Irene zuckte zusammen. Stockholm! Das musste dieser Inspektor sein, den Hannu kannte. Sie drückte schnell die Taste des Haustelefons.

»Hallo! Hier ist Irene. Stell ihn bitte zu mir durch. Hannu hat mich gebeten, mich drum zu kümmern.«

Das war nicht ganz korrekt, aber sie hatte keine Zeit, die ganze Wahrheit mitzuteilen. Während sie versuchte sich schnell ihre Jacke abzustreifen, begann ihr Telefon bereits herausfordernd zu klingeln. Sie griff atemlos nach dem Hörer, einen Arm immer noch in der Jacke.

»Inspektorin Irene Huss.«

»Hallo, hier ist Veiko Fors, Kripo Stockholm. Ich suche Hannu.«

»Ich weiß. Wir arbeiten gemeinsam an dem Fall. Wir sind zu wenig Leute, deshalb hat Hannu mich gebeten, das Gespräch entgegenzunehmen. Er ist unterwegs und sucht nach einer verschwundenen Hauptzeugin.«

»Wenn Hannu sie sucht, dann habt ihr sie bald.«

Es war keine Spur finnischen Akzents bei Veiko Fors zu hören. Vielmehr klang er wie ein eingeborener Södländer.

»Ja, er ist wirklich eine Hilfe, der von-Knecht-Fall zieht ja immer größere Kreise, wie Sie wahrscheinlich in den Zeitungen gelesen haben«, sagte Irene.

»Ja, anscheinend steckt ihr ziemlich in der Scheiße. Und es lässt sich nicht leugnen, dass es mir ähnlich geht.«

»Wieso?«

»Jonas Söder ist Künstler, er wohnt in der Fjällgatan. Aber wir können ihn nicht erwischen. Ich habe mehrere Male versucht ihn anzurufen, bin sogar gestern auf meinem Heimweg vorbeigefahren und habe geklingelt, aber nichts. Mona Söder ist ebenfalls eine Niete. Ich habe ihre Privatnummer herausgekriegt, und beim fünften Versuch war sie dran. Aber als ich mich vorgestellt habe und ihr erklären wollte, dass wir mit ihr und Jonas wegen des von-Knecht-Mords reden wollten, ist sie vollkommen ausgerastet! Sie hat sich geweigert, mit mir zu reden. Sie sagt, sie würde nur mit jemandem reden, der direkt an den Ermittlungen beteiligt ist. Also muss ich leider den Ball an euch in Göteborg zurückgeben. Sorry!«

Irene notierte sich Jonas und Mona Söders Adressen und Telefonnummern. Veiko hatte außerdem noch Monas Telefonnummer an ihrer Arbeitsstelle. Er erzählte ihr, dass Mona Söders Bezeichnung im Telefonbuch »Personalchef« lautete. Resigniert legte sie den Hörer auf die Gabel. Wie konnte man das lösen? Aber es blieb keine Zeit für Überlegungen, denn das Telefon klingelte gleich wieder.

»Inspektorin Irene Huss.«

»Guten Tag! Hier spricht Robert Skytter!«

Der Name sagte ihr nichts, aber sie erinnerte sich sofort an die Trompetenstimme. Der Autohändler von Volkswagen. Die jugendliche Stimme klang genau wie eine Werbesendung für energiespendende Frühstücksflocken oder ein Ginsengpräparat. Vielleicht sollte sie sich auch eine Packung Ginseng kaufen? Ob es die auch in Fünfkilopackungen gab? Ein neuerlicher Trompetenstoß weckte sie aus ihren Überlegungen.

»Hallo! Ist da jemand?«

»Wie, bitte? Oh, ja. Entschuldigung, ich war gerade mit etwas anderem beschäftigt! Ja, Herr Robert Skytter, ich wollte Sie sprechen, weil doch Charlotte von Knecht am Dienstagabend bei Ihnen im Geschäft war und ihren neuen Wagen abgeholt hat. Stimmt das?«

»Ja, natürlich!«

»Wann ist sie gekommen?«

»Nun, ja, nach vier Uhr, eher gegen halb fünf.«

»Wie spät war es, als sie wieder wegfuhr?«

Einen kurzen Moment blieb es still. Und als er antwortete, war nicht mehr der vollkommene überzeugte Unterton in seiner Stimme zu vernehmen:

»Das weiß ich nicht genau. Kurz nach fünf nehme ich an.«

»Nicht vor fünf Uhr?

»Nein, da bin ich mir sicher. Ich erinnere mich noch daran, dass ich die Fünfuhrnachrichten im Radio gehört habe.«

»Aber Sie haben doch das Auto verkauft? Wie konnten Sie dann die Zeit haben, um Radio zu hören?«

»Ja, also, wir sind eine Runde in Charlottes neuem Wagen gefahren. Sie fühlte sich etwas unsicher. Ich habe ihr einiges gezeigt.«

»Hatte sie nicht vorher auch schon einen Golf?«

»Ja, aber dieser ist sehr viel neuer. Mit viel mehr Raffinessen. Denken Sie nur an den stärkeren Motor, einhundertfünfzehn PS…«

»Danke, aber ich habe einen Wagen. Übrigens, wie alt sind Sie eigentlich?«

Jetzt blieb es für eine ganze Weile still.

»Was hat das denn damit zu tun… zweiundzwanzig.«

»Verheiratet oder mit jemandem zusammenlebend?«

»Weder noch. Und Sie selbst? Sind Sie interessiert, oder…?«

Die Reaktion kam für sie selbst überraschend, ließ sich aber nicht zurückhalten. Das Lachen stieg ihr in den Bauch hoch und explodierte an der Luft. Sie musste den Hörer hinlegen. Sie lag halb über dem Schreibtisch, während die Lachtränen ihre schon fleckige Schreibtischunterlage tränkten. Zum Schluss bekam sie einen Krampf im Zwerchfell. Mit aller Kraft sammelte sie sich, wischte sich mit dem Pulloverärmel über Nase und Augen und nahm den Hörer wieder in die Hand.

»Hallo, entschuldigen Sie, Robert. Aber das war einfach zu komisch. Ich könnte fast Ihre Mutter sein. Wenn ich rechtzeitig angefangen hätte.«

»Geil ey. Das ist cool, wenn man jemanden so einfach eine Freude machen kann. Übrigens, ich steh auf reife Frauen.«

»Auf solche wie Charlotte?«

»Charlotte von Knecht ist wirklich was Besonderes. Und nett. Und wahnsinnig hübsch.«

»Und Sie sind sicher, dass Sie die Fünfuhrnachrichten gehört haben, als Sie im Auto saßen?«

»Ja. Obwohl, da habe ich nicht mehr im Auto gesessen. Ich war gerade ausgestiegen. Charlotte wollte sehen, wie man den Reservereifen losmacht. Die Wagentür war offen, und da haben wir die Nachrichten gehört. Charlotte hat etwas in der Art gesagt: ›Was, ist es schon fünf?‹ Ja, und dann haben wir überprüft, ob sie auch alle Papiere und so hatte. Und dann ist sie weggefahren.«

»Da muss es ungefähr zehn nach fünf gewesen sein. Oder genauer: siebzehn Uhr zehn.«

»Ja, das kann hinkommen.«

»Danke, Robert Skytter. Und entschuldigen Sie meinen Lachanfall, aber Sie haben meinen Tag gerettet.«

»Keine Ursache. Und kommen Sie doch vorbei, wenn Sie ein gutes Auto brauchen.«

Ach, wie doch ein schwaches Licht am Horizont einen klaren Tag versprechen konnte. Ein wenig Sonne würde nicht schaden. Sie hatte sich jetzt seit zwei Wochen nicht gezeigt. Irene spürte, wie neue Energie ihren Körper durchfloss. Sprach man nicht von »erlösendem Lachen«? Wozu brauchte sie Ginseng, ein kleiner Flirt am Telefon wirkt bei Damen, die sich den vierzig nähern, doch schon Wunder.

Andersson saß in seinem Zimmer. Als Irene leise an den Türrahmen klopfte, fuhr er auf seinem Stuhl hoch.

»Meine Güte, hast du mich erschreckt!«

»Ach, hast du versucht nachzudenken? Es riecht auch schon ganz angebrannt hier.«

Irene schnüffelte in der Luft. Er warf ihr einen müden Blick zu.

»Wie kannst du so früh am Morgen schon so witzig sein. Aber angebrannt ist das Stichwort. Der Brand in der Berzeliigatan passt nicht zu dem Mord an von Knecht. Und gleichzeitig kommt er verdammt passend. Und dann noch das Verschwinden der Putzfrau.«

»Ich habe mit Hannus Kumpel in Stockholm gesprochen, Veiko Fors.«

»Ja, und wie ist es bei ihm gelaufen?«

»Nicht besonders gut. Er steckt in der Scheiße.«

»Steckt in der Scheiße… sag mal, spinnst du jetzt ganz und gar?«

Irene lachte und brachte sogar Andersson dazu, die Mundwinkel zu verziehen.

»Genauso hat er sich ausgedrückt. Stockholmer Sprüche, weißt du. Der Scheiß ist, dass Jonas Söder nicht aufzuspüren ist. Er ist offenbar ein Künstler. Und die Mama drehte durch, als Veiko Fors ihr sagte, er wollte mit den beiden über den von-Knecht-Mord reden. Sie besteht drauf, nur mit jemandem von der Polizei zu sprechen, der direkt an den Ermittlungen beteiligt ist.«

Andersson schaute nachdenklich durch sein zugewachsenes Fenster. Die arme Hängelilie in ihrem Makrameegestell hatte schon vor langer Zeit aufgegeben. Er saß eine Weile stumm da. Ohne sie anzusehen, sagte er nachdenklich:

»Im Augenblick sind nur Jonny und du hier im Haus und ich natürlich. Jonny soll mit Ivan Viktors reden. Vielleicht tut er das sogar schon. Und was machst du?«

»Ich wollte Sylvia von Knecht anrufen und sie fragen, wie viele Stunden in der Woche Pirjo eigentlich bei ihnen gearbeitet hat. Außerdem habe ich gerade mit dem Autohändler in Mölndal geredet. Er gibt Charlotte bis etwa zehn Minuten nach fünf ein Alibi.«

»Dann konnte sie es nicht mehr schaffen, ins Zentrum zu fahren und ihren Schwiegervater übers Geländer zu schubsen. Außerdem ist es nicht sehr wahrscheinlich, dass Charlotte sich besonders gut im Bombenbasteln auskennt.«

»Etwas sagt mir, dass sie noch nicht einmal Kartoffeln kochen kann.«

Das war als Scherz gemeint, aber sie selbst hörte den verächtlichen Ton.

Andersson schien den abfälligen Kommentar nicht bemerkt zu haben. Er war mit seinen Gedanken und Planungen beschäftigt.

»Und dann sollen Jonny und Hans das Parkhaus überwachen. Tommy und Fredrik überprüfen die Berzeliigatan. Birgitta soll den Fotograf Bobo Torsson vernehmen und Hannu helfen, nach Pirjo Larsson zu suchen. Und ich muss mit Yvonne Stridner reden. Richard von Knechts pathologische Untersuchung ist abgeschlossen, wie es so schön heißt. Und da war doch noch was? Ja, genau, ich soll Hosen anprobieren.«

Bei dem letzten Satz huschte ein Schatten über sein Gesicht. Er holte tief Luft.

»Also wird es an dir hängen bleiben, Irene, du musst dich um Mutter und Sohn Söder in Stockholm kümmern.«

»Das geht in Ordnung. Ich habe von Veiko Fors die Telefonnummern gekriegt. Aber erst rufe ich Sylvia an.«

Ein Dutzend Mal klingelte das Telefon, bevor Sylvias schläfrige Stimme endlich am anderen Ende der Leitung zu hören war.

»Jetzt hast du aber die Dosis ein wenig zu hoch angesetzt, kleine Sylvia«, dachte Irene. Aber sie sagte nichts. Stattdessen zwitscherte sie mit ihrer sanftesten Stimme drauflos:

»Guten Morgen, Sylvia. Entschuldigen Sie, dass ich Sie wecke. Hier ist Inspektorin Irene Huss.«

Es war ein undeutliches Gemurmel und Gebrumme als Antwort zu vernehmen. Schneller fuhr Irene fort:

»Ich rufe im Auftrag von Kommissar Andersson an. Wir suchen Pirjo Larsson. Sie ist seit Mittwochnachmittag verschwunden. Sie haben immer noch nichts von ihr gehört?«

»Nein. Nichts… weg… ich glaube, sie wohnt in Angered«, murmelte Sylvia.

»Das wissen wir. Aber sie ist seit Mittwoch nicht mehr in ihrer Wohnung und bei ihren Kindern gewesen.«

»Ach… wie merkwürdig.«

Das klang, als würde sie langsam wach werden.

»Und wer soll jetzt hier sauber machen?«

Sie war wach geworden. Irene unterdrückte ein Seufzen und fuhr unerschrocken fort:

»Wir möchten gern wissen, wie viele Stunden in der Woche Pirjo bei Ihnen gearbeitet hat?«

Für eine halbe Ewigkeit blieb es still. Schließlich kam resigniert:

»Fünfzehn Stunden.«

»Verteilt auf drei Tage? Montag, Mittwoch und Freitag? Stimmt das?«

»Ja.«

»Wie hoch ist Pirjos Lohn?«

»Ich sehe keinen Grund, warum Sie das wissen müssten!«

Irene versuchte so überzeugend wie möglich zu klingen.

»Doch, den gibt es. Wir untersuchen nämlich Pirjos finanzielle Situation.«

Das klang gut. Aber beeindruckte Sylvia noch lange nicht. Sie fauchte nur:

»Na, ihrer Meinung nach sieht die nicht besonders gut aus.«

»Will Pirjo mehr Geld?«

»Ja.«

»Was bekommt sie denn im Monat?«

Neuerliches Schweigen. Schließlich sagte Sylvia resigniert: »Achtzehnhundert.«

»Und was will sie haben?«

»Zweitausendfünfhundert! Völlig ausgeschlossen!«

»Wie viel kriegt sie nun?«

»Überhaupt keine Lohnerhöhung! Ich war empört!«

Die Wut ließ sie jetzt vollkommen wach klingen. Irene beschloss, das Gespräch etwas neutraler zu beenden.

»Ich habe von Henrik gehört, dass Sie übers Wochenende nach Marstrand fahren wollen.«

»Ja. Ich hoffe nur, dass es da keine Schwierigkeiten gibt.«

Ihr Tonfall machte deutlich, dass sie gar nicht daran dachte, darauf Rücksicht zu nehmen, wenn es sie doch gäbe.

»Nein, nein, ich wollte Ihnen nur sagen, dass Sie uns gern anrufen können, wenn Ihnen etwas einfallen oder auffallen sollte. Die Ermittlungsgruppe ist immer erreichbar.«

»Arbeiten Sie ununterbrochen?«

»Nein, das nun auch wieder nicht. Wir haben unsere Dienstpläne.«

Verhalten wünschten sie einander ein schönes Wochenende und legten auf. Jetzt brauchte Irene erst einmal eine schnelle Tasse Kaffee, bevor sie Mona Söder anrief.

»Swedish Data, guten Tag. Mit wem möchten Sie sprechen?«

Die Stimme klang professionell und freundlich.

»Ich suche die Personalchefin Mona Söder.«

»Einen Augenblick bitte.«

Klick, klick. Dann ein leises Summen, damit man auch wusste, dass das Umschalten geklappt hatte. Eine dunkle, angenehme Frauenstimme meldete sich.

»Ja, hier ist Mona Söder.«

»Guten Morgen. Mein Name ist Irene Huss. Inspektorin in Göteborg. Ich ermittle im Mordfall an Richard von Knecht.«

Mona Söder holte angestrengt Luft.

»Ich will da nicht reingezogen werden! Jetzt nicht… wo es nun einmal so ist, wie es ist. Wir wollen damit nichts zu tun haben. Sind wir denn in irgendeiner Weise verdächtig?«

»Wie Sie sicher wissen, handelt es sich hier um eine Morduntersuchung. Dabei wird allen Hinweisen und Informationen nachgegangen. Und dabei sind wir darauf gestoßen, dass Sie und Richard von Knecht im Juli '65 einen Sohn bekommen haben.«

Im Hörer war leises Schluchzen zu hören. Aber nur für einen Moment, dann hatte Mona Söder ihre Stimme wieder im Griff und fragte scheinbar unbewegt:

»Können wir uns sehen?«

»Uns sehen? Aber Sie wohnen doch in Stockholm!«

»Ja, natürlich. Aber es ist wichtig für die Ermittlungen. Sie müssen herkommen!«

Das klang gleichzeitig wie eine Bitte und ein Befehl.

»Und das können wir nicht am Telefon besprechen?«

»Auf keinen Fall! Es ist äußerst wichtig, dass Sie kommen, denn Sie müssen es mit eigenen Augen sehen.«

»Da muss ich zuerst mit meinem Vorgesetzten reden. Auch die Göteborger Polizei hat ihre Sparmaßnahmen einzuhalten.«

»Rufen Sie wieder an, wenn Sie Genaueres wissen. Bis dann!«

Beeindruckt legte Irene den Hörer auf. Es war zu spüren, dass Mona Söder eine Frau war, die es gewohnt war, den Leuten zu sagen, was sie zu tun hatten.

»Was ist denn das für eine Idee! Nach Stockholm zu fahren! Was gibt's denn, das diese Person nicht am Telefon erzählen kann?«

»Sie hat von irgendwas geredet, was sie mir zeigen will. Ihren Worten nach ist es sehr wichtig für die Ermittlungen.«

»Dir was zeigen? Sehr wichtig…?«

Andersson legte die Hände auf den Rücken, eine Gewohnheit aus seiner Zeit als Streifenpolizist, und wanderte im Zimmer auf und ab. Plötzlich blieb er vor Irene stehen, die sich auf den Besucherstuhl gesetzt hatte. Entschlossen sagte er:

»Du musst hinfahren. Das ist das erste Mal während dieser Ermittlungen, dass jemand sagt, er habe etwas Wichtiges für uns. Und gib mir die Fahrkostenabrechnung, dann sorge ich dafür, dass du nicht zu lange auf das Geld warten musst. Okay?«

»Das geht schon in Ordnung. Aber ich muss vorher noch einige Dinge regeln. Nichts Ernstes, keine Sorge. Krister arbeitet heute lang. Katarina will für ihren Ju-Ju-Wettkampf am Sonntag trainieren. Ich werde meine Mutter anrufen. Hoffentlich hat sie Zeit. Seit ihrer Pensionierung ist sie fast nie zu Hause. Du kennst das sicher, diese lustigen Witwen…«

Letzteres sang sie laut und falsch.

»Ja, ja, danke, aber vergiss nicht, dass ich musikalisch bin. Sieh zu, dass du nach Stockholm kommst, statt mich hier zu nerven«, sagte Andersson.

»Ja, hier ist Mona Söder.«

»Nochmal Inspektorin Irene Huss.«

»Ja, hallo. Wann kommen Sie?«

Irene kam wirklich aus der Fassung, konnte sich aber schnell wieder fangen.

»Ich nehme den X2000 um elf Uhr fünf. Bin dann in Stockholm kurz nach vierzehn Uhr.«

»Das ist gut. Dann sehen wir uns in ›Fem Små Hus‹ um fünfzehn Uhr.«

»Wo liegt ›Fem Små Hus‹? Arbeiten Sie dort?«

Ihr kam der Gedanke an irgendwelche Fertighäuser.

Mona Söder lachte, ein warmes, sympathisches Lachen.

»Nein, nein, ich arbeite bei einer Computerfirma. ›Fem Små Hus‹ ist ein gemütliches Restaurant in der Gamla Stan. Ich lade Sie ein«, erklärte sie.

Als wenn sie gute Freundinnen wären. Zu ihrer Überraschung merkte Irene, dass ihr der Gedanke an ein gemütliches Essen mit Mona Söder gut gefiel. Obwohl die Einladung vielleicht als Beamtenbestechung angesehen werden konnte? Das Risiko bestand, da war es wohl besser selbst zu zahlen.

»Kennen Sie Stockholm?«, fragte Mona Söder.

»Ja, ich habe ein Jahr lang dort gewohnt, während meiner Ausbildung in Ulriksdal. In der Tomtebogatan in der Innenstadt.«

»Dann gehen Sie zur Österlånggatan. Die geradeaus weiter, dann kommen Sie direkt zu dem Restaurant. Es liegt an einer der Querstraßen zum Wasser runter, Nygränd.«

»Das werde ich schon finden.«

Sie versicherten sich gegenseitig, dass es schön sein würde, sich in knapp fünf Stunden zu sehen. Irene warf einen schnellen Blick auf die Uhr. Nur noch eine Stunde bis zur Abfahrt des Zugs. Ihre Mutter hatte versprochen, nachmittags zu Jenny und Katarina zu fahren. Krister wusste Bescheid.

Hatte sie etwas vergessen? Ihr fiel nichts ein. Sie steckte ihren Kopf durch die Tür des Zimmers des Kommissars, um sich zu verabschieden, aber er war nicht da.

Nach der umfangreichen Renovierung vor einigen Jahren konnte sich Göteborgs Hauptbahnhof wirklich sehen lassen. Dunkles, glänzendes Holz für die Wände, Bänke und Pfeiler gaben eine Atmosphäre wie von der Jahrhundertwende. Aber immer noch floss der gleiche Strom von Reisenden, hingen angetörnte Junkies und schlafende Alkoholiker auf den Bänken herum. Und die Schlange vor dem Fahrkartenschalter war die Gleiche, auch wenn sie nunmehr mittels kleiner Wartenummern und digitaler Bildschirme über den einzelnen

Schaltern dirigiert wurde. Eine Glastür trennte die geduldig Wartenden von den Leuten in den Wartesälen und auf den Bahnsteigen.

Irene brauchte fast eine halbe Stunde, bis sie ihre Fahrkarte endlich hatte. Sie musste sich sputen und in voller Fahrt zu dem glänzenden, blau-silbernen Schnellzug sprinten.

Es war das erste Mal, dass sie sich in einem dieser neuen Schnellzüge befand. Noch bevor sie sich gesetzt hatte, musste sie feststellen, dass sie vollkommen fehl am Platze war. Sie hatte weder Kostüm an, noch hochhackige Schuhe, keine Aktentasche oder ein Laptop. In ihren schwarzen Jeans, ihrer wattierten Popelinjacke und ihrem roten Wollpullover fühlte sie sich wie ein Außenseiter. Eine Dame in einem maskulin gehaltenen grauen Kostüm mit dezentem Karomuster, Ton in Ton mit dem frisch geschnittenen Pagenkopf, schaute abweisend über den Rand ihres Lesebrille, als Irene sich ihr gegenüber hinsetzte. Das einzige Gepäck, das Irene dabei hatte, war eine gelbe Plastiktüte vom Zeitschriftenkiosk mit Süßigkeiten und Zeitungen. Da sie gar keine Handtasche besaß und auch nie eine besessen hatte, verstaute sie das meiste, was sie so für ihr tägliches Leben brauchte, in den Jackentaschen. Weshalb diese ziemlich unästhetisch ausbeulten. Sie beschloss, so zu tun, als hätte sie ein Faxgerät in der rechten Tasche und einen tragbaren Computer in der linken.

Sie schenkte der Dame in dem Kostüm ein strahlendes Lächeln und setzte sich. Lächeln ist die effektivste Art, die Leute aus der Fassung zu bringen. Demonstrativ schlug sie ihre GT auf und las über ihre eigenen und die Versuche der übrigen Ermittlungsgruppe, den Fall von Knecht zu lösen. Noch wussten die Zeitungen nichts über das Verschwinden von Pirjo Larsson oder darüber, dass von Knecht noch einen Sohn hatte. Zu dessen Mutter sie auf dem Weg war, fünfhundert Kilometer weit, um mit ihr essen zu gehen.

Nach einer Viertelstunde schlief die Inspektorin hinter ihrer Zeitung ein.

Ihr Mund war ganz trocken. Nicht nur das sagte ihr, dass sie geschnarcht hatte. Die Kostümdame schräg gegenüber grinste schadenfroh. Irene beschloss, dass sie diese Frau nicht ausstehen konnte. Also schoss sie von neuem ein strahlendes Lächeln ab. Die Graugetönte kräuselte ihren Mund und versank wieder in ihren Notizen. Es war fast ein Uhr. Irene hatte Kaffeedurst und Hunger. Sie öffnete ihre frisch gekaufte Dose Coca-Cola und aß ein Daim. Sie musste sich ihren Hunger für das Essen aufbewahren. Es war ein richtig erfrischendes Gefühl, einfach so in die Hauptstadt zu fahren, vollkommen unerwartet. Gleichzeitig musste sie zugeben, dass ihre Neugierde wuchs. Was war es, was Mona Söder ihr zeigen wollte und als so wichtig für die Ermittlungen ansah? Fand sich die Lösung des von-Knecht-Falls vielleicht in Stockholm? Sie hoffte nur, dass sie es noch schaffen würde, mit dem letzten Zug um halb neun Uhr abends zurückzufahren.

Es war kein Problem, mit der T-Bahn in die Gamla Stan zu fahren. Obwohl es bitterkalt wehte, schien eine blasse Wintersonne hier und da durch die Wolken. Nachdem sie durch enge Gassen flaniert war und ein paar kleine Geschäfte aufgesucht hatte, ging sie zielstrebig zur Nygränd und den »Fem Små Hus«, den fünf schmalen Häusern. Lustiger Name für ein Restaurant, von dem ja wohl anzunehmen war, dass es nur in einem Haus lag. Aber wenn man genauer hinsah, dann waren es tatsächlich fünf verschiedene Hausfassaden, dicht nebeneinander. Sie variierten etwas in der Fassadendekoration und waren in unterschiedlichen Farben bemalt.

Im Lokal schlug ihr angenehme Wärme entgegen, als sie durch die schwere alte Holztür trat. Eine Oberkellnerin mittleren Alters nickte ihr freundlich zu. Ganz impulsiv fragte Irene sie, warum das Restaurant »Fem Små Hus« hieß. Die Oberkellnerin schien nicht überrascht von der Frage, wahrscheinlich hatten sie das im Laufe der Jahre schon viele gefragt. Freundlich erklärte sie:

»Das Restaurant erstreckt sich, wie der Name schon sagt,

über fünf kleine Häuser. Es umfasst von allen das Erdgeschoss und den Keller und geht bei einigen auch noch über den ersten Stock. Wie Sie dort hinten sehen, kann man am Gewölbe und den Treppen den jeweiligen Übergang zum nächsten Haus erkennen. Schon seit dem sechzehnten Jahrhundert hat es in diesen Häusern kleine Wirtshäuser gegeben. Auch welche ohne Konzession. Dann wurden die Räume teilweise als Kohlenkeller benutzt. Anfang dieses Jahrhunderts wurden hier kleine Wohnungen eingerichtet. Hier wohnten zum Beispiel viele Schauspieler und Balletttänzerinnen.«

»Wie interessant. Vielen Dank, dass Sie sich die Zeit genommen haben, mir das zu erzählen. Man spürt hier wirklich Bellmans Atem noch im Nacken.«

Die freundliche Oberkellnerin lachte leise.

»Wollen wir lieber hoffen, dass Sie den nicht spüren. Ich könnte mir denken, davon würde Ihnen der Appetit vergehen. Wo möchten Sie sitzen?«

»Ich bin um drei Uhr mit Frau Söder verabredet.«

»Sie ist bereits gekommen. Bitte, folgen Sie mir.«

Sie lotste Irene zwischen Tischen mit strahlend weißen Decken hindurch, Stufen hinunter und durch enge Gewölbe hindurch. Schließlich hatte Irene die Orientierung verloren. Wo sie doch normalerweise einen so guten Ortssinn besaß! Ganz hinten im letzten Raum saß eine Frau allein an einem Tisch. Irenes Augen hatten sich inzwischen an das schwache Licht im Gewölbe gewöhnt, aber sie hatte immer noch Schwierigkeiten, zu erkennen, wie die Frau in der dunklen Ecke aussah. Als Irene herantrat, stand diese langsam auf. Mona Söder war nur wenige Zentimeter kleiner als Irene. Sie war kräftig, aber in keiner Weise dick. Kraft, das war das Wort, das Irene in den Kopf kam, als sie Mona die Hand schüttelte und sich vorstellte. Aber es handelte sich dabei nicht um so eine übersprudelnde Energie, die anderen die Luft zum Atmen nahm. Eher eine ruhige, sichere und autoritäre Stärke. Irene zweifelte keinen Moment daran, dass Mona eine außergewöhnlich gute Chefin war. Mona Söder machte eine einladende Geste zum Stuhl auf der anderen Seite des Tisches hin.

»Setzen Sie sich doch. Ich hoffe, es ist in Ordnung, dass ich schon bestellt habe. Sind Sie einverstanden mit gegrillten Heringen und als Dessert Pflaumenkuchen mit Vanilleeis?«

»Das klingt phantastisch.«

Irene hatte erst einmal diese Spezialität gegessen. Aber da konnte man eher von angebrannten Heringen mit Kartoffelstampfe sprechen.

Mona wandte sich dem Kellner zu, der sich lautlos ihrem Tisch genähert hatte.

»Wir hätten gern zwei große Bier und zwei Aalborg Aquavit«, sagte sie.

Irene zuckte zusammen. Nun reichte es aber mit der Bevormundung.

»Nein, danke. Ich möchte lieber ein großes alkoholfreies Bier und keinen Schnaps für mich«, widersprach sie schnell.

Auf Monas Stirn zwar zwischen den Augenbrauen eine kleine Falte zu sehen, aber sie zuckte nur mit den Schultern und winkte den jungen Mann mit seinen Aufträgen davon. Sie lachte kurz und trocken auf.

»Denken Sie bloß nicht, ich würde mich bei jedem Essen besaufen. Aber manchmal habe ich das Gefühl, als wären ein paar Promille das Einzige, was einen noch aufrecht halten kann. Und heute ist so ein Tag. Sie werden bald verstehen, warum. Aber zunächst wollen wir essen, bevor wir ernsthaft miteinander sprechen.«

Die Heringe waren himmlisch. Irene ertappte sich selbst dabei, dass sie das gute Essen nur so in sich hineinschaufelte. Sie stießen auf die Gamla Stan an, mit Aalborg beziehungsweise Pripps folköl. Mona führte ungezwungen und locker die Konversation. Obwohl es für längere Momente still blieb, war es doch nie peinlich.

Sie hatten den märchenhaften Pflaumenkuchen aufgegessen und tranken jetzt noch eine Tasse Kaffee. Mona hatte sich einen Cognac dazu bestellt, den Irene dankend abgelehnt hatte. Es war Mona nicht anzumerken, dass sie Alkohol getrunken hatte. Vielleicht war die leichte Anspannung in den Schultern geringer geworden, aber an Sprache und Gesten war nichts zu bemerken. Daraus zog Irene den Schluss, das Mona es wohl gewohnt war, eine ganze Menge zu trinken. Mona zog ein Päckchen Zigarillos aus ihrer exklusiven Tasche hervor, die perfekt zu dem hellgrauen Jackett aus weicher Wolle passte. Darunter trug sie eine weiße Seidenbluse und einen schwarzen, geraden Rock. Graue, bequeme Pumps mit einem kräftigen Absatz rundeten das Bild einer Frau mit Stil, Macht und Geld ab. Die schweren Goldketten um den Hals unterstrichen diesen Eindruck noch. Sie trug keine Ringe.

Mona reichte Irene das Zigarillopäckchen, die jedoch dankend abwinkte. Darauf zündete Mona sich ihren Zigarillo bedächtig an und blies lustvoll eine Wolke gegen die Decke. Mit leicht zusammengekniffenen Augen schaute sie sich durch den Rauch um. Die beiden Frauen waren allein im Raum. Aus anderen Räumen waren Stimmen zu hören, aber hier war außer ihnen niemand. Nachdenklich begann sie zu erzählen:

»Wir haben uns im Frühling ’64 kennen gelernt, Richard und ich. Er kam wie ein Schneetreiben an einem Aprilabend über mich, wie Strindberg es in ›Die Leute auf Hemsö‹ schreibt. Ich war zweiundzwanzig und er achtundzwanzig. Ich ging seit einem Jahr auf die Hochschule für Sozialwesen und fühlte mich in Stockholm nicht wohl. Wenn man in Härnösand geboren und aufgewachsen ist, bedeutet Stockholm eine enorme Umstellung. Einige blühen auf und kriegen einen richtigen Kick. Andere sehnen sich nur noch zurück. So wie ich.«

Erst jetzt bemerkte Irene die leicht ångermanländische Melodie in Monas Sprache. Anfangs hatte sie nur ein gepflegtes Reichsschwedisch gehört, aber dieser nordländische Hauch lag wie ein angenehmer Unterton hinter den Worten.

»Aber für mich gab es nichts, wohin ich hätte zurückgehen können. Mein Vater starb bei einem Sägewerkunglück, als ich fünfzehn war. Meine Mutter lernte einen anderen Mann kennen. Sie heiratete ihn und zog mit ihm und meinen beiden kleineren Geschwistern nach Umeå. Ich blieb damals in Härnösand zurück, hatte ein Zimmer bei der Cousine meiner Mutter und ihrem Mann, bis ich das Gymnasium beendet hatte. In einem Anfall von Übermut schrieb ich auf eine Annonce: ›sprachbegabte junge Dame fürs Büro gesucht‹. In Stockholm. Ich fiel fast in Ohnmacht, als sie mich anriefen und sagten, ich könnte im August anfangen. Ich fand ein Zimmer zur Untermiete bei einer alte Dame in der Birger Jarlsgatan. Ein trübsinniger kleiner Raum, der auf den Hinterhof hinausging. Aber er war billig und passte zu meinem bescheidenen Lohn.«

Mona unterbrach sich, um zu husten. Sie nahm einen Schluck von dem lauwarmen Kaffee, um die Stimme wieder zu reinigen. Nach einem tiefen, gierigen Zug an dem Zigarillo fuhr sie fort:

»Der Job war schlimm. Nach einem Jahr hatte ich genug und bewarb mich an der Hochschule für Sozialwesen. Alle bewarben sich damals an der Hochschule für Sozialwesen! Aber mit meinen Zensuren war das kein Problem, ich wurde aufgenommen. Schon nach dem ersten Semester war mir klar, dass ich mir nicht vorstellen konnte, in einem Sozialamt zu sitzen. Kaputte Existenzen mit milden Gaben zu beglücken, das sollten lieber andere tun. Ich merkte, dass ich nicht der Typ bin, der sich dafür ausreichend engagieren konnte. Ich hatte genug mit mir selbst zu tun.«

Sie verstummte und trank den Rest ihres Cognacs aus. Irene war fasziniert. Es war schwer, sich diese weltgewandte und selbstsichere Frau, die eine natürliche Autorität ausstrahlte, als einsame und unsichere Studentin in der großen Stadt vorzustellen. Aber sie musste schon damals genau gewusst haben, was sie wollte.

»Meine Studienkollegen waren Kommunisten des äußersten linken Flügels, die die Welt verbessern wollten. Die Sozialdemokraten sahen sie bereits als eine bürgerliche Partei an. Wenn man bedenkt, wie das Pendel immer wieder in die andere Richtung ausschlägt!«

Sie lachte wieder heiser und drückte ihren Zigarillo in dem kleinen Glasaschenbecher aus.

»Ich schlug den Verwaltungszweig ein und habe danach als Beamtin gearbeitet. Zuerst ein paar Jahre in der Kommune von Södertälje. Aber schon Ende der Siebziger bin ich in den privaten Bereich übergewechselt. Die letzten zehn Jahre war ich Personalleiterin in einer EDV-Firma.«

Erneut hustete sie und spülte den Mund mit dem letzten Schluck Kaffee aus.

»Mein Leben. Mehr ist da nicht. Das Einzige, was noch passiert ist, das sind Richard und Jonas. Also, zurück zu Richard.«

Wieder verstummte sie. Ihre Hand zitterte leicht, als sie sich mit den Fingern durch das kurze, sorgfältig gefönte stahlgraue Haar fuhr. Ihr Kellner ließ sich in der Türöffnung blicken, und zu Irenes Verblüffung pfiff Mona ihm leise zu. Als er an ihren Tisch gekommen war, sagte Mona, ohne Irene aus den Augen zu lassen:

»Zwei Cognac.«

Irene versuchte zu protestieren, aber Mona kam ihr zuvor, indem sie ihre Hand auf Irenes legte.

»Richard und ich lernten uns an einem wunderbaren Aprilabend auf dem Mosebacke kennen. Es war Frühlingsduft in der Luft, obwohl es noch gar nicht so warm war. Ich lief ziellos herum und fühlte mich sehr allein. Eine Beziehung mit einem Jungen auf der Hochschule war gerade in die Brüche gegangen. Er und all die anderen Kerle standen mir bis zum Hals. Ich saß auf einer Bank und versuchte an gar nichts zu denken. Plötzlich setzte sich ein Mann neben mich. Ich erschrak fürchterlich und das war natürlich zu sehen. Wir kamen ins Gespräch und die Zeit verging wie im Fluge. Um ihn herum war nichts als… Lebensfreude zu verspüren. Ja, das ist wohl das Wort, das ich mit Richard verbinde. Lebensfreude. Das hat Jonas mit seinem Vater gemeinsam. Nie, niemals habe ich Ähnliches erlebt!«

Mona unterbrach sich, um einen neuen Zigarillo anzuzünden.

»Mir war klar, dass er älter war als ich. So weltgewandt! Ich war geblendet und beeindruckt. Sicher, ich sah damals gut aus, aber nie hatte mich jemand so gesehen, wie Richard es tat. Er fand, dass alles, was ich sagte, so intelligent klang. Und alles, was er sagte, klang in meinen Ohren spannend und exotisch. Wir redeten mehrere Stunden miteinander. Dann gingen wir in seine Wohnung in der Fjällgatan. Wir tranken zusammen eine Flasche Wein und liebten uns drei Tage lang. Und ich blieb den restlichen April und den ganzen Mai bei ihm. Mein Zimmer in der Birger Jarlsgatan behielt ich, aber ich war nur selten dort. Im Juni und Juli fuhr er nach Göteborg. Er musste seinem Vater in der Reederei helfen und hatte anschließend Urlaub, wie er sagte. Später erfuhr ich, dass sie Madeleine hieß. Die beiden hatten eine heiße Romanze, doch sie war verheiratet. Aber ich, die weder irgendwelche Zeitschriften las noch Freundinnen hatte, mit denen ich hätte tratschen können, ich hatte keine Ahnung. Es dauerte bis Anfang September, dann endlich ließ er wieder von sich hören. Und ich war glücklich wie eine Idiotin. Fragte nichts, wollte gar nichts wissen. Nur lieben und geliebt werden. Ende November merkte ich, dass ich schwanger war. Ich war nicht überglücklich, ging aber davon aus, dass sich das schon regeln ließe. Richard hatte schließlich einen guten Posten und verdiente reichlich. Ich würde eben für ein Jahr mein Studium unterbrechen. Danach würden wir uns dann ein Kindermädchen besorgen. Und vorher würden wir natürlich heiraten. So dachte ich. Nie hatte Richard mich auch nur ahnen lassen, was er davon hielt, an mich und ein zu erwartendes Kind gefesselt zu sein! An Heirat dachte er überhaupt nicht. Zumindest nicht an eine Heirat mit mir. Doch er sagte nichts, war weiterhin gleich charmant und lieb zu mir wie nie zuvor. Aber er machte mehr Überstunden. Er brauchte das Geld, wenn das Kind käme, erklärte er. Und ich glaubte nur zu gern, dass er die Wahrheit sagte.«

Sie brach ab und warf Irene einen scharfen Blick zu, bevor sie fortfuhr:

»Das klingt für Sie wahrscheinlich vollkommen dumm. Was für eine Gans ich doch gewesen bin! Aber Sie müssen wissen, dass ich über einen anderen Menschen rede, als ich heute bin. Die, von der ich erzähle, die gibt es nicht mehr. Sie ist schon seit vielen Jahren verschwunden, aber sie war ein richtiger, vollständiger Mensch. Mit Lachen, Weinen und Zärtlichkeit. Sie konnte ohne Vorbehalt lieben. Und sie glaubte immer noch, dass die Menschen gut sind. Man wird hart, wenn man um sich schlagen muss und zu viel einsteckt.«

Irene sah, wie sich das Licht der Kerze in Monas Tränen spiegelte. Mehrere Jahre bei der Polizei hatten sie gelehrt, dass der größte Fehler in so einem Augenblick darin besteht, etwas einzuwerfen. Der Vernommene hat das Bedürfnis, von sich zu erzählen. Und als hätte sie Irenes Gedanken gelesen, fuhr Mona in einem geschäftsmäßigeren Ton fort:

»Das, was ich Ihnen jetzt erzähle, habe ich noch nie jemandem außer Jonas erzählt. Es geht niemanden sonst etwas an. Aber nachdem Richard ermordet worden ist, muss alles lückenlos zur Sprache kommen. Ich werde Ihnen erzählen, wie sich alles verhielt und warum weder Jonas noch ich etwas mit dem Mord zu tun haben.«

Sie unterstrich ihre Rede mit einigen heftigen Gesten, ausholenderen als zu Anfang ihrer Mitteilungen. Das war sicher gleichermaßen ihren aufgewühlten Gefühlen wie auch dem Cognac zuzuschreiben.

»Nun gut. Es zog sich so bis Weihnachten hin. Richard sagte, er müsste wieder nach Göteborg fahren. Ich war Mitte Dezember in seine Wohnung gezogen und hatte mein Zimmer in der Birger Jarlsgatan gekündigt. Als mir klar wurde, dass er gar nicht daran dachte, mich mitzunehmen und seiner Familie vorzustellen, machte ich ihm endlich die große Szene, die ich schon lange hätte provozieren sollen. Wir stritten uns mehrere Stunden lang. Genauer gesagt: Ich schimpfte mehrere Stunden lang und machte meinem Herzen Luft. Ich war so jung und hatte den Begriff ›konfliktscheu‹ noch nie gehört, aber nach einer Weile merkte ich, dass er sich gar nicht verteidigte. Ich rückte vor, er wich ohne viel Geschicklichkeit zurück. Er war es schlicht und einfach nicht gewohnt, sich zu streiten! Niemand kam je auf die Idee, sich mit dem reizenden, charmanten, reichen und begabten Richard von Knecht zu streiten! Und so war sein ganzes Leben verlaufen. Konfliktfrei. Wenn es unangenehm wurde, dann ging man einfach diskret seiner Wege. Und falls irgendwelche unappetitlichen Rückstände blieben, dann gab es immer jemanden, den man dafür bezahlen konnte, sie zu beseitigen.«

Mona war nun so aufgewühlt, dass sie nach Irenes noch nicht berührtem Cognac griff. Irene sagte nichts, sie hatte sowieso nicht geplant, ihn zu trinken. Mona brauchte ihn eher.

»Sein Vater bekam passenderweise einen Blutpfropf und Richard erhielt von seiner Börsenfirma die Erlaubnis, bei ihnen aufzuhören, um nach Göteborg zu ziehen und sich um das Familienimperium zu kümmern. Ja, Sie wissen ja, dass sein Vater Reeder war. Er fuhr also Anfang Januar nach Göteborg. Ich war damals im vierten Monat. Abtreibung war nicht erlaubt und ich hatte sie auch nie ernsthaft in Erwägung gezogen. Insgeheim glaubte ich die ganze Zeit, er würde zu mir zurückkommen. Und zu dem Kind. Er konnte doch nicht einfach sein Kind im Stich lassen? Mein Gott, was war ich naiv!«

Die Verbitterung in Monas Stimme war nicht zu überhören. Sie kippte die Hälfte des Cognacs in einem Schluck hinunter.

»Bevor er abhaute, bezahlte er für sechs Monate die Miete. Ich blieb in der Wohnung und ging meinem Studium nach. Während der ganzen Zeit ließ er kein Wort von sich hören. Ich kaufte schließlich ab und zu von meinem mageren Stipendium irgendwelche Illustrierten. Da stand immer etwas über ihn drin: ›Der Kronprinz, der der neue Reedereikönig wird‹, ›Ein begehrter Junggeselle‹. Ich weiß nicht, ob ich das alles gelesen habe. Im Mai sah ich Fotos von einem Ball in Göteborg. Dort hat er Sylvia kennen gelernt.«

Sie hielt wieder inne und trank den Rest des Cognacs.

»Da bin ich endlich aus meinem Koma erwacht. Das Kind in mir strampelte. Ich fühlte meine Verantwortung für das kleine Leben. Und plötzlich sah ich ein, dass ich vollkommen allein war und kämpfen musste. Die neue Mona nahm Gestalt an. Ich fing an ihn anzurufen, zu Hause und in seinem Büro. Ich konnte an seiner Stimme hören, dass er eine Scheißangst hatte. Er wollte nicht, dass seine Mama oder die feine Ballerina von seinen kleinen Eskapaden in Stockholm erfuhren. Plötzlich hatte ich die Oberhand. Und die wollte ich auch ausnutzen. Er bezahlte für weitere sechs Monate die Wohnungsmiete. Um mich zum Schweigen zu bringen natürlich. Ich nahm es ruhig hin und ließ ihn den Sommer über in Frieden. Am dreiundzwanzigsten Juli wurde Jonas geboren. In dem Moment, als er mir in die Arme gelegt wurde, wusste ich, dass ich für ihn kämpfen würde. Er ist das Wunderbarste, was mir je passiert ist.«

Ihre Stimme kippte leicht und sie schwieg. Als sie ihren Bericht wieder fortsetzte, klang sie hart.

»Ich forderte mein Recht. Und Jonas' Recht auf einen Vater. Nach vielen heftigen Streitereien am Telefon versprach Richard, nach Stockholm zu kommen und ›alles zu regeln‹, wie er sich ausdrückte. Aber stattdessen schickte er seinen Anwalt, Tore Eiderstam. Der drohte damit, dass Richard jede Bekanntschaft mit mir leugnen würde. Und auch die Vaterschaft. Aber ich gab nicht nach. Als er merkte, dass ich nicht aufgeben würde, begann er mich zu bedrohen. Ich würde nie einen Job kriegen, dafür würden Richard und Tore schon sorgen. Und dann drohte er damit, meine Geschichte an die Zeitungen weiterzugeben. Das ging mehrere Tage lang so. Aber plötzlich eines Tages schlug Tore eine andere Taktik ein. Er erklärte, dass Richard und er nicht länger mit mir herumstreiten wollten. Sie schlugen mir eine Vereinbarung vor. Richard erkannte die Vaterschaft an. Er überschrieb mir die Wohnung und würde bis zu Jonas' zwanzigstem Lebensjahr die Miete und einen Unterhalt von fünfhundert Kronen im Monat bezahlen. Sie müssen bedenken, dass die Miete damals vierhundert Kronen betrug. Ein neues Auto kostete ungefähr achttausend Kronen. Eine allein stehende Mutter, die noch nicht einmal halb mit ihrem Studium fertig war, hatte gar keine Wahl. Ich nahm das Angebot an. Dafür versprach ich niemandem zu sagen, wer Jonas' Vater war, bis dieser zwanzig war. In der folgenden Woche las ich von Richards und Sylvias Verlobung und ihrer bevorstehenden Hochzeit in der Zeitung. Da verschwand die alte Mona endgültig.«

Mona stützte ihre Stirn in die Hände. Irene flocht vorsichtig eine Frage ein:

»Hatten Sie und Richard in all den Jahren irgendwelchen Kontakt zueinander?«

»Nein, nie. Er hat Jonas nicht einmal ein Päckchen zu Weihnachten oder zum Geburtstag geschickt. Das war das Schlimmste. Die gespannte Erwartung des Jungen vor den Festtagen zu sehen. Und danach seine wortlose Enttäuschung. Zum Schluss machte er sich nichts mehr daraus. An seinem zwanzigsten Geburtstag erzählte ich ihm genau das, was ich jetzt Ihnen erzähle. Da zuckte er nur mit den Schultern und sagte: ›Mein Vater hat sich nie um mich gekümmert, warum sollte ich mich jetzt um ihn kümmern?‹«

Wieder suchte sie in ihrer Handtasche und zog dann ein Papiertaschentuch heraus. Sie versuchte sich zu beherrschen, aber Tränen verschleierten ihre Stimme.

»Er ist immer eine so phantastische Person gewesen, schon seit seiner Kindheit. Immer fröhlich und lieb. Das künstlerische Talent ist ihm angeboren. Er hat gezeichnet und gemalt, noch bevor er reden konnte. Von Anfang an kam nichts anderes als der Künstlerberuf für ihn infrage. Er hat die Wohnung in der Fjällgatan behalten. Ich habe mir eine Eigentumswohnung auf Lidingö gekauft als er neunzehn war und an der Kunstakademie anfing. Wir standen uns immer sehr nahe. Auch nachdem er Chester kennen gelernt hatte. Der ist wie ein zweiter Sohn für mich geworden. Wir haben ihn im Sommer verloren. Und jetzt wird Jonas auch bald von mir gehen!«

Jetzt weinte Mona hemmungslos. Irene konnte in den Augenwinkeln sehen, wie der Kellner nervös an der Türöffnung herumstrich. Sie versuchte Mona zu beruhigen, was ihr nach einer Weile auch gelang. Mona putzte sich herzhaft die Nase und wischte sich die Tränen ab. Sie sah Irene direkt an und ihre Stimme war wieder vollkommen kontrolliert, als sie fortfuhr:

»Die beiden haben Aids bekommen. Wer wen angesteckt hat oder ob beide schon HIV-positiv waren, als sie sich kennen lernten, das wissen wir nicht. Es ist auch nicht wichtig. Aber Chester ist vor einem halben Jahr gestorben und Jonas liegt jetzt im Sterben. Und das sollen Sie sehen. Sie sollen mit Jonas sprechen. Damit Sie keinerlei Verdacht haben können, dass er auch nur das Geringste mit dem Tod seines Vaters zu tun haben könnte!«

Mona wollte unbedingt ihren Audi selbst fahren, aber da blieb Irene unerbittlich. Wenn sie mit zu Jonas kommen würde, dann nicht mit einer Fahrerin, die Gefahr lief, wegen Trunkenheit am Steuer festgesetzt zu werden. Mona gab auf. Sie wusste ja selbst, dass Irene Recht hatte. Sie setzten sich in den Wagen, der noch fabrikneu roch. Der Kilometerzähler sagte, dass der Wagen erst dreihundertzweiundzwanzig Kilometer gefahren war. Irene seufzte verträumt.

»So ein schöner Wagen!«

Mona klang etwas betreten, als sie antwortete:

»Den habe ich letzte Woche abgeholt. Und in diesem Wagen herrscht Rauchverbot! Der alte war erst drei Jahre alt, aber er stank wie eine Teerkocherei. Zu Hause rauche ich nur draußen auf dem Balkon.«

»Wohin soll ich fahren? Ich meine, wo ist Jonas?«

»In seinem privaten Krankenhaus. Wir machen immer unsere Scherze darüber, Jonas und ich. ›Jonas Söder im Södersjukhuset‹.«

Mona verstummte und starrte in die Abenddunkelheit, die eigentlich nicht besonders dunkel war. In einer Großstadt gibt es keine richtige Dunkelheit, nur eine andere Art von Licht. Künstliches. Das harte Kontraste und tiefe, erschreckende Schatten schafft.

»Mein Gott, was bin ich Stockholm leid. Warum bleibe ich nur hier? Ich sehne mich so heim nach Norrland, zu den weichen Schatten und der Nacht. Nach der Stille.«

»Na, Härnösand ist auch nicht mehr besonders ländlich. Und außerdem ist es verdammt kalt in Norrland.«

»Ja, was die Außentemperaturen betrifft. Aber nicht, was die Menschen angeht.«

Irene teilte ihre Meinung zwar nicht, beschloss aber, das Thema nicht weiter zu verfolgen. Ruhig fragte sie:

»Warum ist es eigentlich so wichtig, dass ich Jonas treffe?«

Mona holte tief Luft, bevor sie antwortete.

»Sie sollen sehen, wie krank er ist. Er bekommt jetzt immer ziemlich hohe Morphiumdosen. Sie dürfen ihm nicht sagen, dass Richard ermordet worden ist. Ich habe es ihm nicht erzählt. Er hat seit Wochen keine Nachrichten mehr gehört und keine Tageszeitungen mehr gelesen. Er ist voll mit dem Sterben beschäftigt.«

Sie musste wieder schluchzen, beruhigte sich aber gleich.

»Der Grund, warum es so wichtig war, dass Sie heute Abend herkamen liegt darin, dass heute die gleichen Leute Dienst haben wie am Dienstagabend.«

Mona hatte ihren Kopf gedreht und sah Irene intensiv von der Seite an. Langsam sagte sie:

»Sie können sie fragen, ob ich am Dienstag da gewesen bin. Jonas ist jetzt seit fast drei Wochen dort und ich besuche ihn jeden Abend, direkt nach der Arbeit.«

»Um welche Uhrzeit?«

»So gegen sechs. Ich bleibe dann bis elf bei ihm. Dann ist er meistens eingeschlafen.«

»Und Sie haben keinen einzigen Abend ausgelassen oder sind einmal später gekommen?«

»Nein.«

Mona drehte wieder den Kopf und starrte mit blindem

Blick direkt in die Scheinwerfer der entgegenkommenden Autos.

»Wenn Sie sich davon überzeugt haben, dass ich die Wahrheit sage, möchte ich Sie bitten dafür zu sorgen, dass die Massenmedien nichts über Jonas und mich erfahren. Wir haben nichts mit Richards Leben oder Tod zu tun. Wir möchten einfach nur in Ruhe gelassen werden.«

Der letzte Satz sprach von Trauer und einer großen Resignation. Aber Irene spürte, dass da noch etwas anderes dahinter steckte.

»Ist das der einzige Grund?«

»Nein. Sie sind nicht dumm. Genauso wenig wie die anderen Polizisten, die an der Ermittlung beteiligt sind. Jonas erbt etwas von seinem Vater. Und wenn Jonas stirbt, dann beerbe ich ihn. Deshalb ist es wichtig, Sie von unserer Unschuld zu überzeugen. Sie können das Personal befragen. Es darf kein Zweifel übrig bleiben. Wir brauchen die Ruhe und den Frieden zum Sterben.«

»Aber es gibt doch bestimmt ein Testament? Ist Jonas denn wirklich erbberechtigt?«

»Ein Kind hat immer das Recht auf seinen Pflichtanteil. Und Jonas gilt als leibliches Kind.«

»Sie kennen sich gut aus.«

»Natürlich. Ich habe sofort im ›Recht für jedermann‹ nachgeschlagen, als ich in der Zeitung gelesen habe, dass Richard tot ist. Weder ich noch Jonas brauchen sein Geld. Aber in den Augen der Polizei müssen wir als Verdächtige dastehen. Das wurde mir klar, als die Zeitungen anfingen von Mord zu reden. Wir wollen mit seinem Geld gar nichts zu tun haben. Er hat nie an unserem Leben Anteil genommen, genauso wenig wie wir an seinem. Abgesehen von dem großzügigen Unterhalt. Er hat sich freigekauft. Und was uns betrifft, dann war das wohl das Beste, was uns passieren konnte. Während meines Studiums hatten wir keine finanziellen Sorgen. Und in der Zeit, als Jonas herangewachsen ist, auch nicht. Die Gehälter der Soziologen sind nicht besonders hoch, aber dank Richards

Unterhaltszahlungen wurde mein Studiendarlehen nicht besonders groß. Das habe ich jetzt schon seit langer Zeit abbezahlt. Und ich musste nicht mit Richard zusammenleben. Das war meine beste Rache an Sylvia. Ohne dass ich auch nur einen Finger rühren musste.«

Sie lachte ein kurzes, freudloses Lachen.

»Ich hatte keinen Grund, Richard umzubringen. Abgesehen von Jonas ist er der einzige Mann, den ich je geliebt habe. Aber er ist schon vor dreißig Jahren für mich gestorben. Und Jonas' Erbe von Richard will ich einer Umweltschutzorganisation schenken.«

Den Rest der Fahrt saßen sie still nebeneinander, beide in Gedanken versunken.

Im Aufzug auf dem Weg nach oben informierte Mona Irene über die Abteilung, auf der Jonas lag. Es war eine Spezialabteilung für Aidspatienten. Sie hatte acht Plätze. Jonas ging es inzwischen so schlecht, dass er in einem Einzelzimmer liegen musste. Ohne Gefühlsregungen erklärte sie:

»Wir hatten beschlossen, dass er zu Hause in der Fjällgatan sterben sollte. Aber das klappte nicht. Zeitweise ist er vollkommen inkontinent, kann weder Urin noch Kot halten. Das haben wir zu Hause nicht geschafft. Wir waren beide dankbar, dass er hierher kommen konnte. Zuerst dachten wir natürlich, er bräuchte nur ein paar Tage hier zu bleiben, um wieder genügend Flüssigkeit zu speichern. Aber er kann weder Festes noch Flüssiges mehr bei sich behalten. Er muss die ganze Zeit am Tropf sein. Und ich schaffe es nicht, mich darum zu kümmern. Wir können nur Gott danken, dass das Gesundheitswesen funktioniert, jedenfalls bis jetzt noch!«

Sie traten durch eine Glastür auf den Abteilungsflur. Vor der Tür mit dem Schild »Personal« blieb Mona stehen, lächelte blass und flüsterte:

»Er liegt im ersten Zimmer links, gleich hinter dem Personalzimmer.«

Sie ging schnell weiter und öffnete eine Tür ein paar Meter

weiter. Irene konnte dröhnende Rockmusik durch die Tür auf den Flur strömen hören. Sie ging hinein zu den beiden Krankenpflegern, die beide blaue Klinikkleidung trugen. Der Mann war jung und blond. Als er aufstand, stellte Irene fest, dass er fast zwei Meter lang war. Seine weibliche Kollegin war mittleren Alters und etwas pummelig. Sie sagte freundlich:

»Hallo. Suchen Sie jemanden?«

»Ja. Ich bin eine Freundin von Mona Söder. Wir wollen Jonas besuchen. Aber Mona ist anscheinend noch nicht da… sonst ist sie doch jeden Abend hier, oder etwa nicht?«

Meine Güte! Warum log sie eigentlich? Aber ihr war klar, dass sie Mona helfen wollte, nicht in den von-Knecht-Fall verwickelt zu werden.

Die Schwester nickte lächelnd.

»Jeden Abend. Warum?«

Irene zeigte ein entschuldigendes, hilfloses Lächeln.

»Ich habe versucht sie am Dienstagabend anzurufen. Hier. Aber niemand ist an Jonas' Telefon gegangen. Deshalb dachte ich, dass sie vielleicht Dienstag gar nicht hier war…?«

»Doch, doch, sie war hier. Wir haben am Dienstagabend gearbeitet. Vielleicht hat sie den Stecker rausgezogen, weil Jonas geschlafen hat.«

»Ja, das kann sein. Ich wollte nur sagen, dass Jonas' Telefon vielleicht nicht funktioniert… Aber das tut es dann ja wohl doch. Entschuldigen Sie die Störung.«

Mit einem entschuldigenden Lächeln ging sie wieder auf den Flur. Die Pfleger nickten ihr freundlich zu, wandten sich dann wieder einander zu und setzten ihr unterbrochenes Gespräch fort. Wie einfach das ging. Sie war zweifellos eine geborene Lügnerin. Und wenn es nun mal so gut klappte, brauchte sie ja nur den einmal eingeschlagenen Weg weiterzuverfolgen. Schnell ging sie wieder durch die Glastüren und steuerte eine Telefonzelle an, die sie gesehen hatte, als sie aus dem Fahrstuhl stieg. Sie fütterte den Apparat mit ein paar Münzen und zog den zerknitterten Zettel mit der Telefonnummer von Swedish Data hervor.

»Swedish Data, guten Abend.«

Irene seufzte vor Erleichterung, beeilte sich dann aber, ihren Wunsch zu äußern.

»Guten Abend. Ich möchte gerne Mona Söder sprechen.«

»Sie ist für heute gegangen.«

»Kann ich sie am Montag erreichen?«

»Einen Augenblick... Nein, sie hat drei Wochen Urlaub.«

»Ach, wie ärgerlich. Ich habe bereits versucht sie am Dienstag zu erreichen, habe sie aber nicht erwischt. Hatte sie da auch frei?«

»Frei? Nein, das muss ein Irrtum sein. Sie war den ganzen Dienstag hier. Sie hatte überhaupt nicht frei in dieser Woche. Von wem kann ich denn einen Gruß ausrichten?«

»Birgitta Andersson. Ich rufe sie in drei Wochen wieder an. Es ist nicht so brandeilig. Ein schönes Wochenende!«

Sie öffnete die Tür zu Jonas' Zimmer. Die Lautstärke der Musik war jetzt heruntergedreht. Aber auch den jetzt laufenden Musiker und die Platte kannte sie. Freddie Mercury. »Mr. Bad Guy«. Spontan sagte sie zu Jonas:

»Hallo. Aber das ist wirklich nicht einer seiner besten Titel. Oder sogar Platten.«

Er schien sie nicht zu hören, doch nach einer Weile hob er halb die geschlossenen Augenlider.

»Hallo. Nein, diese Scheibe gehört nicht zu seinen Besten«, antwortete er matt.

Er hustete so heftig, dass der ganze Oberkörper geschüttelt wurde.

Irene hatte die schlimmsten Befürchtungen gehabt, was Jonas' Anblick anging. Sie hatte Angst, er könnte wie ein zitterndes Skelett aussehen, nach den eigenen Exkrementen stinkend, pickelig, glatzköpfig und voller Wunden. Aber er war immer noch ein schöner Mann. Mager, aber zweifellos den Fotos ähnlich, die sie von dem jungen Richard von Knecht gesehen hatte. Das dunkelblonde Haar war kurz geschnitten. Jetzt hatte er seine Augen geöffnet und sie konnte sehen, dass sie intensiv blau waren, trotz des Spinnennetzes des Morphiums über seinem Bewusstsein. Er musterte sie mit seinem Blick und das Lächeln, das er ihr schenkte, war ganz offenbar von dieser Welt.

»Sie sind Irene. Mama hat mir von Ihnen erzählt.«

Ein leichter Hustenanfall unterbrach ihn. Irene nutzte die Gelegenheit, Mona eine fragend hochgezogene Augenbraue zu zeigen. Diese schüttelte den Kopf. Also hatte sie nicht gesagt, dass Irene von der Polizei war. Aber was hatte sie dann gesagt? Mona spürte ihre Frage und sagte mit vollkommen natürlichem Tonfall:

»Ja, das ist wirklich Glück, dass du bei Swedish Data angefangen hast. So habe ich nicht nur eine tüchtige Mitarbeiterin, sondern auch noch eine gute Freundin gewonnen.«

Ganz offensichtlich war hier noch eine geborene Lügnerin. Um ein beruhigendes Signal zu geben, erwiderte Irene:

»Entschuldigt, dass es etwas gedauert hat. Aber ich habe mit dem Personal gesprochen. Offenbar war das Telefon hier doch in Ordnung, als ich Dienstag versucht habe dich hier anzurufen. Wahrscheinlich hast du nur den Stecker von Jonas' Telefon rausgezogen, weil er geschlafen hat?«

Mona sah ungemein erleichtert aus. Aber ihre Stimme verriet nichts, als sie antwortete:

»Das kann schon sein.«

»Aber das ist ja nun nicht mehr wichtig.«

Letzteres sagte Irene an Jonas gerichtet, der aber kein bisschen interessiert wirkte. Er schaute zu dem Tropfgalgen hinauf. Die gelbe Flüssigkeit in der kleinen Flasche war fast zu Ende. Die große Tüte, die daneben hing, war mit einem wasserklaren Inhalt gefüllt. Darauf stand eine ganze Menge Text. Vermutlich enthielt sie unzählige wichtige, nützliche Stoffe. Ohne zu zögern, klemmte Mona den Tropf ab, indem sie das rote Plastikrad an dem Schlauch drehte. Der Schlauch führte zu einem weiteren Tropfventil, das an Jonas' Schlüsselbein befestigt war. Irene überlief ein Schauer als ihr bewusst wurde, dass der Katheter selbst direkt durch die Haut in seinen Hals führte. Die Einstichstelle war von einer dicken Kompresse verdeckt. Jonas sah sie wieder an und fragte:

»Mögen Sie Freddie Mercury?«

»Nicht besonders als Solist. Er war besser bei ›Queen‹.«

Jonas nickte. Er schaute Irene schelmisch an.

»Wir haben viel gemeinsam, Freddie und ich. Wir sind beide schwul. In unseren Totenscheinen wird die Nachwelt die gleiche Todesursache lesen können. Aids. Und wir sind zu jung gestorben.«

Ein heftiger Hustenanfall überfiel ihn. Als er wieder ihren Blick einfangen wollte, sah sie, dass seine Augen wegrutschten. Wahrscheinlich hatte er vor kurzem Morphium bekommen, das sich jetzt bemerkbar machte. Er atmete mühsam und versuchte vorsichtig zu sprechen, um ein Husten zu vermeiden.

»Mama, gib mir den Sauerstoff«, presste er hervor.

Die Sauerstoffmaske hing über dem Bettpfosten. Mona zog sie ihm geschickt und gleichzeitig vorsichtig über den Kopf. Sie sah wie ein durchsichtiges Pferdegeschirr aus. Unter der Nase war eine Verdickung mit zwei Löchern, die Mona direkt unter Jonas' Nasenlöcher platzierte. Ohne zu zögern, drehte sie den Regler an der Wand auf. Der Sauerstoffmesser an der Wand erwachte zum Leben, als es leise in dem Schlauch zu surren begann.

Da sah Irene das Bild. Zwei große gelbe Schmetterlinge mit schwarzer Zeichnung auf den Flügeln flogen über eine atemlose Landschaft, mit einem funkelnden Wasserlauf unten im Tal und blau getönten Bergen in der Ferne. Im Vordergrund waren hübsche Wiesenblumen zu sehen. Die blauen Vergissmeinnicht dominierten, aber es gab auch Tupfer von weißen und rosa Blumen, die Irene zwar kannte, deren Namen sie aber nicht wusste. Sie kamen dem Betrachter so nahe, dass man das Gefühl hatte, man läge auf dem Bauch zwischen den Wiesenblumen und schaute über den Felsrand hinunter in das Tal, auf die beiden prachtvollen Schmetterlinge. Der Himmel war nicht blau, sondern ein silberweißes Gewölbe über den

Bergen, das ein kräftiges Licht verbreitete, das an den Rändern in warmrosa Töne überging. Das war weder Sonne noch Mond. Das war das Licht an sich.

»Was schauen Sie?«

Jonas' Frage ließ sie zusammenzucken.

»Das Bild… es ist wunderschön!«

Sie lächelte Jonas an und ihr Blick wurde von seinem aufgesogen. Dort drinnen sah sie den Widerschein. Dunkelheit, Verzweiflung, Angst und Einsamkeit. Aber auch eine große Ruhe. Die Gewissheit, dass alles ein Ganzes bildete. Wenn er nicht diesen Widerschein in sich hätte, wäre es ihm nie möglich gewesen, diesem Licht Ausdruck zu verleihen.

»Das sind Chester und ich. Das Schmetterlingspaar. Ich habe das eine Woche nach seinem Tod gemalt. Damals war ich für einen Tag klar im Kopf, aber dann bin ich zusammengeklappt. Hatte eine Blutvergiftung«, sagte er mit klarer Stimme.

Er sah sie mit weit aufgerissenen Augen an. Der Schleier auf den Pupillen war wie weggeblasen.

»Der obere Schmetterling, das ist Chester. Er befindet sich bereits im Lichttunnel. Am Ufer des Lebensflusses liegt sein eingetrocknetes Blut.«

Erst jetzt sah Irene, dass der Strand einen schwach rosabraunen Ton aufwies. Direkt am Wasser gab es eine schärfere, blutrote Spur. In der linken Ecke wurde die blutrote Farbe wieder aufgenommen, bis die Blumen sie überwucherten.

»In der linken Ecke sehen Sie mein Blut. Es ist dabei auszulaufen. Es läuft aus… aus dem Bild.«

Er hustete wieder und atmete angestrengt.

»Der weiter unten fliegende Schmetterling, das bin ich. Ich bin immer noch mit der Erde verbunden. Das wird durch die Blumen symbolisiert. Aber ich bin auf dem Weg. Nach oben.«

Eine Weile sagte er nichts mehr. Irene war wie verzaubert von dem Gemälde. Es war groß, sicher zwei Quadratmeter. Und obwohl Jonas' Interpretation sie hätte traurig stimmen müssen, vermittelte das Bild ihr keinerlei Gefühl von Trauer.

Ganz im Gegenteil, sie fühlte, wie Lebensfreude und Trost sie durchströmten.

»Sie müssen verstehen, Irene, ich warte auf das Sterben. Nicht, damit meine Leiden ein Ende haben, denn ich habe nicht mehr viele Schmerzen. Aber ich habe auch keine Würde mehr. Ich scheiße ins Bett und brauche Katheter und Windeln. Nicht mal mehr einen runterholen kann ich mir. Kriege eine Scheißangst, wenn die Atemnot kommt und weil ich nicht mehr gehen kann. Aber ich will nicht selbst Schluss machen. Das Leben ist ein Geschenk. Bis zu dem Ende, das einem zugewiesen wird.«

Das war eine viel zu lange Rede gewesen. Der Hustenanfall wollte gar kein Ende nehmen. Irene fühlte sich machtlos und unbeholfen, als der magere Körper sich schüttelte. Mona hielt ihn im Arm und stützte ihn. Sie sprach leise und beruhigend auf ihn ein, wie es alle Mütter tun, die ihr krankes Kind trösten. Aber das kranke Kind hier war ein Mann. Der im Sterben lag.

Jonas dämmerte eine Weile vor sich hin. Mona und Irene sahen sich das andere Bild an, das im Zimmer war. Es hing an der Wand gegenüber Jonas' Bett, sodass er es mühelos sehen konnte. Es war das Portrait eines dunkelhäutigen Mannes. Im Hintergrund war ein Saxofon zu sehen, Notenblätter und Notenzeichen. Das ganze Gemälde war in einen Goldton gehaucht, vom Saxofon bis zu einem neblig-goldenen Hauch, der über Mund und Augen des Mannes hing. Irene wandte sich Mona zu.

»Wer ist der Mann auf dem Bild?«

»Chester. Chester Johnson, Jazzmusiker. Er ist im April mein Schwiegersohn geworden. Sie haben zu Hause geheiratet, weil es Chester schon zu schlecht ging, um ins Rathaus zu gehen. Damals hatte Jonas gerade eine etwas bessere Phase. Aber seitdem Chester von uns gegangen ist, konnte er auch nicht mehr. Außer in der Zeit, als er die Schmetterlinge gemalt hat.«

Jonas wachte wieder auf und räusperte sich. Wieder begann er mit schwacher, etwas verwischter Stimme zu sprechen:

»Ich bin neugierig. Das ist eine Reise, die wir alle antreten müssen. Aber nicht allein. Genau wie auf dem Bild wird Chester bei mir sein. Er wird mich führen und meine Hand halten, wenn ich Angst bekomme. Er war in den letzten Tagen schon mehrere Male bei mir. Aber er hat es richtig gemacht. Es ist schöner, im Sommer zu sterben. Dann ist es wärmer und schöner mit all den Blumen. Die Leute frieren sich auf dem Friedhof nicht die Zehen ab. Das werden sie bei meiner Beerdigung tun. Schlechte Planung von mir. Andererseits kann es ja auch viel Schnee geben und das wird dann schön mit den Blumen im Schnee. Aber auch kalt im Grab.«

Seine Brust hob sich deutlich und sein Atem rasselte unheilvoll. Er machte ein paar tiefe Atemzüge und schloss dann die Augen. Seine Kraft war zu Ende und nach kurzer Zeit schlief er ein. Mona machte Irene ein Zeichen, mit ihr auf den Flur zu gehen.

»Es ist fast sieben. Schaffen Sie es noch zum Zug zurück nach Göteborg? Sonst können Sie auch gern bei mir schlafen«, sagte sie.

»Vielen Dank, aber das schaffe ich. Der Zug geht um halb neun.«

»Soll ich Sie hinfahren?«

»Nein, ich nehme ein Taxi.«

Für einen Moment standen beide schweigend da. Dann machten beide gleichzeitig einen Schritt auf ihr Gegenüber zu und umarmten einander mit unsicheren Bewegungen. Verlegen murmelten sie: »Wir hören von einander« und: »Ich rufe an, wenn es etwas Neues gibt«. Schnell eilte Irene danach zum Fahrstuhl. Im Hals hatte sie einen brennenden Kloß und ihr Blick wurde durch Tränen getrübt.

Natürlich war sie wieder da. Genauso grau und korrekt wie auf der Hinfahrt. Sie saß diesmal einige Reihen weiter hinten, mit dem gleichen Ordner auf dem Schoß. Irene hatte kurz die Vision, diese graue Dame könnte ihre Tage im X2000 sitzend verbringen, hin und zurück, hin und zurück, hin und… Irene konnte nicht an sich halten. Noch bevor sie sich setzte, bedachte sie die graue Frau mit einem Filmstarlächeln. Als Antwort bekam sie einen Blick aus weit aufgerissenen Augen, voller nackter Angst. Darin war die Panik zu lesen, mit einer vollkommen Verrückten in einem Schnellzug eingesperrt zu sein, ohne die Möglichkeit, ihr zu entkommen!

Gute Gewohnheiten soll man beibehalten. Nach einer Viertelstunde schlief die Inspektorin einen unruhigen, traumerfüllten Schlaf.

Irgendwo im Dunkel lauerte der Schrecken. Vor sich sah sie Jenny und Katarina. Unbekümmert gingen sie direkt auf die drohende Dunkelheit zu. Irene versuchte zu rufen, um sie zu warnen, bemerkte aber, dass sie stumm war. Da kein Ton heraus kam, wenn sie schreien wollte, versuchte sie stattdessen, sie einzuholen. Aber etwas hielt ihre Füße fest. Hinter den Rücken der Mädchen schloss sich wieder die Dunkelheit und schluckte sie ganz und gar.

Sie wachte mit einem Ruck auf, ängstliches Schluchzen im Brustkorb, nur um festzustellen, dass ihr rechter Fuß sich einfach zwischen den Vordersitzen verkeilt hatte.

KAPITEL 10

Kommissar Andersson kam gerade aus dem Zimmer des Polizeipräsidenten, als er Irene im Fahrstuhl verschwinden sah, auf dem Weg zur Zentrale und weiter nach Stockholm. Ganz spontan wollte er sie schon zurückrufen. Es wäre doch zu schön, an ihrer Stelle fahren zu können. Bengt Bergströms Forderung, »kontinuierlich auf dem Laufenden gehalten zu werden« war einfach lästig. Nein, so eine kurze Reise nach Stockholm, die würde ihm jetzt gut passen. Apropos passen... mit einem Seufzer musste er sich eingestehen, dass Irene ja wohl schlecht die Hose an seiner statt anprobieren konnte.

Um sich wenigstens ein kleines bisschen aufzumuntern, beschloss er, zumindest Ivan Viktors Guten Tag zu sagen. Schließlich trifft man seine Idole nicht jeden Tag bei der Arbeit, das musste man ausnutzen. Er klopfte an und hörte von drinnen Jonnys irritierte Stimme rufen:

»Was ist denn nun schon wieder? Sehen Sie denn nicht, dass ich Be... Ach, Entschuldigung! Das hier ist der Kommissar.«

Den letzten Satz sagte er zu einem Mann mit silbergrauem, distinguiertem Aussehen. Als dieser zur Begrüßung aufstand, sah Andersson, dass er fast einen Kopf größer war als er selbst.

»Kommissar Sven Andersson. Guten Tag.«

»Guten Tag. Ivan Viktors.«

Seine Stimme war tief und wohlklingend. Er lächelte freundlich und, wie es schien, echt. Andersson machte eine entschuldigende Geste.

»Ich wollte nur einmal hereinschauen und die Gelegenheit nutzen, um Sie zu begrüßen.«

Ivan Viktors beugte sich zum Kommissar und sagte mit konspirativer Stimme:

»Inspektor Blom ist dabei, meine geheimnisvollen Aktionen einzukreisen.«

Jonny bekam rote Ohren und las wütend laut aus seinen Notizen vor.

»Sie haben am Sonntag den Nachmittagszug nach Stockholm genommen. Haben dort einen älteren Bruder im Karolinska besucht. Warum liegt er im Krankenhaus?«

»Wegen eines komplizierten Oberschenkelknochenbruchs und einer Gehirnerschütterung. Er ist vor einer Woche operiert worden. Alte Knacker sollen eben nicht mehr über die Straße laufen, wenn die Ampel schon auf Rot umgesprungen ist. Auch wenn sie glauben, sie würden es noch schaffen!«

Viktors versuchte einen spaßhaften Ton anzuschlagen, aber Andersson hörte die Unruhe aus den Worten heraus. Schnell warf er eine Frage ein:

»Ist es was Ernstes?«

»Jetzt nicht mehr. Er hat sich berappelt.«

Jonny schaute wieder in seine Papiere und las weiter laut vor:

»Am Montagmorgen um neun Uhr hatte V. einen Schüler. Sie haben bis sechzehn Uhr geprobt. Nur vom Mittagessen um zwölf unterbrochen.«

»V? Bin ich das?«

Ivan Viktors ließ ein moussierendes Lachen vernehmen, das in Anderssons Ohren wie ein absolut glockenreines A-Dur klang. Jonny wurde sauer und sah den Opernsänger verkniffen an.

»Ich kürze die Namen in meinen Notizen immer ab! Der Name des Schülers ist Claes Winer. Ich habe Telefonnummer und Adresse notiert und werde das später überprüfen.«

Andersson nickte und sah, wie Ivan Viktors schmunzelnd Jonny beobachtete. Nichts am Auftreten des Mannes wirkte in irgendeiner Form angespannt oder unsicher. Ganz im Gegenteil, in seiner selbstsicheren Eleganz erschien er kein bisschen von der trüben Büroatmosphäre des Hauses beeinflusst zu werden, er schien keinerlei Probleme zu haben, sich hier richtig zu verhalten, was er wohl auch sonst nie hatte. Andersson fiel ein, dass routinierte Opernsänger auch gute Schauspieler sind. Viktors wandte sich direkt an Andersson.

»Soweit sind der Inspektor und ich gekommen, bevor der Kommissar hereinkam. Am Dienstagmorgen bin ich direkt von Stockholm nach Kopenhagen geflogen. Dort habe ich ein vorzügliches Essen mit ein paar alten Freunden vom Det Kongelige Teater genossen. Sie hatten mich während der Aufführung von Wagners fliegendem Holländer aufgesucht. Der junge Mann, der meine alte Paraderolle singen sollte, hatte offenbar Probleme, rechtzeitig ins Bett zu finden, wie man so sagt. Und das ist wirklich keine leichte Partitur. Ich kann mich noch erinnern...«

»In welchem Hotel haben Sie gewohnt?«

Dass Inspektor Blom alle fliegenden Holländer der Welt herzlich gleichgültig waren, war seinem Ton deutlich zu entnehmen.

»Hotel? Ach so, ja, im Admiral.«

»Und in Stockholm?«

Für den Bruchteil einer Sekunde verlor Viktors seine weltgewandte Sicherheit. Aber das ging so schnell, dass sich Andersson hinterher gar nicht mehr sicher war, ob er das richtig bemerkt hatte.

»In Stockholm? Natürlich in der Wohnung meines Bruders. Er hat eine wunderbare Wohnung am Strandvägen. Ganz oben.«

Jonny Blom schoss seine Fragen in einem wütenden Stakkato ab:

»Ist er allein stehend?«

»Ja. Und nein. Er ist geschieden, lebt jetzt aber mehr oder weniger mit einer Amtsrichterin vom Sunne Amtsgericht zusammen. Sie ist Wochenendpendlerin. Mein Bruder hat aus seiner Ehe einen Sohn. Dieser hat drei entzückende Kinder, die ich einfach als meine Enkelkinder bezeichne. Leider haben meine Frau und ich nie Kinder bekommen. Und folglich gibt es natürlich auch keine Enkelkinder.«

Das versetzte dem Kommissar einen leichten Stich. Das kannte er selbst. Sonderbarerweise hatte er erst in den letzten Jahren eine gewisse Sehnsucht nach Kindern und Enkelkindern verspürt. Aber er hatte ja die Kinder seiner Nichte als Ersatz. Das klappte ganz gut, da er sie höchstens dreimal im Jahr traf. Ob es Ivan Viktors ähnlich ging?

Jonny sah reichlich sauer aus. Andersson konnte zunächst gar nicht verstehen, warum. Aber nach einer Weile wurde ihm klar, dass es nicht nur Viktors aufreizendes Verhalten war, sondern auch seine eigene Anwesenheit, die störte. Der Kommissar musste sich eingestehen, dass da was dran war. Eigentlich war Jonny mit seiner plumpen, unsensiblen Art genau der Richtige, um Leute zu vernehmen. Vor allem natürlich die härteren Kaliber. Im Augenblick saß der Inspektor Ivan Viktors gegenüber, betrachtete ihn wortlos, während seine grauen Zellen auf Hochtouren arbeiteten. Schließlich entschloss er sich, seinen nächsten Stoß abzugeben. Kurz sagte er:

»Waren Sie allein in der Wohnung?«

Ganz offensichtlich brachte diese Frage Viktors aus der Fassung. Ihm stieg die Röte ins Gesicht. Er sah aus, als stünde er kurz vor einem Blutsturz. Aber schnell sammelte er sich und machte einen tapferen Versuch, empört zu klingen:

»Was meinen Sie damit? Das ist doch wohl selbstverständlich«, sagte er mit lauter Stimme.

Jonny spürte die Lüge. Ihm kam eine Idee und er beugte sich über den Schreibtisch. Seine Stimme war eiskalt und voller Anspielungen, als er fragte:

»Es hat sich nicht zufälligerweise so verhalten, dass die Lebenspartnerin Ihres Bruders auch in der Wohnung übernachtete?«

Peng! Andersson konnte direkt mitverfolgen, wie Viktors

seine verlorene Fassung wieder gewann. Sie hatte eine Sekunde lang geschwankt, aber dann war er offenbar wieder auf festem Boden gelandet. Mit bestem herablassendem Theaterton und tief gekränktem Blick sagte er:

»Mein lieber Herr Inspektor! Mein Bruder ist neunundsechzig und seine Lebenspartnerin dreiundsechzig! Sie ist eine äußerst geschätzte Juristin und arbeitet als Richterin. Dass sie pendelt, liegt daran, dass sie in zwei Jahren in Pension gehen wird und es ihr so gut in Sunne gefällt, dass sie dort ihren Arbeitsplatz nicht aufgeben will. Jetzt arbeitet sie von Montag bis Donnerstag. Sie kommt am Donnerstagabend spät nach Hause und fährt am Sonntagabend zurück. Nein, wissen Sie was? Wir haben uns an dem Abend gar nicht gesehen!«

»Haben Sie einen Schlüssel für die Wohnung?«

Viktors holte tief Luft und sein Blick sagte »Dummer Kerl!«

»Natürlich hat mein Bruder mir seinen Schlüssel gegeben. Er liegt immer noch auf der gleichen Abteilung. Sie brauchen nur anzurufen und ihn zu fragen. Bitte schön, hier ist die Nummer.«

Er zog seine Brieftasche aus der Innentasche seines Jacketts und holte daraus einen kleinen gelben Zettel hervor, den er Jonny Blom reichte. Ohne sich zu bedanken oder auch nur einen Blick auf den Zettel zu werfen, fixierte Jonny ihn weiterhin.

»War sonst jemand am Sonntagabend bei Ihnen in der Wohnung?«

»Nein. Und wenn dem so wäre, dann wüsste ich nicht, was Sie das anginge. Sie untersuchen doch hier die Sache mit Richard, nicht wahr? Und nicht, was ich am Sonntagabend in Stockholm gemacht habe. Und da lebte Richard übrigens noch in den glücklichsten Umständen. Schließlich ist er erst am Dienstag umgekommen. Da war ich in Kopenhagen.«

Schmollend schaute Jonny auf seine Unterlagen. Er spürte, dass er etwas verpasst hatte, wusste aber nicht, ob es für die Ermittlungen von Bedeutung sein konnte. Andersson fühlte das Gleiche, konnte aber auch nicht sagen, was da eigentlich eben passiert war. Es war nur so ein Gefühl. Jonny fuhr unerschüttert fort:

»Was haben Sie am Dienstagabend gemacht?«

Wieder ein leichtes Seufzen von Viktors. Sein Blick war fast als mitleidig zu bezeichnen.

»Um halb sieben habe ich in einem von Kopenhagens besten Restaurants gegessen, im St.-Gertruds-Kloster.«

»Allein?«

»Nein. Wir waren mindestens zehn Leute. Alle aus dem Theater. Ich gebe Ihnen gern die Namen.«

»Danke, zwei reichen.«

Andersson hatte das Gefühl, dass es höchste Zeit war, sich einzumischen. Und wenn es nur dazu diente, Jonny vorerst aus der Schusslinie zu bringen. Viktors schrieb zwei Namen auf die Rückseite des Zettels mit der Telefonnummer seines Bruders. Andersson räusperte sich leise und fragte dann:

»Um weiter in die Vergangenheit zu gehen. Wie fanden Sie von Knechts Fest am Samstag?«

Viktors schaute überrascht von seinem Zettel auf. Er schien nachzudenken.

»Ja... Was soll ich sagen? Prinzipiell bin ich ja der Meinung, man solle keine Kriege feiern. Den Dreißigjährigen Krieg, meine ich. He, he. Aber es ist schön, alte Freunde wieder zu treffen. Gustav und Louise habe ich wohl seit zehn Jahren nicht mehr gesehen.«

»War die Stimmung gut?«

»O ja. Spitze, wie man so sagt. Viel gutes Essen und gute Getränke. Nur die Jugend erschien mir etwas gedämpft.«

»Die Jugend? Meinen Sie damit Henrik und Charlotte von Knecht?«

»Ja.«

»Aber Richard und die anderen waren wie immer?«

»Ja. Richard, Valle Reuter und Peder Wahl haben sich den halben Abend lang über Weine unterhalten. Sie sahen aus wie Druiden, die sich mit den Rezepten ihrer Wunderbrühen gegenseitig übertrumpfen wollten. ›Kostet diesen hier, meine werten Herren! Mit ihm gelangt man in den siebten Himmel!‹ Und dann haben wir noch viele Weinlieder gesungen.«

»Sind Sie denn kein Weinkenner?«

»Ha! Jetzt wird im Verhörprotokoll stehen, dass ›V. kein Weinkenner ist‹! Nein, nicht in der Art wie die drei. Für die ist es fast eine Art Sport. Das nimmt schon nahezu religiöse Formen an. In welchem Land, in welcher Region wuchsen die Trauben? Welche Rebsorte? Welcher Jahrgang? Dafür habe ich einfach nicht die Zeit. Sven Tosse und ich, wir machen immer unsere Scherze darüber und sagen, dass wir zumindest den Unterschied zwischen einem Fünfundvierzig-Kronen-Wein und einem Zweihundert-Kronen-Wein schmecken können. Und dann schüttelt sich Valle jedes Mal vor Abscheu. ›Oh, diese Banausen! Was die lästern können!‹, sagt er.«

Die Imitation des kleinen dicken Valle Reuter war außerordentlich treffend. Andersson ertappte sich dabei, wie er laut lachte. Jonny sah noch mürrischer aus, wenn das überhaupt möglich war, und fragte sauer:

»Und sonst gibt es nichts, was Sie zu dem Mord an Richard von Knecht zu sagen haben?«

Viktors und Andersson hielten jäh in ihrer Fröhlichkeit inne. Viktors warf Jonny einen kühlen Blick zu.

»Nein«, sagte er kurz.

»Sind Sie zu Hause in Särö, falls wir noch Fragen haben?«

»Bis Sonntagabend. Dann fahre ich wieder nach Kopenhagen. Ich komme erst am nächsten Mittwoch zurück.«

Andersson fand Viktors richtig sympathisch, aber er musste zugeben, dass er sich von dem Charme des Mannes einwickeln ließ. Es gab etwas, das ihm wie Quecksilber aus den Fingern rann, sobald er versuchte es zu packen zu kriegen. Ivan Viktors ging zur Tür, drehte sich dort noch einmal um und machte eine tiefe Verbeugung.

»Auf Wiedersehen, meine Herren!«

»Auf Wiedersehen, auf Wiedersehen.«

Als sich die Tür hinter Andersson geschlossen hatte, wandte er sich an Jonny und fragte:

»Du hast es auch gemerkt, nicht wahr?«

»Ja. Der Mistkerl ist davongekommen. Was zum Teufel hat er am Sonntagabend gemacht?«

»Vielleicht stimmt es sogar, was er sagt. Dass es keine Bedeutung für unseren Fall hat. Aber ich glaube es nicht. Vielleicht war er ja auch bei einer Nutte.«

»Gut möglich.«

Plötzlich erstarrte Andersson und bekam einen leicht gläsernen, abwesenden Blick. Jonny blieb still sitzen. Er wusste, dass sein Chef so aussah, wenn er eine Idee hatte. Wer ihn nicht kannte, konnte meinen, er wäre kurz vor einem epileptischen Anfall. Erregt sagte Andersson:

»Er hat sich mit Sylvia von Knecht getroffen! Sie war Sonntagabend auch in Stockholm!«

»Aber nicht allein. Ihre Mutter und ihre Schwester waren auch dort. Sie waren im Theater«, erinnerte Jonny ihn.

»Ja, das hat sie gesagt. Überprüfe das mal mit der Schwester und der Mama. Frag sie, was sie am Sonntagabend in Stockholm gemacht haben. Das ist zwar nur ein Schuss ins Blaue, aber wer weiß?«

Ein resignierter Seufzer verkündete, was Jonny von diesem Vorschlag hielt. Aber da er auch keine bessere Idee hatte, suchte er die Adressen im Computer heraus.

»Wann sollst du Borg am Parkhaus ablösen?«, fragte Andersson.

»Um halb eins. Er macht dann eine Stunde Mittagspause, danach übernimmt er wieder und bleibt bis vier. Dann fahre ich wieder raus und wir bleiben beide bis sieben.«

»Okay. Falls was passiert, könnt ihr mich direkt informieren. Morgen bin ich auch hier. Montagmorgen um acht machen wir eine große Besprechung. Dann wissen wir hoffentlich auch mehr über das Feuer in der Berzeliigatan. Und wie Lillis ins Bild passt. Vielleicht hat er ja auch gar nichts damit zu tun. Aber wenn es irgendeine Schweinerei in Lillis Nähe gibt, dann ist er eigentlich immer dran beteiligt!«

»Obwohl das nicht so ganz sein Metier ist. Drogen, Misshandlung, Schusswaffen, Bankraub, ja. Aber Mord, bestellter Mord, Bomben – das wohl kaum. Das erfordert Planung und Intelligenz und das ist ganz und gar nicht typisch für Lillis«, wandte Jonny ein.

Der Kommissar schürzte missmutig die Lippen und zog die Augenbrauen hoch. Das half ein wenig. Denn er musste Jonny recht geben. Wütend rief er aus:

»Hier stinkt es doch meilenweit zum Himmel! Ich kann es riechen, sehe den Scheißhaufen aber nicht. Aber irgendjemand läuft hier mit Scheiße unter den Schuhen herum, das ist auf jeden Fall klar!«

Ungemein poetisch ausgedrückt, dafür, dass es von Andersson kam. Jonny verstand, was er meinte und war ganz seiner Meinung. Er war schon lange genug bei der Polizei, um zu spüren, wenn etwas faul war. Und dieser ganze Fall stank zum Himmel.

Genau vor zwei Tagen war er schon einmal durch die Türen der Pathologie gegangen. Und auch diesmal wusste Yvonne Stridner nicht, dass er persönlich kommen würde. Sie erwartete, dass er anrufen würde. Aber die bleiche Sonne hatte in ihm den Wunsch geweckt, für eine Weile hinauszukommen. Man kann sich natürlich fragen, warum sich ein Mensch, der sich nach ein wenig Sonne sehnt, in ein Auto setzt, durch Göteborgs Zentrum fährt und dabei eine Unmenge von Abgasen einatmet. Aber die Antwort war klar: Der Mensch wollte einfach einmal den vier Wänden des Polizeipräsidiums entfliehen. Von Zeit zu Zeit hatte er das Gefühl, sie würden ihn erdrücken. Nicht, dass die Wände der Pathologie weniger erdrückend waren, aber zumindest war es ein Ortswechsel.

Yvonne Stridner war nicht in ihrem Zimmer. Wie ungern er es auch tat, er musste in den Obduktionssaal gehen. Mit einem flauen Gefühl im Magen bereute er seinen Ausflug bereits.

Sie stand dort in einem grünen Papierkittel und einer duschhaubenähnlichen Kappe aus dem gleichen Material und sprach mit einem jungen Mann, der ebenfalls Operationskleidung trug. Langsam zog sie sich die Gummihandschuhe aus, während sie kalt den Prüfling beäugte.

»Wenn Sie nicht einmal den Kurs in Gerichtsmedizin schaffen, dann kann ich nicht begreifen, wie Sie die bisherigen Obduktionen bestanden haben. Offensichtlich sind Sie einer dieser typischen Schmarotzer. Andere können die Dreckarbeit machen, während Sie daneben stehen und ›assistieren‹. Das heißt, Sie reichen die Instrumente und gucken woanders hin. Gehen lieber raus, wenn es zu eklig wird. Begreifen Sie denn nicht, dass die Pathologie die Grundlage jeder Medizin ist! Wenn Sie nicht wissen, wie ein Mensch von außen und innen aussieht, der von einer besonderen Krankheit oder einem Trauma befallen war, dann können Sie auch nicht wissen, was überhaupt geschehen ist. In welchem Stadium ist die Krankheit? Wie entwickelt sie sich? Was geschieht mit dem Patienten? Und wenn der Patient tot ist: Was ist passiert, warum ist es passiert? Wenn Sie das nicht interessiert, dann bin ich ernsthaft der Meinung, Sie sollten sich noch einmal gründlich überlegen, ob Sie überhaupt für den Arztberuf taugen! Sie sind durchgefallen!«

Der junge Mann hatte während der ganzen Abfertigung kein Wort gesagt. Ohne ein Wort drehte er sich auf den Hacken um und stürmte hinaus. Offenbar sah er den Kommissar gar nicht, der jedoch in den Augen des Prüflings lesen konnte wie in einem Buch. Ein alter Kriminaler erkennt einen mordlüsternen Blick, wenn er ihn sieht.

Stridner entdeckte ihn und nickte ihm kurz zu. Sie schaute ihn düster an und der Kommissar hatte das deutliche Gefühl, dass auch er nicht bestanden hatte.

»Diese Prüflinge haben ein immer schlechteres Niveau. Es sind Schleimer. Sie glauben, es würde genügen, ein paar Seiten in einem Kompendium zu lesen um durchzukommen! Es ist nicht die geringste Bereitschaft zu erkennen, vielleicht mal etwas zusätzlich zu machen«, fauchte die Professorin.

Sie schnaubte laut verächtlich und fixierte Andersson. Sein

Gefühl, dass das endgültige Urteil gleich gefällt würde, verstärkte sich.

»Und dann ihr von der Polizei! Könnt nicht mal Männlein von Weiblein unterscheiden.«

Verblüfft sah er die wütende rothaarige Pathologin an. Zaghaft stammelte er:

»Das… das können wir eigentlich schon.«

»Aber diesmal nicht.«

Mit entschlossenen Schritten ging sie durch den Saal, auf einen Obduktionstisch zu. Ihm drehte sich der Magen um, als ihm klar wurde, was sie tun wollte. Schnell zog sie das Laken herunter. Der Körper war vollkommen verkohlt. Arme und Beine waren in der typischen Fechterstellung verkrampft, nachdem die intensive Hitze die Muskulatur zusammengezogen hatte. Ein schwacher Geruch von gebratenem Fleisch drängte sich zwischen die übrigen Odeurs des Obduktionssaals.

»Gestern haben sie die Leiche spätnachmittags hergebracht. Eure Jungs haben gesagt, das wäre der Körper eines jungen Mannes, knapp über zwanzig«, sagte Stridner.

»Ja, das stimmt. Mattias Larsson…«

»Das stimmt nicht! Der Körper, den ich heute Morgen hier obduziert habe, gehört einer Frau mittleren Alters. Wahrscheinlich zwischen fünfunddreißig und fünfundvierzig Jahre alt. Größe ungefähr einsfünfundfünfzig. Über das Gewicht ist schwer was zu sagen, aber sie war kräftig. Schlechter Zustand der Zähne. Sie hat Kinder geboren. Eine Europäerin.«

Der Kommissar starrte die schwarz verbrannte Leiche an. Einen Moment lang wurde ihm schwindelig, aber das ging schnell vorbei.

»Finnin«, brachte er heraus.

Andersson hörte selbst, wie heiser seine Stimme klang. Die Stridner warf ihm einen scharfen Blick zu und wiederholte kurz:

»Finnin? Schon möglich. Sucht ihr eine Finnin?«

»Das kann man wohl sagen! Pirjo Larsson, zweiunddreißig

Jahre alt. Die Beschreibung stimmt ansonsten. Sie war von Knechts Putzfrau. Aber was zum Teufel macht sie hier?«

»Ja, hierher ist sie nicht von allein gekommen. Die Frage ist nur, was sie dort gemacht hat!«

Und darauf gab es keine Antwort. Obwohl er sie anstarrte, musste er ihr Recht geben. Was hatte Pirjo in von Knechts Büro gesucht, als die Bombe explodierte?

Yvonne Stridner zog wieder das Laken an Ort und Stelle und sagte:

»Ich wasche mir jetzt die Hände. Sie können schon mal in mein Büro gehen.«

Gehorsam zog er von dannen.

»Um erst einmal den Fall Richard von Knecht hinter uns zu bringen, dazu kann ich sagen, dass die Identifizierung jetzt abgeschlossen ist. Der Gerichtsodontologe hat keine Sekunde gezögert. Die Zähne stimmen überein. Ich habe auch noch die Fraktur der rechten Tibia kontrolliert. Ich habe mir die fünfunddreißig Jahre alten Röntgenbilder nach einem Skiurlaub in St. Anton besorgen können. Ein unkomplizierter Bruch.«

Sie wedelte mit irgendwelchen größeren Röntgenbildern in der Luft herum. Es war nicht einfach, interessiert zu wirken, wenn die Gedanken die ganze Zeit um eine andere Leiche kreisten. Wie konnte er Hannu erreichen? Er brauchte ein Telefon.

»Entschuldigung bitte. Dürfte ich mal Ihr Telefon benutzen? Ich habe nämlich zwei Inspektoren in der Stadt herumlaufen, die nach der Frau suchen, die unter dem Laken da hinten liegt.«

Sie nickte und machte eine Handbewegung zum Telefon auf dem Tisch hin. Andersson erwischte eine Sekretärin, die versprach, Hannu Rauhala und Birgitta Moberg zu suchen. Sie würde ihnen ausrichten, dass sie unverzüglich ins Hauptquartier zurückkehren sollten, um sich mit ihm zu besprechen.

Danach konnte er Stridners weiteren Berichten konzentrierter folgen. Es gab jetzt keinerlei Zweifel mehr, dass es wirklich von Knecht war, der am Dienstagabend auf der Straße aufgeschlagen war. Vor drei Tagen. Andersson hatte das Gefühl, inzwischen um drei Jahre gealtert zu sein. Stridners Vortrag riss ihn aus seinen Gedanken:

»Es gibt außer einer Quetschung im Nacken und dem Hieb auf den Handrücken keine anderen Zeichen von Gewalt. Die übrigen Verletzungen rühren alle von dem hohen Fall her. Ach ja. Und dann habe ich eine eigentlich nicht notwendige Sache gemacht. Einfach um meine Neugier zufrieden zu stellen. Heute kam der von mir gewünschte Bericht vom Labor. Es gibt eine deutliche Verfettung der Leber. Der gute Richard hat in letzter Zeit offenbar reichlich getrunken.«

»Überrascht Sie das?«

»Ja, schon. Er war immer sehr auf sein Aussehen und seine gute Kondition bedacht. Er achtete sehr darauf, wie viel er aß und trank. Ich habe ihn in der Zeit, als wir miteinander verkehrten, niemals auf einem Fest betrunken erlebt oder davon gehört. Aber das ist natürlich auch fünfzehn Jahre her.«

»Und worauf kann das hindeuten?«

Sie sog die Unterlippe ein und schien eine ganze Weile nachzudenken, bevor sie antwortete.

»Schwer zu sagen. Der üblichste Grund, warum Leute zur Flasche greifen, ist, dass sie ein Problem haben, das sie nicht lösen können. Vor allem Männer.«

Mit schlechtem Gewissen dachte Andersson an sein abendliches Bierchen, beschloss aber sogleich, dass er kein Alkoholiker war. In seinem Alter war es angenehm, abends bei einem oder zwei Bier zu entspannen. Vielleicht auch drei. Und man schlief gut danach. Obwohl – gewisse Nebenwirkungen hatte es ja doch. Unbewusst versuchte er den Bauch einzuziehen. Mit finsterem Blick schaute er die Pathologin an und fasste zusammen:

»Wir haben also einen gesunden, frisch aus der Sauna kommenden sechzigjährigen Mann. Physisch in guter Verfassung, aber mit dem Hinweis auf gesteigerten Alkoholkonsum in letzter Zeit. Ein Promillegehalt von 1,1 im Blut. Im Magen liegt ein üppiges Mittagessen. Um halb sechs an einem regnerischen und windigen Novemberabend tritt er auf seinen Balkon, obwohl er unter Höhenangst leidet. Dort wird ihm auf den Hinterkopf geschlagen, auf die Hand gehackt und er wird über die Brüstung gekippt. Und nicht die geringste Spur vom Mörder! Und sonst haben Sie nichts gefunden?«

Der letzte Satz klang wie ein Flehen. Und so war es auch gemeint. Sie schüttelte den Kopf, hielt aber plötzlich inne und blickte nachdenklich. Ein freches Aufblitzen war in ihren Augen zu sehen.

»Doch, vielleicht ja doch. Der kleine Schelm war nicht so erkältet, dass er nicht trotzdem an seinem Todestag noch Sex gehabt hätte. Das ist nicht hundertprozentig sicher, aber eigentlich bin ich ziemlich überzeugt davon, dass dem so ist. Dass er also Geschlechtsverkehr hatte, meine ich.«

Unbewusst rutschte Andersson auf seinem Stuhl weiter vor und beugte sich über den Schreibtisch.

»An dem bewussten Tag? Weiter!«

»Auf der Spitze seines Penis', direkt auf der Eichel, habe ich eine flache Schnittwunde entdeckt, vier Millimeter lang. So etwas habe ich schon mal gesehen. Sie entsteht beim Geschlechtsverkehr, wenn dem Mann ein Haar dazwischen gerät. Das Interessante ist aber, dass diese Wunde maximal vierundzwanzig Stunden alt sein kann. Natürlich kann ein Mann auch ohne Sex ein Haar unter die Vorhaut kriegen, aber dann entstehen selten Wunden. Er spürt das Haar vorher. Aber bei großer Erregung ist das bekanntermaßen anders.«

Andersson nickte und meinte nachdenklich:

»Am Montag oder Dienstag machte er also einen drauf im Ehebett. Aber nicht mit seiner Frau, denn Sylvia befand sich zu der Zeit in Stockholm. Mit jemand anderem. Wer kann das gewesen sein?«

»Jetzt sind wir wieder bei Ihrem Job. Nicht bei meinem«, erwiderte Yvonne Stridner.

Sie lächelte ein wenig und schien zufrieden mit dem Effekt, den ihr Hinweis auf Andersson hatte. Wahrscheinlich zeigte sein rotfleckiges Gesicht, dass sein Blutdruck wieder einmal eine Spur zu hoch stieg.

»Nehmen Sie eigentlich etwas gegen Ihre Hypertonie?«, fragte sie.

»Meine Hyper… Was zum Teufel hat das mit von Knecht und Pirjo Larsson zu tun!«

Zu spät merkte er, dass er die Pathologieprofessorin Yvonne Stridner anschrie! Das war nicht gut. Mit ruhiger, absolut kalter Stimme erwiderte sie:

»Nichts. Außer dass Sie eine Hirnblutung bekommen können und dann niemals den Mord an Richard aufklären werden oder was der Finnin passiert ist. Hieß sie Pirjo?«

»Ja. Pirjo Larsson. Verzeihen Sie, dass ich geschrien habe. Es ist im Augenblick alles zu viel.«

»Ein Grund mehr, den Blutdruck zu überprüfen und Medikamente zu nehmen. Aber jetzt muss ich wieder an die Arbeit.«

Demonstrativ schaltete sie ihren Computer ein und begann auf die Tasten zu schlagen, ohne ihn noch weiter anzusehen. Ausgezählt! Immer kam er sich in Stridners Gegenwart dumm und ausgeknockt vor. Alles lief nur nach ihrer Nase. Ihm ging es wie einem ihrer armen Prüflinge. Er hatte vollstes Mitleid und ungeteilte Sympathie mit ihnen.

»Vielen Dank. Und bis bald«, sagte er tonlos.

Ohne vom Bildschirm aufzusehen, murmelte sie nur ein kurzes »Tschüss«.

Ganz konzentriert auf eine wichtige Arbeit. Er spürte, wie die Wut in ihm aufstieg, als er zum Ausgang ging. Es pochte in seinen Schläfen und ihm fiel voller Schuldbewusstsein ein, dass er am Morgen vergessen hatte, seine Blutdrucktabletten zu nehmen. Vielleicht sollte er auch lieber mal wieder zum Betriebsarzt gehen und die Werte überprüfen lassen? Das letzte Mal war schon eine Weile her. Ach, so ein Quatsch! Wer hatte denn Zeit für sowas? Diese alberne Frau Professorin!

Was wusste sie denn schon von Blutdruck? Zu ihr kamen die Patienten doch erst, wenn es schon zu spät ist. Da interessiert der Blutdruck nicht mehr! Gestärkt durch seine lautlose Schimpfkanonade setzte er sich ins Auto und fuhr zurück zum Polizeipräsidium. Es war Mittagszeit, aber er hatte absolut keinen Hunger. Der Geruch von gebratenem Fleisch stach ihn immer noch in den Nasenflügeln.

Birgitta Moberg war an ihrem Platz. Sie war überrascht, als sie hörte, dass Andersson sie gesucht hatte. Aber das war nicht der Grund, dass sie im Polizeipräsidium war, sie wollte noch zu Mittag essen, bevor sie Bobo Torsson aufsuchte. Ob Andersson mit in die Kantine gehen wollte? Nein, das wollte er nicht.

Er bedeutete ihr, stattdessen in sein Büro zu kommen. Ohne ihn ein einziges Mal zu unterbrechen, folgte sie aufmerksam seinem Bericht darüber, was er bei der Pathologin erfahren hatte. Wobei er die Diskussion über seinen Blutdruck natürlich aussparte. Die ging allein ihn etwas an. Ihre braunen und normalerweise so fröhlichen Augen sahen besorgt aus.

»Das klingt ja tatsächlich, als ob es Pirjo wäre. Die armen Kinder, so ganz allein«, sagte sie.

»Und ihr Stiefvater? Larsson?«

»Hannu hat ihn heute Morgen per Telefon erreicht. Göte Larsson, siebenundvierzig Jahre alt. Er ist in Malmö gemeldet. Offenbar lebt er mit einer Polin in Rosengård zusammen. Er arbeitet im Augenblick für eine polnische Spedition. Er behauptet, er hätte seit zwei Jahren keinen Fuß mehr auf Göteborgs Straßen gesetzt.«

»Hmm. Dann muss das Sozialamt wohl die Verwandten der Kinder in Finnland suchen. Nun gut, jetzt geh du erst mal was essen, ich warte hier auf Hannu. Um ein Uhr habe ich einen Termin, aber wir können uns um halb drei zusammensetzen.«

»In Ordnung. Ich werde versuchen herauszukriegen, wer von Knechts Sexpartnerin gewesen sein kann. Valle Reuters kleine Freundin Gunnel behauptet ja, Richard überhaupt nicht zu kennen. Und ich glaube ihr. Sie hat so offen über ihre Männer gesprochen, wie man es sich nur wünschen kann. Nein, das muss jemand anders gewesen sein. Vielleicht hat er sich ein Callgirl bestellt? Nur ärgerlich, dass er noch in der Sauna und Dusche war.«

Mit einem Winken verschwand sie auf dem Flur in Richtung Kantine. Andersson blieb eine ganze Weile reglos sitzen und starrte nachdenklich vor sich hin. Nicht eine brauchbare Idee kam ihm. Die ganze Zeit sah er das Bild von Pirjos verkohltem Körper vor sich. In seinen Ohren klang Stridners Stimme:

»Frag lieber, was sie da gemacht hat!«

Er legte einen Zettel auf Hannus Schreibtisch. »Eilige und sehr wichtige Information betr. Pirjo L.« schrieb er darauf, um zu unterstreichen, wie wichtig es war, dass sie miteinander sprachen. Nach einer ermüdenden und schweißtreibenden Hosenanprobe kehrte er wieder in sein Zimmer zurück. Hannu saß mit einem Block auf dem Schoß da und schaute aus dem schmutzigen, streifigen Fenster. Fühlte er sich auch von der bleichen, schwach scheinenden Sonne zu einer Tour in die Stadt verlockt? Seine eisblauen Augen verrieten nichts von einer derartigen Sehnsucht oder überhaupt von irgendwelchen Gefühlen. Sie waren ruhig und wach.

Auch Hannu hörte ihm zu, ohne ihn zu unterbrechen. Er nickte nur ein paar Mal. Offensichtlich passten die Teilchen in sein Konzept. Der Kommissar beneidete ihn. Er selbst hatte das Gefühl, er hätte nur ein einziges Chaos, ein Wirrwarr vor sich. Wenn er doch nur den richtigen Faden finden und damit das Durcheinander entwirren könnte. Aber so, wie die Lage war, mussten sie noch eine Weile herumwühlen und dort nachgraben, wo es am meisten nach Scheiße roch. Mit anderen Worten: polizeiliche Routinearbeit. Der Kommissar fragte:

»Was hast du über Pirjo herausgekriegt, abgesehen von dem, was wir schon wissen? Birgitta hat mir erzählt, dass Pirjos Typ sich in Malmö aufhält, den können wir also erst mal streichen. Was wir brauchen, ist eine Erklärung, was sie mit der Bombe in der Berzeliigatan zu tun hat.«

»Ich habe sie im Register gefunden. Sie ist zweimal wegen Bagatelldiebstählen geschnappt worden. Beide Male hat sie Bewährung gekriegt. Beim ersten Mal hat sie einen Schneeanzug bei Obs mitgehen lassen, beim zweiten Mal Fleischwurst und eine Schachtel Makkaroni bei ICA am Angereds torg«, berichtete Hannu.

»Und sonst nichts?«

»Nein.«

»Das klingt nicht direkt nach einer Bombenlegerin. Aber interessant, dass sie überhaupt ein Strafregister hat. Hast du die Kollegen in Helsinki gefragt, ob sie dort auch geführt wird?«

»Ja. Die Antwort soll heute Nachmittag kommen.«

»Von einem Freund von dir bei der Helsinkier Polizei?«

Andersson hätte sich auf die Zunge beißen können. Aber er war gleichzeitig so ungemein neugierig und hätte gern etwas mehr über diesen verschlossenen Mann erfahren. Warum? Weil er eine alte Plaudertasche war, zensierte er sich selbst. Aber die Frage war nun einmal gestellt. Und er bekam die Antwort, die er verdiente:

»Ja.«

Ruhig blätterte Hannu eine Seite seines Blocks um. Ohne aufzusehen, begann er zu lesen:

»Am Montag haben Pirjo und Marjatta von Knechts Wohnung sauber gemacht. In der Nacht wurde Juhu krank, er bekam die Grippe. Pirjo hat im Pressbyrån am Dienstagnachmittag geputzt. Am Mittwochvormittag fuhr Pirjo wieder zu den von Knechts, musste aber unverrichteter Dinge wieder nach Hause gehen. Sie hat den Kindern erzählt, dass von Knecht tot ist. Am Nachmittag hat sie Essen gekocht. Kurz nach fünf hat sie dem Mädchen gesagt, dass sie ›noch mal los müsse und außer der Reihe putzen‹. Danach ist es, als hätte sie sich in Rauch aufgelöst. Buchstäblich.«

Andersson spürte ein leichtes Schaudern im Nacken. Er nickte, um dieses Gefühl zu überspielen, und fragte:

»Was hat sie in der Berzeliigatan gemacht?«

Die eisblauen Augen musterten ihn einen Moment, dann kam die Antwort:

»Geputzt.«

Ihre Blicke trafen sich. Beide schüttelten gleichzeitig den Kopf. Langsam und nachdrücklich und als hätte er Angst, dass ihm der lächerliche kleine Einfall, der ihm gekommen war, gleich wieder aus dem Gedächtnis entgleiten könnte, wenn er ihn nicht in Worte kleidete, sagte Andersson:

»Nein. Sie wusste doch, dass von Knecht tot war. Sie hatte zwei kranke Kinder zu Hause. Es war fast halb sieben, als der Schuppen in die Luft flog. Nein, sie ist nicht dorthin gefahren, um zu putzen, sondern um zu klauen.«

»Könnte sein.«

Wieder blieb es still. Beide sahen den Haken. Es war Hannu, der ihn benannte:

»Die Schlüssel.«

»Laut Irene hat Sylvia von Knecht gesagt, dass alle Schlüssel, die sie kennt, auf ihrem Platz in der Wohnung in der Molinsgatan waren.«

»Die sie kennt«, wiederholte Rauhala.

Als er seine eigene Worte noch einmal hörte, wurde auch Andersson klar, wo die Lösung lag. Erregt sagte er:

»Es muss einen Schlüsselbund gegeben haben, von dem Sylvia nichts wusste! Aber wie hat Pirjo ihn in die Hände gekriegt?«

»Sie hat ihn gestohlen. Oder auf andere Weise bekommen.«

»Gestohlen?«

»Als sie am Montag bei von Knecht geputzt hat. Er kann ihn rausgelegt haben.«

»Kann sein. Und bekommen?«

»Damit sie das Büro sauber macht.«

Der Kommissar begriff. Sylvia hatte Irene erzählt, dass sie jedes Mal, wenn Richard wollte, dass sein Büro geputzt wurde, Pirjo bat, zu kommen. Er nickte.

»Da sagst du was. Dann muss er Pirjo die ›heimlichen‹

Schlüssel gegeben haben. Und das würde erklären, wieso sie einen Schlüssel hatte und warum Sylvia ihn nicht vermisste. Man vermisst nichts, von dem man nichts weiß. Ich glaube, wir haben da was entdeckt!«

Fast hätte er Hannu auf die Schulter geklopft, aber im letzten Moment besann er sich noch. Es gelang ihm, die ausholende Geste der rechten Hand dadurch zu tarnen, dass er sich über die Glatze strich und mit den Fingern durch den schütteren Haarkranz fuhr.

»Hm, ja. Wir werden von Tommy und Fredrik erfahren, was heute bei der brandtechnischen Untersuchung herausgekommen ist. Und wir müssen sicher sein, dass es wirklich Pirjo ist, die da hinten in der Pathologie liegt. Kannst du die Tochter mal fragen, zu welchem Zahnarzt Pirjo ging? Wenn sie überhaupt zu einem ging, heißt das.«

Ihm war eingefallen, was die Stridner über den schlechten Zustand der Zähne des Opfers gesagt hatte. Hannu sah den Kommissar mit ernstem Blick an.

»Ich sage den Kindern nichts, solange wir nicht ganz sicher sind, dass es Pirjo ist.«

Andersson nickte. »Ja, es ist bestimmt besser zu warten, bis wir ganz sicher sind.«

Aber in seinem tiefsten Inneren war er überzeugt davon, dass Pirjo gefunden worden war.

»Dann war sie also Dienstag nicht da.«

»Wieso Dienstag?«

Hannu warf ihm einen ungeduldigen Blick zu. »Also war es nicht Pirjo, die am Dienstag bei von Knechts sauber gemacht hat, während er zu Mittag speiste. Das muss der Mörder gewesen sein. Pirjo hat im Pressbyrån geputzt.«

Andersson ertappte sich dabei, dass er den Mann ihm gegenüber anstarrte. Dieser wettergegerbte Mann mit den Eisaugen und den hellblonden Haaren stieg um einiges in seiner Achtung. Mit einem leichten Schamgefühl fiel ihm ein, dass er ihn fast verdächtigt hätte, die undichte Stelle zur Presse zu sein. Schnell schob er diesen Gedanken zur Seite und sagte:

»Hast du überprüft, ob sie nicht noch woanders war, sondern wirklich nur im Pressbyrån an diesem Dienstagnachmittag?«

»Ja.« Für eine Weile versank der Kommissar ins Grübeln. Dadurch, dass Pirjos Körper am Brandherd gefunden worden war, hatte sich die Lage schlagartig geändert. Also hing doch alles zusammen.

»Du musst versuchen noch mehr über Pirjo herauszukriegen. Vor allem brauchen wir jemanden, der mit den Kindern redet. Kannst du morgen auch kommen? Wir müssen die Spur verfolgen, so lange sie noch heiß ist«, schloss Andersson.

Die Wortwahl war nicht besonders gelungen. Der Geruch nach verbranntem Fleisch stach ihn immer noch in der Nase. Er wusste, dass das nur Einbildung war, aber ihm war klar, dass es mit Mittagessen eine ganze Weile erst mal nichts werden würde. Hannu schlug seinen Block zu und nickte kaum sichtbar.

»Ja, doch.«

Gegen drei Uhr wurde er dann doch hungrig und ging hinunter in die Kantine. Er kaufte Kaffee, zwei vertrocknete Käsebrote in Plastik und eine Makrone. Das war nicht besonders phantasievoll, füllte aber den Magen. Mit einem dampfenden Nachschlag in der Tasse vor sich auf dem Tisch lehnte er sich zurück und versuchte für eine Weile an etwas anderes zu denken. Zivile und uniformierte Kollegen defilierten an seinem Tisch vorbei. Einige grüßten, ein paar blieben stehen und wechselten einige Worte mit ihm. Die meisten gingen einfach vorbei. Plötzlich spürte er, dass jemand schräg hinter ihm stand. Als er sich umdrehte, entdeckte er Birgitta Moberg.

»Hallo, komm, setz dich zu mir«, sagte er.

»Nein, vielen Dank. Ich bin viel zu sauer, um zu sitzen!«

Erst jetzt bemerkte er, dass sie mit in die Hüften gestemmten Armen breitbeinig dastand. Ihre Stimme klang wie ein Schlangenzischen. Auch wenn er laut seiner Exehefrau ein Holzbock war, was die Gefühle von Frauen anging, so begriff er doch, dass hier etwas nicht stimmte. Einige Kollegen an den benachbarten Tischen schauten schon verwundert herüber. Andersson fühlte sich unbehaglich. Wenn sie nun dachten, sie wäre auf ihn so sauer? Und das war sie ja wohl nicht, oder? Unsicher fragte er:

»Wollen wir hoch in die Abteilung gehen und drüber reden?«

»Ja.«

Sie drehte sich auf dem Absatz um und rauschte durch die Tür hinaus. Mit einem enttäuschten Seufzer verzichtete der Kommissar auf seinen Kaffee. »Man soll auf seine Untergebenen hören, wenn sie mit ihren Problemen kommen«, hatten sie bei diesem idiotischen Kurs betont, den er gezwungenermaßen vor ein paar Jahren hatte besuchen müssen.

»Dieses verfluchte Arschloch! So ein… Idiot!«

»Wer? Ich?«

»Nein! Bobo Torsson!«

Die erste Reaktion des Kommissars war Erleichterung, die zweite Überraschung. Vorsichtig fragte er:

»Hat er dich irgendwie gereizt?«

Da explodierte sie. Die Tränen liefen ihr aus den Augen, als sie schrie:

»Gereizt! Er hat mich gegen die Wand gedrückt, mir zwischen die Beine gegriffen und mir in die Brust gebissen! Ich werde ihn anzeigen!«

Andersson fehlten die Worte. Und die Situation entspannte sich nicht gerade, als Jonnys aufreizende Stimme in der Türöffnung zu hören war:

»Oioioi, die kleine Birgitta ist wohl vom großen Modefotografen entdeckt worden! Hast du ihm gezeigt, was du zu bieten hast?«

Er stand entspannt an den Türpfosten gelehnt, ein ironisches Grinsen übers ganze Gesicht. Dieser Kerl mit seiner losen Klappe!, konnte Andersson gerade noch denken. Dann klatschte es. Halb erstickt vor Wut fauchte sie:

»Das hier habe ich zu bieten!«

Birgitta durchquerte blitzschnell das Zimmer. Jonny reagierte zu langsam und sah nicht ihr Knie kommen, das sie ihm mit aller Kraft zwischen die Beine rammte. Mit einem dumpfen Stöhnen sackte er zusammen, beide Hände auf die Genitalien gepresst.

Birgitta sagte triumphierend:

»Persönlicher Rekord! Zwei Kerle mit blauen Klötzen innerhalb von nur dreißig Minuten!«

Mit geradem Rücken und hoch erhobenem Kopf stieg sie über den in sich zusammengesunkenen Jonny, um auf den Flur zu gehen. Erst in dem Augenblick kam wieder Leben in Andersson.

»Birgitta! Du gehst nirgendwo hin! Was zum Teufel treibt ihr hier? Kloppt euch wie die Kinder! Zwei Polizisten!«

Langsam wandte sie ihr rot geweintes Gesicht ihm zu. Es war schwer zu verstehen, was sie sagte, weil ihre Stimme vor Erregung bebte:

»Du hast nichts kapiert. Ich bin noch nie in meinem Leben so gedemütigt worden. Vielleicht schon mal als Frau. Aber nicht als Vertreterin meines Berufsstandes!«

Es begann in Anderssons Kopf zu dröhnen. Jonny auf dem Boden stöhnte, zog sich aber langsam in eine sitzende Position hoch, den Türpfosten als Rückenlehne benutzend. Ein paar Kollegen von der allgemeinen Fahndung blieben neugierig auf dem Flur stehen. Andersson machte ein paar schnelle Schritte und schloss die Tür mit einem Knall.

»So, und jetzt setzt euch! Alle beide! Das kann zu einem Disziplinarverfahren werden, wenn ihr nicht aufpasst!«

Jonny zischte:

»O ja, ich werde sie anzeigen. Verdammte Hure!«

Andersson sah, wie Birgitta ganz blass wurde. Für einen Moment fürchtete er, sie würde in Ohnmacht fallen. Als sie wieder sprechen konnte, bewegten sich ihre Lippen kaum.

»Jetzt reicht es mir. Das war der Tropfen!«

Sie schaute Andersson an. Normalerweise funkelten ihre

braunen Augen fröhlich, aber jetzt sahen sie aus wie geschmolzenes Blei.

»Seit ich hier angefangen habe, muss ich diesen Idioten ertragen. Zuerst wollte er fummeln, und als ich ihm sehr deutlich klar gemacht habe, was ich davon halte, kamen die Sticheleien. Dass ich einen lockeren Lebenswandel führe. Eine leichte Beute sei, die man schnell rumkriegt. Du hast es ja gerade selbst gehört: verdammte Hure. ›Freundschaftliche‹ Klapse auf den Po soll ich doch bitte schön hinnehmen. In meinem internen Eingangskorb liegen ausgeschnittene Bilder aus irgendwelchen Pornozeitschriften. Frauen mit Riesentitten und lesbische Paare. Ich habe die ganze Zeit gewusst, dass Jonny dahinter steckt, habe es aber nie beweisen können«, sagte sie tonlos.

»Warum hast du mir nichts davon gesagt?«, wunderte Andersson sich.

Sie warf ihm ein müdes Lächeln zu.

»Und was hättest du dann getan?«

»Nun ja, ich…«

Er verstummte verwirrt. Was hätte er getan? Die Verunsicherung stieg wieder in ihm auf. Es gab doch immer Probleme, wenn Frauen im Spiel waren. Das war zu Beginn seiner Karriere besser gewesen. Zu der Zeit arbeiteten weibliche Polizisten nur im Innendienst und Büro. Und es waren nur wenige an der Zahl. Da gab es draußen im Feld nur Männer, was sehr praktisch war. Man brauchte keine Rücksicht auf weibliche Empfindlichkeiten zu nehmen, wenn es um derbe Witze und Neckereien ging. Nein, Frauen in der Truppe, das war nicht einfach. Und das Schlimmste dabei war, dass es immer mehr wurden. Wenn sie sich für einen Männerberuf entschieden, dann müssen sie doch wohl auch die Bedingungen und den Jargon akzeptieren! Obwohl, Ausschnitte aus Pornozeitschriften, das war ja wohl eine Nummer zu derb…

Sie stand immer noch mit leblosem Blick da und wartete auf seine Antwort. Andersson bekam das unangenehme Gefühl, mitschuldig zu sein, aber woran? Birgitta lieferte ihm die Antwort:

»Sexuelle Nötigung. Das läuft hier ab. Irgendwann reicht es. Frauen müssen sich ja einiges von Kollegen gefallen lassen. Aber verflucht noch mal, ich denke gar nicht daran, mir das auch noch von so einem Dreckskerl wie Torsson gefallen zu lassen!«

Plötzlich fühlte der Kommissar sich alt und müde. Das ging über seine Kräfte. Jonny war aufgestanden und der Blick, den er Birgitta zuwarf, glühte vor Wut.

Mit pochenden Kopfschmerzen stand auch Andersson auf und stellte einen weiteren Stuhl an seinen Schreibtisch.

Sicherheitshalber stellte er die beiden Besucherstühle jeweils an die Schmalseiten. Mit einer müden Geste bedeutete er den beiden Kombattanten, dass sie sich setzen sollten. Widerwillig setzten sie sich einander gegenüber. Keiner schaute den anderen an. Verkniffen stellte Andersson fest:

»So kann das in unserer Abteilung nicht weitergehen. Seid ihr meiner Meinung?«

Keiner der beiden gab ihm eine Antwort. Er fuhr verdrossen fort:

»Jonny, du hörst sofort mit allen dummen Scherzen und Zeitungsausschnitten auf. Und du, Birgitta, du greifst hier nie wieder jemanden tätlich an. Auch wenn es sich nur um einen Mann handelt. Wenn Bobo Torsson dich jetzt anzeigt! Noch so ein Ding und ich sorge dafür, dass du in den Innendienst versetzt wirst. Und das gilt auch für dich, Jonny!«

Das war nicht besonders toll, aber das Beste, was ihm im Augenblick einfiel. Er brauchte mehr Kaffee. Und eine Kopfschmerztablette. Ein Röhrchen mit Treo lag in seiner Schreibtischschublade. Er musste nur erst diesen Streit hier schlichten. Müde wandte er sich Jonny zu.

»Was wolltest du eigentlich, als du hergekommen bist?«

Zuerst sah Jonny aus, als denke er gar nicht daran, auf diese Frage zu antworten. Aber seine Disziplin siegte und er erklärte mit zurückgehaltener Wut in der Stimme:

»Ich habe mit Sylvia von Knechts Mutter und Schwester gesprochen. Sie bestätigen Sylvias Alibi. Sie waren im Theater und hinterher haben sie etwas gegessen. Mit ihr hat Viktors also nicht den Sonntagabend verbracht. Und jetzt fahre ich zum Parkhaus in der Kapellgatan. Und ich habe keine Pornobilder in Birgittas Eingangskorb gelegt!«

Mit viel Mühe sammelte er die Reste seiner Würde zusammen und versuchte nicht zu hinken, als er aus der Tür ging.

Die Luft entwich aus Birgitta und sie stützte schwer ihre Stirn in die Hände. Andersson fürchtete schon, sie könnte anfangen zu weinen. Das hatte er noch nie ertragen können. Etwas zu schnell sagte er:

»Also, jetzt hole ich uns erst mal zwei Tassen Kaffee aus dem Automaten. Und dann musst du mir genau berichten, was bei diesem Mistkerl Torsson passiert ist. Nachdem wir den Kaffee getrunken haben.«

Letzteres fügte er schnell hinzu, als er den Eindruck gewann, ihre Schultern würden zu zittern beginnen.

»Er kam gegen halb drei. Groß, schlank und solariumsgebräunt. Mit blondierten Strähnchen im Haar. Armanijacke und abgewetzte Blue Jeans. Laut seinem Ausweis ist er siebenunddreißig, aber er arbeitet schwer daran, zehn Jahre jünger auszusehen. Als er in mein Büro geführt wurde, tönte er sofort los: ›Ich gestehe alles, wenn Sie mich nicht nur verhören, sondern auch gleich verführen!‹ Und fing an, wie ein Wahnsinniger zu lachen. Er stank nach Alkohol, aber ich denke, da steckt noch was anderes dahinter. Ich tippe auf Amphetamine. Vielleicht Kokain. Er hat sich ein paar Mal mit dem Finger unter der Nase gerieben, als er bei mir saß und herumquatschte. Er hat bestimmt gesnifft, bevor er zu mir gekommen ist. Er war reichlich ausgelassen und gleichzeitig ziemlich unruhig. Konnte nicht ruhig auf dem Stuhl sitzen, musste die ganze Zeit in Bewegung bleiben. Gegen Ende des Gesprächs, ungefähr nach einer halben Stunde, fing er fürchterlich an zu schwitzen. Da habe ich ihn gefragt, ob es ihm nicht gut ginge.

Und da… da ist er auf mich losgegangen. ›Du wirst schon sehen, wie schlecht es mir geht!‹, hat er geschrien, und als ich aufgestanden bin, hat er mich gepackt, an sich gezogen, und gegen die Wand gedrückt. Hat mir zwischen die Beine gegriffen… und mir in die rechte Brust gebissen.«

Birgitta unterbrach sich und kämpfte darum, nicht wieder in Tränen auszubrechen. Andersson sah sehr besorgt aus, als er sich über den Schreibtisch beugte. Mit teilnahmsvoller Stimme fragte er:

»War das ein kräftiger Biss? Ist davon noch was zu sehen?«

Sie nickte schluchzend.

»Gut! Nun ja, ich meine, natürlich nicht gut, dass er dich gebissen hat. Aber wenn es davon Spuren gibt, dann wollen wir zusehen, dass sie fotografiert werden. Und ein Arzt soll dich untersuchen und eine Bescheinigung ausstellen. Erzähl weiter.«

»Zuerst schien er gar keinen Schmerz zu spüren, als ich ihm einen Kniestoß versetzt habe. Ich musste meine Daumen in seine Augen drücken, damit er endlich loslässt. Und dann fing er wieder an wie ein Wahnsinniger zu lachen. Und dann klappte er zusammen, mit der Hand im Schritt. Eine ganze Weile sagte er gar nichts. Ich war auf einen neuen Angriff gefasst, aber ihm war die Luft ausgegangen. Schließlich stand er auf und flüsterte: ›Ich werde dich kriegen. Ich weiß, wie du heißt. Und nicht einmal deine eigene Mutter wird dich danach wiedererkennen!‹ Und dann ist er abgehauen. Mein Gott! Ich habe nur auf dem Stuhl gesessen und wie Espenlaub gezittert. Und dann bin ich wütend geworden. Ich glaube, eigentlich hatte ich eine Scheißangst, aber die ist in Wut umgeschlagen. Und da habe ich gemerkt, dass ich unbedingt mit jemandem reden muss. Ja, da habe ich dich dann in der Kantine gefunden, und den Rest weißt du.«

Andersson nickte und dachte eine Weile nach. Entschlossen rief er seine Sekretärin an und bat sie, sofort einen Termin beim Arzt für Birgitta zu machen.

Als das erledigt war, wandte er sich erneut seiner Inspektorin zu. Sie schien wieder etwas Mut gefasst zu haben. Sie lächelte ihn vorsichtig an. Aufmunternd sagte er:

»Wir schaffen es bestimmt vorher, einmal durchzugehen, was Torsson dir erzählt hat. Zuerst einmal: Wo wohnt er?«

»Das wirst du mir nicht glauben. Er hat mir erzählt, er würde bei seinem Cousin wohnen. Gegenüber dem abgebrannten Haus in der Berzeliigatan. Der Cousin ist im Augenblick Besitzer eines kleineren Zigarettenladens.«

»Lasse ›Lillis‹ Johannesson! Soll das ein Witz sein?«

»Nein. Bobo Torsson und Lasse ›Lillis‹ sind tatsächlich Cousins. Ihre Mütter sind Schwestern. Leider habe ich das erst zum Schluss erfahren. Ich konnte nicht näher darauf eingehen, denn das hat er mir erst gesagt, kurz bevor er… durchgedreht ist.«

Jetzt konnte Andersson keine Rücksicht mehr darauf nehmen, dass Birgitta im Zimmer war. Er entschuldigte sich, zog die Schublade seines Schreibtisches heraus und holte das Treo-Röhrchen hervor. Er ging hinaus zur Toilette. Dort nahm er einen Plastikbecher aus dem Automaten und löste zwei Tabletten auf. Während er darauf wartete, bis sie sich aufgelöst hatten, betrachtete er sein Gesicht im Spiegel.

Alt. Zum ersten Mal in seinem Leben war er der Meinung, dass er alt aussah. Uralt. Bereit zum Sterben. Nein, das nun doch wieder nicht. Aber kurz davor. Rotbäckig, mit schütterem Haar und mit Augen, die in Falten und Runzeln fast verschwanden. Man konnte ihn eigentlich mit drei Worten bezeichnen: dick, glatzköpfig und hässlich. Es nützte auch nichts, es auf den Lauf der Zeit zu schieben. Er war zum großen Teil selbst daran schuld. Körperliches Training hatte ihn nie interessiert. Ein bisschen Gartenarbeit und hier und da mal Angeln, das hatte ihm an Bewegung genügt. Er kippte den Inhalt des Plastikbechers in sich hinein und warf einen letzten selbstkritischen Blick in den Spiegel. Leider, Treo war kein Jugendelixier. Er sah noch genauso alt und müde aus wie vorher. War es das Gespräch mit Birgitta, das seinen Altersjammer ausgelöst hatte? Dieses muntere Mädchen, das so attraktiv war, dass die Männer sich nicht beherrschen konnten, sondern ihr in die Brust bissen und ihr pornografische Fotos schickten. Er verlangsamte seine Schritte und überlegte, wie es ihr wohl im Augenblick ging. Traurig, gekränkt und wütend. Verängstigt. Wofür es einen guten Grund gab, wenn Lillis mit im Spiel war. Das Pochen in seiner Schläfe war noch nicht weniger geworden, das war auch nicht zu erwarten so kurz nach der Tabletteneinnahme. Und sobald er wieder an Torsson und Lillis, an von Knecht und Pirjo dachte, begannen die Kopfschmerzen umso schlimmer in seinen Gehirnwindungen zu hämmern.

Sie saß noch genauso da, wie er sie verlassen hatte. Alle Kraft schien aus ihr gewichen zu sein und sie sah müde aus. Tonlos fuhr sie dort fort, wo sie vorher aufgehört hatte:

»Torsson ist schon am Freitagabend nach Stockholm gefahren. Er hat den Zug genommen, er sagt, er habe ein bisschen Flugangst. Das Wochenende verbrachte er mit ›zwei alten Kumpeln‹, beides Fotografen. Ich habe ihre Namen und Adressen. Die drei sollen einen großen Auftrag zusammen machen. Einen Katalog mit der kommenden Herbst- und Wintermode. Das soll wohl schon im Januar anfangen. Deshalb haben sie sich getroffen, um ihre Arbeit zu planen. So weit ich es seinem Gebrabbel entnehmen konnte, haben sie das ganze Wochenende gesoffen. Er hat eine ganze Latte von Kneipennamen heruntergeleiert, in denen sie ihre Abende und Nächte verbracht haben. Café Opera, Gino und was weiß ich, wie sie alle heißen. Und dazu dann noch dieses dreckige Lachen.«

»Du bist dir ganz sicher? Er stand deutlich unter Drogen?«

»Da gibt es keinen Zweifel. Er war bis über beide Ohren vollgedröhnt. Komisch war nur, dass er nicht bei einem seiner Kumpel gewohnt hat, sondern die ganze Zeit ein Zimmer im Hotel Lydmar hatte. Nach seinen Worten ist das ein Jazzclub und Stockholms coolstes Hotel. Ich nehme an, da hat er gelogen, denn ein Jazzclub kann doch nicht gleichzeitig ein Hotel sein, oder?«

»Na, in Stockholm ist alles möglich.«

»Kann sein. Ich werde das überprüfen. Offenbar war er aber kaum auf seinem Hotelzimmer, denn er und die anderen Typen haben das ganze Wochenende durchgemacht. Ohne zu schlafen. Deshalb tippe ich auf Amphetamine.«

»Das klingt ziemlich wahrscheinlich.«

»An den Werktagen versuchten sie dann wohl doch zu arbeiten, und laut Torsson hatten sie einige phantastische ›Visionen hinsichtlich der Gestaltung des Jobs. Eine Biennale‹! Ist das nicht so eine Art große Kunstausstellung, die alle zwei Jahre stattfindet? Jedenfalls forderte die Feierei zum Schluss ihren Tribut. Am Mittwochabend haben sie mal wieder irgendwo gegessen, aber danach wollte Torsson nur noch ins Hotel und schlafen. Er nahm sich ein großes Bier mit aufs Zimmer und setzte sich vor den Fernseher, um das Tempo runterzufahren. Und in den Spätnachrichten sieht er dann, wie sein Zuhause und sein Fotoatelier abbrennen! Zuerst hat er mit seinem Handy Lillis angerufen. Offensichtlich war der es auch, der Torsson sagte, er solle uns anrufen, denn er wüsste auch nicht, was passiert sei. Und da habe ich natürlich nachgefragt, in welchem Verhältnis er zu Lillis steht, und da erfuhr ich, dass er jetzt bei ihm wohnt. Und dass sie Cousins sind. Und danach setzte es bei ihm aus … da hat er mich dann angefallen.«

Die Gegensprechanlage schrillte. Die Sekretärin teilte mit, dass Birgitta sich so bald wie möglich beim Arzt einfinden sollte.

»Okay. Dann lauf los. Und fahr danach nach Hause und erhol dich. Wir werden versuchen Bobo Torsson zu fassen zu kriegen und ihn dann wegen Gewalt gegen eine Polizeibeamtin belangen«, erklärte Andersson beruhigend.

Er stand auf und ging zu ihr. Es fehlte nicht viel und er hätte ihr tröstend auf die Schultern geklopft, aber ihr steifer Nacken und ihr starrer Rücken ließen ihn davor zurückschrecken. Unsicher fuhr er fort:

»Diese Sache mit Jonny, die werden wir erst mal vergessen. Ich werde mit ihm reden. Er meint es mit seinen Sprüchen bestimmt nicht böse. Und er begreift sicher, dass du aufgebracht und wütend warst nach dem, was mit Torsson passiert ist…«

Er brach mitten im Satz ab, als sie ihm ihr Gesicht zuwandte. Es war vollkommen leer und ausdruckslos. Die Augen waren wieder nur Pfützen geschmolzenen Bleis. Ihre Stimme klang heiser und zittrig, als sie sagte:

»Du hast überhaupt nichts verstanden.«

Steif und mechanisch erhob sie sich. Ohne ihn anzusehen, verschwand sie auf dem Flur. Er verstand also nichts von Frauen! Jedenfalls soweit es Jonny betraf. Dass sie wütend wurde und Angst kriegte, nachdem Bobo Torsson sie angegriffen hatte, dafür hatte er ja nun vollstes Verständnis. Aber er hatte keine Idee, was er denn sonst noch hätte verstehen sollen.

Was für ein Tag. Und er war noch nicht einmal zu Ende. Das einzige Positive im Augenblick war, dass die Kopfschmerzen nachließen.

KAPITEL 11

Das Weinen brannte im Hals. Sie versuchte zu rufen, aber Jenny und Katarina hörten sie nicht. Deren glucksendes Lachen verhallte in der Luft. Sie wirbelten davon, immer höher, dem perlmuttschimmernden Himmel entgegen. Sie versuchte ihnen hinterherzufliegen, aber tausende von Wiesenblumen hielten sie mit ihren weichen, unsichtbaren Händen in der warmen Humuserde zurück. Vergeblich versuchte sie sich mit den Füßen gegen die Erde zu stemmen, um Luft zu kriegen. Aber die Zehen gruben sich nur noch tiefer in den Boden und geschmolzenes Metall lief durch ihre Adern. »Guter Gott, sorg dafür, dass sie nicht in den Tunnel gesogen werden!« Sie betete schluchzend. Bis sie bemerkte, dass es gar keinen Lichttunnel gab, sondern nur einen Spalt zwischen den perlenrosa Wolken, durch die ein freundlicher, hellblauer Sommerhimmel blitzte.

Mit einem Ruck wachte Irene auf und setzte sich im Bett auf. Sammie knurrte verärgert. Er lag so gemütlich mit dem Kopf auf ihrem Schienbein. Kein Wunder, dass ihre Füße eingeschlafen waren und sich bleischwer anfühlten. Er durfte eigentlich nicht ins Bett, kroch aber immer im Morgengrauen hinein. Was zu diesem Zeitpunkt ohne Risiko war, denn niemand hatte dann Lust, mit ihm zu diskutieren. Jetzt war es halb sechs, sie hatte knapp fünf Stunden geschlafen. Und fühlte sich hellwach. Das lag natürlich daran, dass sie mehrere Stunden im Zug vor sich hin gedöst hatte.

Krister schnarchte laut neben ihr. Er musste nicht vor neun mit der Arbeit anfangen. Ein Freudenschauer durchfuhr sie bei dem Gedanken, dass sie sich heute einen richtig gemütlichen Abend machen wollten. Sie würde die Kartoffeln schälen und den Salat waschen. Vielleicht auch noch den Wein öffnen. Er würde etwas Leckeres auf dem Herd zaubern und gnädigst den Applaus entgegennehmen. Applaudieren tat sie gern, wenn sie nur drum herum kam, selber zu kochen. Sie legte sich wieder hin, versuchte den Hund mit den Füßen hinunterzuschubsen, aber der rollte sich nur auf den Rücken, streckte die Pfoten in die Luft und tat, als schliefe er. Was er auch bald wirklich tat. Hund und Herrchen begannen einträchtig im Zweivierteltakt zu schnarchen. Mit einem Seufzer wurde ihr klar, dass sie ebenso gut aufstehen konnte.

Der Traum war glasklar gewesen. Sie konnte alle Einzelheiten vor sich sehen. Man brauchte kein ausgebildeter Traumdeuter zu sein, um seine Bedeutung zu verstehen. War sie wirklich so besorgt, weil die Zwillinge selbstständig wurden? Sie fühlte ein starkes Ohnmachtsgefühl, spürte, dass sie ihre Töchter nicht gegen alle Gefahren schützen konnte. Etwas, das sie gelesen oder gehört hatte, kam ihr in den Sinn: »Du kannst deinen Kindern niemals deine Erfahrungen übermitteln. Als Mutter oder Vater kannst du nur versuchen, deine Angst und Unruhe zu verbergen. Versuche behutsam zu lenken, wenn alles schief geht. Sei als Ansprechpartner präsent.« Es gab ihr einen Stich im Herzen und sie schnitt dem dichten Novemberdunkel vor der Windschutzscheibe eine Fratze. Obwohl es auf der Autobahn fast leer war, fuhr sie, ganz gegen ihre Gewohnheit, nicht einmal die zugelassene Geschwindigkeit. Warum fiel es ihr so schwer, den Traum abzuschütteln? Vielleicht weil sie während ihrer Zeit bei der Polizei so viel Elend gesehen hatte? Jugendliche, die eiskalt aus der Gesellschaft ausgeschlossen wurden, die eines gewaltsamen Todes starben und denen wenige oder niemand nachtrauerte. Sie waren Opfer sozialer Armut, der Arbeits- und Hoffnungslosigkeit, schlechter Freunde und Drogen. Manchmal genügte es schon, dass sie zum falschen Zeitpunkt am falschen Platz waren. Wie

John. Sie erschauerte bei der Erinnerung an eines der Ereignisse, das sie beruflich stark erschüttert hatte.

Tommy und sie waren der Kungälvspolisen ausgeliehen worden, um diese bei der Ermittlung des Mordes an dem vierzehnjährigen John zu unterstützen. Es war in einem August gewesen, bei außergewöhnlich heißem, schönem Wetter. John und ein Freund waren an den Ingetorpssjön gefahren, um dort zu zelten. Abends tauchten vier Glatzköpfe auf. Mindestens zwei von ihnen waren stark berauscht. Nur einer von ihnen kannte John von früher. Das war ein Fünfzehnjähriger, der in die gleiche Schule ging und ihn schon seit längerer Zeit verfolgt und gemobbt hatte. Die anderen drei hatten John noch nie gesehen. Fast zwei Stunden lang spielten die vier Glatzköpfe ein grausames Katz-und-Maus-Spiel. Mal waren sie »nett«, dann misshandelten sie John und seinen Freund wieder. John wurde in den See geworfen, aber als er davonschwimmen wollte, zwangen sie seinen Freund zu rufen: »Bitte, bitte John, komm zurück. Sonst verprügeln sie mich!« Er kehrte um und rettete damit das Leben seines Freunds. Aber er selbst wurde bewusstlos getreten und ins Wasser gerollt. Während er ertrank, drehten die Täter sich eine Zigarette und unterhielten sich am Strand.

Ihr wurde plötzlich bewusst, dass sie die Zähne so fest zusammenbiss, dass ihr der Kiefer wehtat. Ihr harter Griff um das Lenkrad ließ die Finger verkrampfen. Aber die Erinnerung ließ sie nicht so schnell los: die grinsenden Glatzköpfe, die während der Gerichtsverhandlung so taten, als ginge sie das alles nichts an und mit Papier raschelten. Ihre Verteidiger baten um Nachsicht für die jungen Mörder. Sie konnten schließlich für ihr Leben Schaden davontragen. Dass sie bereits ein noch jüngeres Leben ausgelöscht hatten, schien plötzlich nicht mehr so wichtig. Die unbeschreibliche Verzweiflung der Eltern. Das verbitterte Flüstern der Mutter vor dem Gerichtssaal: »Die üben Nachsicht mit den Angeklagten, aber nicht mit dem Opfer. Es gibt keine Moral und keinen Respekt.«

Irene bog auf den Parkplatz des Polizeipräsidiums ein, stellte den Motor ab, blieb aber noch im Auto sitzen. Gegen die dunkle Windschutzscheibe wurden weiter die Erinnerungsbilder projiziert. Die Fotos des Staatsanwalts, der Johns gequälten Körper zeigte. Der Junge hatte am ganzen Körper Wunden. Aber die Täter hatten ganz besonders auf den Kopf gezielt. Das Gesicht war geschwollen, die Augen kaum noch zu sehen und die Lippen geplatzt. Kopf und Hals hatten von den vielen Blutergüssen eine groteske dunkellila Farbe. Es war nicht mehr viel von ihm zu erkennen nach dieser blindwütigen Folter. Viele der Zuhörer ertrugen die Bilder nicht, sie verließen weinend den Gerichtssaal. Der verzweifelte Vater konnte nicht mehr an sich halten. Er stand auf und schrie den vier unbeeindruckten Glatzköpfen zu: »Nun guckt euch das verdammt noch mal an!« Einer hob den Kopf, schaute aber neben die Leinwand. Der Fünfzehnjährige starrte mit ausdruckslosem Blick vor sich hin. Keiner von ihnen verzog eine Miene, als der Staatsanwalt ausführte, wie sie den Mord begangen hatten. Die Eltern waren von einer wachsenden Wut erfüllt gewesen. Es hatte sie nach Rache verlangt. Doch gab es in so einem Fall irgendeine Form von Gerechtigkeit? In all den Jahren hatte sie sich diese Frage oft gestellt, aber nie eine befriedigende Antwort darauf gefunden. Vielleicht gab es sie einfach nicht.

Warum kam ihr diese schmerzhafte Erinnerung gerade jetzt in den Sinn? Wahrscheinlich war die CD daran schuld, auf die sie fast getreten wäre, als sie sich gegen Mitternacht durch die Haustür hineingeschlichen hatte. Die Scheibe war aus Jennys offener Schultasche gefallen. Zuerst hatte Irene sie wieder in die Tasche gestopft, aber ein unbewusstes Signal veranlasste sie, sie doch noch einmal hervorzuziehen. Doch, sie hatte in dem schwachen Schein der Flurlampe richtig gesehen. Es war ein Hakenkreuz auf der Hülle. Und der Name der Gruppe war »Svastika«, das Wort für Hakenkreuz auf Sanskrit. Sie musste ihre gesamte Selbstbeherrschung aufbringen, um den Impuls zu unterdrücken, sofort in Jennys Zimmer zu stürmen und diese zur Rede zu stellen! Stattdessen schaute sie nur durch den Türspalt hinein, wie sie es immer tat, und sah, dass ihr kleines Mädchen friedlich schlief, das goldblonde Haar auf dem Kopfkissen ausgebreitet. Das musste bis zum Abend warten. Oder bis morgen. Denn heute Abend sollte ja der gemütliche Abend stattfinden, das war so geplant.

Ein Blick auf ihr Armaturenbrett sagte ihr, dass es fast sieben war. Zeit um auszusteigen und einen Bericht über den gestrigen Stockholmtrip zu schreiben. Das würde nicht einfach werden.

Der Bericht war so gut wie fertig, als Tommy Persson und Hannu Rauhala eintrafen. Sie holten sich jeder eine Tasse Kaffee und setzten sich, um den gestrigen Tag zu besprechen. Doch noch bevor sie damit anfangen konnten, tauchte der Kommissar auf. Er sah müde und erschöpft aus, mit roten Augen und teigiger Haut. Niemand kommentierte seinen Anblick, alle warteten darauf, bis er mit dem Becher vom Kaffeeautomaten zu ihnen kommen würde. Es wurde eng um Irenes Schreibtisch. Natürlich gab es gleich einen großen Kaffeefleck auf der ersten Seite ihres Berichts, aber sie konnte ihn später noch einmal ausdrucken. Alles war ja auf der Diskette mit dem Namen »von Knecht« gespeichert. Andersson begann, indem er von dem Verdacht der Pathologin erzählte, dass die verkohlte Leiche Pirjo war. Nach einem bedrückten Schweigen fragte Irene:

»Aber was ist dann mit der Leiche dieses jungen Mannes, wo ist die dann?«

Tommy antwortete ihr:

»Wahrscheinlich liegt er noch in einem der oberen Stockwerke. Die Brandtechniker haben sich noch nicht nach dort oben vorgewagt, aber sie wollen es jetzt am Wochenende nachholen. Und Pelle meint, es sei vollkommen sicher, dass es eine Höllenmaschine war. Derjenige, der sie installiert hat, wollte ganze Arbeit leisten. Es gibt kein heiles Teil mehr im ganzen Haus. Abgesehen von Knechts Tresor, der in die Wand gemauert und offenbar nur schwer zugänglich ist. Pelle hat davon geredet, eventuell einen fahrbaren Kran einzusetzen. Übrigens, ich habe das ältere Ehepaar aus dem ersten Stock nicht vernehmen können. Sie sind am Mittwochabend ins Mölndals Krankenhaus gebracht worden, dort über Nacht geblieben und am nächsten Tag zu ihrer Tochter gefahren. Aber am Donnerstagmorgen musste der Mann wieder eingeliefert werden. Herzinfarkt. Er liegt auf der HIA und es geht ihm sehr schlecht. Die Frau ist offenbar auch zusammengeklappt. Die Tochter ist verzweifelt und hat mich gebeten, mit der Befragung ihrer Mutter bis Montag zu warten.«

Hannu warf eine Frage dazwischen.

»HIA?«

»Herzintensivstation. Ich bleibe aber im Kontakt mit dem Pensionärspaar, denn ich habe den Verdacht, sie könnten etwas gesehen oder gehört haben, was mit der Bombe zu tun hat. Um eine so große Bombe zu bauen, braucht man so einiges, und sie muss vor Ort installiert werden. Nicht zuletzt die Benzinkanister müsste doch jemand gesehen haben.«

Andersson räusperte sich.

»Gibt es irgendeinen Zeugen, der in den letzten Tagen etwas Verdächtiges gesehen hat?«

»Nein, und das ist sonderbar. Niemand erinnert sich an eine mysteriöse Person oder daran, dass er etwas Merkwürdiges gehört hat. Ein älterer Mann im Nachbarhaus, Adresse Sten Sturegatan, hat sein Schlafzimmerfenster im ersten Stock zum Hof hin. Vor dem Fenster gibt es einige Privatparkplätze, einer davon gehört von Knechts. Nach Aussagen dieses Mannes kam von Knecht kurz vor eins in der Nacht zum Samstag und parkte seinen Porsche auf seinem Parkplatz.

»Also Freitagnacht?«

»Ja. Und er ist sich da ganz sicher. Es war der Porsche. Ein Porsche Targa ist ja nun ein Wagen, der auffällt. Ich habe Sylvia von Knecht gestern Nachmittag angerufen und sie gefragt, ob das stimmen könnte. Aber ihrer Meinung nach ist es vollkommen ausgeschlossen. Offenbar hatten sie am Freitagabend schon so eine Art Vorfeier. Bis auf Sylvias alte Mutter ist niemand vor halb zwei Uhr nachts ins Bett gegangen. Und auch wenn sie ihren Schwiegersohn nicht mochte, glaube ich nicht, dass die Alte den Porsche genommen hat und in die Berzeliigatan gefahren ist, um dort eine Bombe zu legen. Und sonst auch keiner aus der Runde. Sylvia wurde stinksauer, als ich sie fragte, ob Richard sich am Freitagabend betrunken hat. Aber zum Schluss kam doch heraus, dass er offenbar reichlich angeschlagen war.«

Andersson fiel ein, was Stridner am gestrigen Tag gesagt hatte. Es schien, als hätte von Knecht gegen Ende seines Lebens einiges getrunken. Er fragte nach:

»Und er war bis halb zwei bei den anderen?«

»Ja.«

Es entstand ein langes Schweigen, währenddessen alle vier versuchten, einen Haken zu finden. Denn irgendwas stimmte hier nicht. Irene eröffnete schließlich wieder die Diskussion.

»Das Auto. Der Porsche. Wieso konnte der nachts in der Berzeliigatan stehen? Wo stand er vorher?«

»Ich habe Sylvia gefragt, wo das Auto jetzt steht. Sie sagte, er stehe in einer abgeschlossenen Garage in der Molinsgatan. Wie auch ihr Wagen, ein BMW«, erklärte Tommy.

»Dann wurde er also nicht gestohlen, sondern wieder in seine Garage gebracht. Ist es sicher, dass es von Knechts Porsche war und kein anderer?«

Tommy zuckte mit den Schultern.

»Der Typ aus der Sten Sturegatan behauptet jedenfalls, dass er es war.«

Wieder verbreitete sich ein nachdenkliches Schweigen.

Schließlich schlug der Kommissar mit der flachen Hand auf den Tisch, sodass sich auf Irenes Bericht ein weiterer Kaffeefleck ausbreitete, und rief aus:

»Hier gibt's wohl irgendwelche Geister, die durch geschlossene Türen gehen und eingeschlossene Autos herausholen. Und sie anschließend wieder zurückstellen! Ohne eine Spur zu hinterlassen. Lösen sich einfach in Luft auf!«

Hannu fing seinen Blick auf.

»Mehrere Schlüssel.«

Andersson verstummte und bekam wieder seinen geistesabwesenden Blick. Auch die Übrigen mussten zugeben, dass das die Lösung war. Irene sagte enthusiastisch:

»Ja natürlich, das ist die Erklärung! Es muss einen Extraschlüssel fürs Auto und für die Garage geben. Übrigens hat Sylvia erzählt, dass Richard in der Woche, bevor er starb, nach seinem Reserveschlüssel für den Porsche suchte. Und an dem Schlüsselbund hing auch ein Schlüssel für die Garage. Es muss noch einen weiteren Schlüssel für die Türen zu von Knechts Haus in der Molinsgatan und das Haus in der Berzeliigatan geben. Aber Sylvia hat mir gegenüber ausgesagt, dass es nur drei Schlüsselsätze für die Wohnungen gibt. Ich habe sie selbst gesehen, sie waren alle drei in ihrer Wohnung.

Andersson schaute Irene nachdenklich an. Dann sagte er:

»Wahrscheinlich wusste Sylvia gar nichts von weiteren Schlüsseln. Er hatte so einige Geheimnisse, der feine Herr von Knecht. Es muss noch einen Schlüsselbund geben. Und mit dem läuft jetzt der Mörder herum. Wie auch mit den Reserveschlüsseln für den Porsche und die Garage.«

Die Worte sackten in Irenes Bewusstsein und sie sagte alarmiert:

»Das bedeutet, dass Sylvia nicht in ihrer Wohnung bleiben sollte, solange das Schloss nicht ausgewechselt ist.«

»Genau.«

Andersson machte eine beruhigende Geste.

»Aber wir können es ruhig angehen lassen. Sie ist ja übers Wochenende mit Henrik in Marstrand. Wenn der Mörder nicht auch dafür einen Schlüssel hat.«

Irene zuckte zusammen und rief aus:

»Da hast du was gesagt! Wir können es nicht ruhig angehen lassen. Denn an dem Bund waren auch die Schlüssel für das Haus in Marstrand. Wir müssen sie warnen.«

Auf Anderssons Stirn zeigte sich eine Sorgenfalte.

»Irene, versuche sie so schnell wie möglich zu erreichen.«

Diese nickte und verspürte in sich eine leichte Unruhe. Vielleicht schwebte Sylvia in Gefahr. Eine logische Frage tauchte auf und wollte beantwortet werden:

»Aber wer kann Zugang zu einem vollständigen Schlüsselsatz zu von Knechts verschiedenen Häusern und zum Auto kriegen?«, überlegte sie.

Alle dachten darüber nach, fanden aber keine Antwort. Schließlich sagte Hannu:

»Richard von Knecht.«

Zuerst wirkte Andersson sichtbar irritiert, aber dann musste er zugeben, dass Hannus Schlussfolgerung nur logisch war.

»Und wem sollte er die Schlüssel gegeben haben?«, wollte er wissen.

Niemand hatte darauf eine brauchbare Antwort und nach einer Weile beendete man die Diskussion.

Irene berichtete über ihren Stockholmausflug. Ihre Kollegen kommentierten emsig ihre Reise: War es wirklich notwendig gewesen, für teures Steuergeld nach Stockholm zu fahren? Hatte sie geerbt? Warum hatte sie das Ganze nicht am Telefon erledigen können? Konnte Mona Söder am Dienstagnachmittag nach Göteborg und am Abend wieder zurückgeflogen sein? Oder war sie vielleicht mit ihrem neuen schnellen Auto gefahren?

Mit einer abwehrenden Geste versuchte Irene die Fragen eine nach der anderen zu beantworten.

»Es war tatsächlich gar nicht so dumm von ihr, darauf zu bestehen, dass ich vorbeikommen und Jonas mit eigenen Augen sehen sollte. Jonas liegt im Sterben und sie ist jeden Abend bei ihm. Jetzt hat sie Urlaub genommen, damit sie den ganzen Tag bei ihm sein kann. Ich habe das beim Krankenhauspersonal überprüft und die haben bestätigt, dass sie am Dienstagabend dort war. Laut Telefonzentrale der Firma, in der sie arbeitet, war sie tagsüber den ganzen Dienstag dort. Der Audi ist erst dreihundertzwanzig Kilometer gefahren. Ich bin voll und ganz von ihrer Unschuld überzeugt. Wir brauchen keine Zeit mehr damit zu verschwenden, sie und Jonas zu überprüfen. Die beiden wollen einfach nur in Ruhe gelassen werden. Und zu deiner Frage, Hannu: Ja, Mona erbt Jonas' Pflichterbteil von Richard von Knecht, so will es das Gesetz. Aber sie braucht das Geld nicht und will nichts mit der Familie von Knecht zu tun haben. Können wir nicht sie und Jonas aus den offiziellen Presseerklärungen raushalten?«

Letzteres fragte sie Andersson mit einem fast flehenden Tonfall. Er sah sie überrascht an, nickte dann aber kurz.

»Wir werden uns erst mal auf deine Intuition verlassen, solange nichts Gegenteiliges auftaucht. Soweit ich verstanden habe, wird Jonas nicht abhauen. Und seine Mutter ja wohl auch nicht«, sagte er grob.

Energisch schlug er erneut mit der Handfläche auf den Tisch, worauf sein Becher umkippte und der letzte Schluck Kaffee über den Bericht floss. Mit einem Seufzer stellte Irene fest, dass sie ihn jetzt vollkommen neu ausdrucken musste. Andersson merkte nichts davon, er wandte sich Tommy zu.

»Tommy, was hast du über Lillis rausgekriegt?«

»Wir haben uns die Sache aufgeteilt, Fredrik und ich. Ich habe mich auf das Haus in der Berzeliigatan konzentriert, Fredrik auf Lillis. Ich habe nicht mal seinen Schatten gesehen. Aber wie ich Fredrik kenne, kommt von ihm noch ein vollständiger Bericht. Und wenn auch erst zur Morgenbesprechung am Montag.«

Andersson setzte plötzlich eine verschmitzte Miene auf und unterbrach Tommy.

»Ich habe da eine interessante Sache, die Birgitta gestern bei ihrem Verhör aus Bobo Torsson herausgekriegt hat.«

Er hielt inne, ihm fiel der gestrige hitzige Schlagabtausch zwischen Jonny und Birgitta ein. Aber er beschloss, nichts davon zu erzählen. Stattdessen schilderte er lebhaft, wie Birgitta Torsson verhört hatte. Nicht zuletzt dessen Angriff auf Birgittas intimere Körperteile empörte die Anwesenden. Aber als der Kommissar seinen letzten Trumpf ausspielte, sahen sie ihn fast ungläubig an. Als ob er sie anlügen würde.

»... und zum Schluss kam heraus, dass Torsson im Augenblick bei Lillis wohnt. Er und Lillis sind nämlich Cousins!«

Er konnte mit dem Effekt seiner Worte zufrieden sein. Gleichzeitig musste er zugeben, dass die Tatsache, dass der Modedrogen konsumierende Modefotograf und der berüchtigte Raufbold nahe Verwandte waren, die Sache kaum vereinfachte. Er seufzte aus vollem Herzen und sagte zum tausendsten Mal während der letzten Tage:

»Was für ein Wirrwarr! Hängt hier eigentlich alles zusammen oder rennen wir nur sinnlos herum und jagen Phantomen auf Grund irgendwelcher unbedeutender Hinweise nach?«

»Ich finde, es läuft eigentlich wie meistens bei Mordermittlungen. Neunzig Prozent unserer Zeit sind wir hinter Hinweisen her, die keinen Pups mit dem Fall zu tun haben.

Routineüberprüfungen, wir verfolgen jede Menge von Andeutungen, überprüfen Zeugenaussagen, checken Zeitangaben und so weiter. Also, ich finde, es läuft eigentlich wie immer«, meinte Tommy.

Er verdrehte dabei die Augen und die anderen mussten lachen. Alle wussten nur zu gut, dass das hier kein Routinefall war. Andersson wandte sich Hannu zu:

»Was hast du über Pirjo herausgekriegt?«

»Ich habe ihre Röntgenbilder vom Zahnarzt. Sie war vor einem halben Jahr mit Zahnschmerzen beim Notfallarzt in Angered. Der Zahn wurde gezogen, denn sie wollte keine Wurzelbehandlung.«

Andersson beugte sich interessiert zu ihm vor und fragte:

»Und wo sind die Bilder jetzt?«

»In der Pathologie.«

»Prima! Dann werden wir bald erfahren, ob es wirklich Pirjo ist, die da liegt. Aber wir können wahrscheinlich davon ausgehen. Noch was?«

»Ja. Ich habe Nachricht aus Helsinki erhalten. Sie wurde mal wegen auffälligem Benehmen nach zu starkem Alkoholgenuss und Schmuggel gemeinsam mit ihrem früheren Mann festgenommen. Dem Vater der Jungen. Er hat ein Jahr Gefängnis gekriegt. Im Gefängnis wurde er von einem Mitgefangenen wegen Spielschulden niedergestochen und ist daran gestorben. Über Marjatta gibt es nur die Notiz: Vater unbekannt.

»Saß Pirjo auch im Gefängnis?«

»Nein. Sie hat Bewährung gekriegt, wegen der Kinder. Nur ein Jahr danach hat sie Göte Larsson geheiratet und ist nach Schweden gezogen.«

»Dann ist das drei Jahre her?«

»Genau.«

»Und der lebt jetzt in Malmö mit einer Polin zusammen.«

»Stimmt.«

Sie diskutierten noch eine Weile hin und her, ohne wirklich weiterzukommen. Gerade als Andersson aufgestanden war, um in sein Büro zu gehen, ging die Tür auf, und ein uniformierter Polizist steckte seinen Kopf herein. Es war Hans Stefansson von PO1. Er grüßte sie fröhlich:

»Guten Morgen! Andersson, ich soll dir nur sagen, dass wir Bobo Torsson nicht gefunden haben. Lillis hat uns zum Teufel gewünscht, als wir in seiner Wohnung nach Torsson suchen wollten. Sollen wir eine Hausdurchsuchung beantragen?«

Andersson verzog unbewusst sein Gesicht zu einer missbilligenden Fratze. Irene wusste, warum. Dann wäre er nämlich gezwungen, Verbindung mit der zuständigen Staatsanwältin aufzunehmen, Inez Collin. Aber nach einigen inneren Kämpfen gab er klein bei. Er nickte.

»In Ordnung. Warte 'ne Weile, ich werde versuchen das hinzukriegen«, erklärte er.

Tommy sah ihn verwundert an:

»Warum ist die Sache mit Torsson so wichtig?«

»Gewalt gegen Polizeibeamte. Er hat Birgitta ernsthaft bedroht. Ich fühle mich ruhiger, wenn ich den kleinen Bobo im Blick habe. Und wenn er weiß, dass ich das habe. Denk dran, er ist Lillis Cousin. Es besteht das Risiko, dass er einige seiner Freunde schickt. Und es gibt immer irgendwelche Schurken, die so einem einen Gefallen schuldig sind. Warum sich dann nicht das Vergnügen machen und einen Polizeibeamten aufmischen? Und dann noch einen weiblichen!«

Seine Gesichtsfarbe war wieder dunkler geworden, und er sah seine Inspektoren mit ernster Miene an. Nachdenklich fuhr er fort:

»Einer von euch muss die Patrouille begleiten, die Torsson holen will. Auch wenn wir ihn nicht in der Wohnung finden, kann man sich ja zumindest ein Bild von der Lage machen. Tommy, übernimmst du das?«

»In Ordnung.«

»Und denk dran, vorsichtig zu sein. Lillis hat schon früher auf Polizisten geschossen.«

Irene lag eine Frage auf den Lippen.

»Warum um alles in der Welt stellt sich einer der größten Feinde der Gesellschaft in einen kleinen Zigarettenladen?«

»Berechtigte Frage, leider habe ich keine gute Antwort auf sie. Aber denkt an meine Worte: Wenn er sich dort einnistet, dann liegt da etwas im Argen!«

Der Kommissar sah finster und entschlossen drein. Niemand widersprach ihm.

Sobald die anderen ihr Zimmer verlassen hatten, suchte Irene die Telefonnummer von Marstrand heraus. Genau wie Jonny Blom wurde sie mit dem Verwalter verbunden.

Eine weibliche Stimme antwortete: »Svensson.«

»Guten Tag, Inspektorin Irene Huss. Ich suche eigentlich Sylvia von Knecht. Kann ich sie bei Ihnen erreichen?«

»Sie ist mit meinem Mann draußen und bewegt die Pferde. Sie werden frühestens in einer Stunde zurück sein.«

»Könnte ich dann mit Henrik von Knecht sprechen?«

»Leider kann ich das Gespräch nur zum großen Haus durchstellen. Im kleinen Haus gibt es kein Telefon.«

»Haben Sie vielleicht seine Handynummer?«

»Nein, leider nicht.«

Die Verwalterfrau versprach mit freundlicher Stimme, Frau von Knecht von dem Anruf zu unterrichten.

Schlecht gelaunt warf Irene den Hörer hin. Henriks Handynummer stand sonderbarerweise auch nicht im Telefonbuch. In Ermangelung anderer Möglichkeiten nahm sie sich alles vor, was in letzter Zeit liegen geblieben war. Sorgfältig sortierte sie, schrieb Berichte und archivierte diverse Zeugenaussagen. Als das Telefon klingelte, zuckte sie zusammen. Bei einem schnellen Blick auf die Uhr stellte sie fest, dass es fast zwei Stunden her war, seit sie versucht hatte Sylvia zu erreichen.

»Irene Huss.«

»Sylvia von Knecht. Anita Svensson hat mir gesagt, Sie hätten nach mir gefragt. Worum geht es?«

Es war ihrer Stimme anzuhören, dass Irene gern alle Höflichkeitsfloskeln und Einleitungsphrasen überspringen konnte. Irene griff den Ton auf.

»Wir haben Hinweise darauf, dass es einen vierten Satz Schlüssel gibt. Wissen Sie etwas davon?«

»Nein, das habe ich Ihnen doch bereits gesagt! Es gibt keine anderen Schlüsselbunde als die drei, die ich Ihnen gezeigt habe.«

Mit einer gewissen Sorgfalt wählte Irene jedes einzelne Wort, als sie fortfuhr:

»Aber wir glauben, dass es einen gibt. Und dass der Mörder Zugang zu diesen Schlüsseln hat. Sowie zu den Reserveschlüsseln zur Garage und zum Porsche.«

Es entstand eine lange Pause. Irene konnte Sylvias schnellen Atem am anderen Ende der Leitung hören. Schließlich fragte sie, immer noch in abweisendem Ton:

»Und was lässt Sie glauben, dass es noch andere Schlüssel gibt?«

Irene verwies auf die Zeugenaussage, wonach der Porsche in der Freitagnacht in der Berzeliigatan gesehen wurde. Sylvia hatte ja selbst ausgesagt, dass Richard zu diesem Zeitpunkt als Fahrer vollkommen außer Betracht fiel. Also hatte jemand Schlüssel sowohl zur Garage in der Molinsgatan als auch zum Wagen. Und dieser jemand hatte außerdem Zugang zu den

Schlüsseln für die verschlossenen Türen, sowohl in der Molinsgatan als auch in der Berzeliigatan. Selbst die Tür zum Müllraum und die Türen zum Hof waren in beiden Häusern verschlossen. Trotzdem hatte der Mörder sich ungehindert durch Türen und Treppenhäuser bewegen können. Demzufolge musste es noch weitere Schlüssel geben. Zum Abschluss sagte Irene:

»Und Sie haben mir doch gesagt, dass an Ihrem eigenen und an Richards Schlüsselbund auch die Schlüssel für Ihr Haus in Marstrand sind. Stimmt das?«

Jetzt klang die Stimme dünn und ängstlich. Sie hatte begriffen, worauf Irene hinaus wollte. Mit zitternder Stimme sagte Sylvia:

»Sie glauben also, der Mörder könnte hierher kommen? Und ins Haus eindringen, da er ja die Schlüssel hat?«

Jetzt war die Panik in ihrer Stimme deutlich herauszuhören. Irene ging zu einem beruhigenden Tonfall über, als sie antwortete:

»Soweit wir es beurteilen können, gibt es ein gewisses Risiko. Das ist nicht auszuschließen. Sind Sie allein in dem großen Haus?«

»Ja. Henrik ist unten in seinem Haus.«

»Könnten Sie ihn bitten, heute Nacht bei Ihnen zu schlafen? Oder dass Sie bei ihm im Haus schlafen?«

Eine ganze Weile war nichts zu hören. Dann erklang Sylvias Stimme mit größerer Kraft und Sicherheit:

»Ich werde mich noch um die Pferde kümmern. Dann fahre ich zu einem Freund. Henrik kann zu sich fahren, denn von dem Haus hat der Mörder ja wohl keine Schlüssel, oder?«

»Höchstwahrscheinlich nicht. Darf ich wissen, wohin Sie fahren?«

»Ich kann keinen Grund sehen, warum Sie das wissen müssten!«

Irene kannte inzwischen das nur zu vertraute Gefühl, das sich früher oder später bei jedem ihrer Gespräch mit Sylvia einstellte. Die Geduld war aufgebraucht und der Adrenalinspiegel stieg. Langsam und pädagogisch, als hätte sie es mit einem widerspenstigen Kind zu tun, sagte sie:

»Sylvia, wir nehmen an, dass hinter den Ereignissen der letzten Tage ein gefährlicher Mörder steckt. Begreifen Sie doch bitte, dass wir nicht in Ihrem Privatleben herumschnüffeln wollen. Wir versuchen nur Sie zu schützen.«

»Dann nehmt den Mörder fest!«

Klick!

Die Überraschung schlug schnell in Wut um, während sie dumm auf den Hörer guckte. Verdammte Schnepfe, kapierte sie denn nicht …! Irene unterbrach sich selbst. Eine Idee nahm Gestalt an. Sie zog sie hervor, betrachtete sie und beschloss, sie als gut zu klassifizieren. Entschlossen stand sie auf und ging zum Kommissar.

»Das ist eigentlich gar keine dumme Idee. Tu das. Wenn es was bringt, ruf mich an. Ich bleibe bis sechs hier. Danach bin ich den ganzen Abend zu Hause. Morgen will ich versuchen, mal früher nach Hause zu kommen. Ich bin bei meiner Nichte zum Essen eingeladen, bei Marianne, weißt du.«

Irene nickte. Sie kannte Marianne und ihre beiden kleinen Jungs, auch wenn sie sie noch nie getroffen hatte.

»Haben sie inzwischen Torsson erwischt?«

»Nein. Er muss untergetaucht sein, er hat wohl gemerkt, dass er nicht so einfach davonkommen wird. Man beißt eine Polizistin nicht ungestraft in ihre Tit… in die Brust!«

Irene gelang es gerade noch, ihr Grinsen in einen leichten Husten übergehen zu lassen. Es war aber auch zu witzig, wie der Kommissar plötzlich von der Eingebung überfallen worden war, vielleicht doch Rücksicht auf das schöne Geschlecht nehmen zu müssen.

Es war bereits kurz vor zwölf, also war keine Zeit zu verlieren. Das Mittagessen schrumpfte zu einer Wurst unterwegs zusammen.

Die E6 ist fast zehn Kilometer länger, aber auf ihr geht es schneller als auf den kleinen Schleichwegen. Es war windig und graue Wolken zogen ihre feuchten Rocksäume tief über Hissingen hinweg. Der Verkehr war dicht. Wahrscheinlich wollten die Bewohner der Randgemeinden in geordneten Marschreihen Göteborg erobern, um dort einzukaufen, sich die Schaufenster anzusehen und mit den Kindern Hamburger bei McDonald's zu essen. Plötzlich merkte Irene Huss, wie hungrig sie war. Bei der erstbesten Tankstelle mit Imbiss trat sie auf die Bremse. Es war nicht so einfach beim Autofahren eine Wurst zu essen. Der letzte Wurstzipfel rutschte aus dem Brot und landete auf ihrem Schoß. Der Senf war auf den schwarzen Jeans gut zu sehen. Sie lieh sich einige gewichtige Worte aus dem Wortschatz ihres Chefs. Fast hätte sie auch noch die Abfahrt nördlich von Kungälv verpasst, aber im letzten Moment schaffte sie es gerade noch abzubiegen.

Der Weg hinaus nach Marstrand ist wunderschön, und eigentlich genoss sie ihn jedes Mal. Aber an diesem grauen Novembertag war sie nur damit beschäftigt, so schnell wie möglich zu fahren, während sie gleichzeitig Ausschau nach ihren Kollegen von der Verkehrsabteilung hielt.

Die Karte hatte sie vor ihrer Abfahrt in Göteborg studiert. Die Kirche von Holta sauste vorbei. Sie wusste, dass jetzt gleich eine Kreuzung kam und sie nach Tjuvkil abbiegen musste. Danach wurde sie unsicher und musste anhalten und die Karte herausziehen. Gerade als sie wieder losfahren wollte, kam ihr ein Wagen in hoher Geschwindigkeit entgegen. Eine Ahnung oder eher ein Instinkt, ließ sie die Karte vors Gesicht halten und über deren Rand spähen.

Es war ein roter BMW. Und den fuhr Sylvia von Knecht. Sie würdigte den dunkelblauen alten Saab keines Blickes. Dagegen sah Irene sie umso deutlicher. Sylvia saß ganz vorn auf dem Sitz, mit geradem Rücken, den Blick auf die Straße konzentriert. Ruhig legte Irene den Gang ein und machte eine ebenso elegante wie unerlaubte Kehrtwendung. Sie versuchte ein oder zwei Wagen zwischen sich und Sylvia zu lassen. Es war einfach ihr zu folgen, da der Verkehr immer noch sehr dicht war.

Sylvia fuhr die gleiche Strecke zurück nach Göteborg, die Irene gekommen war. Aber bei Olskroksmotoet bog sie zu den westlichen Stadtteilen hin ab. Västerleden. Wollte sie nach Västra Frölunda? Offenbar nicht, denn sie fuhr am Frölunda Torg vorbei und auch an der Abfahrt, die Irene immer nahm, um in ihre Reihenhaussiedlung zu kommen.

Askim, Hovås, Skintebo. Jetzt wusste Irene, wohin die Fahrt ging. Sie ließ den Abstand zwischen sich und dem roten BMW größer werden. Sie fuhren an dem Ausfahrtsschild nach Kullavik vorbei, noch einige Kilometer weiter und bogen nach Särä ab. Ivan Viktors. Bei ihm wollte sie also übernachten. Der Kommissar hatte sich doch nicht geirrt, als er den Verdacht äußerte, dass Sylvia und Viktors den Sonntagabend zusammen verbracht haben konnten. Aber Sylvia war doch den ganzen Abend bei ihrer Mutter und ihrer Schwester gewesen. Und Viktors hatte einen Krankenbesuch gemacht. Wo war der Haken? Die Antwort war so einfach wie logisch. Sie hatten sich auf den falschen Abend eingeschossen. Es war nicht der Sonntagabend, sondern der Montagabend gewesen, den Sylvia und Ivan Viktors gemeinsam verbracht hatten.

Sie war mit ihren eigenen Schlussfolgerungen so beschäftigt gewesen, dass sie fast alles verdorben hätte. Es hätte nicht viel gefehlt, und sie wäre dem BMW direkt hinten draufgefahren, als dieser kurz anhielt, um nach Särö Västerskog abzubiegen. Schnell riss sie das Steuer herum und huschte links an Sylvias Wagen vorbei. Ihr Glück, dass kein Auto entgegenkam. Alles ging so schnell, dass Sylvia wahrscheinlich gar nicht gemerkt hatte, wer ihr da fast hinten draufgefahren wäre. Irene fuhr auf eine Ausweichbucht ein Stück entfernt. Im Rückspiegel konnte sie sehen, wie Sylvia in gemessenem Tempo zu Gustav V. Lieblingstennisplätzen hinunterfuhr. Irene machte erneut ein unerlaubtes Manöver, hatte es aber jetzt nicht mehr eilig, zu der kleinen Ansammlung von Häusern von der Jahrhundertwende zu kommen.

Während der Achtzigerjahre waren auf den Wiesen neben den Naturreservaten große Villen gebaut worden. Aber entlang der schmalen alten Landstraße lagen ein paar prächtige alte Patriziervillen, mit Giebeln und Turm und einem zugewachsenen Garten. Irene fuhr fast bis auf hundert Meter heran, bevor sie ihren Wagen abstellte. Das Kinn in den hochgeschlagenen Kragen geschoben und mit Katarinas schwarzem Baseballkäppi auf dem Kopf war sie sicher nicht so leicht zu erkennen, falls Sylvia durch ein Fenster schaute. Es bestand nur das Risiko, dass sie die Jacke wiedererkannte. Aber höchstwahrscheinlich belastete sie ihr Gedächtnis nicht mit derartigen schäbigen Kleidungsstücken.

Normalerweise gab es immer viele Menschen, die in diesem schönen Naturgebiet spazieren gingen. Im Sommer war ein Bad am Sandstrand sehr beliebt. Doch an einem feuchten Samstagnachmittag Ende November war das Gedränge nicht sonderlich groß. Irene war ganz allein. Sie hielt sich dicht an dem Buschbewuchs am Straßenrand und versuchte eins mit der Natur zu werden. Als sie jedoch die Hecke erreichte, die um den Garten des roten Backsteinhauses wuchs, musste sie sich schnell ducken und so tun, als binde sie ihre Schuhe zu.

Sylvia entlud aus dem Kofferraum ihres BMW Unmengen von Taschen und Koffern und bepackte Ivan Viktors damit. Wollte sie bei ihm einziehen? Nach der Masse an Gepäck sah es ganz so aus. Das war ungefähr so viel, wie Irene selbst brauchte, wenn sie für die gesamte Familie für den dreiwöchigen Urlaub in dem Ferienhaus der Schwiegereltern in Värmland packte. Der Wind war so stark, dass sie nicht hören konnte, was gesprochen wurde. Aber der Gestik nach zu urteilen, war Sylvia sehr aufgebracht. Sie redete und gestikulierte, griff voller Energie nach dem Gepäck und bewegte sich schnell und eckig. Als alles ausgepackt war, ging sie zu Viktors, schlang ihre Arme um seinen Körper und lehnte ihren Kopf an seine breite Sängerbrust. Er sah sich hastig um und für einen Moment hatte Irene den Eindruck, er würde direkt auf ihr Versteck in der Fliederhecke gucken. Aber ganz offensichtlich sah er sie nicht. Mit einer ungeduldigen Bewegung machte er sich aus Sylvias Umarmung frei. Bepackt mit ihrem ganzen Kram ging er zu der soliden Haustür aus Eichenholz. Diese fiel schwer hinter den beiden ins Schloss.

Wieder im Büro zurück stellte Irene Huss fest, dass in der Zwischenzeit nicht viel passiert war. Torsson war wie vom Erdboden verschluckt. Lillis behauptete, er hätte nicht die geringste Ahnung, wo sich sein Cousin befinden könnte. Andersson war hochzufrieden mit Irenes Beschattungstour. In erster Linie war er zufrieden, dass er mit seiner Vermutung hinsichtlich Sylvia und Ivan Viktors Recht gehabt hatte. Er schlug sich auf die Brust und strahlte wie eine Frühlingssonne.

»Männliche Intuition, weißt du! Männliche Intuition!«

Taktvoll vermied sie es, darauf hinzuweisen, wessen Intuition zur Entdeckung geführt hatte.

Andersson fuhr fort:

»Fredrik hat gerade angerufen, kurz bevor du gekommen bist. Er hat gestern von mittags bis Mitternacht Lillis Zigarettenladen beobachtet. Eine Person, die Bobo Torsson gewesen sein kann, ging gestern Nachmittag gegen halb vier Uhr durch die Tür zu dem Treppenaufgang, an dem Lillis' Wohnung liegt. Der gleiche Mann ging ungefähr eine Stunde später wieder raus. In der Hand trug er eine große Tasche. Nach meiner Beschreibung, die ich wiederum von Birgitta Moberg habe, nimmt er an, dass es Torsson war. Ich habe mit Hannu und Fredrik gesprochen. Die werden Lillis das Wochenende über weiter observieren. Nicht dass ich davon ausgehe, dass Torsson so dumm ist, sich wieder in der Berzeliigatan blicken zu lassen, aber man kann ja nie wissen. Außerdem kann es nichts schaden, wenn wir wissen, was Lillis so unternimmt.«

Irene fragte lästernd:

»Männliche Intuition?«

»Nein. Bullenintuition«, entgegnete der Kommissar.

Sie mussten beide lachen. Doch dann wurde Andersson wieder ernst.

»Apropos Bullenintuition. Da Torsson Birgitta gedroht hat, habe ich ihr gesagt, sie solle das Wochenende über lieber nicht in ihrer Wohnung bleiben. Und sie hat wohl selbst auch Angst gekriegt, jedenfalls hat sie meinen Rat befolgt. Sie wohnt für ein paar Tage bei ihrer Mutter in Alingsås.«

»Du fürchtest, Lillis und Torsson könnten unsere Phantome sein?«

»Ja… nein… mir gefällt es jedenfalls nicht, dass sie hier im Dreck herumwühlen. Sie stören!«

Viele Jahre der Zusammenarbeit ließen sie sofort verstehen, was er meinte. Vielleicht hatten Lillis und Bobo Torsson ja nicht das Geringste mit dem von-Knecht-Fall zu tun. Aber sie waren Unruheherde. Und man durfte sie nicht außer Acht lassen. Dafür war Lillis allzu gut bekannt in Polizeikreisen. Ihr kam plötzlich ein Gedanke.

»Soll ich mal nachfragen, ob es etwas Futter hinsichtlich Bobo Torsson gibt?«, fragte sie.

»Da müsste es eigentlich was geben. Birgitta schwört Stein und Bein, dass er ›vollgedröhnt wie eine Haubitze‹ war. Frag mal beim Rauschgiftdezernat nach!«

Als Einzigen bekam sie bei der internationalen Abteilung des Rauschgiftdezernats einen relativ neuen Kollegen zu fassen, den sie nicht kannte. Er murmelte etwas davon, dass sie Unmengen von Arbeit hätten, versprach aber, am Montagmorgen wieder von sich hören zu lassen. Viel mehr gab es im Augenblick nicht zu tun. Sie schrieb ihren Bericht über Sylvias Beschattung und beschloss dann nach Hause zu gehen. Es war schon fast fünf und sie war müde, aber auch zufrieden mit ihrem Tag. Und sie freute sich auf dessen Fortsetzung am Abend.

Das herrliche Gefühl prickelnder Vorfreude auf den Abend summte in ihr, als sie auf ihren Parkplatz einbog. Es hätte nicht viel gefehlt und sie hätte Jenny umgefahren, die gerade aus dem Reihenhausgarten gelaufen kam. Schnell stellte sie den Wagen ab und ging zu ihrer Tochter. Irene umarmte Jenny und bemerkte deren Reserviertheit, beschloss aber so zu tun, als wenn nichts wäre. Fröhlich fragte sie:

»Hallo, mein Schatz! Wo willst du denn hin?«

»Raus.«

»Ja, das sehe ich. Aber wohin?«

Jenny seufzte genervt.

»In den Jugendclub. Wir wollen proben.«

»Die Band? ›White Killers‹?«

»Ja.«

»Willst du denn heute Abend nicht zu Hause bleiben? Wir wollen uns doch einen gemütlichen Abend machen und…«

»Ihr wollt Wein trinken und was spachteln! Was soll denn daran so gemütlich sein? Ich will mich mit meinen Freunden treffen!«

»Und Katarina…«

»Sie ist mit ihrer Ju-Ju-Gruppe nach Uddevalla gefahren.«

»Nach Uddevalla?«

»Hast du vergessen, dass da morgen Wettkämpfe stattfinden? Komm gib's schon zu, du hast es vergessen!«

»Ja, kann schon sein…«

Das hatte sie wirklich, der von-Knecht-Fall hatte diese Woche ihre gesamte Aufmerksamkeit beansprucht. Aber das war trotzdem kein Grund, zu vergessen, dass Katarina bei der Ausscheidung für die Landesmeisterschaften in Jiu-Jitsu mitmachen sollte. Aber Jennys Knutschfleck am Hals hatte sie nicht vergessen. So locker wie möglich fragte sie deshalb:

»Kommt dieser Typ auch… wie heißt er noch…?«

»Markus.«

Reingefallen! Jenny wurde stinkwütend, als sie merkte, dass sie sich verplappert hatte.

»Nun hör aber auf! Ich bin doch nicht einer deiner Ganoven, die du verhören musst, oder?«

Vor Wut wurde sie laut. Irene fürchtete schon, die Nachbarn würden es hören. Besänftigend sagte sie:

»Nein, nein. Sollen wir dich abholen?«

»Nein!«

»Dann bist du aber nicht später als zwölf zu Hause. Pünktlich! Könnt ihr zu mehreren zurückgehen?«

»Ja, ja, ich hole noch Pia ab.«

Das war beruhigend. Pia wohnte ein paar Häuser weiter. Sie war ein nettes, stabiles Mädchen, wie Irene fand. Der Jugendclub lag einen knappen Kilometer entfernt, das war nicht zu weit, um zu Fuß zu gehen. Aber dort wartete Markus. Irene musste sich eingestehen, dass da nichts zu machen war. Aber sie war beunruhigt. Viel zu schnell sagte sie:

»Na, dann viel Spaß. Und wenn was ist, rufst du an, ja?«

»Ja. Tschüss!«

Ungeduldig befreite Jenny sich aus Irenes neuerlichem Versuch, sie zu umarmen. Sie verschwand in der Novemberfinsternis. Das gleiche Ohnmachtsgefühl, das Irene im Traum gehabt hatte, erfüllte sie jetzt ohne jede Vorwarnung. Nur mit größter Selbstbeherrschung widerstand sie dem Impuls, ihrer kleinen Tochter hinterherzulaufen.

Im Haus roch es bereits sehr verlockend. Ihre Laune besserte sich und ihre Lebensgeister wurden sofort bedeutend munterer.

»Hallo, Liebling. Heute Abend haben wir kinderfrei!«

Krister steckte seinen Kopf durch die Küchentür. Sein Kuss schmeckte nach Meer und er roch nach Knoblauch.

»Mh, sag nichts! Hast du gratinierte Krebse gemacht?«, seufzte Irene entzückt.

»Ich muss es doch ausnutzen, dass wir allein sind. Aber ich habe nur einen kleinen Krebs genommen. Es soll ja nur die Vorspeise sein.«

»Und als Hauptgericht gibt es etwas mit Knoblauch.«

»Mmh, ja. Im Ganzen gebratenes Lammfilet, mariniert in Knoblauchöl mit Kartoffelscheiben und Pastinakenpüree. Dazu Tomatensalat mit Zwiebeln und Oliven. Zur Vorspeise trinken wir einen ganz normalen Freixenet und zum Lamm einen Rotwein; Baron de Ley, Reserva 1987. Rioja. Wie klingt das?«

»Du rettest deine Frau vor dem Hungertod! Wann können wir essen?«

»Du kannst vorher noch duschen.«

Frisch geduscht und erholt, in einem sauberen himmelblauen Polohemd, das genau die gleiche Farbe wie ihre Augen hatte, nahm sie das herrliche Essen zu sich. Sie befolgten eine der strengen Regeln, die sie in ihrer Ehe eingeführt hatten: kein Gespräch über die Arbeit beim Essen. Statt eines Desserts tranken sie einen Kaffee mit einem Stückchen Schokolade dazu auf dem Sofa im Wohnzimmer.

Sie bohrte ihre nackten Zehen in den weichen Gabbehteppich und seufzte vor Wohlbehagen. Konnte es was Schöneres geben? Sammie kam unter den Couchtisch gekrochen und versuchte ihre Zehen zu lecken. Am liebsten war es ihm ja, wenn sie warm und verschwitzt waren, aber in Ermangelung anderer nahm er auch mit frisch geduschten vorlieb. Irene lachte:

»Hör auf, Sammie! Na, du willst auch ein bisschen Aufmerksamkeit haben, was? Wann warst du denn das letzte Mal draußen?«

»Ich fürchte, das ist schon eine Weile her. Wir können ja noch eine kleine Runde drehen, wenn das Essen sich gesetzt hat. Es ist ja erst zehn.«

Krister legte den Arm um sie und sie kuschelte sich an ihn. Er schnüffelte an ihrem frisch gewaschenen Haar.

»Du. Der Wirt möchte, dass ich Vollzeit arbeite. Im Glady's wird es im Augenblick verdammt eng. Auch wenn wir uns zu zweit die Schicht teilen, wird es notwendig, dass einer voll arbeitet. Und Sverker ist ja schon dreiundsechzig, er will seine Teilpension natürlich nicht aufgeben. Also bleibt es an mir hängen.«

»Nun ja, wenn du es selbst auch willst…«

»Tja, das wäre ja nicht so schlecht. Seit die Mädchen auf der Welt sind, habe ich immer eine Dreißigstundenwoche gearbeitet. Und langsam wird es Zeit, an die Zusatzrente zu denken. Wenn es da überhaupt noch was zu holen gibt. Obwohl es mit Hinblick auf die unregelmäßigen Arbeitszeiten natürlich ganz schön war, nicht voll zu arbeiten.«

»Ja, sonst hätte das mit uns ja auch überhaupt nicht geklappt. Und mit ein wenig Hilfe von Mama. Aber inzwischen sind die Mädchen groß. Die brauchen uns in dieser Form nicht mehr.«

Der letzte Satz klang in ihren eigenen Ohren falsch und hohl. Aber Krister schien es nicht zu bemerken.

»Stimmt. Sie sind selbstständig. Jenny hat ihre Musik, Katarina ihr Jiu-Jitsu. Und wir haben uns.«

Er drückte sie fest an sich. Sie fühlte sich innerlich ganz warm und vom Leben privilegiert.

Sammie begann an der Tür zu bellen. Noch eine Minute, und er würde nicht mehr darüber nachdenken, wo er seine Pfütze machen sollte!

Draußen war es glatt, kalt und klar. Irene schob ihren Arm unter Kristers. Es war schön rauszukommen, sie fühlte sich vom Essen und dem Wein ganz dösig. Sie gingen den beleuchteten Fußgänger- und Radfahrweg entlag. Er führte ganz bis zum Badestrand hinunter, knapp zwei Kilometer weit. Auf dem Weg würden sie am Jugendclub vorbeikommen, und Irene spürte einen Stich schlechten Gewissens. Wollte sie hinter Jenny herspionieren? Nein, sie schlenderten einfach zufällig mit dem Hund hier vorbei.

Zwei Jugendliche kamen ihnen entgegen. Als sie näher waren, erkannte Irene Pia. Aber die Zweite war nicht Jenny, sondern eine andere aus ihrer Klasse. Irene grüßte Pia:

»Hallo Pia. Ist Jenny noch im Jugendclub?«

»Hallo. Jenny? Sie war doch gar nicht da.«

Die Mädchen gingen weiter. Irene blieb stehen. Sie spürte, dass ihr Griff um Kristers Arm viel zu fest geworden war, aber sie konnte ihn nicht lockern. Sie fühlte ein verzweifeltes Bedürfnis nach Halt. Dieses traumartige Gefühl, schreien zu wollen, es aber nicht zu können, schnürte ihr die Kehle zu. Es gelang ihr nur ein Flüstern:

»Wo ist sie denn? Mein Gott, wo ist sie?«

»Nun mal ruhig, reg dich nicht auf. Sicher ist sie hier irgendwo in der Gegend. Mit diesem Typen zusammen«, sagte Krister.

Er hatte die Absicht gehabt, sie mit den Worten zu beruhigen, aber bei seinem letzten Satz stieg in Irene Panik auf.

»Aber wir wissen ja nicht mal, wie er weiter heißt, dieser Markus!«

Schweigend kehrten sie um. Die ganze herrliche Feierabendstimmung war weg, ersetzt durch eine Angst, so dunkel wie die Novemberdunkelheit um sie herum. Ihre Gruppe von Reihenhäusern kam ins Blickfeld, als Irene sah, dass ihnen zwei Skinheads entgegenkamen. Ohne es zu wollen, musste Irene an die Ereignisse denken, die ihr an diesem Morgen in den Kopf gekommen waren. Es war beruhigend, den Hund dabei zu haben.

Ein paar Meter bevor sie aneinander vorbeigingen, blieb plötzlich einer der Glatzköpfe stehen. Sammie zog an der Leine und bellte. Überrascht stellte Irene fest, dass er nicht wütend klang, sondern eher fröhlich und eifrig. Der Glatzkopf, der so plötzlich stehen geblieben war, machte den Mund auf und sagte mit zitternder Stimme:

»Hallo Mama, hallo Papa.«

KAPITEL 12

Manchmal ist ein bestimmter Montagmorgen noch viel schlimmer als ein gewöhnlicher Montagmorgen. Müde und mit schwerem Kopf traf Irene Huss kurz vor halb acht in ihrem Büro im Polizeipräsidium ein. Die Nacht hatte sie zum größten Teil schlaflos verbracht.

Tommy Persson trat gleichzeitig durch die Tür und zog sich seine alte Lederjacke aus. Schnell grüßte er:

»Hallo, hallo!«

»Ja, hallo«, erwiderte Irene dumpf.

Tommy sah sie forschend an. Er kannte sie seit siebzehn Jahren, aber das wäre gar nicht nötig gewesen, um zu sehen, dass etwas nicht stimmte. Er wedelte abwehrend mit den Händen.

»Sag nichts! Krister ist mit der kleinen süßen blonden Kellnerin abgehauen!«

Irene verzog gegen ihren Willen den Mund und seufzte:

»Nein, aber Jenny hat sich die Haare abrasiert. Sie ist ein Skinhead, aber ›nur weil sie die Musik mag‹. Wir haben geschimpft, argumentiert und sie angefleht, den ganzen Tag lang gestern. Aber sie ist nur umso starrköpfiger geworden. Sie ist ein Skinhead, weil ihr Freund einer ist. Und weil sie zusammen in der gleichen Skinheadband spielen. O Tommy, sie begreift es einfach nicht!«

Irene sank auf ihrem Schreibtischstuhl zusammen und verbarg ihr Gesicht in den Händen. Keiner von beiden sagte etwas. Als sie schließlich die Hände wegnahm, schaute sie zu ihm auf. Noch nie hatte sie ihn so ernst gesehen. Mit eisiger Schärfe in der Stimme sagte er:

»Aber sie muss verstehen. Wenn man sich die Haare abrasiert und behauptet, man wäre ein Skinhead, dann muss man auch die Konsequenzen dafür tragen. Man kann nicht nur ein bisschen ein Skinhead sein. Du musst ihr klar machen, wofür die Glatze steht!«

»Wir haben es ja versucht! Aber wenn wir anfangen, von Nazis und Rassismus zu reden, behauptet sie, die Judenvernichtung hätte es nie gegeben. Und nach ihren Worten sind wir die Rassisten. Nun ja, es stimmt schon, dass Krister und ich schon mal über Einwanderer geschimpft haben, die herkommen und von unseren Steuergeldern leben. Und wir bei der Polizei sehen ja zwangsläufig die diversen schweren Verbrechen, die von Einwanderern begangen werden.«

»Aber woher sollen denn diese jungen kriminellen Einwanderer so was wie Solidarität mit der schwedischen Gesellschaft empfinden? Sie werden doch konsequent ins Abseits gestellt! Sie wohnen draußen in den Trabantenghettos, sind Außenseiter in der Schule und beherrschen die Sprache nicht richtig. Viele von ihnen können weder ihre Muttersprache noch Schwedisch richtig sprechen. Und auch auf dem Arbeitsmarkt stehen sie abseits. Wenn der Arbeitgeber sieht, dass der Bewerber einen Namen hat, den er nicht aussprechen kann, wird derjenige nicht mal zum Gespräch eingeladen. Ganz gleich, wie gut seine Ausbildung auch sein mag. Schwarze Putzjobs, das ist das Einzige, wozu sie in Schweden zu taugen scheinen!«

»Wie Pirjo Larsson. Obwohl sie wohl kaum gut ausgebildet war.«

»Wie Pirjo. Die einzige Sicherheit und Bildung ist für viele jugendliche Einwanderer ihre Bande. Und wir haben beide oft genug gesehen, was die Banden so machen. Aber wir sehen nicht die, die nicht kriminell werden, sondern nur die anderen. Eigentlich wundert es mich nicht, was die Jugendlichen so machen. Ich habe nur Angst davor, was für eine Gesellschaft wir eigentlich für unsere Kinder schaffen. Und damit meine ich unsere Kinder! Denn es sind unsere Kinder, die sich die Köpfe rasieren. Es sind unsere Kinder, die Prügeleien mit Einwandererkindern veranstalten. Oft werden sie verletzt, ab und zu stirbt einer. Unsere Kinder kennen auch keine Zugehörigkeit zur schwedischen Gesellschaft, stattdessen bekennen sie sich zu fertigen, schnell gestrickten Scheinlösungen. ›Marschiert mit uns, für eine rein arische Gesellschaft!‹, ›Schmeißt alle Kanacken raus, und Nordeuropa wird ein allzeit glückliches tausendjähriges Reich! Sieg Heil!‹ Und unsere Kinder sind es, die sich die Stiefel anziehen und auf Teufel komm raus marschieren!«

Wortlos starrte sie ihn an. Noch nie hatte sie ihn derart aufgebracht gesehen. Für sie war er immer der ausgeglichene Tommy. Der ruhige, selbstsichere Vater dreier Kinder, und darüber hinaus ihr ältester Freund aus Ausbildungstagen. Er war so aufgewühlt, dass er in ihrem kleinen Arbeitszimmer herumlief, aufstampfte und den Hitlergruß zeigte, um zu unterstreichen, was er meinte.

»Und weil es unsere Kinder sind, müssen wir die Verantwortung übernehmen. Die können wir nicht von uns weisen! Du hast zwei Kinder, ich habe drei. Aber auch die Glatzköpfe, die sich in ein paar Tagen um die Denkmäler von Karl XII., dem letzten König des schwedischen Großreiches, im ganzen Land versammeln werden, sind unsere Kinder!«

Irene war verwirrt und müde, sie wollte protestieren, fand aber in ihrem trägen Kopf nicht die richtigen Formulierungen. Vorsichtig versuchte sie es dennoch:

»Ich finde nicht, dass alle Skinheads meine Kinder sind, nur weil Jenny sich den Kopf rasiert hat.«

»Wenn du das ablehnst, dann lehnst du auch die Gesellschaft ab, die dich eingestellt hat, damit du sie beschützt! Diese Glatzköpfe sind Teil der schwedischen Gesellschaft. Wir alle tragen in irgendeiner Weise Verantwortung. Aber in erster Linie handelt es sich bei den Skinheads um ein Symptom der schwedischen Gesellschaft!«

»Ein Symptom?«

»Ein Symptom für Außenseitertum! Die schwedische Gesellschaft stellt Leute ins Abseits! Und wenn du einmal ausgeschlossen bist, dann wirst du verflucht noch mal nie wieder aufgenommen!«

»Aber warum entscheiden sich dann Jugendliche freiwillig dazu, sich Gruppen anzuschließen, die im Abseits stehen, was meinst du?«

»Das haben Jugendgruppen doch immer so gemacht. Zu unserer Zeit waren es die FNL-Abzeichen und Palästinensertücher, die unsere Solidarität mit der Dritten Welt und alldem zeigen sollten. Viele von uns sind auf der grünen Welle mitgeschwommen. Wir hatten schließlich die richtigen Werte und Ansichten!«

»Aber in den Siebzigern standen doch alle irgendwie links!«

»Die Jugendlichen, ja. Wir gehörten zu der progressiven Jugendgeneration. Wir waren nicht wie die anderen, das heißt, nicht wie unsere Eltern. Nein, wir standen für etwas anderes, etwas Besseres. Für das einzig Richtige: für die Zukunft.«

»Meinst du, dass es mit den Neonazis und Glatzköpfen heute das Gleiche ist, oder wie?«

»So ungefähr. Man hat aufgegeben, sich in der toughen, harten Gesellschaft durchzubeißen, bevor man es überhaupt versucht hat. Es ist doch besser, freiwillig aufzugeben, als rausgeworfen zu werden. Deshalb solidarisiert man sich gleich mit denen, die schon außerhalb stehen. Man sucht Stärke in diesen Gruppen. Da ist es leicht, sich anzupassen und eine Identität zu kriegen – die sehen doch in ihren Stiefeln, ihrer Militärkleidung und mit den kahlen Schädeln alle gleich aus. Schon durch das Auftreten allein jagt man den anderen Leuten einen Schrecken ein. Die Jugendlichen suchen Halt in auswendig gelernten Argumenten. Ihre Anführer machen einen so verdammt selbstsicheren Eindruck, wenn sie ihre Schlagworte rausschreien, zu dröhnender elektrischer Gitarre und schwerer Schlagzeugmusik. Wie schön, wenn man nicht selbst denken muss! Sondern einfach mitmarschieren kann!«

Warum war er so erregt und engagiert? Irene wunderte sich, konnte ihn aber nicht mehr fragen, denn die Gegensprechanlage piepste und rief sie zur morgendlichen Besprechung. Tommy holte tief Luft und schien schnell nachzudenken. Dann sagte er:

»Es ist schon eine Weile her, dass ich Jenny gesehen habe. Was hältst du davon, mich morgen oder übermorgen zu euch nach Hause einzuladen?«

Irene war verwirrt über seinen schnell vorgebrachten Vorschlag, erwiderte aber sofort:

»Aber du bist doch immer bei uns willkommen. Jederzeit! Krister und ich haben überlegt, ein kleines Santa-Lucia-Fest zu machen, und dazu sollen natürlich Agneta und du…«

»Das ist eine gute Idee. Aber darum geht es im Augenblick nicht«, sagte Tommy.

Seine Stimme klang sehr ernst. Auch Irene wurde klar, dass es nicht um einen gemütlichen Abend ging. Stehenden Fußes fasste sie einen Entschluss:

»Dann machen wir den Mittwochabend ab. Da kann Krister was für uns kochen. Ich weiß, dass du nicht so viel von meiner Kochkunst hältst.«

»Sie ist auf gleichem Niveau wie meine. Obwohl meine vielleicht eine Spur besser ist. Mittwoch passt mir gut. Aber sorg bitte dafür, dass Jenny auch da ist.«

Genau in dem Moment, als Irene ins Konferenzzimmer gehen wollte, kam eine Sekretärin und überreichte ihr einen braunen Hauspostumschlag. Mit einem schnellen Blick fand sie den Namen Bo Torsson im Text.

Kommissar Andersson räusperte sich und bat um Ruhe:

»Okay. Dann sind wir ja vollzählig. Die Jungs von der Spurensicherung kommen später. Die kümmern sich noch um eine Autobombe, die heute Morgen hochgegangen ist. Haben alle davon gehört?«

Die Mehrheit der Gruppe schaute verwundert drein und schüttelte den Kopf. Offenbar war die Explosion die Hauptmeldung der Halb-acht-Uhr-Nachrichten gewesen, aber da hatten sich die meisten schon auf die morgendliche Versammlung vorbereitet. Andersson fuhr fort:

»Verdammt merkwürdig. Auf dem Parkplatz des Delsjöns-Golfplatzes ist um sechs Uhr heute Morgen ein Auto in die Luft geflogen. Kein Mensch war in der Nähe, abgesehen von dem Fahrer des Autos, der viel zu nahe dran war. Er ist buchstäblich in Atome zerfallen! Die Vermutungen gehen dahin, dass es sich um eine Art Terrorist gehandelt hat, der die Bombe aus Versehen ausgelöst hat. IRA, Hamas, etwas in der Richtung. Oder irgendein alter Mist aus dem früheren Jugoslawien. Ich erinnere nur dran, welche Hölle uns die Ustascha in den Siebzigern bereitet hat... Nun ja, um diese Ermittlungen muss sich jemand anders kümmern. Jetzt gehen wir erst einmal durch, was wir seit Freitag rausgekriegt haben.«

Er fuhr damit fort, die Anwesenden darüber zu informieren, dass die verkohlte Leiche in der Pathologie höchstwahrscheinlich die von Pirjo war. Ganz sicher konnte man erst am Nachmittag sein, wenn der Gerichtsodontologe die Röntgenbilder mit den Zähnen der Leiche verglichen hatte. Das Interesse stieg deutlich, als er die Wunde auf von Knechts Eichel erwähnte. Stridners Annahme, von Knecht hätte am Tag vor seinem Tod Beischlaf gehabt, rief viele Fragen und Spekulationen hervor. Irene berichtete, dass sie Jonas und Mona Söder überprüft hatte. Ohne näher in die Details zu gehen, sagte sie, dass die beiden bis auf weiteres aus den Ermittlungen herausgehalten werden sollten. Ihr Alibi für den Dienstag war niet- und nagelfest. Dann ging sie gleich zu der Überlegung über, dass es einen zusätzlichen Schlüsselbund für die verschiedenen Wohnungen geben müsste, betonte aber gleichzeitig, dass es sich im Augenblick dabei nur um eine reine Vermutung handelte. Richard von Knechts verschwundene Reserveschlüssel für den Porsche und die Garage sah sie als eine wichtige Information an, der man nachgehen musste. Sie erzählte von ihrem samstäglichen Gespräch mit Sylvia und der folgenden Beschattung. Als sie erzählte, dass Ivan Viktors der besagte »Freund« war, konnte Jonny nicht mehr an sich halten. Schadenfroh johlte er: »Hab ich's doch gewusst! Irgendwas hat dieser Strahlepeter verborgen. Mag er noch so berühmt und scheißvornehm sein, jetzt haben wir ihn!«

Irene war an diesem besonders montäglichen Montagmorgen ungewöhnlich schlecht gelaunt. Sie konnte sich einen säuerlichen Kommentar nicht verkneifen:

»Haben ihn – in welcher Hinsicht? Weil er mit Sylvia von Knecht bumst? Das ist nicht strafbar. Beide sind erwachsen. Und zwar schon eine ganze Weile!«

Jonny starrte sie finster an, aber ihm fiel keine passende Replik ein. Stattdessen berichtete er von Viktors Vernehmung am Freitag. Danach erzählte er, was bei seiner und Hans Borgs Überwachung des Parkhauses in der Kapellgatan am Freitag herausgekommen war. Das war schnell geschehen. Das Ergebnis war nämlich null. Andersson zuckte mit den Schultern.

»Okay. Das war also nichts. Dann legen wir das Parkhaus ad acta. Wahrscheinlich ist unser Mörder in dem Mistwetter fluchend zu Fuß herumgelaufen. Birgitta, erzähl doch von unserem reizenden Fotografen.«

Birgitta gab einen Bericht darüber ab, was am Freitagnachmittag vorgefallen war, ohne mit einer Miene ihre eigenen Gefühle dabei zu verraten. Andersson stellte mit Erleichterung fest, dass sie wieder ganz die Alte zu sein schien. Das, was zwischen ihr und Jonny am späten Nachmittag passiert war, konnte man offensichtlich als eine Folge des Schocks ansehen. Damit hatte sich die Sache hoffentlich erledigt. Sie war ja auch zu heikel. Frederik und Hannu konnten nur mitteilen, dass Bobo am Wochenende nicht in der Berzeliigatan aufgetaucht war. Nachdem sie die Personenbeschreibung noch einmal mit Birgittas Angaben zu seinem Aussehen und seiner Kleidung während der Vernehmung überprüft hatten, waren sie sich ganz sicher, dass er es gewesen war, der am Freitagnachmittag eine große Tasche abgeholt hatte. Die Hausdurchsuchung bei Lillis war anscheinend das reine Happening gewesen. Tommy hatte versucht sich im Hintergrund zu halten, um festzustellen, ob es etwas von Interesse in der Wohnung gab. Es handelte sich dabei um eine große Zweizimmerwohnung, aber so dreckig und staubig, wie man sich eben eine Fixerhöhle vorstellt. Lillis war stinksauer über das Eindringen der Polizisten geworden und hatte sich in seine Wut immer mehr hineingesteigert, bis er sogar anfing, seine eigenen Möbel zu zerschlagen. Er hatte den Polizisten nicht direkt gedroht, aber mit anzusehen, wie sich seine Faust geradewegs durch einen Stuhlsitz arbeitete, das war schon »leicht frustrierend«, wie Tommy sich ausdrückte.

»Eigentlich hätten wir einen Drogenhund dabeihaben sollen. Aber es ging ja nicht in erster Linie um Stoff, sondern um Bobo Torsson. Und der war nicht in der Wohnung. Deshalb mussten wir das Ganze wieder von vorn anfangen. Lillis wusste angeblich nicht, wo Bobo sich aufhielt, erzählte uns aber mehr als einmal, wo wir uns seiner Meinung nach bitte schön aufhalten sollten. Dem möchte ich nicht allein im Dunkeln begegnen.«

Dazu schien auch keiner der anderen Lust zu haben. Alle waren der gleichen Meinung wie der Kommissar, dass Lillis' und Bobos Auftauchen in den Ermittlungen einen Unruhemoment darstellte. Birgitta warf eine Frage ein:

»Wirkte er, als ob er unter Drogen stand?«

»Gut möglich. Aber der Kerl ist ja sowieso bekannt für sein hitziges Temperament, deshalb ist es schwer, das sicher zu sagen«, antwortete Tommy.

»Aber kann es einen Zusammenhang zwischen von Knecht und den beiden Mistkerlen geben? Hing unser feiner Millionär etwa am Stoff?«

Wieder war es Birgitta, die die Frage stellte, die sich alle durch den Kopf gehen ließen. Schließlich antwortete Jonny.

»Darauf deutet nichts von dem hin, was wir bisher gefunden haben. Wie alle dicken Fische hat er natürlich Dreck am Stecken, aber dabei geht es um Unregelmäßigkeiten bei ausländischen Aktiengeschäften. Wohl kaum Bobos und Lillis' Kragenweite. Nein, der einzige Berührungspunkt ist die Berzeliigatan. Dass sie dort dicht beeinander gewohnt haben,

Torsson über von Knechts Wohnung und Lillis auf der anderen Straßenseite.«

Frederik bat ums Wort:

»Wir haben Lillis überprüft. Er ist im August aus Kumla entlassen worden, nachdem er sechs seiner acht Jahre abgesessen hatte. Er war für schwere Drogendelikte, schwere Misshandlung und Mordversuch verurteilt worden. ›Gute soziale Prognose, weil Lars Johannesson die Wohnung und ein kleineres Geschäft von einer älteren Verwandten übernehmen kann‹, steht in den Papieren. Diese ältere Verwandte ist eine unverheiratete Tante von Bobo und Lillis. Sie bekam im Juni dieses Jahres einen Blutpfropfen im Hirn und liegt jetzt gelähmt im Vasa-Krankenhaus. Offenbar geht es ihr inzwischen besser, aber sie würde nicht allein in der Wohnung in der Berzeliigatan zurechtkommen. Die Gute wird einen Platz in einem Pflegeheim bekommen. Laut Kumla war Bobo Torsson derjenige, der alles Praktische hinsichtlich Übernahme der Wohnung und des Ladens geregelt hat. Als Lillis rauskam, war alles fix und fertig.«

Irene fiel der Hauspostumschlag ein, den sie vor der Besprechung in die Hand gedrückt bekommen hatte. Nachdem sie schnell die Papiere überflogen hatte, meldete sie sich:

»Am Samstag habe ich das Rauschgiftdezernat um etwaige Informationen über Bobo Torsson gebeten. Heute Morgen habe ich sie gekriegt. Er ist dreimal wegen Drogenbesitz verurteilt worden. Jedes Mal ist er in verschiedenen Clubs und Diskos in Razzien geraten. Zum ersten Mal 1983, das zweite Mal 1985 und das dritte Mal 1989. Die ersten beiden Male hat er Bewährung gekriegt, da er jeweils nur kleine Mengen bei sich hatte. 1989 ist er zu vier Monaten Gefängnis verurteilt worden. Er ist im gleichen Club geschnappt worden, in dem Lillis unter so dramatischen Umständen festgenommen wurde! Torsson befand sich draußen unter dem Publikum, als die Polizei den Laden gestürmt hat, er hatte zehn Gramm Kokain bei sich. Ein bisschen zu viel für den Eigenbedarf, wie das Gericht fand. Lillis und noch so ein Drogenboss, Tony Larsson, waren im Büro des Clubs und schafften es nicht einmal mehr, den Versuch zu starten, den ganzen Shit zu verstecken, der in einer Tüte auf dem Schreibtisch lag. Sie sind buchstäblich mit den Fingern im Dreck erwischt worden. Beide hatten Kokain gesnifft und waren reichlich angetörnt. Beide waren bewaffnet. Der folgende Schusswechsel war heftig. Tony wurde von einem Kollegen in die Schulter geschossen, was zu großen Diskussionen in den Massenmedien führte«, womit Irene ihr hastiges Resümee abschloss.

Andersson unterbrach das folgende Schweigen.

»Aha, dann war Bobo also damals schon in Lillis' Kreisen. Und dann haben sie natürlich mit dem Stoff weitergemacht, alle beide! Obwohl Lillis eher auffiel. Er ist auch brutaler und hat eine Schwäche für Waffen und peng, peng! Logischerweise ist er deshalb unzählige Male festgenommen worden. Während der gewandte Bobo Torsson sich besser getarnt hat. ›Modefotograf‹, na, vielen Dank! Er hat sich in den richtigen Insiderkreisen bewegt und konnte dort ungestört dealen. Irgendwas sagt mir, dass es an der Zeit ist, das Rauschgiftdezernat mit einzubeziehen.«

Alle nickten zustimmend. Zum einen würde das ihr bereits bis zum Äußersten beanspruchtes Ermittlungsteam entlasten, aber vor allem wussten die Ermittler der Drogenabteilung einfach viel besser Bescheid über die aktuellen Verhältnisse in den Göteborger Drogenkreisen.

Zufrieden mit diesem Beschluss sagte der Kommissar:

»Wir machen zehn Minuten Kaffeepause, während wir auf den Brandtechniker Pelle warten, oder wie immer er auch heißen mag.«

Alle nahmen dankbar die Gelgenheit wahr, die Beine zu strecken, und versuchten mit ein wenig Koffein die müden Gehirnzellen zu puschen. Bestimmte Gifte braucht der Körper in kleinen Dosen, um besser funktionieren zu können, hatte Mona Söder gesagt. Irene fragte sich kurz, ob sie eigentlich schon koffeinsüchtig war. Wenn, dann war es eine alte Sucht, da sie seit mehr als zehn Jahren mindestens zehn Tassen Kaffee am Tag brauchte. Mit leicht zitternder Hand kippte sie stehenden Fußes Tasse Nummer vier und fünf in sich hinein.

Als Andersson aus der Toilette kam, stand Birgitta Moberg ein paar Meter entfernt auf dem Flur. Es war zu sehen, dass sie auf ihn gewartet hatte. Schnell ging sie auf ihn zu.

»Kann ich kurz mit dir reden? Es dauert nicht lange.«

Ihm krampfte sich der Magen zusammen. Würde sie wieder davon anfangen, dass Jonny sie sexuell belästigte? Widerwillig zeigte er auf sein Büro. Sie kam ohne Umschweife zur Sache.

»Was du am Freitag gesagt hast, dass ich das Wochenende lieber bei meiner Mutter bleiben solle, war gar nicht so dumm. Ich wollte das drinnen nicht erzählen, aber anscheinend war Bobo Torsson am Wochenende mehrmals bei mir und hat geklingelt.«

»Bist du dir sicher?«

»Nein, das bin ich nicht! Und deshalb will ich das nicht groß und breit vor den anderen da drinnen ausbreiten. Du weißt, ich habe eine Einzimmerwohnung in Högsbo. Meine direkte Nachbarin auf dem Flur ist eine unheimlich nette alte Dame. Sie ist dreiundachtzig, aber klar im Kopf wie nur was. Es war spät, als ich gestern zurückgekommen bin, fast halb zwölf. Als ich den Schlüssel ins Schloss gesteckt habe, hat meine Nachbarin die Tür geöffnet. Sie hatte auf mich gewartet, weil sie sich Sorgen gemacht hat. Wir haben eine Gegensprechanlage. Wenn man keinen Schlüssel hat, muss man am Eingang klingeln und jemanden bitten, die Tür zu öffnen. Es passiert, dass Kinder Klingelstreiche machen und so, aber was am Samstag und Sonntag vorgefallen ist, das hat wohl das Übliche übertroffen. Jemand stand draußen und hat in rasender Wut auf alle Türklingeln gedrückt. Als meine Nachbarin den Hörer ihres Türtelefons abnahm, bekam sie einen ganzen Schwall an Flüchen und Beschimpfungen zu hören! Dabei hat sie mitgekriegt, wie die Stimme sagte, sie wolle sich ›dieses dreckige Luder, das sich Polizistin nennt‹ schnappen. Woraus sie logischerweise den Schluss gezogen hat, dass ich gemeint war, da ich die einzige Polizistin im Haus bin. Das ist gegen sieben Uhr am Samstagmorgen und gegen neun Uhr am Sonntagabend passiert.«

»Hat jemand ›die Stimme‹ gesehen?«

»Nein, das ist es ja. Er ist mit seinem Auto direkt bis vor die Tür gefahren. Über dem Eingang gibt es ein kleines Vordach, als Schutz gegen Regen und Schneerutsch. Wir wohnen im zweiten Stock. Deshalb hat meine Nachbarin nur kurz sehen können, wie ein Mann in seinen Wagen stieg und mit quietschenden Reifen davongefahren ist. Er war groß und schlank. Das Auto war groß und rot, da ist sie sich sicher.«

»Und jetzt sollen wir überprüfen, ob Torsson ein rotes Auto hat?«

»Ja.«

»Und warum wolltest du das nicht drinnen im Konferenzraum erzählen?«

Sie vermied es, ihm direkt in die Augen zu sehen, und ließ ihren Blick stattdessen im Zimmer schweifen, bevor sie antwortete.

»Weil es jemanden in unserer Abteilung gibt, der groß und schlank ist und einen roten Volvo fährt.«

Er wusste sofort, wen sie meinte, und wünschte sich, er könnte in ein herzliches, aber nachsichtiges Lachen ausbrechen und ihr beruhigend auf die Schulter klopfen. Aber das Lachen erstarb schon im Ansatz, denn er konnte nicht ausschließen, dass ihre Vermutung richtig war.

»Jonny. Du meinst Jonny«, sagte er finster.

»Ja.«

Es entstand ein langes Schweigen. Endlich holte Birgitta tief Luft und sagte beim Ausatmen:

»Deshalb bleibe ich noch bei meiner Mutter wohnen. Aber nur du darfst das wissen. Sonst niemand. Du hast die Adresse.«

Sie drehte sich auf der Stelle um und ging schnell hinaus. Er nickte der bereits geschlossenen Tür zu.

Die Brandtechniker und alle anderen Beamten waren schon an ihren Plätzen, als der Kommissar eintrat. Er kümmerte sich nicht um fragende Blicke, sondern gab Pelle nur ein Zeichen, anzufangen.

Der begann damit, dass die Theorie von einer Bombe untermauert worden war. Danach hatte es sich um eine beträchtliche Ladung von Sprengstoff in einem Eisenrohr gehandelt, um einen Zündkopf, eine Pentyllunte und Benzinkanister, genau wie er es bereits anfangs vermutet hatte. Die Bombe war auf einer Kommode im Eingang zu von Knechts Büro platziert gewesen. Dass man das herausbekommen hatte, war zum Teil Sylvia von Knecht zu verdanken. Bevor sie am Freitagabend nach Marstrand gefahren war, hatte sie Pelle geholfen, eine Skizze der Wohnung zu verfertigen, und angegeben, wie diese ungefähr möbliert war.

Tommy wedelte mit der Hand, um eine Frage stellen zu können:

»So eine Bombe, ist die schwer zu bauen? Dauert das lange?«

»Für den, der weiß, wie man's macht, geht es ziemlich schnell. Höchstens ein paar Stunden. Das Problem ist wahrscheinlich eher, alle Teile dafür zu kriegen. Du kannst ja nicht einfach ins Kaufhaus gehen und Zündhüte, Plastiksprengstoff und Pentyllunten kaufen. Der Rest ist schon einfacher hinzukriegen. Wenn wir uns jetzt weiter ansehen, was am Donnerstagabend passiert ist, muss ich näher auf den Zündmechanismus eingehen. Die Wohnungstür zu dem Büro war eine wirklich solide Sache. Die ging nach außen auf. Zwischen der Türklinke und einem Splint an der Feder des Zündhütchens war ein dünner Stahldraht gespannt. Als die Tür von der Person, von der wir erst annahmen, es wäre ein junger Mann, jetzt aber wissen, es war eine Frau, aufgezogen wurde, wurde der Splint herausgezogen und die Feder schlug ins Zündhütchen. Peng! Das Ergebnis kennen wir. Dass von ihrem Körper überhaupt noch etwas übrig ist, haben wir nur der massiven Wohnungstür zu verdanken. Die Frau wurde nach hinten geschleudert und war wahrscheinlich sofort bewusstlos. Dass sie in einer vorgekippten Seitenlage gefunden wurde, liegt daran, dass sie heruntergerutscht ist, als die Tür zurückglitt. In der Tür steckte das hier.«

Vor den gespannten Blicken seines mucksmäuschenstillen Publikums zog der Brandtechniker eine dicke Plastiktüte aus der Tasche. Darin lag ein rußschwarzer Schlüsselbund.

»Und gestern habe ich das hier gefunden, an dem Platz, wo die Leiche lag.«

Wie ein Zauberer zog er eine weitere Plastiktüte aus seiner Tasche. Auch sie enthielt einen Schlüsselbund, aber er war kleiner, hatte nur drei Schlüssel. Er wedelte mit dem kleineren Bund: »Zwei davon sind Autoschlüssel. Für einen Porsche. Der Dritte ist für das Garagentor der Molinsgatan, wo Familie von Knecht ihre Wagen stehen hat.«

Alle konnten spüren, wie ein Geist den Raum durchquerte. Sein Atem stank nach Tod und Asche, während er sie höhnisch angrinste.

Anderssons Augen traten wie rot-weiße Tischtennisbälle aus den Höhlen hervor. Seine Gesichtsfarbe ging ins Violette über und sein Atem war schwer und keuchend. Niemand bewegte sich. Alle beteten im Stillen, der Kommissar möge keinen Schlaganfall bekommen.

Pelle wurde etwas aus der Fassung gebracht. Er spürte die gespannte Atmosphäre, war sich aber nicht ganz sicher, worauf sie eigentlich beruhte. Also schwieg auch er und wartete auf Anderssons Kommentar zu den Schlüsselfunden. Der fühlte die Verwirrung seiner Mitarbeiter und versuchte sich wirklich zusammenzureißen. Was aber nicht so einfach war, da er selbst merkte, wie all seine wunderschönen Hypothesen und Theorien mit einem Mal einfach verpufften. Schließlich brachte er mit zusammengebissenen Zähnen hervor:

»Da spielt jemand ein teuflisches Spiel mit uns. Habt ihr überprüfen können, für welche Schlösser die Schlüssel aus dem großen Bund passen?«

Er stellte die Frage, obwohl er eigentlich die Antwort schon wusste. Der Brandtechniker nickte.

»Ja. Zwei sind für die Bürotür in der Berzeliigatan. Zwei für von Knechts Wohnung in der Molinsgatan und die letzten beiden für das Ferienhaus in Marstrand. Drei sind für Sicherheitsriegel und drei ganz normale Sicherheitsschlüssel. Alle Türen haben jeweils ein Sicherheitsschloss und einen Riegel.«

»Die ganze Zeit haben wir gesagt, dass es diese beiden Schlüsselbunde geben muss. Und jetzt werden sie an der unmöglichsten Stelle gefunden!«

Andersson sprach aus, was alle anderen dachten. Der Brandtechniker schaute unschlüssig drein, beschloss dann aber, in seinem Bericht fortzufahren. Er blätterte eine Seite seines Blocks um und sprach weiter:

»Im Augenblick besteht das Problem darin, an diesen eingemauerten Safe heranzukommen. Er ist nicht besonders groß, man kommt aber schwer an ihn heran, weil es keinen Boden mehr gibt, auf dem man stehen könnte. Deshalb versuchen wir es jetzt mit einer Kranleiter. Wir werden um den Safe herum in die Wand bohren und ihn dann mit einem Lull herauszuheben versuchen.«

Mehrere am Tisch fragten gleichzeitig:

»Womit?«

»Einem Lull. Am einfachsten könnte man das als einen großen Gabelstapler bezeichnen, bei dem man die Gabel sehr hoch fahren kann. Dabei steht er ›lull‹, also ohne Abstützung, auf dem Boden.«

Alle dachten über die Information nach. Schließlich war es Irene, die das Schweigen brach:

»Dann sieht es also folgendermaßen aus: Pirjo hatte die Schlüssel zu von Knechts verschiedenen Wohnungen und zu seinem Auto. Warum um alles in der Welt sollte er ihr die Schlüssel geben? Sylvia hat mir gesagt, Pirjo hätte keine Schlüssel, sie würde jedes Mal von jemandem aus der Familie in die Wohnung gelassen. Und was den Wagen betrifft, so möchte ich wissen, ob Pirjo überhaupt einen Führerschein hatte. Das müssen wir überprüfen. Einen Wagen hatte sie jedenfalls nicht. Sie ist immer mit Bus und Straßenbahn gefahren. Und dass die Autoschlüssel da lagen, wo Pirjos Leiche gefunden wurde, bedeutet das auch, dass sie die Schlüssel bei sich hatte? Zum Beispiel in der Tasche?«, fragte sie.

»Ja, wahrscheinlich, wenn nicht jemand die Schlüssel vor der Tür hat liegen lassen und damit gerechnet hat, dass sie unter… wie hieß sie noch?… unter Pirjo landen würden, wenn sie von dem Schlag bewusstlos geschlagen wurde. Aber das erscheint nicht sehr wahrscheinlich«, sagte der Techniker.

Dem Kommissar fiel ein, was Hannu ein paar Tage zuvor gesagt hatte, und er warf ein:

»Wie kann sie an die Schlüssel gekommen sein?«

Irene versuchte logische Schlussfolgerungen zu ziehen, als sie darauf antwortete:

»Am Montag war sie zusammen mit ihrer Tochter in der Molinsgatan. Da hat sie sie nehmen können. Aber dann möchte ich wissen, wo sie sie gefunden hat. Sylvia von Knecht hat ja behauptet, es gäbe gar keinen vierten Schlüsselbund. Und dann bleibt die Frage, warum sie bis zum Mittwochabend gewartet hat? Warum war sie nicht am Montag- oder Dienstagabend dort?«

»Ihr Kind wurde krank, kriegte hohes Fieber«, warf Hannu ein.

»Damit kannst du Recht haben. Eine Mutter hat reichlich was zu tun, wenn ein Kind die Grippe hat. Und hier waren es sogar zwei. Aber Marjatta war ja zu Hause und konnte sich um ihre kranken Brüder kümmern, wenn Pirjo für ein paar Stunden weg war. Andererseits ging es ihnen vielleicht so schlecht, dass Pirjo ihre Söhne einem kleinen Einbruch vorzog.«

Keiner fand, dass diese Überlegungen zu dem Bild passten, das sie von Pirjo bekommen hatten. Tommy dachte laut:

»Das ist doch unlogisch. Am Montagabend hätte Pirjo ganz sicher sein können, dass Richard von Knecht nicht in seinem Büro war. Er war erkältet, das hatte sie ja selbst gesehen, als sie an dem Tag bei ihm sauber gemacht hat. Am Dienstagabend konnte sie sich dessen nicht mehr so sicher sein. Nein, nach dem einfachen Menschenverstand hätte sie den Montagabend nehmen müssen. Denkt daran, sie hat erst am Mittwochvormittag erfahren, dass von Knecht tot war!«

Irene nickte zustimmend und fuhr fort:

»Es kann ja sein, dass sie die Schlüssel gestohlen hat, aber dann hat sie der Mut verlassen. Und erst als sie erfuhr, dass von Knecht tot ist, hat sie geglaubt, kein Risiko mehr einzugehen. Sylvia hat mir berichtet, dass Pirjo meinte, ihr Lohn wäre zu niedrig. Vielleicht wollte sie einfach einiges mitgehen lassen und verkaufen, denn Geld brauchte sie. Aber ich zweifle daran, dass Pirjo wusste, wohin sie hätte gehen sollen, um Antiquitäten und Kunst zu verkaufen. Das war ja keine Dutzendware, mit der sich Richard von Knecht da umgeben hat.«

Frederik hatte eine Idee:

»Kann das auf Bestellung gelaufen sein? Jemand, der weiß, dass von Knecht etwas besonders Wertvolles in seiner Wohnung hat, gibt Pirjo den Auftrag, die Schlüssel zu stehlen. Und dann ins Büro zu gehen und dort das Zeug zu holen.«

Nachdem sie sich bisher nicht an den Überlegungen beteiligt hatte, brach Birgitta nun ihr Schweigen:

»Und wenn jemand Pirjo die Schlüssel gegeben hat, damit sie ahnungslos hinging und die Bombe auslöste?«

Irene spürte einen eiskalten Hauch, obwohl die Luft im Raum inzwischen dick und verraucht war. Langsam sagte sie:

»Das wäre ja schrecklich, ganz bewusst die Mutter dreier Kinder in den sicheren Tod zu schicken. Und damit gleichzeitig noch das Leben der anderen Mieter im Haus zu riskieren.«

Andersson konnte sich nicht von den Schlüsseln losreißen, er beharrte weiter auf seinen Fragen:

»Aber was sollen die Autoschlüssel! Kann mir das mal jemand erklären? Warum gibt man einem Mensch die Schlüssel für einen Porsche, wenn dieser ganz offensichtlich gar nicht fahren kann?«

Niemand hatte dafür eine plausible Erklärung, also fuhr er fort:

»Haben wir einen Zeugen, der gesehen hat, wann Pirjo in der Berzeliigatan angekommen ist?«

Tommy rutschte unruhig hin und her, bevor er die Frage beantwortete:

»Nein, wir haben ja nicht gewusst, dass wir danach fragen sollen, ob jemand gesehen hat, dass eine kleine dicke Frau ins Haus gegangen ist. Wir sind die ganze Zeit davon ausgegangen, dass es eine Bombe mit Zeitzünder war, sodass der Bombenleger den Knall in sicherer Entfernung abwarten konnte. Ich werde heute noch die Friseuse treffen, die ihren Salon im Erdgeschoss hat, und die alte Dame, die jetzt bei ihrer Tochter in Mölndal wohnt. Ihren Mann müssen wir wohl auf später verschieben.«

»Okay. Das sind dann deine Aufgaben heute. Hannu, du prüfst nach, ob Pirjo einen Führerschein hatte. Sieh zu, ob du noch mehr aus ihrer Tochter rauskriegen kannst. Bleib in Verbindung mit der Pathologie und sag mir Bescheid, sobald die gerichtszahnärztliche Untersuchung abgeschlossen ist«, sagte Andersson.

Er schaute in die Runde und sein Blick fiel auf Hans Borg, der wie üblich auf seinem Stuhl vor sich hin döste.

»Borg!«

Alle im Zimmer zuckten zusammen, auch Borg.

»Wach auf! Du wirst eine Tour durch die Stadt machen. Geh zu verschiedenen Schlüsseldiensten in der Innenstadt und versuche herauszukriegen, wo und wann die Schlüssel angefertigt wurden. Ich will alles über diese Schlüssel wissen! Und frag auch nach, ob das der einzige Reserveschlüssel für das Auto und die Garage ist.«

Borg nickte und unterdrückte ein Gähnen.

»Fredrik und Jonny. Ihr helft Lillis zu überwachen, auf jeden Fall bis wir Bobo Torsson gefunden haben. Ist im Augenblick jemand in der Berzeliigatan?«

Fredrik nickte.

»Eine Tussi von der allgemeinen Abteilung, Eva Nyström. Hannu hat sie besorgt.«

Irenes erste Reaktion war Überraschung, die aber schnell in Wut umschlug. Eva Nyström und sie waren gleich alt. »Eine Tussi!«

Andersson bedachte Hannu mit einem freundlichen Nicken.

»Fredrik und Jonny, ihr löst Eva Nyström ab und übernehmt die Beschattung. Bis jetzt war es im Zigarettenladen ja ruhig, aber ich habe so das Gefühl, dass da irgendeine Schweinerei passieren könnte. Irene, du hattest doch schon Kontakt mit den Jungs vom Rauschgiftdezernat. Wir beide werden sie jetzt ganz offiziell aufsuchen und sie über unsere lieben Cousins informieren. Oder besser gesagt, ihnen sagen, dass wir Hilfe brauchen, um herauszukriegen, was die da eigentlich aushecken! Birgitta, durchstöbere alle Akten, die wir über Bobo und Lillis haben. Irgendwo muss es doch einen Hinweis darauf geben, wo Torsson sich versteckt haben könnte. Wir kommen morgen früh um halb acht wieder zusammen.«

Zwischen Kommissar Andersson und der stellvertretenden Kommissarin Annika Nilsén vom internationalen Rauschgiftdezernat waren die elektrischen Funken direkt zu spüren. Vergeblich versuchte sie zu erklären, dass sie kein Personal hatte, das dieser Spur hätte nachgehen können, die in ihren Augen gar keine echte Drogenspur war, sondern eigentlich nur Teil der Ermittlungen im Fall von Knecht.

Der Kommissar blies seine Wangen auf und bohrte seinen Blick in sie, um ihr laut und deutlich zu erklären – ohne überhaupt zu versuchen, seine Wut dabei zu verbergen –, dass es sich hier um Mord, Brandstiftung mit Todesfolge und Bedrohung eines Polizeibeamten handelte. Und da sich die Ermittlungen die ganze Zeit um einen bekannten Verbrecher drehten, der bereits in Drogengeschäfte verwickelt war, sowie um seinen Kumpel und Cousin, einen Junkie, so musste das doch bitte schön in ihr Ressort fallen!

Ein Ausdruck unendlicher Geduld und Überheblichkeit huschte über Annika Nilséns müdes Gesicht.

»Wenn alle Verbrechen, in die Junkies und Drogen verwickelt sind, automatisch in unser Ressort fallen würden, dann könnte man das gesamte Göteborger Polizeipräsidium in Rauschgiftdezernat umtaufen«, erklärte sie ruhig.

Das stimmte zwar nicht ganz, aber fast. Andersson wusste das, aber er wurde dennoch so wütend, dass es aussah, als würde er der armen stellvertretenden Kommissarin direkt an die Kehle gehen. Genau in diesem Moment kam der junge Kollege ins Zimmer, der Irene am Wochenende mit den Informationen über Bobo Torsson ausgeholfen hatte.

Mit einem erleichterten Lächeln wandte Irene sich ihm zu.

»Hallo! Und vielen Dank für die Informationen über Torsson«, fügte sie hinzu.

»Ach, don't mention it.«

Sie streckte ihm die Hand entgegen, die er ohne zu zögern ergriff. Ein trockener, warmer Handschlag.

»Irene Huss. Ich glaube, ich habe vergessen, nach deinem Namen zu fragen.«

»Jimmy Olsson. Assistent.«

Mit einem strahlenden Lächeln und funkelnden Augen beugte sich Irene zu Annika Nilsén vor und umgarnte sie mit ihrer charmantesten Art.

»Wahrscheinlich hast du auch schon dran gedacht, dass Jimmy ja bereits ein wenig Einblick gekriegt hat in unseren Fall. Kannst du dir vorstellen, ihn uns für eine Weile auszuleihen?«

Die stellvertretende Kommissarin fuhr sich verwirrt mit ihren kurzen Fingern durch die grau melierte Pagenfrisur.

»Das könnte wohl gehen«, sagte sie zögerlich.

Ein kurzer Blick zu Andersson machte Irene klar, dass er etwas Handfesteres hatte haben wollen. Zwei oder drei Inspektoren, mindestens. Annika Nilsén sah ihre Chance. Sie streckte sich etwas in ihrer unvorteilhaften dunkelblauen Strickjacke und schaute Jimmy Olsson an.

»Warst du schon mal in der Abteilung für Gewaltverbrechen?«, fragte sie.

»Nun ja, in der Ausbildung war ich acht Wochen beim Dezernat. Aber bei der Einbruchsabteilung, nicht bei der Gewalt.«

»Dann ist das ja eine Chance für dich, dein Wissen und deine Kontakte weiter auszubauen. Du hilfst mit im von-Knecht-Fall. Aber hinterher will ich dich wieder haben!«

Bei dem letzten Satz drohte sie ihm scherzhaft mit dem Finger und lächelte Irene vielsagend zu. Das war ihre Art zu sagen, dass Jimmy eine ausgezeichnete Wahl war. Und da konnte ja wohl niemand mehr behaupten, das Rauschgiftdezernat hätte nicht geholfen!

Irene verbrachte einige Stunden damit, Jimmy über alle Informationen im von-Knecht-Fall zu unterrichten. Sie konnte sich nicht über mangelndes Interesse beklagen. Seine Augen hingen an ihren Lippen und er sog alle Details in sich auf. Fast hätte sie ihn wegen seiner welpenartigen Begeisterung für dieses verzwickte Mysterium beneidet. Das Welpenhafte lag sicher an seinem jungen Alter, erst vierundzwanzig war er, aber seine Fragen waren intelligent und begründet. Ihr Instinkt war richtig gewesen. Sie selbst ermüdete inzwischen eher, wenn die Sache zu kompliziert wurde. Aber sie konnte sich noch daran erinnern, wie es in den ersten Jahren gewesen war. Die Spannung, der erwachende Jagdinstinkt und das Gefühl des Triumphs, wenn der Fall gelöst war. Sicher, das gab es immer noch, aber deutlich abgeschwächt. Allzu viele Fälle hatten nicht den großen Siegesrausch, sondern eher einen faden, bitteren Nachgeschmack hinterlassen. Man wird geläutert und zynisch in diesem Geschäft, das dachte sie immer häufiger in einer ihrer finsteren Stunden. Aber sie wollte weder geläutert noch zynisch sein! Man musste weitergehen, die ganze Zeit vorwärts. Nicht stehen bleiben und sich vergraben. Das war kein ungefährlicher Job, den sie sich da ausgesucht hatte. Doch sie hatte nie einen anderen gewollt und er hatte ihr immer gefallen. Aber in den letzten Jahren hatte sie ein schleichendes Gefühl überfallen, das es früher nicht gegeben hatte. Erst in letzter Zeit war es ihr geglückt, es zu identifizieren. Angst. Angst vor der menschlichen Gleichgültigkeit gegenüber der Würde anderer Menschen und vor der immer brutaleren Gewalt. Anscheinend hatte sie laut geseufzt, denn Jimmy Olsson schaute verwundert von den Papieren auf dem Schreibtisch auf. Vor ihm lagen die Skizzen von Marstrand. Nicht, weil sie besonders wichtig waren, sondern weil er sich dafür interessierte. Um ihren Seufzer zu überspielen, sagte sie:

»Also, jetzt ist es aber höchste Zeit, etwas essen zu gehen. Wollen wir mal nachsehen, welche Leckereien die Kantine uns heute zu bieten hat?«

Jimmy verzog vielsagend sein Gesicht. Also beschlossen sie, lieber schnell in die Stadt zu gehen und dort zu versuchen ein zusammengestoppeltes Tagesgericht zu kriegen.

Ihr Weg führte sie an Birgitta Mobergs Zimmer vorbei. Diese saß tief in Papiere und Dateien versunken da, beschloss aber trotzdem, sich ihnen anzuschließen. Es war fast ein Uhr, und der Magen knurrte.

Nach vorn gebeugt eilten sie durch den schneidenden Wind. Der Himmel war wolkenverhangen, Regen lag in der Luft. Der Wind fuhr wütend durch die gerade aufgebauten Weihnachtsdekorationen auf dem Drottningtorget. Richtige Weihnachtsstimmung konnte diese bei den vorübereilenden Passanten nicht erzeugen. Alle krümmten sich und wollten nur schnell unter ein sicheres Dach kommen. Nur drei verrückte Polizisten konnten auf die Idee kommen, bei diesem Wetter mehr als einen Kilometer zurückzulegen, nur um zu Mittag zu essen. Aber Irene und auch Birgitta hatten das Bedürfnis, zwischen sich und das Polizeipräsidium einen gewissen Abstand zu legen. Sie wollten abschalten. Das hatten sie nicht abgesprochen, das war einfach ein gemeinsames Gefühl. Und der Neuling Jimmy war gezwungenermaßen mitgekommen. Auch wenn er so seine Meinung über ihren Mittagsausflug hatte, hütete er sich, sie laut auszusprechen. Lieber schwieg er, denn schließlich war er ein kluger junger Polizeiassistent. Sie eilten am Brunnspark vorbei, den Stora Hamnkanal entlang. Weiße Schaumkronen zeigten sich auf dem Kanal und der Wasserstand war hoch. Das waren normalerweise Anzeichen für einen bevorstehenden Sturm. Mit einem Gefühl, dem Hunger und der Kälte zu entkommen, gingen sie durch die Türen des Golden Days. Eine dunkle, gemütliche englische Pubatmosphäre umschloss sie, mit viel glänzend poliertem Holz und rotem Plüsch. Da erschien es ganz natürlich, sich das Bier in Pints zu bestellen.

Sie räumten das Salatbüfett ab und aßen Pyttipanna in Sahnesoße. Es war schon fast zwei Uhr. Sie waren fast die Einzigen im Restaurant. Erst beim Kaffee sprachen sie über die anstehenden Nachforschungen. Nachdem sie den anderen beiden eine Zigarette angeboten hatte, die diese jedoch dankend ablehnten, zündete Birgitta sich eine an. Irene war überrascht. Sie hatte geglaubt, Birgitta würde schon seit langem nicht mehr rauchen. Offenbar hatte sie wieder angefangen. Nachdem sie genussvoll einen Ring ausgepustet hatte, ergriff Birgitta das Wort:

»Ich habe da vielleicht eine Idee, wo wir nach Bobo Torsson suchen könnten. Als ich Lillis dicke Akte gelesen habe, bin ich auf einen Bericht gestoßen, der davon handelte, wie er mit zwei Kumpanen nach einem bewaffneten Bankraub 1982 in Kungsbacka festgenommen wurde. Sie hatten fast achthunderttausend erbeutet, aber auf der Flucht ging dann alles schief. Der Fahrer war ein nervöser Kerl, gerade achtzehn Jahre, der mit dem gestohlenen Fluchtauto auf eine Verkehrsinsel gefahren ist und dabei ein Schild umgekippt hat. Sie hatten keine Zeit, sich ein neues Auto zu besorgen, mussten weiter mit ihrem kaputten fahren. An der alten nördlichen Einfahrt nach Kungsbacka liegt ein großer Kiosk. Dort sind sie raufgefahren und haben einen Zeitungsboten gezwungen, ihnen seinen Wagen zu geben. Aber das brauchte natürlich seine Zeit. Danach gab es eine klassische Verfolgungsjagd zur Küste hinaus, weil die Kollegen von Kungsbacka inzwischen dem Honda dicht auf den Fersen waren. An der Kirche von Billdal standen dann welche von uns, und damit war die Flucht zu Ende. Aber am Ende des Berichts schreibt der Kollege etwas Interessantes. Er erwähnt, dass Lillis stinksauer auf den armen Achtzehnjährigen war und schrie: ›Verflucht, wie konntest du nur die Abfahrt verpassen?‹ Beim Verhör haben die Kollegen ihn noch mal extra in die Mangel genommen, um zu erfahren, welche Abfahrt sie verpasst hätten. Und zum Schluss wurde er dann weich und erzählte, dass sie auf einen kleinen Feldweg vor Lindås hätten einbiegen sollen. Aber der Fahrer war so in Panik, dass er das Gaspedal die ganze Zeit durchgetreten hatte. Und so an der Abfahrt zu dem geplanten Versteck vorbeigeprescht war: nämlich an dem Häuschen von Lillis' Großeltern, in dem seine und Bobos Mutter aufgewachsen sind. Heute dient es nur noch als Ferienhaus.«

Irene beugte sich eifrig vor und rief aufgeregt:

»Das ist ein Berührungspunkt zwischen Bobo und Lillis! Benutzen ihre Mütter beide das Häuschen als Sommerhaus?«

»Lillis Mutter nicht, sie ist vor fünf Jahren gestorben. Der Vater ist nach den Papieren unbekannt. Über Bobo Torssons Eltern weiß ich ein bisschen mehr, zum Beispiel, dass sie geschieden sind. Die Mutter hat wieder geheiratet und wohnt in Vänersborg. Ich habe die dortigen Kollegen gebeten, mal nachzusehen, ob sich der kleine Bobo nicht vielleicht bei seiner Mama versteckt. Aber sie schien nicht zu wissen, wo er sich aufhält. Sie war reichlich empört, behauptete, das Ganze wäre ein Irrtum, denn ihr Bobo sei der Bravste, den man sich denken kann. Wo der Papa zu finden ist, weiß ich nicht. Er ist ein vorzeitig pensionierter Bühnenbildner, aber ich habe weder Adresse noch Telefonnummer von ihm herauskriegen können.«

Jimmy hob die Augenbrauen und sagte:

»Das scheint dann ja ein Traumversteck zu sein. Bei seinem Daddy, meine ich.«

»Nun ja, der ist dreiundsechzig und vor zehn Jahren auf Grund psychischer Probleme frühzeitig pensioniert worden.

Wegen schweren Alkoholmissbrauchs. Das Einzige, was ich erfahren habe, ist, dass er keinen festen Wohnsitz hat.«

Eine Weile wurde diese Information schweigend bedacht. Dann sagte Irene:

»Ich denke, es wäre den Versuch wert, Billdal einmal unter die Lupe zu nehmen. Das ist ja eigentlich der erste Hinweis, den wir überhaupt gekriegt haben. Jimmy und ich könnten rausfahren und uns das mal ansehen. Du hältst solange die Stellung und suchst weiter nach möglichen Schlupfwinkeln für Torsson.«

»In Ordnung. Ich bin inzwischen schon so in Torssons und Lillis' Akten bewandert, dass es sicher das Beste ist, wenn ich weiter dran bleibe«, stimmte Birgitta zu.

Schnell bezahlten sie und liefen hinaus in den einsetzenden Regen. Die Sterne standen günstig für sie an diesem Tag: Die Siebener-Straßenbahn klapperte genau in dem Moment heran, als sie an der Haltestelle ankamen. Sie fuhren bis zur Lilla Stampgatan mit. Von dort war es noch ein Stück bis zum Polizeipräsidium. Gut durchnässt liefen sie dort ein und hinterließen kleine Wasserpfützen auf ihrem Weg zum Fahrstuhl, die aussahen wie die Spur einer Schnitzeljagd.

Sie holten die Karten von der Gegend hervor, die in dem Bericht über die Festnahme von 1982 angegeben worden war. Es dauerte eine ganze Weile, bis sie die Kate fanden. Den Feldweg, den der Achtzehnjährige schimpflicherweise nicht gefunden hatte, gab es nicht mehr, denn dort, wo er gewesen war, war in der Zwischenzeit eine ansehnliche Reihenhaussiedlung herangewachsen. Alle Straßen waren verändert. Anfangs suchten sie viel zu nahe an der Küste. Aber schließlich gelang es Irene, das kleine Anwesen doch noch zu finden, knapp einen Hektar groß, an der Grenze zum Naturschutzgebiet Sandsjöbacka. Im Bericht wurde das Haus »Solhem« genannt und es war sogar auf der detaillierten Karte vermerkt. Irene rief aus:

»Das hat ja die ideale Lage! Kein einziges Haus in Blickweite. Perfekt, um sich zu verstecken. Dichter Wald zum Naturschutzgebiet hin, Hügel auf der Nordseite und offenes Gelände nach Süden und Westen hin. Und nirgends irgendwelche andere Bauten.«

Sie hielt inne und fuhr weniger begeistert fort:

»Das wird ein Problem. Wie können wir ungesehen ans Haus herankommen?«

Jimmy und Irene beugten ihre Köpfe über die Karte. Schließlich fand Irene eine Möglichkeit.

»Wir fahren über Lindåsmotet und dann über die kleinen Straßen Richtung Sansjöbacka, bis wir nicht mehr weiterkommen. Dort gibt es einige kleinere Häusergruppen, aber wir werden außerhalb ihrer Sichtweite parken. Wir wollen ja nicht, dass sich jemand Sorgen macht und die Polizei anruft. Ich denke, da irgendwo wird es schon gehen. Wir schlagen uns dann in den Wald und gehen am Waldrand Richtung Norden.«

Sie machte mit ihrem Zeigefingernagel ein Kreuz auf der Karte und Jimmy nickte.

»Yes.«

Jimmys Augen folgten aufmerksam den Linien, die Irene mit ihrem Nagel zog. Seine Erregung war deutlich zu spüren, ohne dass ihm das selbst bewusst war. Irene wurde davon angesteckt und fühlte sich wie ein Heerführer vor einem Feldzug. Aber sie wusste, dass es eine Sache war, sich auf einer Karte fortzubewegen, und eine ganz andere, sich in einem unwirtlichen Gelände in Regen und Dunkelheit vorzutasten. Birgitta fragte:

»Habt ihr die Möglichkeit, euch trockene Kleidung anzuziehen, bevor ihr losfahrt? Wenn ihr draußen eine Weile herumstehen und beobachten müsst, seid ihr sonst sofort durchgefroren.«

Sie betrachtete kritisch die nassen Jeans und Schuhe der beiden. Das mit der Kleidung war ein ganz praktisches Problem, das überlegt werden musste. Irene fiel ihre Tüte mit Joggingkleidung im Wagen ein und sie sagte:

»Ich habe meine Trainingssachen im Auto.«

»Du willst doch wohl nicht im Judopyjama durch den Wald hüpfen?«

»Nein, nicht die Ju-Ju-Sachen. Meine Joggingsachen. Tommy und ich wollten Dienstagabend zusammen joggen. Aber wie du weißt, wurde dann Dienstag nichts draus. Jimmy, hast du trockene Sachen?«

»Ach, ich komme schon zurecht. Aber ich hol noch 'ne heiße Sache, die wir gut gebrauchen können.«

Er verschwand auf dem Flur. Irene ging hinunter zu ihrem Wagen. Es wehte heftig und der eiskalte Regen peitschte ihr ins Gesicht. Es war finster wie in der Nacht. Vielleicht war es gar nicht nötig, bei diesem Wetter nach Billdal rauszufahren? Oho, das war das erste Anzeichen von Bequemlichkeit, denn die Sache mit dem Ferienhaus sah wie eine heiße Spur aus. Und heiße Spuren mussten untersucht werden. Und wenn nur mit dem Ergebnis, diese Möglichkeit auszuschließen, damit man bei der Suche anderswo weitermachen konnte.

Oben in Birgittas Zimmer stand Jimmy und führte sein Spielzeug vor. Es sah aus wie das Ergebnis einer Vereinigung zwischen einer Taucherbrille, einem kleinen Fernrohr und einer Gasmaske. Sein ganzes Gesicht strahlte vor Stolz, als er alle Raffinessen vorführte.

»Man sieht so klar wie am helllichten Tag. Wenn Leute in deine Richtung gucken, kannst du dir gar nicht vorstellen, dass sie dich nicht sehen können!«

»Was um alles in der Welt ist das denn?«, wollte Birgitta wissen.

»Ein Nachtsichtgerät, eigentlich ein elektronischer Lichtverstärker. Der kann das vorhandene Licht bis zu zehntausendmal verstärken.«

Es war höchste Zeit, sich auf den Weg zu machen, deshalb unterbrach Irene ihn:

»Ich ziehe mir trockene Strümpfe an und die Jogginghose unter die Jeans. Willst du den Pullover haben?«

Zuerst zögerte er, aber nachdem er noch einmal aufs Fenster geschaut hatte, wo der Regen von dem heftigen Wind gegen die Scheiben gepeitscht wurde, nickte er.

Birgitta wurde energisch und praktisch. Schließlich war es ihr Vorschlag, dem sie jetzt nachkamen.

»Jetzt ist es Viertel nach drei. Wir müssen bei diesem Wetter mit mindestens einer halben Stunde bis Billdal rechnen. Was meint ihr, wie lange werdet ihr durch den Wald brauchen?«, fragte sie.

Irene nahm auf der Karte Maß, bevor sie sagte:

»Ungefähr fünf-, sechshundert Meter. Es ist dunkel, das Gelände uns unbekannt und das Wetter schlecht. Also kannst du noch eine Viertelstunde dazurechnen.«

»Dann seid ihr also frühestens um vier vor Ort. Wann und wie nehmen wir Kontakt auf?«

Irene dachte nach.

»Ich nehme mein Handy mit, stelle es aber ab. Es darf nicht in einem unpassenden Moment klingeln. Lass uns so sagen: Ich rufe dich um Punkt fünf Uhr an. Wenn du eine halbe Stunde danach noch nichts von mir gehört hast, schickst du Verstärkung los.«

Jimmy sah sie verwundert an und fragte:

»Meinst du nicht, dass wir beide mit diesem Typen fertig werden?«

»Doch schon, mit Bobo werden wir fertig, aber es kann sein, dass sich sein Cousin und dessen Spielkameraden im Anmarsch befinden. Und denk dran: Wir sollen das Haus nur überprüfen. Wenn Bobo allein ist, schnappen wir ihn uns. Aber wenn es dort noch mehr Personen gibt, dann ziehen wir uns diskret zurück und warten das Eintreffen der Kavallerie ab. Lillis' Freunde sind immer schwer bewaffnet. Diese Kerle fühlen sich nackt, wenn sie nicht mindestens eine Uzi dabei haben.«

Wenn man seit einer Weile im Drogendezernat ist, dürfte das kaum eine Neuigkeit sein. Jimmy dachte nach. Dann nickte er Irene zu und fragte:

»Sollen wir 'ne Sigge mitnehmen?«

Birgitta hatte nur mit halbem Ohr zugehört, reagierte aber sofort auf den Namen. Verwundert fragte sie:

»In unserem Team gibt es keine Sigge. Meinst du Tommy?«

»Ne, ne, die SIGSauer, üblicherweise Sigge genannt. Unsere Dienstwaffe!«

Sie lachten laut los, was die Spannung etwas lockerte. War es doch der Jagdinstinkt, der da erwachte? Aber in erster Linie war es wohl Jimmys offensichtliche Begeisterung, dass er mitfahren sollte auf Kundschaftstour, die ansteckend wirkte. Und wenn es jetzt eine Niete war? Dann würde er reichlich enttäuscht sein. Irene nickte:

»Ja, wir nehmen unsere Siggis mit.«

Sie machten den Umweg am Waffenschrank vorbei, holten ihre Pistolen und luden sie mit Neunmillimetermunition. Die SIGSauer ist eine schwere Waffe, bei weitem der alten Kugelspritze Walther 7.65 überlegen, mit der Irene einmal das Schießen gelernt hatte. Aber Jimmy hatte nie umlernen müssen. Die Sigge war seine Dienstwaffe, an ihr war er trainiert. Offenbar vertraut und eine Spur nonchalant lud er sie und stopfte sich die Pistole in den Halfter. Irene war den Halfter nicht gewohnt, da sie selten bewaffnet herumlief. Aber wenn sie die Sigge dabeihaben wollte, musste sie sich wie alle anderen das Halfter umschnallen. Die Waffe ist schwer und lässt sich nicht in die Jackentasche stopfen, ebenso wenig wie die Walther. Es ist ein Fernsehmärchen, dass Polizisten und Schurken sich ihre Schusswaffen in die Tasche stopfen oder unter den Gürtel schieben. Gerade Letzteres birgt in bedrängter Situation ein großes Risiko, unfreiwillig kastriert zu werden. Und rein praktisch ist es ein Ding der Unmöglichkeit, die Pistole in der Tasche zu haben. In der Hosentasche ist nicht genug Platz und für die Jackentasche ist sie einfach zu schwer. Ein Beobachter, der mit einer Jacke herumläuft, bei der eine Seitentasche bis zum Knie herunterhängt, kann sich genauso gut gleich ein rotierendes Blaulicht auf den Kopf schnallen. Um das Halfter kommt keiner herum. Im Vergleich zur Walther hat die SIGSauer den Vorteil des gröberen Kalibers und der kräftigeren Wirkung. Die Nachteile sind aber ihr Gewicht und die Trägheit der Feder beim Entsichern. Für diese Pistole ist eine ganze Menge Kraft notwendig, eine schwere Waffe für schwere Jungs. Die Sigge ist schlicht und ergreifend macho. Irene zog die Walther vor. Auch wenn es Tommy zufolge notwendig war, den Lauf nach unten zu führen, wenn man losfeuerte, damit die Kugel überhaupt herauskullern konnte.

Auf den kleinen Straßen holperten sie Sandsjöbacka entgegen. Der Wind packte das Auto und schüttelte es wütend. Der Regen prasselte herab. Es war unmöglich zu erkennen, wo sie eigentlich waren. Sie mussten sich mit Hilfe der Hinweisschilder und Wegweiser orientieren. Irene fuhr und Jimmy las die Karte im flackernden Schein der Taschenlampe. Schließlich faltete er die Karte zusammen und sagte:

»Hier irgendwo müssen wir parken.«

Fast hätte sie den kleinen Waldweg verpasst, trat in die Bremsen und fuhr ein Stück zurück. Den Wagen stellte sie bedrohlich nahe an einem großen Graben ab, in dem das Wasser wild schäumte. Aber das dürfte kein Problem werden, so lange wollten sie ja nicht wegbleiben. Sie würden schon wieder zurück sein, bevor der Graben überschwemmt wurde. Irene nahm die Karte und prägte sich noch ein letztes Mal ihren Weg ein.

»Wir müssen diesem Kiesweg bis ganz ans Ende folgen. Dabei kommen wir an ein paar kleineren Häusern vorbei, ich nehme an, das sind Sommerhäuser. Danach gehen wir in den Wald und folgen dem Waldrand ungefähr vierhundert Meter lang.«

Jimmy nickte und wieder spürte sie seine unterdrückte Erregung.

Sie gingen los, die Lichtkegel der Taschenlampen auf den Boden gerichtet. Hier gab es keine Straßenlampen. Um zu sehen, wohin der Weg führte, und um nicht Gefahr zu laufen, in Kuhlen oder Senken zu treten, mussten sie ihre Lampen leuchten lassen. So konnten sie nur hoffen, dass das herrschende Unwetter und der dichte Wald sie deckten.

Am Ende des Wegs lagen zwei kleine Ferienhäuser. In dem einen brannte Licht, aber sie konnten keinen Menschen darin entdecken und nichts hören. Links von sich bemerkte Irene einen großen Holzstapel. Sie beleuchtete ihn und für den Bruchteil einer Sekunde traute sie ihren Augen nicht. Der Lichtstrahl fiel auf ein großes, schwarzes Motorrad, das zur Hälfte hinter dem Holz versteckt war. Eine Harley Davidson, Choppermodell. Hinten war eine große Gepäckbox befestigt, auf der ein Schild informierte: »This bike belongs to a Hell's Angel – If you don't believe it, just try to mess with my bike!« Damit konnte diese Karre selbst in den schlimmsten Slumgegenden unverschlossen abgestellt werden. Die würde niemand klauen. Denn ein bisschen Selbsterhaltungstrieb hatten schließlich die meisten Menschen. Blitzschnell löschte Irene ihre Taschenlampe und Jimmy brauchte nicht viel länger. Sie standen unbeweglich da und lauschten in die Dunkelheit hinein. Aus dem Haus war nichts zu hören. Vorsichtig schlichen sie sich daran vorbei und bewegten sich dabei so leise sie konnten auf den Wald zu. Zum ersten Mal waren sie froh über das heftige Unwetter, das die Baumwipfel schüttelte. Es wurde zu einem Verbündeten, als sie aus Versehen auf heruntergefallene Zweige traten oder über verräterische Wurzeln stolperten und auf glatten Steinen ausrutschten. Endlich sahen sie das Licht des Häuschens nicht mehr und trauten sich wieder, ihre Lampen einzuschalten.

Jimmy sah blass und verbissen aus. Durch den Regen klebte sein kurzes Haar platt am Kopf und Irene war froh, dass sie sich Katarinas Baseballkäppi aufgesetzt hatte, bevor sie das Auto verlassen hatten. Jimmy klang erregt, als er zischte:

»Was hat das zu bedeuten? Ein Hell's-Angels-Nest? Hier draußen im Wald?«

Er war offenbar beunruhigt und das war sie auch, versuchte aber, es nicht so deutlich zu zeigen.

»Wahrscheinlich haben sie den Winter über eine Hütte gemietet«, sagte sie und tat so, als würde sie das gar nicht stören.

Sie drehte sich um und setzte die rutschige Wanderung fort.

Aber sie hatte Probleme, sich auf das zu konzentrieren, was vor ihnen lag. Das, was sie gerade hinter sich gelassen hatten, empfand sie als unerwartete und erschreckende Bedrohung. Auch wenn es kaum etwas mit Lillis' und Bobos Kate zu tun haben konnte, durfte man die Hell's Angels nie ignorieren. Schließlich zwang sie sich, ihre Befürchtungen beiseite zu schieben und ihre ganze Aufmerksamkeit nach vorn zu richten. Ein schwaches Licht blitzte zwischen den Bäumen auf. Jimmy nahm ihren Arm und zeigte ein Stück hinter den Waldrand. Sie waren beide der gleichen Meinung. Ein hoher Steinhaufen erhob sich am Waldrand, die perfekte Tarnung, während sie gleichzeitig von ihm aus einen besseren Überblick kriegen konnten.

Ihre Finger waren steif und angeschwollen von der Kälte. Als sie auf den Steinhaufen klettern wollten, verlor Irene an einem rutschigen Stein den Halt und rutschte hinunter. Ihr Knie bekam einen ordentlichen Stoß ab und ihre Handflächen wurden aufgerissen. Aber die waren von der Kälte so taub, dass sie es kaum merkte. Als sie wieder hoch kletterte, kauerte Jimmy bereits hinter den Steinen und schaute durch das Nachtsichtgerät. Im Stillen schickte Irene ihm ein Dankgebet, dass er es mitgenommen hatte. Ohne dieses Fernglas wären sie gezwungen gewesen, viel näher ans Haus heranzukriechen. Jetzt waren sie ungefähr fünfzig Meter entfernt. Das fühlte sich bedeutend angenehmer an. Sie spähte zu dem Lichtpunkt und sah, dass es eine Außenlampe an einem kleinen, scheunenähnlichen Gebäude war. Ein paar kleine Fenster leuchteten schwach.

Jimmy blieb so lange unbeweglich liegen, dass sie schon unruhig wurde. Sie wollte auch durch dieses lustige Spielzeug gucken. Aber sein angespanntes Flüstern weckte in ihr böse Ahnungen, als er ihr das Gerät gab.

»Du wirst es nicht glauben. Guck mal über den Rand des Lichtkegels der Außenbeleuchtung.«

Der Schirm ihres Käppi störte, also drehte sie ihn resolut nach hinten. Nicht unpraktisch, denn dadurch wurde der eiskalte Regen daran gehindert, ihr in den Nacken zu laufen.

Sie hob das Fernglas an die Augen, band es sich um und sah sofort, was er meinte. Ein großes Motorrad, ein Chopper, stand vor der Scheunenwand. Als sie das Sichtgerät auf eines der kleinen, hellen Fenster richtete, konnte sie einen großen, dicken Mann mit langem, lockigem Haar erkennen. Er redete mit jemandem, der außerhalb ihres Blickwinkels war, und gestikulierte wild. Obwohl sie niemand hören konnte, flüsterte sie:

»Ich kann nur einen Kerl sehen, einen dicken, langhaarigen Typ. Aber das ist nicht Bobo Torsson. Hast du sonst noch einen gesehen?«

»Nein, nur den Dicken. Und die Maschine! Hast du gesehen? Wieder 'ne Harley Davidson!«

»Ist das nicht die Gleiche, die wir hinten bei den Ferienhäusern gesehen haben?«

»Nein, diese hat keine Gepäckbox hinten.«

Das stimmte. Diese hier hatte zwei kleinere Boxen auf den Seiten des Hinterrads. Der langhaarige, dicke Mann lief herum und redete mit seinen unsichtbaren Zuhörern. Für den Bruchteil einer Sekunde meinte Irene den Kopf einer sehr viel kleineren Person sehen zu können, aber es ging so schnell, dass sie sich nicht sicher war. Ohne das Sichtgerät von den Augen zu nehmen, flüsterte sie Jimmy zu:

»Ich glaube, es sind mindestens zwei. Aber was machen die da?«

»Keine Ahnung.«

Eine Bewegung im äußersten rechten Sichtbereich ließ sie das Fernglas dorthin drehen. Aufgeregt flüsterte sie:

»Da kommt jemand aus der Tür vom Haus nebenan! Anscheinend ist das das eigentliche Wohnhaus. Aber das ist auch nicht Bobo Torrson. Auch wieder so ein langhaariger Typ in Leder, aber dieser ist groß und dünn.«

»Komisch, dass er die Außenbeleuchtung anmacht. Ich sehe niemanden.«

»Nein?«

Irene setzte das Sichtgerät ab und schaute zum Haus hinüber. Es war dunkel. Weiterhin war nur das Licht von der

Scheune zu sehen. Der Mann lief im Dunkel herum. Er war für alle ohne Nachtsichtgerät unsichtbar. Sie schob sich das Fernglas wieder vor die Augen, nur um noch mit anzusehen, wie der Dünne hinter der Scheune verschwand. Schnell richtete sie die Gläser wieder auf das Scheunenfenster. Der Dicke hielt in seinen Gesten inne und drehte sich mit dem Rücken zum Fenster. Irene war klar, dass jetzt der andere sprach, denn plötzlich war der massige Kerl vollkommen unbeweglich und schien gespannt zuzuhören. Fast hätte sie vor lauter Schreck das Fernglas fallen lassen, als er sich plötzlich auf der Hacke umdrehte und aus dem Fenster hinausspähte. Aber die Vernunft sagte ihr, dass er sie gar nicht sehen konnte – doch sein Gesichtsausdruck genügte. Die Angst grub ihre steifen Finger in Irenes Körper und sie vermochte sie nicht einmal Jimmy gegenüber zu verbergen. Ihre Stimme trug kaum, als sie mit verfrorenen Lippen flüsterte:

»Jimmy, die wissen, dass wir hier sind!«

»Das ist unmöglich. Wie sollten sie…?«

Der Gedanke kam ihnen gleichzeitig. Die Ferienhäuser. Das Motorrad hinter dem Holzstapel. Sie waren trotz allem entdeckt worden. Irene fragte:

»Wie spät ist es?«

Er schob seinen Jackenärmel hoch und schaute auf das selbstleuchtende Zifferblatt.

»Zehn nach fünf. Zeit, abzuhauen.«

Sie schlängelten sich den Steinberg hinunter. Irene blieb unten stehen und zog ihr Telefon aus der Tasche. Sie drückte drauf, ließ es dann aber schnell wieder in die Tasche rutschen. Ihr Unterbewusstsein hatte ein Geräusch wahrgenommen, aber ihr Bewusstsein registrierte es zu spät. Der Wald um sie herum explodierte in einer tausendstel Sekunde zu einem Sternenregen, um sie danach in unzugängliche Dunkelheit einzuschließen.

Ihr Kopf schaukelte von einer Seite zur anderen, ohne dass sie etwas dagegen machen konnte. Kraftlos versuchte sie sich aufzurichten, um sich zu übergeben, musste aber undeutlich feststellen, dass das unmöglich war. Sie hing mit dem Kopf nach unten. Ein starker Geruch nach Leder und Schweiß stach ihr in die Nasenlöcher und verstärkte noch ihre Übelkeit. Instinktiv ließ sie sich weiterschleppen, während sie verzweifelt gegen den Schwindel anzukämpfen versuchte und sich bemühte, wieder klar im Kopf zu werden. Was war passiert? Nach einer Weile wurde ihr klar, dass sie über der Schulter eines kräftigen, ledergekleideten Mannes hing. Ein Hell's Angel trug ihren hilflosen Körper, wie ein Schlachter ein totes Tier trägt. Seine nassen, langen Haare schlugen ihr gegen das Gesicht. Vorsichtig öffnete sie ihre Augenlider einen Spaltweit. Sie hörte Keuchen und heftige Atemzüge links von sich. Dort waren noch mindestens zwei und sie meinte sehen zu können, dass sie etwas zwischen sich trugen. Jimmy. Lebte er? Lieber Gott, lass ihn am Leben sein! Nie zuvor in ihrem Leben hatte sie eine so klare, unverfälschte Todesangst verspürt. Deshalb brauchte sie gar nicht so zu tun, als wäre sie nicht in der Lage, sich zu bewegen. Sie war vollkommen paralysiert.

Inmitten ihrer Panik vermeinte sie plötzlich eine klare Stimme zu hören. Zu ihrer Überraschung erkannte sie die Stimme ihres alten Jiu-Jitsu-Trainers, der seit fast zehn Jahren tot war. Trotz seiner vierzig Jahre in Schweden hatte er immer noch einen deutlichen amerikanischen Akzent. Mit seiner trockenen, ruhigen Stimme sagte er: »Pass auf, dass sie nicht merken, dass du wach bist. Spiele die Ohnmächtige. Sonomama. Erinnere dich an ukemi-waza. Halte den Kopf, damit du ihn dir nicht verletzt. Mokuso.«

Mokuso? Warum sollte sie ausgerechnet jetzt meditieren, in dieser Lage? Plötzlich begriff sie. Sie musste ihren Körper verlassen, um sich von der lähmenden Angst zu befreien. Und der Körper würde eine Weile allein zurechtkommen, der sollte ja sowieso als ohnmächtig gelten. Sie schaute in ihr sich drehendes Gehirn, fand den richtigen Punkt und wurde sanft ins Yawara und Licht gesogen.

Die eine Gesichtshälfte lag in Lehm und eiskaltem Wasser. Es blubberte aus ihrem einen Nasenloch, wenn sie atmete, aber sie drehte den Kopf nicht. Ihr Körper war in ukemi-waza gekommen und in eine nach vorn gekippte Seitenlage gefallen. Sie bemerkte, dass mehrere Personen um sie herum waren. Es erforderte eine unglaubliche Willensanstrengung, sich auf das zu konzentrieren, was sie sagten, und gleichzeitig weiterhin die Bewusstlose zu spielen.

»Verdammter Scheiß, was machen wir mit denen? Wer sind diese Arschlöcher überhaupt?«

»SIGSauer. Und Fernglas und Telefon. Geile Sachen. Ich glaube, das sind Bullen. Verflucht, warum musstet ihr so hart zuhauen! Zumindest aus der Biene hätten wir einiges rauskriegen können.«

»Die Jungs konnten doch nicht sehen, dass es eine Braut ist! Sie ist reichlich lang und dann hatte sie noch 'ne Käppi auf dem Schädel.«

»Aber nun macht sie doch endlich fertig!«

Die letzte Stimme versetzte Irene einen Schock. Ein junges Mädchen. In einem kurzen Moment der Verwirrung hatte Irene die Vision, es könnte eine ihrer eigenen Töchter sein. Aber das Trugbild verlosch und sie bemühte sich weiterhin stillzuliegen.

»Halt die Fresse, du Hure! Wenn wir jemanden fertig machen, dann dich!«

Irene konnte mindestens drei verschiedene Lachen unterscheiden. Vielleicht sogar vier.

»Sollen wir sie reintragen? Ich bin nass bis auf die Knochen.«

»Schafft sie in den Schuppen.«

Ihr gesamter Wille war notwendig, damit sie sich vollkommen schlaff von zwei Hell's Angels tragen ließ. Sie schleppten sie eher, als dass sie sie trugen, sodass sie mit der Hüfte gegen den Türpfosten schlug. Ihren Kopf ließ sie nach unten hängen und versuchte nicht mit den Augenlidern zu zittern. Sie konnte das Keuchen hören, als sie Jimmy neben ihr hereinschafften. Anscheinend lebte er noch, da sie sich die Mühe machten, auch ihn hereinzuholen. Drinnen war es trocken, aber der Boden war eiskalt. Zu ihrem Entsetzen bemerkte sie, dass es ihr nicht gelang, die Kälteschauer zu verbergen, die ihren Körper durcheilten. Gegen ihren Willen schüttelte sie sich immer wieder, spielte aber weiter die Ohnmächtige.

»Weck sie auf.«

Ein kräftiger Tritt in die Seite. Sie konnte ein Jammern nicht unterdrücken, tarnte es aber mit einem leisen Murmeln. Dumpfe Schläge waren zu hören, als sie Jimmy traten, aber von ihm kam kein Laut. Nach einem weiteren Tritt war ihr klar, dass es an der Zeit war, das Drehbuch zu ändern. Jammernd drehte sie den Kopf und murmelte unzusammenhängende Worte.

»Die Braut kommt zu sich!«

Zucke mit den Augenlidern, sieh verwirrt und dösig aus. Achte darauf, den Überblick zu bekommen. Vier Kerle in Leder und eine kleine blonde Frau, auch sie in Lederkluft. Knapp einen Meter neben ihr lag Jimmy. Er war mit Lehm und Blut verschmiert, nicht wiederzuerkennen, sein Gesicht war angeschwollen. Aber er lebte. Sein Brustkorb hob sich schwer, wenn er atmete.

»Was habt ihr auf unserem Land zu suchen, du und das andere Arschloch?«

Das war der Große, Magere, der sich streitlustig über Irene beugte. Am besten nicht lügen. Jedenfalls nicht zu viel. Sie brauchte den Schwindel gar nicht zu spielen und musste nach den richtigen Worten suchen, gab sich aber viel Mühe, den Eindruck noch zu verstärken. Sie nuschelte:

»Wir haben beobachtet… Drogen… Polizei.«

Sie schloss die Augen und tat, als würde sie wieder in Ohnmacht fallen. Da war ein Telefonsignal zu hören. Durch einen kleinen Spalt unter den Augenlidern sah sie den dicken Anführer, der unschlüssig auf das Telefon guckte, das er in der rechten Hand hatte. Der Magere schnappte es sich und klappte es auf. Alle konnten eine beunruhigte Frauenstimme hören:

»Irene? Hier ist Birgitta. Was ist los?«

Zuerst sah er Irene unschlüssig an, aber dann hatte er sich offenbar entschlossen und hob das Telefon an den Mund. »Fuck you!«, schrie er.

Danach klappte er es wieder zusammen und zeigte ein zufriedenes Grinsen.

»Jetzt hat die Fotze was zum Nachdenken!«, erklärte er fröhlich.

Der Anführer nahm Schwung von der hinteren Wand aus. Sein Faustschlag kam wie ein Eisenhammer und landete gezielt an der Kinnspitze des anderen. Aus Irenes Perspektive sah es so aus, als spränge dieser direkt in die Luft und verschwände. Aber aus dem folgenden Plumpsen zog sie den Schluss, dass er gegen die Tür geflogen war.

Der kräftige Anführer massierte seine Knöchel, während er herumtönte:

»Du Vollidiot! Wenn es in einem Bullentelefon klingelt, dann solltest sogar du kapieren, dass am anderen Ende auch so ein Scheißbulle ist!«

Es freute Irene aus tiefster Seele, dass einer von dem Gesindel ganz eindeutig ausgezählt war. Zumindest für eine Weile.

»O Kacke! Sie hat Drogenfahndung gesagt! Verdammter Scheiß!«

Der Dicke lief hin und her und trat ihr mit einem schweren MC-Stiefel seitlich in den Brustkorb. Es knackte kurz, mindestens eine Rippe war gebrochen. Das Stöhnen, das über ihre Lippen kam, war ganz und gar nicht gespielt.

»Nun red schon, du Scheißfotze! Wie lange wisst ihr schon von dem Versteck hier?«

»Weiß nicht… Hinweis… es war ein Tipp.«

»War es dieses Arschloch Bobo, hat der dir den Tipp gegeben? Antworte!«

Zuerst war sie so überrascht, dass sie fast die Augen aufriss. Das war es also! Zwischen den Hell's Angels und Bobo Torsson gab es eine Verbindung. Aber sie fasste sich schnell und tat so, als könnte sie nicht klar denken:

»Weiß nicht … ich hab nicht … gesprochen.«

»Kam der Tipp per Telefon?«

»Ja.«

»Und wann?«

Um Gottes willen! Und wann? Wann war denn logisch? Sie musste auf ihre Intuition vertrauen.

»Heute Morgen.«

Der Anführer schnappte wütend nach Luft, bevor er losschrie:

»Dieses verdammte Arschloch! Er ist mit dem Zaster abgehauen! Und dann hetzt er die Bullen auf uns, während wir hier mit nacktem Arsch herumsitzen. Ich wusste doch, dass man sich auf diesen Motherfucker nicht verlassen kann!«

Er blieb stehen und dachte über die neuen Informationen nach, die Irene ihm geliefert hatte. Offenbar hatte sie ins Schwarze getroffen. Alles schien für ihn zu stimmen. Er blickte finster auf Irene hinunter.

»Du kannst verdammt froh sein, dass wir es saueilig haben. Aber …«

Er wandte sich zu seinen Kumpels um. Auch der Dünne hatte sich in der Zwischenzeit wieder auf seine zitternden Beine erhoben und trat zu den anderen. Ein schadenfrohes Grinsen glitt über sein schlaffes Gesicht, als der Anführer fortfuhr:

»… was macht ein Hell's Angels mit allen Scheißbullen? Na? Ja, genau!«

Alle vier hatten sich in eine Reihe gestellt. Sie machten die Reißverschlüsse ihrer Lederhosen auf, zogen ihre Glieder heraus und fingen an zu pissen, abwechselnd auf Irene und Jimmy. Die kleine Blondine lachte schallend, schlug sich auf die Schenkel und musste sich vor Lachen an die Wand lehnen.

»Das ist nicht gefährlich. Das ist nur Urin. Das ist alles gar nicht wahr! Wir sterben nicht dran. Lieber Gott, lass es bald vorbei sein.« Stumm wiederholte sie die Sätze immer wieder wie eine magische Formel, um die wachsende Hysterie in ihr in Schach zu halten. Der Gestank und der warme Urin auf ihrem Gesicht brachten sie schließlich doch dazu, sich zu übergeben. Und plötzlich war es vorbei. Das Licht wurde ausgemacht und sie verschwanden lachend nach draußen. Bevor er die Tür zuwarf, drehte sich der Anführer noch einmal um und sagte:

»Wag ja nicht, die Tür zu öffnen, wenn du noch ein bisschen leben willst. Außerdem bringt es dir auch gar nichts, denn ich werde den Riegel vorlegen.«

Sie wusste sowieso, dass sie eine ganze Weile lang erst einmal nicht in der Lage sein würde, sich zu bewegen. Sie wollte diese Tür gar nicht öffnen. Das erste Gefühl, das in ihr hochstieg, als die Tür sich hinter der Bande schloss, war nur eine unglaubliche Erleichterung. Sie waren weg. Sie konnte hören, wie sie die schweren Maschinen in dem Lehmmatsch draußen manövrierten und in Position brachten. Die Räder hatten an der Vorderseite des Schuppens gestanden. Deshalb hatten Jimmy und sie sie von ihrem Ausguck auf dem Steinhaufen nicht sehen können.

Plötzlich wurde ihr bewusst, dass es draußen ganz still geworden war. Sie setzte sich auf, alle Sinne bis aufs Äußerste gespannt. Die zertretene Rippe versetzte ihr einen Stich, aber sie spürte ihn kaum. Vorsichtig stand sie auf. So leise wie möglich bewegte sie sich geduckt und halb kriechend aufs Fenster neben der Tür zu. Wachsam schaute sie über den Rand der schmutzigen Scheibe. Am Rand des Lichtkegels der schummrigen Außenlampe an der Hauswand konnte sie die Konturen der vier Motorräder und die Reflexe der Lederoveralls erkennen. Auf ein Kommando hin starteten alle Maschinen gleichzeitig. Drei fuhren los, während die vierte noch zögerte. Irene konnte erkennen, dass der Fahrer eine Wurfbewegung mit dem Arm machte, bevor auch er seine Maschine voll aufdrehte. Er hatte etwas durch die schmutzige Scheibe geworfen und reflexartig fing sie den Ball auf. Mehrere Jahre als Torwart in der Frauenhandball-Mannschaft der Polizei hatten ihre Spuren hinterlassen. Der kleine Ball war überraschend schwer. Da brauchte man sich keinerlei Illusionen zu machen.

Ein Hell's Angel hatte ihn geworfen. Also war es eine Handgranate. Die tiefen Einkerbungen bestätigten, was ihr Gefühl ihr bereits gesagt hatte. Ohne bewusst darüber nachzudenken, warf sie sie wieder durchs Fenster hinaus.

Als die Explosion angerollt kam, brannte die heiße Druckwelle in ihrem Gesicht. Eine magnesiumweiße Lichtwelle setzte die Dunkelheit in Flammen und verbreitete sich in alle Richtungen. Das blendende Licht zog alle Sinneswahrnehmungen an sich und hinterließ sie Sekunden später in einem kalten, dunklen Vakuum. Der Knall hatte sie zunächst taub gemacht. Bald wurde die totale Stille durch einen heftigen Schmerz und einen schrill pfeifenden Ton ersetzt, der ihr in den Ohren hallte. Vor den Augen tanzten Flecken in allen Farben des Spektrums. Das Blickfeld wurde von den Seiten her verengt und eine neue Welle der Übelkeit stieg vom Zwerchfell her in ihr auf. Die Erscheinungen verschwanden, sie wurde blind. Das unkontrollierbare Zittern kam wieder, aber diesmal war nicht die Kälte der Grund. Sie sank zu Boden, mit dem Rücken gegen die Wand. Jammernd begann sie sich langsam in die Richtung zu bewegen, von der sie meinte, dort die Tür zu finden. Schließlich spürte sie die trockenen Bretter der alten Stalltür unter ihren aufgerissenen Fingerkuppen. Sie bekam sie auf, indem sie sich mit ihrem ganzen Körpergewicht verzweifelt gegen die Tür warf und so den morschen Riegel aufsprengte. Sie wankte in den Regen hinaus und sank auf die Knie, setzte sich auf die Hacken, legte die Hände leicht auf die Schenkel und schloss die Augen. Sie trat ins mokuso, während der Regen die Pisse wegspülte. In dieser Haltung fanden sie sie.

KAPITEL 13

Sie hatte seit der Geburt der Zwillinge nicht mehr im Krankenhaus gelegen. Zuerst protestierte sie dagegen, dort eine Nacht zu verbringen, aber eine entschlossene, mütterliche Krankenschwester erklärte ihr ruhig und sachlich:

»Sie haben einen Schlag in den Nacken bekommen, der kann zu Blutungen und Atemlähmung führen. Daran können Sie sterben, bevor Sie ein Krankenhaus erreichen! Und das wollen wir doch nicht. Hier können wir Sie die ganze Nacht überwachen und sofort einschreiten, wenn Komplikationen auftreten. Einverstanden?«

Leicht beunruhigt nickte Irene zustimmend. Gleich zog es im Nacken. Vorsichtig hob sie den Kühlbeutel hoch und befühlte die Schwellung. Von der Größe eines kleinen Hühnereis. Weich. Ihr war schwindlig und leicht übel. Obwohl es allmählich besser wurde. Jetzt war sie eigentlich nur noch müde und wollte eine Weile schlafen. Aber das würde noch dauern. Nach einer warmen Dusche bekam sie ein sauberes Krankenhaushemd gereicht, das so sexy und elegant wie ein Müllbeutel war. Ärzte und Krankenschwestern liefen bei ihr ein und aus. Sie redeten auf sie ein, um sicherzugehen, dass sie nicht in Bewusstlosigkeit abglitt, kontrollierten den Blutdruck und leuchteten ihr mit Taschenlampen in die Augen, um die Größe der Pupillen zu überprüfen. Als sie sich erdreistete, einen pickeligen Jüngling zu fragen, wozu das denn gut sein sollte, antwortete er locker: »Wenn eine Pupille größer ist als die andere, dann ist es gelaufen!«

Geschockt von der Erklärung beschloss Irene, sich ihrem

Schicksal zu überlassen. Wenn man sie doch nur in Ruhe lassen würde! Aber es vergingen mehrere Stunden, bis sie endlich erschöpft in einen leichten, unruhigen Schlummer fiel. Bis dahin wurde sie von Leuten geweckt, die hereinkamen und irgendetwas kontrollierten.

Mittlerweile waren auch Sven Andersson und Tommy Persson bei ihr gewesen und hatten mit ihr gesprochen. Beide konnten weder ihre Unruhe noch gleichzeitig ihre Erleichterung verbergen. Tommy drückte sie fest an sich. Sie schrie auf, erklärte aber gleich entschuldigend:

»Tut mir Leid, Tommy, aber ich bin ein einziger blauer Fleck. Guck nur!«

Wie ein Kind zeigte sie ihm die blau geschlagene Achsel, Hüfte, die aufgeschrammten Hände und Knie. Schließlich sagte sie:

»Die Ärzte meinen, die Rippe ist nicht gebrochen, sondern nur angeknackst. Ich soll es eine Weile etwas ruhiger angehen lassen. Aber wie geht es Jimmy?«

Tommy antwortete mit ernster Miene:

»Er ist aufgewacht, aber er hat einen bedeutend härteren Schlag auf den Schädel gekriegt als du. Wie kommt das? Haben sie gesehen, dass du eine Frau bist, oder was?«

»Nein, das wohl kaum. Ich nehme an, die Baseballkappe hat den Schlag abgefangen. Ich hatte sie falsch herum auf, sodass der Schirm über meinen hochgeschlagenen Jackenkragen ragte. Das konnten sie in der Dunkelheit sicher nicht sehen. Jimmy hat darüber hinaus auch noch einige Tritte gegen den Kopf abgekriegt, als wir im Schuppen lagen«, fügte Irene finster hinzu.

Danach strengte sie sich an, sich an alles, was gesagt und gemacht worden war, zu erinnern. Der Kommissar horchte besonders auf, als sie berichtete, dass Bobos Name gefallen war:

»Erst ist er mit dem Zaster abgehauen. Und dann hetzt er die Bullen auf uns, während wir hier mit nacktem Arsch sitzen.« Etwas in der Richtung hatte der Dicke gesagt.

Sie hatte das Gefühl, Andersson würde gleich vor unterdrückter Mitteilungsfreude platzen, wurde aber von Tommys strengem Blick gebremst. Nun, wen kümmerte es? Sie würde schon rechtzeitig alles erfahren. Schlafen. Endlich schlafen dürfen und nicht mehr an all das denken müssen, was passiert war. Da stürmten die Zwillinge und Krister durch die Tür und alles war nur noch ein einziges Küssen, Umarmen und Heulen. Die mütterliche Krankenschwester, die offenbar ihr persönlicher Schutzengel war, hatte ihnen zehn Minuten versprochen, obwohl der Arzt von jedem Besuch abgeraten und vor heftigen Gemütsregungen gewarnt hatte. Irene versuchte unerschrocken zu wirken.

»Ha! Heftige Gemütsregungen! Nach dem, was ich heute mitgemacht habe, kann alles unter sieben Komma fünf auf der Richterskala als friedlich angesehen werden!«

Andersson zwinkerte Krister zu.

»Sie wird wieder ganz die Alte.«

Irene sah, wie Tommys Blick auf Jennys mützenbekleidetem Kopf ruhte. Als Krister sie vorsichtig umarmte und auf die Wange küsste, flüsterte sie ihm ins Ohr:

»Am Mittwoch kommt Tommy zu uns zum Essen. Sorg dafür, dass Jenny zu Hause ist.«

Krister sah sie erstaunt an, nickte aber wortlos. Katarina warf ihren Eltern einen misstrauischen Blick zu.

»Was flüstert ihr da?«, fragte sie.

»Wie glücklich ich bin, dass ich euch drei habe. Und dass ich morgen nach Hause komme.«

Krister lächelte, aber die Sorgenfalte auf seiner Stirn war außergewöhnlich tief.

»Die Krankenschwester hat gesagt, dass du wahrscheinlich morgen entlassen wirst. Ich komm dich dann abholen. Ich hab morgen den ganzen Tag frei. Hab die Schicht mit Sverker getauscht. Und bis dahin haben sie wohl auch den Wagen aus dem Graben rausgeholt«, sagte er.

»Graben? Wagen?«

»Der ist in eine Düne gerutscht, neben dem Graben, wo du

ihn abgestellt hast. Aber der Abschleppwagen wird ihn rausziehen. Alles ist unter Kontrolle. Und viele Leckeinheiten von Sammie. Und von uns auch.«

Erneutes Umarmen und Küssen und dann kam Irenes Schutzengel und schmiss alle raus. Die Müdigkeit überfiel Irene und sie wollte sich nur noch fallen lassen, ganz tief, und ausruhen. Doch ihr Schlaf war leicht und unruhig.

Bevor Irene das Krankenhaus verließ, wollte sie Jimmy Olsson besuchen. Krister hatte saubere Kleider mitgebracht. Zu ihrer Erleichterung brauchte sie ihren Besuch also nicht in Krankenhauskleidern abzustatten. Es stellte sich heraus, dass Jimmy auf der gleichen Abteilung lag. Der Schutzengel zeigte ihr das Zimmer. Vorsichtig klopfte sie an und spähte durch den Türspalt. Jimmy sah aus wie eine Karikatur. Aber es war ernst. Irene spürte, wie sich ihr die Kehle vor Mitleid zuschnürte. Sie humpelte ins Zimmer. Er war wach, und das Auge, das zu sehen war, erstrahlte bei ihrem Anblick. Das andere war hinter einer Kompresse verborgen. Sein Kopf war in eine mützenähnliche Gazebinde gewickelt, durch die verschiedene Kompressen zu sehen waren. Die rechte Hand steckte in einer elastischen Binde, die eine Plastikschiene an Ort und Stelle hielt. Am linken Arm hing ein Tropf. Was von seinem Gesicht zu sehen war, war angeschwollen und blaurot. Aber seine Stimme klang fröhlich.

»Hallo Irene!«, rief er ihr zu.

»Selber hallo!«

Sie legte ihre Hand auf seine unbeschädigte linke Hand, und ihr fiel nichts Besseres ein, als diese aufmunternd und energisch zu klopfen. Ein dicker Kloß saß ihr im Hals und wollte und wollte nicht verschwinden. Sie versuchte es Jimmy nicht zu zeigen. Einigermaßen ruhig brachte sie hervor:

»Jetzt weißt du also, wie das ist, mit jemandem von der Kripo auf Beobachtungstour zu gehen. Von wegen, seine Erfahrungen und Kontakte ausweiten! Körperkontakt mit den Hell's Angels, so sieht's aus!«

Er wollte lachen, genau wie sie gehofft hatte, bremste sich aber schnell selbst.

»O Scheiße! Das tut weh, wenn ich lache«, sagte er mit verzogenem Gesicht.

Voller Reue streichelte sie erneut seine Hand und fragte: »Und wie ist das mit der Gehirnerschütterung!«

»Gar nicht so schlecht, jetzt hab ich endlich eine Entschuldigung, wenn ich zu tranig bin. Aber mal im Ernst, mir geht es nicht besonders gut. Kopfschmerzen. Ich werde wohl ein paar Tage hier bleiben müssen. Weißt du, ob draußen in Billdal irgendwas passiert ist?«

»Nein. Nur, dass sie mein Auto aus dem Graben haben ziehen müssen. Aber das ging alles glatt. Wenn ich es schaffe, soll ich heute Nachmittag ins Präsidium gehen und mir Fotos angucken.«

»Von Mitgliedern der Hell's Angels?«

»Genau. Kann nicht behaupten, dass ich mich drauf freue, diese netten Visagen wieder zu sehen, aber natürlich will ich, dass sie geschnappt werden!«

»Genau! Aber warte auf mich, ich habe mit ihnen auch noch ein Hühnchen zu rupfen.«

Jetzt funkelte eine rote Flamme tief in dem einen sichtbaren Auge. Der Effekt war schaurig gegen die blaurote Schwellung rundherum. Aber sie verstand ihn. Auch sie hatte ein schwarzes Loch in der Seele, aus dem es flüsterte: »Rache! Tod! Abrechnung!« Verbotene und sinnlose Gedanken. Sie riss sich zusammen und zwang sich zu einem Lächeln.

»Ich komme morgen wieder und erzähl dir, wie die Ermittlungen so laufen. Und du, erhol dich erst einmal.«

Daheim gab es wilde Szenen der Wiedersehensfreude mit Sammie, wofür er mit einem kurzen Spaziergang belohnt wurde, solange Krister das Mittagessen machte. Sie hatte sich wünschen dürfen, was sie essen wollte. Also gab es Pasta mit Gorgonzolasoße und Tomaten- und Basilikumsalat. Die ganze Zeit sprachen sie über alles, nur nicht über die Ereignisse des gestrigen Tags. Sie war dazu nicht in der Lage. Das schwarze Loch war zu groß, die Stimmen zu aufdringlich. Krister verstand sie und sprach von etwas anderem:

»Was war das mit Tommy, der morgen bei uns zu Abend isst?«

»Er hat unglaublich heftig reagiert, als ich ihm von Jenny erzählt habe. Er will mit ihr reden. Hat eine Menge von der Verantwortung aller geredet und davon, dass alle Skinheads unsere Kinder sind. Ach bitte, Krister, soll er sich doch um Jenny kümmern! Es kann jedenfalls nichts schaden. Und er ist übrigens der einzige Polizeibeamte, von dem ich weiß, dass er aktiv bei Amnesty mitarbeitet. Er ist unglaublich engagiert. Und das weißt du auch. Schließlich kennst du ihn genauso lange wie ich.«

Er nickte, während er gleichzeitig registrierte, dass sie ungewöhnlich wenig aß. Er beobachtete sie heimlich. Normalerweise sprudelte sie vor Energie nur so über, aber jetzt war sie gedämpft und fuhr auf Sparflamme. Ihre Vitalität und Kraft waren geschwächt. Sie beide kannten sich seit sechzehn Jahren, aber nie zuvor hatte er sie so erlebt. Das war äußerst beunruhigend.

Das Telefon klingelte. Es war Sven Andersson. Er wollte wissen, wie es ihr ging und ob sie in der Lage wäre, ins Präsidium zu kommen.

»Ich fahr dich hin, meine Liebe. Und wenn du nach Hause willst, rufst du einfach an, dann hole ich dich ab«, sagte Krister.

Im Stillen dachte er, dass es gut war, wenn sie auf andere Gedanken kam. Obwohl es sicher nicht gerade die beste Ablenkung war, sich Fotos von den Kerlen anzugucken, die sie vor weniger als vierundzwanzig Stunden misshandelt hatten.

Der Kommissar und Tommy erwarteten sie. Vor ihnen auf dem Tisch lagen die Ordner mit den Fotos der Vorbestraften, aber sie waren nicht aufgeschlagen. Andersson klopfte auf einen der Ordner und sagte:

»Lass uns erst ein wenig miteinander reden. Seit gestern ist eine ganze Menge passiert. Nicht zuletzt auch mit dir. Wie geht es dir?«

»Nun ja, so lala. Ich hatte ja trotz allem wohl Glück. Schlimmer sieht es für Jimmy aus«, antwortete Irene.

»Ich habe vor einer Stunde mit dem Krankenhaus gesprochen. Er erholt sich gut, muss aber noch mindestens einen Tag drinnen bleiben. So, und jetzt lass uns mal über diese so verdammt verzwickte Ermittlung reden. Wie gesagt, es ist eine ganze Menge passiert inzwischen. Beispielsweise ist jetzt das ganze Rauschgiftdezernat bei Billdal mit im Boot. Zuerst kriege ich nur so einen lumpigen Assistenten und jetzt kommt die ganze Mannschaft und übernimmt die Sache!«

»Bitte, Sven. Nenn Jimmy nicht einen lumpigen Assistenten.«

»Hm. Jedenfalls hat sich herausgestellt, dass das internationale Dezernat schon seit Monaten eine MC-Bande in Westgöteborg beobachtet, die unter Verdacht steht, Unmengen von Drogen über Holland und Dänemark einzuführen. Diese Mistkerle sind ein Anhängsel der Hell's Angels. Das scheint die Bande zu sein, auf die Jimmy und du gestoßen seid. Sie nennen sich… ›Ded skwedren no eins‹.«

Sie begriff, dass es um die »Death Squadron No. 1« ging. Ohne zu lachen, meinte sie:

»Möchte wissen, ob die das buchstabieren können. Was hat man denn draußen im Haus in Billdal gefunden?«

Tommy ergriff das Wort:

»Na, eigentlich 'ne ganze Menge. Einen kleineren Krater, verursacht durch die Granatenexplosion, von der du gestern erzählt hast. Die Tür zum Häuschen selbst war aufgebrochen. In der Küche haben wir ein paar Pizzakartons und leere Bierdosen gefunden. In der kleinen Schlafkammer gab es ein Bett, auf dem lag ein nagelneuer Daunenschlafsack. Auf dem Boden fanden wir eine Plastiktüte und eine Quittung von Allsport in der Södra vägen. Die Quittung war am Freitag abgestempelt. Bei einer Überprüfung im Sportgeschäft hat sich herausgestellt, dass Bobo Torsson dort war und ihn gekauft hat.

»Super! Obwohl, entschuldigt die dumme Frage von jemandem, der vor kurzem einen ziemlichen Schlag auf den Kopf gekriegt hat: Was hat das alles zu bedeuten? Von Knecht? Pirjo und die Mordbombe? Lillis, Bobo und Hell's Angels?«

Der Kommissar und Tommy sahen sie eine ganze Weile wortlos an. Dann sagte Tommy:

»Und es wird noch verzwickter! Wir wussten es gestern schon, wollten es dir da aber noch nicht sagen. Du durftest dich ja nicht aufregen. Bobo Torsson ist tot.«

»Der ist tot! Nun red schon weiter, bevor ich umfalle!«

»Erinnerst du dich an die Autobombe auf dem Parkplatz des Delsjöns Golfplatzes gestern am frühen Morgen?«

War das wirklich erst gestern gewesen? Sie hatte das Gefühl, als wäre es schon viele Jahre her, aber sie nickte, um zu zeigen, dass sie seinen Worten folgte. Sie ahnte schon, woher Anderssons unterdrückte Erregung beim gestrigen Krankenbesuch hergerührt hatte. Dramatisch erzählte Tommy:

»Die Spurensuche hat Leichenteile gefunden, unter anderem einen Finger. Und der Fingerabdruck beweist, dass es Bobo Torsson war, der da in die Luft geflogen ist! Außerdem hat sich herausgestellt, dass das Auto ihm gehörte.«

Der Kommissar warf ein: »Ein roter Toyota Corolla.«

»O mein Gott!«, war Irenes einziger, vollkommen spontaner Kommentar.

Andersson ergriff das Wort und nickte zustimmend:

»Ja, das habe ich auch gesagt. So ein Mist, hab ich gesagt. Wie sollen wir das nur auseinander fummeln? Aber jetzt hat das Drogendezernat beschlossen, sich den Ermittlungen anzuschließen. Was, ehrlich gesagt, ein wahres Glück ist, denn so langsam gerät das Ganze außer Kontrolle!«

»Was war das für eine Bombe?«, fragte Irene.

Wieder übernahm Tommy die Aufgabe, sie zu informieren. »Eine Rohrbombe. Vieles deutet darauf hin, dass sie in einer

Aktentasche gelegen hat und dass sie explodiert ist, als die Tasche geöffnet wurde. Das Metallrohr, in dem der Sprengsatz sich befand, ist vom gleichen Typ wie das in der Berzeliigatan, aber bedeutend kleiner. Svante meint, die Sorte Rohr wäre interessant. Es handelt sich um alte, benutzte Abflussrohre verschiedener Größe. Moderne Rohre sind aus Plastik, die taugen nicht zum Bombenbasteln.«

»Wisst ihr was darüber, was Bobo Torsson mit den Hell's Angels aushecken wollte?«

»Nein. Am Freitag kauft er sich einen Schlafsack und haut ab ins Sommerhaus. Ihm war wohl klar, dass wir uns nach seinem Überfall auf Birgitta mit ihm unterhalten wollten. Wir wissen nicht, was er am Samstag und Sonntag gemacht hat. Aber am Montagmorgen, um Punkt sechs Uhr, wird er von einer Bombe in seinem Wagen zerfetzt!«

Irene sah genauso verwirrt aus, wie sie sich fühlte. Sie fragte:

»Der Dicke hat geglaubt, Bobo wäre mit dem Zaster abgehauen. Welcher Zaster, frage ich mich. Und dann kam er auf die Idee, Bobo hätte gequatscht und uns den Tipp mit Billdal gegeben. Während ›sie mit nacktem Arsch herumsaßen und warteten‹, wie er sich ausdrückte. Was kann er damit gemeint haben?«

Tommy zuckte mit den Achseln.

»Gute Frage. Aber ich habe keine Antwort drauf. Wir wissen, dass die MC-Bande nicht sehr lange in Bobos Ferienhaus gewesen ist. Höchstens ein paar Stunden. Dagegen haben wir in den Ferienhäusern ein paar hundert Meter weiter, von denen du gestern erzählt hast, Unmengen von Spuren gefunden. Offenbar haben sie sich dort seit ein paar Tagen aufgehalten. Die Untersuchungen laufen noch, aber jetzt hat das Drogendezernat übernommen. Eine Sache wissen wir jedenfalls: nämlich, dass sie wussten, dass ihr dort wart und etwas vorhattet.«

»Aber ich möchte wissen, woher!«

»Sie hatten eine Lichtschranke zwischen dem Holzstapel

und dem Haus installiert. Als ihr die durchbrochen habt, ging der Alarm im Haus los.«

»Aber warum haben sie das gemacht?«

»Nach meiner Theorie wollten sie einfach gewarnt sein, falls jemand auftauchte, weil dort Dinge am Laufen waren, die kein Außenstehender zu sehen kriegen sollte. Nun kann ich mir sowieso kaum irgendwelche Aktivitäten der Hell's Angels vorstellen, die für die Öffentlichkeit geeignet wären.«

Es hatte gar nichts genützt, die Lampen auszuschalten und blind im Dunkeln umherzustolpern, aus Angst, entdeckt zu werden. Da war schon lange der Alarm losgegangen. Wieder überfiel sie das Gefühl absoluter Machtlosigkeit. Sie versuchte es zu beherrschen und fragte sachlich:

»Dann hätten sie uns also schon bei den Ferienhäusern zusammenschlagen können. Warum haben sie es nicht gemacht?«

»Wahrscheinlich wollten sie wissen, wer ihr seid. Es ist nicht besonders schlau, auf jemanden aus der Nachbarschaft zu schießen oder ihn zu misshandeln. Das bringt immer reichlich Ärger.«

»Ich glaube, ich brauch erst mal einen Kaffee, bevor ich meinen Hell's Angels in die Augen sehen kann. Auch wenn es nur Fotos sind.«

Gemeinsam mit Tommy holte sie drei Becher Kaffee vom Automaten. Alles nur, um die Konfrontation mit den Bildern hinauszuzögern.

Plötzlich kam ihr ein Gedanke.

»Tommy, habt ihr Lillis hierzu verhört?«

»Und ob! Frag nur Andersson!«

Seine Fröhlichkeit erweckte gewisse Ahnungen in ihr, die vom Kommissar bestätigt wurden:

»Dieser Idiot ist doch nicht recht gescheit! Wir haben ihn gestern Abend einkassiert. Drei Leute von der Drogenfahndung und Fredrik Stridh von uns. Da wussten wir seit drei Stunden, dass es Bobo Torsson war, der im Auto beim Golfplatz in die Luft geflogen ist. Als die Jungs bei Lillis klingelten, riss dieser die Tür auf, als hätte er bereits dahinter gestanden und schon die Klinke in der Hand gehabt. Er schrie was wie: ›Du schwuler Scheißfoto…‹ Als er die Kollegen sah, verstummte er. Zuerst starrte er sie nur an, dann fing der Idiot an, wild um sich zu schlagen! Aber er hatte irgendwas genommen, jedenfalls hat er nur in die Luft geschlagen. Was ja für unsere Jungs ein verdammtes Glück war. Zum Schluss haben sie ihn überwältigt und ihm Handschellen angelegt. Aber es war ein ziemliches Generve, ihn ins Auto zu kriegen! Gleich, nachdem wir vom Krankenbesuch bei dir zurückgekommen sind, habe ich mir diesen ehrenwerten Zigarettenhändler vorgenommen.«

Andersson hielt inne und nahm einen großen Schluck von seinem Kaffee.

»Er verweigerte die Aussage. Starrte nur die ganze Zeit in die Luft. Zum Schluss hab ich versucht, ihn aus seiner Reserve zu locken. ›Sag mal, weißt du eigentlich, dass Bobo tot ist?‹, hab ich ihn gefragt. Keine Reaktion. Nach fast zwei Minuten, nachdem ich mehrere Male wiederholt hatte, dass Bobo tot ist, da ritt ihn der Teufel! Er hat mich angesprungen und versucht zu würgen! Und dabei gebrüllt wie ein angeschossener Gorilla! Zum Glück war Tommy mit im Verhörraum, wie auch Bertil von der Drogenfahndung. Und einige andere kamen gleich angerannt. Das war dann das Ende des Verhörs gestern Abend. Heute Morgen haben wir es noch einmal versucht. Mit einem merkwürdigen Ergebnis.«

»Wieso ›merkwürdiges Ergebnis‹?«, wollte Irene wissen.

»Heute Morgen um zehn sind Tommy und ich zu ihm in den Verhörraum gegangen. Und da sitzt Lillis Johannesson, Schwedens Bürgerschreck Nummer eins, brav und nett, frisch gewaschen und rasiert. Als wir reinkommen, sagt dieser Schurke doch: ›Ich muss mich für gestern entschuldigen, Herr Kommissar. Aber das war so ein Schock für mich, als ich erfahren habe, dass Bobo tot ist. Ich konnte es einfach nicht glauben.‹ Und dabei guckt er mich an mit der ehrlichsten Miene der Welt. Ich war wie gelähmt. Hab dann wohl gesagt:

›Na, gut‹, oder etwas Ähnliches. Und da fragt er: ›Entschuldigung, aber wie ist Bobo gestorben?‹ Und ohne weiter nachzudenken, hab ich ihm von der Bombe in der Tasche und allem erzählt. Danach hat Lillis sein Maul nicht wieder aufgekriegt.«

»Er hat nichts gesagt?«

»Kein einziges Wort! Und wir waren mehrere Stunden an ihm dran. Ohne Ergebnis.«

»Sonderbar.«

»Sonderbar! Das ist der absolute Sch… Mist!«

Er beherrschte sich, da ein kurzes Klopfen zu hören war und gleich darauf die Tür geöffnet wurde. Staatsanwältin Inez Collin trat ein und erfüllte das kleine Zimmer mit ihrer Autorität und einem Hauch von Chloé. Sie war schlank und fast genauso groß wie Irene. Ihr langes, blondes Haar war am Hinterkopf fest zusammengebunden. Die Frisur und die hochhackigen Pumps zu dem dunkelgrauen Kostüm ließen sie noch größer wirken. Ihr Make-up war diskret, aber die hellrote Bluse und ihre wohl geformten Fingernägel hatten die gleiche Farbe. Sie sagte lächelnd:

»Mahlzeit. Entschuldigt, dass ich euch unterbreche, aber es gibt ein kleines Problem mit Lars Johannesson.«

Andersson nickte und erwiderte verbindlich:

»Mahlzeit. Es gibt immer Probleme mit Lars Johannesson.«

»Gewiss. Aber es geht um seine Festnahme. Soweit ich es sehe, gibt es keinen Grund, Untersuchungshaft für Johannesson zu beantragen, oder?«

»Es ist verfl… Es ist nicht so leicht, jemanden in Untersuchungshaft zu nehmen, wenn man nicht weiß, was genau er verbrochen hat. Nur, dass er etwas verbrochen hat!«

»Genau. Aber Sie müssen doch zugeben, dass es problematisch wäre, wenn wir anfangen würden, alle einzusperren, auf die dieses Kriterium zutrifft. Leider konnte ich heute Vormittag nicht dabei sein, als ihr Johannesson verhört habt. Ich war gerade bei ihm und habe versucht mit ihm zu reden. Er hat nicht geantwortet. Das Einzige, was er sagt ist: ›Ihr könnt mich nicht festhalten. Ich habe nichts Ungesetzliches getan.‹ Meine Frage ist nun: Hat er es oder nicht?«

»Aber natürlich hat er!«

»Und was? Haben wir Beweise für ein Verbrechen? Gibt es Gründe für die Untersuchungshaft?«

Andersson begann langsam wieder seine unkleidsame tomatenrote Farbe anzunehmen. Beherrscht erklärte er:

»Er und sein Cousin Bobo Torsson hatten vor, ein Ding zu drehen!«

»Was für ein Ding?«

»Das wissen wir nicht! Irgendwas mit den Hell's Angels draußen in Billdal. Drogengeschäfte!«

Inez Collin zog eine ihrer diskret betonten Augenbrauen hoch und fragte:

»Wisst ihr, ob Johannesson etwas mit der MC-Bande zu tun hat? Habt ihr Beweise?«

»Bobo auf jeden Fall.«

»Aber Sie wissen nicht, ob Johannesson etwas mit ihnen zu schaffen hat? Jedenfalls haben Sie keine Beweise dafür, oder?«

»Er war Mitbesitzer der Kate! Mit Torsson!«

»Das beweist nicht viel. Ich warte mit dem Antrag auf Untersuchungshaft noch ab. Wir versuchen ihn fünf Tage drinnen zu behalten. ›Behinderung der Ermittlungen‹ oder ›Gefahr der Vertuschung von Beweismitteln‹ oder so. Aber wenn ein Anwalt anfängt zu schreien, werde ich Probleme kriegen, das zu begründen. Innerhalb von vier Tagen will ich einen handfesten Verdachtspunkt gegen Lars Johannesson sehen. Sonst müssen wir ihn freilassen. Wir sollten versuchen täglich in Kontakt zu bleiben. Ich bin auch die zuständige Staatsanwältin in dieser Bombensache, die Bo-Ivar Torsson getötet hat. Man meint oben, so sei es am praktischsten. So, und jetzt will ich nicht länger stören. Entschuldigt die Unterbrechung.«

Sie drehte sich um und ging zur Tür. Direkt davor blieb sie noch einmal stehen und wandte sich wieder dem Kommissar zu.

»Ach, apropos Zuständigkeiten. Polizeipräsident Bergström protzte damit, wie gut er über den von-Knecht-Fall informiert sei. Ich habe ein wenig nachgebohrt. Dabei kam heraus, dass er Sie gebeten hat, doch ›so gut zu sein und ihm die vorläufigen internen Berichte zukommen zu lassen‹. Ich habe ihm gesagt, dass ihm ab sofort alle ›internen Berichte‹ über mich zugehen werden, damit die bereits stark unter Arbeitsdruck stehenden Kriminalbeamten nicht so sehr belastet werden. Nur zu Ihrer Information. Also, dann bis später!« Sie rauschte in einer Wolke von Chloé hinaus.

Tommy schnüffelte ihr hinterher und seufzte:

»Oh, was für eine Frau!«

»Ja!«

Der Kommissar stimmte diesem Satz zu, aber Irene ahnte, dass die beiden jeweils etwas anderes damit meinten. Doch das war nun auch gleich, jetzt gab es keinen Aufschub mehr. Widerwillig zog sie den ersten Ordner zu sich heran und begann darin zu blättern. Aber die Bilder verschwammen vor ihren Augen, bis es schließlich aus ihr herausplatzte:

»Wie viel Zeit hat man eigentlich?«

»Was? Zeit? Nimm dir so viel Zeit, wie du brauchst«, erklärte der Kommissar großzügig.

Irene konnte nicht verhindern, dass es wie ein Hilfeschrei klang, als sie protestierte:

»Nein, nicht für die Täteridentifizierung. Wie viel Zeit hat man, wenn der Splint aus der Handgranate gezogen wurde, bis sie explodiert?«

Das folgende Schweigen war tief und ernst. Schließlich sagte Andersson:

»Denk nicht mehr dran. Es ist ja alles gut gegangen.«

»Nein! Es ist nicht alles gut gegangen! Ich bin kaputtgegangen! Meine Seele!«

Andersson schaute sie unsicher an. Stand sie kurz vorm Zusammenbruch? Frauen konnten anscheinend so einen herben Schlag nicht so einfach wegstecken. Aber Irene war eine erprobte Polizeibeamtin, die schon viele brenzlige Situationen erlebt hatte. Eine derartige Reaktion hatte er noch nie bei ihr erlebt. Unschlüssig fragte er:

»Was meinst du damit? Wieso?«

»Wieso? Kennst du das Gefühl, solchen Scheißkerlen vollkommen ausgeliefert zu sein? Diese Machtlosigkeit! Bewusstlos geschlagen und entwaffnet zu werden! Voll gepisst und erniedrigt zu werden! Und wir konnten nichts machen. Doch, etwas habe ich gemacht. Ich habe die Granate durchs Fenster rausgeworfen. Und das saust mir die ganze Zeit im Kopf herum: Was wäre passiert, wenn ich sie nicht aufgefangen hätte? Wenn ich sie nicht sofort gepackt hätte? Wenn sie im Raum erst mal weggerollt wäre? Ich weiß die Antwort auf diese Fragen, aber eine werde ich nicht los: Wie viel Zeit hat man?«

Tommy stand auf und ging zu Irene. Vor Anderssons überraschten Augen beugte er sich zu ihr hinunter und nahm sie in die Arme. Er lehnte seinen Kopf gegen ihren und sagte leise:

»Vier Sekunden. Er hat die Granate sofort geworfen, nachdem er sie entsichert hat. Die Kerle hatten es eilig, er stand sicher unter Druck. Deshalb hast du es geschafft. Der Wurf hat wohl mindestens eine halbe Sekunde gedauert. Die musst du von den ursprünglichen viereinhalb abziehen. Maximal vier Sekunden Zeit hattest du also.«

»Und wenn er sie nicht gleich geworfen hätte, hätte ich es nicht geschafft?«

»Nein, Irene. Dann hättest du es nicht geschafft.«

Tommy hielt sie noch immer im Arm, aber sie spürte weder Trost noch Wärme. Eine Eiseskälte sickerte aus dem schwarzen Loch und die Stimmen hallten in der Tiefe wider: »Dann hättest du es nicht geschafft! Ihr wärt tot. Ihr hättet tot sein müssen! Keiner schafft es unter vier Sekunden. Vier Sekunden!«

Andersson rutschte nervös auf seinem Platz hin und her.

»Aber jetzt denk nicht mehr an das, was hätte passieren können! Halt dich nicht damit auf, wir müssen in den Ermittlungen weiterkommen. Verdammt, Irene, du bist eine Heldin, du hast Jimmy das Leben gerettet! Und deins auch. Für so was kriegt man einen Orden.«

Er stand auf. Tommy hatte seine Arme von ihren Schultern genommen. Der Kommissar platzierte einen wohlwollenden Klaps auf ihrem Schulterblatt. Sie zuckte zusammen, sagte aber nichts.

Tommy schaute nachdenklich seinen Chef an und fragte:

»Sven, du warst doch ein Kollege von Olle ›Armstrong‹ Olsson?«

»Ja, natürlich. Wir sind zehn Jahre lang gemeinsam Streife gegangen. Danach habe ich die Inspektorenausbildung gemacht und bin bei der Kripo gelandet, während er Hundeführer geworden ist. Er hat seine Tiere über alles geliebt…«

Er unterbrach sich und schaute Tommy eine ganze Weile stumm an.

»Ich weiß, worauf du hinaus willst«, sagte er kurz.

Er räusperte sich und wandte sich dann Irene zu.

»Irene, was ich dir jetzt erzähle, ist vor zwanzig Jahren passiert. Mein alter Kumpel Armstrong arbeitete damals als Hundeführer. Ein verdammt tüchtiger Kerl. Den Spitznamen Armstrong hat er gekriegt, weil er immer nur Jazz gehört hat. Aber das spielt hier keine Rolle. Olle und sein Hund wurden zu einem Einbruch bei Obs gerufen, hinten in Hisings Backa. Das ist ja ein ziemlich großes Kaufhaus, deshalb ließ Olle den Hund los, wie es üblich ist. Der Hund nahm Witterung auf und rannte los. Ein Schuss war zu hören, und als Olle, ohne weiter nachzudenken, hinterherlief, fand er seinen Hund blutend am Boden liegen. Er spähte herum, seine gezogene Pistole in der Hand. Da fühlte er plötzlich, wie ihm ein Pistolenknauf in den Nacken gedrückt wurde und er bekam die klischeehafte Order: ›Pistole weg!‹ Er tat, wozu er aufgefordert worden war. Es waren zwei Einbrecher, der andere nahm seine Pistole, und dann hauten sie ab.«

Der Kommissar schwieg und bekam einen finsteren Gesichtsausdruck. Die Worte schienen aus weiter Ferne zu kommen, als er fortfuhr:

»Mehr passierte nicht. Außer dass der Hund starb und Olle seinen Dienst quittierte.«

Er schwieg und Irene spürte, dass sie gegen ihren Willen mehr wissen wollte. Deshalb fragte sie:

»Er hat seinen Dienst quittiert? Und was hat er dann gemacht?«

»Hat sich scheiden lassen, ist nach Örebro gezogen und wurde dort Autohändler. Nach ein paar Jahren hat er wieder geheiratet.«

»Habt ihr noch Kontakt?«

»Nein. Wir schicken uns nur Weihnachtskarten. Diese Sache ist jetzt bestimmt schon fünfzehn Jahre her.«

Tommy beugte sich eifrig zu ihr hinunter.

»Es macht was kaputt, wenn man entwaffnet wird und den Kerlen ausgeliefert ist. Das geht allen so. Du brauchst deshalb nicht zu glauben, dass du spinnst. Das ist eine ganz natürliche Reaktion.«

Irene sah immer noch Andersson an, als sie fragte:

»Warum habt ihr ihm nicht geholfen?«

»Geholfen? Wie meinst du das?«

»Warum habt ihr ihm nicht geholfen, weiter bei der Polizei bleiben zu können?«

»Aber zum… er hat doch alles hingeworfen! Was sollten wir denn tun? Er selbst wollte doch nicht mehr!«

»Das meine ich ja. Warum habt ihr ihm nicht geholfen, wieder auf die Beine zu kommen?«

»Er wollte keine Hilfe. Und außerdem sind wir doch keine Psychologen!«

»Nein, aber Freunde.«

Andersson war sprachlos und starrte sie nur wütend an. Was war bloß in alle Weiber dieser Abteilung gefahren? Es hatte gar keinen Sinn, diese Diskussion fortzuführen. Er versuchte sich zusammenzunehmen und die Wogen zu glätten:

»Ich wollte damit nur sagen, dass wir verstehen, wie schwierig es ist, so etwas… so etwas durchzumachen, was du durchgemacht hast. Und du hast Freunde und Kollegen um dich herum, die dich stützen. Das weißt du. Aber nun fang endlich an diese verfluchten Mistkerle zu identifizieren, damit wir sie uns schnappen können!«

Er wandte sich Tommy zu und machte eine Handbewegung Richtung Tür.

»Wir werden uns Lillis noch mal vornehmen. Und zwar abwechselnd. Wir versuchen ihn mürbe zu machen. Einer von uns kommt nach einer Weile wieder zu dir, Irene. Hoffentlich hast du bis dahin jemanden wieder erkannt.«

Andersson schlug den ersten Ordner auf und klopfte auffordernd auf die Bilder der ersten Seite. Irene seufzte widerwillig, fing aber dennoch an zu blättern.

Innerhalb einer Stunde hatte sie den Dicken und den Mageren identifiziert.

Wütend und verschwitzt rauschte Andersson in das Zimmer, in dem Irene saß, zwei Fotos in Plastikhüllen vor sich auf dem Schreibtisch. Ihre Arme hingen schwer an den Seiten herunter, ihr Blick war auf die vertrocknete Topfblume am Fenster gerichtet. Aber draußen war es dunkel, da gab es nichts zu sehen. Sie drehte den Kopf in seine Richtung und nickte matt zu den beiden Plastikfolien auf dem Tisch. Ihre Stimme klang müde und tonlos, als sie sagte:

»Die beiden. Der Magere heißt Paul John Svensson, geboren 1964, und der Dicke heißt Glenn ›Hoffa‹ Strömberg, geboren 1959. Hoffa wird er genannt, weil er Vizepräsident der Hell's Angels ist. Paul Svensson hat keinen Posten. Dafür aber ein dickes Vorstrafenregister. Genau wie Hoffa.«

»Nur gut, dass wir wenigstens an einer Front weiterkommen! Dieser verfluchte Lillis macht mich noch wahnsinnig! Das Einzige, was er sagt, ist: ›Ich habe kein Verbrechen begangen. Ihr müsst mich rauslassen.‹ Aber meistens sitzt er nur stumm da und grinst.«

Aufgebracht schlug Andersson seine geballte Faust in die andere Handfläche, dass es im Zimmer hallte. Es hatte offenbar wehgetan, denn er wiederholte es nicht. Etwas abreagiert und beruhigt setzte er sich auf seinen Schreibtischstuhl. Er nahm die beiden Fotos in die Hand und betrachtete sie eingehend. Zufrieden sagte er:

»Hässliche Visagen, die beiden. Die anderen zwei hast du nicht gefunden?«

Sie schüttelte den Kopf.

»Nein. Und wenn ich länger darüber nachdenke, haben sie die ganze Zeit kein Wort gesagt. Merkwürdig. Aber ich bin mir fast sicher, dass es einer von denen war, der die Granate geworfen hat«, erklärte sie nachdenklich.

»Du hast kein Foto gesehen, das ihnen ähnlich sein könnte?«

»Nein. Aber ich kann auch nur schwer sagen, wie sie aussehen. Die Gesichter von dem Dicken und dem Mageren sind mir ins Gehirn geätzt. Paul John, geboren '64. Ob seine Mutter wohl ein Beatles-Fan war?«

Es klopfte leise an der Tür und Birgitta Moberg kam herein. Sie begrüßte Irene, fragte nach ihrem Befinden und verhielt sich insgesamt teilnahmsvoll. Bis ihr Blick auf die Bilder fiel. Schnell nahm sie sie und lachte auf.

»Na so was, taucht Paulchen hier auch wieder auf!«, stellte sie fest.

Die beiden anderen sahen sie verwundert an. Andersson fand zuerst seine Fassung wieder.

»Kennst du diesen Schurken?«

»Nicht persönlich. Aber aus den Akten. Das war der Kerl, der auf die Verkehrsinsel gebrettert ist bei dem missglückten Banküberfall in Kungsbacka.«

»1982? Mit Lillis!«, rief Irene aus.

»Genau. Der die Abzweigung verpasst hat zur…«

Sie warf Irene einen verschwörerischen Blick zu. Beide sagten im Chor:

»…zur Kate in Billdal!«

Schnell schnappte der Kommissar sich die Fotos wieder. Er starrte mit kaltem Blick das eine Bild an, als versuchte er es zu hypnotisieren. Wütend zischte er:

»Das stinkt verdammt nach Scheiße hier! Das ist die Verbindung, ein Beweis! Wir müssen die Wahrheit aus Lillis herauskriegen!«

»Konfrontiere ihn doch damit, was wir über die Zusammenhänge wissen. Vielleicht meint er ja, wir könnten ihn nicht in Verbindung mit den Hell's Angels bringen«, schlug Birgitta vor.

»Aber das Schlimmste ist ja, dass wir es auch nicht können! Zumindest bis jetzt nicht. Wir müssen das Rauschgiftdezernat informieren. Die sind draußen in Billdal und befragen die Leute in der Umgebung, um möglicherweise Zeugen zu finden, die Lillis' mit diesen Schweinen von den Hell's Angels gesehen haben. Wenn wir einen finden, kann die Staatsanwaltschaft ihn in Untersuchungshaft nehmen. Und ich will Lillis während dieser verfluchten Ermittlungen unter Aufsicht haben!«

»Aber das hatten wir ja seit Freitag. Laut den Kollegen war er nur im Geschäft und in der Gegend um die Berzeliigatan. Kein Ausflug nach Billdal«, warf Birgitta ein.

»Das stimmt. Aber er kann ja angerufen haben. Er kann telefonischen Kontakt mit ihnen gehabt haben«, versuchte es der Kommissar.

Birgitta konnte nur mit Mühe einen Seufzer unterdrücken, als sie antwortete:

»Das können wir wohl kaum beweisen. Es gibt kein Telefon in der Kate. Nein, wir brauchen Beweise, dass Lillis in die ganze Sache verwickelt ist. Sonst muss er Freitag freigelassen werden.«

Die beiden anderen wussten, dass sie Recht hatte. Plötzlich fühlte Irene, wie schrecklich müde sie war.

»Ich glaube, ich muss Krister anrufen. Es ist schon fast halb sechs und mein armer zusammengeschlagener Körper und mein Gehirn schreien nach einem Bett«, erklärte sie.

KAPITEL 14

Krister kam, Irene abzuholen. Einen kurzen Moment schaffte sie es trotz allem im Auto zu schlafen, aber das war erst einmal alles, was sie an Schlaf kriegen sollte. Denn als sie zu Hause ankamen, bestürmten die Mädchen sie mit Fragen bezüglich der Ereignisse in Billdal. Irenes Antworten waren ausweichend und zensiert. Schließlich entschuldigte sie sich damit, dass sie einfach zu müde sei, nur um endlich das Thema wechseln zu können. Noch vor den Zehnuhrnachrichten ging sie ins Bett. Eigentlich fühlte sie sich überhaupt nicht müde, es war nur eine Flucht, weil sie nicht mehr darüber reden mochte. Krister spürte das und kroch leise eine Stunde später neben sie. Er hielt sie lange einfach nur im Arm und sie spürte seinen warmen Körper neben ihrem. Normalerweise erwachte dadurch in ihr die Lust und das Verlangen, aber heute konnte nicht einmal seine Wärme die Kälte in ihr vertreiben. Als er schließlich in sein Bett hinüberrollte und einschlief, begann sie zu schwitzen. Sie konnte einfach nicht stillliegen. Das Bettlaken lag wie ein feuchtes, drückendes Knäuel unter ihr, und jeder Muskel und jedes Glied ihres Körpers schmerzten. Gegen vier Uhr gab sie die Hoffnung auf, noch einschlafen zu können. Ihr Gehirn spulte unaufhörlich die Szenen aus dem Schuppen ab, sowohl die, welche wirklich abgelaufen waren, als auch die, die hätten eintreffen können. Die höhnischen Stimmen hüllten ihren Kopf in ein graues, undurchdringliches Spinnengewebe ein. Der befreiende Punkt war nicht fassbar, weshalb auch das Licht unerreichbar blieb. Eine undurchdringliche Haut war im Weg und sie wusste um ihre Bestandteile: Furcht und Angst.

Während der sich langsam dahinschleppenden Stunden der Nacht spürte sie immer deutlicher, dass sie sich selbst nicht entfliehen konnte. Das schwarze Loch war dabei, sie ganz und gar zu verschlingen. Sie musste in das Loch hineingehen und die flüsternden Stimmen aus ihren eiskalten, klebrigen, in Nebel gehüllten Verstecken treiben. Sie musste ihren inneren Feind bekämpfen. Sie war ihr eigener *uke.*

In die große dunkelbraune Polizeitasche verstaute Irene eine Thermoskanne mit Kaffee, drei Butterbrote, saubere Unterwäsche und ein sauberes gi. Letzteres war besonders wichtig. Keine alten, unbewussten Gerüche durften ihre Konzentration stören. Der Schweiß ihrer Trainingssachen sollte ihr hinterher sagen, was es sie gekostet hatte, die Dämonen auszutreiben.

Die Uhr an der Tyska kyrkan schlug fünf, als sie vor den Trainingsräumen am Hamnkanal parkte. Es war dunkel und still. Nur wenige Wagen fuhren und das Quietschen einer Straßenbahn war in der Ferne zu hören. Sie suchte den richtigen Schlüssel an ihrem Schlüsselbund und schloss auf.

Der vertraute Geruch nach verschwitzten Trainingssachen und Liniment schlug ihr entgegen und ließ einen leichten Schauder der Freude über ihr Rückgrat laufen. Das konnte als gutes Zeichen angesehen werden. Mit entschlossenen Schritten ging sie in den Umkleideraum und zog sich um. Es war ein gutes Gefühl, sich den rauen Baumwollanzug überzuziehen und den schwarzen Gürtel umzubinden.

Der Dojon lag in tiefer Dunkelheit da. Die hochliegenden Fenster ließen nur einen schwachen Schein der Straßenlampen herein. Sie ließ die Tür zum Umkleideraum offen stehen, um etwas mehr Licht zu haben. Im Dojon selbst machte sie nicht die Deckenbeleuchtung an, sondern ging nur in die Mitte und setzte sich auf die Matte. Sie saß auf den Hacken, die Hände locker auf den Schenkel ruhend, den Blick geradeaus gerichtet. Als sie spürte, dass mokuso näher kam, schloss sie die Augen und blickte nach innen. Da war es leer und dunkel. Die Stimmen flüsterten, aber sie hörte nicht mehr so genau, was sie sagten. Sie näherte sich dem Punkt, als Bruces ruhige Stimme mit seinem amerikanischen Akzent durch das Zischen der Dämonen zu vernehmen war. Seine Stimme floss in sie hinein und sie hörte, wie er aufmunternd sagte: »Okay, Baby. Dein phantastisches kata, als du den schwarzen Gürtel gemacht hast, dritter dan.« Sie spürte Trauer und die Sehnsucht nach ihm und war überrascht, wie stark diese Gefühle waren. Das, von dem sie schon lange geglaubt hatte, es überwunden zu haben, war immer noch da. Mokuso wurde tiefer, und sie suchte weiter nach dem Punkt. Der Geist nahm Kontakt auf und plötzlich fühlte sie, wie sie von einer sprudelnden, warmen Kraft erfüllt wurde. Sie wurde gewichtslos und von der Kraft zum Licht emporgetragen. Die Kraft durchspülte ihre schmerzenden Muskeln und Glieder, wusch ihre Müdigkeit und ihre Schmerzen fort.

Wie in Trance stand sie auf, immer noch mit geschlossenen Augen. Anfangs bewegte sie sich langsam, aber je mehr sie der Rhythmus des katans einnahm, umso schneller und kräftiger wurden ihre Bewegungen. Sie öffnete die Augen und sah uke – eine fast durchsichtige Nebelgestalt mit langem Haar, das auf den Rücken der Lederjacke fiel, mit einem höhnischen Grinsen um die Lippen.

Für einen Außenstehenden sah es wie ein Ballett mit einer unbegreiflichen, anspruchsvollen Choreografie aus. Ein eingeweihter Zuschauer jedoch würde eine wahre Jiu-Jitsu-Meisterin erkennen, die in rasender Geschwindigkeit den Sandankata durchmaß, Kombinationen mit uke, tski und geri-waza. Ein Eingeweihter würde sich wohl auch wundern, warum sie keinen Gegner hatte. Aber sie hatte einen Gegner. Wütend schlug sie gegen uke. Anfangs klang sein Lachen noch höhnisch, aber sie hatte die Kraft und wurde von der Nähe zum Licht erfüllt. Erschöpft sank sie zurück auf die Matte. Der Schweiß lief ihr den ganzen Körper hinunter. Sie spürte den Salzgeschmack im Mund und wie es zwischen den Brüsten und Pobacken rieselte. Der Brustkorb hob und senkte sich und sie spürte ein schwaches Unwohlsein von ihrer angeknacksten Rippe. Aber die Kraft und das Licht flossen durch ihren Körper, und dadurch war der Schmerz leicht zu ertragen.

Langsam verebbte die Kraft in ihr und sie rollte herum und schaute zur Decke. Würde das schwarze Loch sich öffnen und die Stimmen wieder anfangen zu flüstern?

Alles war still. Nur das Licht war noch da, pulsierte im Zwerchfell, und sie fühlte Stille und Frieden. Sie hatte es geschafft.

Irene fand sie im Besprechungszimmer. Es war kurz nach acht, aber sie war nicht die Letzte. Jonny Blom wurde noch vermisst, würde aber jeden Moment auftauchen. Er hatte angerufen und mitgeteilt, dass er vor Åby einen Platten hatte. Kommissar Andersson ergriff das Wort:

»Dann fangen wir ohne Jonny an. Schön, dass du wieder auf den Beinen bist, Irene. Eine Nacht Schlaf ist doch immer noch die beste Medizin!«

»Ich fühle mich besser. Aber immer noch grün und blau geprügelt. Und gut geschlafen habe ich auch nicht gerade. Heute Nachmittag will ich zu Jimmy fahren und ihn besuchen und danach dann nach Hause«, erwiderte sie entschlossen.

Andersson hob kaum merklich eine Augenbraue. Er kommentierte ihre Äußerung nicht, sondern fuhr fort:

»Okay. Zunächst einmal möchte ich euch mitteilen, dass die Leiche des jungen Mannes gefunden wurde, der in der Berzeliigatan verbrannt ist. Er konnte mithilfe eines Kranwagens geborgen werden. Dann möchte das Rauschgiftdezernat morgen um dreizehn Uhr eine Besprechung mit uns machen. Offenbar laufen bei denen eine ganze Menge an Ermittlungen gleichzeitig, aber es scheint, als würden da einige Fäden bei diesem Hell's-Angels-Dreck zusammenlaufen. Hans, du hast bei den Schlüsseln was erreicht.«

Borg nickte und versuchte ohne großen Erfolg ein Gähnen zu unterdrücken, bevor er mit seinem Bericht ansetzte. Mit müder Stimme begann er:

»Mister Minit bei Domus in der Avenyn hat Anfang August dieses Jahres einen kompletten neuen Satz Schlüssel für Richard von Knecht gemacht. Er hat sie selbst bestellt und drauf gewartet, während sie gemacht wurden. Deshalb erinnert sich der Mann, der die Schlüssel gemacht hat, noch so gut dran, dass es von Knecht war. Denn er hat 'ne ganze Weile warten müssen. Außerdem ist er ja... oder war... bekannt in der Stadt. Aber er hat keine Extraschlüssel für die Garage oder das Auto machen lassen. Natürlich hatte er sowieso einen Ersatzschlüssel für den Porsche. Der ist ja noch nicht mal ein Jahr alt. Logischerweise kriegt man einen Ersatzschlüssel für einen Porsche dazu. Wisst ihr, wie viel so einer kostet?«

Andersson seufzte:

»Mehr als du und ich uns jemals leisten können. Wir müssen mehr über diese verdammten Schlüssel rauskriegen. Irene, frage Sylvia von Knecht mal, was Richard von Knecht ihrer Meinung nach wohl für einen Grund hatte, sich einen neuen Satz Schlüssel zuzulegen. Wir wissen, dass er einen Ersatzschlüssel für den Porsche und die Garage hatte. Nach dem hat er in der Woche vor seiner Ermordung gesucht. Vielleicht weiß Henrik von Knecht mehr darüber?«

Irene nickte leicht und antwortete:

»Kann sein. Aber er ist gestern Morgen in aller Frühe nach Stockholm abgereist, um dort Antiquitäten auf verschiedenen Auktionen zu kaufen.«

Andersson lachte hell auf und sagte mit einem Zwinkern:

»Na, dann hoffen wir doch, dass er etwas findet. Er braucht bestimmt ein paar neue Möbel.«

In dem allgemeinen Geschmunzel tauchte Jonny auf. Mit hochrotem Kopf preschte er herein und setzte sich auf einen freien Stuhl. Atemlos schnaufte er:

»Entschuldigt. Ich hatte einen Platten und der verdammte Reservereifen hatte keine Luft. Netterweise hat mich einer zu einer Tankstelle mitgenommen, damit ich ihn da aufpumpen konnte. Und dann hat er mich auch noch zurückgefahren.«

»Überprüfst du den Reservereifen denn nicht ab und zu?

Das mache ich in regelmäßigen Abständen. Ungefähr alle zwei Monate«, sagte Hans Borg.

Autos waren Borgs große Leidenschaft.

Jonny winkte verärgert ab und antwortete:

»Ach was. Das ist doch nur so 'n Ding, was dabei sein muss. Wer interessiert sich denn schon für den Reservereifen?«

Irene zuckte zusammen. Nachdenklich sagte sie:

»Charlotte von Knecht tut das.«

»Was tut sie?«, fragte Jonny.

»Sie interessiert sich für Reservereifen. Der Autoverkäufer Robert Skytter hat erzählt, dass sie als Letztes den Reservereifen an ihrem neuen Golf überprüft hat, bevor sie wegfuhr.«

»Ach so, nun ja. Ist ja toll, wenn sich jemand drum kümmert. Aber ich habe eine ganze Menge andere Dinge im Kopf. Da finde ich es unwichtig nachzugucken, ob noch Luft im Reservereifen ist. Ich gucke ihn erst dann an, wenn ich ihn brauche!«

Das stimmte genau mit Irenes eigenem Verhältnis zu ihrem Reservereifen überein. Und Charlotte machte nicht gerade den Eindruck, als gehörte sie zu der ordentlicheren Sorte von Menschen, die alles im Voraus kontrollieren. Viel eher klimperte sie doch wohl mit ihren göttlichen Wimpern, wenn etwas schief lief. Und schwups kam ein Gentleman herbeigeeilt, der Schönen zu helfen. Waren das etwa Gedanken, die aus dem blanken Neid resultierten? Konnte schon sein, aber das Leben hatte die Inspektorin gelehrt, dass es eben nicht die praktischen Frauen in Wollhosen und Gummistiefeln waren, die die männlichen Beschützerinstinkte weckten. Das waren eher die kleinen, schutzlosen Wesen in hochhackigen Pumps und Chiffonkleidern, für die die Männer ihre Mäntel in die Pfütze warfen. Sie selbst trug nie Hochhackige. Und das einzige Chiffonkleid, das sie je besessen hatte, hatten die Zwillinge konfisziert und sich damit verkleidet.

Andersson fragte:

»Fredrik und Jonny. Ihr habt bei der Beschattung von Lillis

am Wochenende nichts gesehen, was auf einen Kontakt mit Billdal hinweisen könnte?«

Beide schüttelten den Kopf. Enttäuscht zischte der Kommissar:

»Freitag muss ich Inez Collin einen Grund für einen Haftbefehl nennen können! Jonny, du wirst heute versuchen, Lillis zu verhören. Birgitta, hast du noch mehr Interessantes über Bobo oder Lillis herausgefunden?«

»Was Bobo betrifft, ist es ziemlich schwierig. Er, seine Wohnung und sein Fotoatelier sind ja in die Luft geflogen. Ich muss von dem wenigen ausgehen, was es noch gibt. Wir haben nur die drei Festnahmen, von denen ich schon erzählt habe. Daraus ist natürlich zu schließen, dass er seit vielen Jahren mit Drogen zu tun hatte. Wahrscheinlich hat er meistens mit dem Stoff gedealt, aber auch einen Teil selbst genommen. Das konnten wir ja auch aus seinem Auftreten hier schließen«, erklärte Birgitta.

Sie brach ab, ein dunkler Schatten fiel auf ihr Gesicht. Aber schnell verschwand er wieder und sie fuhr fort:

»Heute werde ich nach Vänersborg fahren, um mit Bobos Mutter zu reden. Sie war sehr traurig, als sie erfuhr, dass Bobo tot ist. Aber als ich sie heute noch einmal angerufen habe, um eine Zeit für unser Treffen abzumachen, hat sie mich gefragt, ob ich denke, dass es lange dauern wird, bis sie das Versicherungsgeld kriegt!«

Versicherungsgeld? Wer hatte schon einmal von Versicherungsgeld geredet? Irene war sich nicht sicher, aber sie meinte, es wäre Sylvia gewesen. Kurze Notiz auf ihrem Block:

»S.v.K. Schloss ausgetauscht? Versicherungsgeld?«

Der Kommissar nickte nachdenklich.

»Hat jemand versucht, seinen Vater ausfindig zu machen?«

»Nein. Der ist Alkoholiker, ohne festen Wohnsitz. Ich habe nicht weiter nach ihm gesucht«, informierte Birgitta ihn.

»Hannu, das klingt nach einer Sache für dich.«

Hannu nickte. Andersson fragte ihn:

»Hast du rausgekriegt, ob Pirjo einen Führerschein hatte?«

»Ja. Hat sie nie gehabt.«

»Hast du die Tochter gefragt, ob sie etwas von den Schlüsseln wusste?«

»Ja. Pirjo hatte keine. Richard von Knecht hat ihr seine Schlüssel geliehen, wenn sie in den Müllraum wollte. Denn alle Türen zum Hof sind ja abgeschlossen.«

»Also brauchte man einen Schlüssel, um überhaupt auf den Hof zu kommen?«

»Ja.«

»Das bestärkt mich in meiner Überzeugung, dass der Mörder den zusätzlichen Schlüsselbund hatte. Aber wann hat Pirjo ihn gekriegt?«

»Vielleicht am Mittwoch.«

Andersson betrachtete den exotischen Neuzugang seiner Abteilung. Langsam nickte er.

»Sie ist am Mittwochvormittag zur Wohnung gegangen. Du meinst also, sie kann die Schlüssel in einem unbewachten Moment geklaut haben. Das ist gut möglich! Hans, du hast dich doch bis jetzt um die Schlüssel gekümmert, frag mal die Jungs von der Spurensicherung, ob es eine Möglichkeit gegeben hat, dass Pirjo am Mittwoch in die Wohnung gekommen ist. Und frag auch, ob sie irgendwo einen Schlüsselbund haben herumliegen sehen.«

»Wer war am Mittwochvormittag dort?«

»Ljundgren und Åhlén.«

Borg nickte, machte sich aber keine Notiz auf seinem blütenweißen Block.

Irene hatte eine Frage an Hannu:

»Hannu, wissen Pirjos Kinder eigentlich, dass sie tot ist?«

»Doch, ja. Sie haben es gestern erfahren. Das Jugendamt kümmert sich um sie.«

Seine Stimme klang sehr ernst und Irene begriff, dass er mindestens genauso betroffen war von dem Schicksal der armen Kleinen wie sie selbst.

Birgitta räusperte sich und bekam einen eigensinnigen Blick. Entschlossen sagte sie:

»Ich glaube immer noch, dass Pirjo von irgendjemandem überredet worden ist, in die Berzeliigatan zu gehen. Vielleicht unter dem Vorwand, es wäre ja jetzt kein Problem, was zu klauen, nachdem Richard von Knecht tot ist.«

Keiner sagte etwas, aber die meisten nickten zustimmend.

»Aber warum war es so wichtig, dass das Büro in der Berzeliigatan in die Luft flog?«, wollte Irene wissen.

Das war wieder einmal eine Frage, auf die keiner eine Antwort hatte.

Tommy Persson streckte die Hand in die Luft.

»Gestern am späten Abend habe ich endlich die Friseuse aus dem Erdgeschoss des Hauses erwischt. Ihre Kollegin lag zu Hause mit einer Erkältung im Bett, deshalb war sie am Mittwochabend allein im Salon. Sie hat gesehen, wie Pirjo kam! Als ich Pirjos Äußeres beschrieb, war sie total sicher, dass sie sie ein paar Minuten vor dem Knall gesehen hatte.«

Der Kommissar unterbrach ihn:

»Warum hat sie nichts von sich hören lassen und uns das nicht schon lange erzählt?«

»Sie behauptet, dass sie von dem Feuer so geschockt war, dass sie es vergessen hatte. Ansonsten hat sie an dem Mittwoch nichts Außergewöhnliches gesehen oder gehört. Als ich sie aber gefragt habe, ob sie in den Tagen vor dem Brand irgendwelche außergewöhnlichen Besucher gesehen habe, sagte sie etwas, das ich merkwürdig fand: ›Na ja, es gab immer irgendwelche merkwürdigen Typen, die zu diesem Fotografen wollten. Er ist ja ziemlich bekannt, aber ich konnte ihn nicht gut leiden.‹ Man bedenke, dass sie nicht wissen konnte, dass der Tote draußen in Delsjön Bobo Torsson war. Ich habe es ihr auch nicht gesagt. Als ich sie dann fragte, warum sie Torsson nicht leiden konnte, kam heraus, dass er mal bei ihr gewesen ist und versucht hat, ihr eine Zukunft als Fotomodell zu verkaufen, wenn sie nur tat, was er wollte. Er hat ihr das Blaue vom Himmel versprochen. Aber die Lady steht mit beiden Beinen auf dem Boden, sie hat ihn nur gebeten, schleunigst zu verschwinden. Das Interessante dabei ist aber, dass er sowohl sie als auch ihre Kollegin gefragt hat, ob sie nicht Stoff kaufen wollten. Er hat behauptet, er könnte alles beschaffen, was sie sich nur wünschten.«

Tommy machte eine Pause, zerbrach seinen Mariekeks in drei Teile und stopfte einen nach dem anderen in den Mund. Jedes Stück spülte er mit einem kleinen Schluck Kaffee hinunter. Nach abgeschlossenem Ritual fuhr er fort:

»Die Befragung der Frau, die unter von Knechts Büro wohnte, hat viele der Aussagen der Friseuse bestätigt. Es war nur ein kurzes Gespräch. Ihrem Mann geht es auf Grund des Herzinfarktes sehr schlecht. Sie erzählte, dass bei Bobo Torsson immer eine Menge komischer Typen herumliefen. Und sie sprach von ein paar wüsten Festen, die das ganze Haus bis in die Morgenstunden wach hielten. Ich habe besonders nach der Freitagnacht gefragt, ob sie gegen ein Uhr etwas aus von Knechts Wohnung gehört hätte. Zuerst konnte sie sich nicht daran erinnern, aber nach einer Weile ist ihr eingefallen, dass das die Nacht war, in der sie aufgewacht ist, weil jemand die Treppe rauf- und runterlief. Mindestens dreimal, wie sie sagt. Aber sie wusste nicht, ob der Lärm direkt aus von Knechts Wohnung kam.«

Der Kommissar hörte aufmerksam zu. Endlich begann sich hinsichtlich der Berzeliigatan etwas zu bewegen. Eifrig sagte er:

»Das bestätigt nur das, was wir schon wissen. Er hat gedealt. Aber was für ein unvorsichtiger Kerl, die Leute im eigenen Haus zu fragen! Musste das Haus deshalb unbedingt in die Luft fliegen? Was musste da vernichtet werden, was sollten wir nicht zu sehen kriegen? Stoff? Drogenproduktion?«

Eine nachdenkliche Stille folgte der letzten Frage des Kommissars. Hannu richtete sich auf seinem Stuhl auf und bat ums Wort:

»Nein. Drogenherstellung kann man riechen. Wenn man alles zusammenzählt, dann lag die Bombe fast seit vier Tagen geladen da. Das war von Knecht, der in die Luft gesprengt werden sollte.«

»Aber am Mittwoch war er doch schon seit vierundzwanzig Stunden tot!«

»Aber nicht Freitagnacht. Da lebte er noch. Als die Bombe installiert wurde.«

Wieder stieg Andersson die Farbe in die Wangen und er glotzte Hannu an.

»Das hieße, dass es sich um zwei Mordversuche an von Knecht handelt!«

»Ja.«

»Würde das auch bedeuten, dass wir es mit zwei Mördern zu tun haben?«

»Kann sein.«

»Dann kam der, der von Knecht über den Balkon gestoßen hat, dem Bombenleger zuvor!«

Irene sah Hannu nachdenklich an. Sinnend sagte sie:

»Da kann was dran sein. Mörder Nummer eins befestigt Freitagnacht die Bombe in der Berzeliigatan und wartet darauf, bis von Knecht kommt und sich selbst in die Luft jagt. Aber da kriegt Richard von Knecht eine Erkältung und lässt sich weder Montag noch Dienstag blicken. Am Dienstag isst er mittags mit Valle Reuter. Und am Dienstagabend wird er von Mörder Nummer zwei ermordet! Ohne seinen Fuß in den letzten Tagen in die Bürowohnung gesetzt zu haben! Aber derjenige, der die Bombe gebaut hat, weiß, dass es sie gibt, zur Explosion bereit, sobald jemand die Tür öffnet. Es gibt keine Hintertreppe zur Wohnung, er kann die Bombe also nicht entschärfen.«

»Wie hat er dann den Stahldraht des Zündmechanismus an der Klinke der Wohnungstür befestigt?«, wollte Birgitta wissen.

»Er muss draußen gestanden haben und den Stahldraht mithilfe eines langen Hakens eingefädelt haben. Das muss ziemlich nervenaufreibend gewesen sein und nicht gerade eine Tätigkeit, die man gerne zweimal macht. Das wäre auch viel zu riskant gewesen. Also, was tut er? Genau, er schickt so eine unbedeutende Person wie eine finnische Putzfrau«, spann Irene weiter ihre Theorie.

»Dann wusste der Bombenleger also nicht, dass Pirjo drei Kinder hat?«

»Oder es war ihm egal.«

Irene lief es eiskalt über den Rücken angesichts dieser berechnenden Bosheit. Sie sah, dass auch Tommy und Birgitta sich unbewusst schüttelten. Da bemerkte sie, dass Jonny ungewöhnlich still dasaß. Sie warf ihm einen Blick zu und stellte fest, dass er in Grübeleien versunken war. Als hätte er ihre Gedanken gehört, bat er ums Wort.

»Ich überlege gerade. Wer und warum? Was wissen wir von Lillis? Er ist ein notorischer Radaubruder, kennt einen oder mehrere von den Hell's Angels und hat mit seinem Cousin Bobo zusammen mit Drogen gehandelt. Und er kann so eine Teufelsbombe mit Sicherheit basteln. Es gib ja bestimmt sogar eine Do-it-yourself-Beschreibung im Internet dafür!«

Der Kommissar griff begeistert den Faden auf:

»Lillis? Ja, das könnte der gemeinsame Nenner sein. Aber warum? Warum hat er von Knecht ermordet?«

»Vielleicht war es ja auch der andere, der von Knecht ermordet hat! Hannu hat doch gesagt, es könnten auch zwei sein!«

»Der andere... zum Teufel auch...! Na gut, warum hat dann also der andere Mörder von Knecht umgebracht, he?«

Das Schweigen war Antwort genug. Andersson seufzte schwer.

»Die verfluchte Wahrheit ist doch, dass wir im von-Knecht-Fall auf der Stelle treten. Wir wissen eine Menge über die Familie, die Verwandten und Freunde, aber wir haben kein Motiv für den Mord. Keine Antwort auf die Frage: Warum. Und wie passt bitte schön Lillis in das Bild um von Knecht? War es Lillis, der seinen Cousin in die Luft hat fliegen lassen? Wohl kaum, da er nichts von dem Mord an Bobo zu wissen schien, als wir ihn fürs Verhör abgeholt haben. Ich glaube, wir verfolgen hier vollkommen falsche Spuren. Hell's Angels, Bobo und Lillis sind ein Fall für sich, und den soll das Rauschgiftdezernat lösen. Im Fall von Knecht selbst müssen wir neue

Schritte machen. Wir müssen noch einmal von vorn anfangen und alle Informationen durchgehen, die wir bis jetzt gesammelt haben. Alle Beobachtungen und Zeugenaussagen noch einmal überprüfen. Wenn es wirklich Lillis war, der von Knecht vom Balkon gestoßen hat, dann muss ihn doch jemand gesehen haben. Der Kerl kann sich doch nicht so einfach in der Menge verstecken!«

Irene fühlte, wie dieses wiederkäuende Gefühl der Leere in ihr wuchs, das immer auftaucht, wenn ein Fall nicht schnell gelöst werden kann. Alle Zeugenaussagen überprüfen und noch einmal überprüfen. Und wieder überprüfen, wenn man nichts Neues gefunden hat. Routine. Aber das ist die Art, wie man Verbrechen aufklärt.

Fredrik machte sich für seinen Vortrag bereit. Er schlug seinen Block auf und hustete leise, bevor er anfing:

»In dem Viertel scheint am Dienstagabend niemand eine Person bemerkt zu haben, die sich verdächtig verhalten hat. Es war zwar regnerisch und dunkel, aber es war ja erst halb sechs. Keiner hat angegeben, er hätte Lillis gesehen. Und er wäre in der Gegend bestimmt aufgefallen. Zwei Meter groß und genauso breit! Außerdem sieht er immer verdächtig aus, ganz gleich, wo er sich befindet. Aber vielleicht sollten wir noch einmal im Haus selbst fragen? Und dabei können wir gleich auch Bobos Beschreibung mitliefern. Er war fast genauso groß, aber mager. Auch ein Anblick, an den die Leute sich erinnern.«

Der Kommissar nickte zerstreut und seufzte:

»Ja, ja, mach das. Obwohl ich fürchte, dass nichts dabei herauskommt. Aber wir müssen es überprüfen. Vielleicht war es Bobo oder Lillis, vielleicht hat ja einer von denen von Knecht runtergeworfen. Aber es gibt nicht den geringsten Beweis dafür, dass Lillis irgendetwas mit Richard von Knecht zu tun hatte oder dass sie sich überhaupt jemals gesehen haben. Und kein noch so vages Gerücht von Drogengeschichten um von Knecht. Und ich kann mir nicht denken, dass Lillis und Bobo angefangen haben, an der Börse zu spekulieren!«

»Da sagst du was, Chef. Aber vielleicht finden wir neue Anhaltspunkte am Freitag. Dann sind sie nämlich endlich mit den Aufräumarbeiten fertig und können versuchen ins Haus zu gehen und von Knechts Safe aus der Wand zu bohren. Die Schwierigkeit dabei ist, dass das Haus einen Keller hat. Den müssen sie erst einmal von unten verstärken. Sonst können sie nicht mit dem Kranlift oder dem Lullen rankommen. Das sind schwere Maschinen. Und sie wollen ja nicht riskieren, in den Keller einzubrechen. Deshalb wird es wohl noch ein oder zwei Tage dauern«, beendete Fredrik seinen Bericht.

»Okay. Tommy, Fredrik und Jonny, ihr macht euch einen Plan und verhört Lillis. Er muss weich gekocht werden! Lasst die von-Knecht-Sache erst mal sausen und konzentriert euch auf Stoff und Hell's Angels. Birgitta, du hast keinen Zusammenhang zwischen Lillis und diesem… diesem Vizepräsidenten gefunden? Oh Scheiße, was für idiotische Titel geben die sich eigentlich?«

»Du meinst den Vizepräsidenten Glenn ›Hoffa‹ Strömberg. Nein, da habe ich nichts rausgekriegt. Titel, ja, von denen gibt's 'ne ganze Menge. Da gibt es einen, der ist der Waffenmeister, einer muss dafür sorgen, dass es immer genug Essen und Schnaps im Clubhaus gibt, und so weiter. Ganz unten in der Hierarchie stehen die Mädchen. Die haben gar nichts zu sagen«, erklärte Birgitta trocken.

Jonny bemerkte grinsend:

»Was für eine gut geregelte Gesellschaft, in der die Bräute immer wissen, wo ihr Platz ist!«

Andersson warf ihm einen finsteren Blick zu, sodass er seine Meinung über die Sozialstruktur der Hell's Angels nicht weiter verkündete. Irgendwo im tiefsten Inneren des Kommissars sagte ihm eine beunruhigende Stimme, dass es ebenso gut Jonnys Volvo gewesen sein konnte wie Bobos Toyota, den die alte Dame in Birgittas Hauseingang gesehen hatte. Entschlossen schob er diesen Gedanken beiseite.

Birgitta presste die Zähne aufeinander, fuhr aber scheinbar ungerührt fort:

»Wir werden morgen mehr von den Drogenleuten erfahren. Aber ich werde zusehen, ob ich nicht mit Lillis und Hoffa weiterkomme.«

Entschlossen schlug Andersson mit der Handfläche auf den Tisch.

»Gut, dann legen wir jetzt los! Wenn ihr auf etwas von Interesse stoßt – ich bin bis heute Abend hier zu erreichen.«

Alle standen auf und machten sich an ihre jeweiligen Aufgaben, Irene nahm schnell noch Tommy zur Seite.

»Du bist um sechs zum Essen willkommen. Jenny ist zu Hause. Und keine Sorge: Krister hat die Küche übernommen.«

Irene war überrascht, dass Sylvia von Knecht zu Hause war und gleich ans Telefon ging. Aber Ivan Viktors hatte ja gesagt, dass er Sonntagabend nach Kopenhagen zurückfahren würde. Sylvia wollte sicher nicht allein da draußen in Särö bleiben. Ohne große Begeisterung stimmte Sylvia Irenes Vorschlag zu, gegen elf Uhr vorbeizukommen, um ihr einige Fragen zu stellen.

Irene versuchte ihren Bericht über die Ereignisse in Billdal anzufangen, aber sie kam nur mühsam in Gang. Sie rief Krister an, und sie machten ab, dass sie ihn nach ihrem Besuch bei Jimmy abholen wollte. Sie trank den Rest Kaffee aus der Thermoskanne und schaute hinaus. Es hatte aufgehört zu regnen und eine blasse Sonne sickerte durch die Wolken hindurch. Sechs Grad plus. Die reinste Wärmewelle, im Vergleich zu den Temperaturen der letzten Wochen. Schnell beschloss sie, zu Fuß zur Molinsgatan zu gehen. Das würde genau die gute halbe Stunde dauern, die noch bis elf Uhr fehlte, wenn sie langsam ging. Sie zog sich ihre Lederjacke über und ging hinaus.

Der Verkehr war dicht und die Luft von Abgasen gesättigt. Hedens großer Fußballplatz lag voller Pfützen verlassen da. Sie überquerte Södra vägen und schlenderte die Kristinelundsgatan hinauf. Ein Blick in die exklusiven Schaufenster der Kleidungsgeschäfte erinnerte sie daran, dass sie sich eine neue Jacke kaufen musste. Die, die in Billdal voll gepisst worden war, hatte sie sofort weggeworfen, ohne überhaupt zu versuchen sie zu waschen. Die Lederjacke, die sie jetzt anhatte, war zu warm. In der Kungsportsavenyn blieb sie stehen und schaute sich die Schaufenster von KappAhl an, während sie sich diskret die Jacke aufknöpfte. Das letzte Stück ging sie durch den Vasapark. Auf der Rückseite der Universität sah sie eine Gruppe Jugendlicher. In der Mitte stand ein großer, farbiger Junge. Vom Kopf standen fettige, zusammengedrehte Rastazöpfe ab. Irenes Herz machte einen Schlag extra. War da irgendeine Form von Misshandlung im Gange? Aber alles sah recht harmonisch aus. Ohne zu zögern oder etwas zu verheimlichen, übergab der Rastatyp kleine Tüten und bekam zerknitterte, verschwitzte Scheine von den anderen zurück. Ecstasy für die Raveparty am nächsten Wochenende wahrscheinlich.

Was war eigentlich der Unterschied zwischen Bobo Torssons Drogengeschäften und denen dieses Rastatypen? Das Milieu. Aber verrauchte Nachtclubs und Treffpunkte, die gerade in sind, ändern nichts an der Tatsache, dass es hier letztendlich nur um Drogen ging, die gehandelt wurden. Und dass die Käufer drogensüchtig sind, wie hartnäckig sie es auch leugnen. Besorgt schaute sie die Jugendlichen an. Einige versuchten es nur aus Neugier, bekamen Angst und hörten gleich wieder auf. Aber viele von ihnen würden sicher an dem Zeug hängen bleiben. Einigen würde es wohl gelingen, sich mit viel Mühe von ihrer Abhängigkeit zu befreien. Aber alle wären gezwungen, mit dem zu leben, was während ihres Drogenmissbrauchs passiert war.

Sie prägte sich das Aussehen des Dealers ein, um davon zu berichten, wenn sie wieder im Präsidium war. Die Streetworker von der Drogenabteilung kannten ihn bestimmt schon.

Sylvia von Knecht sah müde und erschöpft aus. Zum ersten Mal sah sie so alt aus, wie sie wirklich war. Aus irgendeinem Grund lief sie in einem riesigen grauen Wollpullover herum, gestrickt in einem schönen Zopfmuster. Und dazu trug sie Jeans, was Irene wirklich überraschte. Es sah nicht so aus, als wäre sie in der Lage gewesen, nach der Spurensuche aufzuräumen. Alles sah noch genauso aus wie bei Irenes letztem Besuch. Große Blumensträuße waren hier und dort in der Wohnung platziert, mit Kondolenzkarten daran. Der Blumenduft war schwer und gab bereits einen Hinweis auf die bevorstehende Beerdigung. In dem Wohlgeruch war jedoch ein herber Missklang von Blumenwasser zu spüren, das gewechselt werden sollte.

Sie gingen in die helle Bibliothek hinauf und ließen sich auf der hübschen Ledersofagruppe nieder. Sylvia biss auf einem kaputten Fingernagel herum. Sie hob ihr ungeschminktes Gesicht und sah Irene an. Mit dünner Stimme begann sie:

»Können Sie sich das vorstellen? Wie ich ihn vermisse! Jedes Mal, wenn es klingelt oder jemand auf der Straße lacht, dann denke ich, er ist es. Manchmal habe ich die Illusion, er könnte einfach reinkommen und zufrieden darüber lachen, wie er uns alle an der Nase herumgeführt hat. Ich habe mir seinen Pullover angezogen. Er riecht noch nach … ihm.«

Sie schluchzte leise und ließ ihre Haargardine übers Gesicht fallen. Irene wusste nicht so recht, was sie davon halten sollte. Und wie war das nun eigentlich mit Ivan Viktors, bitte schön? Sie entschloss sich, mit den Schlüsseln anzufangen.

»Wir haben den Schlüsselbund gefunden. Und Pirjo«, sagte sie zur Einleitung.

Die Medien würden erst bei der Pressekonferenz am Nachmittag erfahren, dass das Opfer in der Berzeliigatan Pirjo war. Man hatte das aus »ermittlungstechnischen Gründen« bisher nicht veröffentlicht. Sylvia zuckte zusammen und fragte scharf:

»Sie haben die Schlüssel gefunden! Und wer hatte sie?«

»Sie steckten in der Tür in der Berzeliigatan. In der Tür zu den Büroräumen.«

»Das schlägt ja nun dem Fass den Boden aus! Dann habe

ich hier die Schlösser der Wohnung ganz unnötig für mehr als zweitausend Kronen auswechseln lassen! Warum haben Sie mir nicht früher was davon gesagt? Zum Glück habe ich die in Kärringnäset noch nicht austauschen lassen!«

»Wir waren uns nicht ganz sicher, ob es auch die richtigen Schlüssel waren… aus ermittlungstechnischen Gründen.«

»Und Pirjo! Wo hat sich die Schlampe herumgetrieben? Ich will, dass sie so schnell wie möglich herkommt!«

»Tut mir Leid. Sie ist tot. Sie wurde bei der Explosion in der Berzeliigatan vor einer Woche in die Luft gesprengt.«

Das war eine reichlich brutale Vorgehensweise, aber Irene wollte sehen, wie Sylvia es aufnahm.

»Sie… Sie lügen… das kann nicht sein…«

Der Effekt war unschön. Sylvia beugte sich vor und schrumpfte vor Irenes Augen zusammen. Wieder einmal hatte Sylvias giftige und leicht hysterische Art Irene dazu provoziert, sich zu weit auf das dünne Eis zu begeben. Verzweifelt versuchte Irene weiter festen Boden unter den Füßen zu gewinnen. Um abzulenken, fuhr sie fort:

»Die Identifizierung hat mehrere Tage gedauert. Sie war zu sehr verbrannt. Wir brauchten die Röntgenbilder ihrer Zähne, und mit ihnen konnten wir…«

»Was hat sie in der Berzeliigatan gemacht?«

Sylvias Stimme klang hohl und in ihren Augen spiegelte sich deutlich Angst. Sie hatte Angst. Die hatte sie nicht gezeigt, als ihr Mann ermordet worden war. Aber jetzt war sie voller Angst, kurz vor der Panik. Irene versuchte ruhig zu klingen, aber dabei sehr entschieden.

»Wir wissen es nicht. Das ist eine der Fragen, die ich Ihnen stellen wollte. Zuerst einmal möchten wir wissen, wie sie in den Besitz der Schlüssel gekommen ist. Soweit ich Sie verstanden habe, wussten Sie nichts von irgendwelchen Ersatzschlüsseln. Außer denen, die wir hier haben.

Wir haben herausgefunden, dass diese Schlüssel im Spätsommer angefertigt wurden. Richard selbst hat sie bei Mister Minit in der Avenyn machen lassen.«

Sylvias Atem ging heftig. Ihre Augen glänzten. Sie vermied es, Irene anzusehen. Das Gefühl, dass sie irgendetwas wusste oder ahnte, verstärkte sich bei Irene.

»Ich weiß nichts von diesen Schlüsseln«, sagte Sylvia entschlossen.

Die Stimme klang jetzt fester, aber sie musste ihre Hände fest zusammendrücken, damit sie nicht zitterten. Irene spürte, dass sie jetzt nicht locker lassen durfte. Da war etwas. Sie hakte nach und formulierte ihre Frage noch einmal anders:

»Sie haben also keine Ahnung, wofür er diese Schlüssel haben wollte oder ob er sie jemand gegeben hat?«

»Nein.«

Sie log. Sie log! Aber Irene traute sich nicht, sich noch einmal aufs Eis zu begeben. Noch nicht.

»Die Bombe, die das Haus zerstört hat, ist detoniert, als Pirjo die Tür zu den Büroräumen Ihres Mannes geöffnet hat. Sie hat die Tür mit dem Schlüsselbund aufgeschlossen. Wir haben sie hinter der Tür gefunden«, berichtete sie in neutralem Ton.

»Aber in den Zeitungen stand doch, dass ein junger Mann vermisst wurde!«

»Das stimmt auch. Er ist gestern gefunden worden, weiter oben im Haus. Zwei Menschen sind bei dem Brand umgekommen.«

Sylvia erhob sich vom Sofa und ging ziellos im Raum auf und ab.

Dabei rieb sie die ganze Zeit ihre Hände aneinander und seufzte schwer. Sie war äußerst aufgewühlt, das konnte Irene sehen. Aber warum? Wenn sie wüsste, wer die Schlüssel gehabt hatte, dann würde sie es doch wohl sagen? Irene versuchte es noch einmal:

»Sie haben auch keinen Verdacht, wer die Schlüssel eventuell gehabt haben könnte?«

»Nein, das habe ich doch schon gesagt!«

Das Eis knackte und knirschte. Am besten, sie suchte weniger gefährliche Gebiete auf.

»Kennen Sie einen der anderen Mieter in dem Haus in der Berzeliigatan?«

Ein Kopfschütteln war die Antwort.

»Sagt Ihnen der Name Bo-Ivar oder Bobo Torsson etwas?«

Sylvia runzelte die Stirn und schien tatsächlich nachzudenken.

»Das sagt mir was. Warten Sie… das war der Fotograf, der die Räume über Richard gemietet hat. Er ist ein alter Bekannter von Charlotte«, sagte sie.

Irene war so verblüfft, dass sie die Fassung verlor. Aber es gelang ihr, einen einigermaßen neutralen Tonfall an den Tag zu legen, als sie nachfragte:

»Ein alter Bekannter? Was heißt das?«

»Sie hat als Fotomodell für ihn gearbeitet. Nun ja, bei dieser Modellarbeit ist wohl nicht viel rausgekommen. Aber so geht es eigentlich mit allem, was Charlotte anfängt.«

»Hatte Torsson schon sein Fotoatelier in der Berzeliigatan, als Charlotte mit ihm gearbeitet hat?«

»Nein. Sie hat ihn Richard empfohlen. Richard fand es praktisch, den gleichen Mieter für beide Wohnungen zu haben.«

»Wann war das?«

»Keine Ahnung. Das ist vielleicht drei Jahre her.«

Sylvia schlug die Arme um sich und zog die Achseln hoch, als würde sie frieren. Aber sie schien nicht bei der Sache zu sein, während sie über Bobo Torsson sprachen. Ihre Gedanken gingen offensichtlich in eine andere Richtung. Irene nahm noch einmal Anlauf.

»Der Name Lars ›Lillis‹ Johannesson, sagt der Ihnen etwas?«

»Nein.«

»So ein Hüne um die fünfunddreißig.«

»Nein.«

Zerstreut schob Sylvia ein paar heruntergefallene Blütenblätter einer lila Chrysantheme, die auf die staubige Couchtischplatte gefallen waren, zu einem kleinen Haufen zusammen. Verwirrt zerstörte sie den Haufen wieder und schien in der nächsten Sekunde ihn und auch Irene bereits vergessen zu haben. Ihre glänzenden Augen schienen ihre Umwelt gar nicht wahrzunehmen, sondern nur ihre eigenen inneren Abgründe zu betrachten. Irene hätte viel dafür gegeben, zu erfahren, was Sylvia dort sah. Aber ein Blick in Sylvias Gesicht ließ sie wieder zweifeln, ob sie das wirklich wollte. Die Diskussion über den Schlüsselbund hatte Sylvia in sich selbst versinken lassen. Irene musste sie dort wieder herausbekommen. Was konnte sie zum Reden bringen? Eine leichte Ahnung sagte Irene, dass Geld Sylvia immer zum Reden brachte. Hatte Valle Reuter das nicht gesagt?

»Ach ja, Sylvia, diese Versicherung, von der Sie mir mal erzählt haben …«

Sie ließ den Satz bewusst unvollendet, um zu sehen, ob Sylvia anbiss. Zuerst schien sie gar nichts gehört zu haben, aber nach einer Weile drehte sie den Kopf und warf Irene einen überraschend scharfen Blick zu.

»Versicherung? Habe ich Ihnen etwas von einer Versicherung erzählt?«

»Ja, als wir zum ersten Mal am Telefon miteinander geredet haben. Als Sie noch in der Psychiatrie waren.«

»Daran kann ich mich nicht erinnern. Aber vielleicht habe ich das ja. Ich habe da einiges an Medikamenten gekriegt und nur noch eine sehr schwache Erinnerung an die ersten Tage.«

Sie holte tief Luft und sank zu Irenes Erleichterung in der einen Ecke des Ecksofas nieder. Sie schüttelte ihre Birkenstocksandalen ab und zog die Beine unter den Körper. Wieder kaute sie an ihrem kaputten Nagel. In normalem Ton sagte sie:

»Die Versicherung. Das ist wohl das Einzige von allem, was Richard jemals gemacht hat, das Henrik und mir zugute kommt. Es sei so eine Art Rentenversicherung, hat er mir erklärt. Nachdem er sechzig geworden ist, konnte er an jedem beliebigen Tag in Pension gehen und würde dann zehn Jahre lang ein Jahreseinkommen von einer Million Kronen haben. Und gleichzeitig ist es eine Lebensversicherung. Wenn Richard stirbt, sollten Henrik und ich uns zehn Jahre lang diese Summe teilen.«

»Dann fällt also die Versicherung den Hinterbliebenen zu?«

»Wie bei den meisten Altersversicherungen.«

Henrik und Sylvia würden also die kommenden zehn Jahre jedes Jahr eine halbe Million kriegen. Leute sind schon für weniger zum Mörder geworden. Nimmt man dazu noch den Rest des Vermögens, hätte Valle Reuter möglicherweise auf der richtigen Spur sein können. Wenn sich Mutter und Sohn nicht unten auf der Straße befunden hätten, umgeben von Zeugen, als Richard fiel. Irene beschloss, auf Strumpfsocken weiterzugehen.

»Und den Rest des Vermögens und der Einkünfte Ihres Mannes, wer erbt das?«

Jetzt war Sylvia vollkommen ruhig und gefasst. Vergleichbar mit einer kleinen siamesischen Katze, die gerade einen Goldfisch verschluckt hatte.

»Ich. Aber das ist ziemlich nervig. Die Anwälte sind dabei, das alles auseinander zu dividieren. Das wird eine ganze Weile dauern, sagen sie. Nur das Versicherungsgeld wird schon nächsten Monat ausbezahlt und das rückwirkend für diesen Monat.«

Es war sicher eine Illusion, aber Irene meinte ein schnurrendes Geräusch zu hören. Der Schlüsselbund war verbotenes Terrain, aber mit dem Geld und Bobo Torsson war es gut gegangen. Sollte sie mit Bobo weitermachen?

»Bobo Torsson ist auch tot. Vielleicht haben Sie ja in der Zeitung gelesen, dass er am frühen Montagmorgen ermordet worden ist? Er ist mit seinem Auto in die Luft gesprengt worden.«

Sylvia warf ihr einen uninteressierten Blick zu.

»Gesprengt? Nein. Ich lese momentan keine Zeitungen. Ich bin nicht in der Lage dazu. Ich habe genug mit mir selbst zu tun und dem, was passiert ist.«

»Wissen Sie, ob Bobo und Charlotte immer noch Kontakt miteinander hatten?«

»Keine Ahnung. Charlotte geht gern aus und genießt den Trubel.«

»Begleitet Henrik sie normalerweise, wenn sie ausgeht?«

O je, das knackte im Eis. Sylvia stellte ihre Füße auf den Boden und warf Irene einen abschätzigen Blick zu. Höhnisch sagte sie:

»Henrik interessiert sich nicht für Vergnügungen. Nicht mehr seit seiner Krankheit, von der ich Ihnen erzählt habe.«

Plötzlich hatte Irene eine Idee:

»Das war doch eine Hirnhautentzündung, was Henrik als Folgekrankheit bekommen hat, nicht wahr?«

»Ja.«

»Als Folgekrankheit wovon?«

»Von einer Kinderkrankheit.«

»Welcher Kinderkrankheit?«

»Mumps.«

Nichts war mehr von der kleinen, zufriedenen Powerfrau übrig, es saß nur noch eine traurige Mutter in der Sofaecke. Eine Klappe fiel bei Irene. Sie hatte einen männlichen Ausbildungskollegen in der Polizeischule gehabt, der während ihrer Ausbildungszeit Mumps bekommen hatte. Beide Hoden waren befallen gewesen und so grotesk angeschwollen, dass er nicht gehen konnte. Er hieß Carl Meier und wurde danach nur noch »Meier-Straußen-Eier« genannt. Auf einem späteren Fest hatte er Irene und Tommy anvertraut, dass er möglicherweise zeugungsunfähig geworden war. Offenbar war das eine nicht seltene Komplikation bei erwachsenen Männern, die an Mumps erkrankten. Traf das auch auf Henrik zu? Es war zwar ein Schuss ins Blaue, aber sie beschloss, es einfach zu versuchen.

»Es passiert ja oft, dass erwachsene Männer unfruchtbar werden, wenn sie Mumps haben. Waren Henriks Hoden auch betroffen?«

Sylvias Augen waren vor Schreck weit aufgerissen. Mit einem hässlichen Krachen zerbrach das Eis und sie fiel hinein. Sie schlug sich die Hände vors Gesicht und begann hysterisch zu weinen.

Es dauerte zwanzig Minuten, bis sie sich so weit beruhigt hatte, dass Irene sie als einigermaßen stabil einstufte. Aber Sylvia weigerte sich, weitere Fragen zu beantworten, und wiederholte immer nur hartnäckig:

»Gehen Sie! Sofort! Um ein Uhr muss ich zur Schneiderin und das Kleid für die Beerdigung anprobieren. Gehen Sie! Gehen Sie!«

Irene hatte einiges, über das sie nachdenken musste, als sie in einer zweitklassigen Pizzeria ein paar Häuser weiter saß und auf dem Tagesgericht herumkaute. Das bestand aus einer zähen Lasagne mit ein paar schüchternen Weißkohlstreifen in Essig. Das Eiswasser war lauwarm und der Kaffee sah aus wie Sammies Badewasser. Den kriegte nicht einmal sie runter. Aber das störte sie kaum, denn in ihrem Kopf wirbelten die Fragen und Informationen durcheinander.

Sylvia hatte Angst gekriegt, als die Ersatzschlüssel zur Sprache kamen. Sie wusste oder ahnte, wer sie in den Händen hätte haben können. Oder hatte jemand sie schon gehabt? Warum wollte Sylvia nicht darüber reden? Charlotte von Knecht und Bobo Torsson waren alte Bekannte und hatten zusammen gearbeitet. Charlotte hatte den Kontakt zwischen Torsson und ihrem Schwiegervater vermittelt, worauf Torsson die beiden Wohnungen mieten konnte. Trafen sie sich immer noch? Hatte das irgendeine Bedeutung für die Ermittlungen? War das der Berührungspunkt, den sie gesucht hatten? Daran mochte auch Irene kaum glauben. Nicht in ihrer wildesten Phantasie konnte sie sich vorstellen, dass Bobo Torsson Richard von Knecht niederschlug und ihn vom Balkon warf, die Höllenmaschine in der Berzeliigatan anbrachte und sich schließlich selbst ins Jenseits sprengte. Obwohl Letzteres vielleicht einfach ein Missgeschick gewesen war. Aber es war nicht logisch, beantwortete es doch nicht die vorher gestellten Fragen.

Warum sollte Bobo Richard von Knecht ermorden? Warum sollte er seine Wohnung und sein Atelier in die Luft jagen?

Ganz zu schweigen von sich selbst? Und sich Charlotte in einer dieser Rollen vorzustellen, das war wohl noch schwieriger. Eine Bombenbastlerin war sie ja wohl kaum. Aber die Bekanntschaft zwischen Bobo und Charlotte war interessant. Waren sie immer noch Freunde gewesen? Mehr als Freunde? Es war wohl höchste Zeit für ein Gespräch mit der jungen Frau von Knecht. Henrik von Knecht hatte als Erwachsener Mumps gehabt, mit anschließender Hirnhautentzündung als Folgeerscheinung. Hatte der Mumps auch die Hoden befallen? War er also zeugungsunfähig? Wenn man von diesen Überlegungen ausging, erschienen einige von Sylvias sonderbaren Reaktionen in den letzten Tagen viel verständlicher. Wenn man weiß, dass der eigene Sohn zeugungsunfähig ist, wird man sich kaum darüber freuen, wenn die Schwiegertochter schwanger ist! Das war ein interessanter Gedanke. Und die anschließende Frage war wohl noch interessanter: Wer war in diesem Fall der Vater von Charlottes Kind? Warum hatte Henrik so reagiert? Er war doch nach eigener Aussage bereit, seine angeknackste Ehe weiterzuführen, »dem Kind und dem Weiterbestehen der Familie zuliebe«. Das stimmte nicht. Entweder glaubte er, dass er selbst Vater des Kindes war, oder es interessierte ihn nicht. Aber er musste zumindest davon wissen, jedenfalls, wenn er zeugungsunfähig war! Und wenn es ihn nicht interessierte, würde er dann bereit sein, weiter für die Beziehung zu Charlotte zu kämpfen?

Eine Stimme neben ihrem Ohr schreckte sie aus ihren Überlegungen.

»'tschuldigung. Noch Kaffee die Dame?«

Ein kleiner dunkler Kellner lächelte sie freundlich an und hielt ihr die Glaskaffeekanne hin. Zu ihrer Bestürzung musste sie feststellen, dass sie ganz in Gedanken die Kaffeebrühe in sich hineingekippt hatte.

Jimmy strahlte vor Freude, als sie mit einer Tüte Süßigkeiten und einem Stapel Zeitungen hereinkam. Er sah fast genauso aus wie am Tag zuvor, nur das Lila war noch dunkler geworden. Der Tropf war fort und er saß in einem hochlehnigen Plastiksessel am Fenster. Es gab noch Platz für einen zweiten Patienten, aber das Bett war immer noch leer.

»Hallo Jimmy! Du siehst aus wie eine LSD-Halluzination«, begrüßte Irene ihn aufmunternd.

»Thank you. Genau diese Worte brauche ich, damit es mir besser geht.«

Er lachte und sie unterhielten sich über dies und das. Irene übermittelte ihm dann das Neueste von der Beobachterfront. Besonders die Informationen über Spuren von Drogenresten in den Ferienhäusern interessierten ihn.

»Wir beobachten schon lange einen Teil der MC-Gang. Besonders ›Death Squadron No. 1‹ ist höchst interessant. Sie sind seit ein paar Jahren vollwertige Mitglieder der Hell's Angels. Die Gang fährt überall in Europa herum und besucht sich gegenseitig. Und es gehört einiges dazu, bevor zwei kleine Zöllner unten in Helsingborg anfangen, die Boxen von zwanzig Hell's Angels zu durchsuchen, nachdem diese ihre Brüder in Dänemark oder Holland besucht haben. Und wir wissen auch, dass sie noch auf andere Weise Drogen schmuggeln«, berichtete er.

»Warum treiben sie überhaupt Drogengeschäfte?«

»Big Business. Kaum einer von ihnen hat Arbeit. Und man braucht reichlich Geld fürs daily living, neue Maschinen und Reserveteile, Clubhäuser und Waffen. Die haben genügend Waffen für eine Revolution! Außerdem nehmen viele von ihnen selbst Drogen. Also auch Stoff für den eigenen Gebrauch. Sie sagen von sich selbst, dass sie zu dem letzten Prozent gehören – den Soziopathen, für die keine Gesetze gelten.«

Er schwieg und beide hatten den gleichen Gedanken. Jimmy sprach ihn aus:

»Immer wieder muss ich dran denken, dass sie alles mit mir hätten machen können. Ich war vollkommen hilflos. Und dann noch ein hilfloser Bulle! Da wundert es mich richtig, dass sie uns nicht erledigt haben!«

Vor Irenes Augen öffnete sich eine blendende Explosionswolke und sie fühlte wieder die heiße Druckwelle im Gesicht. Sie konnte nur flüstern:

»Sie wollten schon. Sie haben es versucht.«

Vorsichtig begann sie zu erzählen, so sachlich wie möglich. Immer wieder musste sie unterbrechen, um sich die Tränen abzuwischen, aber sie wollte, dass er erfuhr, was genau passiert war. Er war der Einzige, der möglicherweise ihre Gefühle verstand, da er ja dabei gewesen war. Während sie erzählte, fühlte sie, wie sich die letzten Gefühlsknoten in ihr lösten und eine Ruhe in ihr aufstieg. Ein beunruhigender Gedanke kam ihr – hatte sie jetzt etwa ihre Angst auf Jimmy übertragen? Kein einziges Mal unterbrach er sie in ihrem Bericht. Sein sichtbares Auge wich nicht vor ihrem Gesicht. Aber sein Kommentar, nachdem sie fertig erzählt hatte, beruhigte sie:

»Was für ein Glück, dass du bei Bewusstsein warst und nicht ich! Denn ich war eine Niete beim Ballwerfen. Ich war immer am besten in Hochsprung und auf hundert Meter. Und das hätte uns nicht viel genutzt!«

Er lachte herzhaft und bot ihr aus der Bonbontüte an. Psychisch schien er unbeschadet zu sein, aber schlimmer war es mit dem Äußeren.

»Ein Riss in einem der Unterarmknochen. Weißt du, wie das heißt? Nein? Radiusfissur. Fraktur, das ist, wenn es gebrochen ist. Fissur, dann ist es gerissen. Man lernt eine Menge nützlicher Dinge, wenn man im Krankenhaus liegt. Aber man sollte eigentlich gesund sein, um das alles mitzukriegen. Heute musste ich zwei Stunden lang unten beim Röntgen liegen und auf eine Hirnuntersuchung warten. Die wollten prüfen, ob sich nicht irgendwo Blutungen zwischen den Hirnhäuten gebildet haben. Dann kriegt man nämlich ein… wie hieß das noch? Warte, ich habe es aufgeschrieben.«

Er stand auf und schlurfte zu seinem Nachttisch. Erschrocken musste Irene feststellen, dass er viel schlimmer verletzt war, als sie gedacht hatte.

»Jimmy, was ist denn mit deinem Bein passiert?«

Er wandte sich zu ihr um und verzog das Gesicht.

»Ein kräftiger Schlag oder Tritt gegen die Steißwirbel. Die sollen morgen geröntgt werden. Sie haben den Verdacht, dass einer der Steißbeinknochen gebrochen ist. Es tut verdammt weh beim Gehen oder Sitzen. Und deshalb lege ich mich jetzt auch hin. Du musst also herkommen. Hier ist der Zettel!«

Triumphierend winkte er mit einem kleinen Zettel, von einem Notizblock abgerissen.

»Computertomographie. Nein, so heißt die Untersuchung. Ein Apparat, in den sie einen reinschieben. Aber man spürt nichts. Das, wovor sie Angst haben, dass ich das kriegen könnte, das heißt Subduralhämatom. Das kann mehrere Tage später auftreten, sagen die Ärzte. Und deshalb darf ich nicht vor Freitag nach Hause. Au, verdammt!«

Letzteres sagte er, als er seine Beine ins Bett heben musste. Mit einem Seufzer fuhr er fort:

»Danach werde ich sicher noch eine Weile krankgeschrieben. Aber ich werde versuchen eine Hauspflege zu kriegen.«

Das sagte er mit einem Zwinkern und einem vielsagenden Blick zur Tür. Eine junge Schwester mit einem taillenlangen blonden Zopf kam herein. Sie nickte Irene zu und schenkte Jimmy ein strahlendes Lächeln. Eine leichte Röte auf den Wangen und ihr Augenaufschlag ließen vermuten, dass es nicht schwer sein würde, sie zu überreden. Sie zwitscherte munter zu Jimmy:

»Röntgenvorbereitungen. Nur ein kleiner Einlauf. Ich kann nachher kommen und ihnen dabei helfen, wenn Sie wollen.«

»Now you're talking, baby. Nein, Spaß beiseite. Natürlich schaffe ich das allein.«

Sie lachte und legte eine kleine gelbe Plastiktube mit einem langen Schnabel auf den Nachttisch. Mit einem letzten Blinzeln verschwand sie auf dem Flur.

Irene stand auf und sagte:

»So, dann lasse ich dich lieber mit deinen analen Orgien

allein. Wenn ich es morgen nicht schaffe reinzugucken, rufe ich an.«

»Es reicht, wenn du anrufst. Obwohl es natürlich schöner ist, wenn du kommst.«

Er winkte ihr zum Abschied mit seiner gesunden Hand.

KAPITEL 15

Um Punkt sechs Uhr klingelte Tommy Persson an der Tür der Familie Huss. Sammie war der Erste in der Begrüßungsreihe. Da Tommy zu seinen Lieblingsgästen gehörte, dauerte es eine Weile, bis alle Sprünge und Begrüßungsküsse abgeliefert waren. Konspirativ flüsterte Irene:

»Die Zwillinge sind auf ihren Zimmern. Ich habe ihnen erzählt, dass du heute Strohwitwer bist und ich dich deshalb zum Essen eingeladen habe. Das haben sie ohne Nachfragen geschluckt.«

»Gut. Wie geht es Jimmy Olsson?«

Tommy bekam eine detaillierte Beschreibung des Gesundheitszustands des jungen Assistenten und war der Meinung, dass sich das gar nicht gut anhörte. Wenn man mit einer Krankenschwester verheiratet ist, lernt man eine ganze Menge über Krankheiten und ihre Behandlung.

Da sie bei gegenseitigen Familienbesuchen nie über ihre Arbeit sprachen, wollte Irene noch schnell das Neueste aus dem Präsidium hören, bevor sie zu Tisch gingen.

»Wie ist das Verhör mit Lillis heute gelaufen?«

Tommy zögerte etwas mit der Antwort.

»Nicht besonders gut. Aber Jonny hat es zumindest geschafft, ihn so zu ärgern, dass er in seiner Wut etwas Interessantes gesagt hat. Jonny wurde immer sauerer über Lillis Schweigen. Und zum Schluss ist er herausgeplatzt und hat ihn angeschrien: ›Kapierst du denn nicht, dass wir dich der Teilnahme an allem, was passiert ist, verdächtigen, solange du nichts sagst? Schließlich suchen wir auch die Mörder deines

Cousins!‹ Und da hat Lillis sich zu ihm vorgebeugt und gefaucht: ›Den brauche ich nicht mehr zu suchen. Und dieses Arschloch wird kriegen, was er verdient hat!‹ Und dann zog er wieder die Schweigenummer ab. Wir haben ihn mehrere Stunden lang bearbeitet. Aber er kennt das, das stört ihn überhaupt nicht. Nicht eine Silbe haben wir aus ihm rausgekriegt. Andersson und Jonny wollen ihn sich heute Abend noch mal vornehmen.«

»Interessant. Lillis weiß also offenbar, wer Bobo ermordet hat. Ich habe auch eine heiße Sache erfahren. Bobo und Charlotte von Knecht sind alte Bekannte. Sie hat als Fotomodell für ihn gearbeitet. Und sie hat dafür gesorgt, dass er vor ungefähr drei Jahren die Räume in der Berzeliigatan gekriegt hat.«

»Sag bloß! Obwohl – das ist eine Verbindung zu Bobo, nicht zu Lillis. Ich kann mir kaum vorstellen, dass sie Lillis kennt.«

»Man kann nie wissen. Ich denke, ich werde morgen Vormittag mal unangemeldet bei der Dame vorbeischauen und sie etwas näher dazu befragen. Kommst du mit?«

»Das ist mir lieber, als mich an Lillis abzuarbeiten. Den können Jonny und Andersson übernehmen.«

Ein magensaftstimulierender Duft von gebratenen Zwiebeln kroch in den Flur. Krister steckte seinen Kopf durch die offene Küchentür und drohte scherzhaft mit der Bratpfanne.

»Worüber tuschelt ihr da?«

»Berufsgeheimnisse, alles nur Berufsgeheimnisse. Zum Beispiel, wie man mit dem Gummiknüppel zuschlagen kann, ohne dass es blaue Flecken gibt«, antwortete seine Frau naseweis.

»Geiles Gesprächsthema. Widmet euch lieber den Frikadellen.«

Irene rief die Zwillinge. Aus dem ersten Stock dröhnten schwere Rockrhythmen. Die Mädchen schienen ihre Mutter nicht gehört zu haben, also ging sie hinauf und öffnete die Tür zu Jennys Zimmer.

Beide saßen zusammengekauert auf Jennys Bett. Jenny wiegte ihren kahl geschorenen Schädel im Takt der Musik, Katarina sah distanzierter drein. Als Jenny die Anwesenheit ihrer Mutter bemerkte, sprang sie schnell auf und stellte den CD-Player ab. Aber Irene hatte die letzte Textzeile noch gehört: »Wir machen das Land sauber und rein und schmeißen die Judenschweine ins Meer hinein. Sauber! Sauber!« Gesungen von heiseren Rockstimmen, mit schweren Gitarrenrhythmen und dröhnenden Trommeln.

Jenny verlor die Fassung, fing sich aber wieder und nahm eine offensive Verteidigungshaltung ein. Schroff erklärte sie:

»Das sind nicht die Texte, die ich mag, das ist die Musik!«

Irene schaute ihre Tochter mit dem rasierten Kopf und den vor Wut geballten Fäusten an. Ein Gefühl der Ohnmacht legte sich wie eine lähmende Decke über ihre Gedanken, und ihr fiel kein passender Kommentar ein. Stattdessen sagte sie nur ausgleichend:

»Kommt zum Essen. Es gibt eins deiner Lieblingsgerichte, Jenny, Frikadellen mit Zwiebeln.«

»Hat Papa auch Gurkensalat gemacht?«

»Natürlich! Und weil Tommy da ist, gibt es auch mitten in der Woche ein Dessert.«

»Was denn?«

»Apfelkuchen mit Vanilleeis.«

Ohne größere Begeisterung zuckte Jenny nur leicht die Schultern.

»In Ordnung.«

Noch vor einem Jahr wäre sie die Erste auf der Treppe nach unten gewesen und hätte schon am Tisch gesessen, bevor die anderen überhaupt im Raum gewesen wären. Jetzt schlurfte sie hinter Irene und Katarina her und nahm als Letzte Platz. Tommy begrüßte beide fröhlich und ließ dabei seinen Blick so lange auf Jennys Glatze ruhen, bis es ihr unangenehm wurde. Aber er kommentierte ihren plötzlichen Haarverlust nicht.

Das Essen fand bei fröhlicher, harmonischer Unterhaltung statt. Kein Wort über Mord, Bomben, MC-Banden, Drogen oder unergiebige Verhöre von Profigaunern. Irene fühlte sich sicher und entspannt im Kreis ihrer Familie und ihres besten Freundes. Als es Zeit für den Kaffee wurde, schlug Tommy vor, sie sollten sich doch ins Wohnzimmer setzen. Er lächelte die Zwillinge an:

»Ich möchte euch nämlich eine wahre Geschichte aus dem Leben erzählen.«

Sie setzten sich aufs Sofa und auf die Sessel um den Couchtisch. Durch die Glasscheibe konnten sie den Gabbehteppich mit seinen warmen Farbtönen sehen und Irene fand wieder einmal, dass er ausgezeichnet zu dem gerahmten Miródruck an der Wand passte. Auf Tommys Vorschlag hin schalteten sie alle Lampen aus und zündeten ganz viele Kerzen an.

Die Stimmung war gemütlich und erwartungsvoll, als Tommy mit seiner Erzählung begann:

»Was ich zu erzählen habe, ist eine spannende und sehr traurige Geschichte. Sie beginnt 1932 in Berlin. Die Nationalsozialisten sind gerade dabei, unter Führung des großen Agitators Adolf Hitler, ganz Deutschland zu erobern. Das Volk ist begeistert und sieht in Hitler den großen Befreier aus Arbeitslosigkeit, Armut und sozialer Ungerechtigkeit. Ganz zu schweigen von seinem Geschick, mit den Gefühlen der Menschen angesichts eines ungerechten Friedensvertrags nach dem Ersten Weltkrieg zu spielen. Die nationalsozialistischen Ideen fielen im Deutschland der Dreißiger auf fruchtbaren Boden. Nach 1933 waren die Nationalsozialisten die einzige zugelassene Partei. Und wer ruft denn nach Demokratie, wenn sich ein ganzes Volk erhebt und im Gleichschritt marschiert! Bücher, die als schädlich für den Nationalstaat angesehen wurden, verbrannte man, und ihre Autoren wurden verbannt. Nur noch die vom Staat gutgeheißene Musik durfte gespielt werden. Filme und Radiosendungen wurden zensiert, bevor sie veröffentlicht werden durften. Die Schulen nahmen die faschistische Ideologie in ihre Lehrpläne mit auf, und Lehrer, die sich dem nicht fügten, wurden entfernt. Auch die Juden wurden entfernt. Sie seien Teil einer weltweiten

Verschwörung, die die ganze Welt bedrohte, so lautete die Erklärung. Alle Juden mussten einen Stern auf ihrer Kleidung tragen. Und zum Schluss wurde gewissenhaft dafür gesorgt, dass sie in große Vernichtungslager gebracht wurden, zusammen mit Zigeunern, Homosexuellen, Kommunisten, Dänen, Norwegern, Russen, Polen, Engländern…«

»Es hat nie Konzentrationslager gegeben. Das ist alles reine Propaganda!«

Jenny war knallrot vor Wut, das war sogar in dem schwachen Licht der Kerzen zu sehen.

»Ach, ja? Und wer verbreitet dann bitte schön diese Propaganda?«

»Das machen die… die Kommunisten!«

»Wo sitzen denn heute diese Kommunisten, die so eigensinnig an diesen Lügen festhalten?«

»Die sind in… in der Sowjetunion!«

»Es gibt keinen Staat mehr, der Sowjetunion heißt. Nein, weißt du, es sind die Leute, die in diesen Lagern saßen, die davon berichten können. Heute sind nicht mehr viele von ihnen am Leben, aber es gibt sie, und sie können bezeugen, dass es keine Lüge ist. Sie sprechen für Millionen von Menschen, die niemals lebend aus den Konzentrationslagern herausgekommen sind. Aber leider gibt es in allen Ländern heute Gruppen, die nicht wahrhaben wollen, was damals passiert ist. Es muss bitter für die norwegischen und dänischen Widerstandskämpfer sein, die heute über siebzig Jahre alt sind, wenn sie hören müssen, wie junge Neonazis ihre schrecklichen Erlebnisse und den Tod ihrer Kameraden als Lüge bezeichnen.«

Tommy trank einen Schluck Kaffee, bevor er weitersprach:

»Aber das alles erblühte erst in einem späteren Stadium der Entwicklung von Nazideutschland. Zurück nach Berlin 1932. Die Nationalsozialisten wurden schnell mächtig. Die Hitlerjugend wurde bereits Ende der Zwanziger gegründet, in ihr sollten Kinder und Jugendliche ab zehn Jahren zu zuverlässigen Kämpfern für das Reich und die Partei herangezogen werden. An einem dunklen Januarabend war eine Bande von fünf älteren Hitlerjungen auf dem Weg zu einer Zusammenkunft. Sie kamen an einer Schule vorbei und gerade in dem Moment trat ein Mädchen durch das Schultor auf die Straße. Sie war dreizehn Jahre alt und hieß Rachel. Die Jungs wussten, dass sie Jüdin war und ihr Vater Buchhändler. Sie drängten sie wieder zurück auf den Schulhof. Dort vergewaltigten die Jungs sie einer nach dem anderen. Vier hielten sie fest, der Fünfte verging sich an ihr. Damit machten sie so lange weiter, bis sie stark zu bluten anfing. Da bekamen sie Angst und ließen von ihr ab. Ihr Vater fand sie ein paar Stunden später. Sie lag immer noch so da, wie die Jungs sie zurückgelassen hatten. Ihre Augen starrten hinauf zu dem schwarzen Nachthimmel, und sie reagierte nicht auf Ansprache. Rachel würde nie wieder auf Ansprache reagieren.«

Tommy verstummte und schaute seine Zuhörer an. Irene wusste, was seine Absicht war, und unterdrückte den Impuls, ihn zu bitten, mit der Schilderung aufzuhören. Katarina sah aus, als müsste sie sich gleich übergeben. Jenny hatte einen harten Gesichtsausdruck aufgesetzt, aber Irene kannte ihre Tochter und konnte an den nervös herumzupfenden Fingern sehen, dass sie äußerst aufgewühlt war. Tommy holte tief Luft und fuhr fort:

»Man könnte denken, weil Rachel so stark geblutet hat, konnte sie nicht schwanger werden. Aber sie wurde es. Ihr Vater war verzweifelt. Er hieß Jacob Uhr. Er war schon früh Witwer geworden und aus Polen nach Berlin gezogen, als Rachel noch klein war, um sich und seiner Tochter eine Zukunft aufbauen zu können. Er arbeitete für seinen unverheirateten Bruder in dessen Buchhandlung. Als dieser nach ein paar Jahren starb, hatte er das Geschäft testamentarisch Jacob vermacht. Die Geschäfte gingen nicht strahlend, aber Jacob und seine Tochter kamen zurecht. Bis das mit der Vergewaltigung passierte. Ärzte kamen und gingen. Rachel lag im Koma, eine Folge des Schocks, und musste wie ein Kleinkind versorgt werden. Zum Schluss hatte Jacob nicht mehr die Mittel, die Rechnungen der Ärzte zu bezahlen, er musste Rachel so gut es ging selbst versorgen. Da wusste er bereits, dass sie schwanger war. Eine jüdische Nachbarin versprach ihm, bei der Geburt zu helfen.«

Katarina war so erschüttert, dass ihre Stimme umkippte, als sie fragte:

»Aber warum hat der Vater denn die Täter nicht angezeigt?«

Tommy erklärte ihr im gleichen ruhigen Tonfall wie vorher:

»Das hat er gemacht, gleich nach der Vergewaltigung. Aber die Polizisten grinsten nur und zwinkerten sich verschwörerisch zu. Und danach ist nichts mehr passiert. Niemand hatte ein Interesse daran, nach fünf reinrassigen arischen Jungen zu suchen, die ein unter ihnen stehendes jüdisches Mädchen vergewaltigt hatten. Ja, Jacob Uhr konnte fast dankbar sein, dass seiner minderwertigen Rasse ein wenig edles arisches Blut zugeführt worden war.«

Jetzt war Jenny leichenblass und ihre Augen in dem haarlosen Kopf sahen unnatürlich groß aus. Sie wandte ihren Blick nicht von Tommy.

»Rachel wurde vierzehn Jahre alt. Zwei Wochen später setzten die Wehen ein. Fast drei Tage lang lag das kleine, magere Mädchen in den Wehen und versuchte das Kind aus sich herauszuquetschen. Jacob stand nur die Nachbarin zur Seite, die Erfahrung mit Geburtshilfe hatte. Sie war es auch, die merkte, dass Rachel im Sterben lag. Jacob weigerte sich zunächst, das wahrzuhaben, aber sie schrie: ›Jetzt geht es um Sekunden!‹ Sie griff mit ihrem Arm in Rachels Unterleib und mit dem Blutschwall, der herausströmte, zog sie das kleine Kind mit heraus. Jacob wollte zunächst nicht das Wunder sehen, das ihn das Leben seiner einzigen Tochter gekostet hatte. Aber die Hebamme war eine resolute Frau. Sie badete das schreiende kleine Wesen, wickelte es und legte es Jacob auf den Schoß. Dann sage sie: ›Jacob Uhr. Dieses kleine Kind ist ohne jede Schuld. Deine Tochter starb an dem Abend auf dem Schulhof, sie ist nie wieder zu uns zurückgekommen. Aber das Kind lebt und ist gesund. Das hast du als eine Gabe

Gottes bekommen, für Rachel, die er von uns genommen hat. Und dieses kleine Mädchen soll Sonya heißen, nach mir!‹ Da schaute Jacob in die dunklen, saphirblauen Augen des Kindes. Das Kleine war still geworden und schien seinen Großvater direkt anzusehen. Und in seinem Herzen wurde ein Licht für das kleine Leben entzündet und er flüsterte ganz leise, sodass nur das Mädchen es hören konnte: ›Du musst leben. Und du sollst ein besseres Leben haben!‹«

»O Scheiße, was für bescheuerte Geschichten denkst du dir eigentlich aus!«

Jenny war von ihrem Platz aufgesprungen und ihre Augen glänzten von Tränen und vor Wut. Tommy sah sie nur ruhig an. Ohne ein Wort zog er ein dünnes, abgegriffenes Buch mit braunem Ledereinband aus der Tasche seiner Strickjacke. Irene fand, es sah vom Format her wie ein alter Taschenkalender aus. Als Tommy es in den schwachen Lichtschein hielt, war ganz unten in der rechten Ecke ein zierliches Monogramm zu erkennen. Das Gold war abgeblättert, aber man konnte immer noch die Buchstaben J. U. erkennen. Ruhig sagte er:

»Du kannst es selbst nachlesen. Das hier ist Jacob Uhrs Tagebuch.«

Er reichte es Jenny. Schnell legte sie ihre Hände auf den Rücken. Sie sah das kleine Buch an, als handle es sich dabei um eine angriffsbereite Kobra. Tommy ließ sie nicht aus den Augen, als er weitersprach:

»Um eine lange Geschichte kurz zu machen: Mithilfe der Hebamme Sonya überlebte die kleine Sonya und wuchs heran. Im darauf folgenden Jahr gelang es Jacob, aus Deutschland herauszukommen. Er fand eine Anstellung in einem Buchladen hier in Göteborg, der auch einem Juden gehörte. Aber als er sich mit einer schwedischen Frau – Britta, einer stattlichen Fischerswitwe aus Hönö – verheiratete, fiel er bei seinem Arbeitgeber in Ungnade.«

»Aus Hönö? Da ist doch euer Ferienhaus! Hast du da die Geschichte gehört?«

Katarina erschien ungemein erleichtert, dass sie endlich einer Erklärung all des Schrecklichen näher kam, das sie an diesem Abend gehört hatte. Tommy lächelte leicht und fuhr fort:

»Zum Teil. Jacob und diese Frau, sie waren beide über vierzig, als sie sich kennen lernten. Sie hatte einen Sohn gehabt, doch der war bei einem Schiffsunglück ertrunken, zusammen mit dem Vater, bei einem Sturm auf der Nordsee. Also wurde die kleine Sonya wie eine Tochter für Jacob und seine Frau. Aber Jacob wurde aus der Gemeinschaft der Juden in Göteborg ausgeschlossen. Er war nie ein besonders gläubiger Jude gewesen, deshalb konvertierte er zum Christentum. Die kleine Sonya wurde in der Svenska kyrkan konfirmiert. Sie hatte blaue Augen und wunderschön glänzendes rotes Haar. Deshalb wurde sie manchmal geärgert, aber nicht, weil sie Jüdin war. Das wusste nämlich niemand, am allerwenigsten sie selbst. Sie wusste nichts über ihre Herkunft, dachte, sie wäre Jacobs und Brittas Kind. Jacob hatte ihr nur erzählt, dass er aus Polen stammte, nicht aber, dass er Jude war. Die Zeit in Deutschland und was dort geschehen war, erwähnte er nie. Britta wusste es natürlich, aber auch sie sagte Sonya nichts. Sie erfuhr erst davon, als Jacob und Britta im Abstand von nur wenigen Monaten nacheinander starben, vor fünfzehn Jahren.«

Irene konnte einen Ausruf des Erstaunens nicht unterdrücken. Plötzlich fügte sich ein Teil ins andere und sie verstand, wie alles zusammenhing. Tommy nickte ihr lächelnd zu:

»Du hast es verstanden. Aber Jenny und Katarina können es nicht wissen, weil sie damals noch nicht geboren waren. Sonya ist meine Mutter. Jacob und Britta, die ich immer Opa und Oma genannt habe, sind also eigentlich mein Urgroßvater und seine Frau!«

Nur Sammies leises Schnarchen unter dem Couchtisch störte die vollkommene Stille, die sich über das Zimmer senkte. Irene wusste nicht, was sie hätte sagen sollen. Das hatte Tommy ihr nie erzählt. Aber warum hätte er auch? Als hätte er ihre Gedanken gelesen, fuhr Tommy fort:

»Das war ein Schock für meine Mama. Sie, die konfirmiert und getraut worden war in der christlichen schwedischen Kirche, erfuhr plötzlich, dass sie eine Halbjüdin und das Resultat einer Gruppenvergewaltigung war!«

Wieder schwieg Tommy und schaute durch die Tischplatte auf Sammie hinunter. Als er fortfuhr, war seine Stimme leise und todernst:

»Jenny, wenn du willst, leihe ich dir Jacobs Tagebuch. Denn es ist wichtig, dass du verstehst, warum du und ich keine Freunde mehr sein können.«

Jennys Augen waren vor lauter Wut weit aufgerissen, ihr Mund stand halb offen, aber sie brachte keinen Ton heraus. Irenes Mutterherz wand sich vor Mitleid, aber sie sah ein, dass es sich hier um eine Sache zwischen Jenny und Tommy handelte. Der sprach in neutralem Ton weiter:

»Du und Katarina, ihr wart bei der Taufe meiner Kinder dabei. Wir haben den Urlaub und die Wochenenden zusammen verbracht. Aber wenn du dich als Skinhead bezeichnest, Nazimusik spielst und das vertrittst, was die da behaupten, dann bist du meine Feindin und die meiner Kinder. Sogar ein Todfeind, und zwar im wahrsten Sinne des Wortes! Denn wenn die Verfolgungen einsetzen, dann genügt ein Tropfen Judenblut in den Adern, damit man getötet wird. Und ich bin zu einem Viertel ein Jude, meine Kinder sind es zu einem Achtel. Wir haben keine Chance. Wir werden umgebracht.«

Jenny versuchte sich aufzuplustern und schrie ihn an:

»So ein Blödsinn! Wir wollen euch doch nicht umbringen!«

»O doch, Jenny. Was singen sie da in den Liedern, die du so gern hörst? Wenn dir die Musik so gut gefällt, musst du auch zu den Texten stehen: ›Tod den Niggern und Juden! Wir kämpfen für ein sauberes, arisches Schweden!‹ Erkennst du die Schlagworte wieder? Und um noch deutlicher zu zeigen, auf welcher Seite du stehst, hast du dir auch noch den Kopf rasiert«, stellte er eiskalt fest.

»Das habe ich doch nur für die Band gemacht! Markus meinte, es wäre total geil, wenn ich mich auch trauen würde, mir die Haare zu ra... ra... rasieren!«

Das Letzte kam nur noch in einem langen Schluchzer. Sie sprang auf, rannte die Treppe hinauf und schlug die Tür hinter sich zu. Sie konnten hören, wie sie laut weinte. Sammie war aufgewacht, als sie davongestürmt war, und schaute sich verwirrt um. Er spürte, dass die Atmosphäre geladen war, überhaupt nicht mehr so gemütlich wie zu dem Zeitpunkt, als er eingeschlafen war. Krister beugte sich vor, stützte den Kopf in die Hände und stöhnte:

»Mein Gott, das ist mit das Schlimmste, was ich je mitgemacht habe. Am liebsten wäre ich dazwischengegangen und hätte dich angeschrien, dass du aufhören solltest. Aber jetzt hast du die Entscheidung Jenny in die Hände gelegt.«

»Es ist nicht Jennys Fehler, es liegt an der Vergesslichkeit der Menschheit. Wir vergessen das, was wir vergessen wollen, mit der Folge, dass wir geschichtslos werden und nichts aus der Geschichte lernen. Das ist ein ewiger Kreislauf und alles wiederholt sich«, erklärte Tommy resigniert.

Irene hatte einen ganz trockenen Mund, als sie fragte:

»Ist diese Geschichte denn wirklich wahr?«

»Jedes einzelne Wort. Willst du dir Jacobs Tagebuch ausleihen?«

Zögernd streckte sie die Hand aus und nahm das kleine Buch mit dem rauen Ledereinband entgegen. Aber sie öffnete es nicht. Unsicher sagte sie:

»Mein Schuldeutsch ist nicht mehr so gut. Ich werde wohl kaum verstehen, was er geschrieben hat.«

Tommy lachte laut und warf ihr einen verschmitzten Blick zu.

»Nein, das wirst du sicher nicht. Denn Jacob hat sein Tagebuch in seiner Muttersprache geschrieben. Auf Polnisch.«

Jimmy Olsson wurde um zwei Uhr in dieser Nacht einer Notoperation unterzogen. Tagsüber hatte man bei einer Untersuchung eine kleine Blutung zwischen den Hirnhäuten entdeckt. Die war am Abend seiner Aufnahme noch nicht da gewesen. In der Nacht verschlechterte sich Jimmys Zustand rapide, nachdem er mit heftigen Kopfschmerzen aufgewacht war und danach Zeichen abnehmenden Bewusstseins gezeigt hatte. Seine Sprache war undeutlich geworden, und er hatte immer mehr dahingedämmert.

Sven Andersson machte einen ernsten Eindruck, als er von Jimmy Olssons plötzlicher Verschlechterung und der Operation berichtete. Außer ihm waren noch Tommy, Irene, Birgitta und Jonny im Zimmer. Der Kommissar sagte voller Mitleid:

»Armer Kerl, offensichtlich hat ein Blutgefäß zwischen den Hirnhäuten Schaden genommen.«

Irene erschauerte. Tommy sagte wütend:

»Das passiert, wenn jemand in der Wirklichkeit einen harten Schlag auf den Kopf kriegt. In den Filmen schütteln die Helden nur ihren Kopf, wenn sie einen Wolkenkratzer auf den Schädel gekriegt haben, stehen auf und bahnen sich elegant mit ihrem Maschinengewehr den Weg, während sie zwanzig Gangster umlegen!«

Jonny schnaubte:

»Sag es doch lieber so: Das passiert, wenn man mit einem Frauenzimmer auf Erkundungstour geht. Es ist doch immer der Mann, der am meisten abkriegt, wenn es dazu kommt!«

Irene war vollkommen sprachlos, brauchte aber gar nichts zu erwidern. Überraschenderweise kam ihr der Kommissar zu Hilfe:

»Wenn Irene nicht gewesen wäre, wäre Jimmy Olsson jetzt tot!«

»Dafür herzlichen Dank. Sie hat ihn schließlich erst in diese Lage gebracht! Keiner hat sie gebeten, nach Billdal rauszufahren. Die beiden Weiber haben Jimmy doch überredet, mitzumachen.«

»Die Weiber«, das waren Birgitta und sie. Irene wusste, dass der Vorwurf grundlos war, aber trotzdem versetzte es ihr einen Stich. Sie war die Älteste, die mit der größten Erfahrung. Jimmy hatte nur zu gehorchen und mitzumachen. War sie schuld an dem, was Jimmy zugestoßen war?

Andersson war knallrot, als er aufstand, mit der Handfläche auf den Tisch schlug und schrie:

»Jetzt halt aber die Schnauze! Irene hat ihre Arbeit gemacht und verdächtige Spuren überprüft, die zu Bobo Torssons Versteck führen konnten! Keiner in dieser Abteilung muss jedes Mal zu mir rennen, sobald irgendwas Neues auftaucht, was untersucht werden muss. Das wäre doch überhaupt nicht machbar! Schließlich seid ihr Profis!«

Peng! Er schlug wieder mit der Handfläche auf die Tischplatte, um seine Worte zu unterstreichen. Jonny hatte den Ausbruch seines Chefs offenbar nicht erwartet, denn er sagte nichts. Andersson holte ein paar Mal tief Luft, um seinen Puls wieder unter Kontrolle zu kriegen. Etwas ruhiger sagte er:

»Niemand konnte davon ausgehen, dass diese Kerle eine Alarmanlage in einem Holzstapel versteckt hatten! Und es gab keinerlei Anzeichen dafür, dass es in Bobos und Lillis Kate irgendwelche Hell's Angels geben könnte. Das war eine verdammt unangenehme Überraschung, die Jimmy und Irene da erwartete.«

Andersson setzte sich wieder, aber seine verkniffene Miene behielt er bei. Er sah Jonny lange kritisch an und Irene konnte sehen, wie es Jonny peinlich wurde. Irene hatte das Gefühl, dass hinter der heftigen Reaktion des Kommissars noch mehr stecken müsste, aber sie hatte nicht die geringste Ahnung, was das wohl sein könnte. Andersson fuhr fort:

»Ich will solchen Mist hier in der Abteilung nicht hören. Wir haben keine Zeit, uns gegenseitig zu piesacken, wir sollten uns lieber um unsere Arbeit kümmern. Versprühe deine Galle lieber bei Lillis und sieh zu, dass er den Mund aufmacht! Wir haben nur noch heute Zeit. Morgen müssen wir ihn freilassen. Bis jetzt haben wir nicht den geringsten Beweis, dass er etwas Ungesetzliches getan hat. Obwohl dieser Satan wahrscheinlich nie was anderes gemacht hat!«

»Aber jetzt agiert er ja als ehrbarer Zigarettenhändler.«

Irene versuchte mit einer ironischen Bemerkung die Stimmung zu lockern.

»Ehrbarer Zigaretten…! Der verscheuert doch Stoff und sonst nichts!«

»Aber wir haben keine Beweise.«

»Nein. Alles weist nur auf Bobo Torsson hin. Gegen Lillis haben wir nichts in der Hand.«

»Tommy und ich haben uns vorgenommen, der jungen Frau von Knecht einen Morgenbesuch abzustatten. Sylvia hat gestern erzählt, dass Bobo und Charlotte alte Bekannte sind. Wir wollen mal nachfragen, ob sie vielleicht auch mit Lillis bekannt ist.«

Ein Funkeln erschien in den Augen des Kommissars.

»Das sind ja interessante Neuigkeiten. Das hätte wohl keiner gedacht, dass sie den Dealer-Torsson kennt. Ein reizendes Mädchen, diese Charlotte. Müsst ihr zu zweit zu ihr fahren?«

»Vier Augen sehen mehr als zwei. Während der eine redet, kann der andere sich etwas umsehen«, erklärte Irene.

»Hast du konkrete Verdachtsmomente gegen sie?«

Irene zögerte eine Weile mit der Antwort. Dann sagte sie:

»Es ist eher so ein Gefühl, das ich bekam, als ich gestern mit Sylvia gesprochen habe. Sie ahnt oder weiß, wer den zusätzlichen Schlüsselbund von Richard von Knecht hatte. Aber sie will nicht drüber reden. Und ich bin fest davon überzeugt, dass es jemand aus der Familie ist. Charlotte oder Henrik. Sylvia hat mir auch erzählt, dass Henrik vor der Hirnhautentzündung an Mumps erkrankt war. Und als ich sie gefragt habe, ob er als Folge des Mumps zeugungsunfähig geworden ist, brach sie zusammen. Es kann also sein, dass Henrik zeugungsunfähig ist. Wer ist dann aber der Vater von Charlottes Kind? Ich möchte den beiden in dieser Frage mal näher auf den Zahn fühlen.«

Irene und Tommy fuhren langsam nach Långåsliden hinauf. Die großen, modernen Villen dominierten, aber dazwischen war auch das eine oder andere ältere Haus zu sehen. Obwohl Örgryte und Skår inzwischen zu den zentralen und exklusivsten Teilen von Göteborg gehörten, konnten sie sehen, dass die Häuser in prächtigen, weit gestreckten Gärten lagen, die nicht selten mangelnde Pflege verrieten. Was sicher an der fehlenden Zeit der Hausbesitzer lag. Man musste gewiss reichlich schuften, um es sich leisten zu können, in dieser angesagten Gegend hier zu wohnen.

Henriks und Charlottes Haus gehörte nicht zu den größten in dieser Gegend. Aber der Garten gehörte zweifellos zu den verwildertsten. Es war ein gelb verputztes zweigeschossiges Haus mit einem gewölbten Giebel neben dem Balkon. Das Haus hätte hübsch ausgesehen, wenn nicht große Putzflecken abgeblättert gewesen wären. Es war zehn Uhr vormittags. Im ersten Stock waren die Rollos zur Straße hin heruntergelassen. Die Gardinen vor den großen Panoramafenstern zur Terrasse hin waren zugezogen. Vor dem Garagentor stand ein neuer roter Golf.

Tommy rutschte fast auf den feuchten Blättern aus, die auf den glatten Gehwegplatten aus Schiefer lagen. Man musste schon aufpassen, wohin man trat, denn die Frosteinbrüche vieler Jahre hatten die Platten aufgesprengt. Der Weg zum Haus erinnerte fast an eine Miniaturausgabe einer Autobahn in San Francisco nach dem letzten Erdbeben. Tommy nickte zum Haus hin.

»Das sieht aus wie ausgestorben. Ich glaube nicht, dass sie zu Hause ist.«

Irene sah ihn leicht schelmisch an. Sie deutete auf das glänzende kleine rote Auto.

»Und was lässt dich auf den Gedanken kommen, dass die Dame zu dieser unchristlichen Zeit bereits wach ist? Jedenfalls ist sie nicht mit ihrem neuen Auto weggefahren«, stellte sie fest.

Sie stolperten zu der einstmals so schönen Teakhaustür. Mehrere Jahre ohne Pflege und Öl hatten sie grau und rissig werden lassen. Sie klingelte mehrere Male. Nach mehr als zwei Minuten hörten sie jemanden eine Treppe herunterkommen. Eine müde Stimme schrie von innen:

»Ja, ja! Was ist denn los? Wer ist da?«

Irene erkannte Charlotte von Knechts Stimme. Aber sie war bei weitem nicht so wohlmoduliert wie bei ihrem letzten Treffen. Sie wartete mit einer Antwort, bis sie hörte, dass Charlotte an die Tür herangekommen war. Dann sagte sie mit lauter Stimme:

»Hier ist Inspektorin Huss.«

Für einen Moment blieb es ganz still, dann begann das Schloss zu klappern. Die Tür wurde einen Spalt geöffnet und Charlotte fauchte:

»Ist es notwendig, hier so rumzuschreien? Denken Sie doch an die Nachbarn!«

Etwas war mit ihren Augen geschehen. Die strahlenden Türkise hatten sich in zwei ganz normale Granitstückchen verwandelt. Eilig trat sie ein paar Schritte zurück, um die beiden Polizeibeamten in den überraschend engen Flur einzulassen. Fast wäre sie aus dem Gleichgewicht geraten, als sie sich schnell umdrehte und den schweren zartrosa Morgenmantel fester um sich zog. Halb erstickt sagte sie:

»Ich wusste nicht, dass Sie zu zweit sind. Warten Sie hier, ich muss eben nach oben!«

Bevor die beiden noch etwas sagen konnten, war sie die Treppen zum ersten Stock hinaufgeeilt. Aber Irene hatte den Geruch nach Schnaps und Kater gewittert. Und nach Sex. Charlotte roch nach Sex. Pheromon ist ein potenter Duftstoff. Nur der Bruchteil eines Nanogramms genügt, dass die Hormone Amok laufen. Schnell warf Irene einen Blick auf die Kleider, die im Flur hingen. Und sie fand, was sie suchte. Eine hellbraune Jacke in weichem Wildleder mit Fransen an den Schultern. Ein Paar Boots mit aufragender Spitze, hohen Cowboyabsätzen und glänzenden Schnallen an den Fersen, Größe 42. Henrik von Knecht war zwar mager, aber groß. Er würde in dieser Jacke wie verkleidet aussehen. Außerdem lag sein Kleidergeschmack eher in Richtung Kaschmirwolle. Drei

Paar Herrenschuhe bester Qualität und edelsten Designs in Größe 44 standen ordentlich auf dem Schuhregal: Irene machte Tommy auf ihren Fund aufmerksam, und er nickte zustimmend. Natürlich hatte er auch schon Witterung aufgenommen.

In der oberen Etage war das Rauschen einer Dusche zu hören. Schnell ging Irene ein paar Schritte weiter in den Flur hinein. Sie entschied sich für die linke Tür. Aus den Augenwinkeln sah sie, dass Tommy in die Rechte hineinhuschte. Die Linke führte zu einer kleinen Küche. Die Kücheneinrichtung war neu und sauber. Die Klappe der Geschirrspülmaschine war heruntergeklappt und ließ eine volle Maschine sehen. Neben dem Spülbecken standen Teller und Weingläser. Zwei Bestecke. Zwei Teller. Zwei Weingläser. Zwei geschliffene, gerade Gläser. Er war noch im Haus und es war nicht Henrik von Knecht. So leise sie konnte, eilte sie zurück auf den Flur. Die Tür, an der sie vorbeigegangen waren, als sie hereinkamen, führte in eine kleine Toilette. Die Dusche oben war verstummt und sie konnten jetzt von oben Bewegungen hören. Tommy kam zurück und flüsterte leise:

»Wohnzimmer, Esszimmer und ein Arbeitszimmer.«

Die Charlotte, die nun die Treppe herunterkam, war eine ganz andere als die, die ihnen vor zehn Minuten die Tür geöffnet hatte. Diese hier hatte glänzend gebürstetes Haar, duftete nach Cartier und warf ihnen einen strahlenden, türkis schimmernden Blick zu. Jetzt begriff Irene. Kein Mensch hat diese sagenhafte Augenfarbe. Wir leben im Zeitalter gefärbter Linsen. Charlotte trug eine schwarze Samthose und einen kurzärmligen Angorapullover mit tiefem Ausschnitt, der in der gleichen Farbe gehalten war wie die fantastischen Augen.

Mit einer ausholenden Geste, wenn auch mit einem gewissen Mangel an Enthusiasmus, bat Charlotte die beiden Beamten, ins Wohnzimmer zu gehen. Das war von Henriks Leben und Leidenschaft geprägt. Bilder und Antiquitäten standen dicht an dicht in dem normal großen Zimmer. Sie zwängten sich zwischen Urnen und geschwungenen Stühlen vorbei zu einem hellbeigen Seidensofa, das sich als überraschend bequem herausstellte. Charlotte drapierte sich genießerisch in einem protzigen Samtsessel mit dunklen Mahagoniteilen. Sittsam schlug sie die Beine übereinander und warf den beiden Polizisten einen überraschend ruhigen Blick zu. Das spärsame Tageslicht sickerte durch einen Spalt zwischen den vorgezogenen schweren Gardinen und fiel auf ihr Gesicht. Sie hatte es eilig gehabt, denn unter ihrem rechten Auge war die Make-up-Creme nicht ganz verteilt, dort lief ein kleiner brauner Strich die Wange hinunter. Irene beschloss dreist vorzugehen und sagte in einem verlockend freundlichen Ton:

»Charlotte, wir haben inzwischen einige neue Informationen bekommen. Wir würden uns freuen, wenn Sie uns helfen könnten, sie zu überprüfen.«

Vollkommen ruhig, ohne das geringste Zittern in der Stimme, antwortete Charlotte:

»Ich will es versuchen.«

»Zuerst jedoch eine ganz andere Frage. Wann kommt Ihr Mann nach Hause?«

»Samstagabend.«

»Spät?«

»Ja. So gegen zehn. Wahrscheinlich wird er direkt nach Marstrand fahren. Ich gehe zu einem Geburtstagsfest bei einem Freund, der dreißig wird.«

»Kommt Henrik nicht dorthin?«

Sie zögerte, bevor sie antwortete.

»Nein, er mag keine großen Feste. Mit vielen Leuten und so«, sagte sie in den Raum hinein.

»Aber Ihnen gefällt das.«

Irenes Feststellung schien sie zu verwundern.

»Ja, natürlich gefällt mir das.«

»Gehen Sie oft allein aus?«

Jetzt flackerte der Blick wieder.

»Meistens. Henrik will nicht. Aber was hat das mit Richards Tod zu tun?«

»Nun ja, wir wissen, dass Sie oft mit Bobo Torsson gesehen

wurden. Dass Sie eine gute Freundin von ihm waren und dass Sie mit ihm zusammengearbeitet haben. Wir wissen außerdem, dass Sie mit Ihrem Schwiegervater geredet haben, damit Bobo die Räume in der Berzeliigatan mieten kann.«

»Das stimmt. Aber Bobo hat eine Tante, der gehört der Zigarettenladen gegenüber auf der Straße. Sie gab Bobo den Tipp, dass Richard die Wohnungen in seinem Haus renovierte. Danach hat er mich gebeten, doch Richard mal zu fragen, ob es eine Möglichkeit gab, dort was zu mieten.«

»Wissen Sie, dass Bobo tot ist?«

Jetzt wurden die Augen feucht und Charlotte schluckte schwer, bevor sie antwortete.

»Ich habe es in den Nachrichten gehört. Wie schrecklich!«

»Wissen Sie, ob Bobo in irgendeine Sache verwickelt war, die jemanden dazu bringen konnte, ihn zu ermorden?«

Es flackerte hinter dem Türkisblau. Unruhe und Wachsamkeit.

»Nein. Absolut nicht!«

Sie kreuzte die Beine noch fester und begann die nackten Unterarme zu massieren, als fröre sie.

»Hat Bobo Ihnen Drogen verkauft?«

Es war wie bei Lots Weib. Charlotte verwandelte sich in eine Salzsäule. Es dauerte eine ganze Weile, bis sie entschuldigend, aber gleichzeitig mit einem Unterton von Aggressivität antwortete:

»Heutzutage nehmen doch alle mal was. Das tun doch alle. Da ist nichts Besonderes dabei. Das ist wie Alkohol trinken!«

»Nun ja. Aber es fällt unter andere Gesetze. Hat er viel verkauft?«

Jetzt hatte sie sich wieder gefangen und zeigte eine härtere Miene. Sie machte den tapferen Versuch, hochmütig zu klingen:

»Überhaupt nicht! Er war ein hervorragender Fotograf. Das bisschen, was er verkaufte, das war nur für Freunde und private Gelegenheiten.«

Es gelang ihr nicht ganz, aber fast. Da sie noch eine ganze

Reihe anderer brisanter Fragen zu stellen hatte, beschloss Irene, fürs Erste das Thema zu verlassen. Stattdessen fragte sie:

»Kennen Sie einen Mann namens Lars ›Lillis‹ Johannesson?«

Charlotte zuckte zusammen, sah aber nicht ängstlich aus. Sie verzog den Mund und sagte:

»Das ist Bobos Cousin. Aber ich habe ihn nie kennen gelernt.«

»Sie kennen ihn also überhaupt nicht?«

»Nein.«

Offenbar kam sie an dieser Stelle nicht weiter. Zeit, die Spur zu wechseln. Irene fuhr ruhig fort:

»Wir haben außerdem Hinweise, dass Sie im Sommer von Richard von Knecht einen Ersatzschlüsselbund bekommen haben. Warum hat er ihn Ihnen gegeben?«

Ihre Überraschung war nicht gespielt. Oder aber sie war eine bessere Schauspielerin, als Irene gedacht hatte.

»Ersatzschlüssel? Ich habe keine Ersatzschlüssel von Richard gekriegt…«

»Ihr Schwiegervater hat Ihnen keine Schlüssel gegeben?«

»Nein.«

»Dann hat Henrik sie also gekriegt?«

Jetzt flackerte ihr Blick wieder, als sie antwortete:

»Das glaube ich nicht.«

»Das heißt, Sie wissen nicht, ob Henrik Ersatzschlüssel von seinem Vater gekriegt hat?«

»Nein.«

»Aber Sie wissen, dass es einen Bund mit Ersatzschlüsseln gab, nicht wahr?«

»Nein, das sage ich doch! Nein!«

Ein neuer Geruch drang durch das schwere Cartierparfüm. Angst.

»Dann müssen wir Henrik fragen, wenn er zurückkommt«, sagte Irene.

Sie tat so, als sähe sie auf ihren Block. Aus den Augenwinkeln heraus beobachtete sie, wie Charlotte sich entspannte und ein wenig in den Sessel zurückfiel. Offenbar glaubte sie, die Gefahr wäre vorbei. Nachdenklich meinte Irene:

»Ach ja, Sylvia hat mir gestern gesagt, dass Henrik Mumps hatte, als er beim Militär war. Wahrscheinlich ist er dadurch zeugungsunfähig geworden, weil auch die Hoden befallen waren. Aber das scheint mir sonderbar, im Hinblick auf Ihre Schwangerschaft?«

Die Frage blieb über ihren Köpfen in der Luft hängen. Charlotte sah aus, als hinge das Fallbeil der Guillotine über ihr. Sie wurde kreideweiß unter der Schminke und verlor die Fassung.

»Was meinen Sie damit? Mir geht es nicht gut!«

Sie sprang auf und lief in den Flur. Im Vorbeilaufen stieß sie eine große chinesische Bodenvase um. Die zerschellte auf dem Marmorboden vor dem offenen Kamin. Sie konnten hören, wie die Tür zur Toilette im Flur aufgerissen und wieder zugeworfen wurde. Tommy deutete mit dem Zeigefinger zum ersten Stock. Irene nickte, sie hatte es auch gehört. Ein leiser Bums, wie ein aufgeprallter Ball. Es gab jemanden im ersten Stock, und der hatte etwas auf den Boden fallen lassen.

Nach fast fünf Minuten kam Charlotte zurück. Sie war gefasst, schien aber geweint zu haben. Ihre Stimme war eiskalt, als sie sagte:

»Es ist Henriks Kind. Ich stelle mich gern für einen Test zur Verfügung. So einen, um die Vaterschaft festzustellen.«

»Ein DNA-Test.«

»Genau. Aber damit müssen Sie bis Mai warten. Und ich möchte, dass Sie jetzt gehen. Die Schwangerschaft setzt mir zu. Und das wird durch Ihre schrecklichen Fragen nicht besser. Als wäre ich in irgendeiner Weise verdächtig!«

Als sie aufstanden, sah Tommy sie lächelnd an. Automatisch erwiderte sie das Lächeln, doch es erlosch, als er mit freundlicher Stimme sagte:

»Das sind Sie auch.«

Die Wut glühte hinter ihren Linsen. Irene fürchtete fast, sie könnten platzen. Diese kleine Person log, dass es nur so krachte, aber im Augenblick kamen sie bei ihr nicht weiter. Charlotte ging voraus in den Flur. Demonstrativ riss sie die Haustür weit auf, um sie nach draußen zu lassen. Tommy blieb stehen und schaute sich die protzigen Cowboyboots an, ohne ein Wort zu sagen. Er fing ihren Blick auf und lächelte vielsagend. Das war mehr, als sie ertrug. Ihre Hände zitterten, als sie Tommys Jacke packte und ihn hinausschob. Aufreizend sagte er:

»Oho, das kann als Gewalt gegen Beamte gesehen werden.«

»Das ist mir scheißegal. Ich werde Sie anzeigen! Familie von Knecht ist nicht irgendjemand! Sie werden Ihren Job verlieren!« Mit aller ihr zur Verfügung stehenden Kraft schlug sie die Tür zu.

Erst als sie im Auto saßen, schaute Tommy Irene an und sagte:

»Wir haben sie ganz schön scharf angepackt. Und wenn sie nun eine Fehlgeburt hat?«

»Dann liegt das bestimmt eher am Alkohol und Gott weiß was noch, das sie sich reingekippt hat. Und sie wird keinen Anwalt anrufen. Der brennt der Boden unter den kleinen Füßchen! Apropos Füßchen: die Cowboystiefel. Und die Jacke. Wir müssen herauskriegen, wer bei ihr ist«, sagte Irene.

Sie ließ den Wagen an, machte eine Kehrtwendung von 180 Grad und rollte die Straße hinunter. Als sie außer Sichtweite des Hauses gekommen waren, hielt sie den Wagen an und fragte:

»Wer fängt an: du oder ich?«

»Ich. Wenn was passiert, rufe ich dich an. Sonst kommst du nach dem Treffen mit den Drogenleuten mich ablösen.«

»Willst du denn nicht dabei sein?«

»Es ist besser, du bist dabei. Schließlich warst du draußen in Billdal.«

»O ja, und wie. Okay, dann machen wir es so. Ich bin in ungefähr einer halben Stunde im Präsidium. Das hängt ein wenig von den Straßenbahnen und Bussen ab.«

Sie stieg aus dem Wagen und ging zum Sankt Sigfrieds plan.

Birgitta war die Erste, die ihr in der Abteilung über den Weg lief. Sie strahlte und winkte Irene in ihr Zimmer. In ihrer Stimme schwang unterdrückte Erregung.

»Ich habe schon nach dir gesucht. Du hast doch gesagt, du wolltest Charlotte etwas näher befragen. Und da hat sich ganz hinten in meinem Kopf was gerührt. Ich bin das wenige, was ich über Bobo Torsson habe, noch mal durchgegangen. Und habe das hier gefunden!«

Triumphierend zeigte sie auf eine Liste mit Namen. Der Zeigefinger blieb bei dem Namen Charlotte Croona stehen. Eifrig fuhr sie fort.

»Als ich den Namen das erste Mal gesehen habe, habe ich gestutzt. Es hat aber nicht geklingelt. Als du jetzt aber gesagt hast, dass Bobo und Charlotte näher miteinander bekannt waren, hat es Klick gemacht. Das hier ist die Liste derjenigen, die 1989 bei der Razzia aufgegriffen wurden, als Lillis eingebuchtet wurde!«

»Das darf ja wohl nicht wahr sein! Hat Jonny Lillis gefragt, ob er Charlotte kennt?«

»Ja. Aber der behauptet, er hätte nicht die geringste Ahnung, wer das sein könnte. Was jedoch interessant ist: Charlotte ist damals festgenommen worden, weil sie ein halbes Gramm Kokain bei sich hatte. Sie ist mit Bewährung davongekommen, weil vorher noch nie etwas bei ihr gefunden wurde. Ich habe nachgeguckt, aber nach ’89 nichts mehr über sie gefunden. Sie ist vollkommen sauber.«

Irene setzte sich und versuchte nachzudenken. Sie erzählte Birgitta, dass Tommy auf Beobachtungsposten geblieben war, um herauszukriegen, wer Charlottes Herrenbesuch war. Birgitta überlegte:

»Kann das der Kindsvater sein? Das heißt, wenn du Recht damit hast, dass Henrik nach seiner Krankheit wirklich unfruchtbar geworden ist. Können wir irgendwie rauskriegen, ob das sicher ist?«

»Nein. Wir haben keine Chance, derartige Unterlagen zu kriegen. Mein Verdacht basiert auf Sylvias Reaktion, als ich diese Möglichkeit erwähnt habe. Und auf ›Meier-Straußen-Eier‹.«

»Worauf?«

Nachdem sie von dem Schicksal ihres Kollegen berichtet hatte, stimmte Birgitta ihr zu, dass es eine Möglichkeit war. Ihr kam eine Idee:

»Und wenn jetzt Bobo Torsson der Vater von Charlottes Kind ist! Vielleicht hatten die beiden die ganze Zeit ein Verhältnis miteinander!«

»Schon möglich. Irgendwie müssen wir das rauskriegen. Schaffen wir es noch, vor der Besprechung was zu essen?«

»Wenn wir uns beeilen, ja.«

Die stellvertretende Kommissarin Annika Nilsén und zwei Inspektoren vom Rauschgiftdezernat waren bereits zur Stelle. Irene stutzte, als sie die beiden sah, und glaubte einen verwirrenden Augenblick lang, es handle sich bei ihnen um zwei verdächtige Dealer, die Nilsén da mitgebracht hatte. Aber sie wusste natürlich, dass man so aussehen musste, wenn man für das Rauschgiftdezernat in der Fahndung arbeitete, um nicht aufzufallen. Aber wie groß war das Risiko, dass man zu sehr mit den Geschäften in Kontakt kam, die man eigentlich aufdecken sollte? Nach dem Aussehen der beiden Fahnder zu urteilen, mussten sie bereits ein vertrauter Teil von Göteborgs Drogenszene sein. Was natürlich beabsichtigt war. Vom Morddezernat waren Kommissar Andersson, Irene Huss, Birgitta Moberg und Hans Borg anwesend.

Letzterer sah aus, als würde er sich am liebsten hinlegen und sein Essen verdauen. Er hatte seinen Stuhl ganz in eine Ecke geschoben und saß nun dort, den Kopf nach hinten gelehnt, mit halb geschlossenen Augen.

Andersson eröffnete das Treffen, indem er alle Anwesenden kurz vorstellte. Die beiden von den Drogen hießen Stig Bertilsson und Daniel Svensson. Hätte Irene raten dürfen, hätte sie ihnen die Spitznamen Bonzo und Ragge gegeben, nach den halbstarken Fernsehserientypen.

Andersson begann mit dem Bericht darüber, was sein Dezernat auf die Spur nach Billdal gebracht hatte. Er redete lange über Verdachtsmomente und Beweise für Bobo Torssons Teilnahme am Drogenhandel. Danach ging er dazu über, von Bobos Tod auf dem Parkplatz des Delsjön-Golfplatzes zu berichten.

»Die Spurensuche hat ergeben, dass die Bombe in der Berzeliigatan und die Bombe, die Bobo getötet hat, beide nach dem gleichen Prinzip gebaut waren. Beide Male handelte es sich um eine Bombe, die mithilfe eines kräftigen Eisenrohrs konstruiert wurde. Das Interessante dabei ist, dass es sich um den gleichen Typ Eisenrohr zu handeln scheint, aber in unterschiedlicher Größe. Es sind altmodische, kompakte Abflussrohre. Und dazu haben wir einen interessanten Hinweis von einer Frau gekriegt, die in dem Haus gewohnt hat, aber nicht da war, als es knallte. Sie kam kurz danach, brach zusammen und wurde ins Krankenhaus gebracht. Aber jetzt ist sie wieder okay. Gestern hat Fredrik sie rein zufällig in der Berzeliigatan getroffen. Sie sah zu, wie die Männer dort gruben und in den Hausresten herumwühlten. Da fragte sie, wie die Bombe konstruiert war, Fredrik hat es ihr erklärt, und da hat sie etwas verdammt Interessantes gesagt. Sie hatte sich nämlich schon mehrfach darüber beschwert, dass unten im Keller eine Menge alter Eisenrohre lagen, noch von der Renovierung vor mehreren Jahren. Damals haben sie nämlich das ganze Abwassersystem ausgewechselt. Aber nichts ist passiert. Die Rohre blieben liegen und sie hat sie erst vor zwei Wochen noch dort liegen gesehen!«

Irene hob die Hand.

»Es muss doch möglich sein, sich in den Keller zu graben und diese Rohre herauszuholen. Und die Dame, die die Rohre gesehen hat, wird doch wahrscheinlich wissen, wo man ungefähr graben muss.«

Andersson nickte und rieb sich die Hände.

»Stimmt. Das ist auch schon beschlossen. Aber zuerst müssen sie von Knechts Safe rauskriegen. Wie weit sind sie damit, Borg?«

Hans Borg zuckte zusammen, als er merkte, dass er direkt angesprochen worden war. Und das hatte zur Folge, dass der Stuhl unter ihm wegrutschte, da er ihn gegen die Wand gekippt hatte. Mit einem Knall fiel er auf den Boden und Hans Borg stieß sich den Kopf an der Wand. Bonzo und Ragge sahen sich vielsagend an.

Borg rieb seinen schmerzenden Hinterkopf und versuchte seine angeschlagene Würde zu sammeln. Abgesehen von diesen beiden Dingen schien er keinen Schaden erlitten zu haben. Er stellte den Stuhl hin und setzte sich wieder. Verlegen sagte er:

»Entschuldigt. Die Jungs rechnen damit, dass sie den Safe heute Nachmittag rauskriegen, wenn alles planmäßig verläuft. Danach fangen sie dann an, nach den Rohren im Keller zu graben. Ihr könnt euch vorstellen, wie die schimpfen! Zuerst müssen sie den Keller verstärken, damit der Lull ins Haus kann. Und dann müssen sie alles wieder wegmachen und sich in den Keller runterarbeiten. Das dauert seine Zeit.«

Andersson warf ein:

»Wie lange? Wann können sie im Keller sein?«

»Frühestens morgen Nachmittag. Wenn sie wissen, wo genau sie suchen sollen.«

»Okay. Sieh zu, dass die Frau zur Stelle ist und es ihnen zeigt, damit wir keine Zeit verlieren, indem wir an der falschen Stelle graben. Hast du noch mehr zu berichten?«

»Ja. Heute Morgen rief mich dieser Lehrer vom Aschebergsgymnasium an. Der mir im Parkhaus Papier und Bleistift gegeben hat, als ich einen Zettel hinhängen wollte, dass wir Hinweise bzw. Zeugen suchen. Er hat angerufen und gesagt, dass ihm was eingefallen ist. Er ist nicht fest an der Schule angestellt und hat deshalb keinen Parkplatz direkt an der Schule. Deshalb hat er einen Platz im Parkhaus gekriegt, das ungefähr hundert Meter weiter liegt. Am Dienstagabend hat er bis viertel nach fünf gearbeitet. Als er nach Hause wollte, ist er schnell zum Parkhaus gelaufen. Da hat er einen hellen Wagen auf dem einen Lehrerparkplatz gesehen, den er noch nie dort gesehen hatte. Aber da es ja schon nach der Schulzeit war, beschloss er, sich nicht weiter drum zu kümmern. Aber nachdem in den Zeitungen gefragt wurde, ob jemand etwas Ungewöhnliches zu dieser Zeit gesehen hat, ist ihm das eingefallen. Und das ist ungewöhnlich! Denn nur die Lehrer dürfen diese Plätze bis achtzehn Uhr abends belegen. Und er sagt, dass keiner der Lehrer, die sonst dort parken, so ein Auto hat. Ein helles Auto. Er ist sich nicht ganz sicher, welche Farbe es hatte.«

»Und welche Marke?«

»Das weiß er nicht. Er hatte es in dem Sturzregen natürlich eilig.«

Irene konnte sehen, dass Andersson das interessant fand. Aber die drei von den Drogen sahen so offensichtlich gelangweilt aus, dass es wohl das Beste war, zu ihrem Bereich überzugehen. Andersson machte sich Notizen und beendete das Thema:

»Du untersuchst das weiter, Hans. Du kennst dich schließlich mit Autos aus. Und damit kommen wir zu Billdal.«

Annika Nilsén nickte und gab sofort Stig Bertilsson das Wort. Der begann damit, von der langjährigen Arbeit des Dezernats zu berichten, bei der sie versuchten, die Rolle der MC-Gangs im Drogenhandel aufzudecken. Es hatte sich herausgestellt, dass diese einen überraschend großen Anteil daran hatten. Die kleinen Banden dealten nicht. Aber die Banden, die den Bandidos oder Hell's Angels angegliedert waren. Und die waren vollwertige Mitglieder der Hell's Angels »Death Squadron No. 1«, einer Bande, die man im Augenblick am intensivsten beobachtete. Durch sie kamen alle Arten von Drogen aus Dänemark oder Holland ins Land.

Das war interessant und ließ bei Irene die vage Idee einer Verbindung zu Bobo Torsson und Lillis keimen. Sie unterbrach mit der Frage:

»Wie bringt die Gang den Stoff unter die Leute?«

»Meistens über Hehler. Für einen dicken Typen in Leder auf einer großen HD ist es nicht so leicht, herumzufahren und Stoff an Teenager zu verkaufen. Er ist zu leicht wieder zu erkennen, und damit ist das Risiko einer Festnahme zu groß. Nein, man kauft große Partien auf und verkauft dann an Zwischenhändler, die das Zeug dann wiederum auf den Markt bringen.«

Irene meinte mit einem Nicken:

»Das klingt nach Bobo Torsson. Wir wissen, dass er gedealt hat. Und Lillis, aber gegen ihn liegt nichts vor, seit er aus dem Knast ist. Wisst ihr, ob er mit dieser Bande irgendwelche Kontakte hatte?«

Bertilsson schüttelte den Kopf. Andersson stöhnte laut und alle konnten hören, wie er vor sich hin murmelte:

»Ich muss diesen Mistkerl freilassen!«

Birgitta tätschelte ihm den Arm und sagte tröstend:

»Ich werde weiter in den Akten nach Bobo, Lillis und diesen MC-Typen suchen, die Irene identifiziert hat. Das mache ich heute Nachmittag. Wenn es einen Zusammenhang gibt, dann muss er da zu finden sein.«

»Ja, ja. Such du nur weiter«, seufzte ihr Chef.

Irene beugte sich vor und tätschelte Andersson auf den unteren Arm. Sie warf ihm ein aufmunterndes Lächeln zu und sagte:

»Du kannst Lillis mal fragen, ob Bobo und Charlotte ein Verhältnis miteinander hatten. Wahrscheinlich wird er nicht darauf antworten, aber vielleicht ist irgendwas aus seiner Reaktion zu sehen.«

»Du meinst ein sexuelles Verhältnis?«

»Ja.«

Andersson zog die Augenbrauen hoch und nickte schließlich. Er wandte sich den Kollegen von den Drogen zu und erklärte:

»Das ist nämlich der einzige Berührungspunkt zwischen Bobo und der Familie von Knecht, den wir bisher gefunden haben. Habt ihr auch nur das geringste Anzeichen dafür, dass

Richard von Knecht oder sonst jemand aus der Familie von Knecht in Drogengeschäfte verwickelt ist?«

Annika Nilsén räusperte sich und sagte mit ihrer farblosen Stimme:

»Nein. Der Name ist nie bei uns aufgetaucht, so viel ich weiß. Seid ihr jemals darauf gestoßen?«

Sie wandte sich den beiden Fahndern zu, die beide den Kopf schüttelten. Birgitta ergriff eifrig das Wort:

»Aber wir haben Charlottes Namen auf der Liste einer Razzia von 1989 gefunden. Sie war damals noch nicht verheiratet und hieß Croona. Das war die Sache, durch die Lillis in den Knast kam. Bobo wurde mit zehn Gramm Kokain geschnappt, und da er schon vorher Dreck am Stecken hatte, ist er für ein paar Monate in den Knast gewandert. Charlotte hatte ein halbes Gramm Kokain bei sich, kam aber mit einer Bewährungsstrafe davon, da es das erste Mal war.«

Stig Bertilsson sah verblüfft drein.

»Aber bei der Razzia war ich sogar dabei! Charlotte Croona! Sie hatte auf dem Tisch einen Strip hingelegt, da war nicht mehr viel übrig für eine Leibesvisitation. Da sonst nichts da war, habe ich mir ihren Kettenanhänger näher angeguckt, einen kleinen, geschnitzten Zylinder. Und als ich den aufgeschraubt habe, lag Schnee drin. Freebase, nicht sauber. Deshalb kam sie mit Bewährung davon. Als wir ins Präsidium kamen, schlug sie um sich. Halluzinierte.«

Er schwieg und verzog bei der Erinnerung an die Bilder das Gesicht. Dann sprach er weiter:

»Später habe ich erfahren, dass sie ein ziemlich bekanntes Fotomodell war. Aber danach stand nichts mehr über sie in den Zeitungen. Doch ihr könnt mir glauben: Keiner, der dabei war, hat Charlotte Croona vergessen!«

Anderssons Gesichtsfarbe wurde wieder dunkler.

»Und Bobo und Lillis waren auch da! Bobo und Charlotte, das muss der Berührungspunkt sein!«

Die anderen stimmten ihm zu. Vieles deutete darauf hin. Irene seufzte resigniert.

»Aber wir brauchen Beweise! Bis jetzt haben wir nur Annahmen und begründete Vermutungen.«

Andersson warf ihr einen nachsichtigen Blick zu:

»Na, so ist es doch wohl meistens bei Ermittlungen. Jetzt kommt es nur noch darauf an, einen Beweis zu finden, der hieb- und stichfest ist. Was habt ihr bei den Untersuchungen in Billdal rausgekriegt?«

Die Frage richtete sich an Bertilsson. Dieser zuckte mit den Schultern und antwortete:

»Nicht besonders viel. Laut Zeugenaussagen der Nachbarn waren die MC-Typen seit drei Tagen zu sehen. Aber niemand hat mehr als zwei gleichzeitig gesehen. Und niemand hatte einen Verdacht, dass sie in den beiden Ferienhäusern hausten. Die Bande war dort eingebrochen. Die einzige Spur von Drogen sind ein Paar Portionstüten, die Amphetamine enthalten haben. Keine Spritzen, aber reichlich Haushaltspapier mit Blutflecken. Die haben ziemlich herumgesaut, wir haben Unmengen von Fingerabdrücken gefunden. Zwei Paar sind identifiziert, sie gehören Glenn ›Hoffa‹ Strömberg und Paul Svensson. Drei Paar sind nicht im Register. Eins davon gehört offensichtlich dem Mädchen. Sie haben wir nicht identifizieren können. Die anderen zwei Sätze haben wir via Interpol rausgeschickt. Wir haben den Verdacht, dass die Polizei in Holland die Abdrücke vielleicht in ihrem Register hat. ›Death Squadron‹ hatte nämlich das ganze Wochenende und noch Anfang der Woche Besuch von einem Club aus Amsterdam. Die sind Donnerstag über Malmö gekommen. Zwölf Stück sind die Hallandsküste hoch gedonnert. Wir haben sie beobachtet. Oder es zumindest versucht. Denn sie haben sich aufgeteilt und bei verschiedenen Bandenmitgliedern gewohnt. Gestern sind sie wieder zurück nach Holland gefahren.«

Er machte eine resignierte Handbewegung. Andersson hatte eine Sorgenfalte auf der Stirn, als er fragte:

»Aber wie kann Bobo und wahrscheinlich auch Lillis, Kontakt mit den Hell's Angels aufgenommen haben? Lillis leugnet hartnäckig, dass er Hoffa kennt.«

Keiner der Drogenfahnder wusste eine Antwort, alle zuckten nur mit den Achseln.

Nach einigem Geplänkel beschloss man aufzubrechen.

Irene wurde von einem Streifenwagen mitgenommen und in der Sankt Sigfridsgatan rausgelassen. Für Tommy hatte sie ein Sandwich und ein Leichtbier in der Cafeteria gekauft. Er hatte den Wagen ein Stück weiter gefahren, aber sie sah ihn gleich. Schnell ging sie zu ihm, öffnete die Tür und stieg ein.

»Hallo. Ich habe was zu essen mitgebracht. Ist was passiert?«, fragte sie.

»Überhaupt nichts. Vor einer Stunde war ich mal weg, zum Pinkeln. Ich war höchstens zehn Minuten weg. Aber während der Zeit ist nichts passiert. Der Golf steht noch da, die Rollos sind heruntergelassen. O Scheiße, es ist langweilig zu observieren!« Er wickelte das Brot aus der Plastikfolie und öffnete das Bier. Es war bereits dunkel, und langsam wurde es kalt im Auto. Irene schaute sich um.

»Du, vielleicht sollten wir uns ein bisschen bewegen. Die Frau da in dem Haus gegenüber hat schon mehrere Male hinter den Gardinen gestanden. Die glaubt bestimmt, dass wir was Schlimmes im Schilde führen. Komm, tauschen wir die Plätze, dann kannst du was essen.«

Sie stieg aus dem Auto, um sich auf den Fahrersitz zu setzen. Tommy rutschte rüber auf den Beifahrersitz. Plötzlich wurde das Licht hinter den herabgelassenen Rollos im ersten Stock von Charlottes Haus eingeschaltet. Ein paar Minuten später wurde eine Lampe im Erdgeschoss angeknipst. Wahrscheinlich war es die Flurlampe, denn hinter den Gardinen im gewölbten Erker des Wohnzimmers blieb es dunkel. Sie warteten gespannt, aber nichts weiter passierte. Es war wirklich an der Zeit den Wagen wegzufahren, denn die Nachbarin schien inzwischen wirklich misstrauisch geworden zu sein.

Irene startete den Wagen und sagte:

»Wenn wir noch länger hier stehen, ruft sie bestimmt die Polizei.«

Sie fuhren ein Stück und parkten bei Förtroligheten. Irene hakte sich bei Tommy unter, und langsam spazierten sie den Långåsliden wieder hinauf. Sie unterhielten sich leise. Tommy fragte:

»Will Jenny heute Abend zu den Karl-XII.-Demonstrationen gehen? Oder im schlimmsten Fall zu den Krawallen?«

»Nein, sie hat nie gesagt, dass sie das will. Aber nach deiner Schilderung gestern hat sie was zu denken. Sie hatte einfach nicht begriffen, dass sie, wenn sie sich an eine Gruppe wie diese ranhängt, auch Sachen mitmachen muss, die sie vielleicht gar nicht mag oder will.«

»Und wenn ihr Typ nun fordert, dass sie mitkommt?«

Irene zögerte ein wenig mit der Antwort:

»Ich weiß es nicht. Ehrlich, ich weiß es einfach nicht. Aber Krister meint, wir sollten auf ihren Verstand trauen. Sie ist ein kluges Mädchen, wenn auch ein bisschen verloren, und außerdem hat sie immer Schwierigkeiten gehabt, eine richtig gute Freundin zu finden. Sie hat natürlich Katarina, aber die beiden streiten sich oft. Nur nicht, wenn Krister oder ich ihnen etwas sagen. Dann halten sie zusammen wie Pech und Schwefel.«

Sie näherten sich dem gelben Haus. Immer noch war Licht im ersten Stock. Deshalb waren sie vollkommen überrascht, als die Haustür plötzlich aufgestoßen wurde und eine Gestalt hastig über den unebenen Gartenweg stolperte. Schnell wurde die Tür wieder von innen geschlossen. Offenbar wollte Charlotte nicht gesehen werden. Glück gehabt, sie hätte sie sonst wieder erkennen können.

Irene brauchte viel Selbstüberwindung, um an Tommys Seite einfach weiterzugehen, als wenn nichts passiert wäre. Die beiden unterhielten sich, während sie diskret den jungen Mann beobachteten, der um den Golf herumging. Er war blond, von mittlerer Größe, ungefähr zwanzig und trug die weiche Wildlederjacke und die Cowboystiefel. Das Licht der Straßenlaterne fiel für einen kurzen Moment auf sein Gesicht, bevor er ihnen den Rücken zukehrte, um ihn aufzuschließen.

Er hatte ein überraschend junges Gesicht mit regelmäßigen Zügen, aber er sah sehr verkniffen aus. War er wütend? Hatten die beiden gestritten? Mit einer ungeduldigen Geste strich er sich den Pony aus der Stirn. Irene ertappte sich bei dem Gedanken, dass er richtig niedlich aussah. Charlotte hatte sich ein Spielzeug zugelegt. Obwohl er nach seiner Ausstaffierung zu urteilen sicher lieber als Cowboy bezeichnet werden wollte. Er setzte sich ins Auto und fummelte in den Jackentaschen. Offenbar wollte er eine Zigarette anzünden. Tommy und Irene waren am Golf vorbei und beschleunigten jetzt möglichst unbemerkt ihre Schritte. So schnell sie es wagten, eilten sie zu dem Saab. Als sie die Wagentüren öffneten, drehte Irene den Kopf und sah, wie der Golf auf die Straße einbog. Sie ließ ihn vorbeifahren, sprang ins Auto und machte mal wieder eine ihrer üblichen, nicht erlaubten U-Kehren.

Er fuhr zur Skårs Allé hinunter und bog nach Süden auf die Sankt Sigfridsgatan ein. Ziemlich schnell fuhr er zum Kungsbackaleden hinauf. Tommy stöhnte, halb im Scherz, aber doch mit einem ernsten Unterton:

»Nun sag bloß nicht, dass wir wieder nach Billdal raus sollen!«

Aber dem war nicht so. Bei Mölndal bog der rote Golf ab und fuhr auf die Bifrostgatan. Er fuhr noch ein Stück weiter und parkte schließlich vor einem niedrigen Mietshaus. Irene bog schnell in eine Seitengasse ein. Sie sprangen aus dem Wagen und sahen, wie der Mann gemächlich zu einem Hauseingang ging und darin verschwand. Schnell liefen sie zum Eingang und öffneten ihn, so vorsichtig sie konnten. Sie hörten, wie eine Etage höher eine Tür geschlossen wurde. Die Informationen über die Mieter waren unten im Eingang angeschlagen. Irene fand den Namen sofort und musste kichern. Leise sagte sie:

»R. Skytter. Robert Skytter. Sie bumst mit einem Autohändler. Und der hat ihr auch das Alibi für den Mordabend verschafft!«

Sie warteten fünf Minuten, dann gingen sie hoch. Tommy klingelte an der Tür mit dem Schild »R. Skytter«. Sie hörten Schritte und die Tür wurde geöffnet. Aber vor ihnen stand nicht der Cowboy. Der Mann, der öffnete, war rothaarig und größer, aber ungefähr im gleichen Alter.

»Guten Tag, wir sind von der Polizei. Inspektorin Irene Huss und Inspektor Tommy Persson. Wir suchen Robert Skytter.«

Die Augen des Rothaarigen verengten sich und er sagte mit gespielter Nonchalance:

»Können Sie sich ausweisen?«

Irene und Tommy holten gleichzeitig ihre in Plastik eingeschweißten Ausweise heraus und hielten sie ihm hin. Er konnte seine Enttäuschung nicht verbergen. Befriedigt fragte er:

»Das kann nicht stimmen! Das müssen doch solche größeren Messingplaketten sein.«

Irene stöhnte laut auf.

»In den USA. Sie haben zu viele Krimis gesehen. Sind Sie Robert oder ist es der Mann, der vor fünf Minuten gekommen ist?«

Der Rothaarige sah aus, als überlege er, was er antworten sollte. Noch bevor er dazu kam, tauchte hinter ihm der blonde junge Mann auf. Fröhlich begrüßte er die Beamten:

»Guten Tag! Worum geht es?«

Das war Robert. Sie erkannte seine Stimme wieder.

»Hallo Robert. Inspektorin Irene Huss. Wir haben Ende letzter Woche miteinander telefoniert. Dürfen wir hereinkommen?«

Unwillig trat der Rothaarige beiseite. Tommy wandte sich ihm zu und fragte:

»Und wer sind Sie?«

»Daniel Skytter«, antwortete der Rothaarige mürrisch.

Da sah Irene die Ähnlichkeit. Die beiden waren Brüder.

Freundlich sagte sie:

»Wohnen Sie auch hier?«

»Ja. Im Augenblick.«

»Im Augenblick?«

Daniel Skytter zeigte deutliche Zeichen von Unruhe und begann auf der Stelle zu treten.

»Ich bin letzte Woche hergezogen, nachdem mein Mädchen mich rausgeworfen hat. Es war ihre Wohnung«, erklärte er schmollend.

»Und deshalb wohnen Sie jetzt hier. Was arbeiten Sie?«

»Ich gehe stempeln. Ich bin arbeitsloser Maler.«

»Ja, also, Daniel. Wir möchten gern mit Robert unter vier Augen reden. Hätten Sie was gegen einen kleinen Spaziergang?«

Daniel zuckte zusammen und richtete sich kerzengerade auf. Seine Augen wurden zu Schlitzen, als er fauchte:

»Ne, ne! Nur keine Zeugen, was! Damit Sie ihn bearbeiten können und dazu bringen, alles Mögliche zu gestehen, wie!«

Irene und Tommy stöhnten gleichzeitig. Übertrieben pädagogisch sagte Tommy:

»Lieber, guter Daniel. Sie sollten wirklich nicht mehr so viele amerikanische Krimis sehen. Wir wollen nur mit Ihrem Bruder reden. Er ist ein wichtiger Zeuge bei einem äußerst brutalen Verbrechen, das wir untersuchen.«

Ein Funke von Neugier erschien in Daniels misstrauischen grauen Augen. Offenbar war er sich nicht sicher, worum es eigentlich ging. Tommy fuhr fort:

»Die Alternative ist, dass wir ihn mit aufs Präsidium nehmen und dort verhören.«

»Das dürft ihr nicht!«

»O doch.«

Unsicher schauten sich die Brüder an. Robert nickte und machte mit dem Kopf ein Zeichen zur Tür hin. Daniel gab auf. Er schnappte sich seine Jacke von der Garderobe, drückte sich eine Kappe auf den Kopf, stopfte die Füße in derbe Joggingschuhe und ging zur Tür. Der Blick, den er den Zurückbleibenden über die Schulter zuwarf, war randvoll mit Misstrauen.

Irene wandte sich Robert Skytter zu.

»Wie alt ist Ihr Bruder?«

»Achtzehn.«

»Achtzehn! Und wohnt schon mit einer Frau zusammen?«

»Das hat nicht mal zwei Monate gehalten.«

»Warum ist er denn nicht wieder zurück zur Mama gezogen?«

»Er kommt nicht gut mit Mutters neuem Mann aus. Deshalb ist er letzte Woche lieber zu mir gezogen. Aber ich werde versuchen ihm irgendwo eine kleine Wohnung zu besorgen. Obwohl, die kann er sich wahrscheinlich kaum leisten.«

»Dann war er also der Grund, dass Charlotte und Sie sich bei ihr zu Hause getroffen haben?«

Roberts Blick flackerte, er wandte sich von den beiden ab. Er ging durch den engen Flur vor und führte sie in ein kleines Wohnzimmer, möbliert mit dem Sofa Balder, dem Couchtisch Runar und dem Bücherregal Diplomat. Oder wie immer sie auch hießen. Irene kannte sie von ihren Studien hinsichtlich Wohnungseinrichtungen: IKEA-Katalog '96. Robert wies ihnen einen Platz auf dem Sofa an. Er selbst setzte sich auf den Sessel Tobbe. Aber gleich sprang er wieder auf und fragte nervös:

»Möchten Sie etwas zu trinken? Eine Selters? Ein Leichtbier? Ein richtiges Bier?«

»Eine Selters bitte.«

»Ein Leichtbier bitte.«

Er verschwand im Flur und weiter in der Küche. Sie konnten hören, wie er mit Flaschen und Gläsern klirrte. Durch eine halb offene Tür konnte Irene ein ungemachtes Bett sehen. Zwei Zimmer und Küche. Und der kleine Bruder. Das war momentan Robert Skytters Wohnsituation. Nicht viel, was er seiner verheirateten Geliebten aus Örgryte bieten konnte. Wieder tauchte das allzu vertraute *Warum* vor ihren Augen auf. Warum brauchte Charlotte dieses kleine süße Spielzeug? Das Objekt ihrer Frage tauchte mit Flaschen und Gläsern in einem beängstigend lockeren Griff auf. Robert stellte seine

Last auf dem Tisch ab, um dann unsicher und zögernd zu fragen:

»Dann waren Sie es also, die heute am frühen Morgen bei Charlotte waren?«

Irene nickte.

»Es war schon nach zehn. Ja, das waren wir.«

»Ja, es stimmt, was Sie sagen. Hier ist es zu eng und dann noch mit Daniel... und so.«

»Wollte Charlotte, dass Sie zu ihr hinauskommen?«

Er schaute auf die Tischplatte und nickte schließlich.

»Wie lange sind Sie und Charlotte schon zusammen?«

Er schaute auf und schien aufrichtig überrascht zu sein.

»Wir sind nicht zusammen! Nun ja, manchmal schon. Letzte Nacht.«

»Sie haben vorher noch nie zusammen geschlafen?«

Jetzt zitterten seine Hände und er zupfte nervös am Bieretikett. Tommy wiederholte die Frage. Schließich kam reichlich unwillig:

»Ich habe schon erzählt, was letzte Woche passiert ist, als sie den Wagen abgeholt hat. Was werfen Sie mir eigentlich vor?«

»Wir werfen Ihnen gar nichts vor. Sie sind höchstens verdächtig, falsche Angaben gemacht zu haben in Bezug auf den Mord an Richard von Knecht. Wir wissen noch nicht genau, ob dem so ist. Und das versuchen wir herauszukriegen«, erklärte Tommy im besten Polizistentonfall.

Irene beschloss, das anzubringen, was die ganze Zeit in ihrem Unterbewusstsein bohrte, seit sie zum ersten Mal davon gehört hatte. Jonnys Plattfuß hatte es ihr bewusst gemacht. Unerschütterlich fragte sie:

»Robert, niemand kümmert sich darum, den Ersatzreifen zu überprüfen. Niemand! Und am allerwenigsten Charlotte. Was ist damals wirklich vorgefallen?«

Tommy schaute sehr ernst drein und sah Robert unverwandt in die Augen, während er nachhakte:

»Robert, wenn Sie uns angelogen haben über das, was am

Dienstagabend passiert ist, dann sind Sie mitschuldig an einem Verbrechen. Das kann zu einer mehrjährigen Gefängnisstrafe führen. Ist sie das wert?«

Robert zuckte zusammen. Er zupfte immer noch an dem Bieretikett und schien ganz vertieft in dessen kunstvolle Formen zu sein. Er schluckte ein paar Mal, bevor er antwortete:

»Sie ist so schön. Aber sie schluckt Tabletten, zusammen mit Wein. Sie hat ein paar Mal gefragt, ob ich auch welche will… aber so einen Mist rühre ich nicht an. Was rauchen, das habe ich schon mal versucht. Aber das hier ist mir zu heavy. Zum Schluss habe ich mich gar nicht mehr getraut, überhaupt was zu trinken. Wenn sie nun irgendwas in den Wein gekippt hat.«

»Dann wussten Sie vorher nicht, dass Charlotte Drogen nimmt?«

Er schüttelte energisch den Kopf. Dann rief er aus:

»Ich kenne sie doch gar nicht! Das war wie so ein verrückter Sextraum! Sie war nackt darunter! Und ich… ich konnte einfach nicht widerstehen.«

Schwer stützte er seinen Kopf in die Hände. Da er anscheinend nicht weiterreden wollte, unternahm Irene den Versuch, ihn etwas zu beruhigen, damit er weitersprach. Mit leicht spöttischem Ton sagte sie:

»Aber Robert, Sie sind doch wohl alt genug, um zu wissen, dass alle Frauen unter ihren Kleidern nackt sind?«

Er lachte auf und warf ihr einen verzweifelten Blick zu.

»Aber nicht direkt unter dem Mantel!«

Irene gab Tommy ein Zeichen. Das sah ganz nach einem Männergespräch aus. Er begriff sofort und wandte sich mit einer Miene größten Verständnisses an den jungen Mann. Behutsam fragte er:

»Robert, reden Sie jetzt von dem Dienstagabend letzte Woche, als Charlotte kam, um ihr neues Auto abzuholen?«

»Ja.«

»Wann haben Sie Charlotte zum ersten Mal gesehen?«

»Drei oder vier Wochen vorher. Wagen mit einer Sonderlackierung haben immer eine gewisse Lieferzeit.«

»Hatte Charlottes Wagen eine Sonderlackierung?«

»Ja. Hellgelb. Ein sanftes Zitronengelb. Verdammt schöne Farbe.«

»Und was passierte dann, als Sie ihr den Wagen übergeben sollten?«

»Ich habe den ganzen Freitag und Samstag versucht sie anzurufen, weil wir den Bescheid gekriegt hatten, dass der Wagen nach dem Wochenende kommen sollte, am Montagvormittag. Sie ging erst kurz vor Feierabend ans Telefon. Da haben wir abgemacht, dass sie am Montagnachmittag kommen sollte. Aber sie kam nicht. Am Dienstag habe ich dann vormittags bei ihr zu Hause angerufen, aber sie war nicht da. Dann rief sie von sich aus gegen drei Uhr nachmittags an und sagte, dass sie in einer Stunde kommen würde, um den Wagen zu holen. Und sie sagte, dass sie wollte, dass ich ihr ihn zeigte. Und ich… wollte das natürlich gern.«

Er verstummte und schaute auf seine nervösen Finger. Fast das ganze Etikett war von der Flasche abgekratzt. Tommy beugte sich vor und fragte leise:

»Wann kam sie?«

»Kurz nach vier. Sie trug so einen Druckknopfregenmantel, mit einem Gürtel fest in der Taille zusammengeschnürt, und hochhackige Schuhe. Als wir ihren alten Wagen durchgingen, den sie in Zahlung gab, rutschten die Mantelteile ein bisschen auseinander, und ich konnte sehen, dass sie solche Perlonstrümpfe trug, die von allein am Bein sitzen. Und sonst nichts. Als sie sich über den Sitz beugte… da konnte ich es sehen… nackt. Sie war nackt. Abgesehen von den Strümpfen.«

Er verstummte und bekam rote Wangen. Er warf Irene einen verstohlenen Blick zu. Sie erwiderte ihn mit gespieltem Desinteresse. Aber in ihr tobten die Gefühle! Das war mit das Ausgekochteste an Verführungstaktik, von dem sie je gehört hatte.

Tommy schien sich nicht um ihre Anwesenheit zu kümmern, er sprach weiter, als ob nur die beiden Männer im Zimmer wären:

»Sie hat dich scharf gemacht.«

»Ja, was denken Sie denn? Man ist doch auch nur ein Mann.«

»Und dann habt ihr beschlossen, zusammen zu bumsen?«

Robert wurde feuerrot, aber er zeigte eine satyrartige Miene, als er antwortete:

»Das kann man wohl sagen! Wir haben uns in ihren neuen Wagen gesetzt und sind auf die Rückseite des Gebäudes gefahren. Da steht ein alter Ford Transit, den wir bis zum Frühling etwas aufpeppen wollen. Dann gehen solche Wagen weg wie warme Semmeln. Die Leute kaufen die als Urlaubsautos. Wir sind in den Transit rein. Sie hatte eine Decke und eine Reisetasche aus ihrem alten Wagen mitgenommen. Wir haben uns auf die Decke gelegt.«

»Du warst geil, das ist klar. Dann hat es wohl nicht besonders lange gedauert, bis ihr fertig wart?«

Zu Irenes Zufriedenheit verwischte das selbstzufriedene Grinsen in Roberts Gesicht ein wenig.

»Nun ja, ja, ja. Das durfte ja auch nicht so lange dauern. Sonst hätten die mich ja im Geschäft vermisst und so. Aber da hat sie gesagt, sie würde mich gern bald wieder sehen. Wenn ich wollte.«

»Und das wollten Sie natürlich.«

»Ja, logo! Das war ja so eine Geschichte, von der alle Männer träumen, sie sollte ihnen zumindest einmal im Leben zustoßen!«

»Wann haben Sie wieder von ihr gehört?«

»Mittwochabend. Am nächsten Tag also. Sie sagte, wir müssten eine Weile warten, bevor wir uns sehen könnten. Ihr Schwiegervater war ja ermordet worden und so. Sie hat mir auch gesagt, dass die Polizei mich bestimmt sprechen wollte. Und dass sie ihr gesagt hat, wie es war. Dass sie den Wagen abgeholt hat. Aber nicht das andere. Wir verabredeten, dass wir sagen würden, wir hätten uns den neuen Wagen besonders gründlich angeguckt. Und es gibt übrigens tatsächlich eine Menge tolle, neue Details bei dem Modell. Zum Beispiel das neue…«

»Aber das habt ihr nicht gemacht. Ich meine, ihr seid nicht die Details durchgegangen. Wie war das noch mit den Zeitangaben? Sie haben gesagt, ihr hättet die Nachrichten im Radio gehört und da hätte sie etwas gesagt wie ›O je, schon die Fünfuhrnachrichten! Da muss ich mich aber beeilen!‹ Und dann hat sie die Papiere für den neuen Wagen gekriegt und ist losgefahren.«

Sein ganzes junges Gesicht erstrahlte vor Offenheit:

»Aber das stimmt alles wirklich! Als wir... als wir fertig waren... da hat sie die Kleidung angezogen, die sie in der Tasche dabei hatte. Und als sie sich dann ins Auto gesetzt hat, hat sie das Radio angestellt. Da haben wir die Nachrichten gehört. Und da hat sie das von den Fünfuhrnachrichten gesagt.«

Beide Polizeibeamten konnten sehen, dass er die Wahrheit sagte.

Sie standen auf, bedankten sich für die Getränke, und Tommy klopfte Robert leicht auf die Schulter, als er sagte:

»Wahrscheinlich ist Ihnen selbst klar, dass sie Sie benutzt hat. Ehrlich gesagt: Es war einfach zu schön, um wahr zu sein, was?«

Robert ließ den Kopf hängen, nickte aber zustimmend.

»Wenn der Stoff nicht gewesen wäre, dann hätte ich wohl mitgemacht. Aber sie musste die ganze Zeit dieses Zeug schlucken. Als ich heute Nachmittag weggegangen bin, habe ich ihr das gesagt. Dass das gefährlich ist, meine ich. Ich mag das nicht. Sie wurde stinksauer und hat mir gesagt, ich könnte mich zum Teufel scheren. Da war ich fast erleichtert. Ehrlich!«

Zum Glück gehörte er zu den Menschen, die zögern, alles an Drogen auszuprobieren. Charlotte hatte ihn falsch eingeschätzt, während Irene Recht gehabt hatte. Schon bei ihrem ersten Telefongespräch hatte sie ihn gemocht. Er hatte ihren grauen Freitag gerettet. Den Freitag, den sie dann in Stockholm zugebracht hatte. Bei dem Gedanken beschloss sie, bei der nächsten Gelegenheit Mona Söder anzurufen.

Sie machten einen Umweg über Örgryte, aber das Haus sah vollkommen verlassen aus. Die Garagentür stand offen und als sie hineinschauten, stellten sie fest, dass die Garage leer war. Es stand kein gelber Golf drin. In einer Ecke hinter der Tür stießen sie auf zwei leere Plastikkanister mit der Aufschrift »Aqua dest«.

In der Abteilung herrschte immer noch fieberhaftes Treiben, obwohl es schon nach sechs war. Andersson war nicht in seinem Büro. Sie gingen zu Birgitta Moberg. Diese saß vor ihrem Computer, tief versunken in ihre Arbeit. Auf dem Schreibtisch lagen Stapel an Zetteln und Ordnern. Sie beschlossen, in die Pizzeria um die Ecke zu gehen.

Bevor sie losmarschierten, rief Irene zu Hause an. Ihre Mutter nahm das Telefon ab. Doch, ja, beide Zwillinge seien zu Hause. Sie hätten sich einen Videofilm ausgeliehen, den sie jetzt anguckten. Die Mädchen hatten was gegessen und gleich wollten sie den Rest des Films sehen. Zum Schluss meinte ihre Mutter noch:

»Und pass auf, wenn du raus gehst, in der Stadt soll es Jugendkrawalle geben, das haben sie in den Nachrichten gesagt. Nur gut, dass du nicht mit so gefährlichen Dingen befasst bist. Wann kommst du nach Hause?«

Der Lärm vom Stadtzentrum war deutlich zu hören. Sie gingen genau in die entgegengesetzte Richtung und schlüpften bei der Pizzeria rein, deren Besitzer sein Geld mit den Göteborger Polizeibeamten verdiente. Neben Pizza servierte er andere spezielle Gerichte. Sie bestellten Gulasch und jeder ein großes Leichtbier. Während sie auf das Essen warteten, bekamen sie Brot und Salat. Damit beschäftigt, den Salat mit der Gabel aufzuspießen, erzählte Birgitta:

»Ich habe heute Nachmittag etwas wirklich Interessantes herausgefunden. Bobo Torsson und Hoffa Strömberg saßen im gleichen Knast. Gleichzeitig, meine ich. Da ist also die Verbindung zwischen Bobo und den Hell's Angels.«

»Was meint Lillis dazu?«

»Er hat natürlich keinen blassen Schimmer davon, zumindest nach seinen eigenen Aussagen. Schließlich hat er ja selbst mehrere Jahre gesessen. Und außerdem in einem anderen Knast.«

»Weswegen hat Hoffa gesessen?«

»Schwere Misshandlung. Das Opfer wird nie wieder ein richtiger Mensch sein. Es ging um einen Streit zwischen rivalisierenden MC-Banden. Wir haben keine Beweise gegen Lillis. Er muss morgen freigelassen werden. Andersson tobt.«

Irene und Tommy berichteten über die Ergebnisse ihres Nachmittags. Birgitta unterbrach die Schilderung kein einziges Mal. Ihre Augen hingen an Irenes und Tommys Lippen, als hätte sie Angst, auch nur eine Silbe zu versäumen. Ihre Augen hatten einen starken Glanz, als sie sich über das dampfende Gulasch beugte und ruhig sagte:

»Diese schönen Leute und ihr Glamourleben. Es ist schön, prickelnd und beneidenswert, wenn man es aus der Entfernung sieht. Aber wenn man ein bisschen an der Oberfläche kratzt, dann verwandelt sich das Gold schnell in Sand.«

Gegen neun Uhr rief Irene bei Mona Söder an und sprach auf ihren Anrufbeantworter.

»Hallo, Mona. Hier ist Irene Huss aus Göteborg. Ich möchte Ihnen noch einmal dafür danken, dass Sie mir alles erzählt haben und dass ich Jonas kennen lernen durfte. Das hilft uns bei unseren Ermittlungen, zu wissen, dass wir Sie nicht weiter überprüfen müssen. Sie und Jonas sind von der Liste der Verdächtigen gestrichen worden. Ich... ich habe an Sie und Jonas gedacht. Grüßen Sie ihn ganz herzlich von mir. Und sagen Sie ihm, dass das Bild mit den Schmetterlingen das Herrlichste ist, das ich je gesehen habe. Wir hören voneinander, Mona.

Ja... bis bald.«

Schnell legte sie den Hörer auf. Anschließend fuhr sie nach Hause.

KAPITEL 16

Bei dem morgendlichen Treffen roch es nach Kaffee und Pfefferkuchen. Alle waren schon da, außer Hans Borg und Kommissar Andersson. Die Sekretärin hatte einen Adventskranz hingestellt und die erste Kerze brannte. Im Fenster stand die elektrische Weihnachtsdekoration und verbreitete einen warmen Lichtschein. Irene war schon bei der vierten Tasse Kaffee, als endlich die Schritte des Chefs auf dem Flur zu hören waren. Sie klangen sicher und entschlossen. Alle hatten bereits böse Vorahnungen, als die Tür aufgerissen wurde und Anderssons knallrotes Gesicht in der Türöffnung erschien. Wütend brüllte er:

»Verdammt noch mal, ist das hier dunkel! Macht doch mal das Licht an!«

Er trat ein und goss sich einen Kaffee ein. Er schaute in den dampfenden Becher und holte tief Luft.

»Entschuldigt die Begrüßung. Einen schönen Advent, oder wie man so sagt. Aber es geht auch alles schief! Lillis muss heute Morgen freigelassen werden. Und dann ist dieser blöde Lull auch noch in den Keller gestürzt!«

Borg tauchte in der Türöffnung auf und bekam gerade noch die Worte des Chefs mit. Er nickte und erklärte:

»Das stimmt. Sie haben mich angerufen, nachdem der Lull durchgebrochen ist. Er soll heute geborgen werden. Aber dann haben wir beschlossen, dass sie lieber erst einmal nach diesen Röhren im Keller graben sollen. Wenn jetzt sowieso schon ein Durchbruch da ist. Dann können sie übers Wochenende die Verstärkungsarbeiten machen. Und Montag ganz früh am Morgen wollen wir einen neuen Versuch starten, den Safe zu bergen.«

Jonny Blom schaute missmutig drein und schlug energisch vor:

»Warum reißen wir nicht einfach die Wände mit so einer Abrissbirne ein? Kurz und schmerzlos?«

Borg winkte ab.

»Das ist zu grob. Das ganze Haus kann dabei einstürzen, und dann wird es schwer, den Safe zu finden. Außerdem wissen wir ja nicht, was drin ist.«

»Und wie soll er dann geöffnet werden?«

»Wir haben uns den Safe schon mal mit einem Fernglas angeguckt. Es ist ein schwedisches Modell mit Kombinationsschloss. Da kommt dann einer von Rosengrens und hilft uns. Wahrscheinlich wird es keine Bombe im Safe geben, aber wir müssen trotzdem alle Sicherheitsvorkehrungen treffen, wenn er geöffnet wird.«

Andersson schaute sich finster in der Versammlung um und stellte fest:

»Wir kommen einfach nicht weiter. Das geht alles zu langsam. Verdammter Scheiß!«

Letzteres wurde als allgemeine Einschätzung der Lage angesehen. Keiner der Anwesenden widersprach.

Irene berichtete von dem Verhör von Charlotte von Knecht und dem Gespräch mit deren jungen Liebhaber. Tommy übernahm und erzählte von Robert Skytters Enthüllungen. Als Irene noch Bonzos Beschreibung von der Razzia '89 hinzufügte, bot sich allen ein anderes Bild der wunderschönen Charlotte von Knecht, geborene Croona.

Anderssons kräftige Gesichtsfarbe normalisierte sich allmählich, aber seine Stimme klang weiterhin eifrig:

»Diese Dame hat doch Dreck am Stecken. Oder besser gesagt, Schnee in der Tasche, haha! Hm. Wie nannte der Typ vom Drogendezernat das, was in ihrem Kettenanhänger war?«

Birgitta kam ihm zu Hilfe und erklärte:

»Freebase. Kokain, gemischt mit Bikarbonat. So wird es auf der Straße verkauft. Reines Kokain ist zu stark und zu gefährlich. Und wer kann schon überprüfen, wie viel Bikarbonat beigemischt ist?«

Da sie schon einmal das Wort hatte, erzählte sie außerdem von ihrem Besuch bei Bobos Mutter in Vänersborg. Dabei war nichts herausgekommen. Mutter und Sohn schienen in den letzten Jahren nicht viel Kontakt miteinander gehabt zu haben. Es war jetzt fast zwei Jahre her, seit sie sich das letzte Mal gesehen hatten. Aber die Mutter hatte wieder die Frage nach der Auszahlung der Versicherung im Todesfall angesprochen. Birgitta hatte sie an die allgemeine Versicherungskasse und die betreffende Versicherungsgesellschaft verwiesen. Bobos Vater hatte die Mutter seit mehr als zwanzig Jahren nicht mehr gesehen, sie wusste nur, dass er sozial vollkommen heruntergekommen war. Sie selbst hatte sich raufgeheiratet, wohnte in einem Haus außerhalb von Vänersborg und arbeitete in einem Süßigkeitenladen. Birgittas Schlusstrumpf war ihre Entdeckung, dass Bobo Torsson und Glenn »Hoffa« Strömberg im gleichen Gefängnis gesessen hatten. Einen Zusammenhang zwischen Lillis und den beiden Hell's-Angels-Mitgliedern hatte sie jedoch nicht gefunden, abgesehen von Lillis' und Paul Svenssons misslungener Zusammenarbeit bei dem Bankraub in Kungsbacka Anfang der Achtziger.

Andersson seufzte laut:

»Und heute müssen wir den Mistkerl laufen lassen. Jonny und ich haben ihn uns reichlich vorgenommen, aber es ist nichts dabei herausgekommen. Außer dass wir den Verdacht haben, dass er weiß, wer Bobo umgebracht hat. Deshalb will ich ihn weiter beobachten lassen. Jonny? Hans? Fredrik? Birgitta?«

Alle Angesprochenen nickten. Aber nur Fredrik sah begeistert aus. Andersson fuhr fort:

»Und wie ist es mit Bobos versoffenem Vater gelaufen? Hast du ihn aufspüren können, Hannu?«

»Ja. Im Lillhagen.«

»Heißt das, dass er im Krankenhaus von Lillhagen liegt?«

»Ja. Er kann weder laufen noch sprechen. Er ist bettlägerig und liegt im Sterben. Leberkrebs.«

»Aber Lillhagen ist doch ein psychiatrisches Krankenhaus. Wenn er Leberkrebs hat, sollte er doch nicht da liegen?«

»Niemand wollte ihn haben. Er ist im letzten Sommer eingeliefert worden. Ist bewusstlos in einem Treppenaufgang in Nordstan gefunden worden.«

Es entstand eine kurze Pause, als alle sich frischen Kaffee einschenkten und sich mit Pfefferkuchen aus der Plastikdose versorgten. Andersson stapelte drei Pfefferkuchen übereinander und biss von ihnen gleichzeitig ab. Das Ergebnis war ein leiser Krümelregen auf den Tisch. Mit dem Mund voller Pfefferkuchen fragte er:

»Fredrik, hast du gestern was Neues rausgekriegt?«

Fredrik strahlte und begann emsig in seinem vollgekritzelten Block zu blättern.

»Ja, tatsächlich. Zwei interessante neue Aussagen aus der Molinsgatan. Ich war gestern noch einmal bei den Mietern und habe sie gefragt, ob sie am Freitag vor einer Woche gegen Mitternacht etwas gehört oder gesehen haben. Speziell, ob sie einen Porsche gesehen oder gehört haben. Das ist ja nun keine Kiste, die man versteckt. Ein Mann, der ein Kleinkind mit Bauchschmerzen hat, war zu der Zeit mit dem Kind auf. Sein Wohnzimmerfenster geht auf die Molinsgatan raus, zwei Etagen über von Knechts Garage. Ihm ist eingefallen, dass er ein Auto gehört hat, das scharf vor der Garage bremste. Dann gab es wohl Schwierigkeiten mit den Türen. Die sind alt und schwergängig, quietschen wie verrückt. Danach hat er gehört, wie ein Auto angelassen und aus der Garage gefahren wurde. Nach einer Weile wurde wieder ein Wagen angelassen und in die Garage gefahren. Da ist der Mann neugierig geworden, ans Fenster getreten und hat rausgeguckt. Da stand der Porsche draußen auf der Straße. Er hat fast eine Viertelstunde mit seinem Kind am Fenster gestanden. Dann ist das Kleine eingeschlafen, und er hat es ins Bett gebracht. Er selbst ist aufs

Klo gegangen, und als er zurückkam, hat er gehört, wie der Porsche losfuhr. Als er am Fenster war und rausguckte, war er schon weg.«

»Verdammt noch mal! Hat er jemanden gesehen?«

»Nein.«

»Weiß er genau, wie spät es war?«

»Nein. Aber er glaubt, dass der Porsche irgendwann zwischen halb eins und Viertel vor eins weggefahren ist.«

Andersson rieb sich aufgeregt die Nase, sodass sie hinterher rosa glänzte. Ohne es zu wollen, fiel Irene ein gewisser Rudolf mit einer roten Nase ein. Aber sie wusste, dass ihr Chef derartigen kindlichen Humor nicht zu schätzen wusste, deshalb behielt sie ihre Assoziationen lieber für sich. Nachdenklich sagte der Kommissar:

»Jemand fährt seinen Wagen heran. Jemand öffnet die Garagentür. Jemand fährt den Porsche heraus. Jemand fährt sein eigenes Auto in die Garage. Jemand fährt mit dem Porsche weg.«

Alle nickten, um zu zeigen, dass sie mitdachten.

»Und dann kommt jemand in den Morgenstunden zurück und fährt sein eigenes Auto heraus und stellt den Porsche zurück. Am Samstagmorgen stand er nicht mehr in der Berzeliigatan, denn dann hätte der Mann mit dem Schlafzimmerfenster ihn ja gesehen. Und dann sind da noch diese Scheißschlüssel fürs Auto und die Garage!«

Hannu warf mit einem Nicken ein:

»Die Pirjo hatte.«

Allen fiel der rußige Schlüsselbund ein, den der Feuerwehrtechniker Pelle ihnen in der Plastiktüte gezeigt hatte. Andersson rieb erneut seine Nase:

»Wozu hatte Pirjo diese beiden Schlüsselbunde? Sie konnte kein Auto fahren. Sie hatte keinen eigenen Wagen. Sie hat nie einen eigenen Schlüssel zu von Knechts Wohnung gekriegt.«

Fredrik unterbrach ihn erregt:

»Ich glaube, Birgitta hatte Recht, als sie letztens meinte, jemand hätte Pirjo überredet, in die Berzeliigatan zu gehen.

Die Techniker sagen, Pirjo sei am Mittwochmorgen nicht über die Türschwelle der Wohnung in der Molinsgatan gekommen. Zuerst hat sie nicht verstanden, als sie versucht haben, ihr zu erklären, dass Richard von Knecht tot war. Sie verstand offensichtlich sehr schlecht Schwedisch. Doch als sie alles begriffen hat, war sie reichlich verstört. Aber sie wurde nicht reingelassen, weil die Techniker gerade dabei waren, die untere Etage zu untersuchen. Außderdem habe ich etwas Interessantes von dem Typen erfahren, der diesen schicken Kleiderladen an der Ecke hat. Er heißt… wartet mal…«

Fredrik blätterte in seinen Papieren.

Jonny verdrehte die Augen und winkte lässig mit der Hand, während er in falschem Falsett zwitscherte:

»Er heißt Carl-Johan Quist. Q-u-i-s-t. Ich hatte das Vergnügen, ihn am Mittwoch nach von Knechts Sturzflug zu vernehmen. Da wusste er gar nichts. Er hatte nur gehört, wie jemand vor dem Laden schrie, und dann ›huch… oh, oh, wie schrecklich… da lag der arme Teufel in einem einzigen ekligen Haufen! Das kann ich nicht mit ansehen, deshalb habe ich sofort die Polizei gerufen‹! Ich kann schon verstehen, dass er sich dir gegenüber interessant machen wollte. Du hast bestimmt Chancen bei ihm!«

Fredrik sagte gar nichts. Eine brennende Röte schoss ihm in die Wangen, und der Blick, den er Jonny zuwarf, war vernichtend. Nur gut, dass Fredrik nicht der Spiderman war, dann wäre von Jonny nur noch ein Aschenhaufen übrig geblieben. Was Irene betraf, so hätte sie sich gern zur Verfügung gestellt, diesen zusammenzufegen und aus dem Fenster zu kippen. Und alle anderen im Raum würden nur verständnislos schauen, wenn nach dem Kriminalinspektor Jonny Blom geforscht würde. Wieder zurück in der Wirklichkeit konnte sie feststellen, dass er immer noch auf seinem Platz saß und sich über Fredriks Rotfärbung amüsierte. Aber der fasste sich schnell und erwiderte mit zurückgehaltener Wut:

»Im Gegensatz zu dir kann ich mit Leuten reden, ohne sie gleich niederzumachen. Und deshalb kommt bei meinen Befragungen auch was heraus! Du stolzierst doch nur davon und findest dich ganz toll, weil du jemanden fertig gemacht hast! Aber in Wirklichkeit hast du nur dein schwaches Selbstbewusstsein damit gestärkt.«

Da geschah es: Vor den Augen der überraschten Kollegen ging Birgitta zu Fredrik und gab ihm einen Kuss, direkt auf den Mund. Seine Rotfärbung verstärkte sich und die Ohren leuchteten fast schon von allein. Was man von Jonny nicht sagen konnte.

Andersson merkte, dass ihm die Situation vollkommen aus den Händen geglitten war. In einem Versuch, erneut die Initiative zu ergreifen, rief er aus:

»Verdammt, was treibt ihr hier eigentlich! Hört auf, euch gegenseitig zu ärgern und… zu knutschen! Das hier ist kein Kindergarten, sondern eine Mordermittlung. Liebe Kollegen, meine Damen… hört auf damit!«

Nach diesem etwas verwirrten Versuch, Ordnung zu schaffen, machte die Versammlung wirklich den Versuch, sich zu konzentrieren. Fredrik strich seine Papiere glatt. Die waren bei dem Gefühlssturm zerknittert worden. Als wenn nichts gewesen wäre, fuhr er fort:

»Hier habe ich seinen Namen. Carl-Johan Quist. Er erkannte Pirjo sofort wieder und wusste, dass sie bei den von Knechts sauber machte. Sie kam immer zu dem Zeitpunkt, wenn er sein Geschäft öffnete. Deshalb reagierte er auch, als er sie am Mittwochmorgen sah. Er ist sicher überhaupt nicht auf die Idee gekommen, dass sie nicht mitbekommen haben könnte, dass Richard von Knecht tot war! Deshalb hat er sie eine Weile beobachtet. Pirjo trat ungefähr nach einer Viertelstunde wieder aus dem Haus. Genau in dem Moment kamen zwei Journalisten in seinen Laden. Nicht, um Kleider zu kaufen, sondern um einen Augenzeugen von von Knechts Sturz zu interviewen. Quist sagte ihnen, dass er nicht viel mehr gesehen habe, als dass von Knecht fast direkt auf seine Türschwelle gestürzt sei. Als er den Papierhengsten zeigen sollte, wo genau von Knecht gelandet war, schaute er zufällig zur

Straßenbahnhaltestelle. Und da hat er gesehen, wie Pirjo neben einem großen hellen Wagen stand und sich zu dem heruntergekurbelten Seitenfenster beugte. Sie hat mit jemandem im Auto geredet. Quist sagt, das Auto wäre wie auf seine Netzhaut geätzt, denn er hätte sich in seiner wildesten Phantasie nicht vorstellen können, dass jemand diese kleine fette Person aufreißen könnte! Und das Bild kam ihm sofort wieder ins Gedächtnis, als er las, dass Pirjo bei dem Brand in der Berzeliigatan umgekommen ist.«

Aufgeregt beugte Andersson sich zu Fredrik vor und fragte: »Was für eine Automarke war es?«

Fredrik schüttelte bedauernd den Kopf.

»Leider hat Quist überhaupt keine Ahnung von Automarken. Er weiß es nicht. Er hat keinen Führerschein und nie ein Auto besessen. Aber er meint, es müsste ein BMW oder ein Mercedes gewesen sein. Auf jeden Fall schließe ich mich Birgittas Theorie an: Jemand hat Pirjo die Schlüssel gegeben, damit sie hingeht und die Bombe zündet. Und diese Person saß in diesem Auto.«

Die Schlüssel. Die Schlüssel glänzten... was war da nur mit diesen Schlüsseln? Irene versuchte das vage Erinnerungsbild zu fassen, aber es zerrann ihr zwischen den Fingern. Als hätte er ihre Gedanken gelesen, sinnierte auch Andersson:

»Die Schlüssel. Immer wieder diese Schlüssel! Dass der Mörder ihr die Schlüssel gegeben hat, damit sie die Bombe auslöst, das verstehe ich ja noch. Aber warum die Garagen- und Autoschlüssel?«

Hannu spähte unter seinen Augenlidern hervor und sagte langsam:

»Um sie loszuwerden.«

»Die Autoschlüssel? Um sie loszuwerden?«

Andersson unterbrach sich selbst und schaute mit wachsender Achtung seinen Abteilungszuwachs an.

»Natürlich! Um den Beweis loszuwerden, hat er Pirjo die Schlüssel gegeben! Vielleicht auch, um uns auf den Holzweg zu schicken. Und das ist ihm ja auch gelungen. Aber jetzt nicht mehr! Jetzt wissen wir, wie es gelaufen ist. Auf jeden Fall haben wir eine Theorie.«

Birgitta zischte wütend zwischen zusammengebissenen Zähnen hervor:

»Was für ein widerwärtiger Mensch! Schickt die Mutter dreier Kinder in den sicheren Tod! Ich kann richtig hören, wie das Monster sagt: ›Ach bitte, liebe Pirjo, sei ein Engel und mach Richard von Knechts Büroräume sauber. Er braucht sie zwar nicht mehr, aber es soll ja sauber aussehen, wenn die Leute sich die Zimmer angucken. Und übrigens, wenn du schon einmal da bist, dann sei doch so gut und lege diese Schlüssel dort zurück. Du kriegst auch doppelten Stundenlohn, wenn du mir den Gefallen tust.‹ Und dann fährt der Mörder mit dem sicheren Wissen weg, dass er diesen doppelten Lohn nie wird bezahlen müssen.«

Eine Weile herrschte Schweigen, während sich alle die gedachte Szene vorstellten. Es war sehr wahrscheinlich, dass es sich genauso abgespielt hatte.

Irene bat ums Wort:

»Wenn der Mörder so vorgegangen ist, dann wissen wir drei Dinge. Zum Ersten: Der Mörder hatte Zugang zu den beiden Schlüsselbunden, die bei Pirjo nach dem Brand gefunden wurden. Zum Zweiten: Pirjo kannte den Mörder und vertraute ihm. Oder ihr. Und zum Dritten: Der Mörder hatte Zugang zu einem hellen Auto. Einem ziemlich großen, laut Quist. Der Lehrer vom Aschebergsgymnasium hat am Mordabend ja auch einen hellen Wagen gesehen. Sylvias BMW ist rot. Der Porsche auch. An hellen Wagen, die wir kennen, gibt es jedenfalls Henrik von Knechts Mercedes und Charlottes hellgelben Golf. Obwohl ein Golf nicht besonders groß ist. Und hätte der Lehrer nicht gesehen, dass er gelb ist?«

»Nicht unbedingt. Er ist hellgelb. Und der Lehrer ist zum Parkhaus gelaufen. Denk dran, es war dunkel, hat in Strömen geregnet, und er hat das Auto nur aus der Entfernung gesehen«, sagte Birgitta.

Andersson warf Fredrik einen auffordernden Blick zu:

»Du musst unbedingt Quist noch mal verhören. Schließlich arbeitet er mit Kleidung, dann muss er doch verdammt noch mal was über die Farbe sagen können. Und versuch mal, ob er nicht doch sagen kann, welche Automarke es war.«

»Wird gemacht. Aber da fällt mir was ein. Lillis hat einen Ford Mondeo. Funkelnagelneu, mit getönten Scheiben. Richtig geil«, sagte Fredrik.

»Ja gut, es ist sicher nicht schlecht, seinen Wagen auch gleich mit zu überprüfen. Obwohl Quist wohl den Unterschied zwischen einem Golf und einem Mondeo erkennen kann. Übrigens, er hat nicht zufällig gesehen, wer in dem Wagen saß?«

»Nein. Aber er hat gesehen, dass die Fensterscheiben getönt waren.«

Irene fiel etwas ein.

»Das sind die von Henriks Mercedes auch.«

Andersson runzelte die Stirn und dachte eine Weile nach.

»Okay. Fredrik, du quetschst diesen kleinen Schw… Ladenbesitzer weiter aus. Jonny, Hans und Birgitta hängen sich an Lillis' Fersen, wenn er nach dem Mittagessen rausgelassen wird. Wie die Blutegel! Wenn wir Glück haben, führt er uns zum Mörder. Jedenfalls zu Bobos Mörder. Und ihr vier habt auch Wochenendbereitschaftsdienst. Die anderen, die letztes Wochenende Bereitschaftsdienst hatten, haben frei. Aber heute werden wir noch einmal alles doppelt und dreifach überprüfen, was wir bis jetzt herausgefunden haben. Irene und Tommy, ihr könnt in die Molinsgatan fahren und euch umhören, ob noch jemand gesehen hat, wie Pirjo mit dem Fahrer in diesem hellen Golf-Mercedes, oder was für eine Karre es nun war, geredet hat. Apropos Karre; fragt gleich mal nach, ob nicht jemand Freitagnacht Autos vor der Garage in der Molinsgatan gesehen hat. Es wäre vor allem interessant zu wissen, was für ein Auto für den Porsche in die Garage gefahren wurde! Hannu, nimm dir Pirjos Tochter noch mal vor. Ich habe das Gefühl, sie könnte einiges verbergen. Um den Ruf ihrer Mutter zu schützen oder so. Das klingt doch äußerst merkwürdig, dass sie nicht darüber geredet haben, wo sie sauber machen wollte.«

Hannu nickte, aber Irene sah gleichzeitig, dass er leicht mit den Schultern zuckte. Offenbar glaubte er nicht, dass man bei Marjatta viel weiter kommen würde. Der Kommissar beendete die Besprechnung:

»Ich selbst bin den ganzen Tag hier im Haus und wahrscheinlich auch am Wochenende. Sonst erreicht ihr mich zu Hause.«

Alle standen auf. Birgitta und Fredrik huschten als Erste auf den Flur hinaus, und der Kommissar konnte ihr Lachen wie ein warmes, viel versprechendes Lüftchen in den Raum wehen hören. Das versetzte ihm einen Stich. Sie würde doch wohl nichts mit Fredrik anfangen? Was würde dann aus ihrer Australienreise werden? Und das ganze Gerede von Unabhängigkeit und Freiheit? Bloß keine Männer, die Forderungen stellten? Nun ja, es hieß zwar, das Bier in Australien wäre gut. Aber er würde sicher niemals dorthin fahren.

Die Temperaturen waren leicht unter null und es herrschte Glatteis. Die Fußgänger trippelten mit kleinen Mäuseschritten auf den Gehwegen. Die Krankenwagen eilten im Pendelverkehr mit gebrochenen Armen und Beinen zu den verschiedenen Unfallaufnahmen.

Fredrik fuhr mit Irene und Tommy im Auto mit. In einer Tasche auf dem Boden hatte er einige Fotos verschiedener Autotypen. Carl-Johan Quist hatte sich kategorisch geweigert, ins Präsidium zu kommen, um sie dort anzusehen. Er war allein im Laden und jetzt begann das Weihnachtsgeschäft. Frühestens am Samstagnachmittag nach drei Uhr konnte er wegkommen. Und dann hatte er grenzenlos Zeit, wenn es dem Inspektor helfen würde! Darauf beschloss Fredrik, dass dann eben der Berg zum Propheten kommen musste. Er redete sich selbst ein, dass der Hauptgrund dafür der Zeitfaktor war. Es musste so schnell wie möglich klar sein, nach welcher Automarke gesucht wurde. Irgendwo im Hinterkopf tönte außerdem Jonnys höhnischer Kommentar bei der morgendlichen Besprechung. Aber dann erinnerte er sich gleich an Birgittas Reaktion auf den Wortwechsel mit Jonny, und sofort fühlte er sich äußerst zufrieden mit der Entwicklung der Dinge.

Irene fand glücklicherweise einen Parkplatz auf der anderen Seite der Schebergsgatan. Sie beschlossen, sich um Punkt ein Uhr wieder beim Auto zu treffen. Wer innerhalb einer Viertelstunde nicht eingetroffen war, musste mit der Straßenbahn zurückfahren. Fredrik schlidderte zum Bekleidungsladen, seine Fotos in der dunkelblauen Tasche. Irene und Tommy schauten ihm nach und sahen, wie er ausrutschte und sich fast mitten auf einen Zebrastreifen setzte.

Irene musste grinsen.

»Er hat heute wohl nicht so die rechte Bodenhaftung. Birgittas Kuss lässt ihn immer noch schweben.«

»Bestimmt! Wer würde das nicht?«

»Du auch?«

»Tja… so ein bisschen… vielleicht…«

Sie lachten und das wärmte trotz der Kälte. Sie beschlossen sich aufzuteilen. Tommy wollte sich nach Autos vor der Garage in der Freitagnacht erkundigen. Irene wollte sich um Pirjo und den hellen Wagen kümmern.

Die Haltestelle, an der Pirjo gewartet hatte, lag ungefähr vierzig Meter von Quists Boutique entfernt. Da standen immer Leute und warteten, denn zwei Straßenbahnlinien und drei Buslinien hielten hier. Aber es wäre sicher keine gute Idee, diejenigen zu fragen, die jetzt dort standen. Besser war es, sich an die Läden und Geschäfte rundherum zu wenden.

Direkt neben Irene befand sich eine große Kunstgalerie. »Galleri Uno« stand mit verschnörkelten Buchstaben auf dem Schaufenster und an der Tür. Als sie die Tür öffnen wollte, stieß sie auf Widerstand. Ein briefmarkengroßer Zettel war mit Klebeband in Augenhöhe befestigt. »Montag–Dienstag geschlossen. Mittwoch–Samstag 12–17 Uhr. Sonntag 12–16 Uhr.« Ach so, dann müsste Uno also bis zum Schluss warten. Der nächste Anlaufpunkt war Unos Nachbar, ein kleiner Laden für Fußpflege. Die Dame hinter dem Tresen trug einen Perlonkittel, der früher sicher einmal weiß gewesen war. Aber jetzt war das Einzige, das weiß leuchtete, ihr Haar. Irene wurde unsicher. War das ein richtiges Geschäft? In Schweden werden die Leute normalerweise mit fünfundsechzig pensioniert, aber diese Dame war sicher zwanzig Jahre älter. Doch ihre Stimme klang kräftig und klar:

»Guten Tag. Womit kann ich dienen?«

»Guten Tag. Mein Name ist Irene Huss, Inspektorin. Ich ermittle im Mordfall Richard von Knecht.«

Die alte Dame beugte sich eifrig über den Tresen und zischte so aufgeregt, dass sich ihr Gebiss löste:

»Oh, wie spannend, und auch noch direkt hier um die Ecke! Ich habe alles im Fernsehen und in den Zeitungen verfolgt.«

»Dann haben Sie vielleicht auch in den Zeitungen gelesen, dass es möglicherweise einen Zusammenhang mit der Bombe in der Berzeliigatan gibt?«

»Aber das ist doch klar, dass das was miteinander zu tun hat! Und dann diese kleine Putzfrau, die verbrannt ist! Schließlich hat sie doch bei von Knecht geputzt, da ist es ja wohl klar, dass sie was mit dem Feuer in der Berzeliigatan zu tun hatte, oder?«

Sie verschränkte die Arme vor der Brust und warf Irene einen herausfordernden Blick zu.

»Ja, gerade um die kleine Putzfrau geht es. Wir versuchen herauszukriegen, mit wem sie Kontakt hatte am letzten Tag ihres Lebens. Am Mittwoch letzter Woche. Wir haben einige Zeugenaussagen, nach denen sie so gegen zehn Uhr hier draußen an der Straßenbahnhaltestelle gestanden hat…«

»Ja, das stimmt. Ich habe sie gesehen. Seit ein paar Jahren habe ich sie dreimal in der Woche mit der Straßenbahn kommen sehen. Sie ist immer so gegen drei Uhr nachmittags zurückgefahren. Aber am Mittwoch ist sie gegen zehn Uhr schon weggefahren«, lispelte die Frau.

»Haben Sie gesehen, ob ein Wagen angehalten hat, zu dem sie dann gegangen ist?«

»Ja, das stimmt, das habe ich gesehen. Aber die haben nur ganz kurz miteinander geredet. Das Auto ist fast sofort wieder weitergefahren.«

»Welche Marke war es?«

Zum ersten Mal sah die Verkäuferin im hohen Pensionsalter verunsichert aus.

»Welche Marke?«

»Ja, die Automarke. Was für ein Typ von Auto war es?«

»Ick kenne mich bei Automarken nicht so gut aus.«

Innerlich seufzte Irene, aber sie versuchte es zu verbergen.

»War es ein großes oder ein kleines Auto?«

»Ich weiß nicht. Ziemlich groß. Glaube ich«, sagte sie und saugte nachdenklich an ihren schlecht sitzenden Zahnprothesen.

»Erinnern Sie sich noch, welche Farbe das Auto hatte?«

»Nein. Vielleicht braun. Oder heller… Aber die kleine Putzfrau - übrigens war sie nicht eigentlich klein – ja, kurz – gewachsen, aber nicht klein. Ziemlich dick war sie. Sie trug einen weißen Schal und eine dunkelgrüne Jacke. Und dann hatte sie eine große rote Tasche in der Hand.«

Das stimmte mit Marjattas Beschreibung von Pirjos Bekleidung überein. Irene beschloss, das Auto erst einmal beiseite zu lassen.

»Können Sie mir erzählen, was geschah, als Pirjo zum Auto ging?«

»Sie ist hingegangen. Hat sich runtergebeugt und mit jemandem im Auto geredet.«

»Auf welcher Seite vom Auto stand sie?«

»Sie ist auf dem Bürgersteig stehen geblieben. Der Fahrer im Auto hat die Fensterscheibe auf der Beifahrerseite runtergekurbelt. Aber ich habe nicht viel sehen können, weil der Wagen ja vor der Putzfrau stand.«

»Dann saß der Fahrer mit dem Rücken zu Ihnen?«

»Ja. Aber die Autoscheiben waren so dunkel, dass ich nicht viel erkennen konnte. Ich glaube jedoch, dass der Fahrer eine helle Jacke oder einen hellen Mantel anhatte.«

»War es ein Mann oder eine Frau?«

»Das weiß ich nicht, aber ich denke schon, dass es ein Mann war.«

»Wieso?«

»Der Fahrer war ziemlich groß. Und als der Wagen losfuhr, hat die Putzfrau ihm hinterhergewunken. So ungefähr.«

Die alte Dame demonstrierte ein verstohlenes Winken. Das bestärkte Irenes Annahme, dass Pirjo denjenigen gekannt haben musste, der ihr die Schlüssel gab. Voller Hoffnung fragte sie:

»Und fällt Ihnen noch etwas ein?«

Die Dame gab sich wirklich Mühe, aber da war nichts mehr. Irene bat um Namen, Adresse, Telefonnummer und Personendaten. Sie hieß Ester Pettersson und war zweiundachtzig Jahre alt. In Irene erwachte wieder einmal die Neugier.

»Es ist ja nicht üblich, dass Menschen in Ihrem Alter noch arbeiten. Ist das nur ein Zufall?«

»O nein, ich stehe hier in meinem Geschäft seit einundsechzig Jahren! Vorher gehörte es meinem Vater, aber der bekam Tbc und ist gestorben. Meine Mutter war kränklich. Also musste ich den Laden übernehmen.«

»Und Sie haben nie an Pensionierung gedacht?«

»Niemals! Was um Himmels willen sollte ich dann anfangen?«

Irene lehnte dankend das Angebot zu einer Tasse Kaffee ab, versprach aber, noch einmal vorbeizuschauen. Als die Tür ins Schloss fiel und eine Duftsymphonie aus Fußpuder, Warzenmittel und Liniment für müde Füße hinter sich zurückließ, klingelte eine kleine Glocke.

Um ein Uhr waren alle drei wieder am Wagen. Tommy hatte keine neuen Informationen hinsichtlich des nächtlichen Wagentauschs. Irene hatte auch nichts Neues, außer der alten Dame in dem Fußpflegegeschäft. Fredrik war mit Quist so weit gekommen, dass dieser meinte, sicher zu sein, dass Pirjo sich zu einem größeren Modell einer Limousine runtergebeugt habe. Hell lackiert. Wahrscheinlich weiß oder beige. Mit dunkel getönten Scheiben. Und anschließend hatte er Fredrik zum Essen eingeladen, was dieser aber so höflich und entschieden wie möglich dankend abgelehnt hatte. Er hatte sich damit entschuldigt, dass er schon mit seiner Freundin zum Essen verabredet wäre. Nicht, dass er im Augenblick wirklich eine feste Freundin hatte, doch vielleicht gab es ja Möglichkeiten, das zu ändern. Aber er dachte nicht im Traum daran, Irene und Tommy etwas von der Essenseinladung zu erzählen. Die waren zwar zweifellos beide nett, und nicht mit Jonny zu vergleichen, aber so eine Geschichte würde er bestimmt bis ans Ende seines Lebens zu hören bekommen! Natürlich nur unter dem Deckmantel höchsten kameradschaftlichen Wohlwollens.

Tommy betrachtete nachdenklich die stattliche Jugendstilfassade auf der anderen Seite der Aschebergsgatan. Er schaute zu der Marmorbalustrade im obersten Stock hinauf und zu dem inzwischen berühmten kleinen turmförmigen Balkon. Nachdenklich sagte er:

»Ob Sylvia von Knecht wohl zu Hause ist? Ich würde gern noch mal in die Garage gucken.«

Irene schloss das Auto auf und zupfte die Karte mit Sylvias Telefonnummer aus der Jackentasche. Sie setzte sich in den Wagen und tippte die Nummer in ihr Handy ein.

»Bei Sylvia von Knecht.«

Eine Frauenstimme antwortete in singendem Finnlandschwedisch.

»Guten Tag, mein Name ist Inspektorin Irene Huss. Ich möchte gern Sylvia von Knecht sprechen.«

»Die ist nach Marstrand gefahren. Eines der Pferde ist krank geworden.«

»Wann erwarten Sie sie zurück?«

»Heute abend.«

»Um welche Uhrzeit?«

»Das weiß ich nicht.«

»Das weiß ich nicht«, hatte sie geantwortet. Es war eine

kühle, aber keineswegs unfreundliche Stimme. Irene beschloss, es einfach zu versuchen.

»Sind Sie Sylvia von Knechts Schwester? Arja Montgomery?«

»Ja.«

»Dürften wir einen Augenblick zu Ihnen raufkommen? Wir sind unten vor der Tür, in der Aschebergsgatan.«

Nach einer kurzen Pause kam es zögernd:

»Ich weiß nicht... Sylvia ist nicht begeistert davon, dass die Polizei überall herumschnüffelt.«

»Ja, ich weiß. Sie ist nach allem, was passiert ist, etwas empfindlich. Aber sie hat uns die ganze Zeit bei unseren Ermittlungen zur Verfügung gestanden. Unser jetziges Problem ist mit Ihrer Hilfe auch ganz leicht zu lösen. Wir müssten noch einmal in die Garage in der Molinsgatan. Die Schlüssel sind an Richards Autoschlüsselbund. Der liegt auf seinem Nachttisch, neben dem Etui mit den Türschlüsseln.«

Wieder entstand eine zögerliche Pause. Dann sagte Arja resigniert:

»Ich werde nachsehen, ob ich sie finde.«

Es raschelte leicht, als sie den Hörer auflegte. Nach ein paar Minuten kam sie zurück.

»Ich habe sie gefunden. Aber ich muss runterkommen, um Ihnen die Schlüssel zu geben. Das ist zwar etwas peinlich, aber ich kenne den Code für die Tür nicht.«

»Das ist in Ordnung. Wir warten.«

Arja war deutlich jünger als Sylvia. Zu ihrer Überraschung musste Irene feststellen, dass Arja fast im gleichen Alter wie sie selbst war. Es war schwer, eine Ähnlichkeit mit der älteren Schwester festzustellen. Fast zehn Zentimeter größer als die Schwester, mit einer kräftigen, leicht untersetzten Figur, war Arja auf eine typisch finnische Weise schön. Sie hatte dickes, hellblondes, schulterlanges Haar, hohe Wangenknochen, große, strahlend blaue Augen und einen breiten Mund mit ebenmäßigen, schönen Zähnen. Diese zeigte sie, während sie entschuldigend lächelte. Sie deutete auf das schmutzige Herrenhemd und die dreckigen Jeans, die sie trug, und erklärte:

»Entschuldigen Sie, aber ich helfe Sylvia beim Saubermachen. Die Beerdigung ist Donnerstag, bis dahin will sie alles in Ordnung haben.«

Was hatte Sylvia einmal gesagt? »Nur Finninnen können richtig sauber machen.« Es sah so aus, als würde sie bei dieser These bleiben. Arja zog den Schlüsselbund aus ihrer Jeanstasche und fragte:

»Sind das die richtigen Schlüssel?«

»Ja, das sind sie. Und hier sind unsere Ausweise. Es ist wichtig, dass Sie wissen, wem Sie die Schlüssel gegeben haben.«

Irene zückte ihren Polizeiausweis. Tommy und Fredrik folgten verwundert ihrem Beispiel. Arja warf einen flüchtigen Blick auf die Karte mit der Metallmünze und nickte. Irene erklärte lächelnd:

»Schließlich kenne ich Sylvia, da wir schon einige Male miteinander zu tun hatten. Sie wird sonst mit Ihnen schimpfen, dass Sie nicht nachgefragt haben, wem Sie eigentlich die Schlüssel gegeben haben. Aber jetzt haben Sie unsere Legitimation gesehen und wissen auf jeden Fall, dass wir von der Polizei sind.«

Zunächst schaute Arja ganz verwundert drein, aber dann begannen ihre saphirblauen Augen frech zu funkeln, und ein warmes Lächeln zeigte sich.

»Ich sehe, Sie kennen meine liebe Schwester wirklich. Oder besser gesagt: meine Halbschwester«, sagte sie.

Das erklärte die fehlende Ähnlichkeit. Irenes übliche Neugier forderte ihr Recht und sie musste einfach fragen:

»Haben Sie die gleiche Mutter oder den gleichen Vater?«

»Die gleiche Mutter. Sylvias Vater starb bei der finnisch-deutschen Offensive gegen Russland im Juni einundvierzig. Sylvia wurde knapp sieben Monate später geboren. Unsere Mutter hat dann einen Cousin ihres toten Mannes geheiratet, also meinen Vater.«

»Hatte das den Grund, dass ein Familiengut in der Familie bleiben sollte oder Ähnliches?«

»Nein, nein. Die Familienbesitztümer lagen im Regierungsbezirk von Viborg, das an Russland abgetreten wurde. Wir hatten nach dem Krieg gar nichts mehr.«

»Lebt Ihr Vater noch?«

»Nein. Er ist vor zehn Jahren an Lungenkrebs gestorben. Er war Kettenraucher.«

»Und Ihre Mutter?«

Irene machte eine Kopfbewegung zur Wohnung hinauf. Arja lachte:

»Sie ist putzmunter. Achtundsiebzig Jahre alt. Hört nur, was sie will, aber sonst fehlt ihr nichts. Sie backt gerade Kuchen für die Begräbnisfeier.«

»Für die Begräbnisfeier? Soll es denn nicht ein großes Begräbnis werden, mit allem Pomp und großem Essen?«

Das war keine Ermittlungsfrage, sondern kam spontan aus Irenes Herzen. Arja verzog viel sagend den Mund.

»Wenn Sie meine Schwester so gut kennen, dann wissen Sie auch, dass sie sehr ökonomisch denkt. Das ist wohl noch ein Überrest aus unserer ärmlichen Kindheit. Immer den Schein wahren, aber es darf nichts kosten! Sylvia meint, eine Kaffeegesellschaft für die nächsten Hinterbliebenen reicht. Und raten Sie mal, wer die Butterbrote schmiert!«

Sie zeigte wieder ihr warmes Lächeln, verabschiedete sich von den Polizeibeamten und schloss die schöne Tür hinter sich.

Es handelte sich um eine große Doppelgarage. Der rote BMW war nicht da, aber der Porsche stand an seinem Platz. Sie zogen das Garagentor hinter sich zu und schalteten die Deckenbeleuchtung ein. Der Zeuge zwei Etagen höher hatte Recht. Das Tor quietschte und kreischte schrecklich, als es geöffnet und wieder geschlossen wurde. Es war eine große, breite Garage. Die Wagen hatten reichlich Platz im vorderen Teil. Der hintere Teil wurde offensichtlich als Abstellraum benutzt.

Die gesamte Rückwand war mit Regalen versehen. Auf ihnen standen Kartons, Leitern, Winterreifen, ein Wasserschlauch, Slalomskier, zwei Rennräder in Grünmetallic mit gebogenem Lenker und eine ganze Menge anderer Sachen, Kisten und Kästen. Irene schaute sich nachdenklich um und fragte:

»Haben die Techniker eigentlich die Garage ordentlich untersucht?«

Tommy schüttelte den Kopf.

»Nein, nur den Wagen. Und bei dem war das einzige Auffällige, dass es Spuren von Erde oder Sand und Öl im Kofferraum und auf dem Wagenboden gab. Sowohl vor dem Rücksitz als auch auf dem Boden vor dem Beifahrersitz.«

Sie gingen zu dem Auto und öffneten den kleinen Kofferraum. Auf dem Boden waren deutlich einige dunkle Ölflecken zu sehen, in der Größe einer Geldmünze. Ein bisschen Schmutz und Sand war daran kleben geblieben. Im Wagen fanden sie ähnliche Flecken auf den Bodenmatten. Der Wagen war wirklich schön anzusehen. Und bestimmt noch schöner zu fahren. Der schwarze Lederbezug verlieh dem Wagen einen maskulinen Duft. Das kleine, lederbespannte Lenkrad und das hochwertige Armaturenbrett vermittelten den Eindruck, als säße man in einem Cockpit. Was natürlich auch beabsichtigt war. Irene spürte ein leichtes Ziehen im Zwerchfell, als sie sich auf den Fahrersitz setzte.

»Entschuldige Irene, aber bist du jetzt total abgehoben?«

Tommys Stimme holte sie brutal wieder in die Wirklichkeit zurück. Träumerisch sagte sie:

»Es hat schon was, in so einem Auto zu sitzen.«

»Dann genieße es nur. Wahrscheinlich kommt es nicht so oft vor, dass du die Gelegenheit hast, in einem Porsche zu sitzen. Aber ich habe da hinten was gefunden. Komm mal.«

Mit einem Seufzer schälte sie sich aus dem wunderbaren Ledersitz und folgte ihm weiter in die Garage hinein. In einer Ecke, eingezwängt zwischen das Ende des Regals und der Wand, stand ein großer Benzinkanister aus grünem Blech.

Tommy versuchte ihn herauszuziehen, was ihm schließlich auch gelang. Er schüttelte ihn und stellte fest:

»Leer. Ist nur noch eine Pfütze drin.«

»Wie viel passt in so einen Kanister?«

»Fünfundzwanzig, dreißig Liter. Aber es ist verboten, Benzin in der Garage und ähnlichen Räumen aufzubewahren.«

»Aber der ist doch leer.«

»Stimmt. Aber es war Benzin drin.«

Tommy drehte den Deckel ab und schnupperte an der Öffnung.

»Der kann doch schon geleert gewesen sein, als er hierher gestellt wurde.«

»Möglich.«

Er schien nicht überzeugt zu sein, und Irene musste ihm Recht geben. Sie betrachtete den Kanister und fragte:

»Kann es sich hier um das Benzin handeln, das für die Höllenmaschine in der Berzeliigatan benutzt wurde?«

»Genau darüber denke ich nach. Aber da hat es sich bestimmt um mehr Benzin als das hier gehandelt.«

Sie liefen herum und schauten sich das Gerümpel auf den Regalbrettern an. Plötzlich entdeckte Irene etwas. Eine gelbe, schwarz gemusterte Schlange, die sich unter dem untersten Regalbrett zu verstecken versuchte. Ein abgeschnittenes Stück Wasserschlauch. Sie zog das Schlauchstück hervor. Es war ungefähr eineinhalb Meter lang. Triumphierend rief sie:

»Guckt mal! Ihr meint wohl, ich habe hier nur ein Stück von einem Wasserschlauch. Aber weit gefehlt!«

Fredrik und Tommy sahen sie verwundert an. Sie guckten dumm das Stück Schlauch an, doch plötzlich ging Tommy ein Licht auf.

»Stimmt! Du hast Recht. Das ist es«, sagte er.

Fredrik seufzte.

»Ich finde ja immer noch, dass es einfach ein Stück von dem langen Schlauch ist.«

Irene und Tommy schüttelten beide den Kopf und sagten gleichzeitig:

»Damit ist umgefüllt worden!«

Irene holte den zusammengerollten Schlauch hervor. Von ihm stammte das abgeschnittene Stück. Die frischen Schnittspuren passten perfekt zusammen, als sie sie aneinander hielt. Ihr Herz pochte heftig vor Erregung, die bekannte Reaktion, wenn sich ein Rätsel seiner Auflösung näherte.

»Da haben wir's! Darum hat es hier drinnen in der Garage so lange gedauert. Unser Bombenleger hat ein Stück vom Schlauch abgeschnitten und es benutzt, um das Benzin von dem Blechkanister in einen Plastikkanister umzufüllen. Oder vielmehr in mehrere Plastikkanister.«

Tommy nickte zustimmend und sagte:

»Stimmt. Aber er brauchte noch mehr Benzin. Meint ihr, er hat es aus den Autotanks geholt?«

Sie guckten sich den Porsche an. Der BMW hatte auch hier drinnen gestanden. Das zusammen ergab eine ganze Menge Benzin. Irene schaute eine ganze Weile den Porsche an. Schließlich sagte sie:

»Ich glaube, ich weiß, warum er den Porsche genommen hat und nicht seinen eigenen Wagen.«

Sie nahm die Wagenschlüssel und setzte sich auf den weichen Fahrersitz. Sie schaltete die Zündung ein, der Wagen startete sofort. Wieder begann ihr Herz zu klopfen, als sie auf das Armaturenbrett zeigte.

»Hier, seht. Der Tank ist fast leer.«

»Mach lieber aus, damit wir nicht an einer Kohlendioxidvergiftung sterben!«

Hustend öffnete Tommy die Garagentür. Es war zwar anzuzweifeln, ob die Luft da draußen so viel besser war, aber zumindest waren die Schadstoffe in ihr nicht so konzentriert. Mit einem leichten Gefühl der Wehmut stellte Irene den Motor wieder ab. Er hatte wie ein Leopard geschnurrt. Sie entwarf ein Bild des Geschehens, wie sie es sich dachte.

»Der Bombenbastler kommt nach Mitternacht hierher. Er weiß, dass in dem Kanister und in den Autos Benzin ist. Er selbst hat sein Auto gerade voll getankt. Glücklich hier angekommen, stellt er fest, dass der Porsche fast kein Benzin mehr im Tank hat. Es reicht nur noch für zwanzig, fünfzig Kilometer. Also fährt er den Porsche auf die Straße und sein eigenes Auto rein, um ungestört das Benzin in die Plastikkanister umzufüllen. Aber er lässt noch so viel in seinem eigenen Auto, dass er nicht Gefahr läuft, auf dem Heimweg liegen zu bleiben. Die Ölflecke im Porsche sind wahrscheinlich entstanden, weil er die Plastikkanister vorher auf dem Boden hier hat stehen lassen, und da sind sie ölig von unten geworden.«

Fredrik unterbrach sie:

»Warum hat er dann nicht sein eigenes Auto benutzt, um in die Berzeliigatan zu fahren?«

»Weil er nicht wollte, dass sein eigenes Auto genau zu diesem Zeitpunkt in der Gegend gesehen wurde. Es ist nicht so einfach zu erklären, was man mitten in der Nacht da zu suchen hat – von Knechts eigenes Auto erweckt eine gewisse Verwunderung, aber nicht das gleiche Aufsehen«, antwortete Irene.

Das klang logisch. Tommy nickte und nahm das Schlauchstück in die Hand.

»Das nehmen wir für die Techniker mit, die können untersuchen, ob wirklich Benzin durchgeflossen ist. Aber man braucht eigentlich nur dran zu riechen. Das ist für Benzin benutzt worden. Wir werden die Techniker bitten, noch mal herzukommen und Proben von den Ölflecken hier auf dem Boden zu nehmen – wenn sie es nicht schon gemacht haben – und sie mit denen im Auto zu vergleichen«, erklärte er entschlossen.

Sie gingen hinaus und schlossen die quietschende Tür hinter sich. Tommy betrachtete gedankenvoll die solide, grau gestrichene Tür.

»Wenn wir doch nur einen Zeugen hätten, der gesehen hat, wie die Benzinkanister in den Porsche gebracht wurden! Aber niemand hat sich gemeldet. Es muss passiert sein, als der Zeuge im zweiten Stock sein Kind ins Bett gebracht hat und danach auf der Toilette war«, seufzte er.

Irene klopfte ihm leicht auf den Arm.

»Du, Tommy, wir haben doch bei jemandem Plastikkanister gesehen. Gerade erst. In Henriks und Charlottes Garage. Lass uns da vorbeifahren und noch mal näher nachsehen. Die Schlüssel behalten wir und geben sie den Technikern. Ich habe das Gefühl, es ist mal wieder an der Zeit für ein Gespräch mit Sylvia von Knecht. Obwohl ich bestimmt der letzte Mensch bin, den sie gern sehen möchte. Irgendwie läuft es immer aus dem Ruder, wenn ich sie befrage.«

Tommy grinste.

»Vielleicht ist es ja an der Zeit, männliche Kompetenz dazuzuholen? Damit meine ich natürlich mich.«

»Wahrscheinlich gar keine schlechte Idee.«

Zu dritt fuhren sie nach Örgryte hinaus und gingen in Henrik von Knechts immer noch unverschlossene Garage. Dort standen die beiden Plastikkanister mit der Aufschrift »Aqua dest« immer noch in der Ecke. Irene schraubte den Deckel ab und schnupperte, konnte aber nur abgestandenes Wasser riechen. Tommy schaute sie sich auch an und meinte:

»Zehnliterkanister. Ideal für diese Zwecke. Gut zu tragen. Fünf, sechs davon reichen für die Höllenbombe. Wir sollten den jungen Herrn von Knecht einmal näher dazu befragen. Denn die Gnädigste ist sicher immer noch fort?«

Alles deutete darauf hin. Niemand öffnete, als sie an der Tür schellten. Sie gingen ums Haus und versuchten durch die Fenster hineinzusehen. Als sie sich auf den Rand einer verwilderten Rabatte auf der Rückseite des Hauses stellte, konnte Irene direkt in die Küche gucken. Das schmutzige Geschirr stand nicht mehr da. Alles sah sauber und ordentlich aus. Henrik würde nicht auf die Idee kommen, dass seine Frau Besuch von einem Cowboy gehabt hatte. Andererseits wollte er laut Charlotte ja sowieso direkt nach Marstrand fahren. Und sie selbst auf ein Fest bei einem Freund... Sie wurde von einer schroffen Stimme in ihren Gedanken unterbrochen:

»Stehen bleiben oder ich schieße! Die Polizei ist bereits

alarmiert, sie kommt sofort!« Erschrocken drehte sie sich in die Richtung, aus der die Stimme gekommen war und starrte direkt in die Mündung eines Gewehrs. Welches bedrohlich in den Händen eines dicken, glatzköpfigen älteren Herrn zitterte.

Den drei Kriminalinspektoren war es fast gelungen, den bewaffneten Mann davon zu überzeugen, dass sie wirklich Kriminalbeamte waren, als der Streifenwagen anrückte. Die beiden Polizisten kamen mit gezogener Pistole um die Hausecke gelaufen. Zum Glück war einer von ihnen Hans Stefansson. Vielleicht war es aber auch eher ein Unglück, da war sich Irene gar nicht so sicher. Aber eines wusste sie ganz genau. Die Geschichte, wie ein misstrauischer Nachbar drei Kriminalbeamte mit einem Elchgewehr in Schach hielt, während er auf den Streifenwagen wartete, die würde noch am gleichen Abend in der ganzen PO1 herum sein.

Dem armen älteren Mann war es sichtlich peinlich, als er seinen Irrtum eingestehen musste. Er verteidigte sich mit beleidigter Stimme:

»Aber heutzutage kann man ja nicht vorsichtig genug sein. Meine Frau hat verdächtige Personen gesehen, die sich hier herumtrieben oder in Autos rumspionierten. Und da habe ich natürlich gedacht, das wären Einbrecher!«

Irene nahm an, dass seine Frau die Dame hinter der Gardine gewesen war, die Tommy und sie am Tag zuvor beobachtet hatte. Aber es ist immer besser, diese Leute auf seiner Seite zu haben. Ein braver Bürger, der glaubt, er genieße das Vertrauen der Polizei, erzählt alles Mögliche. Das heißt, so lange es um andere Leute geht. In einem vertraulichen Tonfall fragte sie deshalb den korpulenten Nachbarn:

»Wir haben versucht, Henrik von Knecht zu erreichen, was uns aber nicht gelungen ist. Wissen Sie vielleicht, wo er ist?«

Das war völlig ungefährlich, da sie ja wusste, dass er in Stockholm war. Aber offenbar hatte der Nachbar keine Ahnung. Er schüttelte seinen kugelförmigen Kopf und erklärte gleichgültig:

»Henrik von Knecht? Der ist doch fast nie zu Hause. Eine Zeit lang haben meine Frau und ich schon gedacht, die beiden hätten sich getrennt. Aber letzte Woche haben wir ihn dann wieder gesehen.«

»Wir haben gestern mit Charlotte von Knecht gesprochen, aber wir müssten sie noch einmal sehen. Sie wissen… alles muss doppelt und dreifach überprüft werden bei einer Morduntersuchung.«

Der Nachbar nickte eifrig zustimmend. Aber als er nachdachte, fand er eine wunderbare Gelegenheit, sich zu beschweren, und verkündete in jammerndem Ton:

»Na, die Frau sehen wir auch nicht so oft. Ich meine… sie ist ja so gut wie nie draußen im Garten. Was doch wohl dringend notwendig wäre. Die Hecke zu uns hin müssen wir immer in Schuss halten. Die kümmern sich nie um ihre Seite. Immer bin ich es, der die Hecke schneidet. Jedes Jahr!«

»Gibt es denn keinen Gärtner, der den anderen Teil übernehmen könnte?«

»O nein. Man könnte ja annehmen, dass sie es sich leisten könnten! Aber nein, die verlassen sich darauf, dass ich ihre Arbeit auch noch mache!«

Irene schnalzte mitfühlend mit der Zunge und beschloss, direkter auf das eigentliche Ziel zuzusteuern. Verhalten fragte sie:

»Wenn der Mann so oft verreist ist, dann kommen wohl oft Freunde und Verwandte zu Charlotte von Knecht zu Besuch?«

Die Antwort kam kurz und knapp.

»Nein.«

Aber da steckte mehr dahinter. Am besten, sie legte noch ein paar Köder aus. Sie nahm noch einmal Anlauf:

»Aber gibt sie nicht ab und zu mal ein Fest? Sonst wäre es doch für sie gar zu einsam in dem Haus?«

Der Nachbar sah verunsichert aus, und Irene meinte eine gewisse Reserviertheit herauszuhören, als er antwortete:

»Nein, im letzten Jahr hat es bestimmt kein einziges Fest hier im Haus gegeben. Meistens steht es sowieso leer. Aber manchmal hat sie schon… Besuch gehabt.«

»Herrenbesuch?«

Eine leichte Röte überzog seine Wangen und stieg hoch bis zur Glatze. Kein Zweifel, wer da hinter der Gardine gestanden und empört diese Besuche registriert hatte. Diese Glückspilze, die die schöne Frau von Knecht besuchen durften. Was ihn anging, so war das natürlich aus vielerlei Gründen ausgeschlossen. Aber man durfte ja wohl träumen. Und eifersüchtig überwachen, wer denn Zugang zu der Schönen bekam. Irene verdeutlichte ihre Frage noch einmal:

»Waren es verschiedene Herren oder vielleicht ein ganz spezieller Herr?«

Der unbedarfte Nachbar bekam langsam den Verdacht, dass er einem regelrechten Verhör unterzogen wurde, aber nun war es zu spät, den Rückzug anzutreten. Wenn man einmal A gesagt hat, muss man auch B sagen. Betreten stand er da, hackte mit den Zehen in seinen ausgetretenen Slippern in den weichen Rasen und murmelte undeutlich etwas vor sich hin. Sofort legte Irene nach:

»Entschuldigung, ich habe Sie nicht verstanden?«

Er holte resigniert tief Luft:

»Früher wurde sie immer von verschiedenen Autos abgeholt. Manchmal sind die Männer auch über Nacht geblieben. Aber nicht so oft.«

»Wie oft?«

»Nun ja, vielleicht so zehnmal.«

Wenn er zehnmal sagte, dann war es auch zehnmal. Er rechnete genau mit.

»Früher, haben Sie gesagt. War es denn in letzter Zeit anders?«

Er wand peinlich berührt seinen umfangreichen Leib, bevor er antwortete:

»Doch, ja. Im Frühherbst kam ein roter Porsche und hat sie abgeholt. Zuerst haben wir uns nicht so viel dabei gedacht, denn es war ja ihr Schwiegervater, der sie abholte. Man kennt ihn ja aus den Zeitungen und so. Aber eine Nacht, ja, da… da hat er hier übernachtet.«

»Wann war das?«

»Ende August, vielleicht auch Anfang September. Das muss natürlich nichts... nichts Ungehöriges bedeuten. Wir haben gesehen, dass er es war, der Richard von Knecht, und er ist schließlich ihr Schwiegervater. Aber man wundert sich ja trotzdem... Er ist immer gekommen, wenn der Sohn, Henrik, nicht zu Hause war. Was er ja sowieso nur selten ist. Und die Schwiegermutter haben wir nie gesehen.«

Bumm! Bumm! Irenes Herz schlug wild vor Erregung. Sie hatte das Gefühl, alle müssten es hören. Aber offenbar wurde das Geräusch bei den anderen vom Rauschen des eigenen Blutkreislaufs übertönt, denn alle fünf hörten äußerst konzentiert dem älteren Mann zu. Begriff er, was er da sagte? Offenbar. Es war herauszuhören, dass er darüber gegrübelt hatte, was es zu bedeuten hatte, und schließlich die logische Schlussfolgerung daraus hatte ziehen müssen. Es war etwas »Ungehöriges.«

Sie bedankten sich für seine wertvollen Informationen und sagten, sie würden wieder von sich hören lassen, um alles noch einmal gründlicher durchzugehen. Bevor er wieder zu seinem Haus zurückging, legte er plötzlich seine rundliche Hand auf Irenes Arm. Betreten sagte er:

»Ja... und entschuldigen Sie, dass ich Sie mit dem Gewehr bedroht habe... aber es ist nicht geladen. Ich habe die Munition nicht gefunden. Aber das wollte ich gar nicht sagen. – Müssen Sie Frau von Knecht sagen, dass ich es war, der Ihnen das alles erzählt hat?«

Trotz der Temperaturen um null Grad war seine Stirn von einem dünnen Schweißfilm bedeckt. Irene klopfte mit beruhigenden kleinen Bewegungen auf seine Hand, von denen sie hoffte, sie würden ihren Zweck erfüllen, und sagte in ihrer schönsten offiziellen Polizeisprache:

»Nicht, wenn es sich nicht herausstellen sollte, dass es eine entscheidende Rolle für die Aufklärung des Falles spielt. Und bis jetzt ist es nur eine Spur unter vielen. Wenn es notwendig sein sollte, werden Sie bei einer eventuellen Gerichtsverhandlung als Zeuge bestellt. Aber nichts spricht im Augenblick dafür, dass es so weit kommen könnte. Und wenn doch, werden Sie rechtzeitig von uns hören.«

Äußerungen von Polizeibeamten, die ganz offiziell klingen, wirken auf die Mitbürger immer äußerst beruhigend. Sie verbreiten das Gefühl, als hätten die Beamten alles unter Kontrolle. Was momentan bei den drei Inspektoren ganz und gar nicht der Fall war. All ihre Schlussfolgerungen waren auf den Kopf gestellt worden!

Als der Nachbar zu sich hinübergeschlurft war, den Gewehrlauf durch das Gras hinter sich herschleifend, wandte sich Irene an die Streifenpolizisten und sagte:

»Stefansson, du und ich, wir kennen uns doch ganz gut, oder?«

Hans Stefansson nickte, schaute sie dabei aber verwundert an.

»Du und dein Kollege dürfen unter keinen Umständen, ich wiederhole: unter keinen Umständen über das sprechen, was dieser Nachbar gerade erzählt hat! Ihr könnt genau protokollieren, was hier draußen passiert ist, aber kein Wort über das Gespräch! Ehrenwort?«

Sie streckte die Hand aus und gab beiden einen festen Handdruck. Stefanssons Kollege war ein junger Assistent und schien gar nicht zu begreifen, worum sich das Ganze überhaupt drehte. Aber er guckte feierlich und ernst, als er Irenes Hand ergriff.

Die beiden Kollegen fuhren mit ihrem Wagen davon, und die drei Inspektoren blieben allein in dem verwilderten Garten zurück. Sie sahen einander an, konnten aber auf Grund der zunehmenden Dämmerung keinen richtigen Augenkontakt aufnehmen. Schließlich brach Tommy das Schweigen.

»Darüber müssen wir reden. Und was essen! Es ist schon fast halb vier.«

»›China House‹ am Södra vägen?«

»Perfekt.«

Als wäre es abgesprochen, redeten sie während der zehnminütigen Autofahrt kein Wort miteinander.

KAPITEL 17

Sie waren die einzigen Gäste in dem chinesischen Restaurant, suchten sich aber trotzdem eine Nische ganz hinten im Lokal. Es wurden »vier kleine Gerichte« und für jeden ein großes Leichtbier bestellt. Nach nur wenigen Minuten stand das Essen auf dem Tisch. Erst als der Boden ihrer Schalen zu sehen war, begannen sie zu reden. Irene fing an:

»Es ist nicht Sylvia, mit der wir als Erstes reden müssen, sondern Henrik und Charlotte. Aber das wird nicht leicht werden, wenn wir uns nur auf Gerüchte berufen können.«

Fredrik warf ein:

»Ich bin fest davon überzeugt, dass Henrik Dreck am Stecken hat. Ich wette, er ist der Bombenleger! Er kann sich locker die Schlüssel für die Garage und den Porsche besorgt haben, und er besitzt einen großen, hellen Wagen mit dunklen Scheiben. Und dann sind da noch die Plastikkanister in seiner Garage.«

Tommy nickte zustimmend.

»Ich bin ganz deiner Meinung. Viel spricht dafür, dass Henrik der Bombenleger ist. Aber warum? Warum hat er versucht, seinen eigenen Vater in die Luft zu sprengen? Warum hat er Pirjo losgeschickt, um die Bombe zur Explosion zu bringen? Und warum wurde Bobo Torsson in die Luft gesprengt?«

Irene ruderte eifrig mit den Händen, um ihre Ansichten zu unterstreichen.

»Ich glaube, am einfachsten ist die Frage zu beantworten, warum er Pirjo in die Berzeliigatan geschickt hat. Es hat sich nämlich alles um ihn zusammengezogen. Wenn er der Bombenleger ist, natürlich nur«, sagte sie.

»Zusammengezogen?«

»Ja. Denk dran, dass die Bombe schon fast vier Tage vor Richards Ermordung angebracht wurde. Wäre er nicht erkältet gewesen, wäre er am Montag in sein Büro gegangen. So hat er das aber nicht gemacht. Und am Dienstag auch nicht. Am Dienstagabend ist er ermordet worden. Von dem Mord können wir mit Sicherheit sagen, dass Henrik ihn nicht hat ausführen können, weil er und Sylvia unten auf der Straße waren, als es passiert ist. Aber Henrik weiß, dass in der Berzeliigatan eine tödliche Bombe wartet. Die die Person umbringt, die als Erste die Tür öffnen will. Und wer wird das aller Voraussicht nach sein?«

Sie sah ihre beiden Kollegen an. Beide boten ein Bild vollkommener Konzentration. Tommy antwortete nach einer Weile:

»Sylvia von Knecht. Natürlich muss es Sylvia sein, die inspizieren will, was es in den Büroräumen zu erben gibt.«

»Genau! Und Sylvia von Knecht ist wohl die letzte Person auf dieser Erde, die Henrik umbringen will. Und wie ich schon mal gesagt habe, ist es ein Jammer, dass es keinen Hintereingang zur Wohnung gibt. Dann hätte er durch den Hintereingang reingehen und die Bombe entschärfen können. Aber wahrscheinlich traute er sich nicht, die Tür einen Spalt zu öffnen, um den Stahldraht vom Zündhütchen zu lösen. Deshalb entscheidet er sich stattdessen lieber dafür, eine unbedeutende graue Maus wie Pirjo zu opfern.«

Fredrik beugte sich eifrig über den Tisch vor, ohne zu merken, dass dabei sein Ärmel in einer Schale mit den Resten der süßsauren Soße landete. Aufgeregt sagte er:

»Das passt zusammen mit dem, was wir heute rausgekriegt haben! Henrik von Knecht kennt Pirjos Arbeitszeiten und weiß, dass sie vom Spurensicherungsteam nicht reingelassen wird. Also fängt er sie ab, als sie auf die Straßenbahn wartet. Aber wartet mal…«

Er unterbrach sich, um mit verärgerter Miene die Soße vom Ärmel abzuwischen. Nachdenklich verrieb er sie in seinem gestrickten Pullover. Es fehlte nicht viel, und Irene hätte ihm gesagt, er solle doch zur Toilette gehen und den Fleck ordentlich auswaschen. Aber sie konnte sich zum Glück gerade noch zurückhalten. Den Blick weit ins Lokal gerichtet, fuhr Fredrik fort:

»Woher konnte Henrik von Knecht wissen, dass Pirjo in der Molinsgatan war? Die ganze Stadt wusste, dass der Alte tot war! Es wäre doch nur logisch gewesen, wenn sie auch davon erfahren hätte, dass er vom Balkon gestürzt worden war? Und dann hätte sie doch zu Hause bleiben müssen.«

Irene und Tommy nickten. Irene erklärte entschlossen:

»Wir müssen ins Präsidium und mit dem Kommissar reden. Es ist offensichtlich Henrik von Knecht, den wir überwachen müssen und nicht Lillis. Vielleicht kann ja auch das Rauschgiftdezernat dessen Überwachung übernehmen.«

Den letzten Satz äußerte sie ohne große Hoffnungen, aber man konnte ja zumindest einmal fragen. Sie fuhr fort, an Fredrik gewandt:

»Habt ihr einen Überwachungsplan für Lillis?«

»Ja. Im Augenblick macht Birgitta es, bis sechs Uhr. Dann übernimmt Hans Borg, und gegen Mitternacht bin ich dran. Jonny ist am Samstagmorgen und -vormittag an der Reihe. Und dann geht's wieder von vorne los.«

»Es dürfte doch keine Probleme bereiten, diesen ganzen Überwachungsplan auf Marstrand zu übertragen? Laut Charlotte kommt Henrik sowieso erst morgen Abend gegen zehn Uhr zurück.«

Tommy nippte an seinem heißen Kaffee. Nachdenklich meinte er:

»Glaubst du, eine Überwachung von Henrik von Knecht bringt was? Er kommt nach Hause, müde und erschöpft von seinen Auktionsgeschäften. Sicher wird er sich dann hinsetzen und an irgendeiner Kostbarkeit herumfummeln. Und danach geht er ins Bett. So denke ich mir das.«

Irene versuchte ihn zu überzeugen:

»Aber das ist eine konkrete Spur, der wir jetzt nachgehen! Wir sind doch nicht einmal sicher, ob Lillis überhaupt etwas mit dem Fall zu tun hat. Ich schlage vor, wir besprechen das mit dem Kommissar. Was haltet ihr übrigens von der Zeugenaussage des bewaffneten Nachbarn? Hatten Charlotte und Richard eine sexuelle Beziehung?«

Alle drei dachten darüber nach.

»Es scheint so.«

»Vieles deutet darauf hin. Nicht zuletzt die Übernachtungen.«

»Zu Beginn unserer Ermittlungen hätte ich eine derartige Zeugenaussage für vollkommen unmöglich gehalten. Aber nach unseren Informationen über Richards und Charlottes Persönlichkeiten, die wir inzwischen gesammelt haben, würde ich sagen, dass es absolut nicht ausgeschlossen ist!«, stellte Irene fest.

Fredrik zeigte wieder Zeichen einer gewissen Erregung, sodass Irene über den Tisch griff und die Soßenschüssel wegschob. In seinen Augen leuchtete es vor Begeisterung, als er sich über den Tisch beugte.

»Damit hat dieser Henrik ein Motiv. Eifersucht! Sein eigener Papa bumst mit seiner Frau! Verdammt, wenn das kein ausreichendes Motiv ist!«

Etwas regte sich ganz tief unten in Irenes Gedächtnis, und es gelang ihr, es ins Bewusstsein zu holen:

»Ich bin mir gar nicht so sicher, ob Henrik wirklich in der Lage ist, größere Eifersucht zu empfinden. Oder Gefühle überhaupt. Ihn interessiert doch kaum etwas außer seinen Antiquitäten. Aber es gibt noch ein anderes, sehr starkes Motiv. Das häufigste, nämlich Geld.«

Tommy schaute sie überrascht an und fragte:

»Aber ist es denn nicht Sylvia von Knecht, die ihren Mann beerbt?«

»Doch, schon. Abgesehen von einer Versicherung. Sylvia hat mir selbst davon erzählt. Sie und Henrik kriegen nach

Richards Tod zehn Jahre lang jeder eine halbe Million Kronen.«

Fredrik stieß einen leisen Pfiff aus. Nach einer Weile fragte er nach:

»Wenn ich dich richtig verstanden habe, dann konnten Henrik und Richard von Knecht sich nicht besonders gut leiden?«

»Sie waren nicht gerade verfeindet. Aber Sylvia hat erzählt, dass Richard nie hat akzeptieren können, dass sich Henriks Persönlichkeit nach seiner Hirnhautentzündung so verändert hat.«

Irene schaute auf die Uhr. Es war kurz nach halb fünf. Entschlossen sagte sie:

»Jetzt rufen wir im Präsidium an, um festzustellen, ob Andersson noch da ist. Wir müssen sowieso hin und erzählen, was wir heute herausgekriegt haben. Er soll dann entscheiden, wie wir weiter vorgehen.«

Sie bezahlten und standen auf.

Sie stiegen ins Auto. Irene fuhr, Fredrik saß neben ihr und Tommy auf der Rückbank. Nachdem es ihnen gelungen war, sich in den Stoßverkehr auf der Södra vägen einzufädeln, schaltete Fredrik das Radio an. Der Sven-Ingvars-Schlager über die einzige Blondine der Stadt erfüllte das Wageninnere. Laut und falsch sangen alle drei beim Refrain mit. Sie kicherten, als die Musik verklang. Eine angenehme Männerstimme verkündete sogleich:

»Und damit ist unser Melodienkarussell für heute beendet. Hier ist P3. Zeit für ›Das Echo des Tages um Viertel vor fünf‹.«

Ohne nachzudenken bremste Irene, sodass ihr fast ein Taxi hintendrauf gefahren wäre. Ihre beiden männlichen Kollegen schrien gleichzeitig:

»Was machst du denn!« – und »Pass auf, das Taxi!«

Diszipliniert betätigte sie daraufhin den Blinker und bog in die Burgårdsgatan ein. Die Götter schienen eine ihrer Opfergaben gnädig aufgenommen zu haben, denn es gelang ihr, einen freien Parkplatz zu finden. Sie stellte den Motor ab, drehte das Radio lauter und starrte wie verhext auf die kleinen leuchtenden roten und grünen Punkte des Autoradios, die verkündeten, dass es eingeschaltet war. Fasziniert flüsterte sie:

»Hört doch, Jungs, hört doch!«

»... keine ernsthaften Zwischenfälle bei den gestrigen Demonstrationen im Zusammenhang mit der Feier des Todestags von Karl XII. Die Polizei ...«

Fredrik sah sie verwirrt und wütend an, was wohl in erster Linie eine Reaktion auf den Schreck war.

»Und? Was soll das? Du hättest einen Unfall verursachen können! Dann hätten sie morgen im Echo sagen können: ›Drei Bullen waren am gestrigen Tag in einen schweren Verkehrsunfall während der Rushhour verwickelt, verursacht durch den Blackout einer Fahrerin!‹«

Tommy fing an zu lachen, aber Irene winkte nur mit der Hand ab und starrte weiterhin unverwandt auf das Radio. Dramatisch sagte sie:

»Habt ihr nicht gehört, was da gerade passiert ist?«

Fredrik und Tommy sahen einander an, voller männlichen Einverständnisses. Fredriks kreisender Zeigefinger um den Kopf sagte alles. Irene sah es auch und musste mitlachen.

»Gerade ist Charlottes Alibi geplatzt! Es gibt keine Fünfuhrnachrichten im Radio! Sie heißen ›Echo des Tages um Viertel vor fünf‹, weil sie eben um Viertel vor fünf anfangen!«

Den beiden Kollegen wurde klar, worauf sie hinauswollte. Dadurch hatte Charlotte eine Viertelstunde gewonnen, und die reichte problemlos, um vom Möndalsvägen bis zur Molinsgatan zu kommen.

Tommy fand als Erster die Sprache wieder.

»Gibt es wirklich keine Fünfuhrnachrichten?«

»Nein, nicht bei den großen Rundfunksendern. Und da Charlottes Golf ganz neu war, als er am Dienstagabend die Verkaufsfiliale von Volkswagen verließ, nehme ich nicht an, dass sie schon einen der kleinen Lokalsender eingestellt hatte, die Nachrichten bringen.«

Tommy beugte sich zwischen den Vordersitzen vor und sagte:

»Ich glaube, du hast Recht, Irene. Wir müssen Henrik und Charlotte überwachen. Aber eins ist auch klar: Sie haben ihre Tat schon ausgeführt. Jetzt heißt es für sie, nur nicht auffallen. Wenn wir doch nur einen stichhaltigen Beweis hätten! Jemanden, der Charlotte am Mordabend in der Molinsgatan gesehen hat. Ein Zeuge, der beobachtet hat, wie Henrik die Benzinkanister in den Porsche geladen hat. Aber nichts da! Die haben ein verfluchtes Glück gehabt. Alles nur Indizien und Spekulationen!«

Irene war seiner Meinung. Sie startete den Wagen und gab sich dann äußerste Mühe, mustergültig zu fahren. Sie wollte die Nerven ihrer armen Kollegen nicht zu vielen Erschütterungen aussetzen.

Kommissar Sven Andersson putzte sich die Nase in einem Stück Toilettenpapier. Er hatte Kopfschmerzen, Augen und Nase liefen. Gerade hatte er beschlossen, nach Hause zu fahren, sich einen heißen Grog zu machen und ins Bett zu gehen, als die drei Inspektoren ihn anriefen und äußerst interessante Informationen im von-Knecht-Fall versprachen. Friedlich vor sich hin schniefend hatte er dann ihren Berichten über die Zeugenaussagen und neuen Spuren, die sie im Laufe des Tages gesammelt hatten, zugehört. Danach saß er eine ganze Weile schweigend da und dachte über das Gehörte nach. Schließlich sagte er:

»Das ist ja kaum zu glauben! Charlotte und Richard von Knecht! Das ist ja wohl die logische Schlussfolgerung, die man aus den Aussagen des Nachbarn ziehen kann. Aber wir brauchen Beweise! Es dürfte wohl kaum etwas bringen, Henrik oder Charlotte jetzt zu überwachen. Es ist nicht so interessant, womit sie sich im Augenblick beschäftigen, es ist sehr viel interessanter, was sie vorher angestellt haben. Wir müssen verflucht noch mal weitere und möglichst schlagende Beweise finden. Kann es sein, dass sie gemeinsam geplant haben, Richard von Knecht umzubringen?«

Tommy schüttelte den Kopf, während er antwortete:

»Das haben wir auch diskutiert, aber wir glauben nicht daran. Vieles deutet darauf hin, dass das Bombenattentat von einer Person geplant und ausgeführt wurde und der Mord selbst von einer anderen. Wenn Charlotte gewusst hätte, dass Henrik eine Bombe in der Berzeliigatan installiert hat, dann hätte sie das Risiko ja gar nicht mehr eingehen müssen, ihren Schwiegervater selbst umzubringen! Sie hätte nur in aller Ruhe Richards nächsten Besuch in seinem Büro abwarten können.«

Andersson sah ihn mit roten Augen an, trocknete sich seine kupferfarbene Nase und meinte nachdenklich.

»Dann glaubst du also, dass Charlotte in den Mord verwickelt ist?«

Tommy nickte und deutete auf Irene.

»Wir haben noch kein richtiges Motiv für sie finden können, aber Charlotte ist die Einzige, die kein hieb- und stichfestes Alibi hat. Jedenfalls jetzt nicht mehr, nachdem Irene auf den Trick mit dem ›Echo des Tages um Viertel vor fünf‹ gekommen ist. Sie ist also bei dem Volkswagenhändler vor fünf Uhr losgefahren. Und das scheint genau geplant gewesen zu sein, wenn man an die Verführung des kleinen Autohändlers Skytter denkt. Außerdem hatte sie mehrmals die Gelegenheit, an die Schlüssel zu kommen«, stellte er fest.

Die Schlüssel. Wieder rührte sich etwas in Irenes Unterbewusstsein. Aber es drang nicht an die Oberfläche. Genervt versuchte sie sich auf das zu konzentrieren, was der Kommissar gerade berichtete:

»Hannu hat heute noch einmal mit Pirjos Kindern gesprochen. Und einem der kleinen Jungs ist plötzlich eingefallen, dass am Mittwochmorgen ein Mann angerufen und nach Pirjo gefragt hat. Aber Pirjo war gerade losgegangen, um bei den Knechts sauber zu machen. Das hat der Junge dem Mann erzählt. Die Tochter wusste gar nichts von diesem Telefongespräch, denn sie war zu dem Zeitpunkt in der Schule. Es war verdammtes Glück, dass Hannu die Jungs noch mal befragt hat.«

Fredrik rutschte aufgeregt auf seinem Stuhl hin und her und rief aus:

»Das habe ich doch gesagt! Woher konnte er wissen, dass Pirjo keine Ahnung hatte, dass der Alte tot war, und dass sie an diesem Mittwochvormittag wie üblich kommen würde, um sauber zu machen? Jetzt wissen wir es, er hat angerufen und nachgefragt, wo sie war!«

Er brach ab, schaute auf seine Armbanduhr und erklärte dann kurz:

»Entschuldigt mich, aber ich muss Birgitta ablösen.«

Die übrigen drei grinsten übers ganze Gesicht, sagten aber kein Wort. Alle im Raum wussten, dass Birgitta ihren Posten um sechs Uhr, also jetzt, verließ und dass Fredriks Schicht erst um Mitternacht anfing. Seine Gesichtsfarbe begann sich der Rötung der Kommissarnase anzugleichen, als er bemüht locker sagte:

»Also tschüss dann. Und ein schönes Wochenende all denen, die frei haben.«

Tommys Antwort kam prompt:

»Danke, gleichfalls. Auch denen, die nicht frei haben.«

Fredrik tat so, als hätte er den Kommentar nicht mehr gehört, sondern verschwand nur noch schnell durch die Tür.

Tommy bemerkte lachend:

»Den lieben Fredrick können wir dieses Jahr fürs Lucia-Fest benutzen. Wenn jemand die ganze Zeit hinter ihm hergeht und ihm ›Birgitta, Birgitta‹ zuflüstert. Dann werden seine Ohren leuchten, dass wir auf die Lucia-Lichterkrone verzichten können!«

Irene drohte ihm in aller Freundschaft.

»Wir sollten die beiden nicht ärgern. Ich finde sie richtig süß«, erklärte sie mahnend.

Andersson riss seine Augenbrauen bis zum Haaransatz hoch. Er erklärte verärgert:

»Süß! Wir reden hier von zwei Polizeibeamten! Die sollen nicht rumlaufen und süß sein, die sollen ihre Arbeit tun! Das bringt doch nichts! Immer nur Ärger mit… hatschi!«

Nur ein Glück, dass er niesen musste. So brauchte Irene seine letzten Worte… »den Weibern« nicht zu hören. Aber sie konnte sie sich denken. Mit einem unbewusst mütterlichen Tonfall wandte sie sich ihm zu:

»Du solltest lieber nach Hause gehen und deine Erkältung auskurieren.«

Er sah sie scharf an. Dieses Verhätscheln konnte er auf den Tod nicht ausstehen.

»Ja, Mama.«

Das war sarkastisch gemeint, klang aber eher erschöpft. Er war wirklich müde. Vielleicht hatte er ja sogar Fieber! Was wollte er eigentlich noch sagen? Da fiel es ihm wieder ein.

»Da ist noch eine Sache, die Hannu heute herausgekriegt hat. Nachdem Richard von Knecht und Valle Reuter zu Mittag gegessen hatten, war Richard bei der Bank und hat zehntausend Kronen abgehoben. So um vier Uhr rum.«

Die beiden Inspektoren sahen ihn überrascht an.

»Warum hat Valle Reuter denn nichts davon gesagt?«

»Gute Frage. Kannst du das rauskriegen, Irene? Er hat eine Schwäche für weibliche Polizeibeamte. Hannu hat mir diese Information vor einer halben Stunde telefonisch durchgegeben. Er wollte dort am Markt noch weitere Befragungen durchführen.«

»Bei welcher Bank war das?«

»Bei der SE-Bank am Kapellplatsen. Die Frage ist, was er mit dem Geld gemacht hat?«

Das Klingeln des Telefons unterbrach ihn. Er meldete sich schroff:

»Andersson. Ja… Das gibt's ja wohl nicht! Du kannst Irene und Tommy vor der Haustür in der Molinsgatan treffen. Die beiden sind in einer Viertelstunde da.«

Energisch legte er den Hörer auf.

»Das war Hannu. Er war in der Bäckerei am Marktplatz

und hat noch mit der Verkäuferin reden können, kurz bevor sie den Laden zugemacht hat. Richard von Knecht war am Dienstagnachmittag dort und hat zwei fertig belegte Brote gekauft. So gegen vier Uhr. Höchstens eineinhalb Stunden, bevor er umgebracht wurde!«

Sie hatten Glück, Valle Reuter war zu Hause. Irene wollte gerade auflegen, als er nach langem Klingeln endlich an den Apparat ging. Sie stellte sich als Inspektorin Huss vor. Ob es in Ordnung wäre, wenn sie noch einmal vorbeikäme, um einige neue Informationen zu überprüfen, die sie erst jetzt bekommen hätten? O ja, von ganzem Herzen freute er sich, wenn sie käme. Ob sie schon einmal »Neil Ellis« probiert hätte? Irene kam ganz aus der Fassung, murmelte dann etwas, das sowohl Ja als auch Nein bedeuten konnte. Ach, wie bescheiden sie doch sei! Aber er hatte jedenfalls einige Flaschen auf Lager. Das würde ein richtig schöner Abend werden!

Etwas verwundert legte Irene den Hörer auf. Aber sie hatte schon so eine Ahnung, was los war.

»Er glaubt, ich wäre die zauberhafte Birgitta. Ich – oder besser gesagt Birgitta – bin zu einer Weinprobe heute Abend eingeladen«, sagte sie mit leichtem Schmunzeln.

Tommy lachte laut auf.

»Dann wäre es doch zu schade, eure traute Zweisamkeit zu stören. Was hältst du davon, wenn ich einmal bei Sylvia von Knecht reinschaue? Wenn ich Glück habe, ist sie noch in Marstrand. Und die kleine Arja will ja auch unterhalten werden. Mit ihr zu reden dürfte nicht schwer sein.«

»Und so hässlich ist sie ja nun auch wieder nicht.«

»Stimmt. Jedenfalls ziehe ich ihr Gesicht dem von Valle Reuter vor.«

Tommy rief über sein Handy bei Sylvia von Knecht an. Aus seiner enttäuschten Miene schloss Irene, dass Sylvia selbst antwortete. Nur zögernd erklärte sie sich zu einem kurzen Gespräch bereit.

»Aber nicht so lange! Meine alte Mutter ist bei mir.«

Irene hörte Sylvias beißende Stimme, obwohl Tommy das Telefon an sein Ohr hielt. Sie schnaubte, als er das Gespräch abgeschlossen hatte.

»Die alte Mutter, die nicht zu klapprig ist, die Kuchen für die Beerdigung zu backen! Obwohl es eine ganz vorzügliche Bäckerei gleich in der Nähe gibt. Das weiß ich genau. Ich habe nämlich das gesamte Sortiment probieren müssen.«

Mit einem Schaudern erinnerte sie sich an die Kuchenschlacht bei der kleinen alten Dackelbesitzerin.

Tommy fragte:

»Ist das die gleiche Konditorei, in der Richard von Knecht seine Brote gekauft hat?«

»Ja.«

Sie fuhr langsamer und blinkte. Ein freier Parkplatz nur fünfzig Meter von dem Haus entfernt, in das sie wollten. Es brachte sicher nichts, auf einen näheren zu hoffen.

Sie parkten und gingen auf die schöne Haustür zu. Ein Gedanke kam Irene noch:

»Vergiss nicht, Sylvia nach diesen Broten zu fragen. Mir hat sie gesagt, dass es keine Brote im Kühlschrank gab, als sie am Donnerstag nach Hause gekommen ist. Aber Richard hat ihr bei ihrem letzten Telefonat gesagt, er würde welche besorgen wollen.«

Tommy begann vor sich hin zu kichern.

»Stell dir vor, wenn die Techniker sie gegessen haben. Damit sie nicht vertrocknen. Sylvia sollte ja erst später wiederkommen, sie war ja noch in der Psychiatrie«, erklärte er verschmitzt.

Irene blieb abrupt stehen.

»Meine Güte, das ist nicht unmöglich! Wir müssen sie fragen. Erinnere mich daran«, sagte sie nur.

Sie waren vor der Tür angekommen. Lautlos tauchte Hannu neben ihnen auf.

»Hallo.«

»Mein Gott, hast du mich erschreckt. Hallo.«

»'n Abend. Am besten kommst du mit mir hoch zu den Damen. Du kannst ja Finnisch, falls das gebraucht wird«, sagte Tommy.

Sylvia hatte ihnen äußerst unwillig den Türcode gesagt, und jetzt tippten sie sich hinein. Mit einem weichen Surren verkündete die Tür, dass sie offen war. Sie drückten sie auf und schalteten die Treppenbeleuchtung an.

Obwohl sie wusste, dass die Malereien da waren, war sie auch diesmal wieder von ihnen beeindruckt. Der Frühling schwebte ihr in seinem Blumenwagen entgegen, und auf der anderen Wand strich der Spielmann seine Geige, dass der Schweiß spritzte. Schnell lief sie zur Treppe, um den graziösen Schwan auf dem Boden sehen zu können. Sie schielte zu Hannu hinüber, konnte aber keinerlei Anzeichen dafür entdecken, dass er in irgendeiner Weise berührt war. Zielbewusst ging er zum Fahrstuhl und öffnete die Tür. Irene fand es zwar albern, eine Etage hochzufahren, tat es aber trotzdem.

Valle Reuter riss die Tür mit einem breiten Willkommenslächeln auf. Das sofort erstarb, als er Irene entdeckte. Enttäuscht fragte er:

»Wer sind Sie denn? Und wo ist meine süße kleine Polizistin?«

»Ich bin Inspektorin Irene Huss. Wie ich schon am Telefon sagte. Anscheinend verwechseln Sie mich mit Inspektorin Birgitta Moberg. Mit ihr haben Sie letzte Woche im Präsidium gesprochen. Sie ist im Augenblick mit den Ermittlungen eines der größten Drogenverbrechen Schwedens beschäftigt.«

Sie konnte nicht anders. Es rutschte ihr einfach so raus, bevor sie noch darüber nachdenken konnte. Das war die Rache für die »süße kleine Polizistin«. Valle Reuter sah wirklich beeindruckt aus. Er zog die Augenbrauen hoch und fragte:

»Lassen Sie es wirklich zu, dass die kleine Birgitta sich um solche gefährlichen Dinge kümmert?«

Dann bewegte er seinen unförmigen Leib und machte eine einladende Geste zum Flur hin. Der war nicht so groß wie bei den von Knechts. Aber die schön geschnitzten Garderobentüren gab es auch hier, ebenso wie den protzigen Spiegel. Irene trat ein und hängte ihre Lederjacke auf einen verschnörkelten Messinggarderobenhaken. Zuerst bemerkte sie es nicht, aber dann bekam sie plötzlich so ein sonderbares Déjà-vu-Erlebnis. Ein deutlicher Geruch nach Ajax und Zigarren hing in der Luft. Ohne es zu wollen, schüttelte sie sich. Als sie das letzte Mal in diesem Haus war und von dieser Geruchsmischung umgeben wurde, handelte es sich um einen hässlichen, jähen Tod. Laut sagte sie:

»Das riecht hier richtig sauber. Ist der Weihnachtsputz schon gemacht?«

Er lachte nur und zwinkerte ihr zu:

»So kann man es auch nennen. Ich habe eine Reinigungsfirma engagiert. Gestern waren drei Personen den ganzen Tag über in der Wohnung zugange. Unglaublich tüchtige Leute. Die haben die ganze Wohnung geputzt und auch noch überall neue Gardinen aufgehängt. Ich wollte, dass es hier schön aussieht, wenn meine Freundin zum ersten Mal herkommt«, erklärte Valle.

Er lächelte zufrieden und schob sich vor ihr in das große Wohnzimmer. Es war zwar kleiner als der Saal oben bei den von Knechts, maß aber immer noch um die hundert Quadratmeter. Mit einer stolzen Geste forderte er sie auf, doch in einem wuchtigen Ledersessel Platz zu nehmen. Der Geruch von neuem Leder stach ihr scharf in die Nase. Es waren schwere, glänzende und offenbar ganz neue Ledermöbel. Zwei Sofas und vier Sessel. Der Glastisch war der größte, den Irene je gesehen hatte, er erinnerte sie an einen achteckigen Swimmingpool. In dem großen offenen Kamin aus grünlichem Marmor und schwarzem Schiefer knisterte ein Feuer. Zu beiden Seiten des Kamins ragte ein hoher Schrank mit glänzenden Glastüren hoch. Hinter den Scheiben waren Silbergegenstände zu erkennen. Große Bilder in schweren Goldrahmen erinnerten deutlich an die Kunst oben bei den von Knechts. Er besaß sogar ein ähnliches farbenprächtiges Monster wie das, welches bei den von Knechts in der Bibliothek an der Wand hing. Nur war das bei den von Knechts grün und dieses hier blau. Am anderen Ende des Raumes thronte ein großer Esstisch mit zwölf Stühlen. Darüber hing ein schwerer Kronleuchter. Der Widerschein von tausenden von Prismen streute sich über das ganze Zimmer.

Valle Reuter ging zur Wand und drehte an einem kleinen runden Knopf. Langsam erlosch die Beleuchtung, und mit einer schnellen Drehung in die entgegengesetzte Richtung war der Raum wieder in Licht gebadet.

»Das haben sie heute angebracht. Dimmer heißt das.«

Mit einem Ausdruck höchster Zufriedenheit regulierte er das Licht wieder auf ein angenehmes Niveau.

»Ihrer Freundin wird die Wohnung bestimmt gefallen, davon bin ich fest überzeugt.«

Irene sagte das voller ehrlicher Überzeugung, denn es war wirklich sehr gemütlich hier im Raum.

»Das glaube ich auch. Alles ist neu! Ist alles heute erst geliefert worden.«

»Alles?«

»Ja, außer den Gemälden und Teppichen. Die Dinge hat Henrik für mich eingekauft. Investitionen. Der Kronleuchter ist auch alt, sehr alt, aber gut renoviert. Die Möbel sind neu. Sie sind die Erste, die auf ihnen sitzt.«

»Und das haben Sie alles nur gekauft, weil Ihre Freundin zum ersten Mal herkommt?«

Er warf ihr einen langen Blick zu und nickte ein paar Mal feierlich, bevor er antwortete:

»Sie hat am Dienstag meinen Antrag angenommen. Ich habe mich so gefreut! Denn es sah doch alles nur noch rabenschwarz aus. Es waren schlimme Jahre… einsam… und dann das mit Richard. Als Gunnel jetzt Ja gesagt hat, da hatte ich das Gefühl, als würde auch für mich wieder ein Licht leuchten. Ich traue mich kaum, es zu glauben. Und jetzt habe ich beschlossen, ein neues Leben anzufangen. Weg mit all den alten hässlichen Möbeln, die Leila einmal ausgesucht hat. Und im Putzen bin ich nicht so besonders gut… es war schon etwas schmutzig hier. Aber das Problem hat die Reinigungsfirma gelöst. Obwohl, ich musste das Doppelte bezahlen, weil es so schnell gehen musste. Aber das war es auch wert. Und vorgestern war ich in dieser Möbelgalerie in der Östra Hamngatan. Ich habe mir ausgesucht, was ich haben wollte. Einiges hatten sie nicht auf Lager, aber da habe ich die Schaufenstermodelle genommen. Den Esstisch und eins der Sofas. ›Die müssen spätestens am Freitagabend bei mir sein‹, habe ich denen erklärt. Das hat eine ganze Stange Geld gekostet, dieses ganze Zeug. Aber es ist auch jede einzelne Öre wert! Und die alten Möbel habe ich der Inneren Mission geschenkt. Die haben alles gestern abgeholt. Darf ich Ihnen ein Gläschen anbieten? Nein, na, dann nicht.«

Er sah enttäuscht aus, fast wie ein Mops, der eine Leckerei erwartete, und nun keine bekam.

»Wir dürfen keinen Alkohol im Dienst trinken«, sagte Irene.

»Aber es ist doch sieben Uhr an einem Freitagabend!«

»Und ich bin im Dienst.«

»Oh.«

»Und deshalb bin ich ja auch hier. Aber ich möchte Ihnen wirklich zu den neuen Möbeln gratulieren. Und Ihnen viel Glück für Ihr neues Leben wünschen, zusammen mit Gunnel.«

Valle begann wieder zu strahlen.

»Oh, vielen Dank! Sie sind die Erste, die davon erfährt. Sonst weiß es noch niemand. Sylvia war ja bei mir und hat gefragt, ob ich ausziehen will, aber die habe ich abblitzen lassen. Was die sich erlaubt! Und meinen Sohn interessiert das sowieso nicht. Gunnel und ich werden uns hier morgen Abend heimlich verloben. Das ist wohl am besten so, nach der Sache mit Richard. Und zu Ostern wollen wir heiraten!«

Die ganze runde Gestalt strahlte vor Glück. Irene beschloss, dass es langsam an der Zeit war, auf ihr eigentliches Anliegen zu sprechen zu kommen. Sie räusperte sich leicht und sagte dann:

»Ich würde gern noch einige zusätzliche Fragen zu dem Dienstag stellen. Wir haben erfahren, dass Richard von Knecht und Sie, als sie vom Essen im Johanneshus nach Hause gefahren sind, nicht den direkten Weg genommen haben. Richard von Knecht war gegen vier Uhr in der SE-Bank am Kapellplatsen und hat eine größere Geldsumme abgehoben.«

Valle hob die Augenbrauen.

»Wirklich?«

Er blinzelte ihr freundlich zu und schien auf eine Fortsetzung zu waren.

»Erinnern Sie sich nicht daran, dass er in die Bank gegangen ist?«

Da begann Valle zu prusten und keuchen wie eine Dampfmaschine. Ihr wurde klar, dass es sich dabei um Lachen handeln musste.

»Ob ich mich erinnere? Ich schlafe doch immer im Taxi auf dem Heimweg. Immer! Richard weckt mich, wenn wir vor der Haustür angekommen sind. Oder er hat mich geweckt…«

Das fröhliche Prusten verklang, und Wehmut tauchte in seiner Stimme auf. Irene wiederholte seine Aussage noch einmal:

»Dann haben Sie an dem betreffenden Dienstagnachmittag also die ganze Zeit im Auto geschlafen, bis es Zeit war auszusteigen?«

»Ja. Ich muss fast sofort eingeschlafen sein. Aufgewacht bin ich davon, dass Richard mich geweckt hat. Wie immer.«

»Können Sie sich dran erinnern, ob er etwas in den Händen hatte?«

Valle gab sich wirklich alle Mühe. Auch Irene fiel auf, wie sehr er doch einem traurigen Seehund ähnelte. Er kniff die Augen zusammen und konzentrierte sich.

»Doch, das hatte er tatsächlich. Eine kleine weiße Tüte hatte er in einer Hand. Eine Papiertüte. Hat er das Geld in eine Papiertüte gepackt?«

»Nein. Er war in der Konditorei neben der Bank und hat dort zwei belegte Brote gekauft.«

»Das kann sein. Sylvia und er haben das öfters dienstags gemacht. Sie haben abends nur eine Scheibe Brot gegessen. Wir haben bei unserem Mittagessen nie gespart, so konnte Richard Sylvias Hungerkuren besser ertragen. Schließlich wollte sie immer ballerinenschlank bleiben. Der arme Richard ist dabei ja fast verhungert!«

So weit Irene sich erinnern konnte, stand im Obduktionsbericht keineswegs etwas von schwerer Unterernährung, aber sie beschloss, dieses Thema nicht weiter auszuwalzen.

»Hat er Ihnen etwas über das Geld gesagt? Es war eine ziemlich große Summe, zehntausend Kronen.«

»Wahrscheinlich wollte er etwas einkaufen. Vielleicht etwas anzuziehen.«

Valle klang uninteressiert. Offenbar war er nicht der Meinung, dass es sich um eine größere Summe handelte. Irene hatte den Verdacht, dass man für diesen Betrag nicht einmal einen Sessel bekommen würde.

»Hat er immer Geld abgehoben, wenn er etwas einkaufen wollte?«

Valle dachte nach, mit neu gewecktem Interesse.

»Nein, er hat immer mit der Karte bezahlt. Er wollte kein Geld bei sich haben. Das ist nicht gut, falls man mal überfallen wird. Heutzutage kann man ja nie wissen bei all den Glatzen und Drogenabhängigen.«

Für eine Sekunde tauchte der kahle Kopf ihrer Tochter vor Irenes Augen auf, aber sie schob das Bild schnell zur Seite. Sie deutete auf das Monsterbild und fragte:

»Und Henrik hat Ihnen also dabei geholfen, all diese schönen Bilder einzukaufen?«

»Ja. Ein guter Junge. Tüchtig und fleißig. Die Teppiche hat er auch eingekauft. Und den Kronleuchter.«

Er deutete auf das Bild mit dem blauköpfigen Monster und fuhr fort:

»Er hat den Kontakt zu Bengt Lindström vermittelt, einem bekannten schwedischen Künstler in Paris. Das ist sein Portrait von mir. Ich habe ihn auch eins von Richard machen lassen – nach einem Foto – und ihm zum sechzigsten Geburtstag geschenkt. Richard war total begeistert. Es war sein Lieblingsgeschenk. Aber das fand Sylvia natürlich nicht. Sie meinte, sie hätten schon genug von Bengt Lindström. Sie war sauer, weil er sich so über das Bild gefreut hat.«

Zu ihrer eigenen Überraschung sah Irene plötzlich, dass es tatsächlich Valle Reuter auf dem Bild war. Der Ausdruck eines gutmütigen Seehunds war auf den Punkt getroffen. Der blaue Seehund hatte ein karmesinrotes Feld im linken Auge, das ganz deutlich sagte: »Pass nur auf, dass du mich nicht unterschätzt!« Nachdem sie schon so zwanglos auf Henrik zu sprechen gekommen waren, beschloss Irene in dieser Hinsicht weiterzubohren, um aus Valle so viele Informationen wie möglich herauszukriegen. Mit freundlichem Interesse fragte sie:

»Was meinte denn Richard zur Berufswahl seines Sohns?«

»Nun ja, er war sehr enttäuscht, damals nach Henriks Krankheit. Er war wohl davon ausgegangen, dass sein Sohn seine Geschäfte weiterführen würde. Wie ich es auch von meinem Sohn gehofft hatte. Oder besser gesagt, von Leilas Sohn.«

Er murmelte vor sich hin, und Irene vermutete ein Trauma, in das sie ihn jetzt lieber nicht gleiten lassen wollte. Schnell sagte sie:

»Aber wie wir wissen, hat Henrik ja seinen eigenen Weg gefunden. So weit ich gehört habe, hält er sich die meiste Zeit draußen in Marstrand auf?«

»Ja, dieses Haus hat ihn wieder ins Leben zurückgeholt. Nach der Krankheit war er apathisch und deprimiert. Er musste wirklich kämpfen, um wieder einigermaßen auf die Beine zu kommen. Und er war schwermütig. Aber als Richard beschloss, auf seinem Grundstück am Wasser ein Gästehaus zu bauen, fragte Henrik, ob er nicht auch ein eigenes Haus haben könnte. Er wollte seine Ruhe haben, nehme ich an. Die beiden Häuser wurden gleichzeitig gebaut. Henrik war Feuer und Flamme. Er war von der ersten Sprengung bis zum letzten Dachziegel bei den Bauarbeiten dabei. Das hat ihm physisch und psychisch gut getan. Körperliche Arbeit.

»Sprengungen?«

»Ja, natürlich, die mussten einiges aus den Felsen raussprengen. Für den Baugrund. Und Henrik fand das spannend. Er ist ja bei den Küstenjägern gewesen. Da lernen sie auch einiges übers Sprengen. Meine Güte, von dem vielen Reden habe ich ja einen ganz trockenen Hals gekriegt. Wollen wir uns nicht ein ganz kleines Glas gönnen?«

Sie lehnte freundlich, aber entschieden ab, während ihr Gehirn auf Hochtouren arbeitete. Henrik hatte Zugang zu Sprengstoff und wusste, wie man damit umging. Sie mussten nach Marstrand und dort nach Sprengstoff und Zündkapseln suchen. Und nach dieser Lunte, der Pentyllunte. Beweise! Das wären endlich handfeste Beweise. Aber vielleicht war ja auch nichts mehr zu finden. Vielleicht war alles für die Höllenmaschine und Bobos Aktentasche draufgegangen. Plötzlich wurde ihr bewusst, dass Valle schon weitersprach.

»... sehr schön da draußen. Aber Charlotte gefällt es nicht. Sie findet es dort zu einsam. Anfangs ist sie noch öfters mit rausgefahren. Aber in letzter Zeit nicht mehr.«

»Wie war Richards Verhältnis zu Charlotte?«

»Gut. Er hat nicht viel von ihr gesprochen. Aber natürlich fand er es schade, dass die beiden keine Kinder kriegen konnten.«

Peng! Da platzte etwas in Irenes Kopf. Zumindest mental. Ohne ihre innere Erregung zu verraten, fragte sie ganz neutral:

»Kann sie keine Kinder kriegen?«

»Doch, doch, es liegt an Henrik. Er kann seit seiner Krankheit keine mehr zeugen. Er ist mehrere Male untersucht worden, aber er hat keine lebensfähigen Spermien. Richard hat mir erzählt, dass der Junge absolut unfruchtbar ist.«

»Wusste Charlotte das, als sie ihn geheiratet hat?«

»Ja. Aber ich glaube, das hat sie nicht gestört. Sie wollte sowieso keine Kinder haben, wollte sich nicht die Figur verderben. Wenn man Fotomodell ist, dann muss man schließlich an sein Aussehen denken. Und sie ist ja wirklich ein sehr hübsches Mädchen.«

»Fand Richard sie auch hübsch? Ich meine, hat er etwas in der Richtung gesagt?«

Valle sah sie verwundert an.

»Na, das sieht doch wohl jeder. Jedenfalls finden die meisten normal veranlagten Männer Charlotte ungemein anziehend«, erklärte er mit Nachdruck.

»Hat er jemals mit Ihnen darüber geredet, wie seine Beziehung zu seiner Schwiegertochter war?«

Jetzt sah Valle sie irritiert an.

»Da er selten über sie geredet hat, war sie bestimmt gut. Was hat denn Charlotte mit dem Mord an Richard zu tun?«

Valle und Richard standen sich nahe, da sie sich schon so lange kannten. Aber ganz offensichtlich hatte Richard Valle nie etwas über sein Verhältnis zu Charlotte erzählt. Irene beschloss, das Thema zu wechseln.

»Sie wissen nicht zufällig, mit welchem Taxiunternehmen Sie vom Johanneshus nach Hause gefahren sind?«

»Doch, natürlich weiß ich das. Wir nehmen immer das Gleiche, Richard und ich. Der einzige Taxibetrieb in der Stadt, der nur Mercedes-Modelle hat. Ein kleiner Betrieb, steht aber rund um die Uhr zur Verfügung. Warten Sie, ich hole die Nummer.«

Er schlurfte zu einer Tür, die in ein Arbeitszimmer führte. Eine Wandlampe mit blumenförmigem Glasschirm warf ihr Licht auf einen großen, leeren Schreibtisch aus dunklem, glänzend poliertem Holz. Valle schaltete eine Schreibtischlampe mit marmoriertem Glasschirm ein. Das Licht spiegelte sich in den Glastüren und dem glänzenden Leder. Die Lesesessel waren denen in von Knechts Bibliothek ähnlich. Irene verspürte kurz die Sehnsucht, sich ein Buch aus dem Regal zu nehmen und sich in einen der Sessel sinken zu lassen. Sich einfach nur von diesem weichen Lederschoß aufnehmen zu lassen.

»Hier ist sie!«

Valle winkte mit einem Zettel. Er schrieb die Nummer auf einen anderen Zettel und kam zurück ins Wohnzimmer.

»Ich habe auch immer einen Zettel in meiner Brieftasche. Es ist immer gut, die Nummer dabeizuhaben. Das sind alles richtig gute Fahrer. Hilfsbereit und freundlich.«

Irene hatte den Verdacht, dass Valle mit seinen Trinkgeldern sicher großzügig war, wenn er betrunken war, was die Hilfsbereitschaft gewiss erhöhte. Aber diese Überlegung behielt sie für sich. Sie stand auf und bedankte sich bei Valle für seine Hilfe.

»Ach, das war doch selbstverständlich! Wenn ich dabei helfen kann, dass der Mörder meines Freundes gefasst wird, dann stehe ich jederzeit zur Verfügung«, erklärte er ernst.

Hätten doch andere in den Fall Verwickelte ein bisschen von dieser Einstellung, dann wäre der Fall wahrscheinlich schon gelöst! Worauf ihre Gedanken zu dem Gespräch weiter oben mit Sylvia ging.

»Sie wurde stinkwütend, als ich sie nach den Broten gefragt habe. Sie hat uns angeschrien, wir sollten aufhören, sie zu schikanieren. Erst als Hannu ihr zum Schluss irgendwas auf Finnisch gesagt hat, ist sie verstummt. Was hast du gesagt?«

Hannu verzog leicht die Mundwinkel und fauchte dumpf:

»Hier geht es um Mordermittlungen!«

Tommy wandte sich lachend an Irene, die wieder fuhr.

»Ansonsten hat das Gespräch mit Sylvia nicht viel gebracht. Und sie ließ uns nicht mit ihrer Schwester und Mutter reden. Sie hat uns erzählt, dass sie heute draußen in Marstrand war. Ein Pferd hatte eine Bronchitis bekommen und hustete. Aber der Tierarzt hat ihm Penicillin gegeben, also wird es schon wieder. Das war alles an Informationen, was wir gekriegt haben. Ansonsten hat sie nur herumgemeckert. Aber am Anfang hat sie etwas auf Finnisch zu Arja gesagt. Hast du gehört, was das war, Hannu?«

»Ja. Kein Wort über das Fest.«

»Kein Wort über das Fest. Bist du dir sicher?«

»Ja.«

»Welches Fest? Sie kann doch nicht die Beerdigung damit gemeint haben?«

Irene hatte eine Idee, während sie auf den Parkplatz des Präsidiums einbog. Sie sagte:

»Kann die Feier zu ihrem Hochzeitstag gemeint sein? Oder zum dreißigjährigen Krieg, wie sie schon mehrere genannt haben?«

Tommy überlegte laut, während Irene einparkte.

»Keiner von denen, die dabei gewesen sind, hat gesagt, dass etwas Besonderes passiert ist. Alle waren sich einig, dass es ein schönes Fest war. Nur Charlotte und Henrik schienen bedrückt, wie mehrere betonten.«

»Kein Wunder! Sie bumst mit jemand anderem als ihrem Mann herum. Vielleicht sogar mit ihrem Schwiegervater. Und Henrik hat gerade eine Bombe installiert, die seinen Papa ins Himmelreich befördern soll! Wen wundert es da, wenn sie bedrückt sind?«

Hannu mischte sich ein.

»Angespannt. Nicht bedrückt. Angespannt.«

Irene brauchte einen Moment, bis sie verstand. Der Motor war abgestellt, aber sie blieben noch im Auto sitzen. Sie nickte:

»Nicht bedrückt. Angespannt. Genau. Henrik war nervös, weil er Angst hatte, dass es mit der Bombe nicht klappen könnte. Und Charlotte hatte andere Dinge zu bedenken. Vielleicht Pläne, wie sie ihren Schwiegervater, ihren Geliebten, den Vater ihres Kindes umbringen konnte? Wie stand er wirklich zu ihr?«

Tommy seufzte und breitete resigniert die Hände aus:

»Indizien! Wir brauchen Beweise! Beweise!«

Der Kommissar war nach Hause gefahren, glühend vor Fieber. Die drei Inspektoren setzten sich zusammen und gingen noch einmal durch, was der heutige Tag ihnen gebracht hatte.

Und das war eine ganze Menge. Auf Anderssons Schreibtisch lag ein Fax von der Spurensuche. Die Männer teilten mit, dass sie die Röhren im Keller der Berzeliigatan gefunden hatten und dass sie »mit großer Wahrscheinlichkeit mit den Röhren übereinstimmen, die für den Bau der betreffenden Bomben benutzt wurden. Die Untersuchungen sind noch nicht abgeschlossen.« Sie riefen bei der Spurensicherung an, um nach den Broten in von Knechts Kühlschrank zu fragen, aber es ging niemand ans Telefon. Also schickten sie ihnen auch ein Fax:

»Nach sicheren Informationen wissen wir, dass Richard von Knecht eineinhalb Stunden vor seinem Tod zwei belegte Brote gekauft hat. Habt ihr die Brote im Kühlschrank gesehen? Und falls ja: Ist einer von euch hungrig gewesen?«

Irene rief das Taxiunternehmen an. Nach vielen Erklärungen und Hin und Her erfuhr sie, dass der Fahrer, den sie suchten, übers Wochenende frei hatte. Wahrscheinlich war er in seinem Ferienhaus in Bengtsfors. Nein, dort gab es kein Telefon. Aber sie konnte die Nummer seiner Wohnung hier in der Stadt kriegen. Irene bedankte sich und legte auf. Wie erwartet, ging bei der Privatnummer des Fahrers niemand ans Telefon. Sie wandte sich ihren beiden Kollegen zu.

»So, jetzt gehen wir nach Hause. Ich versuche im Laufe des Wochenendes, den Taxifahrer zu erwischen. Aber morgen Vormittag bin ich mit den Zwillingen in der Stadt. Das ist schon Tradition. Wir wollen uns die Weihnachtsschaufenster angucken. Ich hab ihnen versprochen mitzukommen. Eigentlich hatte ich ja gedacht, sie wären inzwischen zu groß, um noch mit ihrer alten Mutter loszuziehen. Aber sie haben mich gefragt, ob ich nicht mitkommen könnte.«

Und wenn sie ehrlich war, dann hatte sie sich darüber riesig gefreut und war richtig geschmeichelt gewesen.

KAPITEL 18

Irene Huss wachte mit einem Ruck auf. Sie meinte leises Weinen zu hören. War Jenny aufgewacht und hatte sie wieder angefangen zu weinen? Vorsichtig schlich sie auf den Flur und lauschte an der Tür ihrer Tochter. Alles war still. Als sie durch den Türspalt spähte, konnte sie ruhige Atemzüge und ein Schnaufen hören. Das Schnaufen kam von Sammie. Er lümmelte sich auf dem Rücken in Jennys Bett, die Pfoten in die Luft gereckt. Sein Frauchen lag bedrohlich weit am Rand, aber Irene war nicht beunruhigt, nur gerührt. Es tat Jenny gut, die Nähe ihres Hunds zu spüren. Es war ein anstrengender Freitag für sie gewesen.

Irene war gegen zehn Uhr nach Hause gekommen. Am liebsten hätte sie sich nur eine große Tasse Tee und eine Scheibe Brot gemacht und wäre danach ins Bett gekrochen. Aber daraus wurde nichts. Zumindest nicht gleich.

Sammie hatte sie bestürmt, aber er war nicht so fröhlich wie sonst gewesen. Sein Schwanz hing traurig nach unten, und er winselte und jammerte, statt wie sonst zu bellen. Ging es ihm nicht gut oder war er krank? Sie beugte sich zu ihm und begann ihn zu kraulen, während ihre Hände über seinen Körper strichen, um herauszufinden, ob es ihm irgendwo wehtat. Da hörte sie Schluchzen und Katarinas Stimme aus dem Wohnzimmer.

»Die Alte sieht doch aus wie eine widerliche Pop-Tussi!«

Eine Pop-Tussi. Was um alles in der Welt hatte das zu bedeuten? Und wer sah so aus? Irene erhob sich, warf im Vorbeigehen ihre Lederjacke auf den Garderobenhaken und ging zur Wohnzimmertür. Katarina hockte vorgebeugt auf dem äußersten Rand des Sessels und redete auf Jenny ein, die bäuchlings auf dem Sofa lag und vor Schluchzen zitterte. Ihren kahlen Kopf hatte sie unter einem Kissen versteckt, das sie umklammerte. Katarina hatte nicht bemerkt, dass Irene nach Hause gekommen war, und auch nicht, dass sie jetzt ins Zimmer trat. Sie war voll und ganz damit beschäftigt, ihre Schwester zu trösten.

»Mensch, es gibt doch tausend andere Kerle, und zwar viel geilere und tollere! Und tausend andere Bands. Die bessere Musik machen. Und wenn du keine Skinheadmusik spielen willst, kannst du dir doch die Haare wieder wachsen lassen. In zwei Monaten hast du so lange Haare wie Marie Fredriksson von Roxette! Und wir können sie bleichen. Das ist doch supergeil! Blond gefärbte Stoppeln! Und solange die Haare noch wachsen, können wir einfach sagen, dass du Krebs hast. Die Haare sind dir wegen der Zellgifte und irgendeiner Strahlenbehandlung ausgefallen… Au! Sag mal, spinnst du?«

Mit einem Schrei sprang Jenny hoch und warf Katarina das Kissen mitten ins Gesicht. Sie war stinkwütend. Die Tränen liefen ihr aus den weit aufgerissenen Augen. Aber der Orkan war inzwischen am Abflauen, denn sie beendete ihre Attacke nicht. Als sie Irene erblickte, sprang sie auf sie zu und warf sich mit aller Kraft in ihre Arme. Und weinte. Weinte hemmungslos, wortlos. Weinte ihre erste verschmähte Liebe aus sich heraus, die ersten enttäuschten Hoffnungen. Als Jenny ihr in die Arme sprang, meldete sich Irenes angeknackste Rippe, aber sie zeigte den Schmerz nicht, sondern begann stattdessen, wortlos ihre Tochter in den Armen zu wiegen und ihr dabei sanft über den kahlen Kopf zu streichen.

Etwas später saßen die drei um den Küchentisch, tranken Tee und aßen Eierbrote mit Kaviarpaste. Stück für Stück kam die ganze Geschichte heraus. Jenny hatte Marcus gesagt, dass sie bei den Demonstrationen zum Todestag von Karl XII. nicht mitmachen wollte. Sie wollte keine Schlagworte rufen, zu denen sie nicht stand. Aber sie wollte bei der Band weiter mitmachen. Darauf war Marcus stinksauer geworden und hatte gesagt:

»Wenn du bei dem einen nicht mitmachst, dann kannst du auch nicht bei dem anderen mitmachen. Du musst schon zeigen, wo du stehst!«

Dann hatte er sich auf den Hacken umgedreht und war gegangen. Jenny war natürlich traurig, schließlich war sie in ihn verliebt, glaubte das zumindest. Er war ja der erste Junge, der sie so geküsst hatte, dass ihr die Knie weich wurden. Als Katarina das erzählte, brauste Jenny wieder auf, beruhigte sich aber gleich wieder. Genauso hatte sie es empfunden.

Es war Katarinas Idee, dass sie doch für den Abend »Schindlers Liste« ausleihen sollten. Die Oma wollte ja kommen, und die würde sich bestimmt freuen, einen Film zu gucken, der während ihrer eigenen Kindheit spielte. Der Film handelte von einem Mann, der so tat, als würde er mit den Nazis zusammenarbeiten, aber während der Zeit eine Menge Juden vor den Vernichtungslagern rettete.

Nach dem Film hatte Irenes Mutter erzählt, wie sie als Siebzehnjährige das Kriegsende miterlebt hatte. Von den weißen Rotkreuzbussen, die ihre Ladung halbtoter Menschen abluden. In ihrer Schule waren Duschräume zur Verfügung gestellt worden. Die Schwestern hatten die klapprigen Gerippe aus ihren schmutzigen Lumpen geschält. Sie wurden mit Läusemittel gepudert und mit heißem Wasser und Wurzelbürsten geschrubbt. Ein armer alter Jude bekam solche Angst, als er gegen Läuse gepudert werden sollte, dass er einen Herzinfarkt bekam und daran starb! Er dachte, es wäre Gift. So ein Gift, wie es die Nazis benutzt hatten. Aber sie haben es ja mit Gas gemacht, hatte die Oma erzählt. Sie selbst hatte saubere Kleidung verteilt und denen geholfen, die es nicht schafften, sich allein anzuziehen. Sonderbarerweise hatte sie kein Wort zu Jennys rasiertem Kopf gesagt. Es schien, als sähe sie den gar nicht.

Jenny meinte inzwischen, ihre Schwester hätte nun lange genug geredet. Schließlich ging es doch in erster Linie um sie! Eifrig unterbrach sie deren Schilderung:

»Als Oma fertig erzählt hatte, habe ich sie gefragt, ob sie wirklich diese Menschen gesehen hat, die im Konzentrationslager gewesen sind. Und sie hat Ja gesagt. Da habe ich sie gefragt, ob es denn stimmt, dass es Vernichtungslager gegeben hat. Und da hat sie wieder Ja gesagt. Ich habe sie gefragt, warum sie es zugelassen haben. Warum haben die Schweden nicht dagegen protestiert, dass Millionen von Menschen in solchen Lagern umgebracht wurden? Aber darauf konnte sie mir keine Antwort geben. Und dann hat sie gesagt, dass sie in Schweden während des Kriegs nichts davon gewusst haben. Erst als der Krieg vorbei war und Hitler tot, da wurden die Lager geöffnet, und die Leute haben davon erfahren. Ich finde, das klingt einfach unglaublich! Ich meine… dann ist es ja wohl nicht so verwunderlich, wenn man nicht so recht glauben mag, dass es diese Lager gegeben hat, oder? Wenn während des Krieges niemand was dagegen gemacht hat. Sondern einfach alles hat passieren lassen?«

Sie verstummte, und Irene konnte einen leicht entschuldigenden Ton aus ihren letzten Sätzen heraushören. Jenny saß da und kratzte mit ihrem Fingernagel an der Tischkante. Das war ein Zeichen, dass sie über etwas brütete, was ihr schwer fiel zu sagen. Schließlich holte sie tief Luft und sagte:

»Du kannst Tommy sagen, dass ich keine Rassistin bin. Er braucht die Freundschaft mit mir nicht zu kündigen. Ich will das nicht! Sag ihm das. Ich bin keine Rassistin, wirklich nicht. Die Texte sind rassistisch. Ich habe sie mir jetzt angehört. Richtig. Und dann habe ich Marcus seine Platten zurückgegeben. Von mir aus kann er sie Marie geben!«

»Ist das diejenige, die eine ›verdammte Pop-Tussi ist‹?«

»Ja, genau! Sie ist wirklich eine Pop-Tussi!«

Es war nicht mehr nötig, um eine Erklärung des Wortes zu bitten. Der Tonfall sagte schon alles. Vorsichtig fragte Irene:

»Was ist denn mit Marcus?«

Jenny bekam ganz kleine Augen, aber noch bevor Katarina wieder für sie sprechen konnte, sagte sie mit tränenbelegter Stimme:

»Marcus und Marie sind seit gestern zusammen. Sie geht in die Achte.«

»Ist sie auch ein Skinhead?«

»Ne, sie hat pinkfarbenes Haar. Manchmal mit lila Strähnen. Und außerdem hat sie Piercingschmuck. Sie hat einen Ring in der Augenbraue, einen in der Oberlippe und einen in der Nase. Richtig eklig!«

Beide Mädchen waren sich einig, dass das einfach widerlich war, und Irene war nur froh darüber.

Als Krister gegen ein Uhr nach Hause kam, schliefen die Mädchen, nur Irene war noch wach. Nachdem sie von Jennys Sorgen erzählt hatte und von dem anscheinend bevorstehenden Ende ihrer Skinheadperiode, versuchte sie ihren Mann zu verführen. Aber er war zu müde und überhaupt nicht bei der Sache. Der Weihnachtsstress in den Restaurants der Stadt hatte eingesetzt. Er nahm nur ihre Hand und schlief fast auf der Stelle ein. Noch lange lag Irene wach, ihre Gedanken drehten sich um Skinheads, Millionäre, Bomben, Mörder, MC-Gangster, sexuelle Beziehungen zwischen Leuten, die solche eigentlich nicht haben sollten, und sexuelle Beziehungen zwischen Leuten, die solche haben sollten.

Aus reiner Erschöpfung schlief sie ein, bis das Weinen sie weckte. Aber sie hatte wohl geträumt. Niemand im Haus weinte.

In der ganzen Stadt war kein freier Parkplatz zu finden. Schließlich fuhr Irene also zum Präsidium und stellte den Wagen auf dem Parkplatz ab. Jenny und Katarina waren ganz aufgeregt und voller Erwartungen. Es fiel ihnen nicht leicht, ihre ganze Teenagerwürde aufrechtzuerhalten, wo doch das kleine Kind in ihnen darauf drängte, an die Oberfläche zu kommen. Jenny hatte sich eine knallrote Schornsteinfegerkappe über die Ohren gezogen. Nicht nur, um ihren kahlen Kopf zu verbergen, sondern auch, weil es wirklich kalt war. Zwar nur einige Minusgrade, aber es wehte ein kalter Wind. Und dann wird Göteborg zur Antarktis. Irene und die Zwillinge eilten auf die Geschäftsviertel der Innenstadt zu, um ihren Kreislauf in Gang zu halten.

Über der Fußgängerzone hingen Girlanden mit Lampen und Sternen. Die großen Bäume im Brunnspark und entlang der Östra Hamngatan funkelten von hunderten von kleinen Lämpchen, die um die blattlosen Zweige gewickelt waren. Aber nur wenige Menschen schauten zu den Baumkronen hoch. Die meisten drückten ihr Kinn in den Kragen und duckten sich gegen den Wind. Alle wollten so schnell wie möglich in die angenehme Wärme, und die Geschäftsleute rieben sich die Hände. Genau das wollten sie schließlich auch.

Die Mädchen sprangen in eine Kleiderboutique nach der anderen. Irene schaute sich einige Jacken an, aber allein der Blick auf die Preisschilder ließ sie den Beschluss fassen, doch lieber bis zum Frühling zu warten. Jetzt würde sie sowieso die nächsten Monate nur ihre Winterjacke tragen. Frühlings- und Herbstjacke konnten warten. Aber sie vermisste ihre Popelinejacke.

»Guck mal, Mama. Ist das nicht geil?«

Katarinas begeisterte Stimme, als sie wie ein Mannequin aus der Ankleidekabine trat, in einem knallorangen Pullover, der über dem Bauchnabel aufhörte und einer moosgrünen Hose mit ausgestellten Beinen, weckte Irene aus ihren Gedanken. Zuerst starrte sie ihre Tochter nur an, aber dann konnte sie nicht anders, sie brach in schallendes Lachen aus. Katarina wurde wütend und zischte:

»Was lachst du so dumm? Das ist modern! Versuch lieber mal, mehr auf dem Laufenden zu sein, he!«

Jenny war ganz ihrer Meinung und schaute herablassend auf ihre fossile Mutter:

»Das ist die neueste Mode, du.«

Irene versuchte sich zu beruhigen.

»Entschuldigt mich, aber ich musste nur so lachen, weil ich mich selbst wieder erkannt habe. Genauso sah ich aus, als ich in eurem Alter war.«

Beide Töchter betrachteten sie ungläubig und warfen sich einen genervten Blick zu. Es war schließlich schon schwer genug zu glauben, dass ihre Mutter jemals in ihrem Alter gewesen war. Wie alle Weihnachtsflaneure und Geschenkekäufer landeten sie zum Schluss im NK. Irene war müde und wollte eine Tasse Kaffee trinken, aber die Mädchen bestanden darauf, zuerst im Kaufhaus herumzuschauen. Seufzend und unter schwachem Protest gab Irene nach. Wenn die Mädchen sich einig waren, war sie in der Minderheit. Das ganze Licht und der Glitzer sogen ihr langsam die Kraft aus den Knochen. Und die vielen Weihnachtsmänner. Wohin man auch schaute, stand ein Weihnachtsmann. Kleine Weihnachtsmänner, Riesenweihnachtsmänner, künstliche Weihnachtsmänner und lebendige Weihnachtsmänner. Einer erschreckte sie fast zu Tode, als er sich plötzlich vorbeugte, ihren Arm berührte und sie fragte, ob sie nicht für ihren »lieben Schatz daheim« einen neuen Rasierapparat kaufen wollte.

Müde und erschöpft fuhr Irene auf der Rolltreppe zum zweiten Stock hoch. Über ihren Köpfen schwebten sich langsam drehende Tannenbäume. Die Halogenlampen ließen sie funkeln und glitzern. Einer war ganz mit Silberrosetten verziert, ein anderer mit Goldherzen, ein dritter mit silbernen Tannenzapfen, ein vierter mit Goldkugeln… Gold und Silber glänzte und stach ihr unbarmherzig in die Augen. Gold und Silber. Silber. Wie glänzende Sardinen in der Büchse. Wie glänzende…

»Mama! Nimm die Füße hoch!«

Der Ruf kam von Katarina. Die Mächen standen hinter ihr und sahen das Unglück kommen. Aber es war zu spät. Am Ende der Rolltreppe angekommen, fiel sie auf die Nase. Die Tüte mit den gerade erstandenen Hosen und Strümpfen kippte ihren Inhalt aus, aber Jenny sammelte schnell alles wieder auf. Katarina war das Ganze schrecklich peinlich, am liebsten wäre sie im Erdboden versunken. Musste ihre Mutter sich so danebenbenehmen? Alle Müdigkeit war wie weggeblasen. Schnell stand Irene auf, sammelte ihre Kinder, ihre sieben Sachen und ihre ganze Würde wieder zusammen. Eifrig rief sie:

»Schnell! Ich muss telefonieren!«

»Hast du dir wehgetan? Brauchst du einen Krankenwagen, oder was ist los?«

»Nein, nein. Aber mir ist etwas eingefallen.«

»Hast du denn dein Handy nicht mit?«

»Nein, das habe ich nicht dabei.«

Sie machten eine Kehrtwendung und nahmen die Rolltreppe nach unten. Im Erdgeschoss fand Irene eine nette Cafeteria und einen Telefonautomaten. Die Mädchen wurden an einem Tisch geparkt, jede mit Kakao und Schlagsahne und Lucia-Kuchen versehen.

Irene wühlte in ihren Taschen nach dem Zettel mit der Telefonnummer, fand ihn schließlich und tippte die Nummer ein.

»Sylvia von Knecht.«

»Guten Tag, entschuldigen Sie, dass ich störe. Hier ist Inspektorin Irene Huss.«

»Was wollen Sie denn nun schon wieder!«

Es wäre gelogen zu behaupten, dass eine gewisse Wärme durch die Leitung strömte. Aber das war auch nicht notwendig. Jetzt ging es nur darum, Sylvia nicht in schlechte Laune zu versetzen. Wozu Irene leider eine unglückselige Tendenz besaß. Aber in dem freundlichsten Tonfall, den sie anschlagen konnte, sagte Irene:

»Es hat sich etwas herausgestellt, was ich überprüfen müsste. Es dauert aber noch fünf Minuten.«

»Na, dann überprüfen Sie doch!«

Irene verlor die Fassung, begriff dann aber, was Sylvia meinte.

»Nein, nein, das geht nicht per Telefon. Ich müsste noch einmal zu Ihnen kommen und mit Ihnen persönlich sprechen. Es ist äußerst wichtig, falls sich herausstellen sollte, dass es stimmt«, sagte sie beharrlich.

Eine ganze Weile kam keine Antwort.

»Wann wollten Sie denn kommen?«

»Passt es um drei?«

»Ja.«

Klick. Überredet, wie immer. Und falls ihre Idee sich wirklich als der Knackpunkt herausstellen sollte, der wie ein Licht im schwarzen Nichts aufleuchtete? Dann würden es jedenfalls anstrengende fünf Minuten für Sylvia werden.

Kurz vor drei waren sie zurück am Auto. Allen dreien taten die Füße weh, aber sie waren zufrieden mit ihren Einkäufen und dem Tag. Es gab wieder einmal keinen Zweifel mehr: Auch dieses Jahr sollte es Weihnachten werden. Irene startete den Wagen, und erst danach erzählte sie den Mädchen, dass sie noch bei jemandem vorbeischauen musste. Aber es war direkt auf dem Heimweg. Die Mädchen protestierten, versprachen aber schließlich, im Auto zu warten. Irene stellte den Wagen am Kapellplats ab, damit sie dort in die Schaufenster gucken konnten. Doch es machte ihnen keinen Spaß mehr, weil die Geschäfte jetzt geschlossen waren, außer dem Konsum und der Konditorei. Und nach NK waren alle anderen Weihnachtsschaufenster nur noch eine Enttäuschung.

Arja öffnete ihr die Tür. Sie lächelte ihr warmes Lächeln, das aber schnell verebbte, als die scharfe Stimme ihrer Schwester aus der Wohnung zu hören war.

»Ist das diese Frau von der Polizei?«

Bevor Arja antworten konnte, rief Irene zurück:

»Hier ist Inspektorin Irene Huss von der Mordkommission.«

Eine Unverschämtheit, sie als »diese Frau von der Polizei« zu bezeichnen! Zwar gab es nichts, was sich »Mordkommission« nannte, aber das wusste Sylvia von Knecht schließlich nicht. Es klang zumindest gut. Arja war jedenfalls beeindruckt, sie trat zur Seite, um Irene hereinzulassen. Ihre Hochachtung waren von ihrem leicht gerundeten Mund und ihren

Augen abzulesen. Sylvia kam mit einem beleidigten Zug um den Mund aus der Küche. Sie musste sich verirrt haben, denn die Küche gehörte wohl kaum zu den Orten, an denen sie sich üblicherweise aufhielt. Irene musste an die jungfräulichen Küchengeräte über dem Herd denken. Und dabei an den leeren Haken, an dem ein Küchenbeil fehlte. Sie versuchte zu lächeln und einen freundlichen Eindruck zu machen.

»Danke, dass ich noch mal kommen und Sie stören durfte. Ich muss etwas überprüfen. Und zwar geht es um die Schlüssel«, erklärte sie.

»Ja?«

»Können wir nach oben gehen?«

Sylvia zuckte mit den Schultern und schritt die Treppe hinauf, die in den ersten Stock führte. Irene nahm an, dass sie sich ihr an die Fersen heften sollte.

Im oberen Stockwerk blieb Sylvia stehen und drehte sich um. Sie hob mit kühlem Blick eine Augenbraue und fragte:

»Die Schlüssel?«

»Ob Sie so gut wären und mir die Ersatzschlüssel holen? Sie haben doch gesagt, dass Sie sie in Ihrer Schreibtischschublade in Ihrem Arbeitszimmer aufbewahren. Und ich werde das Schlüsseletui Ihres Mannes holen. Das heißt, wenn es immer noch auf seinem Nachttisch liegt.«

Sylvia schnaubte leise, bevor sie antwortete:

»In der Schublade seines Nachttischs. Und die Polizei geht in meinem Haus ja sowieso aus und ein, wie sie will. Ich kann Sie wohl nicht daran hindern. Seine Autoschlüssel haben Sie sich ja schon geholt, ohne sie wieder zurückzubringen.«

Sie drehte sich schroff um und verschwand in ihrem Arbeitszimmer. Irene schluckte, was sie schon auf der Zunge hatte, lieber wieder hinunter. Nicht wütend werden, nicht wütend werden…

Das Zimmer hatte sich verändert. Es dauerte nicht lange, bis Irene merkte, dass die Bilder weg waren. Das eine und andere hing noch an den leeren Wänden, aber keines der »Sexbilder« mehr, wie Irene sie in ihrer Unkenntnis genannt hatte – »eine Sammlung von Erotica« hatte Henrik von Knecht sie korrigiert. Was man nicht alles Nützliches bei so einer Untersuchung lernte! Die noch an den Wänden hingen, waren ganz normale Bilder. Modern und merkwürdig, aber keine Nacktstudien mehr. Eine Prise Sympathie für Sylvia durchfuhr Irene. Schnell ging sie zu dem riesigen Seidenbett und öffnete die Schublade von Richards Nachttisch. Darin lagen Papiertaschentücher, einige eisblaue Halstabletten in einer durchsichtigen Hülle und der schwarze Schlüsselbund aus Glattleder. Jetzt sollte sich herausstellen, ob sie Recht hatte. Überrascht musste sie feststellen, dass ihre Hände leicht zitterten, als sie das Etui aufknöpfte. Heraus fielen sechs Schlüssel, jeder in seiner Öse hängend. Alle glänzten makellos. Alle waren aus genau dem gleichen Metall. Alle waren ohne Nummer oder Markierungen. Und ohne jede Abnutzung. Das war der neu angefertigte Schlüsselbund, den Richard von Knecht vor nicht einmal einem halben Jahr bei Mister Minit hatte machen lassen. Ein Seufzer der Erleichterung durchfuhr Irene.

»Haben Sie etwas Interessantes gefunden?«

Sylvias Stimme war hinter ihrem Rücken zu vernehmen. Man hätte Glas damit schneiden können. Ruhig drehte Irene sich um, ging auf die steife, dünne Gestalt zu und sagte:

»Haben Sie sich Richards Schlüsselbund nach seinem Tod einmal angesehen?«

Sylvia riss die Augen vor Verwunderung auf, nahm aber schnell wieder ihre feindliche Haltung ein.

»Warum sollte ich? Ich habe doch meinen eigenen!«

»Sie haben also seine Schlüssel nicht in der Hand gehabt?«

»Nein, das habe ich doch gerade gesagt! Ich habe den Bund nur in die Schublade gelegt.«

»Sehen Sie mal. Vergleichen Sie Ihren Schlüsselbund mit den Schlüsseln aus Richards Etui. So, ja, nehmen Sie sie ruhig in die Hand«, sagte Irene freundlich überredend.

Zögernd machte Sylvia, wozu sie aufgefordert worden war. Als sie die Schlüssel nebeneinander hielt, konnte sie es auch erkennen. Richards neue, glänzende funkelten wie Tannenbaumschmuck, während Sylvias Schlüssel sich in Alter, Abnutzung und Oxidation unterschieden. Außerdem waren sie mit unterschiedlichen Ziffern und Buchstaben versehen.

Mit starren Lippen flüsterte Sylvia:

»Mein Gott!«

Sie war von den Schlüsseln wie verhext, konnte ihren Blick nicht von ihnen wenden. Langsam sagte Irene:

»Jemand hat sich Richards Schlüssel im Sommer ausgeliehen oder gestohlen. Er hat sie nicht zurückbekommen, sondern einen neuen Satz machen lassen. Warum? Warum hat er nicht gesagt, dass die Schlüssel weg waren? Warum hat er nicht die Schlösser austauschen lassen? Warum hat er Ihnen nichts davon gesagt?«

Sylvia starrte weiterhin die Schlüssel in Irenes Hand an. Ihre Augen sahen unnatürlich groß aus in dem schmalen, durchscheinenden Gesicht. Ein Jammern stieg aus ihrer Kehle nach oben, und sie fing an, den Kopf von einer Seite zur anderen zu werfen. Zuerst kaum merkbar, dann in immer heftigeren Bewegungen. Das Jammern wurde zum Schrei, und Sylvia zitterte nunmehr am ganzen Körper. Verdammt, wieder war es ihr passiert! Warum, warum konnte sie nur nicht mit Sylvia umgehen?

Sie hastete zur Schlafzimmertür und rief nach Arja. Dann ging sie mit erzwungener Ruhe zurück zu Sylvia und versuchte diese zu beruhigen. Aber das war zwecklos. Sylvia hatte sich in einen Zustand der Hysterie hineingesteigert und schrie wie eine Sirene. Als Irene versuchte, ihr eine Hand auf den Arm zu legen, heulte sie laut auf. Und fiel in Ohnmacht. Diese Frau konnte wirklich elegant in Ohnmacht fallen! Wie eine herabsinkende Schwanenfeder sank sie in einer grazilen Bewegung in sich zusammen. Der eine Arm lag in einem Bogen über dem Kopf, während der andere etwas über dem Zwerchfell ruhte. Dieses Bild bot sich Arja, als sie durch die Tür trat.

»Ach herrje, ist sie schon wieder in Ohnmacht gefallen«,

bemerkte diese nur ruhig. Ohne Hast kam sie zu ihrer Schwester. Geschickt hob sie Sylvias Beine hoch und begann die Waden zu massieren. Dabei schaute sie Irene an, die glaubte, man könne ihr ihr schlechtes Gewissen ansehen. Ruhig fragte Arja:

»Was hat sie denn so aufgeregt?«

»Aufgeregt? Die Schlüssel«, erklärte Irene vage.

»Sylvia ist schon immer in Ohnmacht gefallen, wenn sie sich aufgeregt hat. Ihr ganzes Leben lang! Halt eine empfindliche Künstlerseele, wissen Sie.«

Arja zeigte ein offenes, freundliches Lächeln, und Irene fühlte sich langsam wieder etwas wohler in ihrer Haut. Sie beschloss, Arja die Wahrheit zu sagen.

»Es ist passiert, als ich Sylvia gezeigt habe, dass Richards Schlüsselbund neu gemacht wurde. Also waren die Schlüssel, die wir in der Tür in der Berzeliigatan gefunden haben, Richards alte. Sie sind ihm im Spätsommer abhanden gekommen und er hat Sylvia nichts davon gesagt.«

Arja warf ihr einen Blick zu. Mit Nachdruck sagte sie:

»Es gab eine ganze Menge, was Richard Sylvia nicht gesagt hat.«

Jetzt oder nie! Irene schaute auf Sylvia hinunter, die schwache Lebenszeichen zu zeigen begann. Leise sagte sie zwischen den Zähnen zu Arja:

»Erzählen Sie mir vom Fest!«

Arja zuckte zusammen und schaute schnell auf Sylvias blasses Gesicht. Sie legte einen Zeigefinger auf den Mund und machte eine Geste zu ihrer Schwester hin.

»Vielleicht sollten wir sie besser aufs Bett legen?«

Gemeinsam hoben sie den federleichten Körper hoch. Sylvia murmelte leise etwas und ihre Lider zuckten.

»Ich hole unsere Mutter«, sagte Arja.

Aber sie hatte den Satz noch nicht beendet, da glitt schon eine kleine dünne Schattengestalt durch die Tür. Irene fehlten die Worte. Genauso würde Sylvia in fünfundzwanzig Jahren aussehen. Die kleine Dame kümmerte sich gar nicht um die anderen zwei, sie trippelte zielsicher aufs Bett zu. Mit ihren dünnen Händchen, auf denen die blauen Adern auf der weißen Haut zu liegen schienen, umfasste sie die ebenso bleichen und blutleeren Hände ihrer Tochter. Vorsichtig streichelte sie Sylvia, wobei sie leise tröstende Worte murmelte. In Irenes Ohren klangen sie wie Beschwörungsformeln, aber nach einer Weile wurde ihr klar, dass die alte Dame Finnisch redete.

Arja stieß sie verstohlen in die Seite und machte mit dem Kopf eine Bewegung zur Tür hin. Leise schlüpften sie hinaus und die breite Treppe hinunter. Sie gingen weiter in den Flur, und Arja nahm einen Schlüssel, der auf der verzierten Marmorplatte der Flurgarderobe lag. Sie öffnete die Wohnungstür und gab Irene ein Zeichen, ihr zu folgen. Schnell lief sie die Treppe zur Wohnung ein Stockwerk tiefer hinunter. Mit wachsender Verwunderung bemerkte Irene, dass sie auf dem Weg in die Wohnung unter der von Knechts waren. Energisch schloss Arja auf. Sie bedeutete Irene hineinzugehen. Leise schloss sie die Tür und drückte auf den Lichtschalter an der Wand. Eine nackte Glühbirne hing von der Decke und verbreitete ein grelles Licht. Es roch nach Farbe und Tapetenkleister. Arja breitete die Arme aus und erklärte:

»Ivan Viktors wird morgen hier einziehen. Die Möbelwagen kommen ganz früh.«

»Wissen Sie, dass Sylvia und Ivan Viktors ein Verhältnis miteinander haben?«

Arja erstarrte und warf ihr einen prüfenden Blick zu:

»Das wissen Sie auch? Ja, natürlich weiß ich das. Und das ist Sylvia nur zu gönnen. Es war nicht immer lustig, Richards Frau zu sein. Er war ein ziemlicher Drecksack!«

»Ssack«, sprach sie es aus. Und es klang richtig nett. Irene beschloss, direkt zur Sache zu kommen und nicht um den heißen Brei herumzureden, um Zeit zu sparen. Mit einer Spur von Lächeln in der Stimme fragte sie:

»Hat er versucht, Sie auch zu verführen?«

Arja schürzte die Lippen, und dann zeigte sie ein freches, weiches Lächeln.

»Vor fast zwanzig Jahren. Aber bei mir kommt sein Charme nicht an. Ich will es gleich offen sagen, ich bin lesbisch.«

Irene zuckte zusammen. Das hatte sie nicht erwartet. Arja sagte trocken:

»Ich lebe seit vielen Jahren in einer festen Beziehung. Aber weder Mama noch Sylvia wollen Siirka akzeptieren. Sie darf nicht zu Familienfesten mitkommen. Wie Hochzeitstage oder Beerdigungen. Aber sie kann meistens auch gar nicht. Denn sie ist Lehrerin und kann sich nur schwer freimachen.«

Kurz flogen Irenes Gedanken zu Mona und Jonas Söder in Stockholm. Wie es ihnen wohl ging?

Irene konzentrierte sich wieder und versuchte die richtigen Fragen zu stellen.

»Sie sind Journalistin?«

»Ja. Freie. Ich bin selbstständig.«

»Können Sie mir von dem Fest erzählen? Von dem Sylvia nicht wollte, dass Sie etwas davon sagen.«

Arja holte tief Luft, und eine unruhige Sekunde lang befürchtete Irene, dass Arja ihre Offenheit bereute. Aber dann begann sie doch zu erzählen:

»Es geht um Richards sechzigsten Geburtstag im Sommer. Zu dem Fest hatte er viele Leute eingeladen. Es war warm und schönes Wetter, bis tief in die Nacht. Aber gegen zwei Uhr wurde ich müde und wollte mich ins Bett schleichen. Mutter und ich hatten jeweils ein Zimmer in dem Gästehaus. Mutter war gut drauf und tanzte die ganze Zeit. Sie hatte sich tagsüber eine Stunde hingelegt. Sie geht schrecklich gern auf Feste! Aber ich konnte die Augen nicht mehr offen halten. Zu viel Wein und Champagner. Die Gäste sollten zu den verschiedenen Hotels in Göteborg gefahren werden, Wagen waren bestellt, aber sie sollten erst gegen drei Uhr kommen. Niemand würde mich vermissen, wenn ich mich davonschlich. Auf dem Weg zum Gästehaus stieß ich auf Sylvia. Sie war betrunken wie alle anderen, aber gleichzeitig nervös. Mehrere Leute hatten schon nach Richard gefragt und sie konnte ihn nirgends finden. Ich schlug ihr vor, doch mit mir ins Gästehaus zu gehen, dann könnten wir in meinem Zimmer noch ein Glas Brombeerlikör trinken, den ich auf der Fähre gekauft hatte. Sylvia liebt Brombeerlikör. Und da fanden wir Richard.«

Arja verstummte und strich sich müde über die Augen, als wolle sie ein Bild aus dem Gedächtnis streichen. Oder es im Gegenteil deutlicher hervortreten lassen. Ein bitterer Ton schlich sich in ihre Stimme, als sie weitersprach:

»Und wir fanden nicht nur Richard. Charlotte war auch da. Wir sahen die beiden, aber sie haben uns nicht gesehen. Auf dem Boden des Wohnzimmers waren sie mit ihren Schweinereien beschäftigt.«

Irene war überrascht über die Wortwahl. Oder meinte eine lesbische Frau, dass ein heterosexueller Beischlaf eine Schweinerei war?

Arja nahm die Hände von den Augen und sah Irene direkt an. Tonlos sagte sie:

»Sie leckten einander und…«

Sie schaute weg, rote Flammen schossen ihr den Hals empor.

»Es war einfach eklig! Wir sind schnell wieder rausgegangen. Sie haben nichts bemerkt. Natürlich fiel Sylvia wieder in Ohnmacht, aber sie kam schnell wieder zu sich. Und ich musste ihr versprechen, keinem zu erzählen, was wir gesehen hatten. Keiner Menschenseele.«

Sie verstummte und spielte mit den Schlüsseln zur Wohnung. Leise sagte sie:

»Aber jetzt breche ich mein Versprechen. Denn ich glaube, dass es etwas mit Richards Tod zu tun hat.«

»Warum glauben Sie das?«

»Wegen der Schlüssel. Ich weiß, dass Charlotte sie genommen hat.«

»Erzählen Sie.«

»Am folgenden Tag war die Stimmung natürlich etwas abgeflaut. Richard hatte unten auf einem Sofa im Wohnzimmer geschlafen. Er lag noch schnarchend da, als ich ins große

Haus kam. Mutter hatte irgendwo ihr Reisedöschen mit ihren Herztabletten verloren. Wir fanden es später im Gästehaus, aber nicht an diesem Morgen. Mutter war sich todsicher, dass sie es in Sylvias Schlafraum vergessen hatte, wo sie am Tag zuvor eine kleine Siesta gehalten hatte. So leise ich konnte, schlich ich mich also ins Haus. Sylvia und Richard haben in Marstrand getrennte Schlafzimmer. Ich schlich mich in Sylvias, weckte sie aber natürlich trotzdem auf. Sie hat so einen leichten Schlaf. Sie hatte Mutters Pillendöschen nicht gesehen, und ich konnte es auch nicht finden. Als ich Sylvias Schlafzimmer wieder verließ, stieß ich fast mit Charlotte zusammen, die aus Richards kam! Wir zuckten beide zusammen und da sagte sie zu mir: ›Ach, hallo, ich hatte meine Schlüssel verloren. Aber jetzt habe ich sie wieder gefunden.‹ Und damit stopfte sie das Schlüsseletui, das sie in der Hand hielt, in die Tasche ihres Morgenmantels. Ich war müde und hatte einen leichten Kater, deshalb dachte ich nicht weiter darüber nach. Aber hinterher habe ich oft darüber gegrübelt. Wieso konnte Charlotte ihre Schlüssel in Richards Schlafzimmer verlieren?«

»Haben Sie Sylvia von Ihrem Zusammentreffen mit Charlotte erzählt?«

»Nein. Ich wollte Charlotte so wenig wie möglich in ihrer Gegenwart erwähnen.«

»Glauben Sie, dass Henrik wusste, was da zwischen Richard und Charlotte vor sich ging?«

Arja dachte nach. Sie schüttelte den Kopf.

»Nein. Das glaube ich nicht. Aber seit dem sechzigsten Geburtstag ist Charlotte nie wieder in Marstrand gewesen, das weiß ich.«

»Aber Henrik ist dort, so oft er kann?«

»Ja. Er liebt sein Haus dort.«

»Wissen Sie, dass Henrik zeugungsunfähig ist?«

»Ja. Sylvia hat es mir erzählt.«

»Und wissen Sie auch, dass Charlotte schwanger ist, schon fast im vierten Monat?«

Arja nickte und sagte mit einem Seufzer:

»Ja. Sylvia hat es mir erzählt.«

Noch einmal holte sie ganz tief Luft und schaute Irene dabei offen in die Augen.

»Das alles habe ich Ihnen erzählt, damit der Mord an meinem Mistkerl von Schwager aufgeklärt wird. Sylvia braucht Ruhe. Der Fall muss geklärt werden. Aber ich werde das niemals vor Gericht bezeugen. Das bleibt vertraulich zwischen Ihnen und mir«, erklärte sie mit fester Stimme.

»Auch nicht, dass Sie Charlotte aus Richards Zimmer haben kommen sehen, mit einem Schlüsseletui in der Hand?«

Arja dachte nach.

»Doch, das könnte ich bezeugen. Aber alles andere nicht. Kein Wort davon! Sylvia würde sonst das Vertrauen zu mir verlieren. Und das mit vollem Recht. Aber ich glaube, ich musste es tun. Der Mord muss aufgeklärt werden, nichts darf unter den Teppich gekehrt werden.«

Als sie zum Wagen zurückkam, waren dort keine Zwillinge, sondern nur ein Zettel auf dem Beifahrersitz: »Wir sind zu Glady's gegangen. Haben einen Mordshunger! Küsschen K&J.« Dazu gab es nicht viel zu sagen. Irene war über eine Stunde weggewesen und es war kalt im Auto. Mit einem Seufzer startete sie den Motor, fuhr auf die Aschebergsgatan und bog auf die Avenyn.

Sie parkte auf dem Personalparkplatz auf dem Hinterhof von Glady's Corner und ging durch den Kücheneingang hinein. In der großen Restaurantküche herrschte fieberhaftes Treiben, und es dampfte aus den großen Töpfen. Leute liefen hin und her und riefen ihre diversen Bestellungen. Aber alles funktionierte ohne Probleme, der große Abendbetrieb hatte noch nicht eingesetzt. Von den Mädchen war kein Schimmer zu sehen. Aber Krister entdeckte Irene. Er hob eingerollte Fischfilets mit einem Schaumlöffel aus einem riesigen Topf. Er tat seine Arbeit konzentriert und bemerkte sie erst, als sie direkt neben ihm stand. Sie zwitscherte ihm ins Ohr:

»Hallo, mein Schatz. Hast du unsere Kinder gesehen?«

Er zuckte zusammen, und das zarte Fischstück fiel mit einem Plumps in den Topf zurück.

»O Scheiße, jetzt ist es kaputt gegangen! Hallo. Unsere Kinder habe ich zu McDonald's geschickt«, erklärte er genervt.

»Zu McDonald's?«

»Ja. Das Essen hier passte den Damen nicht. Und sie haben hier nur herumgewuselt und gestört. Also habe ich sie auf die andere Straßenseite geschickt. Ein BigMac ist doch immer ein kulinarischer Hochgenuss für unsere Töchter. Das müssen deine Gene sein, die da durchkommen.«

Er gab ihr einen schnellen Kuss auf die Nase und begann dann, wieder nach seinem Filet zu fischen. Um zu retten, was noch zu retten war.

Es geschah ganz unbewusst, aber sie bemerkte es selbst. Ihr Schritt verlangsamte sich, als sie die glänzenden Motorräder sah, die in einer Reihe vor dem Hamburger-Restaurant standen. Ein äußerst unangenehmes Gefühl begann sich in der Magengegend bemerkbar zu machen. Vielleicht sollte sie doch mit einem Hirnverdreher über ihre beginnende – oder bereits manifeste – Phobie gegenüber Motorrädern reden? Vielleicht war sie mit einigen Dosen Porsche zu heilen? Aber natürlich musste sie damit allein fertig werden. Sie gab sich selbst geistig einen Tritt in den Hintern und ging entschlossen zur Eingangstür. Die Mädchen saßen am Fenster und winkten ihr freudig zu, als sie sie entdeckten. Gerade als sie die Tür aufdrücken wollte, sah sie ihn. Er saß mit dem Rücken zur Tür, aber sie konnte dennoch sein Gesicht schräg von hinten erkennen, weil er mit einem Mann auf dem Stuhl neben sich sprach. Das fettige Haar kringelte sich den Rücken hinunter, und seine Schultern unter der wattierten Lederjacke zuckten nervös. Das war der Magere, alias Paul John Svensson.

Zuerst wurde sie ganz einfach stinkwütend. Was für eine

Arroganz! Sich offen in der Avenyn hinzusetzen und Hamburger zu kauen, während er doch damit rechnen musste, gesucht zu werden! Sekunden später kam die Angst. Sie konnte nicht hineingehen. Er würde sie wieder erkennen. Ihre Töchter saßen da drinnen mit einem Wahnsinnigen in einem Raum. Außerdem war er bestimmt bis unter die Halskrause voll mit Stoff. Und sicher bewaffnet.

Sie drehte sich schnell um und versuchte den Eindruck zu erwecken, als hätte sie etwas vergessen. Hastig lief sie über die Straße und wurde fast noch von einer Straßenbahn überfahren. Ruhig, sie musste versuchen, Ruhe zu bewahren. Sicher auf dem gegenüberliegenden Bürgersteig angekommen, eilte sie ins Glady's. Sie vergeudete keine Zeit damit, bis zum rückwärtigen Eingang zu laufen, ging einfach durch den Haupteingang hinein. Der Oberkellner war neu und kannte sie noch nicht. Kostbare Sekunden verlor sie, während sie mit ihm diskutierten musste. Schließlich wedelte sie mit ihrem Polizeiausweis, da die Frau des Küchenchefs ganz offensichtlich nicht einfach überall hineinmarschieren durfte. Ihr war klar, dass es ihre Jeans und die abgetragene Lederjacke waren, die ihr im Wege standen, aber gerade jetzt hatte sie keine Zeit, mit ihm zu diskutieren. Mit autoritärer Stimme verkündete sie:

»Es geht um eine Polizeiangelegenheit. Ich muss sofort ein Telefon haben!«

Mit viel sagender Miene führte der Oberkellner sie ins Büro. Jedenfalls hielt er sich nicht die Nase zu. Der Restaurantbesitzer war ein alter Bekannter von ihr, aber auch er schaute verwundert auf, als sie sich ohne weitere Erklärung aufs Telefon auf seinem Schreibtisch stürzte. Während sie die Gelben Seiten unter »Restaurants« durchblätterte, sagte sie nur schnell:

»Polizeiangelegenheit. Ich erkläre alles später. Da!«

Sie hatte die Nummer von McDonald's, Avenyn, gefunden. Mit zitternden Händen vertippte sie sich beim ersten Mal und musste es noch einmal versuchen… zehn, elf, zwölf.

Beim dreizehnten Signal antwortete eine äußerst junge Stimme:

»McDonald's, Tina.«

»Hallo, Tina. Bist du so lieb und holst Jenny und Katarina ans Telefon? Es ist sehr wichtig. Es gab einen Unfall, weißt du. Ich bin ihre Mutter. Aber sage den Mädchen bitte nichts. Es ist alles unter Kontrolle.«

»O ja, natürlich, mache ich.«

Es raschelte, als sie den Hörer hinlegte, und es verging eine halbe Ewigkeit, bis Katarinas verwunderte Stimme im Telefon erklang.

»Hallo?«

»Hallo, mein Schatz, hier ist Mama. Sei still, sag nichts, sondern höre mir nur zu. Ich möchte, dass du und Jenny sofort das Lokal verlassen!«

»Aber wir haben unser Eis noch nicht aufgegessen!«

»Das ist jetzt scheißegal! Tut, was ich sage! Bitte, Katarina, es ist ganz, ganz wichtig!«

»Okay. Aber Jenny wird bestimmt sauer sein.«

»Schaff sie raus. Kommt rüber ins Glady's!«

Katarina musste die Panik in der Stimme ihrer Mutter gehört haben. Etwas, was sie noch nie zuvor bei ihr erlebt hatte.

»Ja, gut. Wir kommen sofort«, sagte sie kurz.

Irenes Hände zitterten so stark, dass sie kaum den Hörer auflegen konnte. Sie achtete nicht auf den fragenden Blick des Wirts. Die Durchwahl zur Abteilung war frei, aber niemand ging ans Telefon. Halb sechs am Samstagabend, kein Wunder. Also rief sie in der Zentrale an. Schnell wurde sie durchgestellt. Eine ruhige Stimme antwortete:

»Einsatzzentrale, Inspektor Rolandsson.«

»Hallo, hier ist Irene Huss, Inspektorin bei der Kripo. Ich habe jemanden gesehen, nach dem gefahndet wird. Er sitzt bei McDonald's in der Avenyn. Er ist gefährlich. Gehört zu den Hell's Angels. Steht wahrscheinlich unter Drogen und ist sicher bewaffnet. Sein Name: Paul John Svensson.«

Rolandsson schwieg einen Moment, bevor er sagte:

»Verstanden. Wir schicken ein Einsatzkommando und einen Funkwagen. Bewaffnet, hast du gesagt?«

»Ja, dieser Schurke hat wahrscheinlich meine oder Jimmy Olssons SIGSauer!«

»Ach, dann ist das einer der Kerle von dem Krawall in Billdal. Wir wissen, wie er aussieht. Die Streife hat sein Foto. Kannst du dort bleiben, und uns so die Festnahme erleichtern?«

»Ja. Ich stehe auf der anderen Seite der Straßenecke, in der Engelbrektsgatan. Vorm Schaufenster von KappAhl.«

Als sie den Hörer aufgelegt hatte, begann sie am ganzen Körper zu zittern. Die Neugier stand dem Wirt auf die Stirn geschrieben, aber sie winkte ihm nur kurz zu und versprach, ihm später alles zu erklären. Schnell in die Küche – dort standen ihre Töchter. Krister sah aus wie ein einziges Fragezeichen. Irene verzichtete aber auf jede Erklärung, umarmte nur ihre Töchter und sagte erleichtert:

»Oh, ihr seid wirklich prima! Gott sei Dank! Jetzt dauert es nicht mehr lange, dann können wir nach Hause zu dem armen Sammie. Dann können andere die Sache übernehmen!«

Krister sah noch verwirrter aus und fragte:

»Was sollen andere übernehmen?«

»Die Schurken und Banditen! Mein Gott, was bin ich das alles leid!«

Er warf Irene einen verwunderten Blick zu und stellte fest:

»Das ist das erste Mal, dass ich dich so etwas sagen höre.«

Sie sah ihn lange an. Er erschrak, als er sah, dass ihr die Tränen in den Augen standen, als sie antwortete:

»Es ist ja auch das erste Mal, dass meine Familie durch meinen Job direkt in Gefahr ist!«

Wie eine Henne ihre Flügel über ihrer Brut ausbreitet, nahm sie die Mädchen in ihre Arme und ermahnte sie:

»Ihr bleibt jetzt hier bei Papa. Geht auf keinen Fall vor die Tür, bis ich wieder zurück bin!«

Schnell gab sie ihnen einen Kuss auf die Stirn und huschte

dann zum Hinterhof hinaus. Aus der anderen Richtung kam der Wirt in die Küche. Er entdeckte Krister und warf ihm einen fragenden Blick zu. Der Küchenchef breitete seine Arme in einer sehr französischen, sprechenden Geste aus. Ja, ja, diese Frauen!

Die Funkstreife hielt gerade an, als sie an dem verabredeten Treffpunkt ankam. Nur wenige Minuten danach kam das Einsatzkommando. Zu Irenes Erleichterung war Håkan Lund Leiter des Einsatzkommandos. Bei ihm nutzte es wenig, dass die neue Uniformjacke schlank machende weiße Streifen hatte. Ein Doppelzentner lässt sich schwer verstecken. Er begrüßte sie freudig:

»Hallo! Du hast also Paul Svensson aufgespürt, wie ich gehört habe. Diesen Widerling werden wir uns schnappen. Der Plan ist folgendermaßen: Hier hast du ein Funksprechgerät. Geh am McDonald's vorbei und guck, wo er sitzt, dieser Svensson. Aber pass auf, dass er dich nicht entdeckt. Wir schlagen sofort zu, wenn du uns seine Position mitgeteilt hast.«

Er drückte ihr ein kleines Funksprechgerät in die Hand und schickte sie los. Irene ging am äußersten Rand des Bürgersteigs entlang. Direkt vor dem Hamburger-Restaurant trat sie auf die Straße, um durch die parkenden Autos und Motorräder gedeckt zu sein.

Irene sah ihn sofort. Er saß immer noch dort und unterhielt sich mit seinen Kumpels. Sie hob das Funkgerät an den Mund und drückte drauf. Genau in dem Moment stand Paul Svensson von seinem Stuhl auf. Seine klapprigen Glieder schwankten im Lokal hin und her, bis er sich endlich entschieden hatte. Er steuerte eine Tür an, auf der das international bekannte Strichmännchen klebte. Irene flüsterte in den Apparat:

»Hier ist Irene. Er ist ins Herrenklo gegangen.«

»Ausgezeichnet! Wir gehen rein.«

Zwanzig Sekunden später kamen die Polizisten mit gezogenen Waffen von hinten herein. Sie umringten Paul Svenssons Kumpane. Vier Polizisten gingen von vorn hinein, und zwei stellten sich auf beide Seiten der WC-Tür. Als der Magere herauskam, drückten sich sofort zwei Pistolenläufe in seinen Rücken. Auch wenn er riesengroß war, sah er sofort ein, dass das Spiel aus war. Gehorsam hob er die Hände hoch. Schnell und gründlich wurde die Leibesvisitation durchgeführt. Irene sah, wie Håkan Lund eine schwere Pistole aus einem Halfter zog, das Paul Svensson unter der Jacke trug. Eine SIGSauer. Ihre oder Jimmys? Plötzlich war ihr alles gleich. Sie wollte nur noch nach Hause.

Sammie war überglücklich, als sie kamen. Nirgends war eine Pfütze auf dem Boden, obwohl er mehr als sieben Stunden allein gewesen war. Glücklich vor der Tür, schaffte er es nur noch bis zu den Rosen vor dem Küchenfenster. Er seufzte vor Wohlbehagen.

Irene versuchte ihren Töchtern zu erklären, was dort bei McDonald's eigentlich passiert war, und warum es so wichtig gewesen war, dass sie das Lokal verließen. Sie saßen um den Küchentisch und tranken heißen O'boy. Katarina erklärte aufgeregt:

»Das ist ja wahnsinnig spannend! Warum durften wir denn nicht dableiben und zugucken, wie er geschnappt wurde?«

»Weil das weder Fernsehen noch Kino war! Dieser Kerl ist ein Mörder. Er war mit einer Pistole bewaffnet und vielleicht noch mit anderen Waffen. Und er hätte nicht gezögert, euch zwei als Geiseln zu nehmen, wenn er gewusst hätte, dass ihr die Töchter einer Polizistin seid. Meine Töchter.«

Jenny kratzte wieder einmal mit dem Fingernagel am Tischrand.

»Aber ich fand die ganz in Ordnung. Nach den paar Worten, die ich mit ihnen gewechselt hab«, sagte sie störrisch.

»In Ordnung! Ja, bestimmt, weil sie voll gedröhnt waren mit Amphetaminen und noch anderem Mist!«

»Glaubst du, er hätte uns umbringen können? Das glaube

ich nicht. Jedenfalls sahen die Typen nicht schlimmer aus als andere Junkies«, beharrte Jenny.

Trotzig warf sie den Kopf in den Nacken, auf dem man im Gegenlicht der Küchenlampe bereits die ersten Stoppeln erahnen konnte. Irene zwang sich, ruhig zu bleiben, und versuchte ihre Worte besonders sorgfältig zu wählen.

»Jenny, erinnerst du dich daran, wie du mich mit Katarina im Krankenhaus besucht hast am Montag? Weißt du noch, wie ich da aussah? Erinnerst du dich daran, dass ein junger Kollege, der bei mir war, so schwer misshandelt wurde, dass er immer noch im Krankenhaus liegt?«

Jenny nickte schmollend. Irene sprach unbeeindruckt weiter:

»Erinnerst du dich, dass ich von der Handgranate erzählt habe, die ins Haus geworfen wurde, in das sie mich und meinen Kollegen eingesperrt hatten? Erinnerst du dich daran?«

»Ja, ja, nerv doch nicht so damit. Natürlich erinnere ich mich daran!«

»Wenn du dich daran erinnerst, wie kannst du dann nur einen Moment daran zweifeln, dass der Typ dich und Katarina hätte umbringen können? Wenn die Verhältnisse nur günstig gewesen wären – oder aus unserem Blickwinkel äußerst unglücklich –, dann hätte ihn nichts daran gehindert! Er war doch dabei, als sie versucht haben, Jimmy und mich umzubringen!«

Schließlich konnte sie sich nicht mehr beherrschen. Der letzte Satz wurde zu einem Schrei. Aber sie schaffte es. Jennys Augen wurden groß und feucht. Sie stand auf, ging zu ihrer Mutter und nahm diese in die Arme. Sie sagten nichts, spürten aber beide, dass sich etwas zwischen ihnen verändert hatte. Es würde seine Zeit dauern, aber es würde heilen.

Sie zuckten zusammen, als das Telefon klingelte. Katarina war als Erste am Apparat und nahm ab.

»Einen Moment. Mama, das ist für dich.«

»Irene Huss.«

»Oh, hallo, Irene. Hier ist Mona Söder. Störe ich? Nein? Ich wollte Ihnen nur sagen, dass Jonas … Jonas ist heute Nacht gestorben … gegen zwei Uhr.«

Die Stimme hatte fest geklungen, aber jetzt brach sie doch. Gegen zwei. Da hatte Irene gemeint, sie hätte jemanden im Haus weinen gehört.

KAPITEL 19

Am Sonntagmorgen war es zu spüren. Irene erwachte mit dem unangenehmen Gefühl eines leichten Katers. Was vollkommen ungerechtfertigt war, hatte sie am Abend zuvor doch nicht einmal ein Leichtbier getrunken. Krister schnarchte lautstark neben ihr im Bett. Er war gegen zwei Uhr nachts nach Hause gekommen. Jetzt hatte er sie hinter sich, die Extraschicht, die er mit Sverker getauscht hatte, um sich nach den Vorfällen in Billdal um Irene zu kümmern. Eine Welle der Zärtlichkeit schlug in ihr hoch, und sie schlich so leise sie konnte hinaus, um ihn nicht zu wecken. Es war kurz nach acht. Die Zwillinge würden noch mindestens zwei Stunden lang schlafen. Und sicher auch ihr Vater. Es galt also, diese nutzlosen Stunden so gut wie möglich auszunutzen.

Sie zog Unterwäsche und Jogginganzug an. Sammie schlief ebenfalls noch. Er war der größte Morgenmuffel in der Familie. Gegen eine Pinkelrunde hatte er nichts einzuwenden, aber doch bitte kein Herumlaufen und Hüpfen am frühen Morgen. Sie klapperte leise mit der Leine. Seine Bedürfnisse meldeten sich und langsam kam er in den Flur. Er gähnte ausgiebig und streckte seinen schlaftrunkenen Körper.

Es wurde nur eine kurze Runde. Schnell wollte Sammie zurück. Er wusste, dass ein noch warmes Bett auf ihn wartete. Es war dunkel und kalt, aber die Luft war klar und frostig. Irene lief zum Bootshafen von Fiskebäck, ohne einer Menschenseele zu begegnen. Der salzige Wind blies ihr den Geruch nach Tang in die weit aufgesperrten Nasenflügel und fegte das Gefühl der Schwere von der Stirn. Das schiefergraue

Meer schlug seine Wellen gegen die Stege und Polder. Die Vertäuungen knarrten und die Wanten der großen Segelboote, die noch im Wasser lagen, zitterten. Obwohl sie bereits fast zwei Kilometer gelaufen war, war sie noch nicht außer Atem. Am äußersten Ende der Felsen kehrte sie um und lief ein Stück zurück, bog dann ab zu den Flundregatorna und joggte die kleinen Gassen zum Skärvallsberget hoch. Erst als sie den hintersten, innersten Teil der Hinsholmskilen erreicht hatte, kehrte sie um.

Sie gönnte sich eine lange, heiße Dusche, die mit einer kurzen eiskalten beendet wurde. Der perfekte Abschluss einer zehn Kilometer langen Joggingtour. Weg war das morgendliche Gefühl von Dumpfheit. Energie erfüllte sie. Das Frühstück für die Familie, einschließlich Hund, war in Null Komma nichts fertig. Schwieriger war es, die müden Familienmitglieder aus ihren warmen Betten zu locken. Einschließlich Hund.

Irene musste noch einmal berichten, was am Tag zuvor alles passiert war. Krister entschuldigte sich, dass er nicht gleich den Ernst der Situation verstanden hatte. Irene winkte ab und meinte, sie wäre daran auch nicht ganz schuldlos gewesen. Sie war zu aufgeregt gewesen und hatte deshalb nicht erklären können, was eigentlich los war. Taktvoll erzählte ihr netter Gatte ihr lieber nicht, was sein Chef gesagt hatte. »Überanstrengt« und »vielleicht von ihrem Beruf etwas zu sehr gefordert« waren wohl kaum Kommentare, die seine Frau gerne gehört hätte.

Nach dem Frühstück legte sich der Energieschub langsam. Sie sah ihr Heim bei Tageslicht. Berge von Schmutzwäsche in der Waschküche. Staubmäuse, Sand und Kies, den Sammies langes Fell hereingeschleppt hatte. Sie hatte fast das Gefühl, als sähe sie ihr Zuhause wie durch einen Weichzeichner. Der Staubfilm wischte alle Konturen aus.

Unter einer Menge Seufzern und Protesten machten sich die Zwillinge ans Staubsaugen und Staubwischen. Krister musste mit Sammie rausgehen, weil dieser eine Höllenangst vor dem Staubsauger hatte. Während seiner gesamten drei Hundejahre hatte er versucht, seine geliebte Familie darauf aufmerksam zu machen, dass ein kleiner Hund in diesem schrecklichen Staubsauger eingesperrt war. Schließlich hörte er, wie er jaulte! Und nichts wurde besser, nachdem Krister in einem Anfall falsch verstandenen Humors Sammies Schnauze mit dem Staubsaugerkopf angesaugt hatte. Da hatte der arme Hund seine Bestätigung. Der Staubsauger war lebensgefährlich und hinterhältig. Er fraß kleine Hunde.

Irene selbst übernahm das Badezimmer, die Toiletten und die Waschküche. Alle Betten sollten neu bezogen werden, alle Handtücher ausgewechselt. Es war zwei Wochen her seit letztem Mal. Krister machte sich zum Großeinkauf bereit, nachdem er mit Sammie zurück war. Das Staubsaugen war beendet, aber sicherheitshalber kroch Sammie unter Jennys Bett. Man konnte nie wissen, solange es überall im Haus polterte und rumpelte und so stark nach Putzmitteln roch.

Fast zwei Stunden waren sie beschäftigt. Zweimal im Monat wurde diese Prozedur veranstaltet. Das ganze Jahr lang. Weihnachtsputz, Herbst- oder Frühjahrsputz, so etwas gab es nicht. Die Gardinen wusch ihre Mutter. Hätte sie es nicht gemacht, dann wären sie wohl nie gewaschen worden. Nun ja, vielleicht hätte Krister sich drum gekümmert, wenn er zweimal im Jahr die Fenster putzte. Irene selbst interessierte sich nicht so sehr für die Gardinen. Sie wusste selbst nur zu gut, dass sie damit den Ansprüchen der Nachbarsfrauen ganz und gar nicht gerecht wurde. Einige von ihnen wuschen die Gardinen mehrmals im Jahr.

Krister kochte ein wunderbares Adventsessen. Altmodischer Sauerbraten, mit Gemüse, schwarzem Johannisbeergelee, gekochten Kartoffeln und einer himmlischen Soße standen auf dem Menü. Irenes Mutter wollte gegen vier kommen. Katarina war es gelungen, den roten Keramikleuchter zu finden. Wer hatte ihn nur da oben auf den Sicherungskasten gestellt? Krister hatte daran gedacht, vier Kerzen aus echtem Bienenwachs zu kaufen. Aber sie mussten ohne Kerzenmanschetten zurechtkommen, denn keiner wusste, wo sie waren. Jenny deckte das gute Service auf und faltete die Servietten in einem komplizierten Muster. Das war die einzige Form des Serviettenfaltens, die sie kannte, aber es sah sehr beeindruckend aus. Damit konnte man ausgezeichnet die Leute beeindrucken. Und ihre Oma war jedes Mal von neuem überrascht über ihre Geschicklichkeit. Sie lobte sie, ohne auch nur verstohlen zu dem kahlen Kopf zu lugen.

Katarina hatte sich ebenfalls selbst übertroffen, denn zum Dessert hatte sie einen herrlich klebrigen Schokoladenkuchen gebacken. Locker geschlagene eiskalte Schlagsahne wurde dazu serviert und eine Tasse frisch gebrühter Kaffee. Sie saßen im Wohnzimmer und aßen Schokoladentorte und tranken Kaffee. Die Adventskerzen brannten, alle waren satt und zufrieden, und eine gemütliche Feiertagsstimmung erfüllte das Zimmer. Die Zwillinge berichteten ihrer Oma aufgeregt von den spannenden Geschehnissen am Tag zuvor bei McDonald's. Irenes Mutter warf ihr einen scharfen Blick zu.

»Ich habe heute Morgen von der Festnahme in der Zeitung gelesen. Das war ja ein richtiger gefährlicher Gangster! Also, Irene, war es wirklich nötig, die Mädchen in deine Banditenjagd mit reinzuziehen?«

Bevor Irene den Mund zu ihrer Verteidigung öffnen konnte, klingelte das Telefon. Instinktiv schaute sie auf die Uhr. Fast halb sechs. Sie stand auf und nahm das Telefon im Hausflur ab.

»Irene Huss.«

»Hallo, Irene. Hier ist Birgitta. Ich rufe von meinem Handy aus an. Ich hänge hinter Lillis' Auto. Dem weißen Mondeo. Wir sind auf der E6 Richtung Norden, gerade an Kärra vorbei. Er ist bei Charlottes und Henriks Haus in Örgryte vorbeigefahren und ungefähr eine Viertelstunde drin geblieben. Ich habe das Gefühl, dass wir auf dem Weg nach Marstrand sind.«

Es knisterte und knackte in der Leitung, aber trotzdem war Birgitta gut zu verstehen. Irene versuchte ihr essensmüdes Gehirn anzutreiben und fragte:

»Hast du noch andere erreicht?«

»Ja und nein. Nur Fredrik. Er fährt im Präsidium vorbei und holt seine Pistole. Ich habe meine bei mir. Die anderen habe ich nicht erwischen können.«

Fredrik wohnte nur ein paar Minuten vom Präsidium entfernt. Für ihn war es kein größerer Umweg. Aber Irene beschloss, keine Zeit zu verlieren. Am besten, sie fuhr gleich auf die große Ausfallstraße und nicht erst ins Zentrum. Zwei SIG-Sauer mussten reichen. Also sagte sie kurz:

»Okay, ich komme.«

Schnell legte sie auf. Ihr kam ein Gedanke. Sie ging die wenigen Schritte zur Garderobe und begann in ihren Jackentaschen zu suchen. In der Innentasche fand sie ihr kleines Notizbuch. Sie schlug die letzten Seiten auf, die überschrieben waren mit »R. v. K.« – Richard von Knecht. Der Mord an diesem Mann hatte das ganze Karussell zum Laufen gebracht. Irene schüttelte kurz den Kopf, während sie nach der Telefonnummer des Verwalters Lennart Svensson suchte. Dann fand sie sie. Zehnmal erklang das Freizeichen, ohne dass jemand abhob. Offensichtlich war niemand zu Hause.

Sie ging zu ihrer Familie ins Wohnzimmer. In einem betont lockeren Ton sagte sie:

»Ihr müsst mich entschuldigen, aber ich muss noch mal los. Es passiert da einiges im Fall von Knecht.«

Krister verzog unbewusst den Mund und fragte:

»Und dann musst du natürlich dabei sein? Obwohl du doch frei hast. Schaffen die eigentlich nichts ohne dich?«

Auch ihre Mutter und die Zwillinge sahen enttäuscht aus. Irene spürte einen Stich des so häufig auftretenden schlechten Gewissens, streckte sich dann jedoch. Etwas entschiedener sagte sie:

»Wir kommen der Auflösung näher. Glaube ich jedenfalls. Und Birgitta Moberg sitzt in der Patsche. Ich muss ihr helfen.

Sie hat die anderen nicht erreicht. Also, tschüss dann und vielen Dank für das köstliche Essen.«

Sie drehte sich auf den Hacken um und machte einen Blitzstart auf den Flur hinaus. Schon viel zu viel Zeit war vertan worden. Die Jacke und die derben Joggingschuhe schnappte sie sich im Vorbeilaufen, auf dem Weg zur Garage.

Das Schild »Holta kyrkan« schoss vorbei und sie ging vom Gas. Jetzt ging es darum, die Abfahrt nicht zu verpassen. Da! Tjuvkil. Sie bog auf den Kiesweg ein. Hier gab es keine Straßenbeleuchtung. Die Dunkelheit war kompakt. Ein kleiner gelber Pfeil mit schwarzem Text. Kärringnäset. Dort musste sie einbiegen. Der Weg war schmal. Die Zweige von den Büschen und Bäumen am Straßengrabenrand schlugen gegen die Wagenseiten.

Nur ein Glück, dass Birgitta so geistesgegenwärtig war, schnell die Rücklichter anzutippen, sonst wäre Irene ihr sicher hinten draufgekracht. Wie üblich fuhr sie ziemlich schnell. Birgitta hatten ihren dunkelblauen Volvo 740 mitten auf dem Weg geparkt. Es gab keine andere Möglichkeit, ihn abzustellen. Sie machte das Rücklicht wieder aus, sprang aus dem Wagen und lief zu Irene.

»'n Abend. Schön, dass du kommst. Und da ist auch schon Fredrik«, fügte sie hinzu.

Jetzt blinkte Irene mit den Rücklichtern. Das ankommende Auto bremste, und Fredrik war draußen, noch bevor der Motor verstummt war. Eifrig sagte er:

»Es hat ein wenig länger gedauert, aber ich war noch im Rauschgiftdezernat und habe mir das hier ausgeliehen. Habe an dich und Jimmy gedacht. Leider konnten sie uns keinen Kollegen zur Verfügung stellen. Also bleibt es bei uns drei. Oder hast du Jonny oder Hans noch erreicht?«

Birgitta schüttelte den Kopf und streckte die Hand aus, um im Licht der Taschenlampe das viel gepriesene Nachtsichtgerät näher anzusehen. Irene antwortete an ihrer Stelle:

»Borg macht sicher seinen Verdauungsschlaf. Und um

Tommy brauchen wir uns gar nicht erst zu bemühen. Er ist in Borås bei Agnetas Eltern.«

Sie gingen zu dem zwei Meter hohen Tor aus solidem Eisen, das gekrönt war von unwirtlichen spitzen Pfeilen. Fredrik rüttelte prüfend an den kräftigen Eisenstangen, aber das Tor war verschlossen. Die Mauer war genauso hoch, und auf ihrer Krone war zwischen hohen Eisenstangen Stacheldraht gespannt. Birgitta dachte nach:

»Irene, du hast doch die Karte der Gegend hier besser als wir studiert. Wie weit ist es von hier noch bis zum Haus?«

»Fast einen Kilometer. Hinter der Mauer sind die Weiden für Sylvias Pferde. Ein paar hundert Meter weiter den Weg entlang – ich würde sagen, so fünfhundert Meter – liegt das Haus des Verwalters.«

Birgitta schaute sich nachdenklich um und meinte:

»So weit ich sehen kann, ist Lillis Auto hier nirgends abgestellt.«

»Und du bist dir sicher, dass er hierher gefahren ist?«

»Ja. Ich bin ihm von Holta kyrkan gefolgt. Er ist nach Tjuvkil abgebogen, und deshalb bin ich noch ein Stück weiter geradeaus gefahren. Dann habe ich gewendet und bin ihm den gleichen Weg gefolgt. Ich habe seine Scheinwerfer vor mir sehen können. Da habe ich meine ausgeschaltet. Er ist hier Richtung Kärringsnäset eingebogen. Ich habe mich nicht getraut, zu nah aufzuschließen. Wenn er angehalten hätte, hätte er meinen Motor hören können. Deshalb habe ich fünf Minuten gewartet, gleich bei der Abbiegung. Und als ich dann hergekommen bin, habe ich keine Spur von dem Mondeo gefunden. Er muss einen Schlüssel fürs Tor haben.«

»Du hast doch gesagt, er hätte in Örgryte was erledigt?«

»Ja. Ich hatte meinen Posten vor der Berzeliigatan bezogen. Kurz nach fünf kam sein Wagen in voller Fahrt herangebraust. Ich bin in meinen Wagen gesprungen, na, genauer in den der Abteilung. Mein eigenes Auto ist zu klapprig, um jemandem auf den Fersen zu bleiben. Das kommt nicht mal mit 'nem frisierten Moped mit! Er ist geradewegs nach Långåsliden rausgefahren, dort aus dem Wagen gesprungen und hat geklingelt. Charlotte hat ihm geöffnet. Ich habe sie in der Türöffnung gesehen. Sie hat ihn reingelassen. Nach dreizehn Minuten ist er wieder rausgekommen. Ich habe auf die Uhr gesehen.«

Irene meinte trocken:

»Na, dann haben sie's wohl kaum geschafft, zusammen zu bumsen. Er muss sich die Schlüssel geholt haben!«

Fredrik trampelte ungeduldig auf der Stelle und unterbrach die Frauen:

»Wir haben jetzt keine Zeit zum Reden. Wir müssen was tun! Wie kommen wir über die Mauer?«

Alle drei versuchten, eine Lösung zu finden. Allen voran Irene. Sie ging zurück zu ihrem Saab und öffnete den Kofferraum. Nach einigem Klirren und Rascheln fand sie, was sie gesucht hatte. Triumphierend kehrte sie zu ihren Kollegen zurück.

»Hier gibt's doch alles Mögliche! Mein Abschleppseil etwa. Fredrik, du und ich, wir hieven Birgitta auf die Mauer. Wir werfen das Seil hoch, dann kann sie es an einer der Eisenstangen festbinden. Und damit können wir uns hochziehen. Danach werfen wir das Seil einfach auf die andere Seite.«

Fredrik und Irene stellten sich dicht nebeneinander, und Birgitta musste über ihre Knie und Hände auf ihre Schultern klettern. Sie warf das Abschleppseil und befestigte es gewissenhaft, als würde sie eine Segeljacht der Millionenklasse vertäuen. Die beiden anderen kletterten schnell zu ihr rauf, überstiegen vorsichtig den Stacheldraht, warfen das Seil auf der anderen Mauerseite wieder runter und glitten dann zu Boden. Birgitta fragte:

»Können wir die Taschenlampen einschalten?«

»Ja. Aber halte sie auf den Boden gerichtet. Übrigens, gibst du mir mal das Sichtgerät, Fredrik?«

Irene setzte sich das Nachtsichtgerät auf. Sie konnte das Haus des Verwalters erkennen und ein Stück weiter entfernt ein lang gestrecktes, flaches Stallgebäude. Im Haus regte sich nichts. Auf die Entfernung konnte sie nur erkennen, dass die Stallfenster erleuchtet waren.

»Alles ruhig. Wir folgen dem Weg. Hier ist es leichter zu gehen«, entschied Irene.

Sie liefen, so schnell sie konnten. Mit einer gewissen Zufriedenheit stellte Irene fest, dass ihre beiden jüngeren Kollegen schnauften, als sie am Verwalterhaus vorbeikamen. Sicherheitshalber löschten sie die Taschenlampen. Aber es war kein Lebenszeichen zu sehen, nur die Außenlampe brannte. Ein eisig kalter Nordwind fegte über das Land, doch ihr schnelles Tempo hielt sie warm. Der Geruch nach Salz und Tang stach ihnen deutlich in die Nase, mischte sich aber mit dem von Pferdedung. Das Brausen des Meeres und das Heulen des Windes war alles, was sie hörten. Sie hielten an, um Atem zu schöpfen, und sich eine Strategie zurechtzulegen. Vor ihnen türmte sich etwas auf, das wie ein massiver Fels aussah. Irene wusste aber, dass es von Knechts Sommerresidenz war, entworfen von einem berühmten finnischen Architekten. Jonny hatte ihr diese Information gesteckt. Er hatte sogar den Namen des Architekten gewusst, aber der war ihr wieder entfallen. Unwichtig. Leise sagte sie:

»Ungefähr hundert Meter in gerader Linie vor uns liegt von Knechts kleines Sommerhäuschen. Um zu Henriks Haus zu gelangen, müssen wir dem Weg nach links folgen, um das große Haus herum. Rechts endet der Weg an einem kleineren Steilhang. Das Meer bildet dort unten eine kleine Bucht. Wir gehen also nach links. Macht ruhig eure Taschenlampen an, denn hier ist es rabenschwarz, aber achtet drauf, nur auf den Boden zu strahlen. Geht nicht auf dem Weg, sondern lieber auf dem Gras und benutzt die Büsche als Sichtschutz. Wir wissen ja nicht, ob Lillis ins große Haus gegangen ist oder wo er sich nun befindet. Übrigens, war er allein im Auto?«

Birgitta zögerte mit der Antwort.

»Ehrlich gesagt, weiß ich das nicht. Seine Autoscheiben sind total getönt. Man kann fast gar nicht reingucken«, sagte sie schließlich.

»Dann müssen wir berücksichtigen, dass er vielleicht noch jemanden dabeihatte. Bis zu Henriks Haus sind es noch etwa hundert Meter. Es gibt dort zwei gleiche Häuser, mit ca. dreißig Meter Abstand dazwischen. Welches jetzt Henriks ist, da bin ich mir nicht sicher, aber ich glaube, Jonny hat auf das rechte gezeigt. Das den Anlegern am nächsten liegt. Mein Vorschlag: Wir teilen uns auf und nähern uns dem Haus aus drei Richtungen. Ich habe keine Waffe. Jemand mit Waffe muss das Fenster und die Tür an der Vorderseite übernehmen. Es ist wichtig, dass wir schnell vorgehen.«

Wie sie erwartet hatte, sagte Fredrik schnell:

»Das mache ich.«

»Gut. Birgitta, du übernimmst den Giebel zum großen Haus hin und die Rückseite. Ich übernehme die Giebelseite zum Meer hin. Aber zuerst einmal müssen wir feststellen, was überhaupt los ist. Wenn wir am großen Haus vorbei sind, machen wir einen kurzen Halt. Dann schaue ich mich mit dem Fernglas um, ob es um Henriks Haus etwas Verdächtiges gibt. Ab jetzt reden wir so leise, wie wir nur können. Und wenn wir uns Henriks Haus nähern, dann ist absolutes Stillschweigen angesagt.«

Sie ahnte eher, als dass sie sah, dass ihre Kollegen in der Dunkelheit nickten. Der Lichtkegel ihrer Lampen war auf den Boden gerichtet. Alle drei gingen auf das dunkle Haus los, und einer nach dem anderen verließ den Weg. Irene spürte, wie ihre Schuhe von dem feuchten Grasboden festgehalten wurden, sodass es mühsam war, vorwärts zu kommen. Aber die Geräusche ihrer Schritte wurde vom mürrischen Schlagen der Wellen gegen die Felsen übertönt. Der Wind war hier draußen auf der Halbinsel deutlich stärker und dröhnte ohrenbetäubend. Er biss in den Ohrläppchen und brachte die Augen zum Tränen.

Irene ging mit schnellem Schritt um das große Haus herum, blieb dann aber abrupt stehen. Birgitta wäre ihr fast in den Rücken gesprungen. Überrascht fragte sie:

»Huch! Was ist denn?«

Irene zeigte wortlos nach vorn. Nur ein paar Meter vor ihnen stand ein großes weißes Auto. Kein Zweifel, das war Lillis' Ford Mondeo. Irene trat schnell einen Schritt zurück hinter die Hausecke und zog Birgitta mit sich.

Sie flüsterte ihr ins Ohr:

»Es kann jemand im Auto sitzen. Warte, ich will sehen, ob ich etwas mit dem Sichtgerät erkenne.«

Aber alles sah ruhig aus, keine Bewegung war zu erkennen. Von hinten schlichen sie sich geduckt an den Wagen. Birgitta riss eine der hinteren Türen auf und zielte mit ihrer Pistole ins Innere, während Irene ihre Lampe einschaltete und von der anderen Seite durch die Scheiben hineinleuchtete. Leer. Ein gemeinsamer Seufzer der Erleichterung entfuhr den beiden.

Irene konnte Fredrik ein Stück entfernt ahnen. Sie nahm das Fernglas und sah, wie er sich durch die niedrigen Büsche schlich. Er war nicht zu dem großen Haus gegangen, sondern hatte einen Kreis beschritten, um direkt auf Henriks Haus zuzukommen. Ein guter Plan, so wurde er weiterhin von Bäumen und Büschen verdeckt. Das ermöglichte es ihm auch, die Taschenlampe zu benutzen. Aber den Mondeo hatte er nicht gesehen. Man kann eben nicht alles allein entdecken – noch ein Grund, warum es besser war, wenn mehrere ans Werk gingen.

Irene richtete das Sichtgerät auf Henriks Haus. Ein schwaches Licht war im Fenster zu sehen. Von ihrem Standort aus konnte sie nur in das Fenster im Giebel blicken. Dahinter befand sich wahrscheinlich die Küche. Kein Mensch war zu sehen. Sie beschloss, eine andere Position einzunehmen, von der aus sie einen größeren Blickwinkel hatte. Es war sehr schwierig, sich in der Dunkelheit vorwärts zu bewegen. Man sah die Hand vor Augen nicht, und das Risiko zu stolpern oder hinzufallen, war allgegenwärtig. Bald ging sie in Fredriks Fußspuren. Er blinkte ihr kurz zu, als sie seine Position kreuzte. Diese lag strategisch richtig hinter einem großen Felsblock, ungefähr zehn Meter von dem erleuchteten Fenster links von der Haustür entfernt. Sie blieb stehen und warf einen Blick aufs Fenster. Aber es saß zu hoch, sie konnte nichts sehen.

Ihr Herz klopfte jetzt schneller. Es war kein Lebenszeichen aus dem Haus zu vernehmen, doch sie wusste, dass Lillis dort war. Ihre Nasenflügel weiteten sich, und alle Sinne waren aufs Äußerste gespannt. Sie nahm die Witterung auf. Ein leichter Metallgeschmack in ihrem Mund bestärkte sie in dem Gefühl, dass sie Recht hatte. Die Jagd hatte begonnen.

Vorsichtig begab sie sich auf die glatten Felsen und schaute auf den Balkon hinauf. Zum Meer hin waren die Balkonpfeiler fast drei Meter hoch. Aber das war der Weg, den sie gehen musste. Es führte keine Treppe zu den Felsen hinunter, man konnte nur durch das Haus auf den großen Balkon gelangen.

Die Stützpfeiler waren aus Granitblöcken gehauen, die mit dünnen Fugen zusammengemauert waren. Die Fugen waren nicht breit genug, um den Fingern oder Zehen einen Halt zu bieten, sodass man an ihnen hätte hochklettern können. Unter dem Balkon lag ein kleines Ruderboot, für den Winter umgedreht. Auch wenn es klein war, wog es dennoch eine ganze Menge. Irene stöhnte, als sie es langsam in Position brachte. Sie machte eine Pause. War etwas aus dem Haus zu hören gewesen? Nein, nur das Meer und das Brausen des Windes waren zu hören, und sie war dankbar für diese Geräuschkulisse. Jetzt war es an der Zeit auszuprobieren, ob ihre Idee funktionierte. Das Boot stand hochkant, mit dem Boden gegen den Stützpfeiler gelehnt. Der Bug zeigte nach oben und das Heck hatte zwischen den schweren Steinen Halt. Es dürfte eigentlich nicht wegrutschen. Sie kletterte auf die Achterplanken und weiter auf die Ruderbank. Der letzte Teil war am schwierigsten. Sie stellte ihren rechten Fuß auf die Bugspitze, bekam die Trallen der Balkonumrandung zu fassen und wollte sich gerade mit Schwung hochziehen, als eine Stimme sie innehalten ließ: »Guck hoch!« Sie erstarrte. War es nur der Wind gewesen, der in ihren Ohren sauste? Natürlich gehorchte sie der Stimme. Auf einem Fuß balancierend spähte sie durch die Trallen zu der großen Balkonglastür. Die ganze Wand zu dem Sonnendeck hin bestand aus gläsernen Schiebetüren. Sie konnte weiter hinten im Haus ein schwaches Licht erkennen, aber das Zimmer zum Balkon hin war dunkel. Eine ganz, ganz schwache Bewegung konnte sie in der einen Seitengardine erahnen. Oder waren es ihre überspannten Nerven, die ihr da einen Streich spielten? Der Wind schlug kalt um ihre Beine, und der Fuß, mit dem sie das Gleichgewicht hielt, begann einzuschlafen. Der kalte Schweiß brach ihr auf dem ganzen Körper aus. Ungemein vorsichtig versuchte sie, sich das Sichtgerät vor die Augen zu schieben. Die Atmung setzte aus und das Dröhnen von Meer und Wind verschwanden. Er kann dich nicht sehen! Er kann dich nicht sehen! Du siehst ihn durch das Fernglas, aber er kann dich nicht sehen! Nur ein Glück, dass das Gerät an einem Riemen um ihren Hals hing, sonst hätte sie es auf die Felsen unter sich fallen lassen. Das gelockte Haar über den Schultern. Die glänzende Lederjacke mit all den Nieten und der gewaltige, massive Körper. Und dazu das teuflische Grinsen auf den Lippen. Hoffa Strömberg stand neben dem Vorhang und schaute in der Dunkelheit auf den Balkon und das Meer hinaus.

Nur ihr Gesicht ragte über den Balkonboden hinaus. Sie hatte das Fernglas zwischen die Trallen geschoben. Er konnte sie nicht gesehen haben. Trotzdem spürte sie, wie die Panik von Billdal aus dem schwarzen Loch in ihrem Inneren hervorquoll. Das schwarze Loch, von dem sie geglaubt hatte, es für alle Zeiten gestopft zu haben.

Zitternd von dem Schock und vor Erschöpfung kletterte sie wieder hinunter und sank auf den kalten Felsen zusammen. Sie durfte ihrer Angst nicht nachgeben. Nicht in Panik geraten! Sie holte ein paar Mal tief Luft, schloss die Augen und versuchte nach innen zu schauen und sich zu konzentrieren, als etwas herausfordernd an ihrem Bewusstsein zu zerren begann. Zuerst versuchte sie es auszusperren, aber plötzlich war sie wieder in dem kalten Wind an Ort und Stelle. Sie öffnete die Augen und schaute in die Dunkelheit. Der eiskalte Wind trieb ihr die Tränen in die Augen. Ein verzweifelter Schrei war leise aus dem Hausinneren zu hören gewesen.

Schnell sprang sie wieder auf das Ruderboot. Mit einem Fuß stellte sie sich auf den Bug und schaute mit dem Fernglas durch die Trallen. Hoffa hatte jetzt den Rücken zum Balkon gedreht. Er lauschte ins Haus hinein. Aber sein folgendes Manöver war reichlich merkwürdig. Zu Irenes Überraschung glitt er hinter den Vorhang, immer noch mit dem Rücken zum Balkon. Unbeweglich blieb er dort stehen. Irene nahm Bewegungen im Haus wahr. Ohne viel darüber nachzudenken, zog sie sich hoch und schwang schnell über das Balkongeländer. Mucksmäuschenstill hockte sie sich hin. Nach ein paar Sekunden nahm sie vorsichtig das Sichtgerät hoch und schaute zu dem Punkt, an dem Hoffa stand. Er hatte sich nicht bewegt. Vorsichtig stand sie auf und blickte direkt ins Haus hinein. Das Licht kam von der Deckenlampe im Flur, die deutlich die Szene beleuchtete. Im Profil konnte sie Fredrik mitten im Flur stehen sehen, die Pistole mit gestreckten Armen in beiden Händen haltend. Er zielte auf jemanden, der sich vor ihm befand, für Irene außer Sichtweite.

Unendlich vorsichtig begann sie zu Hoffa hinzugehen. Nicht, weil sie genau wusste, was sie machen sollte, sondern eher von einem Instinkt getrieben, der ihr sagte, dass sie ihn nicht aus den Augen lassen durfte. Als ihr Fuß gegen etwas Hartes stieß, war sie vollkommen unvorbereitet und hätte fast aufgeschrien. Es tat ernsthaft weh, aber es war nur ein Schlag gegen massiven Zement gewesen. Sie war gegen einen schweren Fuß für einen Sonnenschirm getreten. Ein paar endlose Sekunden lang stand sie unbeweglich da und wartete ab. Jetzt war sie so nah, dass sie den Mann hinter dem Vorhang sehen konnte. Höchstens zwei Meter trennten die beiden noch. Hoffa war ganz und gar auf das konzentriert, was sich im Haus abspielte. Sie nahm eine weitere Bewegung im Flur wahr. Birgitta kam durch die Tür, auch sie mit gezogener Waffe. Während Fredrik in seiner Position verharrte, begann Birgitta auf das Zimmer mit dem Balkon zuzugehen. Sie blieb in der

Türöffnung stehen, suchte am Türrahmen und fand den Lichtschalter. Das Zimmer wurde von einem schönen Kronleuchter über dem Esstisch erleuchtet. Hoffa bildete plötzlich ein scharfes Relief vor dem weißen Vorhang. Aber der Stoff war kräftig, was sicher notwendig war, um die starke Sonne im Sommer abzuhalten. Birgitta schaute sich um, ohne den Mann hinter dem Vorhang zu entdecken. Nur Irene sah ihn. Sie sah, wie er ganz langsam ein Messer aus einem Futteral herauszog, das um die Wade geschnallt war. Ein Lichtschein tanzte auf der langen, breiten Schneide. Ein Jagdmesser für Großwild.

Woher sie die Kräfte nahm, konnte sie hinterher nicht sagen. Ohne Zeit für Überlegungen zu vergeuden, beugte sie sich vor und umfasste den Sonnenschirmfuß. Sie zog ihn sich vor die Brust, mühte sich damit ein paar Schritte nach vorn und warf ihn dann mit aller Kraft durch die Glaswand auf Hoffa. Mit einem ohrenbetäubenden Knall explodierte die Scheibe. Ob es an der starken Spannung im Glas oder an der Wucht ihres Wurfs lag, war nicht zu sagen. Birgitta schrie im Falsett auf, beruhigte sich aber sofort wieder, als Irene durch das Loch schrie:

»Nicht schießen! Ich bin es!«

Birgitta lief schnell zur Tür, fand den Schlüssel, der an der Innenseite hing, und schloss sie mit zitternden Händen auf. Hoffa lag in einer großen Blutlache. Die beunruhigend schnell immer größer wurde. Eine große Glasscherbe stach aus einem Schnitt in seinem Nacken heraus. Aus der Wunde pumpte dunkles Blut.

»Fredrik! Bist du okay? Hast du alles unter Kontrolle?«

Irene schrie zum Flur hin, ohne den Blick von dem Mann in der Blutlache abzuwenden. Ihr Dämon war dabei zu sterben. Die Rache nahm Gestalt an. Warum spürte sie dennoch keinen Triumph?

»Alles ist unter Kontrolle. Ich habe Lillis im Visier. Aber Henrik von Knecht braucht einen Arzt. Und zwar schnell.«

Das brauchte Hoffa auch. Mechanisch riss sie den Vorhang auf der anderen Seite der Balkontür herunter und ging zu ihm.

Er jammerte leise, als sie vorsichtig seinen Kopf hob. Sie schob den Vorhang unter seinen Hals und versuchte ihn festzuzerren. Das wurde ein ziemlich plumper Druckverband, aber mehr konnte sie im Augenblick nicht tun. Fredrik stand weiterhin in schussbereiter Haltung. Sie ging zu ihm, stellte sich neben ihn, drehte den Kopf um ein Viertel, und so bot sich ihr das gleiche Bild wie ihm.

Mitten im Raum stand Lillis, beide Hände hochgestreckt, die Handflächen den Betrachtern zugewandt. Sie trieften vor Blut. Sein Gesicht war vollkommen ausdruckslos, und der Blick, den er Irene zuwarf, ganz und gar uninteressiert. Nur sein Unterkiefer mahlte, wie beim langsamen Kaugummikauen. Quer über dem Doppelbett lag Henrik von Knecht. Oder besser gesagt, sie nahm an, dass es Henrik von Knecht sein musste. Der Überwurf, der wohl einmal weiß gewesen war, war jetzt so von Blut durchtränkt, dass man es für ein rotes Batikmuster halten konnte. Henriks Gesicht war vollkommen zugeschwollen. Bei jedem Atemzug blubberten hellrote Blutblasen aus seinem Mund, und der nackte Körper war gezeichnet von Schlägen und Tritten.

Irene hatte schon einiges im Laufe ihrer Dienstzeit gesehen, aber das hier gehörte mit zum Schlimmsten. Eine Wahnsinnsfolter, fast schon ein Schlachten. Mit einem Schaudern erinnerte sie sich daran, wie der vierzehnjährige John nach der unmenschlichen Tortur der Skinheads ausgesehen hatte. In der Welt der Filme und Videos schütteln die Helden mörderische Schläge einfach nur ab, stehen auf und schlagen zurück. Aber in der Wirklichkeit steht das Opfer oftmals nicht wieder auf. Es stirbt. Und jeder konnte sehen, dass Henrik von Knecht im Sterben lag.

Irene und Fredrik gingen zu Lillis. Ohne zu zeigen, wie es in ihrem Inneren aussah, sagte Irene kühl:

»Dreh dich um! Stirn an die Wand, Beine breit auseinander und die Hände auf den Rücken! Wenn du nicht tust, was ich sage, wird es uns ein Vergnügen sein, dir die Eier abzuschießen!«

Ausdruckslos drehte er sich um und gehorchte ihren Befehlen. Das war nicht das erste Mal, er wusste, wann es an der Zeit war klein beizugeben. Diese Bullen hier würden nicht zögern. Und seine Eier wollte er gern noch eine Weile behalten.

Irene legte ihm Handschellen an und befahl ihm, in dieser Haltung stehen zu bleiben. Kurz gab sie die Order:

»Birgitta. Fordere den Polizeihubschrauber an. Der Krankenwagen braucht zu lange. Und außerdem haben wir die Einfahrt mit unseren Autos versperrt. Also brauchen wir den Hubschrauber. Er kann auf dem Rasen vor dem großen Haus landen.«

Birgitta zog das Telefon aus der Tasche und tat, worum Irene sie gebeten hatte. Es dauerte etwas, bis die Einsatzzentrale begriff, was passiert war und wer darin verwickelt war. Die Konstellation Lillis Johannesson, Hoffa Strömberg und der Millionärssohn Henrik von Knecht riefen eine leise Verwunderung hervor und den Verdacht, dass es sich um einen Scherz handele. Erst als Irene das Telefon ergriffen und wie ihr Kommissar geflucht und gewettert hatte, begriffen sie, dass es eilte. Es würde höchstens eine Viertelstunde dauern, bis der Hubschrauber an Ort und Stelle wäre. Mit verbitterter Miene gab Irene das Telefon wieder ab. Es war äußerst zweifelhaft, ob einer der beiden Verwundeten so lange überleben würde.

Sie schaute sich im Zimmer um. Überall war Blut. Auf dem Boden lagen Glassplitter, und Keramikscherben knackten unter ihren Füßen, als sie zum Bett ging. Henrik von Knecht war fast nicht wieder zu erkennen. Sein ganzes Gesicht war zu Hackfleisch geprügelt worden. Sein Atem ging jetzt kurz und stoßweise. Die Blutblasen kamen schubweise. Irene beugte sich zu ihm hinunter und sagte beruhigend:

»Henrik. Hier ist Inspektorin Huss. Es ist vorbei. Er kann Ihnen nichts mehr tun. Alles ist jetzt vorbei.«

Seine Augenlider zuckten schwach, und es gelang ihm, die Augen zu schmalen Schlitzen zu öffnen. Rasselnd flüsterte er:

»Das Pferd.«

Das Pferd? Irene fiel ein, dass Tommy etwas von Sylvia von Knechts krankem Pferd erzählt hatte. Machte Henrik sich deshalb Sorgen? Wahrscheinlich. Mit aller Ruhe, die sie aufbringen konnte, sagte sie deshalb langsam und mit sanfter Stimme:

»Keine Sorge. Der Tierarzt war da und hat ihm eine Penizillinspritze gegeben. Es wird bald wieder gesund.«

Wieder kämpfte er darum, die Augen zu öffnen, diesmal aber vergebens. Ein Hustenanfall erstickte ihn fast. Er japste nach Atem und röchelte:

»Schwachsinn! Das kaputte Tang-Pferd!«

Dann versank er in Bewusstlosigkeit. Das kaputte Tang-Pferd? Plötzlich wurde Irene sich bewusst, dass sie in Unmengen von Scherben stand. Sie schaute auf den Boden und entdeckte einen Pferdekopf aus Terrakotta. Vorsichtig hob sie ihn hoch. Das eine Ohr war abgeschlagen, ansonsten war er unbeschadet. Es war ein edel geformter Pferdekopf, der genau in ihre Handfläche passte. Die Nüstern waren gebläht und das Maul zu einem Kampfeswiehern geöffnet. Die angespannten Muskeln am Hals vibrierten vor Leben, Kraft und Stärke. Aber den Körper gab es nicht mehr. Er war zerschlagen und lag zwischen den anderen Scherben auf dem Boden.

KAPITEL 20

Die Stimmung im Raum war dicht und angespannt. Nur die Staatsanwältin Inez Collin sah in ihrem dunkelblauen Kostüm und der weißen Seidenbluse kühl und unberührt aus. Selbst Kommissar Andersson war erhitzt, auch wenn er kein Fieber mehr hatte. Das hatte er am Sonntagabend vertrieben. Doch die Erkältung hing mit dickem Schnupfen und Bluesstimme noch immer an ihm. Er war froh, nicht so viel reden zu müssen. Das konnten die drei Inspektoren übernehmen. Fredrik war derjenige, der am meisten und am lebhaftesten berichtete. Seine Augen glänzten und die Haare standen ihm zu Berge. Er war seit vierundzwanzig Stunden nicht aus seinen Kleidern gekommen, genau wie Birgitta und Irene. Sie hatten sich ein Zimmer im Präsidium geben lassen und kaum drei Stunden dort geschlafen. Was Irene betraf, hatte sie nicht einmal das geschafft. Die Sorge, Hoffa könnte sterben, nagte an ihr. In den USA waren Polizeibeamte, die Hell's-Angels-Mitglieder verletzt hatten oder in tödliche Schusswechsel mit ihnen verwickelt waren, selbst ermordet worden. Es wäre nicht klug, ihren Namen zu sehr ins Spiel zu bringen und möglicherweise die Erste im Norden zu werden. Deshalb hatte sie beschlossen, eine gereinigte Fassung der Ereignisse von sich zu geben. Nur die drei wussten, wie es eigentlich zugegangen war. Sonst sollte niemand, weder auf unterer noch auf höherer Ebene, jemals die ganze Wahrheit erfahren. Sie schauten sich nicht einmal gegenseitig an, als Irene ohne das geringste Zögern in der Stimme berichtete, wie Hoffa seinem Schicksal begegnet war.

»Ich war unbewaffnet, als ich auf den Balkon geklettert bin.

Das Nachtsichtgerät hatte ich dabei. Damit konnte ich sehen, wie sich der mit dem Messer bewaffnete Hoffa von hinten an Birgitta heranschlich. Diese stand mit dem Rücken zu dem dunklen Zimmer und dem Balkon. Wir waren ja davon ausgegangen, dass Lillis allein war! Ich musste etwas tun, und genau in dem Moment stieß ich mir den Zeh an dem Sonnenschirmfuß. Irgendwie gelang es mir, ihn durch die Glasscheibe zu werfen. Das ergab eine richtiggehende Explosion, und Hoffa und Birgitta zuckten zusammen. Sie drehte sich um, erblickte Hoffa und zielte mit der Pistole auf ihn. Er machte ein paar Schritte rückwärts mit gezogenem Messer, und plötzlich rutschte er auf den Glasscherben aus. Er fiel Hals über Kopf nach hinten und … hatte Pech. Eine große Glasscherbe bohrte sich ihm tief seitlich in den Nacken.«

Sie verstummte, und Tommy fuhr fort:

»So weit ich den Berichten heute Morgen entnehmen konnte, durchtrennte sie eine der Hauptschlagadern. Der Blutverlust war gewaltig. Er liegt im Koma, die Ärzte wissen nicht, wie seine Zukunftsaussichten aussehen. Aber es steht schon fest, dass er irreparable Hirnschäden davontragen wird.«

»Wie schön! Dann kann er ja weiterhin Vizepräsident der Hell's Angels bleiben!«

Natürlich war es Jonny, der mit dieser Bemerkung die Aufmerksamkeit auf sich ziehen wollte. Mürrisch hatte er erklären müssen, warum er am Sonntagnachmittag nicht erreichbar gewesen war. Er hatte sich mit seinen beiden jüngeren Kindern »Pocahontas« angesehen.

Hans Borg hatte sich den ganzen Sonntagabend den Kopf zerbrochen, wo denn alle geblieben waren. Als er Birgitta vor Lillis Haus um sechs Uhr ablösen wollte, war sie nicht dort gewesen. Und als er angerufen hatte, war auch niemand in der Abteilung anzutreffen gewesen. Dann hatte er auch noch zu Hause bei Birgitta und Fredrik angerufen. Was er denn gemacht hätte, als Birgitta versucht hatte, ihn um Viertel nach fünf zu erreichen? Nun ja,… da hatte es eine Oldtimerausstellung in der Svenska Mässan gegeben, und da hatte er mal reingeschaut, bevor er seinen Beobachtungsposten einnehmen wollte...

Andersson seufzte laut und vernehmlich. Es ist schon irritierend, wenn die Leute bereits zehn Jahre vor dem eigentlichen Zeitpunkt mental in Pension gehen, aber weiterhin zur Arbeit erscheinen. Um nicht zu zeigen, was er dachte, sagte er mit rauer Stimme:

»Ja, ja. Ich selbst habe mit Erkältung im Bett gelegen. Dann wissen wir also, was alle gestern gemacht haben. Nur von dir haben wir noch nichts gehört, Hannu. Wie war denn dein Sonntag?«

»Gut.«

Was hatten sie denn erwartet? Eine lyrische Abhandlung über den phantastischen Tangoabend in den Räumen des Finnischen Vereins, oder wo auch immer dieser Mann sich wohl aufgehalten hatte?

Ein erneutes Räuspern sollte die Verlegenheit des Kommissars kaschieren, bevor er zur Zusammenfassung ansetzte:

»Also, die Lage ist wie folgt: Henrik von Knecht ist gestorben, noch bevor der Hubschrauber kam. Er hatte starke innere Blutungen, und beide Lungenflügel waren von eingetretenen Rippen punktiert. Lillis Johannesson ist angeklagt wegen Mordes an ihm. Wie üblich sagt er nichts, außer: ›Dieser Scheißkerl hat gekriegt, was er verdient hat.‹ Hoffa liegt im Koma, der Ausgang ist ungewiss. Den anderen MC-Kerl, Paul Svensson, haben wir wegen Mordversuchs an Irene und Jimmy Olsson festgenommen. Sowie wegen Verstoßes gegen die Rauschgiftgesetze, da er eine ganze Menge Stoff bei seiner Festnahme dabeihatte. Übrigens kann ich euch mitteilen, dass es Jimmy gut geht. Ich habe diese stellvertretende Kommissarin bei den Drogenheinis getroffen, diese Nilsson.«

»Nilsén. Annika Nilsén.«

Irene korrigierte ihn. Sie war müde bis zur Erschöpfung und merkte selbst, dass ihre Toleranzgrenze sehr niedrig lag. Nur gut, dass sie heute nur noch Berichte schreiben musste.

Sie würde versuchen, so früh wie möglich nach Hause und ins Bett zu kommen.

Andersson tat, als hätte er sie gar nicht gehört und fuhr fort:

»Also, dieser Paul Svensson taut langsam ein wenig auf. Er ist bald auf kaltem Entzug. Dieser Sch… Mistkerl hat seit zwei Tagen keinen Stoff mehr gekriegt und fängt an gesprächiger zu werden. Vielleicht verplappert er sich ja, sodass wir etwas gegen Lillis in die Hand bekommen.«

Irene machte eine müde Handbewegung und bat ums Wort.

»Ich glaube, das ist genau die richtige Strategie, um diesen Fall hier zu lösen. Wir müssen einen gegen den anderen ausspielen. Paul Svensson soll ruhig glauben, dass Lillis geredet hat und umgekehrt. Schwierig wird es nur sein, Sylvia von Knecht zum Reden zu bringen…«

Birgitta unterbrach sie vorsichtig:

»Entschuldige, aber Sylvia von Knecht ist heute Nacht in die Psychiatrie eingeliefert worden. Als der Pfarrer ihr mitgeteilt hat, was mit Henrik passiert ist, brach sie vollkommen zusammen. Diesmal ernsthaft. Sylvias Schwester Arja hat vor einer Weile angrufen.«

Ein Eiskristall glitzerte in Irenes Augen, als sie trocken feststellte:

»Es gibt da aber noch eine Person, die nicht so schnell zusammenbricht, nämlich Charlotte von Knecht. Vielleicht können wir sie überzeugen, dass es besser für sie wäre, wenn sie den Mund aufmacht.«

Fredrik warf voller Eifer ein:

»Der Schlüssel an der Haustür hing doch an einem Schlüsselbund, an dem ihr Name eingraviert war! Und außerdem hing ein Schlüssel für das Tor und einer für Henriks Zimmer dran. Das ist doch wohl ein Beweis? Ich meine, schließlich stand ihr Name drauf!«

Irene schüttelte den Kopf und sagte müde:

»Solche fertig gravierten Namensschilder kann man in fast jedem Laden oder an jeder Tankstelle kaufen. Außerdem kann sie behaupten, dass er sich heimlich die Schlüssel genommen hat. Nein, wir müssen diese feine Dame festnageln. Und zwar richtig!«

Andersson sah sie aus seinen geröteten Augen an und fragte ruhig:

»Du glaubst also, sie war es?«

»Ja. Ich glaube, dass sie direkt in den Mord an Richard von Knecht verwickelt war. Und bei dem Mord an ihrem Mann behilflich war«, antwortete Irene.

Sie schloss die Augen und presste die Fingerspitzen leicht gegen die Schläfen, um den Kopfschmerz zu unterdrücken. Noch nie in ihrem ganzen Leben hatte sie sich so müde gefühlt.

»Aber du hast keinen Beweis.«

»Nein.«

Inez Collin meinte nachdenklich:

»Vielleicht können wir Charlotte dazu bringen, dass sie glaubt, die anderen beiden hätten sie verpfiffen?«

Irene zuckte mit den Schultern.

»Schon möglich. Aber die Frage ist, ob sie überhaupt wissen, dass Charlotte etwas mit dem Mord an Richard von Knecht zu tun hat! Vielleicht hat sie die Tat ganz allein geplant und durchgeführt. Wir müssen ein Motiv finden und einen Beweis, dass sie mit dem Mord zu tun hat!«

Inez Collin überlegte kurz und sagte dann:

»Könnten wir nicht einen Haftbefehl ausstellen wegen Beihilfe zum Mord an Bobo Torsson und an der Brandstiftung in der Berzeliigatan?«

Die anderen sahen sie überrascht an. Sie fuhr fort:

»Ihr habt doch solche Dynamitteile… wie heißen sie noch… Dynamex, ja, danke… und solche Zündhütchen in einer verschlossenen Kiste in Henriks und Charlottes Schlafzimmer draußen in Marstrand gefunden. Und ihr gegenüber argumentieren wir dann folgendermaßen: Wir glauben einfach nicht, dass du als Frau des Hauses nichts davon gewusst haben willst, dass dein Mann beträchtliche Mengen an Sprengstoff in eurem gemeinsamen Schlafzimmer verwahrte.

Und warum hast du uns nichts davon erzählt, weder als die Wohnung noch als Bobo Torsson in die Luft flogen? Warum? Das heißt doch wohl, dass du daran beteiligt warst. Und schon ein Verbrechen zu decken heißt, daran beteiligt zu sein.«

»Aber sie war doch so gut wie nie da draußen.«

Inez drehte sich um und lächelte Fredrik an, der diesen Einwand gebracht hatte:

»Das wissen wir nicht. Jedenfalls nicht offiziell. Wir halten uns allein an die Fakten. Der Sprengstoff wurde in ihrem gemeinsamen Schlafzimmer aufbewahrt.«

Ein Funken von Respekt war in Anderssons Augen zu sehen. Nachdenklich sagte er:

»Das ist vielleicht gar nicht so dumm. Sie für etwas festzusetzen, womit sie gar nichts zu tun hat. Und sie dadurch möglicherweise zum Reden zu bringen. Noch jemand, den man gegen die anderen ausspielen kann. Verflucht, das ist bestimmt am besten so! Tommy, Jonny und Hans, ihr observiert die Dame, bis es an der Zeit ist, sie einzufangen. Obwohl – der Teufel mag wissen, ob sie wirklich eine Dame ist. Aber wir müssen uns warm anziehen, sie wird sofort nach einem Anwalt schreien!«

Hans Borg spürte, dass es langsam an der Zeit war, sich in irgendeiner Form informiert zu zeigen und zu beweisen, dass er den Ermittlungen folgte. Er bat murmelnd ums Wort.

»Ich bin heute Morgen auf dem Weg hierher in der Berzeliigatan vorbeigefahren. Die Jungs waren schon an der Arbeit. Der Lullen macht heute Vormittag einen neuen Versuch, den Safe rauszuholen. Wenn alles klappt, sind wir heute Nachmittag schlauer.«

»Okay. Dann hoffen wir nur, dass die Maschine nicht noch einmal in den Keller saust. Wir treffen uns wieder um vier. Ach, hat übrigens jemand eine Ahnung, was die Techniker mit diesem Fax meinen, das heute Morgen auf meinem Schreibtisch lag: ›Nein! Wir begehen keinen Mundraub!?‹«

Von allen sich dahinschleppenden Vormittagen zog dieser sich am allerlängsten hin. Irene versuchte mit Hilfe ihres Schwamms von Gehirn einen Bericht zu Stande zu bringen, kam damit aber nur sehr langsam voran. In der Mittagspause ging sie mit Birgitta essen. Hinterher konnte sie sich nicht mehr daran erinnern, was sie gegessen hatten. Eigentlich hätte sie nach Hause gehen sollen. Aber gleichzeitig spürte sie, dass die Lösung des Falls von Knecht kurz bevorstand.

Der Lullen hatte den Safe spielend einfach herausholen können und ihn auf einen Kastenwagen geladen. Im Triumphzug wurde er auf den Hof des Präsidiums gebracht. Dort durfte er erst einmal stehen bleiben und auf den Experten von der Safeherstellerfirma warten.

Nach dem Mittagessen klingelte das Telefon, und Irene unterbrach dankbar ihr Berichteschreiben. Es trompetete in den Hörer:

»Hello! Hier ist Jimmy.«

Die Freude und Überraschung, seine Stimme zu hören, ließ sie zunächst kein vernünftiges Wort hervorbringen. Es kam nur ein lahmes:

»Oh hallo! Wie geht es dir?«

»Viel besser. Und du hast sie beide erwischt! Ich habe laut losgeschrien, als ich das heute Morgen erfahren habe!«

Verdammt! Da war wieder dieser Kloß im Hals. Jimmy wusste und verstand ziemlich viel. Er hatte offenbar sehr deutlich ein Gefühl der Befriedigung. Warum erging es ihr nicht so? Warum fühlte sie sich einfach nur leer? Nicht froh, nicht traurig, nur müde und leer. Sie schluckte und brachte heraus:

»Geht es dir schon so gut, dass du die Zeitung lesen kannst?«

Er zögerte mit der Antwort:

»Nein, noch nicht ganz. Erinnerst du dich an die blonde Schwester mit den Zopf, die reinkam, als du mich das letzte Mal besucht hast? Sie heißt Annelie. Sie liest mir vor. Und außerdem höre ich natürlich Radio.«

»Und wie geht es den Steißwirbeln?«

Er seufzte:

»Ich fürchte, die kommen als Nächstes dran. Ich habe etwas Probleme mit dem Pinkeln. Ich kann nicht pinkeln, wenn ich sollte. Und die Schmerzen im Bein sind auch schlimmer geworden. Vor einer Weile war schon eine ganze Horde von Orthopäden hier. In ein paar Tagen soll ich zu denen überwiesen werden. Und die meinten, dass es wohl operiert werden müsste. Aber es wird schon alles werden. Und jetzt geht es mir schon viel besser. Nachdem du die Monster gefasst hast!«

Es war, als würde er intuitiv spüren, dass sie es war, die ein bisschen Aufmunterung brauchte und nicht er. Und es gelang ihr, ein wenig fröhlicher zu klingen, als sie das Gespräch abschloss:

»Pass gut auf dich auf. Ich komme morgen, um dich zu besuchen.«

»Klasse! Aber bitte keine Weintrauben. Lieber Süßigkeiten für zwanzig Piepen.«

»Das klingt ganz, als wärst du auf dem Weg der Besserung.«

Für die nächste Unterbrechung sorgte Birgitta, die ihren Kopf in die Tür steckte und fragte, ob Irene nicht dabei sein wollte, wenn sie den Safe öffneten. Irene lächelte säuerlich:

»Nur wenn es nicht knallt. Aber Henrik wird es ja wohl kaum geschafft haben, in den Safe einzudringen«, meinte sie trocken.

Es war erst kurz vor halb drei und schon dunkel. Kleine, feste Schneeflocken segelten vereinzelt durch die Luft. Die Hintertür des Kastenwagens wurde geöffnet, und der Mann von Rosengrens kletterte hinein. Mit einem Klick befestigte er eine magnetische Platte an dem Safe. Sie war mit kleinen Lämpchen versehen und mit einer Box verbunden, die wie ein gewöhnlicher Voltmesser aussah. Der Experte drehte an den Knöpfchen, die Lampen blinkten, und plötzlich klickte es in der Safetür. In dem Moment erstarrte der kalte Atemhauch vor den Mündern sämtlicher Anwesender. Vorsichtig öffnete der Experte die Tür, ohne dass eine Explosion folgte. Der Seufzer der Erleichterung erklang unisono.

Der Innenraum des Safes war klein, ungefähr fünfzig mal fünfzig Zentimeter. Birgitta hatte einen Karton mitgebracht, in den sie die Mappen, Schachteln und Umschläge packten. Sie gingen mit dem Karton direkt ins Besprechungszimmer. Der Tisch dort war am besten geeignet, alles auszupacken und zu sortieren.

Mit andächtiger Miene betrachtete Andersson seine fünf anwesenden Inspektoren. Hannu Rauhala und Hans Borg fehlten. Mit schlecht kaschierter Erwartung rieb er sich die Hände und sagte:

»Endlich! Jetzt wollen wir mal sehen, ob es hier etwas Brauchbares zu finden gibt. Wir teilen die Sachen unter uns auf, und dann gehen wir sie sorgfältig durch. Alles, was noch mal näher angesehen werden sollte, legen wir in die Mitte vom Tisch. Wenn ihr unsicher seid, dann legt es auch in die Mitte!«

Schnell stellte er sechs Stapel zusammen, die er an die Anwesenden verteilte. Irene bekam ein festes Lederetui, das, wie sich herausstellte, eine Pistole enthielt. Sie sagte beeindruckt:

»Wow! Das ist was Reelles. Eine Baretta 92S.«

Andersson schaute verwundert auf.

»Wie zum Teufel ist er denn an die gekommen? Ist die geladen? Überprüf mal, ob er einen Waffenschein hatte«, erklärte er mürrisch.

»Fünfzehn Schuss im Magazin. Aber mehr Munition gibt's hier nicht, so weit ich sehen kann.«

Alle sahen ihre Dinge durch, ohne weitere Munition finden zu können. Stattdessen stießen sie auf ein paar Medaillen aus verschiedenen Sportarten. Sowie auf eine alte goldene Taschenuhr. Allem Anschein nach hatte sie Richard von Knechts Vater gehört. Auf dem Deckel der alten Uhr waren in zierlicher Schrift die Initialien O.v.K. eingraviert. Otto von Knecht. Irene bewunderte noch die schöne Uhr, als sie den Kommissar aufkeuchen hörte. Seine Gesichtsfarbe wurde wieder dunkler, die Augen kugelrund, und er starrte auf die Fotos, die er aus einem braunen A4-Umschlag gezogen hatte. Langsam stand er auf und warf die Fotos mitten auf den Tisch.

Es handelte sich um zehn Farbfotos ungefähr im gleichen Format wie der Umschlag. Alle aus dem gleichen Winkel fotografiert. Alle mit dem gleichen Motiv. Ein Geschlechtsverkehr, bei dem der Mann die Frau im Stehen von hinten nimmt. Die Frau steht genussvoll nach vorne gebeugt, die Unterarme auf der Rückenlehne eines Ledersessels aufgestützt. Im Hintergrund an der Wand sind große Wandgemälde zu sehen und in einer Ecke ein Kronleuchter. Der Kamerawinkel ist seitlich. Der Mann trägt nur eine Lederkappe. Diese geht über sein Gesicht und lässt nur die Augen frei. Die Frau trägt wadenlange Stiefel mit Pfennigabsätzen und hat die Beine leicht gespreizt. Sonst hat sie nichts an. Auf einigen der Bilder schaut sie direkt in die Kamera, mit einem Lächeln, das die feuchten Lippen auseinander gleiten lässt. Auf einem der Bilder spitzt sie ein wenig den Mund, als würde sie dem Fotografen ein Küsschen zuwerfen. Die Augen sind wolllüstig halb geschlossen.

Alle Polizisten im Raum nahmen sich ein Bild und betrachteten es eingehend. Anderssons Gesichtsfarbe war knallrot, als er fauchte:

»So, mein schönes Hühnchen! Jetzt haben wir dich!«

Irene konnte es kaum fassen. Endlich gab es etwas Handfestes, einen Beweis gegen Charlotte von Knecht. Jonny stöhnte halb erstickt:

»Mein Gott, was für einen tollen Körper die hat! Du meine Fresse, ich kann schon verstehen, dass es dem Schwiegerväterchen schwer gefallen ist, seine Finger davon zu lassen.«

Niemand kicherte, aber es widersprach ihm auch niemand. Fredrik schaute noch einmal eingehend auf sein Bild und fragte nach einer Weile:

»Ist es denn wirklich sicher, dass es Richard von Knecht ist, der da mit ihr zugange ist? Ich meine, könnte es nicht auch Henrik sein? Oder jemand ganz anderer?«

Irene sah sich ihr Foto noch einmal genauer an. Alle Müdigkeit war wie weggeblasen, und sie spürte, wie der Puls in ihr raste. Die Spur war wieder heiß und es roch stark nach Pheromon.

Nachdenklich fragte Birgitta:

»Wo sind die Fotos gemacht worden? Kennt jemand das Zimmer?«

Wieder beugten sich alle Köpfe über die Fotos. Dann allgemeines Kopfschütteln, niemand kannte die Möbel. Aber Irenes Augenmerk fiel auf den Hintergrund. Die Bilder. Eines der Bilder.

Wütend schlug der Kommissar mit der flachen Hand auf die Fotos auf dem Tisch und schimpfte:

»Was ist das auch für eine blödsinnige Idee, sich eine Lederhaube über den Kopf zu ziehen. Es wird schwierig werden zu beweisen, dass es sich bei dem Mann hier auf den Bildern um Richard von Knecht handelt. Ganz zu schweigen davon, zu beweisen, wo sie geschossen wurden.«

Mit einem Mal fühlte Irene sich ganz klar im Kopf und wusste es. Sie begann laut zu lachen. Jonny flüsterte theatralisch Andersson zu:

»Jetzt ist sie vollkommen durchgeknallt!«

Ohne sich darum zu kümmern, sagte sie triumphierend:

»Ich weiß wo, von wem und wie die Fotos gemacht worden sind. Und ich weiß, dass es Richard von Knecht auf den Bildern ist. Sein Gesicht ist nämlich doch mit drauf!«

Jonny tippte sich mit dem Zeigefinger an die Schläfe und schüttelte den Kopf. Irene ignorierte ihn und wandte sich Andersson zu:

»Lass Charlotte heute den ganzen Tag überwachen, genau wie du gesagt hast. Und morgen früh um sieben schnappen wir sie uns und klagen sie der Mitwisserschaft und der Mittäterschaft an Henriks Bombenattentat an. Dann müsst ihr sie in die Mangel nehmen und dazu bringen, dass sie sich verplappert. Genau wie Inez Collin es gesagt hat. Nach ein oder zwei Stunden komme ich dann rein und werde sie des Mordes an Richard von Knecht anklagen!«

Andersson stöhnte laut auf:

»Würdest du vielleicht so freundlich sein und uns, deinen etwas weniger begabten Kollegen, erklären, wie du es zum Teufel fertig bringen willst, die Lederhaube wegzuretuschieren und sein Gesicht hervorzuzaubern?«

Nachdem sie das getan hatte, worum sie gebeten worden war, sahen die Kollegen sie mit Blicken voller Respekt an. Selbst in Jonnys Augen spiegelte sich widerwillige Bewunderung.

Der Rest des Nachmittags verlief hektisch, aber als sie kurz vor sechs nach Hause fuhr, war alles unter Dach und Fach. Es hatte alles geklappt. Die Leute, die sie hatte sprechen wollen, waren erreichbar gewesen, und die Leute, von denen sie Hilfe haben wollte, waren hilfsbereit gewesen. Sie war zufrieden. Und müde.

KAPITEL 21

Paul Svensson lag zusammengekauert in Fötusstellung auf dem Bett, das Gesicht zur Wand gedreht. Durch die Luke in der geschlossenen Zellentür konnte Kommissar Andersson sehen, wie ein starkes Zittern die magere Gestalt schüttelte. Ein leises Jammern und Schluchzen war noch auf dem Korridor zu hören. Von dem starken Hell's-Angels-Kerl war nicht mehr viel übrig. Es waren nur noch die Reste eines Junkies zu besichtigen, der unter schweren Entzugssymptomen litt.

Der Wachtmann öffnete die Tür, und Andersson trat ein. Es roch streng nach Angstschweiß und ungewaschenem Mann in der Untersuchungszelle. Paul Svensson schien gar nicht zu bemerken, dass er Besuch hatte. Aber vielleicht doch, jedenfalls nahm sein Jammern an Lautstärke zu.

Andersson schlug einen lockeren Ton an:

»Hallo Paul. Es ist mal wieder an der Zeit, dass wir uns unterhalten.«

Paul Svensson wandte sein schweißnasses Gesicht dem Kommissar zu. Er hatte Probleme, seinen Blick zu lenken. Die Augen rollten in ihren Höhlen herum wie die panischer Aale. Seine Zunge fuhr pausenlos über die zusammengepressten, trockenen Lippen. Es gelang ihm nur mit Mühe und Not, zu krächzen:

»Einen Arzt! Ich brauche einen Arzt. Ich sterbe! Ich sterbe! Kapiert ihr das nicht?«

Andersson hatte schon zu viele paranoide Drogensüchtige im Laufe seiner Dienstjahre verhört, um sich davon beeindrucken zu lassen. Im Gegenteil, er schätzte die Situation als äußerst vorteilhaft ein. Der magere Kerl dürfte reif sein und zum Pflücken bereit.

»Wenn du mir bei ein paar Sachen hilfst, dann kann ich vielleicht aus reiner Herzensgüte dafür sorgen, dass ein Arzt herkommt. Aber dann brauche ich wirklich deine Hilfe!«, erklärte der Kommissar in seinem freundlichsten Ton.

»Ach, fahr zur Hölle!«

»Nun gut, wenn du es so willst, aber dann kannst du lange drauf warten, dass wir einen Arzt holen. Das wird eine sehr, sehr lange Wartezeit… für dich.«

Paul John Svenssons klapprige Glieder zogen sich in einem spastischen Krampf zusammen. Er konnte nur noch stöhnen. Angst und Schmerzen beherrschten die Zelle. Als der Krampf vorbei war, flüsterte er:

»Wo… worum geht's?«

Nichts an Andersson verriet, wie genau geplant sein erster Satz war. Nonchalant sagte er:

»Neue Informationen deuten darauf hin, dass Hoffa und du an dem Bombenattentat in der Berzeliigatan beteiligt waren und natürlich auch an der Bombe, die Bobo Torsson getötet hat. Du wirst also nicht nur wegen der Granate und wegen Mordversuchs an den beiden Inspektoren in Billdal angeklagt. O Scheiße Svensson, das bedeutet mindestens den Kumlabunker für dich!«

Die Angst sprang regelrecht aus Paul Svenssons aufgerissenen Augen, als er schrie: »Aber das war doch dieser Oberklassenheini Henrik von Knäck! Er hat die verfluchte Beutelratte Bobo Torsson in die Luft gehen lassen!«

»Warum?«

Dies eine Wort stoppte Svensson, er versuchte sich selbst zu bremsen, aber die Angst vor dem erwiesenermaßen unwirtlichen Kumlabunker – der Hölle auf Erden für einen Junkie – siegte. Er antwortete kurz mit nervöser Stimme:

»Dieser Torsson wollte Kohle von diesem von Knäck. Aber stattdessen hat er ihm eine Höllenmaschine in die Tasche gepackt!«

»Weshalb wollte Torsson Kohle von Henrik von Knecht?«

»Hoffa… ich weiß nicht.«

Die Angst vor dem Vizepräsidenten der Hell's Angels war offenbar stärker als die Angst vor dem Kumlabunker. Aber Andersson dachte gar nicht daran lockerzulassen. Es roch jetzt mehr als deutlich nach Scheiße, und er konnte schon die Konturen des Geruchsherds ahnen. Deshalb sagte er kurz und hart:

»Einen Arzt wirst du nicht vor morgen früh zu Gesicht kriegen.«

»O Scheiße! Ich weiß, dass Torsson aus diesem Kerl von Knäck Geld rauspressen wollte. Aber das ist schief gegangen. Hoffa war stinksauer, weil die Typen aus Amsterdam mit der Ware kommen wollten. Und es gab auch noch andere, die daran interessiert waren.«

»Der Kerl von Knecht? Meinst du Henriks Papa, Richard von Knecht?«

»Ja, das hab ich doch gesagt, Mensch! Aber das Aas hat nicht bezahlt. Nach ein paar Tagen hat Bobo wieder angerufen und gesagt, es würde mit der Kohle doch noch klappen. Henrik von Knäck sollte sie stattdessen ausspucken. Das klang schon komisch, aber Hoffa sagte, es wäre ihm scheißegal, wer bezahlte. Hauptsache, er kriegte seinen Kies.«

»Um wie viel Geld ging es denn?«

»Eine halbe Mille.«

»Fünfhunderttausend?«

»Ist das so schwer zu kapieren? Habe ich doch grade gesagt!«

»Was wollte Bobo Torsson denn mit einer halben Mille? Und warum sollte er sie Hoffa geben?«

Wieder begann der Blick zu flackern, aber Paul Svensson wusste, dass er schon zu weit gegangen war. Jetzt konnte er auch noch weiter gehen und sich damit einen Arzt verdienen. Im Augenblick war ihm alles, was Hell's Angels hieß, scheißegal. Er war kurz vorm Sterben und brauchte eine Spritze, ganz gleich, was für eine das auch war. Und die möglichst bald. Resigniert sagte er:

»Stoff. Für eine halbe Mille. Torsson wollte Großdealer werden.«

»Zusammen mit Lillis?«

Paul Svensson zuckte mit seinen mageren Schultern und murmelte:

»Keine Ahnung.«

Offenbar wusste er wirklich nichts über Lillis eventuelle Beteiligung. Das war ärgerlich, aber was er gesagt hatte, war auf jeden Fall interessant genug.

Um halb acht trat Irene in Anderssons Büro. Mit seiner erkälteten Stimme schrie dieser gerade in die Gegensprechanlage:

»Sag ihnen, dass die Pressekonferenz um eins stattfindet! Und vorher kein Sterbenswörtchen!«

Er war blass und müde, und zum ersten Mal fand Irene, dass er wirklich uralt aussah. Ein paar Tage im Bett hätten ihm sicher nicht geschadet. Aber natürlich spürte auch er, dass sich der von-Knecht-Fall seiner Auflösung näherte und wollte um alles in der Welt diesen Moment nicht verpassen.

Mit roten Augen schaute er sie an, während er rasselte:

»Guten Morgen. Charlotte von Knecht wird jeden Moment hier sein. Ich hoffe, dass unser Plan hinhaut und dass sie den Köder schluckt. Ich habe Jonny und Tommy auf sie angesetzt. Die beiden holen sie gerade.«

»Dann bleibe ich so lange außer Sichtweite. Irgendwelche Neuigkeiten von Lillis und Paul Svensson?«

Andersson hustete und schob sich eine Halstablette in den Mund.

»Ja, sogar mal gute Neuigkeiten! Paul Svensson hat angefangen zu reden.«

Er berichtete ihr von dem gestrigen Verhör mit Paul Svensson. Irene kommentierte lachend:

»Das kann ich mir denken, dass er angefangen hat zu reden. Wenn du ihm mit dem Kumlabunker drohst!«

»Gemein, aber effektiv!«

»Um wie viel Geld geht es?«

»Nach Paul Svensson um fünfhunderttausend Kronen.«

»Fünfhunderttausend! So groß war ja nicht mal Henriks Vermögen.«

»Genau. Das wissen wir, weil wir uns erkundigt haben. Aber Bobo wusste es nicht. Und wie Henrik das Problem löste, das wissen wir, wie gesagt, jetzt. Aber viel mehr konnte Paul uns nicht bieten. Letzte Nacht ist es ihm schlechter gegangen, der Arzt war regelmäßig bei ihm. Er hat eine Spritze gekriegt und ist eingeschlafen. Er hatte nicht mehr geschlafen, seit wir ihn Samstag festgenommen haben. Wollen wir uns nicht erst mal eine Tasse Kaffee holen, bevor wir weitermachen?«

»Weitermachen? Gibt es noch mehr?«

»O ja. Es gibt noch mehr.«

Es blieb aber beim Automatenkaffee. Doch da sie beide koffeinabhängig waren, spielte der Geschmack keine so große Rolle. Man gewöhnt sich an das meiste. Andersson ging noch schnell zur Toilette. Noch auf dem Flur war zu hören, wie er sich die Nase putzte.

Wieder im Büro zurück zog er die oberste Schublade auf und holte ein kleines Tonbandgerät hervor. Zufrieden lächelte er:

»Das gestrige Verhör mit Lillis. Ich bin direkt nach meinem Gespräch mit Paul Svensson zu ihm gegangen. Die Strategie war die Gleiche. Sie gegeneinander auszuspielen und wütend zu machen. Und ich habe einen Umschlag mitgenommen, mit einem der Fotos aus dem Safe.«

Er begann an den winzigen Knöpfen des Tonbandgeräts zu fummeln. Sein zufriedenes Lächeln verwandelte sich in eine wütende Grimasse. Unterdrückte Flüche und Stöhnen hingen in der Luft bis ihm endlich gelang, den richtigen Knopf zu drücken. Die Stimme des Kommissars war aus dem kleinen Ding zu vernehmen:

»... jetzt eine ganze Menge. Paul Svensson hat geredet. Wir wissen, dass du und Bobo geplant hattet, Henrik von Knecht um fünfhunderttausend Kronen zu erpressen, mit denen ihr Drogen von den Hell's Angels kaufen wolltet. Wir wissen, dass in der Tasche statt des Geldes eine Bombe lag. Wir wissen, dass du deshalb am Sonntag Henrik totgeprügelt hast, als Rache dafür, dass er Bobo umgebracht hat.«

Schweigen. Nach einer Weile war ein dumpfes Murmeln zu hören:

»Tüchtiger Idiot.«

»Svensson leugnet, dass er oder sonst jemand von den Hell's Angels etwas mit Richard von Knecht zu tun hatte. Und auch nicht mit der Bombe in der Berzeliigatan. Er glaubt, Bobo und du, ihr hättet den Job übernommen.«

Wieder Schweigen. Danach dröhnte ein Schwall von Flüchen aus dem winzigen Apparat. Wenn die Hälfte der Drohungen erfüllt würden, konnte sich Paul Svensson schon mal nach einer schönen Grabstätte umsehen. Lillis' Wortschwall wurde von Anderssons Stimme unterbrochen:

»Warum sollten wir denn nicht glauben, was Paul Svensson uns gesagt hat?«

»Wir haben nicht einen Funken mit diesen Bomben oder dem Mord an dem Papa von Knecht zu tun! Wir brauchen den Kies, um Geschäfte zu machen. Und sonst war da nichts.«

»Und da war so ein Bildchen, das euch die fünfhunderttausend einbringen sollte, oder?«

Ein leises Rascheln war zu vernehmen. Und dann konnte man deutlich hören, wie Lillis tief nach Luft schnappte, bevor er fauchte:

»Woher zum Teufel habt ihr das? Dieses Arschloch hat doch gesagt, er würde sie verbrennen!«

»Wie es aussieht, hat er das wohl nicht. Warum hat Richard von Knecht nicht bezahlt?«

Das Murmeln verstummte. Dann ertönte es laut und deutlich: »Weil seine verfluchte Schweinefratze nicht zu sehen war. Wir konnten nicht beweisen, dass er es war.«

»Und deshalb habt ihr versucht, stattdessen Henrik von Knecht zu erpressen?«

»Eine saublöde Idee. Aber wir waren unter Zeitdruck. Wir hätten lieber eine Bank ausrauben sollen!«

Da stellte Andersson das Band ab. Irene meinte vor sich hin lachend:

»Ich kann mir die Diskussion zwischen den Cousins lebhaft vorstellen.«

»Ich auch. Ich habe noch gefragt, wann sie an Henrik von Knecht herangetreten sind. Lillis war sich da nicht ganz sicher, weil Bobo den Part übernommen hatte. Aber wahrscheinlich an einem Donnerstag. Das muss zwei Tage vor dem Fest von Sylvia und Richard gewesen sein, ihrer Feier des dreißigjährigen Krieges. Und am Freitag hat Henrik die Bombe installiert, wenn alles so ablief, wie wir es uns denken.«

»Eigentlich genial. Wenn er Glück gehabt hätte, wären sein Vater und Bobo Torsson gleichzeitig in die Luft geflogen! Daraus wurde ja nun nichts, aber man kann nachvollziehen, wie Henrik dachte. Er wusste, dass er seinen Erpressern nicht die geforderte Summe zahlen konnte. Und durch die Bilder erfuhr er gleichzeitig von dem Verhältnis zwischen Richard und Charlotte. Wenn die Bombe von Richard ausgelöst worden wäre, hätte Henrik mindestens eines seiner Probleme gelöst gehabt. Und im besten Fall sogar zwei.«

»Warum wollte Henrik überhaupt bezahlen? Seine Rache hätte auch darin bestehen können, alle Welt die Bilder sehen zu lassen, auf denen seine untreue Frau und sein sexgeiler Vater zu sehen waren.«

»Wahrscheinlich sorgte er sich um den Ruf der Familie. Und Sylvia wäre zusammengebrochen!«

»Bleibt noch der Mord an Richard von Knecht.«

»Damit fängt alles an und damit hört alles auf. Und diese letzte Nuss werden wir auch noch knacken.«

»Noch was. Jonny hat Charlottes Telefon am Sonntag abgehört. Nach Lillis Besuch hat sie einmal telefoniert. Sie hat einen Tisch in der Brasseri Lipp bestellt.«

Andersson beugte sich nach unten und zog die unterste Schreibtischschublade auf. Gedämpft sagte er:

»Hier sind die Fotos von der Pathologie, die du haben wolltest. Grauslich. Er ist zwar ein Mörder und Brandschatzer, aber trotzdem bleibt die Frage, ob er das verdient hat. Er hatte ja keinen heilen Knochen mehr im Leib. Man hätte ihn zum Chopsuey-Tagesgericht beim nächsten Chinesen verwenden können. O Scheiße!«

Irene nahm die Bilder und schob sie in einen Hauspostumschlag, zusammen mit den anderen Bildern, die sie morgens vom Labor bekommen hatte.

Um halb neun ging Irene in den Verhörraum, in dem Jonny mit Charlotte saß. Jonny liebte die ganze Inszenierung. Er konnte seine Paraderolle spielen, den ekligen Polizisten. Da es eine Sünde wäre, einen begnadeten Schauspieler bei seinem Auftritt zu stören, setzte Irene sich zunächst passiv in die Ecke und machte sich unsichtbar. Es würde schon der Zeitpunkt für ihren Auftritt kommen. Die Entwicklung des Verhörs würde ihn bestimmen. Nichts durfte schief gehen. Charlotte war zwar nicht übermäßig intelligent, aber sie war gerissen und nur auf sich selbst bezogen. Das waren gefährliche Eigenschaften in einem schönen Körper. Sie ignorierte Irenes Ankunft im Zimmer und konzentrierte sich voll und ganz auf Jonny. Die Türkise schimmerten feucht, und sie fuhr sich mit der Zunge über die Lippen. Vorsichtig, um nicht den Lippenstift wegzuwischen. Verärgert stellte Irene fest, dass sie es geschafft hatte, die Kontaktlinsen einzusetzen und Make-up aufzulegen. Es duftete schwer nach Cartier im Zimmer. Charlotte legte den Kopf schräg und zwinkerte Jonny türkis zu.

»Bitte, mein Lieber, ich möchte meinen Anwalt, und außerdem brauche ich auch gar nicht auf diese widerlichen Fragen zu antworten. Ich weiß sowieso nichts! Und ich brauche ein Frühstück. Ich bin schwanger«, fügte sie erklärend hinzu.

Jonny zeigte seine Zähne und grinste gefährlich:

»Immer ruhig, gute Frau, dazu kommen wir auch noch, immer eins nach dem anderen. Natürlich können Sie einen Anwalt haben. Haben Sie denn einen eigenen?«

»Nun ja… eigentlich nicht… aber mein Schwiegervater hatte ja…«

»Aber Sie und Henrik, Sie hatten keinen Familienanwalt?«

»Nein.«

»Und wieso glauben Sie, dass die Anwälte von der Kanzlei ›Eiderstams Nachfolger‹ oder wie immer sie auch heißen mag, überhaupt Lust haben, Ihre Verteidigung zu übernehmen? Sie sind schlicht und ergreifend der Beihilfe an der Brandstiftung in der Berzeliigatan und an dem Bombenattentat an Bobo Torsson angeklagt. Sowie der Anstiftung zum Mord an Ihrem eigenen Mann, Henrik von Knecht! Taten, die indirekt gegen einen ihrer größten Klienten, Richard von Knecht gerichtet waren. Der auch ermordet wurde. Aber darauf werden wir noch zurückkommen. Wenn ich Ihnen einen Rat geben darf, dann bitten Sie um einen Pflichtverteidiger.«

Charlottes Lippen begannen zu zittern, und einen Moment lang glaubte Irene, sie würde anfangen zu weinen. Aber stattdessen kreuzte sie energisch die Hände vor der Brust und achtete gleichzeitig darauf, diese etwas hochzuschieben, während sie überlegte. Nach nur wenigen Minuten war die Strategie klar. Mit gesenkten Augenlidern und leiser Stimme gurrte sie:

»Ich werde Ihrem Rat folgen. Sie wissen es sicher am besten. Ich möchte einen Pflichtverteidiger haben.«

»Das werden wir regeln. Aber vorher müssen Sie mir ein paar Fragen beantworten. Wenn Sie das nicht tun, gehe ich davon aus, dass Sie etwas zu verbergen haben. Und dann wird es zu einem knallharten Verhör kommen!«

Ihre Augen öffneten sich ein wenig mehr, und die Spur eines zufriedenen Lächelns umspielte die Mundwinkel.

»Ach, dann ist das hier gar kein Verhör?«

»Nein. Ich möchte Sie nur bitten, mir ein paar Fragen zu beantworten.«

Fiel sie darauf rein? Glaubte sie wirklich, dass es sich hier nicht um ein offizielles Verhör handelte? Zumindest konnte sie sich dann in Sicherheit wiegen. Man würde sehen.

»Fangen wir mit der Bombe in der Berzeliigatan an. Warum haben Sie uns nie erzählt, dass Henrik eine beträchtliche

Menge Sprengstoff in einer Kiste in Ihrem Schlafzimmer in Marstrand aufbewahrte?«

Sie verdrehte die Augen, dass die Türkise Funken schlugen und achtete darauf, dass sich die Büste in einem tiefen Seufzer elegant hob:

»Ich wusste nicht, dass Henrik Sprengstoff in der Kiste hatte! Sie war immer verschlossen.«

»Haben Sie nie nachgefragt, was in der Kiste war?«

»Nein.«

»Warum nicht?«

»Warum sollte ich?«

»Ich stelle hier die Fragen! Warum haben Sie nie gefragt, was in der Kiste war?«

Zum ersten Mal warf sie ihm einen unsicheren Blick zu, als sie antwortete.

»Es hat mich nicht interessiert. Er hatte ja so viel Zeugs und Gerümpel überall.«

»Also haben Sie sich nie darum gekümmert zu erfahren, was da in der Kiste war?«

»Nein.«

»Dann werden Sie sicher verstehen, dass die Staatsanwaltschaft Sie logischerweise der Mittäterschaft an den Bombenattentaten verdächtigen wird. Ein Ehepaar kann doch nicht jahrelang zusammenleben, ohne dass die Frau weiß, dass im Schlafzimmer Sprengstoff aufbewahrt wird!«

»Aber verdammt noch mal, ich bin doch so gut wie nie da!«

»So gut wie nie da! In dem Haus in Marstrand?«

»Ja.«

»Aber Sie haben Schlüssel dafür? Für das Tor und das Haus?«

Deutlich war jetzt eine Spur von Angst zu sehen, die hinter den Türkisen aufblitzte.

»Jaaa...«

»Wo sind die?«

Jetzt begriff sie, dass es ernst war. Der Geruch der Angst durchbrach den Parfumduft.

»Das weiß ich nicht. Ich habe nicht nachgeguckt.«

»Nein, natürlich nicht. Lillis hatte sie gestern. Er hat gesagt, Sie hätten ihm die Schlüssel gegeben.«

»Er lügt! Er muss sie gestohlen haben!«

»Und wann?«

»Ich weiß es nicht.«

»Aber wir wissen das eine und das andere. Wir wissen, dass Lillis am Sonntagabend bei Ihnen in Lindåsliden vorbeigekommen ist, knapp eine Viertelstunde geblieben ist und dann direkt nach Marstrand fuhr, wo er Ihren Mann totgeschlagen hat!«

»Woher wissen Sie…?«

Sie unterbrach sich selbst und senkte schnell den Kopf. Die Haare schoben sich wieder einmal wie ein Vorhang vor das Gesicht. Ein Trick, den sie von ihrer Schwiegermutter übernommen hatte. Irene erkannte ihn wieder. Nach einer Weile hob Charlotte wieder den Kopf und sagte leise:

»Er ist vorbeigekommen, um mich zu fragen, ob ich wohl nächste Woche zu Bobos Beerdigung gehe.«

»Merkwürdig. Das hat er uns nicht gesagt.«

Eigentlich hatte Lillis ja gar nichts gesagt, als sie nach dem Mord an Henrik gefragt hatten, aber das konnte Charlotte nicht wissen. Mit einem hörbaren Zittern in der Stimme fragte sie:

»Und was sagt er?«

»Dass Sie ihm die Schlüssel und eine Wegbeschreibung gegeben haben.«

Das war ein Schuss ins Blaue, aber Irene konnte sehen, dass er getroffen hatte.

»Das behauptet er? Er lügt!«

»Warum sollte er? Er sitzt sowieso für den Mord an Ihrem Mann, und alles, was er damit gewinnt, ist doch nur, dass auch Sie dran sind. Sie werden der Anstiftung zum Mord angeklagt und er dafür, dass er Ihren Auftrag ausgeführt hat. Damit springt für ihn eine mildere Strafe heraus.«

Eine juristisch bewanderte Person wäre ihm nicht auf den

Leim gegangen. Aber Charlotte war sowohl unkundig als auch voller Angst.

»Dieser Idiot! Er hat mich bedroht! Er wollte sich Henrik schnappen und hat mich gezwungen, ihm zu sagen, wo er ist. Wenn ich ihm nicht die Schlüssel gegeben hätte, hätte er mich umgebracht!«

»Warum haben Sie Henrik nicht über sein Handy gewarnt?«

»Mir ist die Nummer nicht eingefallen. Das Handy hat er erst vor kurzem bekommen.«

»Und warum haben Sie dann nicht den Verwalter angerufen und ihn gebeten, Henrik zu warnen? Oder die Polizei?«

Wieder schwappten Wellen der Angst durch den Raum, stießen wie gejagte, zu Tode erschrockene Tiere an die Wand.

»Das habe ich doch! Aber der Verwalter war nicht da.«

»Wir haben Ihr Telefon am Sonntagabend abgehört. Es ging kein Gespräch nach Marstrand oder zur Polizei. Aber zur Brasseri Lipp, wo Sie einen Tisch reserviert haben. Und dort sind Sie dann später am Abend auch hingefahren. Wir haben das überprüft. Sie waren eine fröhliche, ausgelassene Gruppe, wenn ich den Wirt richtig verstanden habe. Aber er würde gern den Typen sprechen, der die Lampe runtergeschmissen hat, denn die kostet fünftausend Kronen. Also, noch einmal. Warum haben Sie Henrik nicht gewarnt? Oder die Polizei gerufen?«

»Ich habe mich nicht getraut! Lillis sagte, er würde mir das Kind aus dem Bauch schneiden, wenn ich jemanden anrufen würde!«

»Aber Sie waren nicht so beunruhigt, dass sie nicht ausgehen und sich mit Ihren Freunden treffen konnten!«

Darauf hatte sie keine Antwort. Sie blickte auf die Tischplatte, unter der sie ihre zitternden Hände verbarg. Weder sie noch Lillis hatten den Verdacht gehabt, sie könnten überwacht werden. Das war ihr großer Fehler gewesen. Hätte die Polizei ihn nicht observiert, hätten sie nichts von seiner kurzen Stippvisite in Örgryte gewusst. Und sie hätte ein wunderbares Alibi gehabt. In der Kneipe mit Freunden und vielen anderen Menschen drum herum. Schlau, aber nicht intelligent. Schlauheit, gepaart mit Mut, bis an die Grenze zur Dummdreistigkeit. Alle diese Zutaten, die notwendig waren, damit der Mord an Richard von Knecht gelingen konnte. Noch eine Prise Intelligenz dazu, und der Mord wäre noch schwerer aufzuklären gewesen. Vielleicht sogar unmöglich.

Jonny setzte ihr noch fast eine halbe Stunde wegen der Bombe in der Berzeliigatan zu. Als sie beteuerte, davon nicht gewusst zu haben, bedrängte Jonny sie umso mehr. Nach einer Weile war Charlotte kreideweiß im Gesicht, und Irene beschloss, dass es nun an der Zeit war, dass die liebe Polizistin die Bühne betrat. Mit einem sanft ermahnenden Tonfall unterbrach sie das Verhör.

»Aber Jonny, jetzt musst du mal eine Pause machen. Siehst du nicht, dass Charlotte von Knecht vollkommen erschöpft ist? Möchten Sie ein kleines Frühstück haben, Charlotte?«

»O ja, gern. Tee und eine Scheibe Brot bitte. Außerdem muss ich einmal zur Toilette.«

»Okay. Aber nicht mehr als zehn Minuten!«

Jonny war in seinem Element als Ekelpaket. Birgitta würde sagen, er habe ein gewisses natürliches Talent für diese Rolle, aber Irene war der Meinung, er machte sich ausgezeichnet. Wenn er studiert hätte, wäre er bestimmt ein knallharter, gefürchteter Staatsanwalt geworden.

Nach dem Toilettenbesuch und dem Frühstück schien es, als hätte Charlotte sich wieder gefangen. Aber auch Jonny und Irene hatten die Pause gut genutzt. Die Taktik war besprochen worden, und Jonny hatte die Fotos von dem zusammengeschlagenen Henrik bekommen.

Charlotte sagte kurz:

»Jetzt möchte ich einen Anwalt haben. Vorher sage ich nichts mehr.«

»Gute Idee. Aber solange müssen Sie hier warten. In der

Zwischenzeit können Sie ja mal einen Blick auf diese Fotos werfen.«

Jonny schickte die Fotos mit einem Fingerschnipsen über die Tischplatte. Reflexhaft fing Charlotte sie auf und schaute sie an. Ihre Augen weiteten sich und ihre Atmung wurde heftiger. Es schien ihr unmöglich, den Blick von den Bildern wieder abzuwenden. Jonny fragte leise:

»War er wirklich so ein Schwein, dass er das verdient hat?«

Charlotte schien die Frage gar nicht zu hören. Fest schlug Jonny mit der Faust auf den Tisch und schrie:

»Antworte! Hat er das verdient? War er so ein Schwein?«

Sie schien aufzuwachen und sah ihn verwirrt an. Ihr Blick wurde schärfer, und sie musste sich räuspern, bevor sie antworten konnte:

»Kein Schwein. Ein… ein Schlappschwanz. Ein verfluchter Schlappschwanz war er.«

»Und jetzt sind Sie ihn los. Ist das ein schönes Gefühl? Sehen Sie sich die Fotos an! Ist das ein schönes Gefühl?«

Keine Antwort. Jetzt starrte sie geradeaus, an die Wand. Aber Irene konnte sehen, wie sie unter dem Tisch die Hände rang. Gleich, gleich…

Jonny war unbarmherzig. Während der folgenden halben Stunde nahm er sich wieder die Ereignisse des gesamten Sonntagabends und der Nacht vor. Er enthielt ihr nicht vor, welche Meinung die Polizei von ihrer Rolle bei dem Mord hatte. Sie hatte keine Erklärung dafür, warum Lillis sie vor dem Mord besucht hatte, keine Erklärung dafür, wie die Schlüssel in seine Hände kamen, keine Erklärung dafür, warum sie in die Kneipe ging, statt Henrik zu warnen. Charlotte saß reichlich in der Tinte, das musste sie selbst einsehen. Sie versuchte zaghaft, sich zu verteidigen, aber sie fand keine neuen Lügen, die sie hätte vorbringen können. Die Zeit war reif. Irene stand auf und ging zu den beiden. In wortloser Übereinstimmung drehte Jonny sich zur Seite und verließ das Zimmer. Birgitta schlüpfte herein und übernahm die Zuhörerrolle. Irene begann:

»Charlotte. Ich ermittle in den Morden an Richard von Knecht und Bobo Torsson, den beiden Opfern des Feuers in der Berzeliigatan und jetzt auch in Sachen Henriks Tod. Vieles ist im Laufe der Untersuchungen ans Tageslicht gekommen, merkwürdige Kontakte und Beziehungen. Wie Sie wohl wissen, haben wir sowohl Lillis als auch einen von den Hell's Angels festgenommen. Und die nehmen kein Blatt vor den Mund! Alle beide nicht!«

Charlotte zuckte zusammen, die Angst tanzte in ihrem Blick. Irene rechnete eiskalt damit, dass Charlotte Lillis wohl nicht näher kannte und folglich auch nichts von seinem Ruf wusste. Woher sollte sie wissen, dass er schwieg wie ein Grab? Paul Svensson hatte sie wahrscheinlich nie getroffen. Die Hell's Angels, das war Bobos Sache. Sie kannte sicher auch nicht Hoffas Schicksal, da sie es nicht mehr geschafft hatte, die Morgenzeitung zu lesen oder Nachrichten zu hören. Falls sie das überhaupt tat. Immer noch in freundlichem Ton begann Irene der vor Schreck erstarrten Charlotte die Fakten aufzulisten:

»Wir wissen, dass Bobo und Lillis einen größeren Drogenkauf geplant hatten, über Bobos alten Kumpel Glenn Hoffa Strömberg, den Vizepräsidenten der Hell's Angels Göteborg. Ihre Kumpel aus Holland sollten das Zeug liefern. Alles war bestellt und klar, als Bobo Probleme mit der Geldbeschaffung bekam. Wir wissen auch, wieso. Richard weigerte sich zu bezahlen.«

Charlotte war grau unter ihrer Schminke, ließ Irene aber nicht aus den Augen. Langsam und mit Nachdruck fuhr Irene fort:

»Fünfhunderttausend. Eine halbe Million. Für Fotos, auf denen Richards Gesicht nicht zu sehen ist. Kein Wunder, dass er sich geweigert hat zu zahlen!«

Bei diesen Worten zog Irene die Pornofotos heraus, bei denen zumindest kein Zweifel bestand, wer den weiblichen Part einnahm. Für einen Moment sah es so aus, als würde Charlotte in Ohnmacht fallen. Irene stellte abschließend fest:

»Wir wissen, dass es Richard ist, mit dem Sie auf diesem Foto Geschlechtsverkehr ausüben.«

»Nein! Das ist… das ist jemand anders.«

»Wer?«

»Ich weiß nicht mehr.«

»Ach, Sie wissen nicht mehr. Üben Sie häufiger Geschlechtsverkehr mit Männern aus, deren Namen Ihnen hinterher dann nicht mehr einfällt?«

Charlotte warf trotzig den Kopf nach hinten.

»Das kommt schon vor!«

»Und dieser Mann hier ist nicht Richard?«

»Nein.«

»Dann muss ich Ihnen aber leider mitteilen, dass sich das Gesicht des Mannes durchaus auf dem Foto befindet. Und dass es Richard ist.«

»Nein. Sein Gesicht ist doch überhaupt nicht zu sehen…!«

»O doch. Sehen Sie das große Bild im Hintergrund? Genau das, ja. Es ist einer von Bengt Lindströms berühmten ›Monsterköpfen‹. Unsere Techniker haben es aus dem Foto heraus vergrößert. Und dann bin ich gestern Abend zu Valle Reuter damit gefahren. Er hat das Bild als das Porträt von Richard von Knecht identifiziert, das er Richard zu dessen sechzigstem Geburtstag geschenkt hat! Und da Sylvia meinte, sie hätten schon genügend Bengt-Lindström-Bilder an den Wänden hängen, hat Richard das Bild in seinem Büro aufgehängt. Was sagt uns das? Genau. Das Foto stammt also aus Richard von Knechts Büroräumen, geschossen mit einem Teleobjektiv. Von wo? Von der anderen Straßenseite aus. Wer wohnt da? Genau, Lillis Johannesson, der Cousin Ihres Freundes Bobo Torsson! Wer hat die Fotos gemacht? Natürlich Bobo! Und nun versuchen Sie nicht, uns weismachen zu wollen, dass Sie da mit einem anderen als Richard von Knecht bumsen!«

Ein Blick auf Charlotte genügte. Ihr Gesicht war eine Tonmaske, es war unbegreiflich, wie es jemals als schön angesehen werden konnte. Die Gesichtszüge waren verzerrt vor Ekel. Halb erstickt sagte sie:

»Man hat mich gezwungen mitzumachen! Ich hatte gar keine andere Wahl! Ich habe Bobo Geld geschuldet. Viel Geld.«

»Drogenschulden?«

»Ja. Ich hatte gehofft, ich könnte durch den Autokauf etwas Geld abzweigen. Aber Henrik hat alles auf sein Konto gepackt. Ich war vollkommen verzweifelt! Ich hatte nicht eine Öre!«

»Hat Henrik Ihnen kein Geld gegeben? Ich meine, für den Haushalt?«

»Doch. Zehntausend im Monat. Aber das hat nicht gereicht. Am Anfang hatte ich noch mein eigenes Geld, aus meiner Fotomodellzeit. Aber das war dann zu Ende. Und Henrik hat sich um alle Rechnungen für das Haus, die Wagen und so gekümmert.«

»Wie viel haben Sie Bobo geschuldet?«

»Fünfundachtzigtausend.«

»Kokain und Amphetamin nehme ich an.«

Charlotte nickte.

»Wie hat Bobo von dem Verhältnis zwischen Richard und Ihnen erfahren?«

»Er hat mich ein paar Mal im Treppenhaus getroffen, wenn ich auf dem Weg zu Richards Räumen war oder von dort kam. Und bei einer Fotomodellfeier im September hat er mich direkt ausgefragt. Und ich war so dumm und habe ihm alles erzählt. Ich hatte schon einiges genommen und habe einfach losgeplappert.«

»Und da kam er auf die phantastische Idee, Richard zu erpressen, indem er Fotos von euch machte.«

»Ich wollte nicht! Er hat mich gezwungen! Aber ich habe ihm ja so viel Geld geschuldet…«

»Aber Sie haben jedenfalls mitgemacht. Erzählen Sie.«

»Ich mochte Richard wirklich. Jedenfalls anfangs. Er war witzig und hatte Spaß am Sex. Im Gegenteil zu Henrik. Im letzten Jahr haben wir uns kaum angefasst. Er ist… war unnormal, finde ich. Und langweilig. Verdammt langweilig im Bett.«

»Und das war Richard ganz und gar nicht?«

»Nein.«

»Wie und wann hat das Verhältnis zwischen Richard und Ihnen angefangen?«

»Im Sommer. Ende Juli. Sylvia war nach Finnland gefahren, um ihre Mutter und ihre Schwester zu besuchen. Henrik war natürlich in Marstrand. Richard rief mich an und lud mich zum Essen ein. Das war ja nichts Außergewöhnliches. Aber dann wurde mehr draus. Wir passten irgendwie zusammen.«

»Wie haben Sie sich verhalten, als die Fotos gemacht wurden?«

»Meistens trafen wir uns in Richards Büroräumen. Aber normalerweise bumsten wir dort im Schlafzimmer. Das eignete sich ausgezeichnet… dafür. Einmal habe ich ihn jedoch überreden können, ins Wohnzimmer zu kommen, und da muss er ausgerechnet diese blöde Kappe aufsetzen! ›Den Römerhelm‹, wie er sie genannt hat. ›Der römische Heerführer‹ hat er sich immer genannt, wenn er sie aufhatte. Ha!«

»Und dank dieser Kappe hat er sich geweigert zu zahlen, als er die Fotos gesehen hat?«

»Ja. Er hat behauptet, Bobo könnte niemals beweisen, wer der Mann auf dem Bild sei. Er hat ihm direkt ins Gesicht gelacht. Telefonisch meine ich natürlich.«

»Und dann sind Sie beide auf die glorreiche Idee gekommen, statt dessen Ihren Mann zu erpressen?«

»Davon hatte ich keine Ahnung! Das hat Bobo sich ganz allein ausgedacht! Und er hat mir auch nichts davon gesagt!«

»Wann haben Sie erfahren, dass Henrik die Fotos gesehen hat?«

Sie schlug die Hände vors Gesicht und wimmerte. Als sie sie wieder herunternahm, waren keine Tränen zu sehen. Tonlos sagte sie:

»Am Donnerstag vor Richards und Sylvias Fest zum Hochzeitstag. Zum ›Dreißigjährigen Krieg‹, Sie wissen ja. So nannten es alle Kerle bei ihren Tischreden. Das war das Schlimmste, was ich je durchgemacht habe! Henrik wusste, dass

Richard und ich… und dann dabeizusitzen und so zu tun, als wenn nichts wäre!«

»Was ist an dem Freitag passiert?«

»Henrik ist nach Marstrand gefahren. Vormittags.«

»Und Sie sind zum Gynäkologen gefahren, um eine Bestätigung für Ihre Schwangerschaft zu erhalten?«

»Nein. Ich wusste schon seit zwei Wochen, dass ich schwanger war. Aber ich wusste nicht so recht, was ich machen sollte.«

»Ob Sie das Kind behalten sollten?«

»Ja, genau.«

»Kehren wir zu Henrik und dem Freitag zurück. Wann haben Sie ihn wieder gesehen?«

»Am Samstagnachmittag. Wir sollten ja an dem Abend aufs Fest gehen.«

»Hat er Ihnen am Freitag die Schlüssel weggenommen?«

»Welche Schlüssel?«

»Die Schlüssel, die Sie Richard geklaut haben, nach dem Fest zum sechzigsten Geburtstag in Marstrand. Arja kann bezeugen, dass sie gesehen hat, wie Sie aus Richards Schlafzimmer kamen, seinen Schlüsselbund in der Hand.«

»Diese alte Lesbe!«

Charlotte sank auf ihrem Stuhl zusammen und sagte resigniert:

»Richard wollte mir keine eigenen Schlüssel geben, aber ich habe sie an dem Morgen auf seinem Tisch liegen sehen. Und da dachte ich, es wäre nicht schlecht, wenn ich sie hätte.«

»Hat Henrik die Schlüssel am Freitag an sich genommen?«

»Ja, jedenfalls habe ich am Freitag gemerkt, dass sie weg waren. Ich habe sie immer in meiner Handtasche, aber am Freitagabend waren sie nicht da. Ich hatte sofort den Verdacht, dass Henrik sie genommen hat. Am Sonntag habe ich sie wieder gefunden.«

»In der Tasche?«

»Ja, er hatte sie zurückgelegt.«

»Wann haben Sie erfahren, dass es so abgelaufen ist? Oder glauben Sie es nur?«

»Nein, ich weiß es. Er wollte sie am Mittwochmorgen wiederhaben, an dem Tag, nachdem Richard gestorben war. Er hat sie einfach aus meiner Handtasche genommen, mit ihnen in der Luft gewedelt und dann etwas gesagt, wie ›Du hast diese Schlüssel hier nie gesehen, kapiert?‹. Und dann ist er weggegangen.«

»Wissen Sie, was er dann mit ihnen gemacht hat?«

Sie nickte:

»Ja. Er hat sie dieser Putzfrau gegeben. Dieser Finnin. Das ist mir erst klar geworden, nachdem auch Bobo in die Luft geflogen war. Aber ich habe nichts mit diesen Bomben zu tun! Das war Henrik! Er war eifersüchtig auf Richard. Er wollte sich an ihm rächen! Und er wollte nicht für die Fotos bezahlen.«

»Ihr Kind, Charlotte. Wer ist der Vater?«

»Henrik.«

»Nein. Wir wissen, dass er seit einer Mumpserkrankung zeugungsunfähig ist. Und vergessen Sie nicht, dass er bei uns in der Pathologie liegt. Wir haben bereits den Obduzenten gebeten, zu untersuchen, ob er wirklich zeugungsunfähig war.«

Sie hatte bisher mit allen Kräften gekämpft, aber jetzt schaffte sie es nicht mehr. Sie sank über dem Tisch zusammen und begrub den Kopf in den Armen. Eine ganze Weile saß sie so da, ohne sich zu bewegen. Wieder stellte Irene fest, dass keine Spur von Tränen festzustellen war, als Charlotte ihr erneut das Gesicht zuwandte. Schroff erklärte sie:

»Es ist von Richard. Das Kind ist ein echter von Knecht!«

»Und deshalb hat Henrik lieber seinen Vater und nicht seine Frau umgebracht? Stimmt's? Das war seine Chance, Vater zu werden, biologisch so nahe, wie es nur geht. Der Vater zu seinem eigenen Halbbruder oder seiner Halbschwester! Der Fortbestand der Familie war damit gesichert. Aber er wollte Rache.«

»Ja.«

Die Antwort kam nur als Flüstern. Leise und mit neutralem Ton fragte Irene:

»Sie wussten nichts von der Bombe in der Berzeliigatan?«

»Nein.«

»Und deshalb haben Sie beschlossen, Richard selbst umzubringen. Stimmt das?«

»Nein! Das ist nicht wahr! Ich habe ein Alibi! Schließlich habe ich da gerade mein Auto abgeholt!«

»Ihr Alibi ist geplatzt. Ihr kleiner Cowboy aus Mölndal, Robert Skytter, hat uns genau erzählt, was abgelaufen ist. Dass Sie zum verabredeten Termin am Montag nicht erschienen sind. Und dann plötzlich am Dienstag anriefen und darauf bestanden, dass unbedingt er Ihnen den neuen Wagen übergeben sollte. Dann die sorgfältig geplante Verführung, nackt unter dem Mantel, nur in Strümpfen und hochhackigen Schuhen. Nicht gerade ein neuer Trick, höchstens für einen so jungen Mann wie Robert.«

»Aber der Zeitpunkt! Ich hätte es doch niemals in zwanzig, maximal fünfundzwanzig Minuten schaffen können!«

»Nein. Aber in vierzig oder fünfundvierzig. Sie haben eine Viertelstunde gewonnen mit Ihrem Kommentar ›Oh, schon die Fünfuhrnachrichten! Da muss ich mich aber beeilen!‹ Und der kleine Robby war sicher noch so durcheinander nach dem Schnellfick im Ford, dass er gar nicht reagieren konnte. Schlau. Aber Sie haben einen Fehler gemacht.«

Irene verstummte. Wieder hingen Charlottes Augen an ihren Lippen, sie konnte einfach den Blick nicht abwenden. Ein kaum hörbares Flüstern:

»Was für einen Fehler?«

»Es gibt keine Fünfuhrnachrichten im Radio. Es heißt ›Echo des Tages um Viertel vor fünf‹. Und was meinen sie, warum?«

Charlottes Stimme trug nicht mehr, als sie antwortete:

»Es kommt um Viertel vor fünf.«

Sie saß kerzengerade auf ihrem Stuhl, die Arme hingen an

den Seiten herunter, ihr Blick war fest auf Irenes Gesicht gerichtet. Ihr war klar, dass das Spiel aus war.

Irene versuchte unbeteiligt dreinzuschauen, obwohl es in ihrem Inneren wie bei einem Vulkanausbruch brodelte.

»Warum, Charlotte? Warum? Sagen Sie es mir.«

»Richard… zwei Wochen bevor er… starb… Ich habe ihm erzählt, dass ich schwanger bin und dass er der Vater ist. Zuerst hat er versucht, sich rauszureden. Dass er doch nicht wissen könne, mit wem ich es alles treibe und so. Aber ich war seit Juli mit niemandem sonst zusammen. Deshalb war ich mir sicher, und dann hatte ich etwas über die Bestimmung der Vaterschaft gelesen mit… DNA. Als ich sagte, dass ich auf so einem Test bestehen würde, gab er nach. Er versprach mir jeden Monat Geld zu geben. Das fand ich nur gerecht. Aber dann kam das mit diesen Fotos… die da auf dem Tisch liegen. Er fragte mich, ob ich was davon wüsste, und ich sagte Nein. Wissen Sie, er hatte ja keine Ahnung, dass Bobo die geschossen hatte. Bobo hat anonym den Kontakt zu ihm aufgenommen, übers Telefon. Aber ich glaube, Richard war misstrauisch. Er wollte mich nicht wieder sehen.«

Die Hände umklammerten immer fester die Knie, ohne dass Charlotte es selbst bemerkte. Irene saß still da und wartete auf die Fortsetzung. Sie wusste, dass sie kommen würde.

»Und dann passierte es, dass Henrik die Bilder kriegte. Er hat sie mir gezeigt und… getobt! Er hat Richard und mich wieder erkannt. Ich habe ihm erzählt, wie es gelaufen war. Alles. Er hat nichts gesagt. Ist schweigend herumgelaufen, bis er am Freitagnachmittag dann nach Marstrand gefahren ist. Ich war nur froh, dass er weg war. Aber kurz danach habe ich entdeckt, dass Richards Schlüssel aus meiner Handtasche verschwunden waren. Am Samstag, so gegen drei, kam er zurück. Er hat wieder kein Wort gesagt, sich nur für die Feier vorbereitet. Und dann sind wir da hingegangen. Es war schrecklich! Aber Henrik hat die Fassung bewahrt. Und all die anderen Totenköpfe dort auch!«

Sie hustete und sah wütend aus. Ein dünner Schweißfilm

zeigte sich auf ihrer Haut. Ihr Blick hing weiterhin an Irene, aber es war zweifelhaft, ob sie diese überhaupt sah. Charlottes Stimme klang hektischer, als sie weitersprach:

»Am Sonntag wollte Henrik nach London fliegen. Kurz bevor er losfahren musste, rief Richard wegen irgend so eines Auktionskatalogs an. Henrik hatte wohl vergessen, ihn ihm zu geben. Und da sagte Henrik zu mir: ›Na, du kannst ihn ja morgen Richard bringen, schließlich hast du den Schlüssel!‹ Und dann war er weg. Und das habe ich dann auch getan. Ich hatte das Gefühl, ich müsste noch mal mit Richard reden. Aber als ich am Montag dort ankam, waren die Putzfrau und ihre Tochter da. Richard war ein bisschen erkältet, er war zu Hause geblieben und begrüßte mich ganz ruhig. Aber als ich ihm den Katalog gab, flüsterte er mir zu, ich solle doch später noch mal wiederkommen, so gegen sieben. Und das habe ich dann auch gemacht. Und bin über Nacht geblieben.«

»Waren Sie vorher in der Wohnung in der Molinsgatan schon häufiger zusammen?«

»Nein. Noch nie. Und am Dienstagmorgen, als wir zusammen gefrühstückt haben, da sagt doch dieser Scheißkerl: ›Jetzt haben wir so viel Schönes miteinander erlebt, da denke ich, es ist das Beste, wenn wir uns damit zufrieden geben. Wir werden uns nicht wieder in dieser Form treffen, sondern nur noch als Schwiegertochter und Schwiegervater. Und du wirst das Kind als mein Enkelkind aufziehen. Haha!‹ Er hat mich ausgelacht! Dieser Sadist hat mir direkt ins Gesicht gelacht! Mich einfach wie so eine hergelaufene Nutte rausgeschmissen. Aber ich habe mir nichts anmerken lassen, und ihn nur gefragt, wie er sich das denn mit dem Geld gedacht hat. Fünftausend im Monat sollte ich kriegen! Fünftausend! Das reicht doch nicht mal für das Nötigste! Ich wurde stinksauer und habe ihm meine Meinung gesagt. Und er lachte mich weiter aus, aber zum Schluss sagte er dann …«

Sie brach ab, reckte sich und schlug einen hochmütigen Tonfall an, als sie Richard von Knecht imitierte:

»Ich kann ja verstehen, dass du im Augenblick etwas empfindlich bist. Pass auf, wir machen es folgendermaßen: Ich werde mit Valle heute wie jeden Dienstag essen gehen. Wenn du die ganze Wohnung sauber machst, sodass Sylvia auch nicht das mindeste Anzeichen dafür finden kann, dass du hier gewesen bist, werde ich dir heute Nachmittag zehntausend Kronen geben. Aber das ist alles, was du während der Schwangerschaft kriegst. Die fünftausend pro Monat kriegst du erst nach Lieferung. Wir werden so gegen vier Uhr zurück sein. Sieh zu, dass du rechtzeitig fertig wirst, denn Sylvia wird zwischen halb sechs und sechs kommen.«

Charlotte sank wieder zusammen und fauchte höhnisch:

»Lieferung! Als wäre ich eine Zuchtsau! Und ich habe kapiert, dass er mir auf keinen Fall mehr Geld geben würde. Er hat mich einfach wie ein Stück Scheiße behandelt. Da habe ich beschlossen, dass dieser Kerl sterben muss! Es würde viel einfacher werden, aus Henrik Geld rauszukriegen. Jetzt, wo ich ein Kind kriege… Ziemlich sorgfältig habe ich dann die Zimmer geputzt, in denen wir waren. Sicherheitshalber habe ich sogar die Lichtschalter abgewischt und Bettzeug und Handtücher gewechselt. Den ganzen Kram! Und dann habe ich es genauso gemacht, wie Sie gesagt haben. Ich habe Robby angerufen und… den Wagen geholt.«

Sie schwieg, und ihr Atem ging jetzt schwerer. Ihre Augen starrten blicklos vor sich hin, und ihre Stimme schien von irgendwo weit entfernt zu kommen, als sie weiter erzählte:

»Ich bin absichtlich zu spät zu Richard gekommen. Er soll nervös werden, habe ich mir gedacht. Schlau. Ich war schlau. Ich habe den Wagen am Aschebergsgymnasium geparkt. Und da die Türschlüssel für alle vier Türen des Komplexes passen, bin ich durch die Kapellgatan reingegangen. Quer über den Hof und durch die Hoftür. Dann habe ich den Fahrstuhl genommen und die Wohnung aufgeschlossen. Ich hatte keine Handschuhe an. Deshalb habe ich hinterher noch mit einem Lappen sauber gemacht, als ich gegangen bin… später… hinterher… Und den Lappen und den Staubsaugerbeutel habe ich in eine Tonne im Müllraum geschmissen. Schließlich habe ich ja oft genug Fernsehen gesehen. Daher weiß ich, wie wichtig es ist, keine Spuren zu hinterlassen. Ich bin den gleichen Weg zurückgegangen, über den Hof. Und ihr habt keine einzige Spur gefunden!«

Der Triumph leuchtete türkis aus ihren Augen. Eifrig, als wolle sie zeigen, wie tüchtig sie gewesen war, mit Worten, die einander überschlugen, fuhr sie in ihrem Bericht fort:

»Er hat nicht gehört, wie ich die Wohnungstür aufgeschlossen habe. Ich bin in die Küche geschlüpft und habe da ein kleines Beil geholt, das über dem Herd hing. Das habe ich mir unter den Trenchcoat geschoben. Dann bin ich die Treppe hochgegangen, und da lag Richard und ruhte nach einem Saunagang aus. Er war schon angetrunken. Er sprang auf und wurde scheißnervös! Und dann lief er, um einen Umschlag mit dem Geld zu holen. Als er zurückkam und ihn mir gab, habe ich gesagt: ›Komm, du musst dir mein neues Auto angucken! Es steht direkt vor der Tür! Es ist gut im Licht von dem Schaufenster drüben zu sehen.‹ Zuerst wollte er nicht. Aber gleichzeitig wollte er, dass ich verschwinde, bevor Sylvia kam. Also ging er schließlich mit mir auf den Balkon. Er beugte sich über das Geländer, um den Wagen sehen zu können. Ich schlug ihn mit all meiner Kraft ins Genick und schubste ihn übers Geländer!«

Nicht eine Spur von Reue war auf ihrem Gesicht zu finden. Nur reiner Triumph. Vorsichtig fragte Irene:

»Er hatte eine Wunde auf dem Handrücken. Woher hatte er die?«

»Ach, dieser Feigling hatte doch Höhenangst. Er hat sich mit der einen Hand festgehalten. Deshalb musste ich zuhauen, damit er loslässt. Und das hat er dann ja auch gemacht!«

Sie begann zu lachen. Ein hysterisches Kichern, das sich zu schallendem Gelächter steigerte.

»Charlotte, nur noch eine Sache. Die Brote im Kühlschrank. Haben Sie sie genommen?«

»Ja. Ich hatte hinterher so einen Wahnsinnshunger. Das war

ein richtiger Kick! Deshalb habe ich sie mitgenommen und zu Hause aufgegessen. Man wird verdammt hungrig, wenn man schwanger ist!«

EPILOG

Mama! Wo ist die Lucia-Krone? Rate mal, wen sie zur Lucia in unserer Klasse gewählt haben? Mich! Die fanden das saustark mit einer glatzköpfigen Lucia! Weißt du nicht, wo wir letztes Jahr die Lucia-Krone hingelegt haben?«

»War da nicht ein Kurzschluss drin?«

»Nein, nein. Das war in Katarinas Fensterleuchter. Was meinst du, sollte ich den Kopf noch mal rasieren? Ich meine, der Witz ist ja dabei, dass ich glatzköpfig bin!«

»Nein. Bitte, liebe Jenny, nicht!«

»O Mann, was bist du immer so meckrig, wenn du von der Arbeit kommst. Dauernd müde und schlecht gelaunt!«

Sauer warf Jenny hinter sich die Tür zu ihrem Zimmer zu. Resigniert schaute Irene zu der geschlossenen Tür im ersten Stock. Jenny hatte ja Recht. Immer war sie müde und schlecht gelaunt, wenn sie nach Hause kam. Frisch und energisch musste sie oft genug bei ihrer Arbeit sein. Da gab es keine Reserven mehr, wenn sie bei ihrer Familie war.

Jenny machte die Tür wieder auf.

»Vielleicht wird deine Laune ja besser, wenn du das Paket im Wohnzimmer aufmachst. Es ist schon vor einer Weile mit einem Kurier gekommen. Und außerdem hättest du mir wenigstens gratulieren können! Nicht einmal Katarina hat es jemals geschafft, die Lucia in der Klasse zu werden!«

»Herzlichen Glückwunsch, mein Schätzchen.«

Das sagte sie schon wieder zu einer geschlossenen Tür. Mit einem Seufzer ging sie ins Wohnzimmer. Sofort kam ihr der Gedanke: eine Bombe. Sie hatte sich gewiss genügend

Schwierigkeiten mit den Hell's Angels eingehandelt und war sich durchaus bewusst, wozu diese in der Lage sein konnten, wenn sie die Wahrheit erfuhren.

Das Paket war groß und flach. Absender Mona Söder, Stockholm.

Sie nahm den fertig gerahmten Miró-Druck von der Wand.

Zwei große gelbe Schmetterlinge mit schwarzer Zeichnung auf den Flügeln flogen über eine atemlose Landschaft, mit einem funkelnden Wasserlauf unten im Tal und blau getönten Bergen in der Ferne. Im Vordergrund waren hübsche Wiesenblumen zu sehen. Die blauen Vergissmeinnicht dominierten, aber es gab auch Tupfer von weißen und rosa Blumen, die sie zwar kannte, aber deren Namen sie nicht wusste. Sie kamen dem Betrachter so nahe, dass man das Gefühl hatte, man läge auf dem Bauch zwischen den Wiesenblumen und schaute über den Felsrand hinunter in das Tal, auf die beiden prachtvollen Schmetterlinge. Der Himmel war nicht blau, sondern ein silberweißes Gewölbe über den Bergen, das ein kräftiges Licht verbreitete, das an den Rändern in warmrosa Töne überging. Das waren weder Sonne noch Mond. Das war das Licht an sich.